GEORGE

Das Erbe

George R. R. Martin

Das Erbe von Winterfell

Das Lied von Eis und Feuer 2

Ins Deutsche übertragen
von Jörn Ingwersen

Vollständig durchgesehen und überarbeitet
von Sigrun Zühlke und Thomas Gießl

blanvalet

Die amerikanische Originalausgabe erschien 1996 unter dem Titel
»A Game of Thrones« (Pages 360-674 + Appendix)
bei Bantam Dell, a division of Random House, Inc., New York.

Verlagsgruppe Random House FSC-DEU-0100
Das FSC®-zertifizierte Papier *Super Snowbright*
für dieses Buch liefert Hellefoss AS, Hokksund, Norwegen.

6. Auflage
Taschenbuchausgabe April 2010
bei Blanvalet, einem Unternehmen der Verlagsgruppe
Random House GmbH, München.
Copyright © 1996 by George R. R. Martin
Copyright © der deutschsprachigen Ausgabe 1997
by Verlagsgruppe Random House GmbH
Published in agreement with the author c / o Ralph M. Vicinanza, Ltd.
Redaktion: Andreas Helweg
UH · Herstellung: sam
Karten U2/U3: Franz Vohwinkel
Satz: DTP Service Apel, Hannover
Druck: GGP Media GmbH, Pößneck
Printed in Germany
ISBN 978-3-442-26781-1

www.blanvalet.de

CATELYN

Der Himmel im Osten schimmerte rosig und golden, als die Sonne über dem Grünen Tal von Arryn aufging. Catelyn Stark beobachtete, wie sich das Licht ausbreitete, während ihre Hände auf dem glatt gemeißelten Stein der Balustrade vor ihrem Fenster ruhten. Unter ihr war die Welt schwarz, wurde dunkelblau, dann grün, während der Morgen über Felder und Wälder kroch. Fahle, weiße Nebel stiegen von Alyssas Tränen auf, wo gespenstische Fluten über die Schulter des Berges drängten und ihren langen Sturz die Wand der Riesenlanze hinab begannen. Catelyn spürte den leichten Sprühregen auf ihrem Gesicht.

Alyssa Arryn hatte erlebt, wie ihr Mann, ihre Brüder und ihre Kinder erschlagen wurden, und doch hatte sie nie eine Träne darüber vergossen. So hatten die Götter beschlossen, dass sie keine Ruhe finden sollte, bis ihr Weinen die schwarze Erde des Grünen Tales bewässerte, wo die Menschen, die sie geliebt hatte, begraben lagen. Mittlerweile war Alyssa sechstausend Jahre tot, und dennoch fand kein Tropfen des Wasserfalls je den Weg ins Tal. Catelyn fragte sich, wie groß der Sturzbach *ihrer* Tränen sein würde, wenn sie starb. »Erzählt mir auch den Rest«, sagte sie.

»Der Königsmörder stellt in Casterlystein ein Heer zusammen«, antwortete Ser Rodrik Cassel aus dem Zimmer hinter ihr. »Euer Bruder schreibt, er habe Reiter zum Stein entsandt und zu wissen verlangt, was Lord Tywin zu tun gedenke, aber er hat keine Antwort erhalten. Edmure hat

Lord Vanke und Lord Peiper angewiesen, den Pass unterhalb vom Goldzahn zu bewachen. Er schwört, dass er keinen Fußbreit Tullyland aufgeben wird, ohne ihn mit dem Blut der Lennisters zu tränken.«

Catelyn wandte sich vom Sonnenaufgang ab. Seine Schönheit konnte sie nur schwerlich aufmuntern. Es schien ihr grausam, dass ein Tag so schön begann und so übel zu enden versprach. »Edmure hat Reiter geschickt und Schwüre ausgesprochen«, sagte sie, »doch Edmure ist nicht der Lord von Schnellwasser. Was ist mit meinem Hohen Vater?«

»In dem Brief wurde Lord Hoster nicht erwähnt, Mylady.« Ser Rodrik zupfte an seinem Backenbart. Dieser war weiß wie Schnee und stachlig wie ein Dornenbusch nachgewachsen, während der Ritter sich von seinen Verletzungen erholt hatte. Fast sah er wieder aus, wie man ihn kannte.

»Mein Vater hätte die Verteidigung von Schnellwasser nicht Edmure überlassen, wäre er nicht sehr krank«, vermutete sie besorgt. »Man hätte mich gleich wecken sollen, als dieser Vogel kam.«

»Eure Schwester hielt es für besser, Euch schlafen zu lassen, wie mir Maester Colemon berichtet.«

»Man hätte mich wecken sollen«, beharrte sie.

»Der Maester teilte mir mit, Eure Schwester wolle nach dem Kampf mit Euch sprechen«, sagte Ser Rodrik.

»Dann will sie weiter diesen Mummenschanz treiben?« Catelyn verzog das Gesicht. »Der Zwerg hat mit ihr gespielt wie auf einem Dudelsack, und sie ist zu taub, die Melodie zu hören. Was heute Morgen auch geschehen mag, Ser Rodrik, es ist längst an der Zeit, dass wir uns auf den Weg machen. Ich gehöre nach Winterfell zu meinen Söhnen. Wenn Ihr für die Reise bei Kräften seid, will ich Lysa um eine Eskorte bitten, die uns nach Möwenstadt begleitet. Von dort aus können wir ein Schiff nehmen.«

»Wieder ein Schiff?« Ser Rodrik wurde leicht grünlich im Gesicht, brachte es jedoch fertig, den Schauer auf seinem Rücken zu unterdrücken. »Wie es Euch beliebt, Mylady.«

Der alte Ritter begab sich nach draußen vor die Tür, als Catelyn die Dienerinnen hereinrief, die Lysa ihr überlassen hatte. Wenn sie noch vor dem Duell mit Lysa spräche, wäre sie vielleicht noch umzustimmen, dachte sie, während man sie anzog. Lysas Politik wandelte sich mit ihren Launen, und ihre Launen wechselten stündlich. Das scheue Mädchen, das sie einst in Schnellwasser gekannt hatte, war zu einer Frau herangewachsen, die abwechselnd stolz, ängstlich, grausam, verträumt, leichtsinnig, verschreckt, halsstarrig, eitel und vor allem wankelmütig war.

Als dieser abscheuliche Kerkermeister auf Knien angekrochen kam, um ihnen zu sagen, dass Tyrion Lennister gestehen wollte, hatte Catelyn Lysa bedrängt, ihnen den Zwerg in aller Stille bringen zu lassen, aber nein, ihre Schwester musste ihn dem halben Tal vorführen. Und nun das …

»Lennister ist *mein* Gefangener«, erklärte sie Ser Rodrik, während sie die Turmtreppe hinabstiegen und durch die kalten, weißen Hallen Hohenehrs schritten. Catelyn trug schlichte graue Wolle und einen versilberten Gürtel. »Das muss meiner Schwester in Erinnerung gerufen werden.«

An den Türen zu Lysas Gemächern begegneten sie ihrem Onkel, der gerade herausstürmte. »Auf dem Weg zum Narrenfest?«, schimpfte Ser Brynden. »Ich würde dir raten, deiner Schwester Vernunft einzuprügeln, wenn ich nur glaubte, dass es etwas nützt, aber du würdest dir nur die Hand verletzen.«

»Von Schnellwasser ist ein Vogel eingetroffen«, begann Catelyn, »ein Brief von Edmure …«

»Ich weiß, Kind.« Der schwarze Fisch, der seinen Umhang hielt, war Bryndens einziges Zugeständnis an Schmuck.

»Ich musste es von Maester Colemon erfahren. Daraufhin habe ich deine Schwester um die Erlaubnis gebeten, tausend erfahrene Männer zu nehmen und so schnell wie möglich nach Schnellwasser zu reiten. Weißt du, was sie entgegnet hat? *Das Grüne Tal kann weder tausend Streiter entbehren noch einen einzigen, Onkel,* hat sie erwidert. *Ihr seid der Ritter des Tores. Euer Platz ist hier.*« Ein Schwall von kindischem Gelächter drang durch die offenen Türen hinter ihm heraus, und ihr Onkel warf einen finsteren Blick über die Schulter. »Nun, ich habe ihr gesagt, da kann sie sich ebenso gut gleich einen neuen Ritter des Tores suchen. Schwarzfisch hin oder her, noch bin ich ein Tully. Bei Einbruch der Dunkelheit breche ich nach Schnellwasser auf.«

Das konnte Catelyn nicht überraschen. »Allein? Ihr wisst so gut wie ich, dass Ihr auf der Bergstraße nicht überleben werdet. Ser Rodrik und ich kehren nach Winterfell zurück. Kommt mit uns, Onkel. Ich gebe Euch Eure tausend Mann. Schnellwasser wird nicht allein kämpfen.«

Brynden dachte einen Moment lang nach, dann nickte er barsch. »Wie du sagst. Es ist ein langer Heimweg, aber wir werden es schon schaffen. Ich warte unten auf euch.« Er schritt von dannen, und sein Umhang flatterte ihm hinterher.

Catelyn wechselte einen Blick mit Ser Rodrik. Zum Klang von hohem, angespanntem Kinderkichern traten sie durch die Tür.

Von Lysas Gemächern aus erreichte man einen kleinen Garten, einen Ring von Erde und Gras, mit blauen Blumen bepflanzt und auf allen Seiten von hohen, weißen Türmen umgeben. Die Erbauer hatten ihn als Götterhain gedacht, aber die Ehr ruhte auf dem harten Stein des Berges, und so viel Mutterboden sie auch aus dem Tal heraufbringen mochten, konnten sie doch keinen Wehrholzbaum dazu bringen, hier Wurzeln zu schlagen. Die Lords über die Ehr pflanzten daher Gras und verteilten Skulpturen zwischen den niedrigen, blühenden Büschen. Dort sollten die beiden Streiter aufeinandertreffen und ihr Leben und das Tyrion Lennisters in die Hände der Götter legen.

Lysa, frisch geputzt und in cremefarbenem Samt, ein Band aus Saphiren und Mondsteinen um den milchweißen Hals, hielt auf der Terrasse Hof, mit Blick auf den Kampfplatz, umgeben von ihren Rittern, Gefolgsleuten und großen und kleinen Lords. Die meisten von ihnen hofften noch immer, sie zu ehelichen, mit ihr das Bett zu teilen und an ihrer Seite über das Grüne Tal von Arryn zu herrschen. Nach allem, was Catelyn während ihres Besuches auf Hohenehr gesehen hatte, hofften sie vergeblich.

Ein hölzernes Podium war errichtet worden, um Roberts Stuhl zu erhöhen. Dort saß der Lord über die Ehr, kicherte und klatschte in die Hände, während ein buckliger Puppenspieler in blau-weißem Narrenkleid zwei hölzerne Ritter aufeinander einhacken ließ. Krüge mit dicker Sahne und Körbe voller Brombeeren waren verteilt worden, und die Gäste tranken süßen, nach Orangen duftenden Wein aus verzierten Silberbechern. *Ein Narrenfest,* hatte Brynden es genannt. Wie Recht er hatte.

Auf der anderen Seite der Terrasse lachte Lysa fröhlich über einen Scherz von Lord Hanter und biss vorsichtig in eine Brombeere an der Spitze des Dolches von Ser Lyn Corbray. Diese beiden Freier standen in Lysas Gunst am höchsten ... heute zumindest. Nur schwerlich hätte Catelyn sagen können, welcher der beiden ungeeigneter gewesen wäre. Eon Hanter war noch älter, als Jon Arryn es gewesen war, halb verkrüppelt von der Gicht und mit drei streitsüchtigen Söhnen geschlagen, einer habgieriger als der andere. Ser Lyn frönte einer ganz anderen Narretei: Schlank und gut aussehend, war er der Erbe eines uralten, wenn

auch verarmten Hauses, dabei eitel, leichtsinnig und auf-
brausend … und, wie man flüsterte, notorisch desinteres-
siert am intimen Charme der Frauen.

Lysa erblickte Catelyn und hieß diese mit schwesterlicher
Umarmung und feuchtem Kuss an den Hals willkommen.
»Ist es nicht ein wunderbarer Morgen? Die Götter lächeln
auf uns herab. Koste einen Becher von diesem Wein, liebe
Catelyn. Lord Hanter war so gut, ihn aus seinen eigenen
Kellern bringen zu lassen.«

»Danke, nein, Lysa, wir müssen reden.«

»Später«, vertröstete ihre Schwester sie und wollte sich
schon abwenden.

»Jetzt.« Catelyn sprach lauter, als sie beabsichtigt hatte. Männer wandten sich um. »Lysa, du kannst nicht allen Ernstes mit dieser Torheit fortfahren. Lebend besitzt der
Gnom einen Wert für uns. Tot ist er nur Futter für die Krähen. Und sollte sein Streiter sich behaupten …«

»Die Chancen dafür stehen schlecht, Mylady«, versicherte ihr Lord Hanter und klopfte ihr mit einer von Leberfle-
cken übersäten Hand auf die Schulter. »Ser Vardis ist ein
kühner Kämpfer. Er wird mit dem Söldner kurzen Prozess
machen.«

»Wird er das, Mylord?«, sagte Catelyn kühl. »Das ist die
Frage.« Sie hatte Bronn auf der Bergstraße kämpfen sehen.
Dass er die Reise überlebt hatte, während andere Männer
gefallen waren, durfte man nicht dem Zufall anrechnen. Er
bewegte sich wie ein Panter, und dieses hässliche Schwert,
das er sein Eigen nannte, schien an seinem Arm wie fest-
gewachsen.

Lysas Freier sammelten sich um sie wie Bienen um eine
Blüte. »Frauen verstehen nur wenig von diesen Dingen«,
sagte Ser Morton Waynwald. »Ser Vardis ist ein Ritter, Mylady. Dieser andere Bursche, nun, solche wie er sind allesamt im Herzen Feiglinge. Nützlich in der Schlacht, wenn

Tausende Gefährten um sie herum sind, doch stehen sie allein, verlässt sie gleich die Mannhaftigkeit.«

»Angenommen, Ihr hättet damit Recht«, sagte Catelyn so höflich, dass ihr Mund schmerzte. »Was gewinnen wir durch den Tod des Gnoms? Glaubt Ihr, es würde Jaime auch nur einen Deut interessieren, ob wir seinen Bruder vor *Gericht* gestellt haben, bevor wir ihn vom Berg stoßen?«

»Enthauptet den Mann«, schlug Ser Lyn Corbray vor. »Wenn man dem Königsmörder den Kopf des Gnoms schickt, wird ihm das eine Warnung sein.«

Ungeduldig schüttelte Lysa das hüftlange, kastanienbraune Haar. »Lord Robert will ihn fliegen sehen«, sagte sie, als klärte das die Frage. »Und der Gnom hat es allein sich selbst zuzuschreiben. Er war es, der die Prüfung durch den Kampf gefordert hat.«

»Lady Lysa blieb keine ehrenhafte Möglichkeit, ihm dies zu verweigern, selbst wenn sie es gewollt hätte«, erklärte Lord Hanter gewichtig.

Ohne die Gegenwart der Männer zu beachten, drang Catelyn auf ihre Schwester ein. »Ich erinnere dich daran, dass Tyrion Lennister *mein* Gefangener ist.«

»Und ich erinnere *dich* daran, dass der Zwerg meinen Hohen Gatten ermordet hat!« Ihre Stimme wurde lauter. »Er hat die Hand des Königs vergiftet und meinen kleinen Liebling vaterlos gemacht, und nun soll er teuer dafür bezahlen!« Sie fuhr herum, dass ihre Röcke flogen, und schritt über die Terrasse. Ser Lyn, Ser Morton und die anderen Freier empfahlen sich mit kurzem Nicken und eilten ihr hinterher.

»Glaubt Ihr, dass er die Tat begangen hat?«, fragte Ser Rodrik leise, als sie wieder allein waren. »Lord Jon ermordet, meine ich. Der Gnom streitet es ab, und zwar heftig …«

»Meiner Meinung nach haben die Lennisters Lord Arryn

ermordet«, erwiderte Catelyn, »nur ob Tyrion, Ser Jaime oder die Königin oder gar alle zusammen, kann ich unmöglich sagen.« Lysa hatte in ihrem Brief nach Winterfell Cersei genannt, nun jedoch schien sie sicher zu sein, dass Tyrion der Mörder war … vielleicht weil der Zwerg hier war, während sich die Königin hinter den Mauern des Roten Bergfried in Sicherheit befand, Hunderte von Meilen entfernt im Süden. Catelyn wünschte fast, sie hätte den Brief ihrer Schwester vernichtet, *bevor* sie ihn gelesen hatte.

Ser Rodrik zupfte an seinem Backenbart. »Gift, nun … es könnte sehr wohl das Werk des Zwerges sein, das stimmt. Oder Cerseis. Gift, heißt es, sei die Waffe der Frauen, wenn Ihr mir verzeihen wollt, Mylady. Der Königsmörder, nun … ich hege keine große Zuneigung für den Mann, aber es passt nicht zu ihm. Allzu gern sieht er Blut an seinem goldenen Schwert. War es Gift, Mylady?«

Catelyn blickte ihn fragend an, und ihr war nicht ganz wohl. »Wie sonst sollten sie es nach einem natürlichen Tod aussehen lassen?« Hinter ihnen kreischte Lord Robert vor Freude, als einer der Puppenritter den anderen in zwei Teile schlug und sich dabei eine Flut roter Sägespäne über die Terrasse ergoss. Sie betrachtete ihren Neffen und seufzte. »Dieser Junge wächst ohne die geringsten Regeln auf. Zum Regieren wird er niemals stark genug sein, wenn man ihn nicht eine Weile seiner Mutter wegnimmt.«

»Sein Hoher Vater war ganz Eurer Ansicht«, hörte sie eine Stimme neben sich. Sie wandte sich um und fand Maester Colemon vor, der einen Becher Wein in der Hand hielt. »Er wollte den Jungen als Mündel nach Drachenstein schicken, müsst Ihr wissen … oh, vermutlich sollte ich darüber nicht sprechen.« Sein Adamsapfel hüpfte nervös unter der losen Ordenskette. »Ich fürchte, ich habe zu viel von Lord Hanters exzellentem Wein genossen. Die Aussicht auf ein Blutvergießen strapaziert meine Nerven …«

»Ihr täuscht Euch, Maester«, entgegnete Catelyn. »Es war Casterlystein, nicht Drachenstein, und diese Vereinbarungen wurden erst nach dem Tod der Hand getroffen, ohne Zustimmung meiner Schwester.«

Der Kopf des Maesters zuckte derart heftig am Ende seines lächerlich langen Halses, dass er selbst halbwegs wie eine Puppe aussah. »Nein, ich bitte um Verzeihung, Mylady, doch war es Lord Jon höchstselbst, der …«

Unter ihnen erklang laut eine Glocke. Hohe Herren und Dienstmädchen gleichermaßen unterbrachen, was sie gerade taten, und traten an die Balustrade. Unten führten zwei Gardisten in himmelblauen Umhängen Tyrion Lennister herein. Der pausbackige Septon der Ehr begleitete ihn zur Statue in der Mitte des Gartens, einer weinenden Frau, die aus gemasertem Marmor gehauen war und zweifellos Alyssa darstellen sollte.

»Der böse, kleine Mann«, sagte Lord Robert kichernd. »Mutter, darf ich ihn fliegen lassen? Ich will ihn fliegen sehen.«

»Später, mein kleiner Liebling«, versprach Lysa.

»Erst die Prüfung«, leierte Ser Lyn Corbray, »*dann* die Hinrichtung.«

Einen Augenblick später erschienen die beiden Kontrahenten an verschiedenen Seiten des Gartens. Dem Ritter standen zwei junge Knappen zur Seite, dem Söldner der Waffenmeister von Hohenehr.

Ser Vardis Egen steckte von Kopf bis Fuß in Stahl, einer schweren Rüstung über Kettenhemd und wattiertem Wappenrock. Große, runde Medaillons, bemalt mit dem blauen und cremefarbenen Siegel, das den Mond und den Falken des Hauses Arryn zeigte, schützten die verwundbare Verbindung von Arm und Brust. Ein metallener Rock bedeckte ihn von der Hüfte bis fast zum Knie, während um seinen Hals ein solider Ringkragen lag. Falkenschwingen sprossen aus den Seiten seines Helms, und sein Visier war ein spitzer Eisenschnabel mit schmalem Sehschlitz.

Bronn war so leicht gepanzert, dass er neben dem Ritter fast nackt aussah. Er trug nur ein schwarzes, öliges Kettenhemd über hartem Leder, einen runden, stählernen Halbhelm mit Nasenschutz und dazu eine Kettenhaube. Hohe Lederstiefel mit stählernen Schienbeinschützern an den Beinen, und Scheiben von schwarzem Eisen waren in die Finger seiner Handschuhe genäht. Doch fiel Catelyn auf, dass der Söldner seinen Gegner um einen halben Kopf überragte und eine größere Reichweite besaß ... zudem war Bronn fünfzehn Jahre jünger, falls sie das richtig einschätzte.

Sie knieten im Gras neben der weinenden Frau, einander gegenüber, zwischen ihnen Lennister. Der Septon nahm eine facettierte Kristallkugel aus dem weichen Stoffbeutel an seiner Hüfte. Er hob sie hoch über den Kopf, und Licht brach sich in alle Richtungen. Regenbogen tanzten auf dem Gesicht des Gnoms. Mit hohem, feierlichem Singsang bat der Septon die Götter, herabzusehen und zu bezeugen, die Wahrheit in der Seele dieses Mannes zu ergründen, ihm Leben und Freiheit zu schenken, falls er unschuldig sei, oder ihn in den Tod zu schicken, sollte er Schuld tragen. Seine Stimme hallte von den umstehenden Türmen zurück.

Nachdem das letzte Echo verklungen war, ließ der Septon seine Kristallkugel sinken und entfernte sich eilig. Tyrion beugte sich vor und flüsterte Bronn etwas ins Ohr, bevor die Gardisten ihn abführten. Lachend stand der Söldner auf und wischte Gras vom Knie.

Robert Arryn, Lord über die Ehr und Hüter des Grünen Tales, zappelte ungeduldig auf einem erhöhten Stuhl herum. »Wann kämpfen sie denn endlich?«, fragte er unverblümt.

Ser Vardis wurde von einem seiner Knappen auf die

Beine geholfen. Der andere brachte ihm einen dreiecki-
gen Schild von beinah vier Fuß Höhe, aus schwerer Eiche,
mit Eisennägeln beschlagen. Diesen banden sie an seinem
linken Unterarm fest. Als Lysas Waffenmeister Bronn einen ähnlichen Schild anbot, spuckte der Söldner aus und
winkte ab. Ein drei Tage alter, rauer schwarzer Bart bedeckte Kinn und Wangen, doch wenn er sich nicht rasierte, dann
nicht aus Mangel an scharfen Klingen. Die Schneide seines
Schwertes besaß den gefährlichen Glanz jenes Stahls, den
man täglich stundenlang geschliffen hatte, bis er zu scharf
war, als dass man ihn ungestraft berühren konnte.

Ser Vardis streckte die Hand im Panzerhandschuh aus,
und sein Knappe drückte ein hübsches Langschwert mit
doppelter Schneide hinein. In die Klinge war mit zartem
Geflecht ein Morgenhimmel eingraviert, der Griff war ein
Falkenkopf, der Handschutz in Form von Flügeln gehalten.
»Dieses Schwert habe ich für Jon in Königsmund anferti-
gen lassen«, erklärte Lysa ihren Gästen stolz, während sie
zusahen, wie Ser Vardis einen Probehieb ausführte. »Er hat
es stets getragen, wenn er an König Roberts Stelle auf dem
Eisernen Thron saß. Ist es nicht wunderschön? Ich fand es
nur angemessen, dass unser Streiter Jon mit seiner eigenen
Klinge rächt.«

Die verzierte Silberklinge war ohne Zweifel hübsch, nur
schien es, als wäre Ser Vardis mit seinem eigenen Schwert
vertrauter gewesen. Dennoch sagte Catelyn nichts. Sie war
die fruchtlosen Streitgespräche mit ihrer Schwester leid.

»Lasst sie kämpfen!«, rief Lord Robert.

Ser Vardis wandte sich dem Lord über die Ehr zu und
hob sein Schwert zum Gruß. »Für Hohenehr und das Grüne Tal.«

Tyrion Lennister hatte man auf einem Balkon auf der anderen Seite des Gartens platziert, flankiert von seinen Wachen. Ihm wandte sich Bronn mit flüchtigem Gruß zu.

»Sie warten auf Euren Befehl«, sagte Lady Lysa zu ihrem Sohn.

»*Kämpft!*«, schrie der Junge, der sich mit zitternden Armen an die Lehne seines Stuhls klammerte.

Ser Vardis fuhr herum und hob den schweren Schild. Bronn stellte sich ihm. Ihre Schwerter schlugen aneinander, einmal, zweimal, zur Probe. Der Söldner trat einen Schritt zurück. Der Ritter folgte ihm, den Schild vor sich. Er versuchte einen Hieb, aber Bronn wich zurück, außer Reichweite, und die silberne Klinge durchschnitt nur Luft. Bronn bewegte sich nach rechts im Bogen um Ser Vardis herum. Dieser folgte ihm erneut, den Schild weit vor sich. Der Ritter drängte vor, wobei er wegen des unebenen Bodens jeden Schritt mit Sorgfalt setzte. Der Söldner wich erneut zurück, ein leises Lächeln auf den Lippen. Ser Vardis griff an, schlug zu, doch Bronn sprang fort von ihm und hüpfte leichtfüßig über einen flachen, moosbewachsenen Stein. Nun beschrieb der Söldner einen Kreis zu seiner Linken, fort von dem Schild, zur ungeschützten Seite des Ritters. Ser Vardis versuchte, auf seine Beine einzuhacken, doch der Gegner war außer Reichweite. Bronn tänzelte weiter nach links. Ser Vardis drehte sich um.

»Der Mann ist eine Memme«, erklärte Lord Hanter. »Steh und kämpfe, Feigling!« Andere Stimmen schlossen sich ihm an.

Catelyn sah zu Ser Rodrik hinüber. Ihr Waffenmeister schüttelte kurz den Kopf. »Er will, dass Ser Vardis ihn jagt. Das Gewicht von Rüstung und Schild würde selbst den stärksten Mann ermüden.«

Fast jeden Tag ihres Lebens hatte sie Männern beim Schwertkampf zugesehen, hatte einem halben Hundert Turnieren beigewohnt, dieses jedoch unterschied sich von ihnen: ein Tanz, bei dem der kleinste Fehltritt den Tod bedeutete. Während sie zusah, wurde in Catelyn Stark die Erinnerung an ein anderes Duell zu einer anderen Zeit wach, so lebendig, als wäre es gestern erst gewesen.

Sie trafen sich im unteren Burghof von Schnellwasser. Als Brandon bemerkte, dass Petyr nur Helm, Brustharnisch und Kettenhemd trug, legte er ebenfalls den Großteil seiner Rüstung ab. Petyr hatte sie um ein Zeichen ihrer Gunst gebeten, das er beim Kampf tragen wollte, doch sie hatte sein Ersuchen abgelehnt. Ihr Hoher Vater hatte sie Brandon Stark versprochen, und so war er es, dem sie ihr Pfand gab, ein hellblaues Tuch, das sie mit der springenden Forelle von Schnellwasser verziert hatte. Während sie es in seine Hand presste, flehte sie ihn an: »Er ist nur ein dummer Junge, dennoch liebe ich ihn wie einen Bruder. Ich würde um ihn trauern, wenn er sterben sollte.« Und ihr Verlobter blickte sie mit den kühlen, grauen Augen eines Stark an und versprach, den Jungen zu verschonen, der sie liebte.

Jener Kampf fand ein rasches Ende, kaum dass er begonnen hatte. Brandon war ein erwachsener Mann, und er trieb Kleinfinger über den ganzen Hof und dann die Wassertreppe hinab, ließ bei jedem Schritt Hiebe auf den Jungen niederregnen, bis der taumelte und aus einem Dutzend Wunden blutete. »Gebt auf!«, rief er mehr als einmal, doch Petyr schüttelte nur den Kopf und kämpfte grimmig weiter. Als der Fluss um ihre Knöchel schwappte, machte Brandon dem Ganzen schließlich mit einer brutalen Rückhand ein Ende, die das Kettenhemd seines Gegners und auch das Leder durchschlug und ins weiche Fleisch unter den Rippen ging, so tief, dass Catelyn sicher war, die Wunde müsse tödlich sein. Petyr sah sie an, während er fiel, und murmelte »Cat«, indes hellrotes Blut zwischen den Ketten hervorquoll. Sie dachte, sie hätte es vergessen.

Da hatte sie sein Gesicht zum letzten Mal gesehen ... bis zu jenem Tag, als man sie in Königsmund zu ihm führte.

Zwei Wochen vergingen, bis Kleinfinger wieder bei Kräften war und Schnellwasser verlassen konnte, aber ihr Hoher Vater verbot ihr, ihn im Turm zu besuchen, wo er zu Bette lag. Lysa hatte dem Maester geholfen, ihn zu pflegen. In jenen Tagen war sie sanftmütig und schüchtern gewesen. Auch Edmure wollte ihm einen Besuch abstatten, Petyr hingegen hatte ihn fortgeschickt. Ihr Bruder hatte im Duell Brandon als Knappe gedient, und das konnte Kleinfinger nicht verzeihen. Sobald er wieder bei Kräften und transportfähig war, ließ Lord Hoster Tully Petyr Baelish in einer geschlossenen Sänfte fortbringen, damit er auf den »Vier Fingern« genesen konnte, jenen windumtosten Felsen, auf welchen er geboren war.

Das laute Klirren von Stahl auf Stahl brachte Catelyn wieder in die Gegenwart zurück. Ser Vardis stürmte heftig auf Bronn ein, trieb ihn mit Schild und Schwert vor sich her. Der Söldner bewegte sich rückwärts, parierte jeden Hieb, sprang leichtfüßig über Stein und Wurzel, wobei er den Gegner nie aus den Augen ließ. Er war schneller, wie Catelyn auffiel. Das silberne Schwert des Ritters kam nie auch nur in seine Nähe, doch seine eigene, hässliche, graue Klinge schlug eine Kerbe in Ser Vardis' Schulterharnisch.

Das kurze Aufflammen des Kampfes endete so schnell, wie es begonnen hatte, als Bronn einen Schritt zur Seite tat und hinter die Statue der weinenden Frau trat. Ser Vardis hieb dorthin, wo er gestanden hatte, und sein Schwert traf Funken sprühend den hellen Marmor von Alyssas Oberschenkel.

»Sie kämpfen nicht gut, Mutter«, beklagte sich der Lord über die Ehr. »Ich will, dass sie richtig kämpfen.«

»Das werden sie, mein süßer Liebling«, beruhigte ihn die Mutter. »Der Söldner kann nicht den ganzen Tag weglaufen.«

Einige der Lords auf Lysas Terrasse rissen bereits derbe Witze, während sie sich Wein nachschenkten, doch auf der anderen Seite des Gartens beobachteten Tyrion Lennisters ungleiche Augen den Tanz der Recken, als gäbe es sonst nichts auf der Welt.

Überraschend stürmte Bronn hinter der Statue hervor, ging noch immer links herum, richtete einen doppelhändigen Hieb gegen die ungeschützte rechte Seite des Ritters. Ser Vardis blockte ab, wenn auch unbeholfen, und die Klinge des Söldners blitzte aufwärts zu seinem Kopf. Metall klirrte, und eine Falkenschwinge brach knirschend ab. Ser Vardis tat einen halben Schritt nach hinten, um sich zu sammeln, und hob seinen Schild. Eichenspäne flogen, als Bronns Schwert auf die hölzerne Mauer eindrosch. Wieder trat der Söldner nach links, fort von dem Schild, und traf Ser Vardis am Bauch, wobei seine messerscharfe Klinge in der Rüstung des Ritters einen hellen Spalt zurückließ.

Ser Vardis stieß sich mit dem hinteren Fuß ab, und seine Silberklinge senkte sich in weitem Bogen. Bronn schlug sie zur Seite und tänzelte davon. Der Ritter krachte in die weinende Frau hinein, brachte sie auf ihrem Sockel zum Wanken. Taumelnd trat er zurück und drehte den Kopf auf der Suche nach dem Feind hierhin und dorthin. Das Schlitzvisier im Helm engte seine Sicht ein.

»Hinter Euch, Ser!«, rief Lord Hanter zu spät. Bronn schwang sein Schwert mit beiden Händen, traf Ser Vardis am Ellbogen seines Schwertarmes. Das dünne Metall, das sein Gelenk schützte, knirschte. Aufstöhnend fuhr der Ritter herum und riss seine Waffe hoch. Diesmal blieb er stehen. Die Schwerter flogen, und ihr stählernes Lied erfüllte den Garten und hallte von den weißen Türmen Hohenehrs zurück.

»Ser Vardis ist verletzt«, stellte Ser Rodrik mit ernster Stimme fest.

Man musste es Catelyn nicht sagen. Sie hatte Augen, sie konnte das helle Rinnsal Blut sehen, das dem Ritter über den Unterarm bis zum Ellenbogen lief. Jede Parade erfolgte jetzt etwas langsamer und etwas tiefer als zuvor. Ser Vardis wandte dem Feind die Seite zu, versuchte mit dem Schild zu blocken, aber Bronn schlich flink wie eine Katze um ihn herum. Der Söldner schien immer stärker zu werden. Seine Hiebe hinterließen nun Spuren. Die Rüstung des Ritters war von tiefen, schimmernden Dellen übersät, an seinem rechten Oberschenkel, seinem schnabelförmigen Visier, quer über den Brustharnisch, eine lange vorn an der Halsberge. Das Medaillon mit Mond und Falke an Ser Vardis' rechtem Arm war sauber in zwei Hälften geschnitten und hing nur noch an einem Riemen. Durch die Luftlöcher in seinem Visier konnten die Zuschauer seinen schweren Atem hören.

Blind vor Arroganz, wie sie waren, erkannten selbst die Ritter und Lords des Grünen Tales, was sich vor ihnen abspielte, nur nicht ihre Schwester. »Genug, Ser Vardis!«, rief Lady Lysa hinunter. »Macht ihm jetzt ein Ende, mein Junge hat genug.«

Und von Ser Vardis Egen muss gesagt werden, dass er den Befehl seiner Herrin bis zum Letzten befolgte. Im einen Augenblick taumelte er noch rückwärts, halbwegs gebückt hinter seinem vernarbten Schild, im nächsten griff er schon an. Der plötzliche Ansturm warf Bronn aus dem Gleichgewicht. Ser Vardis stieß mit ihm zusammen und hieb dem Söldner den Rand seines Schildes ins Gesicht. Beinahe, *beinahe* stürzte Bronn ... er wankte rückwärts, stolperte über einen Stein und hielt sich an der weinenden Frau fest, um nicht die Balance zu verlieren. Ser Vardis warf seinen Schild beiseite, stürmte ihm nach und hob das Schwert mit beiden Händen. Mittlerweile war sein rechter Arm vom Ellenbogen bis zu den Fingern blutüberströmt, doch hätte sein letzter, verzweifelter Hieb Bronn vom Hals bis zum Nabel gespalten ... wäre der Söldner stehen geblieben.

Aber Bronn wich zurück. Jon Arryns wunderschönes Silberschwert glitt am marmornen Arm der weinenden Frau entlang, und das obere Drittel der Klinge brach sauber ab. Bronn drückte mit der Schulter gegen den Rücken der Statue. Die verwitterte Figur Alyssa Arryns wankte und stürzte mit mächtigem Lärm um, und Ser Vardis Egen ging unter ihr zu Boden.

Im nächsten Augenblick war Bronn schon über ihm, trat den Rest des zertrümmerten Medaillons zur Seite, um die weiche Stelle zwischen Arm und Brustharnisch freizulegen. Ser Vardis lag auf der Seite, unter dem geborstenen Torso der weinenden Frau. Catelyn hörte den Ritter stöhnen, als der Söldner seine Klinge mit beiden Händen hob und herabstieß, mit seinem ganzen Gewicht dahinter, unter dem Arm und durch die Rippen. Ser Vardis Egen erbebte kurz und lag dann still.

Schweigen lastete auf der Ehr. Bronn riss seinen Halbhelm ab und ließ ihn ins Gras fallen. Seine Lippe blutete, wo der Schild ihn getroffen hatte, und sein rabenschwarzes Haar war nass vom Schweiß. Er spuckte einen abgebrochenen Zahn aus.

»Ist es vorbei, Mutter?«, fragte der Lord über Hohenehr.

Nein, wollte Catelyn ihm gern sagen, *es fängt jetzt erst richtig an.*

»Ja«, erwiderte Lysa bedrückt, und ihre Stimme war kalt und tot wie der Hauptmann ihrer Garde.

»Kann ich den kleinen Mann jetzt fliegen lassen?«

Auf der anderen Seite des Gartens kam Tyrion Lennister auf die Beine. »Nicht diesen kleinen Mann«, sagte er. »Dieser kleine Mann fährt mit dem Rübenaufzug hinunter.«

»Ihr erdreistet Euch …«, begann Lysa.

»Ich erdreiste mich, anzunehmen, dass sich das Haus Arryn seiner eigenen Worte erinnert«, sagte der Gnom. »*Hoch wie die Ehre.*«

»Du hast versprochen, dass ich ihn fliegen lassen darf«, schrie der Lord über die Ehr seine Mutter an. Er begann zu zittern.

Lady Lysas Gesicht rötete sich vor Zorn. »Die Götter haben es als angemessen erachtet, ihn für unschuldig zu erklären, Kind. Uns bleibt keine andere Wahl, als ihn freizulassen.« Mit lauter Stimme fügte sie hinzu: »Wache! Führt Mylord von Lennister und seinen ... *Handlanger* aus meinen Augen. Begleitet sie zum Bluttor, und lasst sie frei. Sorgt dafür, dass sie genügend Pferde und Proviant bekommen, um bis zum Trident zu gelangen, und achtet darauf, dass man ihnen ihre Sachen und Waffen zurückgibt. Die werden sie auf der Bergstraße noch brauchen.«

»Auf der Bergstraße«, entfuhr es Tyrion Lennister. Lysa gestattete sich ein leises, zufriedenes Lächeln. Auch das war eine Art Todesurteil, dachte Catelyn. Tyrion Lennister musste das ebenfalls wissen. Dennoch schenkte der Zwerg Lady Arryn eine höhnische Verbeugung. »Wie es Euch beliebt, Mylady«, sagte er. »Ich glaube, wir kennen den Weg.«

JON

»Ihr seid der hoffnungsloseste Haufen, den ich je ausbilden musste«, verkündete Ser Allisar Thorn, als sie sich im Hof versammelt hatten. »Eure Hände sind für Mistgabeln gemacht, nicht für Schwerter, und wenn es nach mir ginge, würdet ihr allesamt Schweine hüten. Aber gestern Abend habe ich gehört, dass Gueren mit fünf Neuen den Königsweg heraufkommt. Der eine oder andere davon könnte vielleicht einen halben Furz wert sein. Um für sie Platz zu schaffen, habe ich beschlossen, acht von euch dem Lord Kommandanten zu überstellen, damit er mit ihnen nach eigenem Gutdünken verfährt.« Einen Namen nach dem anderen rief er auf. »Kröte. Steinkopf. Auerochs. Liebster. Pickel. Affe. Ser Tölpel.« Schließlich sah er Jon an. »Und der Bastard.«

Pyp stieß einen Freudenschrei aus und warf sein Schwert in die Luft. Ser Allisar fixierte ihn mit Echsenblick. »Man wird euch jetzt Männer der Nachtwache nennen, aber ihr seid dümmer als der Affe eines Possenreißers, wenn ihr das wörtlich nehmt. Ihr seid grüne Jungs und stinkt nach Sommer, und wenn der Winter kommt, sterbt ihr wie die Fliegen.« Und mit diesen Worten schritt Ser Allisar Thorn von dannen.

Die anderen Jungen versammelten sich um die acht, deren Namen aufgerufen worden waren, lachten und fluchten und gratulierten. Halder schlug Kröte mit der flachen Seite seines Schwertes auf den Hintern und brüllte: »Kröte von der Nachtwache!« Pyp rief, ein schwarzer Bruder brauche ein Pferd, und sprang auf Grenns Schultern. Dabei gingen sie kullernd und knuffend und johlend zu Boden. Dareon rannte in die Waffenkammer und kam mit einem Schlauch saurem Roten wieder. Während sie den Wein vom einen zum anderen reichten und wie blöde grinsten, bemerkte Jon, dass Samwell Tarly allein unter einem kahlen, toten Baum in der Ecke des Hofes stand. Jon bot ihm den Schlauch an. »Ein Schluck Wein?«

Sam schüttelte den Kopf. »Nein danke, Jon.«

»Geht es dir gut?«

»Sehr gut, wirklich«, log der dicke Junge. »Ich freue mich für euch alle.« Sein rundes Gesicht zitterte, als er sich zu einem Lächeln zwang. »Eines Tages wirst du Erster Grenzer, ganz wie dein Onkel es war.«

»*Ist*«, verbesserte Jon. Er wollte Benjen Starks Tod nicht akzeptieren. Bevor er noch etwas hinzufügen konnte, rief Halder: »Hier, willst du das alles allein trinken?« Pyp riss ihm den Weinschlauch aus der Hand und wich ihm lachend aus. Als Grenn ihn beim Arm packte, drückte Pyp den Schlauch, und ein dünner, roter Strahl spritzte Jon ins Gesicht. Halder heulte protestierend über die Vergeudung guten Weines. Jon spuckte. Matthar und Jeren erklommen die Mauer und begannen, sie mit Schneebällen zu bewerfen.

Nachdem er sich losgerissen hatte, Schnee im Haar und Wein auf seinem Wappenrock, war Samwell Tarly verschwunden.

An diesem Abend kochte Drei-Finger-Hobb den Jungen zur Feier des Tages ein besonderes Mahl. Als Jon den Gemeinschaftssaal betrat, führte ihn der Lord Haushofmeister persönlich zur Bank am Feuer. Die älteren Männer klopften ihm im Vorübergehen auf die Schulter. Die acht zukünftigen Brüder feierten mit Lammbraten, in Knoblauch und Kräutern gebacken, garniert mit Zweigen von Minze, eingerahmt von gestampften Gelben Rüben, die in Butter schwammen. »Direkt vom Tisch des Lord Kommandanten«, erklärte ihnen Bowen Marsch. Es gab Salate aus Spinat und Kichererbsen und Steckrüben und danach Schalen mit Blaubeeren und süßer Sahne.

»Glaubt ihr, sie lassen uns zusammen?«, fragte Pyp, während sie sich selig die Mägen vollschlugen.

Kröte verzog das Gesicht. »Ich hoffe nicht. Ich hab mir deine Ohren schon lange genug angesehen.«

»Ho«, fuhr Pyp auf. »Hört, wie die Krähe alle Raben schwarz schimpft. Du wirst ganz sicher ein Grenzer, Kröte. Sie werden uns so weit weg wie möglich von der Burg haben wollen. Wenn Manke Rayder angreift, klappst du dein Visier hoch und zeigst ihm dein Gesicht, dann rennt er schreiend fort.«

Alle außer Grenn lachten. »Ich hoffe, *ich* werde Grenzer.«

»Du und alle anderen«, meinte Matthar. Jeder, der Schwarz trug, tat seinen Dienst auf der Mauer, und von jedem wurde erwartet, dass er zu ihrer Verteidigung zum Stahl griff, doch die Grenzer waren das wahre kämpfende Herz der Nachtwache. Sie waren diejenigen, die es wagten, vor die Mauer zu gehen und den Verfluchten Wald und die eisigen Berghöhen westlich des Schattenturms zu durchstreifen, wo sie gegen Wildlinge und Riesen und gigantische Eisbären kämpften.

»Nicht alle«, entgegnete Halder. »Ich gehe zu den Baumeistern. Welchen Nutzen hätten die Grenzer, wenn die Mauer einstürzt?«

Man würde viele Maurer und Zimmerleute zur Reparatur von Festungen und Türmen brauchen, Bergleute zum Tunnelgraben und zum Zertrümmern der Steine für Straßen und Wege, Forstarbeiter zum Entfernen von nachgewachsenem Unterholz, wo der Wald zu nahe an die Mauer kam. Einmal, sagte man, hatten sie mächtige Eisblöcke aus gefrorenen Seen weit im verfluchten Wald gehauen und diese auf Schlitten gen Süden gefahren, um die Mauer noch höher zu bauen. Das war jedoch Jahrhunderte her. Jetzt konnten sie nur noch von Ostwacht zum Schattenturm über die Mauer reiten und nach Rissen oder geschmolzenen Stellen suchen und diese reparieren, so gut es ging.

»Der Alte Bär ist kein Narr«, bemerkte Dareon. »Du wirst sicher Baumeister, und Jon wird sicher Grenzer. Er ist der beste Schwertkämpfer und der beste Reiter unter uns, und sein Onkel war Erster Grenzer, bevor er …« Seine Stimme verstummte unbeholfen, als er merkte, was er fast ausgesprochen hätte.

»Benjen Stark ist noch immer Erster Grenzer«, erklärte Jon Schnee und spielte mit seiner Schale Blaubeeren herum. Alle anderen mochten die Hoffnung auf eine sichere Heimkehr seines Onkels aufgegeben haben, er jedoch nicht. Er schob die Beeren von sich, hatte sie kaum angerührt, und erhob sich von der Bank.

»Willst du die nicht mehr essen?«, fragte Kröte.

»Nimm sie, wenn du willst.« Jon hatte von Hobbs großem Festmahl kaum gekostet. »Ich bringe keinen Bissen mehr herunter.« Er nahm seinen Umhang vom Haken an der Tür und ging hinaus.

Pyp folgte ihm. »Jon, was ist?«

»Sam«, seufzte er. »Er war heute Abend nicht bei Tisch.«

»Es sieht ihm gar nicht ähnlich, dass er eine Mahlzeit auslässt«, sagte Pyp nachdenklich. »Meinst du, er ist krank?«

»Er fürchtet sich. Wir verlassen ihn.« Er dachte an den Tag, als er Winterfell verlassen hatte, all die bittersüßen Abschiede, Bran mit gebrochenen Knochen, Robb mit Schnee im Haar, Arya, die ihn mit Küssen überhäufte, nachdem er ihr Nadel geschenkt hatte. »Wenn wir erst unseren Eid abgelegt haben, werden wir uns um Pflichten zu kümmern haben. Manche von uns werden vielleicht fortgeschickt, nach Ostwacht oder zum Schattenturm. Sam wird in der Ausbildung bleiben, mit Leuten wie Rast und Kuger und diesen neuen Jungen, die über den Königsweg zu uns kommen. Die Götter allein wissen, wie sie sein werden, aber du kannst wetten, dass Ser Allisar sie gegen ihn aufhetzt, und zwar bei erster Gelegenheit.«

Pyp verzog das Gesicht. »Du hast getan, was du konntest.«

»Was wir tun konnten, hat nicht genügt«, erwiderte Jon.

Eine tiefe Rastlosigkeit erfüllte ihn, während er zu Hardins Turm ging, um Geist zu holen. Der Schattenwolf lief neben ihm zu den Ställen. Einige der scheueren Pferde traten gegen die Boxenwände und legten die Ohren an, als die beiden hereinkamen. Jon sattelte seine Stute, stieg auf und ritt aus der Schwarzen Festung hinaus, gen Süden durch die mondbeschienene Nacht. Geist lief voraus, flog über den Boden und war einen Augenblick später verschwunden. Jon ließ ihn laufen. Ein Wolf brauchte die Jagd.

Er hatte kein Ziel im Sinn. Er wollte nur reiten. Ein Stück weit folgte er dem Bach, lauschte dem eisigen Murmeln des Wassers, dann ritt er quer über die Felder zum Königsweg. Schmal und steinig war er, von Unkraut überzogen, eine Straße ohne bestimmtes Versprechen und doch ein Anblick, der in Jon unermessliche Sehnsucht aufkommen ließ. Winterfell lag an dieser Straße, und jenseits davon Schnellwasser und Königsmund und Hohenehr und so viele andere Orte: Casterlystein, die Insel der Gesichter, die roten Berge von Dorne, die hundert Inseln von Braavos im Meer, die qualmenden Ruinen des alten Valyria. All jene Orte, die Jon nie sehen würde. Die Welt lag an dieser Straße … und er war hier.

Hatte er seinen Eid erst abgelegt, wäre die Mauer seine

Heimat, bis er das Alter von Maester Aemon erreicht hatte. »Noch habe ich den Eid nicht abgelegt«, murmelte er. Er war kein Ausgestoßener, der das Schwarz anlegen oder die Strafe für seine Verbrechen auf sich nehmen musste. Er war aus freien Stücken hergekommen, und er konnte auch aus freien Stücken wieder gehen … solange er jene Worte nicht gesprochen hatte. Er musste nur weiterreiten und konnte alles hinter sich lassen. Bis zum nächsten Vollmond wäre er wieder bei seinen Brüdern auf Winterfell.

Deinen *Halbbrüdern*, erinnerte ihn eine innere Stimme. *Und bei Lady Stark, die dich nicht willkommen heißen wird.* Für ihn war kein Platz auf Winterfell und auch kein Platz in Königsmund. Nicht einmal seine eigene Mutter hatte ihn gewollt. Der Gedanke an sie stimmte ihn traurig. Er fragte sich, wer sie gewesen sein mochte, wie sie ausgesehen hatte, warum sein Vater sie verlassen hatte. *Weil sie eine Hure oder eine Ehebrecherin war, Dummkopf! Etwas Finsteres und Unehrenhaftes, denn warum sonst sollte sich Lord Eddard schämen, von ihr zu sprechen?*

Jon Schnee wandte sich vom Königsweg ab und blickte sich um. Die Feuer der Schwarzen Festung waren hinter einem Hügel verborgen, doch die Mauer war zu sehen, schimmerte blass unter dem Mond, endlos und kalt, von Horizont zu Horizont.

Er riss sein Pferd herum und ritt nach Hause.

Geist kehrte zurück, als er auf eine Anhöhe kam und den fernen Glanz vom Lampenschein im Turm des Lord Kommandanten sah. Die Schnauze des Schattenwolfes war rot von Blut, während er neben dem Pferd hertrottete. Jon merkte auf dem Rückweg, dass er schon wieder an Samwell Tarly dachte. Als er zu den Ställen kam, wusste er, was er zu tun hatte.

Maester Aemons Gemächer befanden sich in einem stabilen, hölzernen Bau unter dem Krähenhorst. Alt und gebrechlich, wie er war, teilte der Maester seine Kammern mit zwei der jüngeren Kämmerer, die sich um seine Bedürfnisse kümmerten und ihm bei seinen Pflichten halfen. Die Brüder scherzten, man habe ihm die zwei hässlichsten Männer der Nachtwache gegeben. Da er blind war, blieb ihm der Anblick der beiden erspart. Klydas war klein, kahl und kinnlos und hatte kleine, hellrote Augen wie ein Maulwurf. Chett hatte eine Geschwulst von der Größe eines Taubeneis am Hals, und sein Gesicht war gerötet von Pickeln und Furunkeln. Vielleicht wirkte er aus diesem Grund stets so zornig.

Chett öffnete auf Jons Klopfen hin. »Ich muss mit Maester Aemon sprechen«, erklärte Jon.

»Der Maester ist im Bett, wo auch du sein solltest. Komm am Morgen wieder, und vielleicht empfängt er dich.« Schon wollte er die Tür schließen.

Jon hielt sie mit dem Fuß offen. »Ich muss jetzt mit ihm sprechen. Morgen früh ist es zu spät.«

Chett zog ein finsteres Gesicht. »Der Maester ist es nicht gewohnt, mitten in der Nacht gestört zu werden. Weißt du, wie alt er ist?«

»Alt genug, Besuchern mit mehr Höflichkeit zu begegnen als Ihr«, sagte Jon. »Bittet ihn in meinem Namen um Verzeihung. Ich würde seine Nachtruhe nicht stören, wenn es nicht wichtig wäre.«

»Und wenn ich mich weigere?«

Jon hatte seinen Stiefel fest in die Tür geklemmt. »Ich kann hier die ganze Nacht stehen, wenn es sein muss.«

Der schwarze Bruder gab ein angewidertes Grunzen von sich und öffnete die Tür, um ihn hereinzulassen. »Warte in der Bibliothek. Dort ist Holz. Mach Feuer. Ich werde nicht zulassen, dass sich der Maester deinetwegen erkältet.«

Schon knisterten die Scheite fröhlich, da führte Chett Maester Aemon herein. Der alte Mann trug sein Schlafgewand, doch um seinen Hals lag die Münzkette seines Ordens. »Der Stuhl am Feuer wäre mir angenehm«, sagte er, als er die Wärme in seinem Gesicht spürte. Als er bequem saß, bedeckte Chett seine Beine mit einem Fell und stellte sich an die Tür.

»Es tut mir leid, dass ich Euch geweckt habe, Maester«, sagte Jon Schnee.

»Du hast mich nicht geweckt«, erwiderte Maester Aemon. »Ich benötige immer weniger Schlaf, je älter ich werde, und ich bin schon sehr alt. Oft verbringe ich die halbe Nacht mit Gespenstern der Vergangenheit und erinnere mich an Zeiten vor fünfzig Jahren, als wäre es gestern erst gewesen. Das Mysterium eines mitternächtlichen Besuchers ist eine willkommene Abwechslung. Nun sag mir, Jon Schnee, warum besuchst du mich zu dieser ungewohnten Stunde?«

»Um darum zu bitten, dass Samwell Tarly von der Ausbildung befreit und als Bruder der Nachtwache aufgenommen wird.«

»Das ist nicht Sache Maester Aemons«, beschwerte sich Chett.

»Unser Lord Kommandant hat die Ausbildung der Rekruten in die Hände von Ser Allisar Thorn gelegt«, erklärte der Maester gütig. »Nur er entscheidet, wann ein Junge bereit ist, seinen Eid abzulegen, wie du sicher weißt. Warum kommst du mit diesem Anliegen zu mir?«

»Der Lord Kommandant hört auf Euch«, erklärte Jon. »Und die Verwundeten und Kranken der Nachtwache unterliegen Eurer Verantwortung.«

»Und ist dein Freund Samwell verwundet oder krank?«

»Das wird er sein, wenn Ihr nicht helft.«

Er erzählte ihnen alles, selbst den Teil, als er Geist an Rasts Kehle hatte. Maester Aemon lauschte schweigend, die blinden Augen aufs Feuer gerichtet, doch Chetts Miene verfinsterte sich mit jedem Wort. »Ohne uns, die ihm zur Seite stehen, hat Sam keine Chance«, endete Jon. »Was das Schwert betrifft, ist Hopfen und Malz bei ihm verloren. Selbst meine Schwester Arya könnte ihn niedermähen, und die ist nicht mal zehn. Wenn Ser Allisar ihn kämpfen lässt, ist es nur eine Frage der Zeit, bis er verletzt oder getötet wird.«

Chett konnte nicht mehr an sich halten. »Ich habe diesen fetten Jungen im Gemeinschaftssaal gesehen«, erregte er sich. »Er ist ein Schwein und eine hoffnungslose Memme dazu, wenn das wahr ist, was du sagst.«

»Vielleicht ist es so«, erwiderte Maester Aemon. »Sagt mir, Chett, was würdet Ihr mit einem solchen Jungen tun?«

»Ihn lassen, wo er ist«, sagte Chett. »Die Mauer ist kein Ort für Schwächlinge. Lasst ihn üben, bis er bereit ist, egal wie viele Jahre es dauern mag. Ser Allisar wird ihn zum Mann machen oder töten, ganz nach dem Willen der Götter.«

»Das ist *dumm*«, warf Jon ein. Er holte tief Luft, um seine Gedanken zu ordnen. »Ich erinnere mich, dass ich einmal Maester Luwin gefragt habe, warum er eine Kette um den Hals trägt.«

Maester Aemon berührte seine eigene Kette, und seine knochigen, faltigen Finger strichen über die schweren Metallglieder. »Weiter.«

»Er hat mir erklärt, das Ordensband eines Maesters bestehe aus einer Kette von einzelnen Gliedern, die ihn daran erinnern sollen, dass er zum Dienen vereidigt ist«, sagte Jon nachdenklich. »Ich habe ihn gefragt, warum jedes Glied aus anderem Metall besteht. Eine Silberkette würde viel besser zu seinem grauen Gewand passen, habe ich ihm gesagt. Maester Luwin lachte. Ein Maester schmiedet seine Kette mit Studien, hat er mir erklärt. Die verschiedenen Metalle stehen für verschiedene Lehren, Gold für die Studien von Geld und Rechnungswesen, Silber für das Heilen. Eisen für die Kriegskunst. Und er sagt, es gäbe noch andere Bedeutungen. Das Band soll den Maester an das Reich erinnern, dem er dient, ist es nicht so? Lords sind Gold und Ritter Stahl, aber zwei Glieder sind noch keine Kette. Man braucht dazu noch Silber und Eisen und Blei, Blech und Kupfer und Bronze und den ganzen Rest, und die sind Bauern und Schmiede und Händler und Ähnliches. Eine Kette braucht die unterschiedlichsten Metalle, und ein Land braucht die unterschiedlichsten Menschen.«

Maester Aemon lächelte. »Und?«

»Die Nachtwache braucht auch die unterschiedlichsten Menschen. Wozu sonst Grenzer, Kämmerer und Baumeister? Lord Randyll konnte aus Sam keinen Krieger machen, und auch Ser Allisar kann es nicht. Man kann Blech nicht in Stahl verwandeln, so sehr man es auch schmiedet, doch das bedeutet nicht, dass Blech nutzlos wäre. Warum sollte Sam nicht Kämmerer werden?«

Chett stieß ein wütendes Knurren aus. »*Ich bin* Kämmerer. Glaubst du, das wäre eine leichte Arbeit für Feiglinge? Die Kämmerer halten die Nachtwache am Leben. Wir jagen und ernten, kümmern uns um die Pferde, melken die Kühe, sammeln Feuerholz, kochen die Mahlzeiten. Was glaubst du, wer deine Kleider näht? Wer bringt Nachschub aus dem Süden? Die Kämmerer.«

Maester Aemon sprach sanfter. »Ist dein Freund ein Jäger?«

»Er hasst die Jagd«, musste Jon einräumen.

»Kann er ein Feld pflügen?«, fragte der Maester weiter. »Kann er einen Wagen fahren oder ein Schiff segeln? Kann er eine Kuh schlachten?«

»Nein.«

Chett stieß ein hässliches Lachen aus. »Ich habe gesehen,

was mit weichen Lordlingen passiert, wenn man sie an die Arbeit schickt. Lass sie Butter rühren, und ihre Hände bekommen Blasen und bluten. Gib ihnen eine Axt zum Holzhacken, und sie schlagen sich den eigenen Fuß ab.«

»Ich weiß etwas, das Sam besser als jeder andere kann.«

»Ja?«, fragte Maester Aemon.

Argwöhnisch sah Jon zu Chett hinüber, der neben der Tür stand, seine Furunkel rot und böse. »Er könnte Euch helfen«, fuhr er eilig fort. »Er kann rechnen, lesen und schreiben. Ich weiß, Chett hingegen kann nicht lesen, und Klydas hat schwache Augen. Sam hat alle Bücher in der Bibliothek seines Vaters gelesen. Er wäre auch gut zu den Raben. Tiere scheinen ihn zu mögen. Geist hat sich sofort mit ihm angefreundet. Es gibt eine Menge, was er tun könnte, nur eben nicht kämpfen. Die Nachtwache braucht jeden Mann. Warum einen ohne jeden Sinn töten? Nutzt stattdessen seine Begabungen.«

Maester Aemon schloss die Augen, und einen kurzen Moment lang fürchtete Jon, er sei eingeschlafen. Endlich sagte er: »Maester Luwin war dir ein guter Lehrer, Jon Schnee. Dein Verstand ist so kühn wie deine Klinge, so scheint es.«

»Bedeutet das …?«

»Es bedeutet, dass ich über das, was du mir erzählt hast, nachdenken werde«, erklärte der Maester mit fester Stimme. »Und nun, glaube ich, bin ich müde genug zum Schlafen. Chett, geleite unseren jungen Bruder zur Tür.«

 **TYRION**

Sie hatten in einem Espenwäldchen gleich neben der Berg-straße Schutz gesucht. Tyrion sammelte totes Holz, während ihre Pferde Wasser aus einem Bergbach tranken. Er bückte sich, um einen gesplitterten Ast aufzuheben, und untersuchte ihn eingehend. »Wird das gehen? Ich bin nicht geübt im Feuermachen. Das hat Morrec immer für mich er-ledigt.«

»Ein *Feuer?*«, sagte Bronn und spuckte aus. »Bist du so hungrig, dass du dafür sterben würdest, Zwerg? Oder hast du den Verstand verloren? Ein Feuer lockt meilenweit die Clans an. Ich will diese Reise überleben, Lennister.«

»Und wie willst du das bewerkstelligen?«, fragte Tyri-on. Er klemmte den Ast unter den Arm und stocherte im spärlichen Unterholz herum, suchte nach mehr. Sein Rü-cken schmerzte von der Mühsal des Bückens. Seit Tagesan-bruch, nachdem Ser Lyn Corbray sie mit steinerner Miene durch das Bluttor geführt und ihnen verboten hatte, jemals zurückzukommen, waren sie geritten.

»Wir haben keine Chance, wenn's ans Kämpfen geht«, er-klärte Bronn, »aber zwei kommen schneller voran als zehn und sind nicht so leicht zu entdecken. Je weniger Zeit wir in diesen Bergen verbringen, desto wahrscheinlicher erreichen wir die Flusslande. Reite hart und schnell, sage ich. Reise bei Nacht und verkrieche dich bei Tag, vermeide die Straße, wo es geht, mach keinen Lärm und zünde kein Feuer an.«

Tyrion Lennister seufzte. »Ein glänzender Plan, Bronn.

Versuch es damit, wenn du willst ... und verzeih mir, wenn ich mich nicht damit aufhalte, dich zu begraben.«

»Du meinst, du willst mich überleben, Zwerg?« Der Söldner grinste. Er hatte eine dunkle Lücke in seinem Lächeln, wo die Kante von Ser Vardis Egens Schild ihm einen Zahn ausgeschlagen hatte.

Tyrion zuckte mit den Schultern. »Bei Nacht hart und schnell zu reiten, ist eine sichere Methode, am Berg auszurutschen und sich den Hals zu brechen. Ich ziehe es vor, langsam und entspannt zu reisen. Ich weiß, dass dir der Geschmack von Pferden zusagt, Bronn, nur wenn unsere Tiere diesmal unter uns wegsterben, werden wir versuchen müssen, Schattenkatzen zu satteln, und wenn ich die Wahrheit sagen soll, so glaube ich, dass uns die Clans entdecken werden, egal was wir tun. Ihre Augen sind überall.« Er deutete auf die hohen, windumtosten Klippen rundum.

Bronn verzog das Gesicht. »Dann sind wir tot, Lennister.«

»Wenn ja, so ziehe ich es vor, bequem zu sterben«, erwiderte Tyrion. »Wir brauchen Feuer. Die Nächte hier oben sind kalt, und warmes Essen wird uns die Bäuche wärmen und aufmuntern. Glaubst du, wir könnten hier Wild finden? Lady Lysa hat uns freundlicherweise mit einem veritablen Festmahl aus Pökelfleisch, hartem Käse und altem Brot versorgt, nur würde ich mir ungern so fern vom nächsten Maester einen Zahn abbrechen.«

»Fleisch kann ich besorgen.« Unter einer Strähne von schwarzem Haar hervor beobachtete Bronn mit seinen dunklen Augen Tyrion voller Argwohn. »Ich sollte dich mit deinem Feuer hier zurücklassen. Wenn ich dein Pferd nähme, stünden meine Chancen doppelt gut, es zu schaffen. Was würdest du dann tun, Zwerg?«

»Sterben höchstwahrscheinlich.« Tyrion bückte sich, um einen weiteren Zweig aufzuheben.

»Denkst du, ich würde es nicht tun?«

»Du würdest es sofort tun, wenn dein Leben davon abhinge. Schließlich warst du auch schnell damit, deinen Freund Chiggen zum Schweigen zu bringen, als er diesen Pfeil in den Bauch bekam.« Bronn hatte den Kopf des Mannes am Haar zurückgerissen, die Spitze seines Dolches unterm Ohr hineingetrieben und später Catelyn Stark erklärt, der Söldner sei seiner Wunde erlegen.

»Er war so gut wie tot«, sagte Bronn, »und sein Stöhnen lockte sie an. Chiggen hätte dasselbe für mich getan ... und er war kein Freund, nur ein Mann, mit dem ich gemeinsam geritten bin. Täusche dich nicht, Zwerg. Ich habe für dich gekämpft, aber ich liebe dich nicht.«

»Ich brauche deine Klinge«, erwiderte Tyrion, »nicht deine Liebe.« Er warf seinen Arm voll Holz zu Boden.

Bronn grinste. »Du bist unerschrocken wie ein Söldner, das will ich dir zugestehen. Woher wusstest du, dass ich für dich eintrete?«

»Wissen?« Tyrion hockte sich unbeholfen auf seine verkümmerten Beine, um das Feuer einzurichten. »Ich habe gewürfelt. Damals im Wirtshaus haben Chiggen und du geholfen, mich gefangen zu nehmen. Warum? Die anderen sahen es als ihre Pflicht, für die Ehre der Herren, denen sie dienen, nicht so ihr beiden. Ihr hattet keinen Herrn, keine Pflicht und ziemlich wenig Ehre, warum sich also einmischen?« Er nahm sein Messer hervor und schnitzte etwas Rinde von den Stöcken, die er gesammelt hatte, um sie als Zünder zu verwenden. »Nun, weshalb tun Söldner überhaupt irgendwas? Für Gold. Ihr dachtet, Lady Catelyn würde euch für eure Hilfe belohnen, euch vielleicht sogar in ihre Dienste nehmen. Hier, das sollte genügen, hoffe ich. Hast du einen Feuerstein?«

Bronn schob zwei Finger in den Beutel an seinem Gürtel und warf einen Feuerstein herüber. Tyrion fing ihn aus der Luft.

»Meinen Dank«, sagte er. »Die Sache ist, dass ihr die Starks nicht kanntet. Lord Eddard ist ein stolzer, ehrenhafter und ehrlicher Mann, und sein holdes Weib ist noch übler. Oh, ohne Zweifel hätte sie die eine oder andere Münze für euch übrig gehabt, wenn das alles vorüber gewesen wäre, und sie euch mit freundlichen Worten und angewidertem Blick in die Hand gedrückt, aber mehr hättet ihr euch nicht erhoffen dürfen. Die Starks suchen Mut und Treue und Ehre in den Männern, die sie für ihre Dienste wählen, und wenn ich die Wahrheit sagen soll, waren Chiggen und du nichts als Abschaum.« Tyrion schlug den Feuerstein an seinen Dolch, um einen Funken hervorzurufen. Nichts.

Bronn schnaubte. »Du hast eine kühne Zunge, kleiner Mann. Eines Tages könnte sie dir jemand rausschneiden und dir selbst zum Fressen geben.«

»Das sagen sie alle.« Tyrion blickte zum Söldner auf. »Habe ich dich verletzt? Ich bitte um Verzeihung ... aber du bist Abschaum, Bronn, täusch dich nicht. Pflicht, Ehre, Freundschaft, was bedeuten sie dir schon? Nein, spar dir die Mühe, wir kennen beide die Antwort. Dennoch, dumm bist du nicht. Im Grünen Tal hatte Lady Stark keine Verwendung mehr für dich ... aber ich, und das Einzige, woran es den Lennisters nie gemangelt hat, war Gold. Als der Moment kam, die Würfel zu zücken, habe ich darauf gebaut, dass du klug genug wärst zu erkennen, was in deinem Interesse liegt. Zum Glück für mich wusstest du es.« Wieder schlug er Stein und Stahl aneinander, abermals vergebens.

»Hier«, sagte Bronn und hockte sich hin. »Ich mach das.« Er nahm Tyrion Messer und Feuerstein aus den Händen und schlug schon beim ersten Versuch Funken. Ein Stück Rinde begann zu glimmen.

»Gut gemacht«, lobte Tyrion. »Abschaum magst du sein, doch du bist unbestreitbar nützlich, ja, mit dem Schwert bist du fast so gut wie mein Bruder Jaime. Was willst du, Bronn? Gold? Land? Frauen? Beschütze mein Leben, und du sollst es bekommen.«

Sanft blies Bronn ins Feuer, und die Flammen sprangen höher. »Und wenn du stirbst?«

»Nun, dann gibt es jemanden, der mich ehrlich betrauert«, gab Tyrion grinsend zurück. »Dein Anspruch auf das Gold endet mit mir.«

Das Feuer flackerte hübsch. Bronn stand auf, steckte den Flint wieder in seinen Beutel und warf Tyrion dessen Dolch zu. »Abgemacht«, sagte er. »Dann gehört mein Schwert dir ... aber glaub nicht, dass ich jedes Mal auf die Knie falle und *M'lord* sage, wenn du scheißen musst. Ich spiele für niemanden den Speichellecker.«

»Und auch nicht den Freund«, entgegnete Tyrion. »Ich bin mir sicher, dass du mich ebenso schnell verrätst wie Lady Stark, wenn du dir einen Gewinn davon versprichst. Sollte je der Tag kommen, an dem du versucht bist, mich zu verkaufen, denk immer daran, Bronn ... ich zahle deren Preis, gleich wie hoch er sein mag. Ich lebe *gern*. Und jetzt: Meinst du, du könntest uns etwas zum Abendessen besorgen?«

»Kümmere dich um die Pferde«, forderte ihn Bronn auf und zog den langen Dolch von seiner Hüfte. Damit verschwand er zwischen den Bäumen.

Eine Stunde später waren die Pferde gestriegelt und gefüttert, das Feuer knisterte fröhlich vor sich hin, und die Lende einer jungen Ziege drehte sich tropfend und zischend über den Flammen. »Jetzt fehlt uns nur noch etwas guter Wein, um unser Zicklein herunterzuspülen«, sagte Tyrion.

»Das, eine Frau und noch ein Dutzend Schwertkämpfer«, meinte Bronn. Er saß mit gekreuzten Beinen am Feuer und schärfte die Klinge seines Langschwerts mit einem Ölstein.

In dem Geräusch lag etwas seltsam Beruhigendes. »Bald wird es ganz dunkel sein«, erklärte der Söldner. »Ich übernehme die erste Wache … ob sie uns nun nützt oder nicht. Vielleicht wäre es schöner, wenn sie uns im Schlaf töten würden.«

»Oh, ich denke, sie werden längst hier sein, bevor wir schlafen.« Beim Duft des gebratenen Fleischs lief Tyrion das Wasser im Mund zusammen.

Bronn beobachtete ihn übers Feuer hinweg. »Du hast einen Plan«, sagte er ausdruckslos beim Schaben von Stahl auf Stein.

»Eine Hoffnung würde ich es eher nennen«, sagte Tyrion.

»Wieder ein Würfelspiel.«

»Bei dem unser Leben auf dem Spiel steht?«

Tyrion zuckte mit den Achseln. »Haben wir die Wahl?« Er beugte sich übers Feuer und schnitt eine dünne Scheibe Fleisch von der Ziege. »Ahhhh«, seufzte er selig, während er kaute. Fett lief ihm übers Kinn. »Etwas zäher, als mir lieb ist, und ein wenig fade gewürzt, aber ich werde mich nicht allzu laut beklagen. Auf Hohenehr würde jetzt ich für die Hoffnung auf eine gekochte Bohne am Abgrund tanzen.«

»Und doch hast du dem Kerkermeister eine Börse voller Gold gegeben«, wandte Bronn ein.

»Ein Lennister zahlt stets seine Schulden.«

Selbst Mord hatte es kaum glauben können, als Tyrion ihm den Lederbeutel zuwarf. Die Augen des Kerkermeisters waren groß wie gekochte Eier, als er das Band aufriss und Gold glänzen sah. »Das Silber habe ich behalten«, hatte Tyrion ihm mit schiefem Grinsen erklärt, »aber dir wurde Gold versprochen, und da ist es.« Es war mehr, als sich ein Mann wie Mord in einem ganzen Leben des Quälens von Gefangenen zu verdienen erhoffen konnte. »Und denk daran, was ich gesagt habe: Das ist nur ein Vorgeschmack.

Solltest du je von Lady Lysas Diensten genug haben, komm nach Casterlystein, und ich gebe dir den Rest, den ich dir schulde.« Während goldene Drachen durch seine Finger rieselten, war Mord auf die Knie gefallen und hatte versprochen, dass er es genau so machen würde.

Bronn zog seinen Dolch hervor und nahm das Fleisch vom Feuer. Er begann, dicke Streifen verkohlten Bratens von den Knochen zu schneiden, während Tyrion zwei Kanten altes Brot aushöhlte. »Wenn wir zum Fluss kommen, was tun wir dann?«, fragte der Söldner, während er schnitt.

»Oh, eine Hure und ein Federbett und eine Flasche Wein für den Anfang.« Tyrion hielt sein Brot hin, und Bronn füllte es mit Fleisch. »Und dann nach Casterlystein oder Königsmund, glaube ich. Ich möchte ein paar Fragen beantwortet haben hinsichtlich eines gewissen Dolches.«

Der Söldner kaute und schluckte. »Also hast du die Wahrheit gesagt? Es war nicht dein Messer?«

Tyrion lächelte schmal. »Sehe ich wie ein Lügner aus?«

Als ihre Bäuche voll waren, standen die Sterne am Himmel, und der halbe Mond stieg über den Bergen auf. Tyrion breitete seinen Umhang am Boden aus, legte sich darauf und benutzte den Sattel als Kissen. »Unsere Freunde lassen sich reichlich Zeit.«

»An deren Stelle würde ich eine Falle fürchten«, sagte Bronn. »Warum sonst sollten wir so ungeschützt herumsitzen, wenn nicht, um sie anzulocken?«

Tyrion gluckste. »Dann sollten wir singen und sie damit entsetzt in die Flucht schlagen.« Er fing an, eine Melodie zu pfeifen.

»Du bist verrückt, Zwerg«, sagte Bronn, während er sich mit seinem Dolch das Fett unter den Fingernägeln hervorkratzte.

»Wo bleibt deine Liebe zur Musik, Bronn?«

»Wenn du Musik willst, hättest du den Sänger bitten sollen, für dich einzutreten.«

Tyrion grinste. »Das wäre amüsant gewesen. Ich sehe ihn schon vor mir, wie er Ser Vardis mit seiner Holzharfe auf Abstand hält.« Dann pfiff er weiter. »Kennst du dieses Lied?«, erkundigte er sich.

»Man hört es hier und da, in Tavernen und Hurenhäusern.«

»Myrisch. ›Die Jahreszeiten meiner Liebe.‹ Süß und melancholisch, falls dir das etwas sagt. Das erste Mädchen, mit dem ich je das Bett teilte, hat es oft gesungen, und ich habe es nie mehr aus dem Kopf bekommen.« Tyrion sah zum Himmel auf. Es war eine klare, kalte Nacht, und die Sterne funkelten über den Bergen, grell und gnadenlos wie die Wahrheit. »Ich habe sie in einer Nacht wie dieser kennengelernt«, hörte der Gnom sich selbst sagen. »Jaime und ich ritten von Lennishort zurück, als wir einen Schrei vernahmen, und sie kam auf die Straße gelaufen, zwei Männer auf den Fersen, die ihr Drohungen hinterherschrien. Mein Bruder zog sein Schwert und verfolgte die beiden, während ich abstieg, um das Mädchen zu beschützen. Sie war kaum ein Jahr älter als ich, dunkelhaarig, schlank, mit einem Gesicht, das einem das Herz brechen konnte. Ganz sicher hat es mir das meine gebrochen. Von niedriger Geburt, halb verhungert, ungewaschen … aber wunderschön. Man hatte ihr die Lumpen, die sie trug, halb vom Leib gerissen, und so wärmte ich sie mit meinem Umhang, derweil Jaime die Männer in den Wald jagte. Als er wieder angetrabt kam, hatte ich ihr den Namen und auch eine Geschichte entlockt. Sie war die Tochter eines Kleinbauern, eine Waise, seit ihr Vater am Fieber gestorben war, auf dem Weg nach … nun, im Grunde nirgendwohin.

Jaime war ganz wild darauf, die Männer zu jagen. Es kam nicht oft vor, dass Banditen Reisende so nah bei Casterlystein überfielen, und er betrachtete das als persönliche Beleidigung. Das Mädchen war so verängstigt, deshalb konnte ich es nicht einfach allein fortschicken und bot daher an, es zum nächsten Wirtshaus zu bringen und zu verköstigen, während mein Bruder nach Casterlystein ritt, um Hilfe zu holen.

Sie war hungriger, als ich für möglich gehalten hätte. Wir aßen zwei ganze Hühner und noch ein wenig vom dritten, und der Wein muss mir zu Kopf gestiegen sein, wie ich fürchte. Bald darauf lag ich mit ihr im Bett. Wenn sie schüchtern war, so war ich noch schüchterner. Ich habe keine Ahnung, wie ich den Mut aufbrachte. Als ich ihr die Unberührtheit nahm, weinte sie, doch hat sie mich später geküsst und ihr kleines Lied gesungen, und am nächsten Morgen war ich verliebt.«

»*Du?*« Bronns Stimme klang amüsiert.

»Absurd, nicht?« Wieder begann Tyrion, das Lied zu pfeifen. »Ich habe sie geheiratet«, gab er schließlich preis.

»Ein Lennister von Casterlystein, verheiratet mit einer Bauerntochter«, sagte Bronn. »Wie hast du das geschafft?«

»Oh, du würdest staunen, was ein Junge mit ein paar Lügen, fünfzig Silberstücken und einem betrunkenen Septon erreichen kann. Ich habe nicht gewagt, meine Braut mit heim nach Casterlystein zu bringen, deshalb habe ich sie in ihrem eigenen Landhaus untergebracht, und vierzehn Tage lang spielten wir Mann und Frau. Bis dahin war der Septon ausgenüchtert und gestand meinem Hohen Vater die ganze Geschichte.« Überrascht stellte Tyrion fest, wie traurig es ihn stimmte, davon zu erzählen, selbst nach so vielen Jahren noch. Vielleicht war er nur müde. Er setzte sich auf und starrte in die verglimmende Glut und blinzelte ins Licht.

»Er hat das Mädchen fortgeschickt?«

»Nicht nur das«, sagte Tyrion. »Erst holte er die Wahrheit aus meinem Bruder heraus. Du musst wissen, dass das

Mädchen eine Hure war. Jaime hatte die ganze Sache arrangiert, die Straße, die Banditen, einfach alles. Er meinte, es würde Zeit, dass ich die Frauen kennenlernte. Dem Mädchen hat er den doppelten Preis gezahlt, da er wusste, dass es für mich das erste Mal war.

Nachdem Jaime sein Geständnis abgelegt hatte, holte Lord Tywin, um die Lektion komplett zu machen, meine Frau herein und überließ sie seiner Garde. Man hat sie gut bezahlt. Ein Silberstück für jeden Mann, wie viele Huren bekommen schon einen solchen Preis? In der Kaserne setzte er mich in eine Ecke und ließ mich zusehen, und am Ende hatte sie so viel Silber, dass ihr die Münzen durch die Finger glitten und über den Boden rollten, sie ...« Der Rauch brannte in seinen Augen. Tyrion räusperte sich und wandte sich vom Feuer ab, um in die Dunkelheit zu blicken. »Lord Tywin ließ mich als Letzten an die Reihe kommen«, fuhr er mit leiser Stimme fort. »Und er gab mir eine Goldmünze, mit der ich sie bezahlen sollte, weil ich ein Lennister und daher mehr wert war.«

Nach einer Weile hörte er wieder dieses Geräusch, das Kratzen von Stahl auf Stein. Bronn schärfte sein Schwert weiter. »Dreizehn oder dreißig oder drei, ich hätte den Mann getötet, der mir so etwas antut.«

Tyrion fuhr herum und sah ihn an. »Du könntest eines Tages Gelegenheit dazu bekommen. Denk daran, was ich dir gesagt habe. Ein Lennister begleicht stets seine Schuld.« Er gähnte. »Ich glaube, ich werde versuchen zu schlafen. Weck mich, bevor wir sterben.«

Er rollte sich in sein Schattenfell und schloss die Augen. Der Boden war steinig und kalt, nach einiger Zeit schlief Tyrion Lennister dennoch ein. Er träumte von der Himmelszelle. Diesmal war er der Kerkermeister, nicht der Gefangene, *groß*, mit einem Riemen in der Hand, und er schlug nach seinem Vater, trieb ihn zurück, zum Abgrund hin ...

»*Tyrion.*« Bronns Warnung brach laut und dringlich in seinen Traum ein.

Nur ein Augenblinzeln später war Tyrion wach. Das Feuer war zu glimmender Kohle heruntergebrannt, und überall um sie herum schlichen die Schatten heran. Bronn stützte sich auf ein Knie, mit dem Schwert in einer Hand und seinem Dolch in der anderen. Tyrion hob die Hand: *nicht rühren*, sagte sie. »Kommt an unser Feuer, die Nacht ist kalt«, rief er den schleichenden Schatten zu. »Ich fürchte, wir haben keinen Wein, den wir euch bieten könnten, aber gern laden wir euch zu unserem Ziegenbraten ein.«

Alle Bewegungen erstarrten. Tyrion sah Mondlicht auf Metall schimmern. »Unser Berg«, rief eine Stimme zwischen den Bäumen hervor, tief und hart und unfreundlich. »Unsere Ziege.«

»Eure Ziege«, gab Tyrion ihm recht. »Wer seid ihr?«

»Wenn ihr euren Göttern gegenübersteht«, antwortete eine andere Stimme, »sagt ihnen, es war Gunthor, Sohn des Gurn von den Felsenkrähen, der euch geschickt hat.« Ein Ast knackte unter seinen Füßen, als er ins Licht trat, ein dünner Mann mit gehörntem Helm, bewaffnet mit einem langen Messer.

»Und Shagga, Sohn des Dolf.« Das war die erste Stimme, tief und tödlich. Ein Felsbrocken zu ihrer Linken bewegte sich und stand auf, wurde ein Mensch. Massig und langsam und stark schien er, in Felle gekleidet, mit einem Knüppel in der rechten Hand und einer Axt in der linken. Er schlug beides aneinander, während er näher kam.

Andere Stimmen riefen andere Namen, Conn und Torrek und Jaggat und noch weitere, die Tyrion im selben Moment vergaß, in dem er sie hörte. Mindestens zehn. Einige hatten Schwerter und Messer, andere schwangen Mistgabeln und Sicheln und hölzerne Speere. Er wartete, bis alle ihre Namen gerufen hatten, dann erst antwortete er. »Ich bin Tyrion, Sohn des Tywin vom Clan der Lennisters, der Löwen von Casterlystein. Wir wollen gern für die Ziege zahlen, die wir verspeist haben.«

»Was hast du uns zu bieten, Tyrion, Sohn des Tywin?«, fragte der eine, der sich Gunthor nannte und der ihr Häuptling zu sein schien.

»Dort ist Silber in meinem Beutel«, erklärte Tyrion. »Diese Halsberge, die ich trage, ist mir zu groß, doch sollte sie Conn gut anstehen, und die Streitaxt, die ich bei mir habe, müsste in Shaggas mächtige Hand besser passen als sein Holzbeil.«

»Der Halbmann würde uns mit unserem eigenen Geld bezahlen«, sagte Conn.

»Conn spricht die Wahrheit«, meldete sich Gunthor. »Euer Silber ist unser. Eure Pferde sind unser. Deine Halsberge und deine Streitaxt und das Messer an deinem Gürtel, auch die gehören uns. Du hast uns nichts als dein Leben zu geben. Wie würdest du gern sterben, Tyrion, Sohn des Tywin?«

»In meinem eigenen Bett, den Bauch voller Wein, meinen Schwanz im Mund einer Jungfrau und ich im Alter von achtzig Jahren«, erwiderte er.

Der Riese Shagga lachte als Erster und am lautesten. Die anderen schienen weit weniger amüsiert. »Conn, nimm ihre Pferde«, befahl Gunthor. »Tötet den anderen, und fangt den Halbmann. Er kann die Ziegen melken und die Mütter zum Lachen bringen.«

Bronn sprang auf. »Wer stirbt zuerst?«

»*Nein!*«, fuhr Tyrion dazwischen. »Gunthor, Sohn des Gurn, hör mich an. Meine Familie ist reich und mächtig. Wenn uns die Felsenkrähen sicher durch die Berge geleiten, wird mein Hoher Vater euch mit Gold überhäufen.«

»Das Gold eines Flachlandlords ist wertlos wie die Versprechen eines Halbmannes«, sagte Gunthor.

»Ein halber Mann mag ich wohl sein«, sagte Tyrion, »dennoch habe ich den Mut, mich meinen Feinden zu stellen. Was tun die Felsenkrähen anderes, als sich hinter Felsen zu verstecken und vor Angst zu zittern, wenn die Ritter aus dem Grünen Tal vorüberreiten?«

Shagga stieß wütendes Gebrüll aus und schlug Knüppel gegen Axt. Jaggot stocherte mit der feuergehärteten Spitze eines langen Holzspeeres vor Tyrions Gesicht herum. Der gab sich alle Mühe, nicht zurückzuschrecken. »Sind das die besten Waffen, die ihr stehlen konntet?«, sagte er. »Vielleicht gerade gut genug, um Schafe zu töten ... falls die Schafe sich nicht wehren. Die Schmiede meines Vaters scheißen besseren Stahl als das.«

»Kleiner Kindmann«, brüllte Shagga, »verspottest du meine Axt noch, wenn ich dir deine Männlichkeit abhacke und sie an die Ziegen verfüttere?«

Doch Gunthor hob eine Hand. »Nein. Ich will hören, was er sagt. Die Mütter hungern, und Stahl füttert mehr Mäuler als Gold. Was würdest du uns für euer Leben geben, Tyrion, Sohn des Tywin? Lanzen? Kettenhemden?«

»Das und weit mehr, Gunthor, Sohn des Gurn«, erwiderte Tyrion lächelnd. »Ich gebe euch das Grüne Tal von Arryn.«

 EDDARD

Durch die hohen, schmalen Fenster des höhlenartigen Thronraumes im Roten Bergfried fiel das Licht der untergehenden Sonne auf den Boden, warf dunkelrote Streifen an die Wände, von denen einst die Drachenköpfe gehangen hatten. Nun war der Stein mit Wandteppichen von Jagdszenen behängt, lebhaft in Grün und Braun und Blau, und doch schien es Ned Stark, als sei die einzige Farbe in der Halle das Rot von Blut.

Er saß hoch oben auf dem mächtigen, uralten Thron Aegons des Eroberers, einer eisernen Monstrosität aus Stacheln und gezackten Rändern und grotesk verformtem Metall. Der Stuhl war, wie Robert ihn gewarnt hatte, höllisch unbequem, und das nie mehr als jetzt, da es in seinem zertrümmerten Bein mit jeder Minute heftiger pochte. Das Metall unter ihm war von Stunde zu Stunde härter geworden, und der mit Reißzähnen besetzte Stahl in seinem Rücken machte es ihm unmöglich, sich zurückzulehnen. *Ein König sollte nie bequem sitzen*, hatte Aegon der Eroberer gesagt, als er seinen Waffenschmieden befohlen hatte, einen großen Stuhl aus den niedergelegten Schwertern seiner Feinde zu schmieden. *Verdammt sei Aegon für seine Arroganz*, dachte Ned trübsinnig, *und verdammt sei auch Robert mit seiner Jagd.*

»Ihr seid ganz sicher, dass diese Leute mehr als Räuber waren?«, fragte Varys leise vom Ratstisch unterhalb des Thrones her. Großmaester Pycelle rührte sich unruhig neben ihm, während Kleinfinger mit einer Feder spielte. Sie waren die einzigen anwesenden Ratsherren. Ein weißer Hirsch war im Königswald gesichtet worden, und Lord Renly und Ser Barristan hatten sich dem König auf dessen Jagd angeschlossen, dazu Prinz Joffrey, Sandor Clegane, Balon Swann und der halbe Hofstaat. Deshalb musste Ned in seiner Abwesenheit den Thron besetzen.

Wenigstens *konnte* er sitzen. Sah man vom Rat ab, mussten alle anderen respektvoll stehen oder knien. Die Bittsteller drängten sich an den hohen Türen, die Ritter und die hohen Herren und Damen unter den Wandteppichen, das gemeine Volk auf der Empore, die Gardisten mit Kettenhemd und Umhang, golden oder grau: Sie alle standen.

Die Dörfler knieten: Männer, Frauen und Kinder gleichermaßen zerlumpt und blutig, die Mienen von Angst gezeichnet. Die drei Ritter, die sie hergebracht hatten, warteten hinter ihnen.

»*Räuber*, Lord Varys?« Ser Raymun Darrys Stimme troff vor Hohn. »Oh, es waren Räuber, zweifelsohne. Lennister-Räuber.«

Ned spürte die Anspannung im Saal, als hohe Herren und Diener gleichermaßen angestrengt lauschten. Er konnte nicht vorgeben, überrascht zu sein. Der Westen war eine Zunderschachtel, seit Catelyn Tyrion Lennister festgenommen hatte. Sowohl Schnellwasser als auch Casterlystein hatten zu den Fahnen gerufen, und die Armeen sammelten sich im Bergpass unterhalb des Goldzahn. Es war nur eine Frage der Zeit, bis Blut floss. Die Frage blieb nur, wie die Wunde danach am besten zu stillen war.

Ser Karyl Vanke mit den traurigen Augen, der schmuck ausgesehen hätte, wäre nicht das weinrote Muttermal gewesen, das sein Gesicht entstellte, deutete auf die knienden Dörfler. »Das ist alles, was von der Feste Sherrer geblieben ist, Lord Eddard. Der Rest ist tot, ebenso die Bevölkerung von Wendisch und Mummersfurt.«

»Steht auf«, befahl Ned den Dörflern. Er traute Worten nicht, die auf Knien gesprochen wurden. »Ihr alle, steht auf.«

Die Feste Sherrer erhob sich auf die Beine. Einem alten Mann musste geholfen werden, und ein junges Mädchen in blutigem Kleid blieb auf den Knien und starrte leeren Blickes Ser Arys Eichenherz an, der in der weißen Rüstung der Königsgarde am Fuße des Thrones stand, bereit, den König zu beschützen und zu verteidigen … oder, wie Ned vermutete, die Hand des Königs.

»Joss«, sagte Ser Raymun Darry zu einem dicklichen Mann mit spärlichem Haar und einer Brauerschürze. »Erzählt der Hand, was in Sherrer vorgefallen ist.«

Joss nickte. »Wenn es Seiner Majestät beliebt …«

»Seine Majestät ist jenseits des Schwarzwassers auf der Jagd«, erwiderte Ned und fragte sich, wie ein Mann sein Leben lang nur wenige Tagesritte vom Roten Bergfried entfernt wohnen und dennoch keine Ahnung davon haben konnte, wie sein König aussah. Ned trug ein weißes Leinenwams mit dem Schattenwolf der Starks auf der Brust. Sein schwarzer Wollumhang war am Kragen mit der silbernen Hand seines Amtes befestigt. Schwarz und weiß und grau, alle Schattierungen der Wahrheit. »Ich bin Lord Eddard Stark, die Hand des Königs. Sagt mir, wer Ihr seid und was Ihr über diese Räuber wisst.«

»Ich führe … ich *führte* … ich führte eine Bierschenke, M'lord, in Sherrer. Das beste Bier südlich der Eng, alle sagten das, ich bitte um Verzeihung, M'lord. Jetzt ist es weg, wie alles andere auch, M'lord. Sie kamen und tranken und verschütteten den Rest, bevor sie mein Dach anzündeten, und sie hätten auch mein Blut vergossen, wenn sie mich zu fassen gekriegt hätten, M'lord.«

»Sie haben uns ausgeräuchert«, berichtete der Bauer neben ihm. »Kamen in der Dunkelheit, von Süden her, und haben Felder und Häuser gleichermaßen angesteckt und jeden getötet, der versuchte, sie aufzuhalten. Nur waren es keine Räuber, M'lord. Sie wollten unsere Vorräte nicht stehlen, nein, denn sie haben meine Milchkuh erschlagen und sie den Fliegen und Krähen überlassen.«

»Sie haben meinen Lehrjungen niedergeritten«, wagte sich ein stämmiger Mann mit den Muskeln eines Schmieds und einem Verband um den Kopf vor. Er hatte seine feinsten Kleider angelegt, um bei Hofe zu erscheinen, doch seine Hosen waren geflickt, sein Umhang von der Reise verschmutzt und voller Staub. »Haben ihn auf ihren Pferden kreuz und quer durch die Felder gejagt, mit ihren Lanzen auf ihn eingestochen, als wäre es ein Spiel, und dabei haben sie gelacht, und der Junge taumelte und schrie, bis der Große ihn glatt durchbohrt hat.«

Das Mädchen auf den Knien reckte den Hals zu Ned auf, hoch über ihr auf dem Thron. »Auch meine Mutter haben sie getötet, Majestät. Und sie … sie …« Ihre Stimme erstarb, als hätte sie vergessen, was sie eben sagen wollte. Sie begann zu schluchzen.

Ser Raymun Darry nahm die Geschichte auf. »In Wendisch haben die Leute Zuflucht in ihrer Festung gesucht, aber die Mauern waren aus Holz. Die Angreifer haben Stroh daran aufgehäuft und sie alle bei lebendigem Leib verbrannt. Als die Menschen ihre Tore öffneten, um dem Feuer zu entfliehen, hat man sie mit Pfeilen niedergemacht, selbst Frauen mit Säuglingen.«

»Oh, grauenvoll«, murmelte Varys. »Wie grausam können Menschen sein!«

»Mit uns hätten sie dasselbe gemacht, nur ist die Feste Sherrer aus Stein«, sagte Joss. »Einige wollten uns ausräuchern, aber der Große sagte, flussaufwärts gäbe es reichere Ernte, und da sind sie nach Mummersfurt gezogen.«

Ned fühlte den Stahl an seinen Händen, als er sich vorbeugte. Zwischen allen Fingern waren Klingen, und die Spitzen verdrehter Schwerter breiteten sich wie Krallen fächerförmig von den Lehnen des Thrones aus. Selbst nach drei Jahrhunderten waren einige davon noch so scharf, dass man sich an ihnen schneiden konnte. Der Eiserne Thron war voller Fallen für den Unachtsamen. In den Liedern hieß es, tausend Klingen seien nötig gewesen, ihn zu bauen, weiß glühend erhitzt im Höllenatem Balerions, des Schwarzen Schreckens. Neunundfünfzig Tage hatte das Hämmern gedauert. Am Ende war dieses bucklige, schwarze Ungetüm aus scharfen Kanten und Widerhaken und gezacktem Metall herausgekommen. Ein Stuhl, der einen Menschen töten konnte und das auch schon getan hatte, falls man den Geschichten Glauben schenken durfte.

Weshalb Eddard Stark darauf saß, würde er nie begreifen, aber hier saß er, und diese Leute suchten bei ihm Gerechtigkeit. »Welchen Beweis habt Ihr, dass es Lennisters waren?«, fragte er und bemühte sich, seinen Zorn im Zaum zu behalten. »Haben sie rote Umhänge getragen oder ein Löwenbanner geschwenkt?«

»Nicht einmal die Lennisters wären so strohdumm«, fuhr Ser Marq Peiper ihn an. Er war ein großspuriger, draufgängerischer kleiner Bursche, für Neds Geschmack zu jung und zu heißblütig, doch ein enger Freund von Catelyns Bruder Edmure Tully.

»Sie alle waren zu Pferd und mit Kettenhemd gepanzert, Mylord«, antwortete Ser Karyl ruhig. »Stahlbeschlagene Lanzen und Langschwerter trugen sie und Streitäxte zum Morden.« Er deutete auf einen der zerlumpten Überlebenden. »Du. Ja, du, keiner tut dir was. Erzähl der Hand, was du mir erzählt hast.«

Der alte Mann wackelte mit dem Kopf. »Was ihre Pferde angeht«, sagte er, »so sind sie auf Streitrössern geritten. Manches Jahr habe ich in den Ställen vom alten Ser Willum gearbeitet, dass ich den Unterschied erkenne. Keines davon hat je einen Pflug gezogen, die Götter stehen mir bei, falls ich mich täuschen sollte.«

»Räuber zu Pferd«, bemerkte Kleinfinger. »Vielleicht haben sie die Pferde bei ihrem letzten Überfall gestohlen.«

»Aus wie vielen Männern bestand diese Bande?«

»Einhundert mindestens«, antwortete Joss im selben Augenblick, während der bandagierte Schmied »Fünfzig« sagte, die Großmutter hinter ihm dagegen: »Hunderte und Aberhunderte, M'lord, eine ganze Armee war das.«

»Damit liegt Ihr richtiger, als Ihr glaubt, gute Frau«, erklärte Lord Eddard ihr. »Ihr sagt, sie hätten keine Banner geschwenkt. Was ist mit den Rüstungen, die sie trugen? Hat jemand Schmuck oder Verzierungen bemerkt, Bilder auf Schild oder Helm?«

Der Brauer, Joss, schüttelte den Kopf. »Es tut mir leid, M'lord, aber nein, ihre Rüstungen waren schlicht, nur … der eine, der sie anführte, er war gerüstet wie die anderen, doch konnte man ihn nicht verwechseln. Schon seine schiere Größe, M'lord! Wer behauptet, die Riesen seien ausgestorben, hat diesen Mann noch nie gesehen, das schwöre ich. Groß wie ein Ochse war er, mit einer Stimme wie ein berstender Stein.«

»*Der Berg!*«, sagte Ser Marq laut. »Hat jemand daran Zweifel? Es war Gregor Cleganes Werk.«

Ned hörte einiges Murmeln unter den Fenstern und am anderen Ende der Halle. Selbst auf der Empore flüsterte man unruhig. Hohe Herren und kleine Leute gleichermaßen wussten, was es bedeutete, falls Ser Marq Recht behalten sollte. Ser Clegane war ein Vasall Lord Tywin Lennisters.

Er betrachtete die furchtsamen Gesichter der Dörfler. Kein Wunder, dass sie so verängstigt waren. Sie hatten geglaubt, sie würden hergebracht, damit sie Lord Tywin einen

Schlächter nannten, und zwar vor einem König, der durch Heirat dessen Sohn war. Er fragte sich, ob die Ritter ihnen eine Wahl gelassen hatten.

Gewichtig erhob sich Großmaester Pycelle vom Ratstisch, und seine Amtskette klirrte. »Ser Marq, bei allem Respekt, Ihr könnt nicht wissen, ob dieser Verbrecher Ser Gregor war. Es gibt viele große Männer im Reich.«

»So groß wie der Reitende Berg?«, fragte Ser Karyl. »Ich bin noch keinem begegnet.«

»Wie auch alle anderen hier«, fügte Ser Raymun aufgebracht hinzu. »Selbst sein Bruder ist ein Welpe neben ihm. Mylords, öffnet Eure Augen! Müsst Ihr sein Siegel auf den Leichen sehen? Es war Gregor.«

»Warum sollte Ser Gregor zum Räuber werden?«, fragte Pycelle. »Dank seines Lehnsherrn verfügt er über eine solide Festung und eigene Ländereien. Dieser Mann ist ein gesalbter Ritter.«

»Ein falscher Ritter!«, sagte Ser Marq. »Lord Tywins wilder Hund.«

»Mylord Hand«, verkündete Pycelle mit steifer Stimme, »ich ersuche Euch, diesen guten Ritter daran zu erinnern, dass Lord Tywin Lennister der Vater unserer gütigen Königin ist.«

»Danke, Maester Pycelle«, sagte Ned. »Ich fürchte, es wäre in Vergessenheit geraten, wenn Ihr uns nicht darauf hingewiesen hättet.«

Von seinem Aussichtspunkt auf dem Thron konnte er sehen, dass Männer aus der Tür auf der anderen Seite des Saales schlichen. Hasen, die in ihren Löchern verschwanden, so kamen sie ihm vor … oder Ratten, die am Käse der Königin nagen wollten. Kurz erkannte er Septa Mordane auf der Empore mit seiner Tochter Sansa neben sich. Ned spürte kurz seinen Zorn aufwallen. Das war nicht der rechte Ort für ein Mädchen. Allerdings hatte die Septa nicht wissen können, dass heute anderes als das ermüdende Geschäft des Anhörens von Bittgesuchen, der Klärung von Disputen zwischen rivalisierenden Festungen und der Anerkennung von Grenzsteinen zu erwarten war.

Am Ratstisch unter ihm verlor Petyr Baelish das Interesse an seinem Federkiel und beugte sich vor. »Ser Marq, Ser Karyl, Ser Raymun ... vielleicht darf ich Euch eine Frage stellen? Diese Festungen standen unter Eurem Schutz. Wo wart Ihr während des Mordens und Brennens?«

Ser Karyl Vanke antwortete. »Ich habe meinen Hohen Vater durch den Pass unterhalb des Goldzahn begleitet, wie auch Ser Marq. Als Ser Edmure Tully von diesen Gräueltaten erfuhr, sandte er uns Nachricht, dass wir einen kleinen Trupp zusammenstellen sollten, um mögliche Überlebende zu finden und diese vor den König zu bringen.«

Ser Raymun Darry meldete sich zu Wort. »Ser Edmure hat mich mit meinen Mannen nach Schnellwasser gerufen. Ich lagerte am Fluss, seinen Mauern gegenüber, seine Befehle erwartend, als die Nachricht mich erreichte. Bis ich wieder auf meinem eigenen Land war, hatte Clegane mit seinem Ungeziefer den Roten Arm längst wieder überquert und ritt den Hügeln der Lennisters entgegen.«

Nachdenklich strich Kleinfinger an seiner Bartspitze herum. »Und falls sie wiederkommen, Ser?«

»Falls sie wiederkommen, werden wir mit ihrem Blut die Felder wässern, die sie uns verbrannt haben«, erklärte Ser Marq Peiper hitzig.

»Ser Edmure hat Reiter in alle Dörfer und Festungen geschickt, die einen Tagesritt von der Grenze entfernt liegen«, erklärte Ser Karyl. »Der nächste Angreifer wird kein so leichtes Spiel haben.«

Und das könnte genau das sein, was Lord Tywin plant, dachte Ned bei sich, *die Stärke Schnellwassers ausbluten, den Jungen dazu verleiten, seine Recken zu zerstreuen.* Der Bruder seiner Frau war jung und eher tapfer denn weise. Er würde versuchen, jede Handbreit seines Bodens, jeden einzelnen Mann zu verteidigen, und Tywin Lennister war gerissen genug, das zu wissen.

»Wenn Eure Felder und Festungen vor Schaden sicher sind«, fragte Lord Petyr gerade, »worum bittet Ihr dann den Thron?«

»Die Lords vom Trident wahren den Frieden des Königs«, sagte Ser Raymun Darry. »Die Lennisters haben ihn gebrochen. Wir bitten um Erlaubnis, ihnen entsprechend zu antworten, Stahl gegen Stahl. Wir bitten um Gerechtigkeit für die Menschen von Sherrer und Wendisch und Mummersfurt.«

»Edmure gibt uns Recht, wir müssen es Gregor Clegane mit blutiger Münze heimzahlen«, erklärte Ser Marq, »doch der alte Lord Hoster hat uns befohlen, herzukommen und die Erlaubnis des Königs zu erbitten, bevor wir losschlagen.«

Dann danken wir den Göttern für den alten Lord Hoster. Tywin Lennister war ebenso ein Fuchs wie ein Löwe. Falls er tatsächlich Ser Gregor zum Brennen und Plündern geschickt hatte – und Ned zweifelte nicht daran –, so hatte er dafür gesorgt, dass er im Schutz der Nacht ritt, ohne Banner, in der Aufmachung gemeiner Räuber. Sollte Schnellwasser zurückschlagen, würden Cersei und ihr Vater darauf beharren, dass es die Tullys gewesen waren, welche den Frieden gebrochen hatten, und nicht die Lennisters. Die Götter allein mochten wissen, wem Robert glauben würde.

Erneut war Großmaester Pycelle auf den Beinen. »Mylord Hand, wenn diese guten Leute glauben, dass Ser Gregor seinen heiligen Schwüren entsagt hat, um zu plündern und zu schänden, lasst sie zu seinem Lehnsherrn gehen und ihre Beschwerde vorbringen. Diese Verbrechen sind nicht Sache des Thrones. Sollen sie Lord Tywin um Gerechtigkeit ersuchen.«

»Alles ist das Recht des Königs«, erklärte Ned. »Norden, Süden, Osten oder Westen, wir handeln stets in Roberts Namen.«

»Das Recht des *Königs*«, sagte Großmaester Pycelle. »So ist es, und daher sollten wir diese Angelegenheit aufschieben, bis der König …«

»Der König ist jenseits des Flusses zur Jagd und wird wahrscheinlich noch einige Tage fort sein«, unterbrach ihn Lord Eddard. »Robert hat mir befohlen, hier an seiner Stelle zu sitzen und mit seiner Stimme zu sprechen. Genau das gedenke ich zu tun, obwohl ich Euch zustimme, dass man es ihm mitteilen sollte.« Er sah ein vertrautes Gesicht bei den Wandteppichen. »Ser Robar.«

Ser Robar Rois trat vor und verneigte sich. »Mylord.«

»Euer Vater ist mit dem König auf der Jagd«, sagte Ned. »Würdet Ihr ihnen von dem, was heute hier verhandelt wurde, Nachricht bringen?«

»Umgehend, Mylord.«

»Dann haben wir Eure Erlaubnis, unsere Vergeltung gegen Ser Gregor auszuführen?«, fragte Marq Peiper den Thron.

»Vergeltung?«, sagte Ned. »Ich dachte, wir sprächen von Gerechtigkeit. Cleganes Felder niederzubrennen und seine Leute zu erschlagen, wird nicht den Frieden des Königs wiederherstellen, sondern nur Euren verletzten Stolz.« Er wandte sich ab, bevor der junge Ritter seinen wütenden Protest vorbringen konnte, und sprach die Dorfbewohner an. »Bewohner von Sherrer, ich kann Euch weder Eure Häuser noch Eure Ernte zurückgeben, und auch Eure Toten kann ich nicht zum Leben erwecken. Aber vielleicht kann ich Euch etwas Gerechtigkeit zukommen lassen im Namen unseres Königs Robert.«

Alle Augen im Saal waren erwartungsvoll auf ihn gerichtet. Langsam erhob sich Ned auf die Beine, stieß sich mit der Kraft seiner Arme vom Thron ab, wobei sein zertrümmertes Bein im Gips vor Schmerzen schrie. Er gab sich alle Mühe, den Schmerz zu überhören. Es war nicht der rechte Augenblick, Schwäche zu zeigen. »Die Ersten Menschen glaubten, dass ein Richter, der den Tod forderte, selbst das Schwert schwingen sollte, und im Norden halten wir noch heute daran fest. Mir missfällt es, einen anderen auszusenden, damit er für mich tötet ... nur scheint es, als hätte ich keine Wahl.« Er deutete auf sein gebrochenes Bein.

»*Lord Eddard!*« Der Ruf kam von der Westseite der Halle, und ein ansehnliches Bürschchen von einem Jungen trat kühn vor. Ohne seine Rüstung wirkte Ser Loras Tyrell sogar noch jünger als seine sechzehn Jahre. Er trug hellblaue Seide, sein Gürtel war eine Kette aus goldenen Rosen, dem Siegel seines Hauses. »Ich bitte um die Ehre, an Eurer Stelle handeln zu dürfen. Übertragt mir diese Aufgabe, Mylord, und ich schwöre, ich werde Euch nicht enttäuschen.«

Kleinfinger gluckste. »Ser Loras, wenn wir Euch allein gehen lassen, schickt uns Ser Gregor Euren Kopf mit einer Pflaume in Eurem hübschen Mund zurück. Der Berg gehört nicht zu den Männern, die sich dem Recht irgendeines anderen unterwerfen.«

»Ich fürchte Gregor Clegane nicht«, antwortete Ser Loras überheblich.

Langsam ließ sich Ned auf Aegons missgestalteten Thron herab. Seine Augen suchten in den Gesichtern entlang der Wand. »Lord Beric«, rief er aus. »Thoros von Myr. Ser Gladden, Lord Lothar.« Einer nach dem anderen trat vor. »Jeder von Euch soll sich zwanzig Männer nehmen und mein Wort zu Gregors Festung bringen. Zwanzig meiner eigenen Garde werden mit Euch gehen. Lord Beric Dondarrion, Ihr sollt das Kommando übernehmen.«

Der junge Lord mit dem rotgoldenen Haar verneigte sich. »Wie Ihr befehlt, Lord Eddard.«

Ned sprach mit lauter Stimme, damit sie auch am anderen Ende des Thronsaales zu verstehen war. »Im Namen Roberts aus dem Hause Baratheon, dem Ersten seines Namens, König der Andalen und der Rhoynar und der Ersten Menschen, Lord der Sieben Königslande und Protektor des Reiches, durch das Wort Eddards aus dem Hause Stark, seiner Hand, befehle ich Euch, in aller Eile in die Westlande zu reiten, unter der Flagge des Königs den Roten Arm des Trident zu überqueren und dort den falschen Ritter Gregor Clegane und alle, die an seinen Untaten teilhatten, dem Recht des Königs zu unterwerfen. Ich klage ihn an, verurteile ihn zur Ehrlosigkeit und entbinde ihn von allem Rang und Titel, sämtlichen Ländereien und Einkommen und Pachtungen und verurteile ihn hiermit zum Tode. Mögen die Götter Erbarmen mit seiner Seele haben.«

Als das Echo seiner Worte verhallt war, zeigte sich der Ritter der Blumen bestürzt. »Lord Eddard, was ist mit mir?«

Ned blickte auf ihn hinab. Von dort oben sah Loras Tyrell fast so jung wie Robb aus. »Niemand bezweifelt Euren Heldenmut, Ser Loras, hier jedoch geht es um Gerechtigkeit, und was Ihr sucht, ist Vergeltung.« Er wandte sich Lord Beric zu. »Reitet im ersten Morgenlicht. Solche Dinge erledigt man am besten gleich.« Er hob eine Hand. »Der Thron wird heute keine Bittgesuche mehr anhören.«

Alyn und Porther erklommen die steilen Eisenstufen, um ihm herabzuhelfen. Beim Abstieg spürte er Loras Tyrells verdrossenen Blick, doch der Junge war davonstolziert, bevor Ned den Boden des Thronraumes betreten hatte.

Am Fuße des Eisernen Thrones sammelte Varys Papiere vom Ratstisch zusammen. Kleinfinger und Großmaester Pycelle hatten sich bereits entfernt. »Ihr seid ein kühnerer

Mann als ich, Mylord«, sagte der Eunuch mit sanfter Stimme.

»Wie das, Lord Varys?«, fragte Ned barsch. In seinem Bein pochte es, und er war nicht in der Stimmung für Wortspiele.

»Hätte ich dort oben gesessen, hätte ich Ser Loras geschickt. Er wollte es so sehr ... und ein Mann, der die Lennisters zu Feinden hat, täte gut daran, die Tyrells zu seinen Freunden zu zählen.«

»Ser Loras ist jung«, erwiderte Ned. »Ich wage die Prophezeiung, dass er seine Enttäuschung überleben wird.«

»Und Ser Ilyn?« Der Eunuch strich über eine feiste, gepuderte Wange. »Schließlich übt *er* das Recht des Königs aus. Andere Männer auszusenden, um seine Aufgabe auszuführen ... manch einer könnte das als schwerwiegende Beleidigung auffassen.«

»Eine Kränkung lag nicht in meiner Absicht.« In Wahrheit traute Ned dem stummen Ritter nicht, wenn auch vielleicht nur, weil er Henker nicht mochte. »Ich erinnere Euch daran, dass die Payns Bundesgenossen des Hauses Lennister sind. Ich hielt es für das Beste, Männer auszuwählen, die Lord Tywin nicht zu Treue verpflichtet sind.«

»Zweifellos sehr umsichtig«, sagte Varys. »Allerdings habe ich Ser Ilyn zufällig hinten in der Halle gesehen, wie er uns mit diesen Augen angestarrt hat, und ich muss gestehen, er wirkte nicht eben erfreut, obwohl das bei unserem schweigsamen Ritter sicher schwer zu sagen ist. Ich hoffe, dass auch er seine Enttäuschung überwindet. Er liebt seine Arbeit so sehr ...«

 SANSA

»Er wollte Ser Loras nicht schicken«, erklärte Sansa am selben Abend Jeyne Pool, während sie im Lichterschein ihr Abendbrot zu sich nahmen. »Ich glaube, es war wegen seines Beines.«

Lord Eddard hatte sein abendliches Mahl mit Alyn, Harwin und Vayon Pool in seinem Bett eingenommen, um das gebrochene Bein besser lagern zu können, und Septa Mordane hatte über müde Füße geklagt, nachdem sie den ganzen Tag auf der Galerie gestanden hatte. Arya hatte sich ihnen anschließen sollen, doch sie kam zu spät von ihrer Tanzstunde zurück.

»Sein Bein?«, sagte Jeyne unsicher. Sie war ein hübsches, dunkelhaariges Mädchen in Sansas Alter. »Hat sich Ser Loras am Bein verletzt?«

»Nicht *sein* Bein«, sagte Sansa und zupfte vorsichtig an einer Hühnerkeule. »*Vaters* Bein, Dummchen. Es tut ihm so weh, dass er manchmal ganz mürrisch ist. Ansonsten hätte er Ser Loras bestimmt geschickt.«

Die Entscheidung ihres Vaters verwunderte sie nach wie vor. Als sich der Ritter der Blumen zu Wort gemeldet hatte, war sie sicher gewesen, dass sie nun erleben würde, wie eine der Geschichten der Alten Nan wahr werden sollte. Ser Gregor war das Ungeheuer und Ser Loras der wahre Held, der ihn erschlagen würde. Er sah sogar aus wie ein wahrer Held, so schlank und schön, mit goldenen Rosen um seine schmalen Hüften und dem vollen, braunen Haar, das ihm in die Augen fiel. Und dann hatte ihr Vater ihn *zurückge-wiesen!* Das hatte sie mehr aufgeregt, als ihr bewusst war. Sie hatte mit Septa Mordane auf der Treppe von der Empore darüber gesprochen, aber die Septa hatte ihr nur gesagt, es stünde ihr nicht zu, Entscheidungen ihres Hohen Vaters anzuzweifeln.

In diesem Moment hatte Lord Baelish gesagt: »Ach, ich weiß nicht, Septa. Manchen Entscheidungen ihres Vaters könnte der eine oder andere Zweifel nicht schaden. Die junge Dame ist so weise, wie sie reizend ist.« Er verneigte sich schwungvoll vor Sansa, so tief, dass sie nicht sicher war, ob man ihr ein Kompliment machte oder sie verspottete.

Septa Mordane war *höchst* aufgebracht gewesen, als ihr klar wurde, dass Lord Baelish sie belauscht hatte. »Das Mädchen hat nur so dahingeredet, Mylord. Närrisches Geplapper. Sie hat es nicht so gemeint.«

Lord Baelish strich über seinen kleinen, spitzen Bart und sagte: »Nicht? Sag mir, Kindchen, warum hättest du Ser Loras geschickt?«

Sansa blieb nur, ihm von Helden und Ungeheuern zu erzählen. Der Ratsmann des Königs lächelte. »Nun, das sind nicht die Gründe, die ich angeführt hätte, aber …« Er hatte ihre Wange berührt, wobei sein Daumen sanft an ihrem Unterkiefer entlangstrich. »Das Leben ist kein Lied, mein süßes Kind. Das wirst du zu deinem Bedauern eines Tages noch feststellen müssen.«

Sansa war nicht danach zu Mute, das alles Jeyne zu erzählen. Der bloße Gedanke daran machte sie ganz unruhig.

»Ser Ilyn ist der Henker des Königs, nicht Ser Loras«, wandte Jeyne ein. »Ihn hätte Lord Eddard schicken sollen.«

Ein Schauer durchfuhr Sansa. Jedes Mal, wenn sie Ser Ilyn Payn sah, lief es ihr kalt über den Rücken. Dann war ihr, als glitte etwas Totes über ihre nackte Haut. »Ser Ilyn ist fast selbst ein Ungeheuer. Ich bin froh, dass Vater ihn nicht schicken wollte.«

»Lord Beric ist ein ebensolcher Held wie Ser Loras. Er ist nicht minder tapfer und galant.«

»Vermutlich«, sagte Sansa voller Zweifel. Beric Dondarrion war wirklich gut aussehend, hingegen war er schrecklich *alt*, fast schon zweiundzwanzig. Der Ritter der Blumen wäre viel besser gewesen. Natürlich hatte sich Jeyne in Lord Beric schon verliebt, als sie ihn zum ersten Mal beim Turnier gesehen hatte. Sansa fand sie etwas albern. Schließlich war Jeyne nur eine Haushofmeisterstochter, und sosehr sie ihn auch anhimmelte, würde Lord Beric doch niemals jemanden auch nur eines Blickes würdigen, der so weit unter ihm stand, selbst wenn sie nicht erst halb so alt wie er gewesen wäre.

Allerdings wäre es unfreundlich gewesen, so etwas zu sagen, daher nahm Sansa einen Schluck Milch und wechselte das Thema. »Ich habe geträumt, Joffrey hätte den weißen Hirschen erlegt«, sagte sie. Eigentlich war es eher so etwas wie ein Wunsch gewesen, aber es klang besser, wenn man es als Traum bezeichnete. Jedermann wusste, dass Träume prophetisch waren. Weiße Hirsche sollten angeblich sehr selten sein und Zauberkraft besitzen, und in ihrem Herzen wusste sie, dass ihr galanter Prinz mehr wert war als sein Trunkenbold von einem Vater.

»Ein Traum? Wirklich? Ist Prinz Joffrey nur zu ihm gegangen, hat ihn mit seiner nackten Hand berührt und ihm nichts angetan?«

»Nein«, sagte Sansa. »Er hat ihn mit einem goldenen Pfeil erlegt und ihn mir gebracht.« In den Liedern haben die Ritter magische Tiere niemals getötet, sie traten nur an sie heran, berührten sie und taten ihnen nichts, aber sie wusste, dass Joffrey gern jagte und besonders gern tötete. Wenn auch nur Tiere. Sansa war sicher, dass ihr Prinz nichts mit dem Mord an Jory und diesen anderen armen Männern zu schaffen hatte. Es war sein böser Onkel, der Königsmörder, gewesen. Sie wusste, dass ihr Vater darüber nach wie vor erzürnt war, doch war es nicht gerecht, Joff die Schuld dafür zu geben. Es wäre das Gleiche, als würde man ihr etwas zur Last legen, das Arya getan hatte.

»Ich habe deine Schwester heute Nachmittag gesehen«, platzte Jeyne heraus, als hätte sie Sansas Gedanken gelesen. »Sie ist auf Händen durch den Stall gelaufen. Warum tut sie so etwas?«

»Ich begreife auch nicht, was Arya tut.« Sansa hasste Ställe, stinkende Löcher voller Mist und Fliegen. Selbst wenn sie reiten ging, war es ihr lieb, wenn der Stallbursche das Pferd sattelte und es ihr auf den Hof brachte. »Willst du vom Hofe hören oder nicht?«

»Will ich«, sagte Jeyne.

»Da war einer von den Schwarzen Brüdern«, sagte Sansa, »der um Männer für die Mauer bat, nur war er irgendwie alt, und er hat gestunken.« Das hatte ihr überhaupt nicht gefallen. Stets hatte sie sich vorgestellt, die Nachtwache bestünde aus Männern wie Onkel Benjen. In den Liedern nannte man sie die schwarzen Ritter von der Mauer. Dieser Mann jedoch war krumm und eklig gewesen, und er sah aus, als hätte er Läuse. Wenn die Nachtwache in Wirklichkeit so war, empfand sie Mitleid für ihren Halbbruder Jon. »Vater hat gefragt, ob Ritter im Saale seien, die ihrem Haus Ehre machen wollten, indem sie das Schwarz anlegten, aber keiner ist vorgetreten, also durfte Yoren ein paar Leute aus dem Kerker des Königs wählen. Und später traten diese beiden Brüder vor ihn, freie Ritter aus den Dornischen Marschen, und stellten ihre Schwerter in den Dienst des Königs. Vater nahm ihren Eid an …«

Jeyne gähnte. »Sind noch Zitronenkekse da?«

Sansa ließ sich nicht gern unterbrechen, doch musste sie

zugeben, dass Zitronenkekse auch bei ihr selbst mehr Interesse fanden als das meiste von dem, was im Thronsaal vor sich gegangen war. »Sehen wir nach«, sagte sie.

In der Küche gab es keine Zitronenkekse, dafür entdeckten sie die Hälfte eines kalten Erdbeerkuchens, und der schmeckte fast ebenso gut. Sie aßen ihn auf den Stufen des Turmes, kicherten, schwatzten und teilten Geheimnisse, und als Sansa an diesem Abend zu Bett ging, fühlte sie sich fast so unartig wie Arya.

Am nächsten Morgen wachte sie noch vor der Sonne auf und schlich verschlafen zum Fenster, wo sie sah, dass Lord Beric seine Männer Aufstellung nehmen ließ. Sie ritten hinaus, während sich das Morgengrau über der Stadt ausbreitete, mit drei Bannern vornweg. Der gekrönte Hirsch des Königs flatterte an der längsten Stange, der Schattenwolf der Starks und Lord Berics Standarte mit dem gegabelten Blitz an kürzeren. Das alles war so aufregend wie ein Lied, das Wirklichkeit wurde. Das Klappern von Schwertern, das Flackern des Fackelscheins, Banner tanzten im Wind, Pferde schnaubten und wieherten, der goldene Glanz der aufgehenden Sonne drang durch das Fallgitter, als dieses hochgezogen wurde. Die Männer von Winterfell sahen in ihren silbernen Kettenhemden und den langen, grauen Umhängen besonders edel aus.

Alyn trug das Banner der Starks. Als sie bemerkte, wie er neben Lord Beric ritt, um mit ihm ein paar Worte zu wechseln, wurde Sansa ganz stolz. Alyn war hübscher, als Jory je gewesen war. Eines Tages würde er ein Ritter sein.

Der Turm der Hand erschien verlassen, nachdem sie fortgeritten waren, sodass sich Sansa sogar freute, Arya zu treffen, als sie nach unten ging, um ihr Morgenbrot zu sich zu nehmen. »Wo sind die anderen?«, wollte ihre Schwester wissen, wobei sie die Schale von einer Blutorange riss. »Hat Vater sie ausgesandt, um Jaime Lennister zu jagen?«

Sansa seufzte. »Sie sind mit Lord Beric geritten, um Ser Gregor Clegane zu köpfen.« Sie wandte sich Septa Mordane zu, die Haferbrei mit einem hölzernen Löffel aß. »Septa, wird Lord Beric Ser Gregor Cleganes Kopf an seinem eigenen Tor aufspießen oder ihn dem König bringen?« Darüber hatte sie am Abend zuvor schon mit Jeyne Pool gestritten.

Die Septa war starr vor Entsetzen. »Darüber spricht eine Dame nicht beim Haferbrei. Wo bleiben deine Manieren, Sansa? Ich fürchte, in letzter Zeit bist du fast so schlimm wie deine Schwester.«

»Was hat Gregor denn getan?«, fragte Arya.

»Er hat eine Festung niedergebrannt und eine ganze Menge Menschen ermordet, auch Frauen und Kinder.«

Arya zog eine finstere Miene. »Jaime Lennister hat Jory und Heward und Wyl ermordet, und der Bluthund hat Mycah umgebracht. Irgendjemand sollte den beiden die Köpfe abschlagen.«

»Das ist nicht dasselbe«, wandte Sansa ein. »Der Bluthund ist Joffreys Leibwache. Dein Schlachterjunge hat den Prinzen angegriffen.«

»Lügnerin«, sagte Arya. Ihre Hand schloss sich so fest um die Blutorange, dass roter Saft zwischen ihren Fingern hervorquoll.

»Nenn mich, wie du willst«, erwiderte Sansa blasiert. »Das wirst du nicht mehr wagen, wenn ich mit Joffrey verheiratet bin. Du wirst dich vor mir verneigen und mich ›Eure Hoheit‹ nennen.« Sie kreischte, als Arya die Blutorange über den Tisch warf und sie an der Stirn traf. Dann fiel ihr das matschige Ding in den Schoß.

»Ihr habt Saft im Gesicht, Hoheit«, höhnte Arya.

Der Saft lief an Sansas Nase hinab und brannte in den Augen. Sie wischte ihn mit einer Serviette ab. Als sie sah, was die Frucht auf ihrem Schoß dem hübschen Seidenkleid angetan hatte, kreischte sie abermals. »Du bist *grässlich*«, schrie sie ihre Schwester an. »*Dich* hätten sie töten sollen, nicht Lady.«

Septa Mordane sprang auf. »Euer Hoher Vater wird davon erfahren! Geht auf Eure Zimmer, sofort. *Sofort!*«

»Ich auch?« Tränen stiegen Sansa in die Augen. »Das ist nicht gerecht.«

»Die Frage steht nicht zur Debatte. Hinaus!«

Sansa stolzierte erhobenen Hauptes davon. Sie würde Königin sein, und Königinnen weinten nicht. Zumindest nicht vor den Augen anderer. In ihrer Kammer angekommen verriegelte sie die Tür und zog das Kleid aus. Die Blutorange hatte einen roten Fleck auf der Seide zurückgelassen. »Ich *hasse* sie!«, schrie sie. Sie knüllte das Kleid zusammen und warf es in den kalten Kamin, auf die Asche vom gestrigen Abend. Als sie sah, dass der Fleck auf ihr Unterkleid durchgefärbt hatte, fing sie unwillkürlich an zu schluchzen. Wild riss sie sich den Rest ihrer Kleider vom Leib, warf sich aufs Bett und weinte sich wieder in den Schlaf.

Gegen Mittag klopfte Septa Mordane an ihre Tür. »Sansa, dein Hoher Vater will dich sehen.«

Sansa setzte sich auf. »Lady«, flüsterte sie. Einen Augenblick lang glaubte sie, der Schattenwolf wäre bei ihr im Zimmer und sähe sie mit seinen goldenen Augen an, traurig und wissend. Sie merkte, dass sie geträumt hatte. Lady war bei ihr, und sie rannten gemeinsam und … und … der Versuch, sich zu erinnern, war, als wollte sie Regen mit den Händen fangen. Der Traum verblasste, und Lady war wieder tot.

»Sansa.« Erneut klopfte es, diesmal scharf. »Hörst du mich?«

»Ja, Septa«, rief sie. »Dürfte ich mich bitte zuerst anziehen?« Ihre Augen waren rot vom Weinen, doch gab sie sich alle Mühe, sich hübsch herzurichten.

Als Septa Mordane sie ins Solar führte, saß Lord Eddard über ein mächtiges ledergebundenes Buch gebeugt, sein gipsumwandetes Bein unter dem Tisch. »Komm her, Sansa«, sagte er nicht unfreundlich, als die Septa gegangen war, um ihre Schwester zu holen. »Setz dich neben mich.« Er schloss das Buch.

Septa Mordane kam mit Arya zurück, die sich ihr entwinden wollte. Sansa trug ein hübsches, hellgrünes Kleid, und ihr Blick war voller Reue, ihre Schwester hingegen trug nach wie vor das verlotterte Leder und das grobe Leinen, das sie schon zum Frühstück angehabt hatte. »Hier ist die andere«, verkündete die Septa.

»Mein Dank, Septa Mordane. Ich würde gern mit meinen Töchtern allein sprechen, wenn Ihr so freundlich wäret.« Die Septa verneigte sich und ging.

»Arya hat angefangen«, sagte Sansa eilig, eifrig darauf bedacht, als Erste zu sprechen. »Sie hat mich eine Lügnerin geschimpft und eine Orange nach mir geworfen und mein Kleid ruiniert, die elfenbeinfarbene Seide, die Königin Cersei mir geschenkt hat, als ich mit Prinz Joffrey verlobt wurde. Sie will nicht, dass ich den Prinzen heirate. Sie versucht, *alles* zu verderben, Vater. Sie kann es nicht ertragen, dass irgendetwas schön oder hübsch oder prunkvoll ist.«

»*Genug*, Sansa.« Aus Lord Eddards Stimme klang scharf seine Ungeduld heraus.

Arya hob den Blick. »Es tut mir leid, Vater. Ich hatte Unrecht und bitte meine Schwester um Verzeihung.«

Einen Moment lang war Sansa so verblüfft, dass ihr die Worte fehlten. Schließlich fand sie ihre Stimme wieder. »Was ist mit meinem Kleid?«

»Vielleicht ... könnte ich es waschen«, sagte Arya unsicher.

»Waschen wird nichts nützen«, sagte Sansa. »Nicht mal, wenn du Tag und Nacht schrubben würdest. Die Seide ist *ruiniert*.«

»Dann … mache ich dir ein neues«, schlug Arya vor.

Voller Verachtung warf Sansa den Kopf in den Nacken. »*Du?* Du könntest nicht mal ein Kleid nähen, das gut genug wäre, damit einen Schweinestall auszukehren.«

Ihr Vater seufzte. »Ich habe euch nicht rufen lassen, um über Kleider zu streiten. Ich schicke euch beide nach Winterfell zurück.«

Zum zweiten Mal war Sansa so verblüfft, dass ihr die Worte fehlten. Sie merkte, wie ihre Augen wieder feucht wurden.

»Das *darfst* du nicht«, sagte Arya.

»Bitte, Vater«, brachte Sansa schließlich hervor. »Bitte nicht.«

Eddard Stark schenkte seinen Töchtern ein müdes Lächeln. »Zumindest seid ihr euch diesmal einig.«

»Ich hab nichts Unrechtes getan«, flehte Sansa ihn an. »Ich will nicht dorthin zurück.« Sie liebte Königsmund, den Prunk bei Hofe, die hohen Lords und Ladys in Samt und Seide und Edelsteinen, die große Stadt mit all den Menschen. Das Turnier war die magischste Zeit in ihrem ganzen Leben gewesen, und es gab so vieles, was sie noch nicht gesehen hatte, Erntefeste und Maskenbälle und Mummenschanz. Den Gedanken, das alles zu verlieren, konnte sie nicht ertragen. »Schick Arya fort, sie hat angefangen, Vater, ich schwöre es. Ich werde brav sein, du wirst sehen, lass mich nur bleiben, und ich verspreche, ich werde so fein und edel und höfisch wie die Königin selbst sein.«

Vaters Mund zuckte eigentümlich. »Sansa, ich schicke euch nicht fort, weil ihr gestritten habt, auch wenn allein die Götter wissen, wie satt ich euren ständigen Streit habe. Ich wünsche zu eurer eigenen Sicherheit, dass ihr nach Winterfell geht. Drei meiner Männer wurden wie Hunde niedergemacht, keine Wegstunde von hier. Und was macht Robert? Er geht auf die *Jagd*.«

Arya kaute an ihrer Lippe herum wie stets auf diese abstoßende Art und Weise. »Können wir Syrio mitnehmen?«

»Wen interessiert dein dämlicher *Tanzlehrer?*«, fuhr Sansa sie an. »Vater, eben fällt mir ein, dass *ich nicht* fahren kann. Ich soll Prinz Joffrey heiraten.« Sie gab sich alle Mühe, ihn tapfer anzulächeln. »Ich liebe ihn, Vater, ich liebe ihn wirklich. Ich liebe ihn so sehr, wie Königin Naerys Prinz Aemon, den Drachenritter, geliebt hat, so sehr, wie Jonquil Ser Florian geliebt hat. Ich will seine Königin sein und seine Kinder bekommen.«

»Meine Süße«, sagte ihr Vater zärtlich, »hör mir zu. Wenn du volljährig bist, werde ich dich mit einem Lord zusammenbringen, der deiner wert ist, mit jemandem, der tapfer und sanft und stark ist. Diese Verlobung mit Prinz Joffrey war ein schrecklicher Fehler. Dieser Junge ist kein Prinz Aemon, das musst du mir glauben.«

»Ist er *doch!*«, beharrte Sansa. »Ich will niemanden, der tapfer und sanft ist, ich will *ihn*. Wir werden so glücklich sein, genau wie in den Liedern, du wirst es sehen. Ich schenke ihm einen Sohn mit goldenem Haar, und eines Tages wird der König über das ganze Reich sein, der größte König, den es je gegeben hat, so mutig wie der Wolf und so stolz wie der Löwe.«

Arya verzog das Gesicht. »Nicht solange Joffrey der Vater ist«, entgegnete sie. »Er ist ein Lügner und ein Feigling, und außerdem ist er ein Hirsch, kein Löwe.«

Sansa spürte Tränen in ihren Augen. »Ist er *nicht!* Er ist kein bisschen wie der alte Säuferkönig«, schrie sie ihre Schwester an und vergaß sich ganz in ihrer Trauer.

Vater blickte sie seltsam an. »Bei allen *Göttern*«, fluchte er leise, »aus dem Mund von Kindern …« Er rief nach Septa Mordane. Zu den Mädchen sagte er: »Ich suche eine schnelle Handelsgaleere, die euch nach Hause bringt. In diesen Zeiten ist die See sicherer als der Königsweg. Ihr fahrt, sobald ich ein geeignetes Schiff finde, mit Septa Mordane und einem Trupp Gardisten ... und, ja, mit Syrio Forel, falls er bereit ist, in meine Dienste zu treten. Nur behaltet es für euch. Es ist besser, wenn niemand von unseren Plänen erfährt. Morgen reden wir weiter.«

Sansa weinte, als Septa Mordane sie die Treppe hinunterführte. Man würde ihr alles nehmen, die Turniere und den Hof und ihren Prinzen, alles, man würde sie hinter die grauen Mauern von Winterfell schicken und für alle Zeiten einsperren. Ihr Leben war zu Ende, bevor es auch nur begonnen hatte.

»Hör auf zu weinen«, sagte Septa Mordane streng. »Ich bin mir sicher, dass dein Hoher Vater weiß, was für dich am besten ist.«

»So schlimm wird es auch nicht, Sansa«, meinte Arya. »Wir fahren mit einer Galeere. Die Reise wird ein Abenteuer, und dann sind wir wieder bei Bran und Robb und bei der Alten Nan und Hodor und den anderen.« Sie berührte ihren Arm.

»*Hodor!*«, schrie Sansa. »Du solltest Hodor heiraten, du bist genau wie er, dumm und haarig und hässlich!« Sie riss sich von der Hand ihrer Schwester los, stürmte in ihre Schlafkammer und verriegelte die Tür hinter sich.

 EDDARD

»Schmerz ist ein Geschenk der Götter, Lord Eddard«, erklärte Großmaester Pycelle. »Er bedeutet, dass die Knochen zusammenwachsen, das Fleisch heilt. Seid dankbar.«

»Ich werde dankbar sein, wenn mein Bein nicht mehr so sehr wehtut.«

Pycelle stellte einen Flakon mit Korken auf den Tisch neben dem Bett. »Mohnblumensaft, falls der Schmerz zu stark wird.«

»Ich schlafe schon jetzt zu viel.«

»Schlaf ist der beste Heiler.«

»Ich hatte gehofft, Ihr wäret es.«

Pycelle lächelte matt. »Es tut gut, Euch mit düsterem Humor zu sehen, Mylord.« Er beugte sich vor und sprach mit leiser Stimme weiter. »Heute Morgen kam ein Rabe, ein Brief für die Königin von ihrem Hohen Vater. Ich dachte, es wäre besser, wenn Ihr davon wüsstet.«

»Dunkle Schwingen, dunkle Worte«, sagte Ned grimmig. »Was war damit?«

»Lord Tywin ist zutiefst verärgert wegen der Männer, die Ihr Ser Gregor Clegane nachgesandt habt«, vertraute ihm der Maester an. »Das hatte ich bereits befürchtet. Wie Ihr Euch erinnern werdet, waren das meine Worte im Rat.«

»Lasst ihn verärgert sein«, sagte Ned. Jedes Mal, wenn es in seinem Bein pulsierte, fiel ihm Jaime Lennisters Lächeln wieder ein, und Jory tot in seinen Armen. »Lasst ihn so viele Briefe an die Königin schreiben, wie er will. Lord

Beric reitet unter dem Banner des Königs. Falls Lord Tywin versuchen sollte, sich dem Recht des Königs zu widersetzen, wird er Robert Rede und Antwort stehen müssen. Das Einzige, was Seiner Majestät mehr Vergnügen als die Jagd bereitet, ist der Krieg gegen Lords, die sich ihm widersetzen.«

Pycelle richtete sich auf, und seine Ordenskette klingelte. »Wie Ihr meint. Ich werde Euch am Morgen wieder besuchen.« Eilig sammelte der alte Mann seinen Kram ein und machte sich von dannen. Ned zweifelte kaum daran, dass er auf direktem Weg zu den königlichen Gemächern eilen würde, um der Königin zuzuflüstern: *Ich dachte, es wäre besser, wenn Ihr es wüsstet*, wahrlich ... als hätte Cersei ihn nicht angewiesen, die Drohungen ihres Vaters weiterzugeben. Hoffentlich würde seine Antwort ihre perfekten Zähne zum Klappern bringen. Ned setzte keineswegs so großes Vertrauen in Robert, wie er vorgab, doch sah er keinen Grund, wieso er Cersei das wissen lassen sollte.

Als Pycelle fort war, bat Ned um einen Becher Honigwein. Der umnebelte den Geist nicht minder, jedoch nicht so stark. Er musste nachdenken. Tausendmal fragte er sich, was Jon Arryn getan haben mochte, hätte er nur lange genug gelebt, um nach dem zu handeln, was er erfahren hatte. Vielleicht *hatte* er auch dementsprechend gehandelt und war dafür gestorben.

Seltsam, wie manchmal die unschuldigen Augen eines Kindes Dinge sahen, für die erwachsene Männer blind waren. Eines Tages, wenn Sansa erwachsen wäre, würde er ihr sagen müssen, dass ihm durch sie alles klar geworden war. *Er ist kein bisschen wie der alte Säuferkönig*, hatte sie erklärt, wütend und ahnungslos, und die schlichte Wahrheit ihrer Worte hatte in ihm gearbeitet, kalt wie der Tod. *Dieses war das Schwert, das Jon Arryn getötet hat*, dachte Ned, *und es wird auch Robert töten, mit langsamerem Tod, doch ebenso gewiss.*

Zertrümmerte Beine mögen beizeiten heilen, aber manch Verrat nagt an der Seele und vergiftet sie.

Kleinfinger stattete ihm eine Stunde nachdem der Großmaester gegangen war, einen Besuch ab, in ein pflaumenfarbenes Wams gekleidet, auf dessen Brust mit schwarzem Faden eine Nachtigall gestickt war. »Ich kann nicht lange bleiben, Mylord«, verkündete er. »Lady Tanda erwartet mich zum Abendessen. Zweifelsohne wird sie mir ein fettes Kalb rösten. Wenn es auch nur halb so fett wie ihre Tochter ist, werde ich ganz sicher tot umfallen. Und was macht Euer Bein?«

»Es brennt und schmerzt und juckt, dass ich noch irrewerde.«

Kleinfinger zog eine Augenbraue hoch. »Ich würde Euch raten, bald gesund zu werden. Im Reich macht sich Unruhe breit. Varys hat unheilschwangere Gerüchte aus dem Westen gehört. Freie Reiter und Söldner sammeln sich in Casterlystein, und nicht zur kargen Freude einer Plauderei mit Lord Tywin.«

»Gibt es Nachricht vom König?«, wollte Ned wissen. »Wie lange will Robert noch jagen?«

»Wenn es nach ihm ginge, glaube ich, würde er im Wald bleiben, bis Ihr und die Königin eines natürlichen Todes gestorben seid«, erwiderte Lord Petyr mit leisem Lächeln. »Wenn nicht, denke ich, müsste er heimkehren, sobald er etwas erlegt hat. Sie haben den weißen Hirschen gefunden, wie es scheint … oder besser: was davon übrig ist. Ein paar Wölfe hatten ihn vor ihnen entdeckt und Seiner Majestät kaum mehr als Huf und Horn gelassen. Robert war fuchsteufelswild, bis er von einem ungeheuren Keiler irgendwo tief im Wald erfuhr. Dann wollte er nichts anderes mehr als dieses Tier. Prinz Joffrey ist heute Morgen heimgekehrt, mit den Rois, Ser Balon Swann und etwa zwanzig anderen der Jagdgesellschaft. Der Rest blieb beim König.«

»Der Bluthund?«, fragte Ned stirnrunzelnd. Von allen aus dem Umfeld der Lennisters war Sandor Clegane derjenige, der ihn am meisten interessierte, nachdem Ser Jaime aus der Stadt zu seinem Vater geflohen war.

»Oh, er ist mit Joffrey gekommen und geradewegs zur Königin gegangen.« Kleinfinger lächelte. »Hundert Silberhirsche hätte ich dafür gegeben, eine Schabe im Stroh zu sein, während sie ihm berichtete, dass Lord Beric unterwegs ist, seinen Bruder zu enthaupten.«

»Selbst ein Blinder könnte sehen, dass der Bluthund seinen Bruder hasst.«

»Ah, aber *er* wollte Gregor hassen, nicht Ihr solltet ihn töten. Sobald Dondarrion unserem Berg den Gipfel kappt, fallen Cleganes Ländereien und Einkünfte an Sandor, nur würde ich deshalb für ihn nicht die Hand ins Feuer legen. Und nun müsst Ihr mir verzeihen. Lady Tanda erwartet mich mit ihren fetten Kälbern.«

Auf dem Weg zur Tür entdeckte Lord Petyr Großmaester Malleons dicken Wälzer auf dem Tisch und blieb stehen, um den Buchdeckel aufzuklappen. »*Stammbaum und Historie der Großen Geschlechter aus den Sieben Königslanden. Mit Beschreibungen zahlreicher Hoher Lords und Edler Ladys samt deren Kindern*«, las er. »Das ist sicher die langweiligste Lektüre, die ich mir vorstellen kann. Ein Schlafmittel, Mylord?«

Einen kurzen Moment lang dachte Ned daran, ihm alles zu erzählen, doch schwang in Kleinfingers Scherz etwas mit, das ihn ärgerte. Dieser Mann war zu verschlagen, ein höhnisches Grinsen nie weit von seinen Lippen. »Jon Arryn hat in diesem Band gelesen, als er krank wurde«, sagte Ned mit vorsichtigem Unterton, um zu sehen, wie er reagierte.

Und er reagierte, wie er es stets tat: mit einem Scherz. »In dem Fall«, sagte er, »muss ihm der Tod als segensreiche Erleichterung gekommen sein.« Lord Petyr Baelish verneigte sich und ging.

Eddard Stark gestattete sich einen Fluch. Sah man von seinen alten Dienern ab, gab es kaum einen Mann in dieser Stadt, dem er vertraute. Kleinfinger hatte Catelyn versteckt und Ned bei seinen Nachforschungen unterstützt, doch seine Neigung, die eigene Haut zu retten, als Jaime und seine Männer aus dem Regen traten, ärgerte ihn noch heute. Varys war schlimmer. Bei allen Beteuerungen seiner Loyalität wusste der Eunuch zu viel und tat zu wenig. Großmaester Pycelle schien mit jedem Tag mehr Cerseis Kreatur zu werden, und Ser Barristan war ein alter Mann und starr. Er würde Ned sagen, er solle seine Pflicht tun.

Die Zeit wurde gefährlich knapp. Bald würde der König von der Jagd heimkehren, und die Ehre würde gebieten, dass Ned mit allem, was er wusste, zu ihm ginge. Vayon Pool hatte arrangiert, dass Sansa und Arya mit der *Windhexe* aus Braavos in drei Tagen auslaufen sollten. Sie würden noch vor der Ernte auf Winterfell sein. Ned konnte seine Sorge um ihre Sicherheit nicht mehr als Ausrede für seine Verspätung benutzen.

Doch hatte er letzte Nacht von Rhaegars Kindern geträumt. Lord Tywin hatte die Leichen unter den Eisernen Thron gelegt, in die roten Umhänge seiner Leibgarde gewickelt. Das war klug von ihm. Das Blut war auf dem roten Tuch nicht so gut zu sehen. Die kleine Prinzessin war barfuß gewesen, noch in ihrem Schlafhemd, und der Junge … der Junge …

Ned durfte es nicht noch einmal geschehen lassen. Noch einen irren König, noch einen Tanz von Blut und Rache würde das Reich nicht überleben. Er musste eine Möglichkeit finden, die Kinder zu retten.

Robert konnte gnädig sein. Ser Barristan war nicht der Einzige, den er je begnadigt hatte. Großmaester Pycelle, die

Spinne Varys, Lord Balon Graufreud, sie alle hatte Robert einst zu seinen Feinden gezählt, und alle waren in Freundschaft aufgenommen worden und durften für ihren Treueeid in Amt und Ehren bleiben. Solange ein Mann mutig und ehrlich war, behandelte Robert ihn mit allem Respekt, der einem tapferen Feind zustand.

Dies hier war etwas anderes: Gift im Dunkeln, ein Messer, das in die Seele stach. So etwas konnte er niemals verzeihen, ebenso wie er Rhaegar nicht vergeben konnte. Er wird sie alle töten, dachte Ned.

Und dennoch wusste er, dass er nicht schweigen durfte. Er hatte eine Pflicht Robert gegenüber, dem Reich, Jon Arryns Schatten ... und Bran, der offenbar über einen Teil der Wahrheit gestolpert war. Warum sonst hätten sie versuchen sollen, ihn zu ermorden?

Am späten Nachmittag rief er Tomard, den beleibten Wachmann mit dem ingwerfarbenen Backenbart, den seine Kinder den dicken Tom nannten. Da Jory tot war und Alyn fort, hatte der dicke Tom das Kommando über seine Leibwache bekommen. Der Gedanke erfüllte Ned mit einiger Unruhe. Tomard war ein guter Mann: umgänglich, loyal, unermüdlich, in begrenztem Rahmen fähig, aber er war fast fünfzig und selbst in seiner Jugend nie energisch gewesen. Vielleicht hätte Ned nicht so voreilig die Hälfte seiner Garde fortschicken sollen, und mit ihr seine besten Streiter.

»Ich werde Eure Hilfe brauchen«, sagte Ned, als Tomard erschien und dabei etwas ängstlich wirkte, wie immer, wenn er vor seinen Herrn trat. »Bringt mich zum Götterhain.«

»Ist das klug, Lord Eddard? Mit Eurem Bein?«

»Vielleicht nicht. Trotzdem notwendig.«

Tomard rief Varly. Mit den Armen um die Schultern der beiden Männer schaffte es Ned, die steile Turmtreppe hinabzusteigen und über den Burghof zu humpeln. »Ich möchte, dass die Wache verdoppelt wird«, erklärte er dem dicken Tom. »Niemand betritt oder verlässt den Turm der Hand ohne meine Erlaubnis.«

Tom blinzelte. »M'lord, da Alyn und die anderen fort sind, stehen wir schon jetzt unter größtem Druck ...«

»Es wird nicht ewig dauern. Verlängert die Schichten.«

»Wie Ihr meint, M'lord«, antwortete Tom. »Darf ich fragen, wieso ...«

»Lieber nicht«, antwortete Ned knapp.

Der Götterhain war leer wie stets in diesem Bollwerk der südlichen Götter. Neds Bein schien zu schreien, als sie ihn auf dem Gras neben dem Herzbaum absetzten. »Danke.« Er zog ein Blatt Papier aus dem Ärmel, versiegelt mit dem Wappen seines Hauses. »Seid so gut, dieses hier sofort zu überstellen.«

Tomard betrachtete den Namen, den Ned auf das Papier geschrieben hatte, und leckte furchtsam über seine Lippen. »Mylord ...«

»Tut, was ich Euch aufgetragen habe, Tom«, sagte Ned.

Wie lange er in der Stille des Götterhains gewartet hatte, konnte er nicht sagen. Hier war es friedlich. Die dicken Mauern sperrten den Lärm der Burg aus, und er hörte Vögel singen, das Zirpen der Grillen, das Rascheln der Blätter im sanften Wind. Der Herzbaum war eine Eiche, braun und ohne Gesicht, und dennoch spürte Ned seine Götter. Sein Bein schien nicht mehr so sehr zu schmerzen.

Sie kam in der Abenddämmerung, als sich die Wolken über den Mauern und Türmen schon röteten. Sie kam allein, worum er sie gebeten hatte. Ausnahmsweise war sie schlicht gekleidet, mit Lederstiefeln und grünem Jagdzeug. Als sie die Kapuze ihres braunen Umhangs zurückzog, sah er die Prellung, wo der König sie geschlagen hatte. Die böse Pflaumenfarbe war zu Gelb verblasst und die Schwellung abgeklungen, doch konnte kein Zweifel daran bestehen, worum es sich dabei handelte.

»Warum hier?«, fragte Cersei Lennister, die über ihm aufragte.

»Damit die Götter uns sehen können.«

Sie setzte sich neben ihn ins Gras. Jede ihrer Bewegungen war voller Anmut. Ihr blondgelocktes Haar wehte leicht im Wind, und ihre Augen waren grün wie sommerliche Blätter. Es war lange her, dass Ned ihre Schönheit wahrgenommen hatte, jetzt allerdings fiel sie ihm auf. »Ich weiß um die Wahrheit, für die Jon Arryn gestorben ist«, erklärte er.

»Tatsächlich?« Die Königin betrachtete sein Gesicht, argwöhnisch wie eine Katze. »Deshalb habt Ihr mich rufen lassen, Lord Stark? Um mir Rätsel aufzugeben? Oder habt Ihr die Absicht, mich als Geisel zu nehmen, wie Eure Frau es mit meinem Bruder getan hat?«

»Wenn Ihr solches wirklich glauben würdet, wäret Ihr nie gekommen.« Sanft strich Ned über ihre Wange. »Hat er Euch so etwas schon früher zugefügt?«

»Ein- oder zweimal.« Sie wich vor seiner Hand zurück. »Nie ins Gesicht. Jaime hätte ihn umgebracht, selbst wenn es ihn das Leben gekostet hätte.« Herausfordernd blickte Cersei ihn an. »Mein Bruder ist hundertmal mehr wert als Euer Freund.«

»Euer Bruder?«, sagte Ned. »Oder Euer Liebhaber?«

»Beides.« Sie schreckte vor der Wahrheit nicht zurück. »Seit wir Kinder waren. Und warum auch nicht? Bei den Targaryen heiraten Bruder und Schwester seit dreihundert Jahren, um das Blut rein zu halten. Und Jaime und ich sind mehr als Bruder und Schwester. Wir sind ein und derselbe Mensch in zwei Körpern. Wir haben uns den Mutterschoß geteilt. Als er auf die Welt kam, hielt er sich an meinem Fuß fest, wie unser alter Maester sagte. Wenn er in mir ist, fühle ich mich … ganz.« Der Hauch eines Lächelns zuckte über ihre Lippen.

»Mein Sohn Bran …«

Es ehrte Cersei, dass sie sich nicht von ihm abwandte.

»Er hatte uns gesehen. Ihr liebt Eure Kinder, nicht?«

Robert hatte ihm genau dieselbe Frage gestellt am Morgen des Buhurts. Er gab ihr dieselbe Antwort. »Von ganzem Herzen.«

»Nicht weniger, als ich die meinen liebe.«

Ned dachte: *Wenn es darauf ankäme … das Leben irgendeines Kindes, das ich nicht kenne, gegen Robb und Sansa und Arya und Rickon, was würde ich tun? Mehr noch: Was würde Catelyn tun, wenn es um Jons Leben ginge, gegen das Leben der Kinder aus ihrem Leib?* Er wusste es nicht. Er betete darum, dass er es nie erfahren würde.

»Alle drei sind Jaimes«, sagte er. Das war keine Frage.

»Den Göttern sei Dank.«

Die Saat ist stark, hatte Jon Arryn auf seinem Sterbebett ausgerufen, und das war sie in der Tat. All diese Bastarde, allesamt mit pechschwarzem Haar. Großmaester Malleon listete die letzte Paarung zwischen Hirsch und Löwe auf, vor etwa neunzig Jahren, als Tya Lennister Gowen Baratheon ehelichte, den dritten Sohn des herrschenden Lords. Ihre einzige Nachkommenschaft, ein namenloser Junge, der in Malleons Wälzer als ein *großer und kräftiger Knabe mit dichtem, schwarzem Haar* beschrieben wurde, starb noch als Kind. Dreißig Jahre zuvor hatte ein männlicher Lennister eine Maid der Baratheons zur Frau genommen. Sie hatte ihm drei Töchter und einen Sohn geschenkt, sie alle schwarzhaarig. So weit Ned auch auf den brüchigen, vergilbten Seiten in die Vergangenheit schweifen mochte, fand er doch stets, dass das Gold der Kohle wich.

»Ein Dutzend Jahre«, sagte Ned. »Wie kommt es, dass Ihr keine Kinder vom König habt?«

Trotzig hob sie ihren Kopf. »Euer Robert hat mir einmal ein Kind gemacht«, erwiderte sie, und ihre Stimme war vor Verachtung ganz belegt. »Mein Bruder hat eine Frau gefunden, die mich davon befreit hat. Robert hat es nie erfahren. Wenn ich die Wahrheit sagen soll, kann ich kaum ertragen, dass er mich berührt, und ich habe ihn seit Jahren nicht mehr in mich gelassen. Ich kenne andere Möglichkeiten, ihm Freude zu bereiten, falls er lange genug von seinen Huren ablässt, um in meine Kammer torkeln zu können. Was wir auch tun: Der König ist für gewöhnlich so betrunken, dass er am nächsten Morgen alles vergessen hat.«

Wie konnten sie alle so blind gewesen sein? Die Wahrheit lag die ganze Zeit vor aller Augen bloß, stand den Kindern ins Gesicht geschrieben. Ned fühlte sich elend. »Ich weiß noch, wie Robert an jenem Tag war, als er den Thron bestieg: von Kopf bis Fuß ein König«, sagte er leise. »Tausend andere Frauen hätten ihn von ganzem Herzen geliebt. Was hat er getan, dass Ihr ihn so sehr hasst?«

Ihre Augen brannten, grünes Feuer in der Dämmerung, erhaben wie die Löwin, die ihr Siegel war. »In der Nacht unserer Hochzeitsfeier, als wir zum ersten Mal das Bett teilten, rief er mich beim Namen Eurer Schwester. Er war auf mir, in mir, stank nach Wein und flüsterte *Lyanna*.«

Ned dachte an hellblaue Rosen, und für einen Augenblick hätte er weinen können. »Ich weiß nicht, wen von Euch beiden ich mehr bedauern soll.«

Das schien die Königin zu amüsieren. »Spart Euer Mitleid für Euch selbst, Lord Stark. Davon will ich nichts.«

»Ihr wisst, was ich tun muss.«

»Ihr *müsst*?« Sie legte ihre Hand auf sein gesundes Bein, kurz über dem Knie. »Ein echter Mann tut, was er will, nicht, was er muss.« Ihre Finger strichen leicht über seinen Oberschenkel – ein zärtliches Versprechen. »Das Reich braucht eine starke Hand. Es wird noch dauern, bis Joff das rechte Alter erreicht hat. Niemand will den Krieg, ich am allerwenigsten.« Ihre Hand strich über sein Gesicht, sein Haar. »Wenn Freunde zu Feinden werden können, können auch Feinde zu Freunden werden. Deine Frau ist tausend Wegstunden von hier entfernt, und mein Bruder ist geflohen. Sei gut zu mir, Ned. Ich schwöre dir, du wirst es nie bereuen.«

»Habt Ihr Lord Arryn dasselbe Angebot unterbreitet?« Sie schlug ihm ins Gesicht.

»Ich werde es als Ehrenzeichen tragen«, sagte Ned trocken.

»*Ehre*«, fuhr sie ihn an. »Wie könnt Ihr es wagen, mir den edlen Lord vorzuspielen! Wofür haltet Ihr mich? Ihr habt selbst einen Bastard, ich habe ihn gesehen. Ich frage mich, wer die Mutter war. Irgendeine dornische Bäuerin, die Ihr vergewaltigt habt, während ihre Festung niederbrannte? Eine Hure? Oder war es die trauernde Schwester, die Lady Ashara? Sie hat sich ins Meer gestürzt, wie man mir sagte. Wieso das? Wegen des Bruders, den Ihr erschlagen habt, oder wegen des Kindes, das Ihr mitnahmt? Verratet mir, mein *ehrenhafter* Lord Eddard, worin unterscheidet Ihr Euch so sehr von Robert oder mir oder Jaime?«

»Vor allem«, sagte Ned, »töte ich keine Kinder. Ihr tätet gut daran, mir zuzuhören, Mylady. Ich werde es nur einmal sagen. Wenn der König von der Jagd heimkehrt, beabsichtige ich, ihm die Wahrheit zu unterbreiten. Bis dahin müsst Ihr fort sein. Ihr und Eure Kinder, alle drei, und nicht nach Casterlystein. Wenn ich an Eurer Stelle wäre, würde ich ein Schiff zu den Freien Städten nehmen oder sogar noch weiter zu den Sommerinseln oder zum Hafen von Ibben. So weit Euch der Wind treibt.«

»Verbannung«, sagte sie. »Ein bitterer Trunk.«

»Ein süßerer Trunk als der, den Euer Vater Rhaegars Kinder kosten ließ«, sagte Ned, »und besser, als Ihr verdient hättet. Euer Vater und Eure Brüder täten gut daran, mit Euch zu gehen. Lord Tywins Gold wird für Eure Bequemlichkeit und für Streiter sorgen, damit Ihr sicher seid. Ihr werdet sie brauchen. Ich verspreche Euch, wohin Ihr auch fliehen mögt, Roberts Rache wird Euch verfolgen bis ans Ende der Welt, wenn es sein muss.«

Die Königin erhob sich. »Und was ist mit meiner Rache, Lord Stark?«, fragte sie sanft. Ihr Blick suchte in seinem Gesicht nach etwas. »Ihr hättet das Reich selbst an Euch reißen sollen. Es stand Euch zur Verfügung. Jaime hat mir erzählt, dass Ihr ihn auf dem Eisernen Thron habt sitzen sehen, an jenem Tag, als Königsmund fiel, und dass Ihr ihn dazu gezwungen habt, ihn aufzugeben. Das war Euer Augenblick. Ihr hättet nur diese Stufen erklimmen und Euch setzen müssen. Welch trauriger Fehler!«

»Ich habe mehr Fehler begangen, als Ihr Euch auch nur im Entferntesten vorstellen könnt«, sagte Ned, »aber das war keiner.«

»O doch, das war es, Mylord«, beharrte Cersei. »Wenn man das Spiel um Throne spielt, gewinnt man, oder man stirbt. Dazwischen gibt es nichts.«

Sie setzte die Kapuze auf, um ihr geschwollenes Gesicht zu verbergen, und ließ ihn in der Dunkelheit unter der Eiche zurück, in der Stille des Götterhains, unter blauschwarzem Himmel. Die Sterne kamen heraus.

 DAENERYS

Das Herz dampfte in der kühlen Abendluft, als Khal Drogo es vor ihr ablegte, roh und blutig. Seine Arme waren bis zu den Ellenbogen rot. Hinter ihm knieten seine Blutreiter im Sand neben dem Kadaver eines wilden Hengstes, steinerne Messer in Händen. Im flackernden Orange des Fackelscheins, der die hohen Kreidewände der Grube umgab, wirkte das Blut des Rosses schwarz.

Dany berührte die weiche Wölbung ihres Bauches. Schweiß perlte auf ihrer Haut und tropfte an der Stirn herab. Sie konnte spüren, dass die alten Frauen sie beobachteten, die alten Weiber von Vaes Dothrak, mit Augen, die wie polierter Feuerstein in ihren faltigen Gesichtern glänzten. Sie durfte weder zucken noch ängstlich wirken. *Ich bin das Blut des Drachen,* sagte sie sich selbst, als sie das Herz des Hengstes in beide Hände nahm, es an den Mund hob und die Zähne in das zähe, sehnige Fleisch grub.

Warmes Blut füllte ihren Mund und lief ihr übers Kinn. Der Geschmack drohte sie zu ersticken, trotzdem zwang sie sich, zu kauen und zu schlucken. Das Herz eines Hengstes würde ihren Sohn stark und schnell und furchtlos machen – dies zumindest glaubten die Dothraki –, doch nur, wenn die Mutter es ganz essen konnte. Sollte sie vom Blut würgen müssen oder das Fleisch erbrechen, fielen die Omen ungünstiger aus. Das Kind mochte tot geboren werden oder schwach sein, deformiert oder weiblich.

Ihre Mägde hatten geholfen, sie für die Zeremonie vorzubereiten. Trotz des empfindlichen Magens, mit dem sie seit zwei Monaten geschlagen war, hatte Dany Schalen mit halb geronnenem Blut zu sich genommen, um sich an den Geschmack zu gewöhnen, und Irri hatte ihr Kaustreifen aus getrocknetem Pferdefleisch zu essen gegeben, bis ihr Unterkiefer schmerzte. Vor der Zeremonie hatte sie einen Tag und eine Nacht gefastet, in der Hoffnung, dass der Hunger helfen würde, das rohe Fleisch bei sich zu behalten.

Das Herz des wilden Hengstes bestand nur aus Muskeln, und Dany musste es mit den Zähnen reißen und jeden Mund voll lange kauen. Stahl war innerhalb der heiligen Schranken von Vaes Dothrak verboten, im Schatten der Mutter aller Berge. Sie musste das Herz mit Zähnen und Fingernägeln zerreißen. Der Magen wollte sich ihr umdrehen, dennoch kaute sie weiter, das Gesicht mit Herzblut beschmiert, das manchmal an ihren Lippen zu explodieren schien.

Khal Drogo stand über sie gebeugt, während sie aß, das Gesicht hart wie ein Bronzeschild. Sein langer, schwarzer Zopf glänzte vom Öl. Er trug goldene Ringe im Bart, goldene Glöckchen im Zopf und einen schweren Gurt aus goldenen Medaillons um die Hüften, doch seine Brust war nackt. Sie sah ihn an, sobald die Kraft sie zu verlassen schien, sah ihn an und kaute und schluckte, kaute und schluckte, kaute und schluckte. Zum Ende hin glaubte Dany, grimmigen Stolz in seinen dunklen, mandelförmigen Augen zu erkennen, nur konnte sie sich dessen nicht sicher sein. Die Miene des *Khal* verriet selten, was in ihm vorging.

Und schließlich war es vollbracht. Ihre Wangen und Hände klebten, als sie den Rest herunterwürgte. Da erst wandte sie die Augen wieder den alten Frauen zu, den alten Weibern der *Dosh Khaleen*.

»*Khalakka dothrae mr'anha!*«, verkündete sie in ihrem besten Dothraki. *Ein Prinz reitet in mir!* Tagelang hatte sie diesen Satz mit ihrer Magd Jhiqui geübt.

Die Älteste, eine gebückte, verschrumpelte, spindeldürre Frau, hob die Arme in die Höhe. »*Khalakka dothrae!*«, kreischte sie. *Der Prinz reitet!*

»*Er reitet!*«, antworteten die anderen Frauen. »*Rakh! Rakh! Rakh haj!*«, verkündeten sie. *Ein Junge, ein Junge, ein kräftiger Junge.*

Glocken läuteten, ein plötzliches Getöse von bronzenen Vögeln. Ein kehliges Kriegshorn gab einen langen, tiefen Ton von sich. Die alten Frauen fingen an zu singen. Unter ihren bemalten Lederwesten wiegten sich die welken Zitzen schimmernd von Öl und Schweiß. Die Eunuchen, die sie bedienten, warfen Bündel von trockenem Gras in eine große Bronzepfanne, und Wolken von duftendem Rauch stiegen zum Mond und zu den Sternen auf. Die Dothraki glaubten, die Sterne seien Pferde aus Feuer, eine große Herde, die bei Nacht über den Himmel galoppierte.

Als der Rauch aufstieg, erstarb das Singen, und die alte Frau schloss ihr eines Auge, um besser in die Zukunft blicken zu können. Vollkommene Stille herrschte. Dany konnte in der Ferne Nachtvögel hören, das Zischen und Knacken von Fackeln, das sanfte Plätschern von Wasser im See. Die Dothraki starrten sie mit nächtlichen Augen an und warteten.

Khal Drogo legte seine Hand auf Danys Arm. Sie konnte die Spannung in seinen Fingern spüren. Selbst ein *Khal*, der so mächtig wie Drogo war, kannte die Angst, wenn die *Dosh Khaleen* einen Blick in den Rauch der Zukunft warfen. In ihrem Rücken flatterten ängstlich die Mägde umher.

Schließlich schlug die alte Frau ihr Auge auf und hob die Arme. »Ich habe sein Gesicht gesehen und den Donner seiner Hufe gehört«, verkündete sie mit dünner, bebender Stimme.

»Donner seiner Hufe!«, wiederholten die anderen.

»Schnell wie der Wind, so reitet er, und hinter ihm überzieht sein *Khalasar* die Erde, Männer ohne Zahl, mit *Arakhs*, die wie Grashalme in seinen Händen schimmern. Wild wie ein Sturm wird der Prinz sein. Seine Feinde werden vor ihm zittern, und ihre Frauen werden Blut weinen und sich vor Trauer zerfleischen. Die Glocken im Haar werden von seinem Kommen künden, und die Milchmenschen in den Steinzelten werden seinen Namen fürchten.« Die alte Frau zitterte und sah Dany vorsichtig an, als fürchtete sie sich. »Der Prinz reitet, und er wird der Hengst sein, der die Welt besteigt!«

»*Der Hengst, der die Welt besteigt!*«, riefen die Zuschauer wie ein Echo, bis die Nacht vom Klang ihrer Stimmen widerhallte.

Das einäugige Weib blickte Dany durchdringend an. »Wie soll er heißen, der Hengst, der die Welt besteigt?«

Für die Antwort erhob sie sich. »Er soll Rhaego heißen«, sagte sie mit den Worten, die Jhiqui sie gelehrt hatte. Ihre Hände umfassten schützend die Rundung unter ihren Brüsten, als ein Donnern von den Dothraki ausging. »*Rhaego*«, riefen sie. »*Rhaego, Rhaego, Rhaego!*«

Der Name klang noch in ihren Ohren, als Khal Drogo sie aus der Grube führte. Seine Blutreiter reihten sich hinter ihnen ein. Eine Prozession folgte ihnen auf den Götterpfad hinaus, die breite, grasbewachsene Straße entlang, die durch das Herz von Vaes Dothrak führte, vom Pferdetor zur Mutter aller Berge. Die alten Weiber der *Dosh Khaleen* kamen zuerst, mit ihren Eunuchen und Sklaven. Einige stützten sich auf lange, geschnitzte Stöcke, wenn sie sich auf zitternden Beinen vorwärtskämpften, während andere erhaben wie Reiterlords einherstolzierten. Jede dieser alten Frauen war einst eine *Khaleesi* gewesen. Wenn ihre Männer starben und ein neuer *Khal* seinen Platz vor allen Reitern einnahm, mit einer neuen *Khaleesi* neben sich, schickte man sie hierher, damit sie über das riesige Land der Dothraki herrschten. Noch der mächtigste *Khal* verneigte sich vor der Weisheit und Autorität der *Dosh Khaleen*. Dennoch lief Dany ein Schauer über den Rücken, wenn sie daran dachte, dass man sie eines Tages zu ihnen schicken würde, ob sie wollte oder nicht.

Hinter den weisen Frauen folgten die anderen. Khal Ogo und sein Sohn, der *Khalakka* Fogo, Khal Jommo und seine Frauen, die wichtigsten Männer aus Drogos *Khalasar*, Danys Mägde, die Diener und Sklaven des *Khal* und viele mehr. Glocken läuteten, und Trommeln schlugen einen würdevollen Rhythmus, während sie über den Götterpfad marschierten. Gestohlene Helden und die Götter toter Völker brüteten in der Dunkelheit jenseits der Straße. Neben der Prozession liefen Sklaven leichten Fußes mit Fackeln in Händen durch Gras, und die flackernden Flammen ließen die großen Monumente fast lebendig erscheinen.

»Was bedeutet der Name Rhaego?«, fragte Khal Drogo, während sie gingen, in der Gemeinen Zunge der Sieben Königslande. Sie hatte ihn ein paar Worte gelehrt, wenn sie konnte. Drogo lernte schnell, wenn er sich auf etwas einließ, nur war sein Akzent so breit und barbarisch, dass weder Ser Jorah noch Viserys ein Wort von dem verstehen konnten, was er sagte.

»Mein Bruder Rhaegar war ein wilder Krieger, meine Sonne, meine Sterne«, erklärte sie ihm. »Er starb, bevor ich geboren wurde. Ser Jorah sagt, er sei der letzte Drache gewesen.«

Khal Drogo sah auf sie herab. Sein Gesicht war eine kupferne Maske, unter dem langen, schwarzen Bart, der vom Gewicht seiner goldenen Ringe in die Tiefe gezogen wurde, meinte sie jedoch den Anflug eines Lächelns ausgemacht zu haben. »Ist gute Name, Dan Ares Frau, Mond meines Lebens«, sagte er.

Sie ritten zu dem See, den die Dothraki »Schoß der Welt«

nannten, ein von Schilf umgebenes, stilles Wasser. Vor tausend Jahren, so viel hatte Jhiqui ihr erzählt, war der erste Mensch aus seiner Tiefe aufgestiegen, reitend auf dem ersten Pferd.

Die Prozession wartete am grasbewachsenen Ufer, während Dany sich entkleidete und ihre verschmutzten Sachen auf die Erde fallen ließ. Nackt stieg sie vorsichtig ins Wasser. Irri behauptete, der See habe keinen Grund, doch Dany spürte, wie der weiche Schlamm zwischen ihren Zehen hervorquoll, als sie sich durch das hohe Schilf schob. Der Mond trieb auf den stillen, schwarzen Fluten, zersprang und formte sich erneut, wenn die Wellen über sein Spiegelbild hinwegglitten. Sie bekam eine Gänsehaut, als die Kälte an ihren Oberschenkeln hinaufkroch und ihre unteren Lippen küsste. Das Hengstblut an ihren Händen und um den Mund herum war getrocknet. Dany schöpfte heiliges Wasser, hob es über ihren Kopf und reinigte sich und das Kind in ihrem Inneren, während der *Khal* und die anderen zuschauten. Sie hörte, wie die alten Frauen der *Dosh Khaleen* sich murmelnd miteinander unterhielten, während sie zusahen, und fragte sich, worüber sie wohl sprachen.

Als sie aus dem See stieg, zitternd und tropfend, eilte ihr die Magd Doreah mit einem Umhang von bemalter Seide entgegen, doch Khal Drogo winkte sie fort. Anerkennend betrachtete er ihre geschwollenen Brüste und die Rundung ihres Bauches, und Dany konnte sehen, wie sich seine Männlichkeit in den Hosen aus Pferdeleder abzeichnete, gleich unter den schweren Goldmedaillons seines Gürtels. Sie ging zu ihm und half ihm, sie aufzuschnüren. Dann nahm ihr mächtiger *Khal* sie bei den Hüften und hob sie in die Luft, als wäre sie ein Kind. Die Glöckchen in seinem Haar klingelten leise.

Dany legte die Arme um seine Schultern und drückte ihr Gesicht an seinen Hals, als er sich in sie drängte. Drei kurze Stöße, und es war vorüber. »*Der Hengst, der die Welt besteigt*«, flüsterte Drogo heiser. Noch immer rochen seine Hände nach Pferdeblut. Er biss sie in den Hals, fest, im Augenblick seiner Freude, und als sie ihn von sich hob, war sein Samen in ihr und tropfte innen an ihren Schenkeln herab. Da erst erlaubte man Doreah, sie in duftende Seide zu hüllen, und Irri, ihr weiche Pantoffeln überzustreifen.

Khal Drogo verschnürte sich, rief einen Befehl, und Pferde wurden zum Ufer des Flusses gebracht. Cohollo wurde die Ehre zuteil, der *Khaleesi* auf ihre Silberne zu helfen. Drogo gab seinem Hengst die Sporen und machte sich auf den Weg den Götterpfad hinab, unter Mond und Sternen. Auf ihrer Silbernen hielt Dany leicht Schritt.

Das Seidenzelt, welches das Dach der Halle Khal Drogos darstellte, war heute Abend eingerollt, und der Mond folgte ihnen hinein. Flammen sprangen aus drei mächtigen, steinernen Feuerstellen jeweils drei Meter in die Luft. Dicht hing der Duft von brutzelndem Fleisch und geronnener, gegorener Stutenmilch in der Luft. In der Halle war es voll und laut, als sie eintrafen, auf den Kissen drängten sich jene, deren Rang und Name nicht genügte, der Zeremonie beizuwohnen. Während Dany durch den Eingangsbogen und den Gang hinaufritt, waren alle Blicke auf sie gerichtet. Die Dothraki riefen ihr Bemerkungen über ihren Bauch und ihre Brust zu und grüßten das Leben, das darin ruhte. Sie konnte nicht alles verstehen, einen Satz hingegen hörte sie deutlich heraus. »*Der Hengst, der die Welt besteigt*«, wurde von tausend Stimmen gebellt.

Trommeln und Hörner schwangen sich in die Nacht auf. Halb nackte Frauen drehten sich und tanzten auf den flachen Tischen, inmitten von Bratenplatten und Tellern, auf denen sich Pflaumen und Datteln und Granatäpfel stapelten. Viele der Männer waren betrunken von gegorener Stutenmilch, aber Dany wusste, dass sich heute Abend keine

Arakhs kreuzen würden, nicht hier in der heiligen Stadt, wo Klingen und Blutvergießen verboten waren.

Khal Drogo stieg ab und nahm seinen Platz auf der Hohen Bank ein. Khal Jommo und Khal Ogo, die mit ihren *Khalasars* bereits in Vaes Dothrak gewesen waren, nahmen die Ehrenplätze links und rechts von Drogo ein. Die Blutreiter der drei *Khals* saßen gleich darunter, und weiter unten Khal Jommos vier Frauen.

Dany stieg von ihrer Silbernen und überließ die Zügel einem der Sklaven. Während Doreah und Irri ihre Kissen ordneten, suchte sie nach ihrem Bruder. Selbst noch auf der anderen Seite der Halle wäre Viserys mit seiner hellen Haut, dem silbernen Haar und seinen Bettlerlumpen aufgefallen, doch sah sie ihn nirgendwo.

Ihr Blick wanderte umher, wo Männer, deren Zöpfe kürzer als ihre Männlichkeit waren, auf ausgefransten Teppichen um flache Tische saßen, doch alle Gesichter, die sie sah, hatten schwarze Augen und kupferfarbene Haut. Sie entdeckte Ser Jorah Mormont nahe der mittleren Feuerstelle. Der Platz zeugte von hoher Achtung, wenn nicht von großer Ehre. Die Dothraki schätzten das Können des Ritters mit dem Schwert. Dany schickte Jhiqui, um ihn an ihren Tisch zu holen. Mormont kam eilig und sank vor ihr auf die Knie. »*Khaleesi*«, sagte er, »ich stehe zu Eurer Verfügung.«

Sie strich über das dicke Kissen aus Pferdeleder neben sich. »Nehmt Platz und unterhaltet Euch mit mir.«

»Ihr ehrt mich.« Der Ritter sank mit gekreuzten Beinen auf das Kissen. Ein Sklave kniete vor ihm, bot einen hölzernen Teller mit reifen Feigen an. Ser Jorah nahm eine und biss sie in zwei Hälften.

»Wo ist mein Bruder?«, fragte Dany. »Er hätte längst da sein sollen, zum Fest.«

»Ich habe Seine Majestät heute Morgen gesehen«, erklärte er. »Er sagte, er wolle zum Westlichen Markt, um sich Wein zu beschaffen.«

»Wein?«, sagte Dany zweifelnd. Viserys konnte den Geschmack der gegorenen Stutenmilch nicht ertragen, welche die Dothraki tranken, das wusste sie, und in letzter Zeit war er oft auf den Basaren und soff mit den Händlern, die in großen Karawanen aus Ost und West kamen. Deren Gesellschaft schien er mehr zu genießen als die ihre.

»Wein«, versicherte Ser Jorah, »und er denkt daran, unter den Söldnern, die die Karawanen schützen, Männer für seine Armee zu rekrutieren.« Ein Dienstmädchen stellte einen Blutauflauf vor ihm ab, und er machte sich mit beiden Händen darüber her.

»Ist das klug?«, fragte sie. »Er hat kein Gold, um die Soldaten zu bezahlen. Was ist, wenn er betrogen wird?« Karawanenwächter sorgten sich nur selten um Fragen der Ehre, und der Usurpator in Königsmund würde für den Kopf ihres Bruders gut bezahlen. »Ihr hättet mit ihm gehen sollen, damit er in Sicherheit ist. Ihr seid seine Leibwache.«

»Wir sind in Vaes Dothrak«, erinnerte er sie. »Hier darf niemand eine Klinge bei sich tragen oder das Blut eines anderen vergießen.«

»Dennoch sterben Menschen«, sagte sie. »Jhogo hat es mir erzählt. Einige Händler haben Eunuchen bei sich, hünenhafte Männer, die Diebe mit Seidenfetzen strangulieren. So wird kein Blut vergossen, und die Götter zürnen nicht.«

»Dann lasst uns hoffen, dass Euer Bruder klug genug ist, nichts zu stehlen.« Ser Jorah wischte sich das Fett mit dem Handrücken vom Mund und beugte sich weit über den Tisch. »Er hatte vor, Eure Dracheneier zu stehlen, bis ich ihn gewarnt habe, ich würde ihm die Hand abhacken, sollte er sie auch nur anrühren.«

Einen Moment lang war Dany so schockiert, dass ihr die

Worte fehlten. »Meine Eier ... aber sie gehören *mir*. Magister Illyrio hat sie mir geschenkt, als Brautgabe, wieso sollte Viserys ... es sind nur Steine ...«

»Dasselbe könnte man auch von Rubinen und Diamanten und Feueropalen sagen, Prinzessin ... und Dracheneier sind noch weit seltener. Diese Händler, mit denen er getrunken hat, würden sogar ihre Männlichkeit für einen dieser *Steine* geben, und mit allen dreien könnte Viserys so viele Söldner kaufen, wie er braucht.«

Das hatte Dany nicht gewusst, nicht einmal geahnt. »Dann ... er soll sie bekommen. Stehlen muss er dafür nicht. Er hätte nur zu fragen brauchen. Schließlich ist er mein Bruder und mein wahrer König.«

»Er ist Euer Bruder«, räumte Ser Jorah ein.

»Ihr versteht nicht, Ser«, sagte sie. »Meine Mutter starb, als ich geboren wurde, und mein Vater und mein Bruder Rhaegar noch davor. Ich hätte nicht einmal ihre Namen gekannt, wenn Viserys nicht gewesen wäre und sie mir gesagt hätte. Er war als Einziger noch übrig. Der Einzige. Er ist alles, was ich habe.«

»Früher einmal«, entgegnete Ser Jorah. »Jetzt nicht mehr, *Khaleesi*. Ihr gehört zu den Dothraki. In Eurem Schoß reitet der Hengst, der die Welt besteigt.« Er hielt seinen Becher einer Sklavin hin, die ihn mit gegorener Stutenmilch, säuerlich mit dicken Klumpen, füllte.

Dany verscheuchte sie mit einer Handbewegung. Der bloße Geruch bereitete ihr Übelkeit, und sie wollte nicht riskieren, dass ihr das Pferdeherz, das sie sich mühsam hereingezwungen hatte, wieder hochkam. »Was bedeutet das?«, fragte sie. »Was ist dieser Hengst? Alle rufen es mir zu, aber ich verstehe nicht.«

»Der Hengst ist der *Khal* der *Khals*, von dem in alten Prophezeiungen die Rede ist, mein Kind. Er wird die Dothraki zu einem einzigen *Khalasar* einen und an die Enden der

Welt reiten, so zumindest wird es vorhergesagt. Alle Völker dieser Welt werden seiner Herde angehören.«

»Oh«, sagte Dany mit leiser Stimme. Sie strich den Umhang auf der Wölbung ihres Bauches glatt. »Ich habe ihn Rhaego genannt.«

»Ein Name, bei dem das Blut des Usurpators gefrieren dürfte.«

Plötzlich zupfte Doreah an ihrem Ellbogen. »*Mylady*«, flüsterte die Magd dringlich, »Euer Bruder …«

Dany sah durch die lange, dachlose Halle, und dort kam er, strebte ihr entgegen. Am Schlurfen seiner Schritte erkannte sie, dass Viserys Wein gefunden hatte … und etwas, das wie Mut aussah.

Er trug rote Seide, verschmutzt und fleckig von der Reise. Sein Umhang und die Handschuhe waren aus schwarzem Samt, den die Sonne gebleicht hatte. Die Stiefel waren ausgetrocknet und brüchig, das silberblonde Haar matt und verfilzt. Ein Langschwert hing in einer ledernen Scheide an seinem Gürtel. Die Dothraki musterten das Schwert, als er an ihnen vorüberging. Dany hörte, dass sich um sie herum Flüche und Drohungen und wütendes Gemurmel erhoben wie ein Sturm. Die Musik erstarb.

Furcht schloss sich um ihr Herz. »Geht zu ihm«, befahl sie Ser Jorah. »Haltet ihn auf! Bringt ihn her! Sagt ihm, die Dracheneier gehören ihm, wenn er sie unbedingt haben will.« Eilig erhob sich der Ritter.

»Wo ist meine Schwester?«, rief Viserys, und seine Stimme war belegt vom Wein. »Ich bin zu ihrem Fest gekommen. Wie könnt Ihr Euch erdreisten, ohne mich zu speisen? Niemand isst, solange der König nicht gegessen hat. Wo ist sie? Die Hure kann sich vor dem Drachen nicht verstecken.«

Er blieb neben der größten der drei Feuerstellen stehen, sah in die Gesichter der umstehenden Dothraki. Fünftausend Mann hatten sich in der Halle versammelt, davon war nur eine Hand voll der Gemeinen Zunge mächtig. Aber selbst wenn seine Worte unverständlich sein mochten, musste man ihn nur ansehen, um zu wissen, dass er betrunken war.

Eilig ging Ser Jorah zu ihm, flüsterte ihm etwas ins Ohr und nahm ihn beim Arm, doch Viserys riss sich los. »Nehmt Eure Hände weg! Niemand rührt ohne Erlaubnis den Drachen an.«

Ängstlich sah Dany zur Hohen Bank auf. Khal Drogo sagte etwas zu den anderen *Khals* an seiner Seite. Khal Jommo grinste, und Khal Ogo brach in schallendes Gelächter aus.

Das Lachen ließ Viserys aufmerken. »Khal Drogo«, sagte er mit belegter Stimme, fast höflich. »Ich bin gekommen, um zu feiern.« Er taumelte von Ser Jorah fort und wollte sich zu den drei *Khals* auf der Hohen Bank gesellen.

Khal Drogo erhob sich, spie ein Dutzend Worte auf dothrakisch aus, zu schnell, als dass Dany sie verstehen konnte, und zeigte mit dem Finger zur anderen Seite des Raums. »Khal Drogo sagt, Euer Platz wäre nicht auf der Hohen Bank«, übersetzte Ser Jorah für ihren Bruder. »Khal Drogo sagt, Euer Platz ist hier.«

Viserys sah, wohin der *Khal* deutete. Zum anderen Ende der langen Halle, in eine Ecke an der Wand, weit im Schatten, damit die besseren Männer ihren Anblick nicht ertragen mussten, saßen die Geringsten der Geringen: grobe, gemischtrassige Jungen, alte Männer mit umnebelten Augen und steifen Gelenken, die Geistesschwachen und Verkrüppelten. Weit vom Fleisch und weiter noch von der Ehre. »Das ist kein Platz für einen König«, erklärte Danys Bruder.

»Ist Platz«, antwortete Khal Drogo in der Gemeinen Zunge, die Dany ihn gelehrt hatte, »für König Wundfuß.« Er klatschte in die Hände. »Eine Karre! Bringt Karre für *Khal Rhaggat!*«

Fünftausend Dothraki fingen an zu grölen. Ser Jorah stand neben Viserys, schrie ihm ins Ohr, durch das donnernde Gebrüll in der Halle konnte Dany jedoch nicht verstehen, was er sagte. Ihr Bruder schrie zurück, und die beiden Männer wurden handgreiflich, bis Mormont Viserys zu Boden schlug.

Der Drache zog sein Schwert.

Gefährlich rot leuchtete der nackte Stahl im Licht der Feuerstellen. »*Haltet Euch fern von mir!*«, zischte Viserys. Ser Jorah trat einen Schritt zurück, und ihr Bruder kam wankend auf die Beine. Er schwenkte das Schwert über seinem Kopf, die geliehene Klinge, die Magister Illyrio ihm überlassen hatte, damit er königlicher wirkte. Von allen Seiten schrien ihn Dothraki an, stießen böse Flüche aus.

Dany gab einen wortlosen Entsetzensschrei von sich. Sie wusste, was ein gezücktes Schwert an diesem Ort bedeutete, auch wenn ihr Bruder sich dessen nicht bewusst war.

Beim Klang ihrer Stimme drehte sich Viserys um und sah sie zum ersten Mal. »Da ist sie ja«, sagte er lächelnd. Er stakste ihr entgegen, hieb durch die Luft, als kämpfte er sich durch eine Mauer aus Feinden, obwohl niemand versuchte, ihm den Weg zu verstellen.

»Die Klinge … das darfst du nicht«, flehte sie ihn an. »Bitte, Viserys. Es ist verboten. Steck das Schwert weg, und setz dich mit auf meine Kissen. Hier gibt es zu trinken, zu essen … willst du die Dracheneier? Du kannst sie haben, nur wirf das Schwert weg.«

»Tut, was sie sagt, Dummkopf«, rief Ser Jorah, »bevor es uns alle das Leben kostet.«

Viserys lachte. »Sie können uns nicht töten. Sie dürfen in der heiligen Stadt kein Blut vergießen … aber *ich* darf es.« Er setzte die Spitze seines Schwertes zwischen Daenerys' Brüste und ließ sie herabgleiten, über die Rundung ihres Bauches. »Ich will haben, wozu ich hergekommen bin«, erklärte er ihr. »Ich will die Krone, die er mir versprochen hat. Er hat dich gekauft, aber er hat nie für dich bezahlt. Sag ihm, ich will, was wir vereinbart haben, sonst nehme ich dich wieder mit. Dich und die Eier. Seinen verdammten Balg kann er gern behalten. Ich schneid den Bengel raus und lass ihn da.« Das Schwert drang durch die Seide und stach in ihren Nabel. Viserys weinte, das sah sie, weinte und lachte gleichzeitig, dieser Mann, der einst ihr Bruder gewesen war.

Wie aus weiter Ferne hörte Dany, dass ihre Magd Jhiqui vor Angst schluchzte, flehte, dass sie nicht wagte zu übersetzen, dass der *Khal* sie fesseln und mit seinem Pferd den ganzen Weg zur Mutter aller Berge schleifen würde. Sie legte ihren Arm um das Mädchen und tröstete es: »Hab keine Angst! Ich werde es ihm sagen.«

Sie wusste nicht, ob sie genügend Worte kannte, doch als sie fertig war, erwiderte Khal Drogo ein paar barsche Sätze auf dothrakisch, und sie wusste, dass er verstanden hatte. Die Sonne ihres Lebens trat von der Hohen Bank herab. »Was hat er gesagt?«, fragte der Mann, der ihr Bruder gewesen war, und zuckte dabei.

In der Halle war es so still geworden, dass sie die Glöckchen in Khal Drogos Haar hören konnte, die bei jedem Schritt leise klingelten. Seine Blutreiter folgten ihm wie drei kupferne Schatten. Daenerys war kalt geworden. »Er sagt, du sollst eine prächtige, goldene Krone bekommen, damit die Menschen erzittern, wenn sie dich sehen.«

Viserys lächelte und ließ das Schwert sinken. Das war das Traurigste, das später noch lange an ihr nagen sollte … wie er lächelte. »Mehr wollte ich nicht«, sagte er. »Nur was vereinbart war.«

Als die Sonne ihres Lebens zu ihr kam, schlang Dany einen Arm um seine Hüfte. Der *Khal* sagte ein Wort, und seine Blutreiter sprangen vor. Qotho packte den Mann, der ihr Bruder gewesen war, beim Arm. Haggo zertrümmerte sein Handgelenk mit einer einzigen, scharfen Drehung seiner mächtigen Hände. Cohollo zog das Schwert aus seinen kraftlosen Fingern. Noch immer verstand Viserys nicht. »Nein«, rief er, »ihr dürft mir nichts tun, ich bin der Drache, der Drache, und man wird mich krönen!«

Khal Drogo löste seinen Gürtel. Die Medaillons waren aus gediegenem Gold, massiv und verziert, jedes davon groß wie eine Menschenhand. Er rief einen Befehl. Kochsklaven zogen einen schweren, eisernen Topf vom Feuer, kippten dessen Inhalt auf den Boden und stellten den Topf aufs Feuer zurück. Drogo warf den Gurt hinein und sah mit ausdrucksloser Miene zu, wie die Medaillons rot wurden und ihre Form verloren. Sie sah, wie Feuer im Onyx seiner Augen tanzte. Ein Sklave reichte ihm ein Paar dicke Handschuhe aus Pferdehaar, und er zog sie an, würdigte den Mann dabei keines Blickes.

Viserys fing an, wortlos, schrill zu schreien wie der Feigling, der dem Tod ins Auge blickt. Er zappelte und trat um sich, wimmerte wie ein Hund und weinte wie ein Kind, aber die Dothraki hielten ihn zwischen sich. Ser Jorah hatte sich einen Weg an Danys Seite gebahnt. Er legte ihr die Hand auf die Schulter. »Wendet Euch ab, Prinzessin, ich bitte Euch.«

»Nein.« Sie verschränkte die Arme schützend auf ihrem runden Bauch.

Schließlich starrte Viserys sie an. »Schwester, bitte ... Dany, sag ihnen ... befehle ihnen ... süßes Schwesterchen ...«

Als das Gold halbwegs geschmolzen war und zu fließen begann, griff Drogo in die Flammen und zog den Topf vor. »Krone!«, brüllte er. »Hier. Eine Krone für den Karrenkönig!« Und kippte den Topf über dem Kopf des Mannes aus, der einst Danys Bruder gewesen war.

Das Geräusch, das Viserys Targaryen von sich gab, als dieser grässliche, eiserne Helm sein Gesicht verhüllte, hatte nichts Menschliches an sich. Seine Füße trampelten in Panik auf dem erdigen Boden umher, dann langsamer, dann kamen sie zur Ruhe. Dicke Rinnsale von geschmolzenem Gold liefen auf seine Brust, setzten die rote Seide in Brand ... dennoch wurde kein Tropfen Blut vergossen.

Er war kein Drache, dachte Dany eigentümlich gelassen. *Feuer kann einen Drachen nicht töten.*

 EDDARD

Er wanderte durch die Gruften unter Winterfell, wie er es tausendmal zuvor getan hatte. Die Könige des Winters sahen mit eisigen Augen, wie er vorüberging, und die Schattenwölfe zu ihren Füßen wandten die großen Steinköpfe und knurrten. Schließlich kam er zu dem Sarg, in dem sein Vater ruhte, Brandon und Lyanna an seiner Seite. »*Versprich es mir, Ned*«, flüsterte Lyannas Statue. Sie trug einen Blumenkranz aus hellblauen Rosen, und aus ihren Augen rannen Tränen aus Blut.

Eddard Stark schreckte hoch, sein Herz raste, die Laken waren zerwühlt. Im Zimmer herrschte pechschwarze Nacht, und jemand hämmerte an die Tür. »Lord Eddard«, rief eine Stimme.

»Einen Augenblick.« Benommen und nackt taumelte er durch die dunkle Kammer. Als er die Tür öffnete, fand er Tomard mit erhobener Faust vor und Cayn mit einer dünnen Kerze in der Hand. Zwischen ihnen stand der Haushofmeister des Königs.

Das Gesicht des Mannes hätte ebenso aus Stein gemeißelt sein können, so wenig war darin zu lesen. »Mylord Hand«, stimmte er an. »Seine Majestät der König befiehlt Eure Anwesenheit. Sofort.«

Also war Robert von seiner Jagd heimgekehrt. Er war schon lange überfällig. »Ich werde ein paar Minuten brauchen, um mich anzukleiden.« Ned ließ den Mann draußen warten. Cayn half ihm: weiße Leinenrobe und grauer Umhang, Hosen, an seinem eingegipsten Bein zerschnitten, sein Amtsabzeichen und schließlich ein Gürtel aus einer schweren Silberkette. Er schob den valyrischen Dolch hinein.

Im Roten Bergfried war alles dunkel und still, während Cayn und Tomard ihn über den inneren Burghof eskortierten. Der Mond hing tief über den Mauern, reifte heran. Auf dem Festungswall zog ein Gardist mit goldenem Umhang seine Runden.

Die königlichen Gemächer befanden sich in Maegors Feste, einer massiven, quadratischen Festungsanlage im Herzen des Roten Bergfrieds, hinter zwölf Fuß dicken Mauern und einem trockenen Burggraben, umgeben von Eisenspitzen, eine Burg in der Burg. Ser Boros Blount wachte am anderen Ende der Brücke, seine weiße, stählerne Rüstung glänzte gespenstisch im Mondlicht. Drinnen kam Ned an zwei weiteren Rittern der Königsgarde vorüber: Ser Preston Grünfeld stand am Fuß der Treppe, und Ser Barristan Selmy wartete an der Tür zum Schlafgemach des Königs. *Drei Männer mit weißen Umhängen,* dachte er, erinnerte sich, und eine seltsame Kälte durchfuhr ihn. Ser Barristans Gesicht war so blass wie seine Rüstung. Ned musste ihn nur ansehen, um zu wissen, dass irgendetwas ganz und gar nicht in Ordnung war. Der Königliche Haushofmeister öffnete die Tür. »Lord Eddard Stark, die Hand des Königs«, verkündete er.

»Bringt ihn her«, rief Robert, die Stimme seltsam heiser.

Feuer flackerten in den zwei Kaminen auf beiden Seiten des Schlafgemachs, erfüllten den Raum mit trübem, rotem Schein. Die Hitze war erdrückend. Robert lag auf dem Bett mit Baldachin. Daneben stand Großmaester Pycelle, während Lord Renly rastlos vor den verriegelten Fenstern auf und ab schritt. Diener eilten hin und her, legten Scheite ins Feuer und wärmten Wein. Cersei Lennister saß auf dem

Rand des Bettes neben ihrem Mann. Ihr Haar war zerzaust wie vom Schlaf, doch fand sich keine Müdigkeit in ihren Augen. Ihr Blick folgte Ned, indes Tomard und Cayn ihm durchs Zimmer halfen. Er schien sich sehr langsam zu bewegen, als träumte er noch.

Der König trug noch seine Stiefel. Ned konnte sehen, dass trockener Schlamm und Gras am Leder klebten, wo Roberts Füße unter seiner Decke hervorlugten. Ein grünes Wams lag am Boden, aufgeschlitzt und achtlos fallen gelassen, der Stoff von rotbraunen Flecken verkrustet. Im Raum roch es nach Rauch und Blut und Tod.

»Ned«, flüsterte der König, als er ihn erblickte. Sein Gesicht war weiß wie Milch. »Komm ... näher.«

Seine Männer brachten ihn ans Bett. Ned stützte sich mit einer Hand auf einen Pfosten. Ein Blick auf Robert genügte, um zu wissen, wie schlimm es stand. »Was ...?«, begann er.

»Ein Keiler.« Lord Renly trug noch sein Jagdgrün, dessen Umhang blutbespritzt war.

»Ein Teufel«, stieß der König mit rauer Stimme aus. »Mein eigener Fehler. Zu viel Wein, verdammt noch mal! Hab danebengeworfen.«

»Und wo wart Ihr anderen?«, verlangte Ned von Lord Renly zu wissen. »Wo waren Ser Barristan und die Königsgarde?«

Renlys Mund zuckte. »Mein Bruder hat uns befohlen, beiseitezutreten und ihm den Keiler zu überlassen.«

Eddard Stark hob die Decke an.

Sie hatten alles getan, um ihn einzukreisen, nur war das nicht genug. Der Keiler musste ein Furcht einflößendes Vieh gewesen sein. Er hatte den König mit seinen Hauern vom Magen bis zur Brust aufgerissen. Die weingetränkten Bandagen, die Großmaester Pycelle angelegt hatte, waren schon schwarz vor Blut, und die Wunden stanken grauenvoll. Ned wollte sich der Magen umdrehen. Er ließ die Decke fallen.

»Stinkt«, sagte Robert. »Der Gestank des Todes, glaub nicht, ich würde es nicht riechen. Der Schweinehund hat es mir gegeben, was? Aber ich … ich habe es ihm heimgezahlt, Ned.« Das Lächeln des Königs war schrecklicher als seine Wunden, seine Zähne waren rot. »Hab ihm ein Messer durchs Auge getrieben. Frag sie, ob es stimmt. Frag sie.«

»Wahrlich«, murmelte Lord Renly. »Wir haben den Kadaver auf Befehl meines Bruders mitgebracht.«

»Für das Fest«, flüsterte Robert. »Jetzt lasst uns allein. Ihr alle. Ich muss mit Ned sprechen.«

»Robert, mein lieber Mann …«, begann Cersei.

»Ich sagte, *geht*«, beharrte Robert mit einem Anflug seiner alten Wildheit. »Was davon hast du nicht verstanden, Weib?«

Cersei sammelte ihre Röcke und ihre Würde ein und ging voraus zur Tür. Lord Renly und die anderen folgten. Großmaester Pycelle blieb, und seine Hände zitterten, als er dem König einen Becher mit dicker, weißer Flüssigkeit anbot. »Mohnblumensaft, Majestät«, sagte er. »Trinkt. Gegen Eure Schmerzen.«

Robert schlug den Becher mit der Hand von sich. »Fort mit Euch. Ich schlaf noch früh genug, alter Narr. Hinaus!«

Großmaester Pycelle warf Ned einen betroffenen Blick zu und schlurfte aus der Kammer.

»Verdammt sollst du sein, Robert«, sagte Ned, als sie allein waren. In seinem Bein pulsierte es so heftig, dass er vor Schmerz fast blind war. Oder vielleicht war es die Trauer, die ihm den Blick trübte. Er ließ sich aufs Bett herab, neben seinen Freund. »Warum musst du nur immer so halsstarrig sein?«

»Ach, Ned, du kannst mich mal«, fluchte der König heiser. »Ich hab den Scheißkerl erlegt, oder nicht?« Eine Locke von verfilztem, schwarzem Haar fiel über seine Augen, als er wütend zu Ned aufsah. »Dasselbe sollte ich mit dir tun. Kannst einen Mann nicht in Frieden jagen lassen. Ser Robar hat mich gefunden. Gregors Kopf. Schrecklicher Gedanke. Hab dem Bluthund nichts davon gesagt. Soll Cersei ihn damit überraschen.« Er verkrampfte sich vor Schmerz, und sein Lachen wurde zum Grunzen. »Gnade«, murmelte er, schluckte seine Qual herunter. »Das Mädchen. Daenerys. Noch ein Kind, du hattest Recht … deshalb, das Mädchen … die Götter haben den Keiler geschickt … geschickt, um mich zu strafen …« Der König hustete, spuckte Blut. »Falsch, es war falsch, ich … nur das Mädchen … Varys, Kleinfinger, sogar mein Bruder … wertlos … niemand hat mir Nein gesagt, nur du, Ned … nur du …« Er hob die Hand, die Geste schmerzerfüllt und schwach. »Papier und Tinte. Da, auf dem Tisch. Schreib, was ich dir sage.«

Ned strich das Papier auf seinem Knie glatt und nahm die Feder. »Zu Befehl, Majestät.«

»Dies ist der letzte Wille und das Wort Roberts aus dem Haus Baratheon, des Ersten seines Namens, König der Andalen und des ganzen Restes – setz die verdammten Titel ein, du weißt, wie es geht. Hiermit befehle ich Eddard aus dem Hause Stark, Lord von Winterfell und Hand des Königs, als Lord Regent und Protektor des Reiches zu dienen, nach meinem … nach meinem Tod … zu herrschen an meiner … an meiner statt, bis mein Sohn Joffrey mündig ist …«

»Robert …« *Joffrey ist nicht dein Sohn*, drängte es ihn zu sagen, doch die Worte wollten nicht herauskommen. Der Schmerz stand Robert zu deutlich ins Gesicht geschrieben. Er konnte ihm keine Qualen zufügen. Also neigte Ned den Kopf und schrieb, doch wo der König »mein Sohn Joffrey« gesagt hatte, kritzelte er stattdessen »mein Erbe«. Der Betrug gab ihm das Gefühl, unrein zu sein. *Die Lügen, die wir um der Liebe willen sagen*, dachte er. *Mögen die Götter mir verzeihen.* »Was sonst noch soll ich schreiben?«

»Sag ... was immer du schreiben musst. Schützen und verteidigen, alte und neue Götter, du kennst die Worte. Schreib. Ich unterzeichne. Du gibst es dem Rat, wenn ich tot bin.«

»Robert«, sagte Ned mit heiserer Stimme, »das darfst du nicht tun. Stirb mir nicht. Das Reich braucht dich.«

Robert nahm seine Hand. »Du bist ... ein so schlechter Lügner, Ned Stark«, sagte er durch den Schmerz hindurch. »Das Reich ... das Reich weiß ... was für ein schlechter König ich gewesen bin. Schlecht wie Aerys, mögen mich die Götter schonen.«

»Nein«, erklärte Ned dem sterbenden Freund, »nicht so schlecht wie Aerys, Majestät. Ganz und gar nicht so schlecht wie Aerys.«

Robert brachte ein schwaches, rotes Lächeln zu Stande. »Wenigstens werden sie sagen ... dieses Letzte ... das habe ich richtig gemacht. Du wirst mich nicht enttäuschen. Jetzt wirst du regieren. Du wirst es hassen, mehr noch als ich ... aber du wirst es gut machen. Hast du fertig geschrieben?«

»Ja, Majestät.« Ned hielt Robert das Blatt hin. Der König kritzelte blindlings seine Unterschrift, verschmierte Blut auf dem Papier. »Es sollten Zeugen dabei sein, wenn der Brief versiegelt wird.«

»Bereitet den Keiler zu meiner Beerdigung«, keuchte Robert. »Ein Apfel im Maul, die Haut knusprig gebraten. Verspeist den Scheißkerl. Und wenn ihr an ihm erstickt. Versprich es mir, Ned.«

»Ich verspreche es.« *Versprich es mir, Ned,* hörte er Lyannas Stimme.

»Das Mädchen«, sagte der König. »Daenerys. Lass sie leben. Wenn du kannst, falls es ... nicht zu spät ... sprich mit ihnen ... Varys, Kleinfinger ... lass nicht zu, dass sie sie töten. Und hilf meinem Sohn, Ned. Lass ihn … besser werden, als ich es war.« Er zuckte zusammen. »Mögen die Götter mir gnädig sein.«

»Das werden sie, mein Freund«, sagte Ned. »Das werden sie.«

Der König schloss die Augen und schien sich zu entspannen. »Hab ein Schwein erlegt«, murmelte er. »Sollte lachen, aber es schmerzt zu sehr.«

Ned lachte nicht. »Soll ich sie hereinrufen?«

Robert nickte schwach. »Wie du willst. Bei allen Göttern, wieso ist es hier so *kalt?*«

Die Diener eilten herein und beeilten sich, die Feuer zu schüren. Die Königin war gegangen. Das zumindest bot eine gewisse Erleichterung. Falls sie bei Verstand war, würde Cersei ihre Kinder nehmen und noch vor Tagesanbruch fliehen, dachte Ned. Sie war schon viel zu lang geblieben.

König Robert schien sie nicht zu vermissen. Er bat seinen Bruder Renly und Großmaester Pycelle, zu bezeugen, wie er sein Siegel in das heiße, gelbe Wachs drückte, das Ned auf seinen Brief hatte tropfen lassen. »Nun gebt mir etwas gegen den Schmerz, und lasst mich sterben.«

Eilig mischte ihm Großmaester Pycelle einen Becher mit Mohnblumensaft. Diesmal nahm der König einen tiefen Zug. Sein schwarzer Bart war von dicken, weißen Tropfen übersät, als er den leeren Becher von sich warf. »Werde ich träumen?«

Ned antwortete: »Das wirst du.«

»Gut«, sagte er lächelnd. »Ich werde Lyanna von dir grüßen, Ned. Achte für mich auf meine Kinder.«

Wie ein Messer bohrten sich die Worte in Neds Bauch. Einen Moment lang wusste er nicht, was er sagen sollte. Er konnte nicht lügen. Dann fielen ihm die Bastarde ein: die kleine Barra an der Mutterbrust, Mya im Grünen Tal, Gendry an seinem Schmiedeofen und all die anderen. »Ich werde … deine Kinder hüten wie die meinen«, sagte er langsam.

Robert nickte und schloss die Augen. Ned sah, wie sein alter Freund sanft in die Kissen sank, derweil der Mohnblumensaft den Schmerz von seiner Miene wischte. Schlaf überkam ihn.

Schwere Ketten klirrten leise, als Großmaester Pycelle zu Ned herantrat. »Ich will alles tun, was in meiner Macht steht, Mylord, aber die Wunde ist brandig geworden. Es hat zwei Tage gedauert, ihn hierherzubringen. Da war es schon zu spät. Ich kann die Schmerzen Seiner Majestät wohl lindern, allein die Götter könnten ihn heilen.«

»Wie lange noch?«

»Im Grunde müsste er längst tot sein. Nie habe ich einen Mann gesehen, der so versessen an seinem Leben hing.«

»Mein Bruder war von jeher stark«, sagte Lord Renly. »Klug vielleicht nicht, aber stark.« In der glühenden Hitze der Schlafkammer stand ihm der Schweiß auf der Stirn. Wie er dort stand, hätte er auch Roberts Geist sein können, jung und dunkel und gut aussehend. »Er hat den Keiler erlegt. Seine Eingeweide hingen aus dem Bauch, und dennoch hat er den Keiler irgendwie erlegt.« Seine Stimme war voller Verwunderung.

»Robert war nie jemand, der das Schlachtfeld verlässt, solange noch ein Feind auf seinen Beinen steht«, erklärte Ned.

Draußen vor der Tür bewachte Ser Barristan Selmy noch die Turmtreppe. »Maester Pycelle hat Robert Mohnblumensaft gegeben«, teilte ihm Ned mit. »Achtet darauf, dass niemand ohne meine Zustimmung seine Ruhe stört.«

»Es soll sein, wie Ihr befehlt, Mylord.« Ser Barristan wirkte älter, als er nach Jahren zählte. »Ich habe mich gegen meinen heiligen Eid vergangen.«

»Selbst der beste Ritter kann einen König nicht vor sich

selbst beschützen«, sagte Ned. »Robert jagte für sein Leben gern Wildschweine. Ich habe gesehen, wie er Tausende davon erlegt hat.« Er hielt die Stellung, ohne mit der Wimper zu zucken, den großen Speer in Händen, und oft genug verfluchte er den Keiler, wenn dieser angriff, wartete bis zur letztmöglichen Sekunde, bis der ihn fast erreicht hatte, und erlegte ihn dann mit einem einzigen sicheren und wilden Wurf. »Niemand konnte wissen, dass dieser eine ihn das Leben kosten würde.«

»Es ist freundlich von Euch, das zu sagen, Lord Eddard.«

»Der König selbst hat so gesprochen. Er hat dem Wein die Schuld gegeben.«

Der weißhaarige Ritter nickte müde. »Seine Majestät schwankte bereits im Sattel, als wir den Keiler aus seinem Bau gescheucht hatten, trotzdem hat er uns befohlen, beiseitezutreten.«

»Ich frage mich, Ser Barristan«, sagte Varys ganz leise, »wer dem König seinen Wein gereicht hat.«

Ned hatte den Eunuchen nicht kommen gehört, doch als er sich umsah, stand er dort. Er trug einen schwarzen Samtumhang, der über den Boden strich, und sein Gesicht war frisch gepudert.

»Der Wein kam aus des Königs eigenem Schlauch«, sagte Ser Barristan.

»Nur ein Schlauch? Die Jagd ist ein so durstiges Geschäft.«

»Ich habe nicht mitgezählt. Mehr als einer, mit Sicherheit. Sein Knappe hat ihm stets einen neuen geholt, sobald er einen wollte.«

»Welch pflichtbewusster Knabe«, sagte Varys, »der dafür sorgt, dass es Seiner Majestät nicht an Erfrischungen mangelt.«

Ned hatte einen bitteren Geschmack im Mund. Er erinnerte sich an die beiden blonden Jungen, die Robert geschickt hatte, um ihm einen Einsatz für seinen Brustpanzer zu beschaffen. Der König hatte allen an jenem Abend beim Fest die Geschichte erzählt und dabei gelacht, dass er sich schüttelte. »Welcher Knappe?«

»Der ältere«, sagte Ser Barristan. »Lancel.«

»Ich kenne den Knaben gut«, sagte Varys. »Ein standhafter Bursche, Ser Kevan Lennisters Sohn, der Neffe von Lord Tywin und Vetter der Königin. Ich hoffe, der gute Junge macht sich keine Vorwürfe. Kinder sind so verletzbar in der Unschuld ihrer Jugend, wie ich mich gut erinnere.«

Vermutlich war Varys einmal jung gewesen. Ned bezweifelte, dass er je Unschuld besessen hatte. »Da Ihr von Kindern sprecht. Robert hatte es sich anders überlegt, was Daenerys Targaryen angeht. Vereinbarungen, die Ihr bereits getroffen habt, sind rückgängig zu machen. Und zwar sofort.«

»O weh«, entfuhr es Varys. »Sofort könnte zu spät sein. Ich fürchte, die Vögel sind schon ausgeflogen. Doch werde ich tun, was ich kann, Mylord. Mit Eurer Erlaubnis.« Er verneigte sich und verschwand die Treppe hinab, und seine Pantoffeln mit den weichen Sohlen flüsterten dabei über den Stein.

Cayn und Tomard halfen Ned gerade über die Brücke, als Lord Renly aus Maegors Feste trat. »Lord Eddard«, rief er Ned hinterher, »einen Augenblick, wenn Ihr so freundlich wäret.«

Ned blieb stehen. »Wie Ihr wünscht.«

Renly trat an seine Seite. »Schickt Eure Männer fort.« Sie trafen sich auf der Mitte der Brücke, den trockenen Graben unter sich. Mondlicht versilberte die grässlichen Spitzen der Spieße, von denen er gesäumt war.

Ned machte eine Geste. Tomard und Cayn neigten die Köpfe und zogen sich voller Respekt zurück. Argwöhnisch warf Lord Renly einen Blick auf Ser Boros am anderen Ende des Brückenbogens, auf Ser Preston in der Tür hinter ihnen. »Dieser Brief.« Er beugte sich nah heran. »Ging es um die Regentschaft? Hat mein Bruder Euch zum Protektor gemacht?« Er wartete nicht auf eine Antwort. »Mylord, ich habe dreißig Mann in meiner Leibgarde und daneben andere Freunde, Ritter und Lords. Gebt mir eine Stunde, und ich kann Euch hundert Streiter zur Verfügung stellen.«

»Und was sollte ich mit hundert Streitern tun, Mylord?«

»*Zuschlagen!* Jetzt, während die Burg noch schläft.« Renly wandte sich noch einmal zu Ser Boros um und sprach mit drängendem Flüstern. »Wir müssen Joffrey seiner Mutter nehmen und in die Hand bekommen. Protektor oder nicht: Der Mann, der den König hat, hat auch das Königreich. Wir sollten auch Myrcella und Tommen mitnehmen. Wenn wir ihre Kinder haben, wird Cersei nicht wagen, sich gegen uns zu stellen. Der Rat wird Euch als Protektor bestätigen und Joffrey zu Eurem Mündel machen.«

Ned betrachtete ihn kalten Blickes. »Robert ist noch nicht tot. Vielleicht verschonen ihn die Götter. Wenn nicht, werde ich den Rat einberufen, um seine letzten Worte kundzutun und die Frage seiner Nachfolge erörtern, aber ich werde seine letzten Stunden auf Erden nicht entehren, indem ich unter seinem Dach Blut vergieße und verängstigte Kinder aus ihren Betten zerre.«

Lord Renly trat einen Schritt zurück, zum Zerreißen angespannt. »Jeder Augenblick, den Ihr verstreichen lasst, gibt Cersei Zeit, sich vorzubereiten. Wenn es so weit ist, dass Robert stirbt, könnte es zu spät sein für uns beide.«

»Dann sollten wir darum beten, dass Robert nicht stirbt.«

»Die Chancen stehen schlecht«, erwiderte Renly.

»Manchmal sind die Götter gnadenreich.«

»Die Lennisters sind es nicht.« Lord Renly wandte sich

ab und kehrte über den Burggraben zurück zum Turm, in dem sein Bruder im Sterben lag.

Als Ned in seine Gemächer heimkehrte, war er müde und verzweifelt, doch er konnte unmöglich wieder schlafen gehen, nicht jetzt. *Wenn man das Spiel um Throne spielt, gewinnt man, oder man stirbt,* hatte Cersei Lennister ihm im Götterhain erklärt. Er stellte fest, dass er sich fragte, ob er einen Fehler begangen hatte, Lord Renlys Angebot auszuschlagen. Er fand keinen Geschmack an diesen Intrigen, und es lag kein Ruhm darin, Kinder zu bedrohen, und doch ... falls Cersei den Kampf der Flucht vorzog, mochte er Renlys hundert Streiter wohl brauchen können, und mehr noch.

»Holt Kleinfinger«, erklärte er Cayn. »Wenn er nicht in seinen Gemächern ist, nehmt Euch so viele Männer, wie Ihr braucht, und sucht alle Weinstuben und Hurenhäuser in Königsmund ab, bis Ihr ihn findet. Bringt ihn mir vor Sonnenaufgang.« Cayn verneigte sich und ging, und Ned wandte sich Tomard zu. »Die *Windhexe* segelt mit der Abendflut. Habt Ihr die Eskorte schon ausgewählt?«

»Zehn Mann, und Porther hat das Kommando.«

»Zwanzig, und Ihr habt das Kommando«, sagte Ned. Porther war ein tapferer Mann, aber halsstarrig. Er wollte jemanden, der verlässlicher und vernünftiger war, als Schutz für seine Töchter.

»Wie Ihr wünscht, M'lord«, sagte Tom. »Kann nicht eben sagen, dass ich traurig wäre, diesem Ort den Rücken zu kehren. Mir fehlt meine Frau.«

»Ihr werdet nah an Drachenstein vorüberkommen, wenn Ihr nach Norden fahrt. Dort müsst Ihr einen Brief für mich übergeben.«

Tom wirkte ängstlich. »Nach Drachenstein, M'lord?« Die Inselfestung des Hauses Targaryen hatte einen finsteren Ruf.

»Sagt Kapitän Qos, er soll mein Banner hissen, sobald er in Sichtweite der Insel kommt. Es könnte sein, dass man unerwartete Besucher dort mit Argwohn betrachtet. Falls er sich weigert, bietet ihm, was immer er verlangt. Ich werde Euch einen Brief geben, den Ihr Lord Stannis Baratheon übermittelt. Niemand anderem. Nicht seinem Haushofmeister, nicht dem Hauptmann seiner Garde und auch nicht seiner Frau, nur Lord Stannis persönlich.«

»Wie Ihr befehlt, M'lord.«

Nachdem Tomard ihn verlassen hatte, saß Lord Eddard Stark da und starrte in die Flamme der Kerze, die neben ihm auf dem Tisch brannte. Einen Moment lang übermannte ihn die Trauer. Nichts wollte er lieber, als in den Götterhain zu gehen, vor dem Herzbaum niederzuknien und für das Leben Robert Baratheons zu beten, der ihm mehr als nur ein Bruder gewesen war. Später würde man flüstern, Eddard Stark habe die Freundschaft seines Königs verraten und dessen Söhne enterbt. Er konnte nur hoffen, dass die Götter es besser wussten und dass Robert die Wahrheit im Land jenseits des Grabes erfahren würde.

Ned nahm den letzten Brief des Königs hervor. Eine Rolle von frischem, weißem Pergament, mit goldenem Wachs versiegelt, ein paar kurze Worte und verschmiertes Blut. Wie nah waren sich doch Sieg und Niederlage, Leben und Tod.

Er nahm ein frisches Blatt Papier hervor und tunkte seine Feder in das Tintenfass. *An Seine Majestät, Stannis aus dem Haus Baratheon*, schrieb er. *Wenn Euch dieser Brief erreicht, wird Euer Bruder Robert, seit fünfzehn Jahren unser König, tot sein. Er wurde bei der Jagd im Königswald von einem Keiler angefallen …*

Die Buchstaben schienen sich auf dem Papier zu winden und zu wenden, als seine Hand zur Ruhe kam. Lord Tywin und Ser Jaime waren keine Männer, die eine Schande fromm hinnahmen. Sie würden eher kämpfen denn fliehen. Zweifellos war Lord Stannis nach dem Mord an Jon Arryn wachsam, nur blieb es unabdinglich, dass er baldmöglichst mit seiner Streitmacht nach Königsmund segelte, bevor die Lennisters marschieren konnten.

Ned wählte jedes Wort mit Bedacht. Als er fertig war, unterschrieb er den Brief mit *Eddard Stark, Lord von Winterfell, Hand des Königs und Protektor des Reiches,* löschte das Papier ab, faltete es zweimal und schmolz das Siegelwachs über der Kerze.

Seine Regentschaft wäre von kurzer Dauer, dachte er, während das Wachs weich wurde. Der neue König würde seine eigene Hand wählen. Ned würde heimkehren können. Der Gedanke an Winterfell rief ein mattes Lächeln auf sein Gesicht. Er wollte wieder Brans Lachen hören, mit Robb auf Falkenjagd gehen, Rickon beim Spielen zusehen. Er wollte in traumlosen Schlaf hinüberdämmern, in seinem eigenen Bett, die Arme um seine Frau geschlungen, Catelyn.

Cayn kehrte zurück, als er das Siegel mit dem Schattenwolf ins weiche, weiße Wachs drückte. Desmond war bei ihm, und zwischen ihnen Kleinfinger. Ned dankte seinen Männern und schickte sie fort.

Lord Petyr trug einen blauen Samtrock mit Puffärmeln, sein silbriger Umhang war mit Nachtigallen gemustert. »Ich denke, Glückwünsche wären angebracht«, sagte er, indes er sich setzte.

Ned sah ihn böse an. »Der König ist verwundet und dem Tode nah.«

»Ich weiß«, sagte Kleinfinger. »Aber ich weiß auch, dass Robert Euch zum Protektor des Reiches ernannt hat.«

Neds Augen zuckten zum Brief des Königs auf dem Tisch neben ihm, das Siegel ungebrochen. »Und wie geschieht es, dass Ihr davon wisst, Mylord?«

»Varys hat es angedeutet«, sagte Kleinfinger, »und Ihr habt es mir eben bestätigt.«

Ned verzog den Mund vor Zorn. »Verdammter Varys mit seinen kleinen Vögeln! Catelyn hat die Wahrheit gesagt, der Mann beherrscht die schwarzen Künste. Ich traue ihm nicht.«

»Ausgezeichnet. Ihr lernt dazu.« Kleinfinger beugte sich vor. »Allerdings gehe ich davon aus, dass Ihr mich nicht habt holen lassen, um mitten in der Nacht mit mir über den Eunuchen zu sprechen.«

»Nein«, gab Ned zu. »Ich kenne das Geheimnis, dessentwegen Jon Arryn ermordet wurde. Robert wird keinen Sohn hinterlassen. Joffrey und Tommen sind Jaime Lennisters Bastarde, geboren aus seiner inzestuösen Verbindung mit der Königin.«

Kleinfinger zog eine Augenbraue hoch. »Schockierend«, sagte er mit einem Tonfall, der andeutete, wie wenig er schockiert war. »Das Mädchen auch? Zweifelsohne. Wenn also der König stirbt ...«

»Der Thron geht rechtmäßig an Lord Stannis, den älteren von Roberts Brüdern.«

Lord Petyr strich sich durch den spitzen Bart, während er die Angelegenheit überdachte. »So scheint es wohl. Es sei denn ...«

»*Es sei denn*, Mylord? Hier gibt es keinen Anschein. Stannis ist der Erbe. Daran ist nicht zu rütteln.«

»Stannis kann den Thron nicht ohne Eure Hilfe besteigen. Wenn Ihr klug seid, sorgt Ihr dafür, dass Joffrey die Nachfolge antritt.«

Mit steinernem Blick sah Ned ihn an. »Habt Ihr auch nur einen Funken Ehrgefühl?«

»Oh, einen *Funken* schon«, erwiderte Kleinfinger salopp. »Hört mich an. Stannis ist nicht Euer Freund und auch nicht der meine. Selbst seine Brüder können ihn kaum ertragen.

Der Mann ist aus Eisen, hart und unnachgiebig. Er wird uns eine neue Hand und einen neuen Rat geben, so viel ist sicher. Zweifellos wird er Euch danken, dass Ihr ihm die Krone überreicht habt, doch wird er Euch dafür nicht lieben. Und sein Aufstieg wird Krieg bedeuten. Stannis wird auf dem Thron erst sicher sitzen, wenn Cersei und ihre Bastarde tot sind. Glaubt Ihr, Lord Tywin würde müßig zusehen, wenn der Kopf seiner Tochter auf einer Eisenstange steckt? Casterlystein wird sich erheben und das nicht allein. Robert hatte die Eigenheit, Männern zu verzeihen, die König Aerys gedient hatten, solange sie ihm Treue schworen. Stannis ist weniger versöhnlich. Er wird die Belagerung von Sturmkap nicht vergessen haben und die Lords Tyrell und Rothweyn ganz sicher nicht. Jedermann, der unter dem Drachenbanner gefochten oder sich mit Balon Graufreud erhoben hat, wird allen Grund haben, sich zu fürchten. Setzt Stannis auf den Eisernen Thron, und ich verspreche Euch, das Reich wird bluten.

Dann seht Euch die andere Seite der Münze an. Joffrey ist erst zwölf, und Robert hat Euch die Regentschaft übertragen, Mylord. Ihr seid die Hand des Königs und Protektor des Reiches. Die Macht liegt bei Euch, Lord Stark. Ihr müsst nur die Hand ausstrecken und danach greifen. Schließt Frieden mit den Lennisters. Befreit den Gnom. Vermählt Joffrey mit Sansa. Vermählt Euer jüngeres Mädchen mit Prinz Tommen und Euren Erben mit Myrcella. Es dauert noch vier Jahre, bis Joffrey mündig wird. Bis dahin wird er in Euch den zweiten Vater sehen, und wenn nicht, nun … vier Jahre sind eine ganze Weile, Mylord. Lang genug, sich Lord Stannis' zu entledigen. Dann, sollte sich Joffrey als schwierig erweisen, können wir sein kleines Geheimnis enthüllen und Lord Renly auf den Thron verhelfen.«

»*Wir?*«, wiederholte Ned.

Kleinfinger zuckte mit den Schultern. »Ihr werdet jemanden brauchen, der Eure Bürde mitträgt. Ich versichere Euch: Mein Preis wäre bescheiden.«

»Euer Preis.« Neds Stimme war eisig. »Lord Baelish, was Ihr mir vorschlagt, ist Verrat.«

»Nur wenn wir unterliegen.«

»Ihr vergesst«, erklärte Ned. »Ihr vergesst Jon Arryn. Ihr vergesst Jory Cassel. Und Ihr vergesst das hier.« Er zog den Dolch und legte ihn auf den Tisch zwischen ihnen. Ein Stück Drachenknochen und valyrischer Stahl, scharf wie der Unterschied zwischen falsch und richtig, zwischen wahr und unwahr, zwischen Leben und Tod. »Man hat einen Mann geschickt, *der meinem Sohn die Kehle durchschneiden sollte*, Lord Baelish.«

Kleinfinger seufzte. »Ich fürchte, ich habe es tatsächlich vergessen. Verzeiht mir bitte. Einen Moment lang hatte ich vergessen, dass ich mit einem Stark spreche.« Sein Mund zuckte. »Dann heißt es also Stannis und Krieg?«

»Wir haben keine Wahl. Stannis ist der Erbe.«

»Es liegt mir fern, dem Lord Protektor zu widersprechen. Was also wollt Ihr von mir? Bestimmt nicht meine Weisheit?«

»Ich werde mein Bestes tun, Eure ... Weisheit zu vergessen«, sagte Ned angewidert. »Ich habe Euch rufen lassen, um Euch um die Hilfe zu bitten, die Ihr Catelyn versprochen habt. Diese Stunde birgt für uns alle Gefahren. Robert hat mich zum Protektor ernannt, das stimmt, doch in den Augen der Welt ist Joffrey noch immer Sohn und Erbe. Die Königin hat ein Dutzend Ritter und hundert bewaffnete Männer, die alles tun, was sie befiehlt ... genug, um den Rest meiner Leibgarde zu übermannen. Und nach allem, was ich weiß, dürfte ihr Bruder Jaime in diesem Augenblick bereits nach Königsmund reiten, mit einem Heer der Lennisters im Rücken.«

»Und Ihr ohne Armee.« Kleinfinger spielte mit dem Dolch

am Tisch herum, drehte ihn langsam mit einem Finger. »Es herrscht nur wenig Liebe zwischen Lord Renly und den Lennisters. Bronze John Rois, Ser Balon Swann, Ser Loras, Lady Tanda, die Rothweyn-Zwillinge … sie alle haben ein Gefolge von Rittern und Bundesgenossen hier bei Hofe.«

»Renly hat dreißig Mann in seiner Leibgarde, die anderen weniger. Das genügt nicht, selbst wenn ich sicher sein könnte, dass sie alle mir Gefolgschaft schwören. Ich muss die Goldröcke für mich gewinnen. Die Stadtwache ist zweitausend Mann stark, darauf vereidigt, die Burg zu verteidigen und den königlichen Frieden.«

»Ah, nur wenn die Königin einen König proklamiert und die Hand einen anderen, wessen Frieden schützen sie dann?« Lord Petyr tippte den Dolch mit einem Finger an, ließ ihn kreiseln. Immer wieder drehte er sich wankend um seine Achse. Als er schließlich zum Stehen kam, deutete die Klinge auf Kleinfinger. »Nun, da habt Ihr Eure Antwort«, sagte er lächelnd. »Sie folgen dem Mann, der sie bezahlt.« Er lehnte sich zurück und sah Ned offen ins Gesicht, die graugrünen Augen leuchteten vor Spott. »Ihr tragt Euer Ehrgefühl wie eine Rüstung, Stark. Ihr glaubt, sie könnte Euch beschützen, aber sie zieht Euch nur zu Boden und erschwert Eure Bewegungen. Seht Euch an. Ihr wisst, wieso Ihr mich habt rufen lassen. Ihr wisst, worum Ihr mich bitten wolltet. Ihr wisst, dass es getan werden muss … doch ist es nicht *ehrenhaft,* und deshalb bleiben Euch die Worte im Halse stecken.«

Neds Hals war starr vor Anspannung. Einen Moment erfüllte ihn solcher Zorn, dass er nicht zu sprechen wagte.

Kleinfinger lachte. »Ich sollte Euch zwingen, es zu sagen, allerdings wäre das grausam … fürchtet Euch also nicht, mein guter Lord. Um der Liebe willen, die ich für Catelyn empfinde, will ich noch in dieser Stunde zu Janos Slynt gehen und dafür sorgen, dass die Stadtwache Euch gehört.

Sechstausend Goldstücke müssten genügen. Ein Drittel für den Hauptmann, ein Drittel für die Offiziere, ein Drittel für die Männer. Vielleicht können wir sie zur Hälfte des Preises bekommen, aber ich möchte lieber kein Risiko eingehen.«

Lächelnd nahm er den Dolch und hielt ihn, das Heft voran, Ned entgegen. .

JON

Jon frühstückte gerade Apfelkuchen und Blutwurst, als sich Samwell Tarly neben ihm auf die Bank fallen ließ. »Man hat mich in die Septe bestellt«, flüsterte Sam aufgeregt. »Sie holen mich aus der Ausbildung. Ich soll ein Bruder werden wie alle anderen. Kannst du das glauben?«

»Nein, wirklich?«

»Wirklich. Ich soll Maester Aemon in der Bibliothek und mit den Vögeln helfen. Er braucht jemanden, der Briefe lesen und schreiben kann.«

»Da wirst du dich gut machen«, sagte Jon lächelnd.

Ängstlich blickte Sam in die Runde. »Ob ich schon gehen muss? Ich sollte nicht zu spät kommen, sonst überlegen sie es sich vielleicht noch anders.« Fast hüpfte er, als er den mit Unkraut übersäten Burghof überquerte. Der Tag war warm und sonnig. Kleine Rinnsale von Wasser tropften an der Seite der Mauer herab, sodass das Eis zu funkeln und zu leuchten schien.

In der Septe fing sich das Morgenlicht im großen Kristall, da es durch das südliche Fenster fiel, und breitete sich zu einem Regenbogen auf dem Altar aus. Pyps Unterkiefer sank herab, als er Sam entdeckte, und Kröte stieß Grenn in die Rippen, doch keiner traute sich, ein Wort zu sagen. Septon Celledar schwang ein Weihrauchfässchen und erfüllte die Luft mit duftendem Weihrauch, der Jon an Lady Starks kleine Septe in Winterfell erinnerte. Heute schien der Septon ausnahmsweise nüchtern zu sein.

Die hohen Offiziere trafen gemeinsam ein. Maester Aemon stützte sich auf Klydas, Ser Allisar mit kaltem Blick und grimmig, Lord Kommandant Mormont prächtig in schwarzem, wollenem Wams, gehalten von versilberten Bärenklauen. Hinter ihm kamen die älteren Mitglieder der drei Orden: der rotgesichtige Lord Haushofmeister Bowen Marsch, der Erste Baumeister Othell Yarwyck und Ser Jarmy Rykker, der die Grenzer während der Abwesenheit Benjen Starks kommandierte.

Mormont stand vor dem Altar, der Regenbogen leuchtete auf seinem breiten, kahlen Schädel. »Ihr seid als Geächtete zu uns gekommen«, begann er, »Wilderer, Vergewaltiger, Schuldner, Mörder und Diebe. Ihr seid als Kinder zu uns gekommen. Ihr seid allein zu uns gekommen, in Ketten, ohne Freunde, ohne Ehre. Ihr seid reich zu uns gekommen, und ihr seid arm zu uns gekommen. Einige von euch tragen die Namen stolzer Häuser. Andere tragen nur die von Bastarden oder überhaupt keine. Das alles spielt keine Rolle. Das alles ist nun vorüber. Auf der Mauer sind wir alle ein Haus.

Wenn der Abend kommt, wenn die Sonne untergeht und der Einbruch der Dunkelheit bevorsteht, werdet ihr euren Eid ablegen. Von dem Augenblick an werdet ihr Waffenbrüder der Nachtwache sein. Von euren Untaten seid ihr dann reingewaschen, eure Schulden sind getilgt. So müsst auch ihr eure früheren Verpflichtungen ablegen, euren Groll fallen lassen, altes Unrecht wie auch alte Liebe vergessen. Hier beginnt ihr von neuem.

Ein Mann der Nachtwache lebt sein Leben für das Reich. Nicht für einen König, nicht für einen Lord, nicht für die Ehre dieses oder jenes Hauses, weder für Gold noch für Ehre oder die Liebe einer Frau, sondern für das Reich und alle Menschen darin. Ein Mann der Nachtwache nimmt sich kein Weib und zeugt keine Söhne. Unser Weib ist die

Pflicht. Unsere Geliebte ist die Ehre. Und ihr seid die einzigen Söhne, die wir jemals haben werden.

Ihr habt die Worte des Eides gelernt. Denkt sorgsam nach, bevor ihr sie sprecht, denn habt ihr das Schwarz erst angelegt, gibt es kein Zurück. Die Strafe für Fahnenflucht ist der Tod.« Der Alte Bär legte einen Moment Pause ein, bis er sagte: »Sind unter euch welche, die uns verlassen möchten? Wenn ja, geht jetzt, und niemand wird schlecht von euch denken.«

Keiner rührte sich.

»Gut dann also«, sagte Mormont. »Ihr dürft euren Eid bei Einbruch der Dunkelheit hier ablegen, vor Septon Celladar und dem Ersten eurer Orden. Huldigt einer von euch den alten Göttern?«

Jon stand auf. »Ich, Mylord.«

»Ich denke, du wirst den Eid vor einem Herzbaum ablegen wollen, wie auch dein Onkel es getan hat«, sagte Mormont.

»Ja, Mylord«, antwortete Jon. Mit den Göttern der Septe hatte er nichts zu tun. In den Adern der Starks floss das Blut der Ersten Menschen.

Er hörte Grenn hinter sich flüstern. »Hier gibt es keinen Götterhain. Oder? Ich hab hier nie einen Götterhain gesehen.«

»Du würdest eine Herde Auerochsen auch erst sehen, wenn sie dich in den Schnee getrampelt hat«, flüsterte Pyp zurück.

»Würde ich nicht«, beharrte Grenn. »Ich würde sie schon von weitem sehen.«

Mormont selbst bestätigte Grenns Zweifel. »Die Schwarze Festung braucht keinen Götterhain. Jenseits der Mauer steht der Verfluchte Wald, wie er schon zu Urzeiten stand, lange bevor die Andalen die Sieben über die Meerenge gebracht haben. Du wirst einen Hain mit Wehrholzbäumen eine halbe Wegstunde von hier finden und vielleicht auch deine Götter.«

»Mylord.« Die Stimme ließ Jon sich überrascht umsehen. Samwell Tarly war aufgestanden. Der dicke Junge wischte die verschwitzten Handflächen an seinem Rock ab. »Dürfte ich ... dürfte ich mitgehen? Meine Worte bei diesem Herzbaum sprechen?«

»Huldigt auch das Haus Tarly den alten Göttern?«, fragte Mormont.

»Nein, Mylord«, erwiderte Sam mit dünner, nervöser Stimme. Die hohen Offiziere machten ihm Angst, das wusste Jon, vor allem der Alte Bär. »Ich wurde im Licht der Sieben in einer Septe auf Hornberg benannt, wie auch mein Vater und sein Vater und alle Tarlys seit tausend Jahren.«

»Warum willst du den Göttern deines Vaters und deines Hauses abschwören?«, fragte Ser Jarmy Rykker.

»Jetzt ist die Nachtwache mein Haus«, sagte Sam. »Die Sieben haben meine Gebete nie erhört. Vielleicht tun es die alten Götter.«

»Wie du willst, Junge«, sagte Mormont. Sam setzte sich wieder wie auch Jon. »Wir haben jeden von euch einem Orden zugeteilt, wie es euren Bedürfnissen und euren Stärken und Talenten entspricht.« Bowen Marsch trat vor und reichte ihm ein Blatt Papier. Der Lord Kommandant entrollte es und fing an zu lesen. »Halder zu den Baumeistern«, begann er. Steif nickte Halder seine Zustimmung. »Grenn zu den Grenzern. Albett zu den Baumeistern. Pypar zu den Grenzern.« Pyp sah zu Jon herüber und wackelte mit den Ohren. »Samwell zu den Kämmerern.« Sam sackte vor Erleichterung in sich zusammen, wischte sich die Stirn mit einem Fetzen Seide. »Matthar zu den Grenzern. Dareon zu den Kämmerern. Todder zu den Grenzern. Jon zu den Kämmerern.«

Zu den *Kämmerern?* Einen Augenblick lang traute Jon seinen Ohren nicht. Mormont musste sich verlesen haben. Er wollte aufstehen, den Mund aufmachen, ihnen sagen, dass ihnen da ein Fehler unterlaufen war … und dann sah er, wie Ser Allisar ihn betrachtete, die Augen schimmernd wie zwei Splitter von Obsidian, und er verstand.

Der Alte Bär rollte das Papier zusammen. »Eure Ersten werden euch in eure Pflichten einweisen. Mögen die Götter euch beschützen, Brüder.« Der Lord Kommandant widmete ihnen eine halbe Verbeugung und zog von dannen. Ser Allisar folgte ihm, ein schmales Lächeln auf den Lippen. Nie hatte Jon den Waffenmeister so glücklich gesehen.

»Grenzer zu mir«, rief Ser Jarmy Rykker, als sie gegangen waren. Pyp starrte Jon an, während er langsam aufstand. Seine Ohren waren rot. Grenn, der breit grinste, schien nicht zu merken, dass etwas im Argen lag. Matt und Kröte gesellten sich zu ihnen, und sie folgten Ser Jarmy aus der Septe.

»Baumeister«, rief Othell Yarwick mit dem Laternenkinn. Halder und Albett folgten ihm hinaus.

Ungläubig sah Jon sich um, und ihm war elend zu Mute. Maester Aemons blinde Augen waren zum Licht erhoben, das er nicht sehen konnte. Der Septon ordnete Kristalle auf dem Altar. Nur Sam und Dareon blieben auf den Bänken … ein dicker Junge, ein Sänger … und er.

Lord Haushofmeister Bowen Marsch rieb seine feisten Hände aneinander. »Samwell, du wirst Maester Aemon im Vogelhorst und in der Bibliothek zur Hand gehen. Chett geht zum Zwinger und hilft bei den Hunden. Du wirst seine Zelle übernehmen, damit du Tag und Nacht in der Nähe des Maesters bist. Ich erwarte, dass du gut für ihn sorgst. Er ist sehr alt und für uns von sehr großem Wert.

Dareon, man hat mir zugetragen, du hättest schon bei so manchem hohen Herrn bei Tisch gesungen und dessen Speis und Trank geteilt. Wir schicken dich nach Ostwacht.

Vielleicht kann dein erfahrener Geschmack Cotter Peik von Nutzen sein, wenn Galeeren kommen, um Handel zu treiben. Wir zahlen zu viel für Pökelfleisch und Fisch, und die Qualität des Olivenöls, das wir bekommen, ist einfach miserabel. Melde dich bei Borcas, er wird dir Aufgaben zuweisen, wenn keine Schiffe vor Anker liegen.«

Marsch wandte sein Lächeln Jon zu. »Lord Kommandant Mormont hat dich zu seinem persönlichen Kämmerer erwählt, Jon. Du wirst in einer Zelle unter seinen Gemächern schlafen, im Turm des Lord Kommandanten.«

»Und was werden meine Pflichten sein?«, fragte Jon scharf. »Soll ich dem Lord Kommandanten die Mahlzeiten servieren, ihm helfen, die Kleider anzulegen, ihm heißes Wasser für sein Bad holen?«

»Selbstverständlich.« Marsch runzelte die Stirn angesichts Jons Tonfall. »Und du wirst Botengänge für ihn erledigen, das Feuer in seinen Gemächern schüren, seine Laken und Decken wechseln und alles andere tun, was der Lord Kommandant dir aufträgt.«

»Haltet Ihr mich für einen Diener?«

»Nein«, sagte Maester Aemon aus dem hinteren Teil der Septe. Klydas half ihm aufzustehen. »Wir haben dich für einen Mann der Nachtwache gehalten ... aber vielleicht haben wir uns getäuscht.«

Jon konnte sich nur gerade eben zurückhalten, einfach hinauszugehen. Sollte er bis ans Ende seiner Tage Butter rühren und Wamse nähen wie ein Mädchen? »Kann ich jetzt gehen?«, fragte er steif.

»Wie du willst«, antwortete Bowen Marsch.

Dareon und Sam verließen die Septe mit ihm zusammen. Schweigend nahmen sie die Stufen zum Hof. Draußen sah Jon zur Mauer auf, die dort in der Sonne glitzerte und deren schmelzendes Eis wie hundert Finger an ihr herunterkrochen. Jons Zorn war derart ungestüm, dass er am liebsten alles zerschlagen hätte, und sollte die Welt verdammt sein.

»Jon«, sagte Samwell Tarly aufgeregt. »Warte. Verstehst du denn nicht, was sie vorhaben?«

Wutentbrannt fuhr Jon zu ihm herum. »Ich sehe Ser Allisars verdammtes Werk. Das ist alles, was ich sehe. Er wollte mich beschämen, und das ist ihm gelungen.«

Dareon warf ihm einen Blick zu. »Die Kämmerer sind gut genug für dich und mich, Sam, aber nicht für Lord Schnee.«

»Ich bin mit Schwert und Pferd besser als ihr alle zusammen«, schrie Jon zurück. »Das ist nicht *gerecht!*«

»Gerecht?«, höhnte Dareon. »Das Mädchen hat auf mich gewartet, nackt wie an dem Tag, als sie geboren wurde. Sie hat mich durchs Fenster zu sich hereingezogen, und du willst mir was von *gerecht* erzählen?«

»Es ist keine Schande, ein Kämmerer zu sein«, sagte Sam.

»Glaubst du, ich will den Rest meines Lebens damit verbringen, einem alten Mann die Unterhosen zu waschen?«

»Der alte Mann ist Lord Kommandant der Nachtwache«, erinnerte ihn Sam. »Bei Tag und Nacht wirst du bei ihm sein. Ja, du wirst ihm Wein einschenken und dafür sorgen, dass er frische Bettwäsche hat, aber du wirst auch seine Briefe schreiben, ihn zu Besprechungen begleiten, ihm als Knappe in der Schlacht dienen. Du wirst ihm so nah wie sein Schatten sein. Du wirst alles wissen, an allem teilnehmen … und der Lord Haushofmeister sagte, Mormont hätte selbst um dich gebeten.

Als ich klein war, hat mein Vater stets darauf bestanden, dass ich ihn zur Audienz begleite, wenn er zu Gericht saß. Ritt er nach Rosengarten, um vor Lord Tyrell auf die Knie zu fallen, hat er mich mitgenommen. Später dann ließ er sich von Dickon begleiten und mich zu Haus, und es interessierte ihn nicht mehr, ob ich bei seinen Audienzen herumsaß, solange Dickon nur anwesend war. Er wollte seinen *Erben* an seiner Seite, verstehst du nicht? Damit der sah und hörte, was er tat, und daraus lernte. Ich vermute, das ist der Grund, wieso Lord Mormont dich erwählt hat, Jon. Was sonst sollte es sein? Er will dich zum *Kommandanten* aufbauen!«

Jon war sprachlos. Es stimmte, Lord Eddard hatte Robb oft zu seinen Beratungen auf Winterfell mitgenommen. Sollte Sam Recht haben? Selbst ein Bastard konnte in der Nachtwache hoch aufsteigen, so sagte man. »Ich habe nicht darum gebeten«, sagte er halsstarrig.

»Keiner von uns ist hier, weil er darum *gebeten* hat«, erwiderte Sam.

Und plötzlich schämte sich Jon Schnee.

Memme oder nicht, besaß Samwell Tarly doch den Mut, sein Schicksal wie ein Mann zu nehmen. *Auf der Mauer bekommt ein Mann nur das, was er verdient*, hatte Benjen Stark an jenem letzten Abend gesagt, an dem Jon ihn lebend gesehen hatte. *Du bist kein Grenzer, Jon, nur ein grüner Junge, der noch den Duft des Sommers an sich hat.* Er hatte gehört, dass man sagte, Bastarde wüchsen schneller als andere Kinder. Auf der Mauer wuchs man, oder man starb.

Jon stieß einen tiefen Seufzer aus. »Du hast Recht. Ich habe mich wie ein kleiner Junge benommen.«

»Dann bleibst du und sprichst deinen Eid mit mir?«

»Die alten Götter warten schon auf uns.« Er zwang sich zu einem Lächeln.

Am späten Nachmittag machten sie sich auf den Weg. Die Mauer hatte keine Tore, weder hier bei der Schwarzen Festung noch sonst wo entlang ihrer dreihundert Meilen. Sie führten ihre Pferde durch einen schmalen Tunnel, der ins Eis gehauen war, und kalte, dunkle Mauern drängten sich um sie, während sich der Durchgang weiterschlängelte. Dreimal war ihr Weg von Eisenstangen versperrt, und sie mussten Halt machen, während Bowen Marsch seine Schlüssel zückte und die massiven Ketten aufschloss, mit denen sie gesichert waren. Jon spürte, wie das unermessliche Gewicht auf ihm lastete, derweil er hinter dem Lord Haushofmeister wartete. Die Luft war kälter als in einer Gruft und stiller noch. Er spürte eine seltsame Erleichterung, nachdem sie auf der Nordseite der Mauer wieder ins nachmittägliche Licht getreten waren.

Sam blinzelte im plötzlichen Sonnenschein und sah sich voller Sorge um. »Die Wildlinge … die würden doch nicht … sie würden nicht wagen, der Mauer so nah zu kommen. Oder?«

»Bis jetzt haben sie es noch nie getan.« Jon stieg in den Sattel. Als Bowen Marsch und ihre Eskorte aus Grenzern aufgesessen hatten, schob Jon zwei Finger in den Mund und pfiff. Mit federnden Schritten kam Geist aus dem Tunnel gelaufen.

Der Klepper des Lord Haushofmeisters wieherte und scheute vor dem Schattenwolf. »Willst du das Vieh mitnehmen?«

»Ja, Mylord«, sagte Jon. Geist hob den Kopf. Er schien die Luft zu schmecken. Einen Augenblick später war er unterwegs, rannte über das breite, im Unkraut erstickende Feld, um dann zwischen den Bäumen zu verschwinden.

Als sie den Wald erreichten, befanden sie sich in einer anderen Welt. Jon war oft mit seinem Vater und Jory und seinem Bruder Robb auf die Jagd gegangen. Er kannte den Wolfswald um Winterfell so gut wie kaum ein anderer. Der Verfluchte Wald war dem ganz ähnlich, doch fühlte er sich anders an.

Was er nur allzu gut verstand. Sie waren über das Ende der Welt hinausgeritten. Irgendwie veränderte das alles. Die Schatten schienen dunkler, jedes Geräusch geheimnisvoller. Die Bäume standen dicht an dicht und sperrten das Licht der untergehenden Sonne aus. Eine dünne Schicht Schnee knirschte unter den Hufen ihrer Pferde mit einem Knacken, als würden Knochen bersten. Und wenn der Wind die Blätter rauschen ließ, suchte er sich wie ein kalter Finger den Weg über Jons Rückgrat. Die Mauer lag in ihrem Rücken, und nur die Götter wussten, was vor ihnen wartete.

Die Sonne versank hinter den Bäumen, als sie ihr Ziel erreichten, eine kleine Lichtung tief im Wald, wo neun Wehrholzbäume zu einem groben Kreis gewachsen waren. Jon atmete tief, und er sah, wie Samwell Tarly starren Blickes schwieg. Selbst im Wolfswald fand man nie mehr als zwei oder drei der weißen Bäume beieinander. Von einem Hain aus neun Bäumen hatte er noch nie gehört. Der Waldboden lag voller Blätter, oben blutrot, dunkelrot darunter. Die dicken, weichen Stämme waren knochenweiß, und neun Gesichter starrten nach innen. Das getrocknete Harz, das in den Augen Krusten bildete, war rot und hart wie Rubin. Bowen Marsch befahl ihnen, die Pferde außerhalb des Zirkels zu lassen. »Dies ist ein heiliger Ort. Wir wollen ihn nicht schänden.«

Als sie den Hain betraten, sah Samwell Tarly aufmerksam von einem Gesicht zum anderen. Nur zwei davon ähnelten sich. »Sie beobachten uns«, flüsterte er. »Die alten Götter.«

»Ja.« Jon kniete nieder, und Samwell kniete neben ihm.

Sie sprachen die Worte gemeinsam, während das letzte Licht im Westen schwand und grauer Tag zu schwarzer Nacht verging.

»Hört meine Worte und bezeugt meinen Eid«, deklamierten sie, und ihre Stimmen erfüllten den dunklen Hain. »Die Nacht sinkt herab, und meine Wacht beginnt. Sie soll nicht enden vor meinem Tod. Ich will mir keine Frau nehmen, kein Land besitzen, keine Kinder zeugen. Ich will keine Kronen tragen und auch keinen Ruhm begehren. Ich will auf meinem Posten leben und sterben. Ich bin das Schwert in der Dunkelheit. Ich bin der Wächter auf den Mauern. Ich bin das Feuer, das gegen die Kälte brennt, das Licht, das den Morgen bringt, das Horn, das die Schläfer weckt, der Schild, der die Reiche der Menschen schützt. Ich widme mein Leben und meine Ehre der Nachtwache, in dieser Nacht und in allen Nächten, die da noch kommen werden.«

Es wurde still im Wald. »Als Jungen seid Ihr auf die Knie gefallen«, erklärte Bowen Marsch feierlich. »Erhebt Euch nun als Männer der Nachtwache.«

Jon streckte eine Hand aus, um Sam auf die Beine zu helfen. Die Grenzer sammelten sich um sie, entboten ihr Lächeln und Glückwünsche, alle bis auf den mürrischen, alten Waldmann Dywen. »Wir sollten uns lieber auf den Rückweg machen, M'lord«, sagte er zu Bowen Marsch. »Es wird dunkel, und die Nacht riecht nach etwas, das mir nicht gefällt.«

Und plötzlich war Geist wieder da, pirschte sich auf weichen Pfoten zwischen zwei Wehrholzbäumen hervor. *Weißes Fell und rote Augen,* merkte Jon beunruhigt. *Wie die Bäume.*

Der Wolf hielt etwas zwischen seinen Zähnen. Etwas Schwarzes. »Was hat er da?«, fragte Bowen Marsch stirnrunzelnd.

»Zu mir, Geist.« Jon kniete nieder. »Bring es her.«

Der Schattenwolf trottete zu ihm. Jon hörte, wie Samwell Tarly scharf einatmete.

»Bei allen Göttern«, murmelte Dywen. »Das ist eine Hand.«

 EDDARD

Das graue Licht der Morgendämmerung drang durch sein Fenster, als das Donnern von Hufen Eddard Stark aus seinem kurzen, erschöpften Schlaf riss. Er hob den Kopf vom Tisch, um in den Hof hinabzublicken. Unten ließen Männer in Ketten und Leder und roten Umhängen am frühen Morgen schon die Schwerter klirren und ritten feindliche Strohpuppen nieder. Ned sah, wie Sandor Clegane über den festen Boden galoppierte, um eine eisenbesetzte Lanze durch einen Puppenkopf zu bohren. Leinwand riss, und Stroh barst, während Gardisten der Lennisters scherzten und fluchten.

Gilt dieses tapfere Theater mir?, fragte er sich. Falls ja, war Cersei eine noch größere Närrin, als er vermutet hatte. *Verdammt soll sie sein*, dachte er, *warum ist die Frau nicht geflohen? Ich habe ihr eine Chance nach der anderen gegeben ...*

Der Morgen war bedeckt und düster. Ned nahm das Morgenmahl mit seinen Töchtern und Septa Mordane ein. Sansa, noch immer tieftraurig, starrte trübe auf ihr Essen und weigerte sich, etwas davon zu sich zu nehmen, Arya hingegen schlang alles herunter, was vor ihr stand. »Syrio sagt, wir haben noch Zeit für eine letzte Stunde, bevor wir heute Abend an Bord gehen«, sagte sie. »Darf ich, Vater? Meine Sachen sind alle gepackt.«

»Eine kurze Stunde, und achte darauf, dass du dir Zeit zum Baden und Umziehen lässt. Ich möchte, dass du am Mittag reisefertig bist, hast du mich verstanden?«

»Am Mittag«, sagte Arya.

Sansa sah von ihrem Essen auf. »Wenn sie eine Tanzstunde bekommen kann, wieso willst du dann nicht, dass ich Prinz Joffrey Lebewohl sage?«

»Ich würde auch mit ihr gehen, Lord Eddard«, bot sich Septa Mordane an. »Das Schiff würden wir ganz sicher nicht versäumen.«

»Es wäre nicht klug, jetzt zu Joffrey zu gehen, Sansa. Tut mir leid.«

Tränen stiegen in Sansas Augen. »Aber wieso?«

»Sansa, dein Hoher Vater weiß es am besten«, sagte Septa Mordane. »Dir steht es nicht zu, seine Entscheidungen anzuzweifeln.«

»Das ist ungerecht!« Sansa stieß sich vom Tisch ab, warf ihren Stuhl um und lief weinend aus dem Solar.

Septa Mordane erhob sich, doch Ned winkte sie auf ihren Platz zurück. »Lasst sie gehen, Septa. Ich will versuchen, es ihr zu erklären, wenn wir alle auf Winterfell in Sicherheit sind.« Die Septa neigte den Kopf und setzte sich, um ihr Morgenmahl zu beenden.

Etwa eine Stunde später kam Großmaester Pycelle zu Eddard Stark in sein Solar. Mit hängenden Schultern, als wäre ihm die Last der großen Ordenskette um seinen Hals zu schwer geworden, sagte er: »Mylord, König Robert ist von uns gegangen. Mögen ihn die Götter ruhen lassen.«

»Nein«, antwortete Ned. »Er hat die Ruhe gehasst. Mögen ihm die Götter Liebe und Gelächter schenken und die Freude einer aufrechten Schlacht.« Es war seltsam, wie leer er sich fühlte. Er hatte den Besuch erwartet, dennoch war bei diesen Worten etwas in ihm gestorben. Alle seine Titel hätte er dafür gegeben, weinen zu können ... aber er war Roberts Hand, und die Stunde, die er so gefürchtet hatte, war gekommen. »Seid so gut, die Ratsmitglieder hier in mein Solar zu rufen«, erklärte er Pycelle. Der Turm der Hand war so sicher, wie er und Tomard ihn machen konnten. Selbiges konnte er von den Ratskammern nicht behaupten.

»Mylord?« Pycelle blinzelte. »Sicher könnten die Geschäfte des Königreiches bis morgen warten, wenn unsere Trauer nicht mehr so frisch ist.«

Still, doch fest entschlossen antwortete Ned: »Ich fürchte, wir müssen uns sofort beraten.«

Pycelle verneigte sich. »Wie die Hand befiehlt.« Er rief seine Diener und sandte sie aus, dann nahm er dankend den Stuhl und den Becher süßen Bieres an, den Ned ihm anbot.

Ser Barristan Selmy folgte seinem Ruf als Erster, makellos in weißem Umhang und emaillierten Schuppen. »Mylords«, sagte er, »mein Platz ist jetzt neben dem jungen König. Ich bitte um Erlaubnis, ihm beizustehen.«

»Euer Platz ist hier, Ser Barristan«, erklärte ihm Ned.

Kleinfinger kam als Nächster, noch im blauen Samt und dem Umhang mit den silbernen Nachtigallen, die er am Abend zuvor getragen hatte, seine Stiefel staubig vom Reiten. »Mylords«, sagte er und lächelte, bis er sich Ned zuwandte. »Die kleine Aufgabe, die Ihr mir aufgetragen habt, ist erledigt, Lord Eddard.«

Varys fegte auf einer Veilchenwolke herein, rosa vom Bad, sein plumpes Gesicht geschrubbt und frisch gepudert, die weichen Pantoffeln geräuschlos. »Heute singen die kleinen Vögelchen ein trauriges Lied«, sagte er, indem er sich setzte. »Das Reich weint. Sollen wir beginnen?«

»Sobald Lord Renly eintrifft«, sagte Ned.

Varys warf ihm einen bedauernden Blick zu. »Ich fürchte, Lord Renly hat die Stadt verlassen.«

»Er hat die Stadt *verlassen*?« Ned hatte auf Renlys Unterstützung gebaut.

»Er ist durchs Seitentor hinaus, eine Stunde vor dem Morgengrauen, begleitet von Ser Loras Tyrell und etwa fünfzig Gefolgsleuten«, erklärte ihnen Varys. »Zuletzt wurden sie gesehen, als sie in Eile gen Süden galoppierten, zweifelsohne auf dem Weg nach Sturmkap oder Rosengarten.«

So viel zu Renly und seinen hundert Streitern. Ned gefiel nicht, was er dahinter witterte, nur ließ sich daran wenig ändern. Er nahm Roberts letzten Brief hervor. »Der König hat mich gestern Abend zu sich gerufen und mir aufgetragen, seine letzten Worte niederzuschreiben. Lord Renly und Großmaester Pycelle haben bezeugt, dass Robert den Brief versiegelt hat, damit er nach seinem Tod vom Rat geöffnet wird. Ser Barristan, wäret Ihr so freundlich?«

Der Lord Kommandant der Königsgarde begutachtete das Papier. »König Roberts Siegel, ungebrochen.« Er öffnete den Brief und las. »Lord Eddard Stark wird darin zum Protektor des Reiches ernannt, um als Regent zu herrschen, bis der Erbe mündig wird.«

Und wie es der Zufall so will, ist er volljährig, dachte Ned, doch gab er seinem Gedanken keine Stimme. Er traute weder Pycelle noch Varys, und Ser Barristan war mit seiner Ehre gebunden, den Jungen zu schützen und zu verteidigen, den er für den neuen König hielt. Der alte Ritter würde Joffrey nicht so leicht im Stich lassen. Der notwendige Verrat ließ einen bitteren Geschmack in seinem Mund zurück, und Ned wusste, hier musste er mit Umsicht vorgehen, seine Absichten für sich behalten und das Spiel mitspielen, bis er als Regent sicher im Sattel saß. Es wäre noch Zeit genug, die Thronfolge zu überdenken, wenn sich Arya und Sansa auf Winterfell in Sicherheit befanden und Lord Stannis mit seiner Streitmacht in Königsmund eintraf.

»Ich möchte diesen Rat bitten, Roberts Wunsch entsprechend mich als Lord Protektor zu bestätigen«, sagte Ned mit einem Blick in ihre Gesichter, und er fragte sich, welche Gedanken sich hinter Pycelles halbgeschlossenen Augen,

Kleinfingers müdem Lächeln und dem nervösen Zappeln von Varys Fingern verbargen.

Die Tür öffnete sich. Der dicke Tom trat ins Solar. »Ich bitte um Verzeihung, Mylords, aber der Haushofmeister des Königs besteht darauf ...«

Der Königliche Haushofmeister kam herein und verneigte sich. »Hochgeschätzte Lords, der König verlangt nach der Anwesenheit des Kleinen Rates im Thronsaal.«

Ned hatte erwartet, dass Cersei schnell handeln würde. Der Aufruf bot ihm keine Überraschung. »Der König ist tot«, sagte er, »dennoch werden wir mit Euch gehen. Tom, seid so gut und sammelt uns eine Eskorte.«

Kleinfinger reichte Ned seinen Arm, um ihm die Treppe hinunterzuhelfen. Varys, Pycelle und Ser Barristan folgten. Eine doppelte Kolonne bewaffneter Männer mit Kettenhemd und Stahlhelmen wartete draußen vor dem Turm, acht Mann stark. Graue Umhänge flatterten im Wind, als die Gardisten sie über den Hof geleiteten. Kein Rot der Lennisters war zu sehen, doch fühlte sich Ned von der Menge goldener Umhänge bestätigt, die auf dem Festungswall und an den Toren zu sehen waren. Janos Slynt empfing sie an der Tür zum Thronsaal, in verzierter, schwarzgoldener Rüstung, den Helm mit hohem Busch unter dem Arm. Steif verneigte sich der Hauptmann. Seine Männer stießen die großen Eichentüren auf, zwanzig Fuß hoch und mit Bronze beschlagen.

Der Königliche Haushofmeister führte sie hinein. »Heil dir, Joffrey aus den Häusern Baratheon und Lennister, dem Ersten seines Namens, König der Andalen und der Rhoynar und der Ersten Menschen, Herr der Sieben Königslande und Protektor des Reiches«, deklamierte er.

Es war ein langer Weg zum anderen Ende der Halle, wo Joffrey auf dem Eisernen Thron schon wartete. Auf Kleinfinger gestützt humpelte Ned Stark langsam voran und hüpfte dem Jungen entgegen, der sich König nannte. Die anderen folgten ihm. Als er zum ersten Mal hier gewesen war, hatte er auf einem Pferd gesessen, mit einem Schwert in der Hand, und die Drachen der Targaryen hatten von den Wänden her zugesehen, wie er Jaime Lennister vom Thron vertrieb. Er fragte sich, ob Joffrey wohl so einfach zu vertreiben wäre.

Fünf Ritter der Königsgarde – alle bis auf Ser Jaime und Ser Barristan – hatten sich am Fuß des Thrones zu einem Halbkreis aufgestellt. In voller Rüstung, lackierter Stahl von Kopf bis Fuß, lange, helle Umhänge über ihren Schultern, leuchtend weiße Schilde an ihre linken Arme geschnallt, standen sie da. Cersei Lennister und ihre beiden jüngeren Kinder hatten sich hinter Ser Boros und Ser Meryn gestellt. Die Königin trug ein Kleid aus meeresgrüner Seide, mit myrischer Spitze besetzt, hell wie Schaum. An einem Finger steckte ein goldener Ring mit einem Smaragd von der Größe eines Taubeneis, auf ihrem Kopf saß die passende Tiara.

Über ihnen thronte Prinz Joffrey inmitten der Dornen und Spieße in einem Wams aus Goldtuch mit rotem Umhang aus Satin. Sandor Clegane stand am Fuß der steilen, schmalen Treppe davor. Er trug ein Kettenhemd, seinen rußgrauen Plattenpanzer und den Helm mit dem knurrenden Hundekopf.

Hinter dem Thron warteten zwanzig Gardisten der Lennisters mit Langschwertern, die von ihren Gürteln hingen. Dunkelrote Umhänge lagen um ihre Schultern, und stählerne Löwen hockten auf ihren Helmen. Doch Kleinfinger hatte sein Versprechen gehalten. Überall an den Wänden, vor Roberts Wandteppichen mit Szenen von Jagd und Schlacht, warteten die Soldaten der Stadtwache, still und aufmerksam, und jeder dieser Männer hatte seine Hand um den Schaft eines drei Meter langen Spießes mit schwarzer, eiserner Spitze gelegt. Zahlenmäßig waren sie den Lennisters fünffach überlegen.

Neds Bein brannte wie Feuer, als er stehen blieb. Er stützte sich mit einer Hand auf Kleinfingers Schulter.

Joffrey erhob sich. Sein roter Umhang aus Satin war von goldenem Faden durchwebt: fünfzig brüllende Löwen auf der einen Seite, fünfzig stolzierende Hirsche auf der anderen. »Ich befehle dem Rat, alle nötigen Vorbereitungen für meine Krönung vorzunehmen«, verkündete der Junge. »Ich wünsche, innerhalb der kommenden vierzehn Tage gekrönt zu werden. Heute will ich den Treueeid meiner loyalen Ratsherren entgegennehmen.«

Ned zog Roberts Brief hervor. »Lord Varys, seid so gut, diesen Brief hier Lady Lennister vorzulegen.«

Der Eunuch trug den Brief zu Cersei. Die Königin warf einen Blick auf die Worte. »Protektor des Reiches«, las sie. »Soll das Euer Schild sein, Mylord? Ein Stück Papier?« Sie riss den Brief in zwei Hälften, die Hälften in Viertel und ließ die Fetzen zu Boden flattern.

»Das waren die Worte des Königs«, stieß Ser Barristan erschrocken hervor.

»Wir haben jetzt einen neuen König«, entgegnete Cersei Lennister. »Lord Eddard, als wir zuletzt sprachen, gabt Ihr mir einen Rat. Erlaubt mir, die Freundlichkeit zu erwidern. Fallt auf die Knie, Mylord. Fallt auf die Knie und schwört meinem Sohn die Treue, und wir werden Euch erlauben, als Hand abzutreten und Eure letzten Tage in der grauen Ödnis zu verleben, die Ihr Eure Heimat nennt.«

»Wenn ich nur könnte«, sagte Ned grimmig. Wenn sie derart entschlossen war, die Sache hier und jetzt auszutragen, ließ sie ihm keine Wahl. »Euer Sohn hat kein Anrecht auf den Thron, auf dem er sitzt. Lord Stannis ist Roberts wahrer Erbe.«

»*Lügner!*«, schrie Joffrey, und sein Gesicht rötete sich.

»Mutter, was meint er?«, fragte Prinzessin Myrcella die Königin mit wehleidiger Stimme. »Ist Joffrey jetzt nicht König?«

»Ihr seid aus Eurem eigenen Mund verdammt, Lord Stark«, sagte Cersei Lennister. »Ser Barristan, ergreift diesen Verräter.«

Der Lord Kommandant der Königsgarde zögerte. Augenblicklich war er von Gardisten der Starks umzingelt.

»Und schon wird der Verrat vom Wort zur Tat«, sagte Cersei. »Glaubt Ihr, Ser Barristan stünde allein, Mylord?« Mit unheilvollem Scharren von Metall auf Metall zog der Bluthund sein Langschwert. Die Ritter der Königsgarde und zwanzig Gardisten in roten Umhängen traten vor, um ihm zu helfen.

»*Tötet ihn!*«, schrie der Kindkönig vom Eisernen Thron herab. »*Tötet sie alle, ich befehle es Euch!*«

»Ihr lasst mir keine Wahl«, erklärte Ned Cersei Lennister. Er rief nach Janos Slynt. »Hauptmann, nehmt die Königin und ihre Kinder in Gewahrsam. Lasst sie nicht zu Schaden kommen, aber geleitet sie zu den königlichen Gemächern, und lasst sie dort. Bewacht sie gut.«

»Männer der Wache!«, rief Janos Slynt und setzte seinen Helm auf. Hundert goldene Umhänge nahmen ihre Spieße und kamen näher.

»Ich will kein Blutvergießen«, erklärte Ned der Königin. »Sagt Euren Männern, sie sollen die Schwerter ablegen, und keiner muss …«

Mit einem einzigen scharfen Stoß trieb der nächststehende Goldrock seinen Spieß in Tomards Rücken. Die Klinge fiel aus Toms kraftloser Hand, als die feuchte, rote Spitze durch seine Rippen drang, Leder und Ketten durchschlug. Er war schon tot, bevor sein Schwert scheppernd den Boden erreichte.

Neds Schrei kam viel zu spät. Janos selbst schlitzte Varly

die Kehle auf. Cayn fuhr herum, mit blitzendem Stahl, trieb den nächsten Spießträger mit einem Wirbel aus Hieben zurück, und für einen Augenblick sah es so aus, als könne er sich einen Weg bahnen. Dann war der Bluthund bei ihm. Sandor Cleganes erster Hieb schlug Cayns Schwerthand am Gelenk ab, der zweite trieb ihn in die Knie und schlitzte ihn von der Schulter zum Brustbein auf.

Während seine Männer um ihn starben, zog Kleinfinger Neds Dolch aus dessen Scheide und schob ihm die Klinge unters Kinn. Sein Lächeln war bedauernd. »Ich habe Euch gewarnt, mir nicht zu trauen, das wisst Ihr.«

 ARYA

»Hoch«, rief Syrio Forel und schlug nach ihrem Kopf. Die Stockschwerter knallten aneinander, als Arya parierte.

»Links«, rief er, und seine Klinge pfiff heran. Ihre schoss hervor, um ihm zu begegnen. Das Krachen ließ ihn die Zähne aufeinanderschlagen.

»Rechts«, sagte er und »tief« und »links« und wieder »links«, schneller und schneller, drängte vorwärts. Arya wich vor ihm zurück, antwortete jedem Hieb.

»Ausfall«, warnte er und schlug zu. Sie trat zur Seite, wischte seine Klinge weg und wollte seine Schulter treffen. Beinah berührte sie ihn, beinah, so nah, dass sie darüber grinsen musste. Eine Haarsträhne baumelte vor ihren Augen, weich vom Schweiß. Mit dem Handrücken schob sie diese beiseite.

»Links«, rief Syrio. »Tief.« Sein Schwert ging schneller, als man sehen konnte, und die Kleine Halle war erfüllt vom Echo des *klack, klack, klack.* »Links. Links. Hoch. Rechts, links. Tief. *Links!*«

Die Holzklinge traf sie oben an der Brust, ein plötzlicher, stechender Hieb, der umso mehr schmerzte, da er von der falschen Seite kam. »*Au*«, heulte sie auf. Dort würde sie eine frische Prellung haben, wenn sie schlafen ging, irgendwo draußen auf See. *Eine Prellung ist eine Lektion,* ermahnte sie sich selbst, *und jede Lektion macht uns nur besser.*

Syrio trat zurück. »Du bist tot.«

Arya verzog das Gesicht. »Du hast geschummelt«, sagte

sie erhitzt. »Du hast links gesagt und rechts zugeschlagen.«

»Genau so. Und jetzt bist du ein totes Mädchen.«

»Aber du hast *gelogen!*«

»Meine Worte haben gelogen. Meine Augen und meine Arme haben die Wahrheit herausgeschrien, nur hast du nicht hingesehen.«

»Hab ich doch«, sagte Arya. »Jede Sekunde hab ich dich beobachtet!«

»Beobachten ist nicht gleich sehen, totes Mädchen. Der Wassertänzer sieht. Komm, leg dein Schwert beiseite, und hör mir zu.«

Sie folgte ihm zur Wand hinüber, wo er sich auf einer Bank niederließ. »Syrio Forel war Erster Recke des Seelords von Braavos, und weißt du, wie das zu Stande kam?«

»Du warst der beste Schwertkämpfer in der Stadt.«

»Das schon, aber warum? Andere Männer waren stärker, schneller, jünger: Wieso war Syrio Forel der Beste? Ich will es dir sagen.« Ganz leicht berührte er mit der Spitze seines kleinen Fingers sein Augenlid. »Das Sehen, das wahre Sehen, das ist der Kern.

Hör mich an! Die Schiffe von Braavos segeln so weit, wie der Wind weht, zu Ländern, die fremd und wundersam sind, und wenn sie heimkehren, bringen ihre Kapitäne sonderbare Tiere mit für die Menagerie des Seelords. Tiere, wie du sie noch nie gesehen hast, gestreifte Pferde, große, gepunktete Viecher mit Hälsen lang wie Stelzen, haarige Mausschweine, groß wie Kühe, Mantikore, Tiger, die ihre Jungen im Beutel tragen, schreckliche, laufende Echsen mit Klauen wie Sicheln. Syrio Forel hat diese Tiere gesehen.

An jenem Tag, von dem ich spreche, war der Erste Recke eben tot, und der Seelord ließ mich rufen. Viele Haudegen hatten ihn aufgesucht, und ebenso viele hatte man fortgeschickt, doch konnte keiner sagen, wieso. Als ich zu ihm kam, saß er, und auf seinem Schoß lag eine dicke, gelbe Katze. Er erklärte mir, einer seiner Kapitäne habe ihm das Tier gebracht, von einer Insel jenseits des Sonnenaufgangs. ›Habt Ihr so eine schon gesehen?‹ fragte er mich.

Und ich antwortete ihm: ›Jeden Abend sehe ich Tausende wie sie in den Gassen von Braavos‹, und der Seelord lachte, und an jenem Tag machte man mich zum Ersten Recken.«

Arya verzog das Gesicht. »Ich verstehe nicht.«

Syrio klackte mit den Zähnen. »Die Katze war eine gewöhnliche Katze, nicht mehr. Die anderen erwarteten ein Fabeltier, und ein solches sahen sie dann auch. Wie groß sie sei, sagten sie. Sie war nicht größer als andere Katzen, nur fett von Trägheit, denn der Seelord fütterte sie an seinem eigenen Tisch. Wie seltsam kleine Ohren, sagten sie. Ihre Ohren waren von den Kämpfen als kleines Kätzchen ausgefranst. Und es war ganz deutlich ein Kater, dennoch sprach der Seelord von ›ihr‹, und so sahen ihn auch die anderen. Verstehst du mich?«

Arya dachte darüber nach. »Du hast gesehen, was war.«

»Genau so. Mach die Augen auf, mehr ist nicht nötig. Das Herz lügt, und der Kopf spielt uns Tricks vor, die Augen aber sehen die Wahrheit. Sieh mit deinen Augen. Höre mit deinen Ohren. Schmecke mit deinem Mund. Rieche mit deiner Nase. Fühle mit deiner Haut. Dann erst kommt das Denken, danach, und auf diese Weise das Wissen um die Wahrheit.«

»Genau so«, sagte Arya grinsend.

Syrio Forel gestattete sich ein Lächeln. »Ich denke gerade, wenn wir dieses Winterfell erreichen, wird es Zeit, dir diese Nadel in die Hand zu geben.«

»Ja!«, sagte Arya eifrig. »Warte, bis ich Jon zeige ...«

Hinter ihr flogen die großen Holztüren der Kleinen Halle krachend auf. Arya fuhr herum.

Ein Ritter der Königsgarde stand im Türbogen, fünf Gardisten der Lennisters hinter ihm aufgereiht. Der Ritter war in voller Rüstung, doch sein Visier war hochgeklappt. Arya erkannte seine matten Augen und den rostroten Backenbart wieder, da er mit dem König auf Winterfell gewesen war: Ser Meryn Trant. Die Rotröcke trugen Kettenhemden über hartem Leder und Stahlhelme mit Löwenschmuck. »Arya Stark«, sagte der Ritter, »komm mit uns, Kind.«

Arya kaute unsicher auf ihrer Unterlippe. »Was wollt Ihr?«

»Dein Vater will dich sehen.«

Arya trat einen Schritt vor, aber Syrio Forel hielt sie am Arm zurück. »Und warum schickt Lord Eddard in seinem eigenen Haus Männer der Lennisters? Das wundert mich.«

»Kümmert Euch um Eure Angelegenheiten, Tanzlehrer«, sagte Ser Meryn. »Das geht Euch nichts an.«

»*Euch* würde mein Vater nicht schicken«, sagte Arya. Sie sammelte ihr Stockschwert auf. Die Lennisters lachten.

»Leg den Stock weg, Mädchen«, erklärte Ser Meryn. »Ich bin Waffenbruder der Königsgarde, der Weißen Schwerter.«

»Das war der Königsmörder auch, als er den alten König erschlug«, sagte Arya. »Ich muss nicht mit Euch gehen, wenn ich nicht will.«

Ser Meryn Trant verlor die Geduld. »Ergreift sie«, rief er seinen Männern zu. Er ließ das Visier an seinem Helm herab.

Drei von ihnen traten vor, und ihre Ketten klirrten leise bei jedem Schritt. Plötzlich fürchtete sich Arya. *Angst schneidet tiefer als ein Schwert*, sagte sie sich, damit ihr Herz nicht mehr so raste.

Syrio Forel trat dazwischen, tippte sein Holzschwert leicht an seinen Stiefel. »Bis hierhin und nicht weiter. Seid Ihr Männer oder Hunde, dass Ihr ein Kind bedroht?«

»Aus dem Weg, alter Mann«, grunzte einer der Rotröcke.

Syrios Stock kam pfeifend hoch und schlug ihm an den Helm. »Ich bin Syrio Forel, und du wirst mit mehr Respekt zu mir sprechen.«

»Kahler Wicht.« Der Mann riss sein Langschwert hervor. Wieder zuckte der Stock, blendend schnell. Arya hörte ein lautes Krachen, als das Schwert klappernd auf den Steinfußboden fiel. »Meine *Hand*«, jammerte der Gardist und hielt seine gebrochenen Finger.

»Ihr seid schnell für einen Tanzlehrer«, sagte Ser Meryn.

»Ihr seid langsam für einen Ritter«, erwiderte Syrio.

»Tötet den Braavosi, und bringt mir das Mädchen«, befahl der Ritter in der weißen Rüstung.

Vier Gardisten der Lennisters zogen ihre Schwerter. Der fünfte, mit gebrochenen Fingern, spuckte aus und zückte mit der Linken einen Dolch.

Syrio Forel klackte mit den Zähnen, nahm seine Wassertänzerstellung ein, hielt dem Feind nur seine Seite hin. »Arya, Kind«, rief er, ohne hinzusehen, ohne seinen Blick von den Lennisters zu nehmen, »für heute haben wir genug getanzt. Du solltest besser gehen. Lauf zu deinem Vater.«

Arya wollte ihn nicht allein lassen, doch hatte er sie gelehrt, zu tun, was er sagte. »*Leichtfüßig wie ein Reh*«, flüsterte sie.

»Genau so«, sagte Syrio Forel, während die Lennisters näher kamen.

Arya zog sich zurück, ihr eigenes Schwert fest in der Hand. Während sie ihn nun beobachtete, wurde ihr klar, dass er bislang nur mit ihr gespielt hatte. Die Rotröcke kamen von drei Seiten mit Stahl in Händen auf ihn zu. Sie trugen Kettenharnische über Brust und Armen und hatten stählerne Hosenbeutel in ihre Hosen genäht, doch nur Leder an den Beinen. Ihre Hände waren nackt, und die Hauben, die sie trugen, hatten zwar Nasenschützer, aber kein Visier über den Augen.

Syrio wartete nicht, bis sie bei ihm waren, sondern wirbelte nach links. Nie zuvor hatte sie gesehen, wie ein Mensch sich derart schnell bewegte. Er parierte einen Schwerthieb mit dem Stock und wich einem zweiten aus. Aus dem Gleichgewicht gebracht, stieß der zweite Mann mit dem ersten zusammen. Syrio setzte ihm einen Stiefel an den Hintern, und die beiden Rotröcke gingen gemeinsam zu Boden. Der dritte Gardist sprang über die beiden hinweg, hieb nach des Wassertänzers Kopf. Syrio duckte sich unter der Klinge hindurch und schlug nach oben. Schreiend fiel der Gardist, während Blut aus dem feuchten, roten Loch quoll, wo sein linkes Auge gewesen war.

Die gestürzten Männer standen auf. Syrio trat einem ins Gesicht und riss dem anderen die stählerne Haube vom Kopf. Der Mann mit dem Dolch stach nach ihm. Syrio fing den Hieb mit dem Helm auf und zertrümmerte dem Mann die Kniescheibe mit seinem Stock. Der letzte Rotrock stieß einen Fluch aus und hackte mit beiden Händen am Schwert auf ihn ein. Syrio rollte nach rechts, und der Schlachterhieb traf den helmlosen Mann zwischen Hals und Schulter, als dieser eben auf die Knie kam. Das Langschwert durchschlug Ketten und Leder und Fleisch. Der Mann auf Knien brüllte. Bevor sein Mörder die Klinge freibekommen konnte, stach Syrio ihm in den Adamsapfel. Der Gardist stieß ein ersticktes Heulen aus und taumelte rückwärts, hielt sich den Hals, und sein Gesicht wurde schwarz.

Fünf Männer lagen tot am Boden oder noch im Sterben, als Arya die Hintertür erreichte, die zur Küche führte. Sie hörte Ser Meryn Trant fluchen. »Verdammte Esel«, fluchte er, indem er sein Langschwert aus der Scheide zog.

Syrio Forel nahm wieder seine Haltung ein und klickte

mit den Zähnen. »Arya, Kind«, rief er, ohne sie anzusehen, »fort mit dir.«

Sieh mit deinen Augen, hatte er gesagt. Sie sah den Ritter in seiner hellen Rüstung, von Kopf bis Fuß, Beine, Hals und Hände von Metall geschützt, die Augen hinter seinem hohen, weißen Helm verborgen und in seinen Händen grausiger Stahl. Dagegen Syrio in einer Lederweste, mit dem Holzschwert in der Hand. »Syrio, *lauf*«, schrie sie.

»Der Erste Recke von Braavos läuft nicht davon«, rief er, als Ser Meryn auf ihn einschlug. Syrio tänzelte vor dessen Hieb davon, sein Stock kaum zu erkennen. In einem Herzschlag hatte er den Ritter an Schläfe, Ellbogen und Kehle getroffen, das Holz klirrte am Metall von Helm, Handschuh und Halsberge. Arya stand stocksteif da. Ser Meryn griff an, Syrio wich zurück. Er parierte den nächsten Hieb, wich dem nächsten aus, ließ den dritten abprallen.

Der vierte hieb seinen Stock entzwei, splitterte das Holz und durchschlug den Lederkern.

Schluchzend fuhr Arya herum und lief los.

Sie stürzte durch die Küchen und Speisekammer, blind vor Entsetzen, schlängelte sich zwischen Köchen und Kellnern hindurch. Eine Bäckergehilfin trat ihr in den Weg, hielt ein hölzernes Tablett. Arya rannte sie um, so dass duftende Laibe von frisch gebackenem Brot zu Boden fielen. Sie hörte, wie jemand hinter ihr etwas rief, und drehte sich um, sah, dass ein stämmiger Schlachter mit einem Hackbeil in der Hand in ihre Richtung gaffte. Seine Arme waren bis zum Ellenbogen rot.

Alles, was Syrio Forel sie gelehrt hatte, raste ihr im Kopf herum. *Leichtfüßig wie ein Reh. Leise wie ein Schatten. Angst schneidet tiefer als ein Schwert. Schnell wie eine Schlange. Ruhig wie stilles Wasser. Angst schneidet tiefer als ein Schwert. Stark wie ein Bär. Wild wie eine Wölfin. Angst schneidet tiefer als ein Schwert. Der Mann, der fürchtet zu verlieren, hat bereits verlo-*

ren. Angst schneidet tiefer als ein Schwert. Angst schneidet tiefer als ein Schwert. Angst schneidet tiefer als ein Schwert. Der Griff ihres hölzernen Schwertes war glatt vom Schweiß, und keuchend erreichte Arya die Turmtreppe. Für einen Augenblick erstarrte sie. Rauf oder runter? Der Weg nach oben würde sie zur überdachten Brücke führen, die den kleinen Burghof zum Turm der Hand überspannte, doch würde man von ihr erwarten, dass sie ebendiesen Weg nahm, dessen war sie sicher. *Tu nie, was sie von dir erwarten,* hatte Syrio einmal gesagt. Arya lief nach unten, immer im Kreis, nahm immer zwei bis drei der schmalen Steinstufen gleichzeitig. Sie kam in einem grottenartigen Keller heraus, umgeben von Bierfässern, zwanzig Fuß hoch gestapelt. Das einzige Licht fiel durch schmale, schräge Fenster hoch oben in der Wand.

Der Keller war eine Sackgasse. Es führte nur der Weg heraus, auf dem sie hereingekommen war. Sie wagte nicht, über diese Treppe zurückzugehen, nur konnte sie hier auch nicht bleiben. Sie musste ihren Vater finden und ihm erzählen, was geschehen war. Ihr Vater würde sie beschützen.

Arya schob ihr Holzschwert durch den Gürtel und fing an zu klettern, sprang von Fass zu Fass, bis sie an das Fenster kam. Mit beiden Händen packte sie den Stein und zog sich hinauf. Die Mauer war einen Meter dick, das Fenster ein Tunnel, der schräg nach oben und nach draußen führte. Als sie mit dem Kopf auf Bodenhöhe war, spähte sie über den Hof zum Turm der Hand.

Die dicke Holztür hing zersplittert und gebrochen in den Angeln wie mit Äxten bearbeitet. Ein toter Mann lag bäuchlings, alle viere von sich gestreckt, auf den Stufen, sein Umhang unter sich begraben, der Rücken seines Kettenhemdes rot durchweicht. Der Umhang des Toten war aus grauer Wolle mit weißem Satin, wie sie erschrocken merkte. Sie konnte nicht erkennen, wer es war.

»*Nein*«, flüsterte sie. Was ging hier vor sich? Wo war Vater? Warum hatten die Rotröcke ihn holen wollen? Sie erinnerte sich an die Worte des Mannes mit dem gelben Bart an jenem Tag, als sie die Ungeheuer gefunden hatte. *Wenn eine Hand sterben kann, wieso nicht auch die andere?*

Arya spürte Tränen in ihren Augen. Sie hielt den Atem an, um Luft zu holen. Sie hörte Kampflärm, Rufen, Schreie, das Klirren von Stahl auf Stahl, das durch die Fenster des Turmes der Hand drang.

Sie konnte nicht zurück. Ihr Vater ...

Arya schloss die Augen. Einen Moment war ihre Angst zu groß und lähmte sie in jeder Bewegung. Sie hatten Jory und Wyl und Heward getötet und diesen Gardisten auf der Treppe, wer auch immer er gewesen war. Vielleicht töteten sie auch ihren Vater und sie, falls man sie fing. »Angst schneidet tiefer als ein Schwert«, sagte sie laut, doch nützte es ihr nichts zu tun, als sei sie eine Wassertänzerin. Syrio war ein Wassertänzer gewesen, und wahrscheinlich hatte der weiße Ritter ihn erschlagen, und außerdem war sie nur ein kleines Mädchen mit einem Holzstock, allein und verängstigt.

Sie kletterte auf den Hof hinaus, blickte sich argwöhnisch um, während sie sich auf die Beine erhob. Die Burg lag verlassen da. Der Rote Bergfried wirkte nie verlassen. Alle schienen sich drinnen zu verstecken, hatten die Türen verrammelt. Sehnsüchtig sah Arya zu ihrer Schlafkammer hoch, dann ließ sie den Turm der Hand hinter sich, blieb stets dicht an der Mauer, während sie von einem Schatten zum nächsten schlich. Sie tat, als jagte sie Katzen ... nur war jetzt sie die Katze, und wenn man sie schnappte, würde man sie töten.

Sie lief zwischen Gebäuden hindurch und über Mauern, hielt, wenn möglich, Stein in ihrem Rücken, damit niemand sie überraschen konnte, und so erreichte Arya die Ställe fast ohne Zwischenfall. Ein Dutzend Goldröcke in Kettenhemd und Panzer stürmten an ihr vorbei, derweil sie über den inneren Burghof lief, ohne zu wissen, auf wessen Seite sie standen, und so kauerte sie sich in die Schatten und ließ die Männer passieren.

Hullen, der auf Winterfell Stallmeister gewesen war, seit Arya sich erinnern konnte, lag in sich zusammengesunken auf dem Boden bei der Stalltür. Man hatte so oft auf ihn eingestochen, dass es aussah, als sei sein Waffenrock mit roten Blumen gemustert. Arya war sicher, dass er tot war, doch indem sie näher herankroch, schlug er die Augen auf. »Arya im Wege«, flüsterte er. »Du musst … deinen … deinen Vater warnen …« Schaumig roter Speichel quoll aus seinem Mund hervor. Wieder schloss der Stallmeister die Augen und sagte kein Wort mehr.

Drinnen lagen weitere Leichen. Ein Stallbursche, mit dem sie gespielt hatte, und drei aus der Leibgarde ihres Vaters. Ein Wagen voller Kisten und Truhen stand verlassen nahe der Stalltür. Die toten Männer schienen ihn gerade für die Reise zu den Docks beladen zu haben, als sie angegriffen wurden. Arya schlich sich heran. Bei einer der Leichen handelte es sich um Desmond, der ihr sein Langschwert gezeigt und versprochen hatte, ihren Vater zu beschützen. Er lag auf dem Rücken, starrte blind an die Decke, während Fliegen auf seinen Augen herumkrabbelten. Ganz in der Nähe lag ein toter Mann mit rotem Umhang und einem Helm mit dem Löwenbusch der Lennisters. Aber nur einer. *Jeder Nordmann ist mit dem Schwert zehn dieser Südländer wert*, hatte Desmond ihr erklärt. »Du Lügner!«, fluchte sie und trat in plötzlicher Wut nach seiner Leiche.

Die Tiere waren unruhig in den Ställen, wieherten und schnaubten wegen des Blutgeruchs. Arya konnte nur daran denken, ein Pferd zu satteln und zu fliehen, fort von der Burg und der Stadt. Sie musste nur auf dem Königsweg bleiben, und er würde sie heim nach Winterfell führen. Sie nahm Zaumzeug und Sattel von der Wand.

Während sie hinter dem Wagen entlanglief, fiel ihr eine umgekippte Truhe auf. Sie musste beim Kampf heruntergefallen sein, oder man hatte sie beim Beladen fallen lassen. Das Holz war gesplittert, der Deckel aufgesprungen, und der Inhalt der Kiste lag am Boden verteilt. Arya bemerkte Seide und Satin und Samt, den sie niemals trug, doch mochte sie auf dem Königsweg vielleicht warme Kleider brauchen ... und außerdem ...

Arya kniete im Dreck zwischen den verstreuten Kleidern. Sie fand einen schweren, wollenen Umhang, einen Samtrock, ein Seidenhemd und einiges an Unterwäsche, ein Kleid, das ihre Mutter ihr bestickt hatte, ein silbernes Kinderarmband, das sie vielleicht verkaufen konnte. Sie stieß den zerbrochenen Deckel beiseite und suchte in der Truhe nach Nadel. Das Schwert hatte sie weit unten versteckt, unter allem anderen, aber ihre Sachen waren durcheinander, geraten, als die Truhe umgekippt war. Einen Moment lang fürchtete Arya, jemand könne das Schwert gefunden und gestohlen haben. Dann spürten ihre Finger das harte Metall unter einem Satinkleid.

»Da ist sie«, zischte eine Stimme hinter ihr.

Erschrocken fuhr Arya herum. Ein Stalljunge stand hinter ihr, ein Grinsen im Gesicht, und sein schmutziges, weißes Unterhemd lugte unter einem verdreckten Wams hervor. Seine Stiefel waren voller Dung, und er hielt eine Mistgabel in der Hand. »Wer bist du?«, fragte sie.

»Sie kennt mich nicht«, sagte er, »aber ich kenn sie, o ja! Das Wolfsmädchen.«

»Hilf mir, ein Pferd zu satteln«, flehte Arya, griff hinter sich in die Truhe, suchte nach Nadel. »Mein Vater ist die Hand des Königs, er wird dich belohnen.«

»Vater ist tot«, sagte der Junge. Er schlurfte ihr entgegen. »Die Königin wird mich belohnen. Komm her, Mädchen.«

»Bleib weg!« Ihre Finger schlossen sich um den Griff des Schwertes.

»Ich sage *komm*.« Er packte sie beim Arm, und zwar fest.

Alles, was Syrio Forel sie je gelehrt hatte, war mit einem Herzschlag vergessen. In diesem Augenblick plötzlichen Entsetzens konnte sich Arya nur noch an eine Lektion erinnern, die Jon Schnee ihr erteilt hatte, ihre allererste.

Sie stach mit dem spitzen Ende zu, riss die Klinge mit wilder, hysterischer Kraft nach oben.

Nadel ging durch sein Lederwams, durch das weiße Fleisch seines Bauches und trat zwischen den Schulterblättern wieder hervor. Der Junge ließ die Mistgabel fallen und gab ein leises Ächzen von sich, etwas zwischen Stöhnen und Seufzen. Seine Hände schlossen sich um die Klinge. »Oh, ihr Götter«, stöhnte er, während sein Unterhemd sich rötete. »Zieh es raus.«

Als sie es herauszog, starb er.

Die Pferde schrien. Arya stand über die Leiche gebeugt, still und ängstlich im Angesicht des Todes. Blut war aus dem Mund des Jungen gequollen, als er zusammenbrach, und mehr noch sickerte aus dem Schlitz in seinem Bauch, sammelte sich unter seiner Leiche. Seine Handflächen waren zerschnitten, wo er nach der Klinge gegriffen hatte. Langsam wich sie zurück, Nadel rot in ihrer Hand. Sie musste weg, weit weg von hier, irgendwohin, wo sie vor den anklagenden Augen des Stalljungen sicher war.

Wieder hob sie Zaumzeug und Sattel auf und rannte zu ihrer Stute, aber als sie den Sattel auf den Pferderücken hob, wurde ihr plötzlich erschreckend klar, dass die Burgtore geschlossen waren. Selbst die Seitentore würden wahrscheinlich bewacht. Vielleicht würden die Wachen sie nicht erkennen. Falls die Männer sie für einen Jungen hielten, würde man sie vielleicht … nein, sie würden Befehl haben, niemanden aus der Stadt zu lassen, ob man sie nun erkannte oder nicht.

Allerdings gab es noch einen anderen Weg aus der Burg …

Der Sattel glitt Arya aus den Händen, fiel mit dumpfem Schlag in den Dreck und wirbelte Staub auf. Würde sie den Raum mit den Ungeheuern wieder finden? Sie war nicht sicher, doch sie wusste, dass sie es versuchen musste.

Sie fand die Kleider, die sie eingesammelt hatte, und warf sich den Umhang über, versteckte Nadel in dessen Falten. Den Rest ihrer Sachen band sie zu einer Rolle zusammen. Mit dem Bündel unterm Arm kroch sie zum anderen Ende des Stalls. Sie entriegelte die Hintertür und spähte vorsichtig hinaus. In der Ferne hörte sie Schwerter klirren und über den Burghof hinweg das bebende Heulen eines Mannes, der vor Schmerzen schrie. Sie würde die Wendeltreppe hinuntermüssen, an der kleinen Küche und dem Schweinestall vorbei, so war sie beim letzten Mal gelaufen, auf der Jagd nach dem Kater … nur würde sie dieser Weg direkt an den Kasernen der Goldröcke vorüberführen. Das war nicht möglich. Arya überlegte. Wenn sie zur anderen Seite der Burg hinüberlief, konnte sie an der Flussmauer entlang und durch den kleinen Götterhain schleichen … nur musste sie zuerst den Burghof überqueren, der von den Wachen auf den Mauern offen einzusehen war.

Nie zuvor hatte sie so viele Männer auf den Mauern gesehen. Goldröcke zumeist, mit Spießen bewaffnet. Einige kannte sie vom Sehen. Was würden sie tun, wenn sie Arya auf dem Hof entdeckten? Sie würde von dort oben so klein aussehen … würde man sie überhaupt erkennen? Würde es die Männer interessieren?

Sie musste jetzt los, sagte sie sich, doch als der Augenblick gekommen war, lähmte sie die Angst.

Ruhig wie stilles Wasser, flüsterte eine leise Stimme in ihr Ohr. Arya erschrak so sehr, dass sie fast ihr Bündel fallen gelassen hätte. Ruckartig sah sie sich um; niemand war im Stall, nur sie, die Pferde und die Toten.

Still wie ein Schatten, hörte sie. War es ihre eigene Stimme oder Syrios? Sie konnte es nicht sagen, dennoch beruhigte sie ihre Angst ein wenig.

Sie trat aus dem Stall heraus.

Es war das Unheimlichste, was sie je im Leben getan hatte. Sie wollte rennen und sich verstecken und zwang sich trotzdem, über den Hof zu gehen, langsam einen Fuß vor den anderen zu setzen, als hätte sie alle Zeit der Welt und keinen Grund, sich vor irgendjemandem zu fürchten. Sie glaubte, ihre Blicke zu spüren wie Käfer, die unter ihren Kleidern über ihre Haut krochen. Arya sah nicht auf. Wenn sie bemerkte, wie die Männer sie beobachteten, würde sie den Mut verlieren, das wusste sie, und sie würde das Bündel fallen lassen und rennen und wie ein kleines Kind weinen, und dann wäre sie verloren. Sie hielt ihren Blick auf den Boden geheftet. Als sie in den Schatten der königlichen Septe auf der anderen Seite des Hofes trat, fror Arya vor Schweiß. Niemand hatte sie angerufen.

Die Septe stand offen und war verlassen. Drinnen brannte ein halbes Hundert Kerzen in duftender Stille. Arya dachte sich, die Götter würden zwei davon wohl kaum vermissen. Diese schob sie in den Ärmel und stieg durch ein Hinterfenster hinaus. Zu der Gasse zu schleichen, in der sie den einohrigen Kater gestellt hatte, war einfach, danach verlief sie sich. Sie kroch in Fenster hinein und wieder daraus hervor, kletterte über Mauern und tastete sich durch dunkle Keller, still wie ein Schatten. Einmal hörte sie eine Frau weinen. Fast eine Stunde brauchte sie, um das niedrige, schmale Fenster zu finden, das hinunter in den Kerker führte, wo die Ungeheuer warteten.

Sie warf ihr Bündel hinein und machte kehrt, um ihre Kerze anzuzünden. Es war riskant. Das Feuer, das sie dort gesehen hatte, war bis fast zur Asche heruntergebrannt, und sie hörte Stimmen, als sie an die Kohlen blies. Mit den Händen um die flackernde Kerze kletterte sie, ohne auch nur einen Blick zurückzuwerfen, in dem Moment zum Fenster hinaus, als die Leute durch die Tür traten.

Diesmal machten ihr die Ungeheuer keine Angst. Fast schienen sie wie alte Freunde. Arya hielt die Kerze über ihren Kopf. Bei jedem Schritt bewegten sich die Schatten an den Wänden, als wandten sie sich um und sähen sie vorübergehen. »Drachen«, flüsterte sie. Sie zog Nadel unter ihrem Umhang vor. Die schlanke Klinge wirkte sehr klein, und die Drachen wirkten sehr groß, trotzdem fühlte sich Arya mit Stahl in der Hand weit besser.

Der lange, fensterlose Korridor hinter der Tür war so schwarz, wie sie ihn in Erinnerung hatte. Sie hielt Nadel in der Linken, ihrer Schwerthand, die Kerze in der rechten Faust. Heißes Wachs lief über ihre Knöchel. Der Eingang zum Brunnen war links gewesen, also ging Arya nach rechts. Etwas in ihr wollte rennen, doch fürchtete sie, die Kerze zu löschen. Sie hörte das leise Quieken von Ratten und sah winzige, glühende Augen am Rande des Lichtscheins, aber die Ratten machten ihr keine Angst. Anderes hingegen schon. Es war so einfach, sich hier zu verstecken, so wie sie sich vor dem Zauberer und dem Mann mit dem Gabelbart versteckt hatte. Fast konnte sie den Stalljungen an der Wand stehen sehen, die Hände zu Klauen gekrümmt, und Blut lief aus den tiefen Wunden an seinen Händen, wo Nadel sie zerschnitten hatte. Vielleicht wartete er darauf, sie zu packen, wenn sie vorüberging. Ihre Kerze würde er von weitem schon sehen. Vielleicht wäre sie ohne Licht besser dran.

Angst schneidet tiefer als ein Schwert, flüsterte die leise Stimme in ihrem Inneren. Plötzlich erinnerte sich Arya an die Gruft von Winterfell. Die war um einiges unheimlicher, redete sie sich ein. Sie war noch als kleines Mädchen zum ersten Mal dort unten gewesen. Ihr Bruder Robb hatte sie mitgenommen, sie und Sansa und den kleinen Bran, der nicht größer war als Rickon jetzt. Nur eine einzige Kerze hatten sie für alle gehabt. Dann entdeckte Bran die Gesichter der Könige des Winters, mit den Wölfen zu ihren Füßen und den Eisenschwertern auf dem Schoß, und seine Augen wurden tellergroß.

Robb führte sie den ganzen Weg bis ans Ende hinunter, an Großvater und Brandon und Lyanna vorbei, um ihnen ihre eigenen Grabstätten zu zeigen. Sansa starrte nur in die stummelige, kleine Kerze, fürchtete, sie könne verlöschen. Die Alte Nan hatte ihr erzählt, dort unten gäbe es Spinnen und Ratten, groß wie Hunde. Robb lächelte nur. »Es gibt Schlimmeres als Spinnen und Ratten«, flüsterte er. »Hier wandeln die Toten.« Da hörten sie das Geräusch, leise und tief und fröstelnd. Der kleine Bran klammerte sich an Aryas Hand.

Als das Gespenst dem offenen Grab entstieg, fahlweiß und nach Blut stöhnend, rannte Sansa kreischend zur Treppe, und Bran schlang sich schluchzend um Robbs Bein. Arya blieb stehen und versetzte dem Gespenst einen Hieb. Es war nur Jon, mit Mehl bestreut. »Du Dummkopf«, fuhr sie ihn an, »du hast den Kleinen erschreckt«, aber Jon und Robb lachten und lachten, und bald schon lachten auch Bran und Arya.

Die Erinnerung daran ließ Arya lächeln, und danach konnte die Finsternis sie nicht mehr schrecken. Der Stalljunge war tot, sie hatte ihn getötet, und falls er sie anfiele, würde sie ihn abermals töten. Sie wollte nach Hause. Alles würde wieder besser sein, wenn sie erst zu Hause wäre, in Sicherheit hinter den grauen Granitmauern von Winterfell.

Ihre Schritte schickten ein leises Echo voraus, während Arya immer tiefer in die Dunkelheit vordrang.

 SANSA

Sansa holten sie am dritten Tag.

Sie wählte ein schlichtes Kleid aus dunkelgrauer Wolle, einfach geschnitten, aber reich verziert um Kragen und Ärmel. Ihre Finger fühlten sich klobig und unbeholfen an, als sie ohne Hilfe ihrer Dienerinnen mit den silbernen Befestigungen rang. Jeyne Pool war mit ihr eingesperrt, doch Jeyne war zu nichts zu gebrauchen. Ihr Gesicht war tränenüberströmt, und anscheinend konnte sie nicht aufhören, um ihren Vater zu weinen.

»Ich bin sicher, dass es deinem Vater gut geht«, erklärte Sansa, nachdem sie das Kleid schließlich richtig geknöpft hatte. »Ich werde die Königin bitten, dich zu ihm zu lassen.« Sie glaubte, die Freundlichkeit würde Jeyne wieder auf andere Gedanken bringen, doch das Mädchen sah sie nur mit roten, geschwollenen Augen an und weinte nur noch umso heftiger. Sie war so *kindisch*.

Auch Sansa hatte geweint am ersten Tag. Selbst innerhalb der dicken Mauern von Maegors Feste, trotz verriegelter und verrammelter Türen, befiel sie das Entsetzen, als das Morden begann. Aufgewachsen mit dem Klirren von Stahl war kaum ein Tag ihres Lebens vergangen, an dem sie nicht gehört hatte, wie ein Schwert aufs andere traf, allein das Wissen darum, dass diese Kämpfe echt waren, machte den entscheidenden Unterschied. Sie hörte es, wie sie es noch nie zuvor gehört hatte, und anderes noch dazu, Schmerzensschreie, wütende Flüche, Hilferufe und das Stöhnen der Verwundeten und Sterbenden. In den Liedern schrien die Ritter nie, nie flehten sie um Gnade.

Also weinte sie, bettelte durch die Tür, man möge ihr sagen, was vor sich ginge, rief nach dem Vater, nach Septa Mordane, nach dem König, nach ihrem tapferen Prinzen. Falls die Männer, die sie bewachten, ihr Flehen vernahmen, so gaben sie keine Antwort. Nur einmal ging die Tür auf, und zwar in jener Nacht, als sie Jeyne Pool zu ihr hereinwarfen, mit blauen Flecken übersät und zitternd. »*Sie bringen alle um*«, hatte die Tochter des Haushofmeisters geschrien. Sie redete und redete. Der Bluthund habe ihre Tür mit einem Streithammer eingeschlagen, erzählte sie. Leichen lägen auf der Treppe zum Turm der Hand, und die Stufen seien rutschig vom Blut. Sansa wischte ihre eigenen Tränen fort und tröstete die Freundin. Sie schliefen im selben Bett, umarmten einander wie Schwestern.

Am zweiten Tag war es noch ärger. Die Kammer, in die man Sansa gesperrt hatte, lag oben im höchsten Turm von Maegors Feste. Vom Fenster aus konnte sie sehen, dass die schweren, eisernen Fallgitter im Torhaus herabgelassen waren, und hochgezogen war auch die Zugbrücke über dem trockenen Burggraben, der die Burg in der Burg von der großen Festung außen trennte. Gardisten der Lennisters schlichen mit Spießen und Armbrüsten in Händen auf den Mauern herum. Der Kampf war vorüber, und Grabesstille hatte sich über den Roten Bergfried gesenkt. Zu hören war nur noch Jeyne Pools endloses Jammern und Schluchzen.

Man gab ihnen zu essen – harten Käse und frisch gebackenes Brot mit Milch am Morgen, Brathühnchen mit Gemüse am Mittag und zum späten Abendbrot einen Eintopf aus Rindfleisch und Gerste –, aber die Diener, die das Essen brachten, wollten auf Sansas Fragen keine Antwort geben. An diesem Abend brachten ihr einige Frauen Kleider aus dem Turm der Hand und dazu einige von Jeyne Pools

Sachen, doch schienen sie fast so verängstigt wie Jeyne; sie versuchte, mit ihnen zu sprechen, da flohen sie vor ihr, als hätte sie die graue Pest. Die Wachen vor der Tür weigerten sich nach wie vor, sie aus der Kammer zu lassen.

»Bitte, ich muss mit der Königin reden«, erklärte Sansa ihnen, wie sie es jedem erklärte, den sie an diesem Tage sah. »Sie wird mich sprechen wollen, ich weiß es genau. Sagt ihr, ich möchte sie sehen, bitte. Wenn nicht die Königin, dann Prinz Joffrey, falls Ihr so freundlich wäret. Wir wollen heiraten, wenn wir älter sind.«

In der Abenddämmerung des zweiten Tages wurde eine große Glocke geschlagen. Sie klang tief und tönte voll, und das lange, langsame Geläut erfüllte Sansa mit Furcht. Das Läuten ging immer weiter, und nach einer Weile hörten sie, wie andere Glocken in der Großen Septe von Baelor auf Visenyas Hügel antworteten. Wie Donner rumpelten sie über die Stadt und warnten vor einem kommenden Sturm.

»Was ist los?«, fragte Jeyne und hielt sich die Ohren zu. »Wieso läuten sie die Glocken?«

»Der König ist tot.« Sansa konnte nicht sagen, woher sie es wusste, und dennoch war sie dessen gewiss. Das langsame, endlose Läuten erfüllte ihre Kammer, traurig wie ein Klagelied. Hatte ein Feind die Burg erstürmt und König Robert ermordet? War das jener Kampf gewesen, den sie gehört hatten?

Verwundert, rastlos und verängstigt schlief sie ein. War ihr hübscher Joffrey jetzt König? Oder hatten sie auch ihn gemeuchelt? Sie sorgte sich um ihn und ihren Vater. Wenn sie nur wüsste, was vor sich ging …

In dieser Nacht träumte Sansa von Joffrey auf dem Thron und von sich selbst neben ihm, in einem Kleid aus gewebtem Gold. Sie trug eine Krone auf dem Kopf, und alle, die sie je gekannt hatte, traten vor sie, um auf die Knie zu fallen und ihr die Aufwartung zu machen.

Am nächsten Morgen, dem Morgen des dritten Tages, erschien Ser Boros Blount von der Königsgarde, um sie zur Königin zu eskortieren.

Ser Boros war ein hässlicher Mann mit breiter Brust und kurzen Säbelbeinen. Seine Nase war platt, seine Wangen hingen durch, sein Haar war grau und spröde. Heute trug er weißen Samt, und sein schneeweißer Umhang wurde von einer Löwenbrosche gehalten. Das Tier besaß den weichen Schimmer von Gold, und seine Augen waren winzige Rubine. »Prächtig und prunkvoll seht Ihr heute Morgen aus, Ser Boros«, erklärte Sansa. Eine Dame vergaß nie ihre Umgangsformen, und sie war entschlossen, eine Dame zu sein, komme, was wolle.

»Ganz wie Ihr, Mylady«, sagte Ser Boros mit toter Stimme. »Ihre Majestät erwartet Euch. Folgt mir.«

Draußen vor ihrer Tür standen Wachen, bewaffnete Männer der Lennisters mit roten Umhängen und Löwenhelmen. Sansa zwang sich, sie freundlich anzulächeln, und wünschte ihnen einen guten Morgen, während sie vorüberging. Es war das erste Mal, dass man sie aus ihrer Kammer ließ, seit Ser Arys Eichenherz sie vor zwei Tagen hergebracht hatte. »Damit du in Sicherheit bist, mein süßes Kind«, hatte Königin Cersei ihr erklärt. »Joffrey würde es mir nie verzeihen, wenn seiner Liebsten etwas zustieße.«

Sansa hatte erwartet, dass Ser Boros sie zu den königlichen Gemächern begleiten würde, doch stattdessen führte er sie aus Maegors Feste hinaus. Die Brücke war wieder unten. Arbeiter ließen einen Mann an Seilen in die Tiefen des trockenen Grabens hinab. Als Sansa hinunterblickte, sah sie eine Leiche, die am Grund auf den riesenhaften Eisenspitzen gepfählt war. Hastig wandte sie die Augen ab, fürchtete sich zu fragen, fürchtete sich, zu lange hinzusehen, fürchtete, es könne jemand sein, den sie kannte.

Sie fanden Königin Cersei in den Ratsgemächern, wo sie

am Kopfende eines langen Tisches voller Papiere, Kerzen und Blöcken Siegelwachs saß. Der Raum war prunkvoller als alles, was Sansa je gesehen hatte. Staunend starrte sie die Schnitzereien und die beiden Sphinxe an, die neben der Tür kauerten.

»Majestät«, grüßte Ser Boros, nachdem ein anderer Mann der Königsgarde, Ser Mandon mit dem seltsam toten Gesicht, sie hereingeschoben hatte. »Ich bringe das Mädchen.«

Sansa hatte gehofft, Joffrey wäre bei ihr. Statt ihres Prinzen waren nur drei Ratsherren des Königs anwesend. Lord Petyr Baelish saß linker Hand der Königin, Großmaester Pycelle am Ende des Tisches, während Lord Varys über ihnen thronte und nach Blumen roch. Sie alle waren schwarz gekleidet, wie sie ängstlich bemerkte. Trauerkleider …

Die Königin trug ein ebenfalls schwarzes Seidenkleid mit hohem Kragen und hundert dunkelroten Rubinen, die sie vom Hals bis zur Brust bedeckten. Sie waren in Tropfenform geschnitten und wirkten, als weinte die Königin Blut. Cersei lächelte sie an, als sie sie sah, und für Sansa war es das hübscheste und traurigste Lächeln, das sie je gesehen hatte. »Sansa, mein süßes Kind«, sagte sie, »ich weiß, du hast nach mir gerufen. Es tut mir leid, dass ich nicht früher nach dir schicken konnte. Die Lage war sehr unklar, und ich konnte keinen Augenblick erübrigen. Ich hoffe, meine Untergebenen haben gut für dich gesorgt?«

»Alle waren nett und freundlich, Majestät, danke der freundlichen Nachfrage«, erwiderte Sansa höflich. »Nur, na ja, niemand will uns verraten, was geschehen ist …«

»Uns?« Cersei schien überrascht.

»Wir haben das Mädchen des Haushofmeisters mit bei ihr untergebracht«, sagte Ser Boros. »Wir wussten nicht, was wir sonst mit ihr machen sollten.«

Die Königin legte die Stirn in Falten. »Beim nächsten Mal

werdet Ihr fragen«, sagte sie mit scharfer Stimme. »Allein die Götter wissen, mit welchen Geschichten sie Sansa beunruhigt hat.«

»Jeyne fürchtet sich«, sagte Sansa. »Sie hört gar nicht auf zu weinen. Ich habe ihr versprochen zu fragen, ob sie ihren Vater sehen darf.«

Der alte Großmaester Pycelle senkte den Blick.

»Ihrem Vater geht es doch gut, oder?«, fragte Sansa bange. Sie wusste, dass es Kämpfe gegeben hatte, doch einem Haushofmeister würde doch sicher niemand etwas zuleide tun. Vayon Pool trug nicht mal ein Schwert.

Königin Cersei blickte jeden der Ratsherren einzeln an. »Ich möchte nicht, dass sich Sansa solche Sorgen macht. Was sollen wir mit ihrer kleinen Freundin anfangen, Mylords?«

Lord Petyr beugte sich vor. »Ich werde einen Platz für sie suchen.«

»Nicht in der Stadt.«

»Haltet Ihr mich für einen Narren?«

Die Königin überging das. »Ser Boros, bringt das Mädchen in Lord Petyrs Gemächer, und weist seine Leute an, sich dort um sie zu kümmern, bis er sie holt. Sagt ihr, dass Kleinfinger kommt, um sie zu ihrem Vater zu bringen, das sollte sie beruhigen. Ich möchte, dass sie fort ist, wenn Sansa wieder in ihre Kammer zurückkehrt.«

»Wie Ihr wünscht, Majestät«, sagte Ser Boros. Er verneigte sich tief, machte auf dem Absatz kehrt und ging, wobei sein langer, weißer Umhang die Luft in seinem Rücken aufwirbelte.

Sansa war verdutzt. »Ich verstehe nicht«, sagte sie. »Wo ist denn Jeynes Vater? Wieso kann Ser Boros sie nicht an Stelle von Lord Petyr zu ihm bringen?« Sie hatte sich vorgenommen, ganz die Dame zu spielen, sanft wie die Königin und stark wie ihre Mutter, Lady Catelyn, aber plötzlich erfüllte sie wieder große Furcht. Eine Sekunde lang glaubte sie, weinen zu müssen. »Wohin schickt man sie? Sie hat nichts Falsches getan, sie ist ein gutes Mädchen.«

»Sie hat dich aufgeregt«, sagte die Königin sanft. »Das dürfen wir nicht dulden. Und jetzt kein Wort mehr. Lord Baelish wird veranlassen, dass man sich um Jeyne kümmert, das verspreche ich dir.« Sie strich über einen Stuhl neben sich. »Setz dich, Sansa, ich möchte mit dir reden.«

Sansa nahm neben der Königin Platz. Abermals lächelte Cersei, doch konnte diese Geste Sansa die Sorge nicht nehmen. Varys knetete seine weichen Hände, Großmaester Pycelle hielt seine müden Augen auf die Papiere vor sich gerichtet, und sie spürte, wie Kleinfinger sie anstarrte. Etwas am Blick des kleinen Mannes gab Sansa das Gefühl, als hätte sie keine Kleider an. Das verursachte ihr eine Gänsehaut.

»Süße Sansa«, sagte Königin Cersei und legte ihr eine Hand auf den Unterarm. »Solch ein hübsches Kind. Ich hoffe, du weißt, wie sehr Joffrey und ich dich lieben.«

»Ja?«, sagte Sansa atemlos. Kleinfinger war vergessen. Ihr Prinz liebte sie. Nichts anderes zählte.

Die Königin lächelte. »Du bist mir fast eine Tochter. Und ich weiß auch um die Liebe, die du für Joffrey hegst.« Müde schüttelte sie den Kopf. »Ich fürchte, was deinen Vater betrifft, gibt es einige sehr ernste Neuigkeiten. Du musst tapfer sein, Kind.«

Bei ihren leisen Worten wurde Sansa ganz kalt. »Was für Neuigkeiten?«

»Dein Vater ist ein Verräter, meine Liebe«, sagte Lord Varys.

Großmaester Pycelle hob seinen alten Kopf. »Mit meinen eigenen Ohren habe ich gehört, wie Lord Eddard unserem geliebten König Robert geschworen hat, er würde die jungen Prinzen beschützen, als wären sie seine eigenen Söhne.

Im selben Augenblick jedoch, als unser König starb, rief er den Kleinen Rat zusammen, um Prinz Joffrey seinen rechtmäßigen Thron zu nehmen.«

»Nein«, platzte Sansa heraus. »Das würde er nicht tun. Das würde er nicht!«

Die Königin nahm einen Brief auf. Das Papier war zerrissen und starr von trockenem Blut, doch das aufgebrochene Siegel war das ihres Vaters, der Schattenwolf in hellem Wachs. »Das haben wir beim Hauptmann eurer Leibgarde gefunden, Sansa. Es ist ein Brief an Stannis, den Bruder meines verstorbenen Mannes, in dem er aufgefordert wird, die Krone für sich zu beanspruchen.«

»Bitte, Majestät, das muss ein Missverständnis sein.« Plötzliche Panik umnebelte ihre Sinne. »Bitte, schickt nach meinem Vater, er wird es Euch erklären, er würde niemals einen solchen Brief schreiben, der König war sein Freund.«

»Das glaubte Robert«, sagte die Königin. »Dieser Verrat hätte ihm das Herz gebrochen. Die Götter sind gnädig, dass er es nicht mehr erleben musste.« Sie seufzte. »Sansa, Süße, du musst verstehen, in welch schreckliche Lage uns das gebracht hat. Du bist unschuldig an dem, was geschehen ist, wir alle wissen es, dennoch bist du die Tochter eines Hochverräters. Wie kann ich dir erlauben, meinen Sohn zu heiraten?«

»Aber ich *liebe* ihn«, weinte Sansa verwirrt und verängstigt. Was hatten sie mit ihr vor? Was hatten sie mit ihrem Vater gemacht? So hatte es nicht kommen sollen. Sie hatte Joffrey heiraten sollen, sie waren verlobt, er war ihr versprochen, sie hatte sogar davon geträumt. Es war nicht gerecht, ihn ihr wegen etwas zu nehmen, das ihr Vater getan haben mochte.

»Wie gut ich das weiß, Kind«, sagte Cersei mit freundlicher Stimme. »Warum sonst wärest du zu mir gekommen und hättest mir vom Plan deines Vaters erzählt, dass er dich fortschicken will, wenn nicht aus Liebe?«

»Es *war* aus Liebe«, sagte Sansa aufgebracht. »Vater wollte mir nicht die Erlaubnis geben, Lebewohl zu sagen.« Sie war das gute Mädchen, das gehorsame Mädchen, doch hatte sie sich an jenem Morgen so ungezogen wie Arya gefühlt, war von Septa Mordane fortgeschlichen und hatte sich ihrem Vater widersetzt. Noch nie hatte sie etwas derart Eigensinniges getan, und sie hätte auch nicht daran gedacht, wenn sie nicht Joffrey so sehr liebte. »Er wollte mich nach Winterfell zurückschicken und mich mit irgendeinem kleinen Ritter verheiraten, obwohl ich doch Joffrey will. Ich habe es ihm gesagt, aber er wollte nicht auf mich hören.« Der König war ihre letzte Hoffnung gewesen. Der König konnte ihrem Vater *befehlen*, sie in Königsmund zu lassen und Prinz Joffrey zu heiraten, Sansa wusste, dass er es konnte, nur hatte der König ihr stets Angst gemacht. Er war laut und hatte eine raue Stimme und war so oft betrunken, und wahrscheinlich hätte er sie einfach zu Lord Eddard zurückgeschickt, falls man sie überhaupt zu ihm vorgelassen hätte. Also ging sie stattdessen zur Königin und schüttete ihr das Herz aus, und Cersei hatte ihr zugehört und freundlich gedankt … danach hatte Ser Arys sie ins hohe Zimmer von Maegors Feste geleitet und Wachen aufgestellt, und ein paar Stunden später hatten draußen die Kämpfe begonnen. »Bitte«, endete sie, »Ihr *müsst* mich Joffrey heiraten lassen, ich will ihm eine gute Frau sein, Ihr werdet sehen. Ich werde eine Königin wie Ihr sein, ich verspreche es.«

Königin Cersei sah die anderen an. »Meine edlen Herren vom Rat, was meint Ihr zu ihrem Flehen?«

»Das arme Kind«, murmelte Varys. »Eine Liebe, so wahr und unschuldig, Majestät, es wäre grausam, sie dem Kinde zu verweigern … und doch, was können wir tun? Ihr Vater ist verurteilt.« Seine weichen Hände wuschen einander in einer Geste von hilflosem Kummer.

»Ein Mädchen, das mit dem Samen eines Verräters gezeugt wurde, wird merken, dass der Verrat ihr ganz natürlich kommt«, sagte Großmaester Pycelle. »Jetzt ist sie ein so süßes Ding, aber in zehn Jahren, wer kann schon sagen, was sie alles ausbrütet?«

»*Nein*«, sagte Sansa entsetzt. »Ich werde nicht, ich will nie ... ich würde Joffrey nie verraten, ich liebe ihn, ich schwöre es.«

»Oh, wie ergreifend«, sagte Varys. »Und doch ist es wahr gesprochen: Blut spricht lauter als alle Schwüre.«

»Sie erinnert mich an die Mutter, nicht den Vater«, befand Lord Petyr Baelish leise. »Seht sie an. Das Haar, die Augen. Sie ist das Abbild von Cat im selben Alter.«

Die Königin blickte sie an, beunruhigt zwar, und trotzdem konnte Sansa die Wärme in ihren klaren, grünen Augen erkennen. »Kind«, sagte sie, »wenn ich wahrlich glauben könnte, dass du nicht wie dein Vater wärst, nun, nichts würde mich mehr freuen, als zu sehen, wie du meinen Joffrey ehelichst. Ich weiß, dass er dich von ganzem Herzen liebt.« Sie seufzte. »Dennoch fürchte ich, dass Lord Varys und der Großmaester Recht behalten könnten. Das Blut wird sich durchsetzen. Ich muss nur daran denken, wie deine Schwester ihren Wolf auf meinen Sohn gehetzt hat.«

»Ich bin nicht wie Arya«, platzte Sansa heraus. »Sie hat das Verräterblut, nicht ich. Ich bin *gut,* fragt Septa Mordane, sie wird es Euch bestätigen, ich will nur Joffreys treue und liebende Frau sein.«

Sie spürte das Gewicht von Cerseis Blicken, als die Königin ihr ins Gesicht sah. »Ich glaube, du meinst es ernst, mein Kind.« Sie wandte sich den anderen zu. »Mylords, mir scheint, wenn sich der Rest ihrer Sippe in diesen schrecklichen Zeiten loyal verhalten sollte, wären unsere Befürchtungen damit noch lange nicht ausgeräumt.«

Großmaester Pycelle strich sich durch den mächtigen, weichen Bart, die breite Stirn in Falten. »Lord Eddard hat drei Söhne.«

»Noch Jungen«, sagte Lord Petyr. »Ich würde mir mehr Sorgen um Lady Catelyn und die Tullys machen.«

Die Königin nahm Sansas Hände in die ihren. »Kind, hast du dein Alphabet gelernt?«

Sansa nickte sorgenvoll. Sie konnte besser lesen und schreiben als ihre Brüder, nur mit dem Rechnen war es bei ihr hoffnungslos.

»Ich freue mich, das zu hören. Vielleicht gibt es noch Hoffnung für dich und Joffrey ...«

»Was soll ich tun?«

»Du sollst deiner Hohen Mutter und deinem Bruder, dem Ältesten, schreiben ... wie heißt er gleich?«

»Robb«, sagte Sansa.

»Die Nachricht vom Verrat deines Hohen Vaters wird sie sicher bald erreichen. Es wäre besser, wenn sie es von dir erfahren. Du musst ihnen erklären, wie Lord Eddard seinen König verraten hat.«

Sansa wollte Joffrey unbedingt, doch glaubte sie nicht, dass sie den Mut hätte zu tun, worum die Königin sie bat. »Aber er hat nie ... ich weiß nicht ... Eure Majestät, ich wüsste nicht, was ich schreiben sollte ...«

Die Königin tätschelte ihre Hand. »Wir sagen dir, was du schreiben sollst, Kind. Wichtig ist, dass du Lady Catelyn und deinen Bruder drängst, den Frieden des Königs zu wahren.«

»Es würde schwer für sie, wenn sie es nicht täten«, sagte Großmaester Pycelle. »Bei aller Liebe, die du für sie empfindest, musst du sie drängen, den Pfad der Weisheit nicht zu verlassen.«

»Ohne Zweifel wird sich deine Hohe Mutter furchtbar um dich sorgen«, sagte die Königin. »Du musst ihr sagen, dass es dir gut geht und du in unserer Obhut bist, dass wir dich gut behandeln und du alles hast, was du dir wünschst. Bitte sie alle, nach Königsmund zu kommen, um Joffrey Treue zu schwören, wenn er seinen Thron besteigt. Sollten sie das tun … nun, dann werden wir wissen, dass dein Blut nicht verdorben ist, und wenn du in der Blüte deiner Weiblichkeit stehst, wirst du den König in der Großen Septe von Baelor heiraten, vor den Augen der Götter und der Menschen.«

… *den König heiraten* … Die Worte ließen ihren Atem schneller gehen, und dennoch zögerte Sansa. »Vielleicht … wenn ich meinen Vater sehen dürfte, mit ihm reden über …«

»Verrat?«, vermutete Lord Varys.

»Du enttäuschst mich, Sansa«, sagte die Königin mit Augen hart wie Stein. »Wir haben dir von den Untaten deines Vaters berichtet. Wenn du wirklich so loyal bist, wie du sagst, wieso solltest du ihn dann noch sehen wollen?«

»Ich … ich meinte nur …« Sansa spürte, dass ihre Augen feucht wurden. »Er ist nicht … bitte, ihm ist doch nichts … geschehen, oder … oder …«

»Lord Eddard ist nichts zugestoßen«, sagte die Königin.

»Aber … was soll mit ihm geschehen?«

»Das ist eine Frage, die der König entscheiden muss«, verkündete Großmaester Pycelle gewichtig.

Der *König!* Sansa blinzelte die Tränen fort. Joffrey war jetzt der König, dachte sie. Ihr tapferer Prinz würde ihrem Vater niemals etwas antun, was auch immer er verbrochen haben mochte. Wenn sie zu ihm ginge und um Gnade flehte, würde er bestimmt auf sie hören. Er *musste* es, er liebte sie, selbst die Königin sagte das. Joff würde ihren Vater bestrafen müssen, die Lords würden es von ihm erwarten, doch vielleicht würde man ihn zurück nach Winterfell schicken oder ins Exil in eine der Freien Städte jenseits der Meerenge. Es würde nur für ein paar Jahre sein. Bis dahin wäre sie mit Joffrey verheiratet. Wenn sie erst Königin war, konnte sie Joff überreden, ihren Vater zurückzuholen und ihn zu begnadigen.

Nur … falls Mutter oder Robb etwas Verräterisches taten, zu den Fahnen riefen oder sich weigerten, Treue zu schwören oder *irgendwas,* wäre alles dahin. Ihr Joffrey war gut und edel, sie wusste es in ihrem Herzen, ein König jedoch musste mit Rebellen streng verfahren. Es lag an ihr, es ihnen klarzumachen, ganz allein an ihr!

»Ich … ich werde den Brief schreiben«, erklärte Sansa.

Mit einem Lächeln so warm wie ein Sonnenaufgang beugte sich Cersei Lennister vor und küsste sie sanft auf die Wange. »Ich wusste es. Joffrey wird so stolz sein, wenn ich ihm erzähle, wie mutig und vernünftig du dich heute erwiesen hast.«

Am Ende schrieb sie vier Briefe. An ihre Mutter, Lady Catelyn Stark, und an ihre Brüder auf Winterfell und außerdem an ihre Tante und an ihren Großvater, Lady Lysa Arryn auf Hohenehr und Lord Hoster Tully von Schnellwasser. Als sie damit fertig war, hatte sie verkrampfte und steife Finger voller Tintenflecken. Varys hatte das Siegel ihres Vaters. Sie wärmte milchig weißes Bienenwachs über einer Kerze, goss es vorsichtig auf die Schreiben und sah, wie der Eunuch jeden Brief mit dem Schattenwolf des Hauses Stark stempelte.

Jeyne Pool und all ihre Sachen waren verschwunden, als Ser Mandon Moor Sansa in den hohen Turm von Maegors Feste zurückbrachte. Kein Heulen mehr, dachte sie dankbar. Trotzdem schien es irgendwie kälter, seit Jeyne nicht mehr da war, selbst noch nachdem sie ein Feuer entfacht hatte. Sie zog einen Stuhl nah an den Kamin, nahm eines ihrer Lieblingsbücher und verlor sich in den Geschichten von Florian und Jonquil, von Lady Shella und dem Ritter des Regenbogens, vom kühnen Prinzen Aemon und seiner vergeblichen Liebe zu seines Bruders Königin.

Erst später an jenem Abend, als sie in den Schlaf sank, fiel Sansa ein, dass sie ganz vergessen hatte, nach ihrer Schwester zu fragen.

JON

»Othor«, verkündete Ser Jarmy Rykker, »ohne jeden Zweifel. Und dieser andere war Jafer Blumen.« Er drehte die Leiche mit dem Fuß um, und das tote, weiße Gesicht starrte mit blauen Augen in den bedeckten Himmel auf. »Sie waren Ben Starks Männer, beide.«

Die Männer meines Onkels, dachte Jon benommen. Er erinnerte sich daran, wie sehr er darum gebettelt hatte, mit ihnen zu reiten. *Bei allen Göttern, ich war ein so grüner Junge. Wenn er mich mitgenommen hätte, würde ich vielleicht hier liegen ...*

Jafers rechtes Handgelenk endete an einem Stumpf von zerfetztem Fleisch und gesplitterten Knochen, die Geists Zähne zurückgelassen hatten. Seine rechte Hand lag in einem Glas mit Essig, oben in Maester Aemons Turm. Seine linke Hand, die sich noch am Arm befand, war schwarz wie sein Umhang.

»Gnaden uns die Götter«, murmelte der Alte Bär. Er schwang sich von seinem Klepper, reichte Jon die Zügel. Der Morgen war unnatürlich warm, Schweiß stand auf der breiten Stirn des Lord Kommandanten wie Tau auf einer Melone. Sein Pferd war unruhig, rollte mit den Augen, wich vor dem toten Mann zurück, so weit die Zügel es erlaubten. Jon führte die Stute ein paar Schritte weiter, musste sich anstrengen, damit sie nicht durchging. Den Pferden gefiel es an diesem Ort nicht. Da ging es ihnen wie Jon.

Die Hunde mochten ihn am allerwenigsten. Geist hatte

den Trupp geführt, das Rudel Hunde war nutzlos gewesen. Als Bass, der Hundeführer, versucht hatte, sie die Witterung von der abgebissenen Hand aufzunehmen, waren sie wild geworden, hatten gejault und geheult und wollten ausreißen. Selbst jetzt noch knurrten und winselten sie abwechselnd, zerrten an ihren Leinen.

Es ist nur ein Wald, redete sich Jon ein, *und es sind nur tote Männer.* Schon früher hatte er tote Männer gesehen …

In der letzten Nacht hatte ihn wieder sein Traum von Winterfell heimgesucht. Er wanderte durch die leere Burg, suchte nach seinem Vater, stieg in die Gruft hinab. Nur war der Traum diesmal weiter gegangen als je vorher. In der Dunkelheit hatte er das Scharren von Stein auf Stein gehört. Er drehte sich um und sah, dass die Gräber sich öffneten, eines nach dem anderen. Als die toten Könige aus ihren kalten, schwarzen Gräbern taumelten, war Jon in pechschwarzer Finsternis erwacht, mit pochendem Herzen. Selbst Geist, der aufs Bett sprang, um sich an sein Gesicht zu schmiegen, konnte sein tiefes Entsetzen nicht mildern. Er wagte nicht, wieder einzuschlafen. Stattdessen war er auf die Mauer gestiegen und herumgewandert, rastlos, bis das Licht des neuen Morgens im Osten dämmerte. *Es war ein Traum. Ich bin jetzt ein Bruder der Nachtwache, kein ängstlicher Junge mehr.*

Samwell Tarly kauerte unter den Bäumen, halb verborgen hinter den Pferden. Sein rundes, dickliches Gesicht hatte die Farbe geronnener Milch. Bisher war er noch nicht in den Wald gewankt, um sich zu übergeben, und hatte auch die toten Männer noch keines Blickes gewürdigt. »Ich kann nicht hinsehen«, flüsterte er unglücklich.

»Du musst hinsehen«, erklärte Jon und sprach dabei mit so leiser Stimme, dass die anderen ihn nicht hören konnten. »Maester Aemon hat dich geschickt, damit du für ihn siehst, oder? Was nützen einem Augen, wenn sie geschlossen sind?«

170

»Ja, aber … ich bin ein solcher Feigling, Jon.«

Jon legte Sam eine Hand auf die Schulter. »Wir haben ein Dutzend Grenzwachen bei uns, dazu die Hunde und außerdem noch Geist. Niemand wird dir etwas tun, Sam. Geh hin, und sieh sie dir an. Der erste Blick ist der schwerste.«

Sam nickte bebend, sammelte mit sichtlicher Mühe seinen ganzen Mut. Langsam drehte er den Kopf. Seine Augen wurden groß, doch Jon hielt ihn beim Arm, damit er sich nicht abwenden konnte.

»Ser Jarmy«, fragte der Alte Bär schroff, »Ben Stark hatte sechs Männer bei sich, als er von der Mauer losritt. Wo sind die anderen?«

Ser Jarmy schüttelte den Kopf. »Wenn ich das wüsste.«

Offensichtlich wollte sich Mormont mit dieser Antwort nicht zufriedengeben. »Zwei eurer Brüder wurden fast in Sichtweite der Mauer niedergemetzelt, aber ihr Grenzer habt nichts gehört und nichts gesehen. Was ist aus der Nachtwache geworden? Durchstreifen wir noch diese Wälder?«

»Ja, Mylord, aber …«

»Haben wir noch Wachtposten?«

»Haben wir, aber …«

»Dieser Mann trägt ein Jagdhorn bei sich.« Mormont deutete auf Othor. »Muss ich annehmen, dass er gestorben ist, ohne hineingeblasen zu haben? Oder seid ihr Grenzer allesamt so taub geworden, wie ihr blind seid?«

Ser Jarmy richtete sich auf, seine Miene starr vor Zorn. »Es wurde kein Horn geblasen, Mylord, sonst hätten meine Grenzer es gehört. Ich habe nicht genügend Männer, um so viele Patrouillen auszusenden, wie ich gern würde … und da Benjen vermisst wurde, haben wir uns näher an der Mauer gehalten, als es vorher von uns erwartet wurde, auf Euren eigenen Befehl hin.«

Der Alte Bär grunzte. »Ja. Gut.« Er machte eine ungeduldige Geste. »Sagt mir, wie sie gestorben sind.«

Als er neben dem toten Mann hockte, in dem er Jafer Blumen erkannt hatte, nahm Ser Jarmy dessen Kopf beim Haarschopf. Das Haar rieselte ihm durch die Finger, brüchig wie Stroh. Der Ritter fluchte und stieß mit seinem Handballen nach dem Gesicht. Eine klaffende Wunde seitlich am Hals der Leiche öffnete sich wie ein Mund, verkrustet von trockenem Blut. Nur ein paar helle Sehnen hielten den Kopf noch am Hals. »Es war eine Axt.«

»Aye«, murmelte Dywen, der alte Waldmann. »Wahrscheinlich die Axt, die Othor bei sich trug, M'lord.«

Jon spürte, wie sich das Frühstück in seinem Magen umdrehte, doch presste er die Lippen aufeinander und zwang sich, einen Blick auf die zweite Leiche zu werfen. Othor war ein großer, hässlicher Mann gewesen, und jetzt war er eine große, hässliche Leiche. Eine Axt war nicht zu entdecken. Jon erinnerte sich an Othor. Er war es gewesen, der das zotige Lied gesungen hatte, als die Grenzer ausritten. Seine Sangestage waren nun vorüber. Seine Haut schimmerte weiß wie Milch, überall, bis auf seine Hände. Seine Hände waren schwarz wie Jafers. Blüten von aufgeplatztem, trockenem Blut verzierten die tödlichen Wunden, die ihn wie Hautausschlag überzogen. Doch seine Augen standen offen. Sie starrten zum Himmel hinauf, blau wie Saphire.

Ser Jarmy erhob sich. »Auch die Wildlinge haben Äxte.«

Mormont fuhr ihn an: »Ihr glaubt also, es wäre Manke Rayders Werk? So nah an der Mauer?«

»Wessen sonst, Mylord?«

Jon hätte es ihnen sagen können. Er wusste es, sie alle wussten es, nur wollte keiner der Männer die Worte aussprechen. *Die Anderen sind nur eine Geschichte, ein Märchen, das Kindern Angst einjagen solle. Falls sie je gelebt haben, sind sie seit achttausend Jahren tot.* Beim bloßen Gedanken daran kam er sich albern vor. Nun war er ein erwachsener Mann, ein schwarzer Bruder der Nachtwache, nicht mehr der Junge, der einst mit Bran und Robb und Arya zu Füßen der Alten Nan gesessen hatte.

Lord Kommandant Mormont stieß ein Schnauben aus. »Wenn Ben Stark von Wildlingen angegriffen worden wäre, einen halben Tagesritt von der Schwarzen Festung entfernt, wäre er umgekehrt, um Verstärkung zu holen, hätte die Mörder durch alle sieben Höllen gejagt und mir ihre Köpfe gebracht.«

»Es sei denn, er wäre selbst ermordet worden«, beharrte Ser Jarmy.

Die Worte schmerzten, selbst jetzt noch. Es war so lange her und mutete wie eine Narretei an, sich an die Hoffnung zu klammern, dass Ben Stark noch lebte, doch wenn Jon Schnee irgendetwas war, dann stur.

»Es ist nun fast ein halbes Jahr her, seit Ben Stark uns verlassen hat, Mylord«, fuhr Ser Jarmy fort. »Der Wald ist riesig. Die Wildlinge könnten überall über ihn hergefallen sein. Ich vermute, dass diese beiden die letzten Überlebenden seines Trupps waren, auf dem Weg zurück zu uns … aber der Feind hat sie erwischt, bevor sie hinter die sichere Mauer gelangen konnten. Die Leichen sind noch frisch, diese Männer können nicht länger als einen Tag tot sein …«

»Nein«, quiekte Samwell Tarly.

Jon erschrak. Sams nervöse, hohe Stimme war das Letzte, was zu hören er erwartet hatte. Der dicke Junge fürchtete sich vor den Offizieren, und Ser Jarmy war nicht eben für seine Geduld bekannt.

»Ich habe um deine Meinung nicht gebeten, Junge«, sagte Rykker kalt.

»Lasst ihn sprechen, Ser«, platzte Jon heraus.

Mormonts Blick zuckte von Sam zu Jon und wieder zurück. »Wenn der Knabe etwas zu sagen hat, will ich ihn anhören. Komm näher, Junge. Wir können dich hinter den Pferden nicht sehen.«

Sam schob sich an Jon und den Kleppern vorbei, wobei er heftig schwitzte. »Mylord, es … es kann kein Tag sein, oder … seht … das Blut …«

»Ja?«, knurrte Mormont ungeduldig. »Blut, was ist damit?«

»Er besudelt seine Unterwäsche beim Anblick«, rief Chett aus, und die Grenzer lachten.

Sam wischte den Schweiß von seiner Stirn. »Ihr … Ihr könnt sehen, wo Geist … Jons Schattenwolf … Ihr könnt sehen, wo er die Hand des Mannes abgerissen hat, und doch … der Stumpf hat nicht geblutet, seht …« Er winkte mit einer Hand. »Mein Vater … L-lord Randyll, hat mich manchmal gezwungen, zuzusehen, wenn er Tiere abzog, wenn … nachdem …« Sam schüttelte den Kopf von einer Seite zur anderen, und seine Kinne bebten. Nachdem er die Leichen nun betrachtet hatte, schien er sich nicht abwenden zu können. »Ein frischer Abschuss … das Blut würde noch fließen, Mylords. Später … später wäre es geronnen wie … wie Gelee, dick und … und …« Es sah aus, als würde ihm gleich übel werden. »Dieser Mann … seht sein Handgelenk an, es ist ganz … *verkrustet* … trocken … wie …«

Augenblicklich fiel Jon auf, was Sam meinte. Er konnte die zerfetzten Venen im Handgelenk des Mannes sehen, eiserne Würmer im fahlen Fleisch. Sein Blut war schwarzer Staub. Jarmy Rykker war nicht überzeugt. »Wenn sie länger als einen Tag tot wären, würden sie inzwischen faulen, Junge. Sie riechen nicht einmal.«

Dywen, der mürrische, alte Waldmann, der gern damit prahlte, er könne riechen, wenn der Schnee kam, trat näher an die Leichen heran und schnüffelte. »Nun, es sind keine Stiefmütterchen, aber … M'lord sagt wahre Worte. Es gibt keinen Leichengestank.«

»Sie ... sie modern nicht.« Sam deutete mit dem Finger, und dieser zitterte nur ein wenig. »Seht, da sind ... da sind keine Maden oder ... oder ... Würmer oder irgendwas ... die liegen hier im Wald, aber sie ... sie sind nicht von Tieren angenagt oder angefressen worden ... nur Geist ... ansonsten sind sie ... sind sie ...«

»Unangetastet«, sagte Jon leise. »Und Geist ist anders. Die Hunde und die Pferde wollen nicht herangehen.«

Die Grenzer tauschten Blicke. Sie konnten sehen, dass es stimmte, jeder Einzelne von ihnen. Mormont legte die Stirn in Falten, blickte von den Leichen zu den Hunden. »Chett, hol die Hunde her.«

Chett versuchte es fluchend, riss an den Leinen, gab einem der Tiere einen Tritt mit dem Stiefel. Die meisten Hunde wimmerten nur und stemmten sich dagegen. Er versuchte, einen heranzuzerren. Die Hündin wehrte sich, knurrte und zog, als wollte sie sich ihrem Halsband entwinden. Schließlich sprang sie ihn an. Chett ließ die Leine fallen und taumelte rückwärts. Die Hündin sprang über ihn hinweg und floh zwischen die Bäume.

»Da ... da passt doch eins nicht zum anderen«, sagte Sam Tarly ernst. »Das Blut ... da sind Blutflecken auf ihren Kleidern, und ... und ihre Haut, trocken und hart, aber ... da ist nichts auf dem Boden oder ... sonst wo. Mit diesen ... diesen ... diesen ... diesen ...« Sam zwang sich zu schlucken, holte tief Luft. »Bei diesen *Wunden* ... diesen schrecklichen Wunden ... müsste alles voller Blut sein. Oder?«

Dywen sog Speichel durch seine hölzernen Zähne. »Könnte sein, dass sie nicht hier gestorben sind. Könnte sein, dass jemand sie hergebracht und für uns hat liegen lassen. Eine Warnung vielleicht.« Argwöhnisch sah der alte Waldmann die Leichen an. »Und könnte auch sein, dass ich ein Narr bin, aber ich wüsste nicht, dass Othor irgendwann mal blaue Augen hatte.«

Ser Jarmy zog ein verdutztes Gesicht. »Blumen auch nicht«, platzte er heraus, wandte sich um und starrte den toten Mann an.

Schweigen breitete sich über dem Wald aus. Einen Moment lang hörten sie nur Sams schweren Atem und dieses feuchte Zischen, wenn Dywen Speichel durch die Zähne sog. Jon hockte neben Geist.

»*Verbrennt sie*«, flüsterte jemand. Einer von den Grenzern. Jon konnte nicht sagen, wer. »Ja, verbrennt sie«, drängte eine zweite Stimme.

Der Alte Bär schüttelte stur den Kopf. »Noch nicht. Ich will, dass Maester Aemon sie sich ansieht. Wir nehmen sie mit zurück zur Mauer.«

Manche Befehle sind leichter gegeben als ausgeführt. Sie wickelten die Toten in Umhänge, doch als Hake und Dywen versuchten, einen davon auf einem Pferd festzubinden, ging das Tier durch, schrie und schlug aus, trat mit den Hufen, biss sogar nach Ketter, als der heranlief, um zu helfen. Auch mit den anderen Kleppern hatten die Grenzer wenig Glück. Nicht einmal die Zahmsten wollten mit dieser Last zu schaffen haben. Am Ende waren sie gezwungen, Äste abzuhacken und grobe Schlingen zu binden, um die Leichen damit zu Fuß zu transportieren. Erst weit nach Mittag machten sie sich auf den Rückweg.

»Ich will, dass dieser Wald durchsucht wird«, befahl Mormont Ser Jarmy beim Aufbruch. »Jeder Baum, jeder Stein, jeder Busch, alles sumpfige Gelände innerhalb zehn Wegstunden von hier. Nehmt alle Männer, die Ihr habt, und wenn Ihr nicht genug habt, nehmt Jäger und Förster von den Kämmerern. Falls Ben und die anderen da draußen sein sollten, tot oder lebendig, will ich, dass man sie findet. Und falls *sonst* noch jemand da draußen ist, so will ich davon erfahren. Spürt sie auf, und nehmt sie in Gewahrsam, wenn möglich lebend. Habe ich mich klar ausgedrückt?«

»Das habt Ihr, Mylord«, antwortete Ser Jarmy. »So wird es sein.«

Danach ritt Mormont fort, schweigend und brütend. Jon hielt sich nah hinter ihm. Als Kämmerer des Lord Kommandanten war das sein Platz. Der Tag war grau, feucht, verhangen, einer dieser Tage, an denen man sich wünscht, es möge regnen. Kein Lüftchen regte sich im Wald, die Luft hing feucht und schwer, und Jons Kleider klebten ihm am Leib. Es war warm. Zu warm. Die Mauer weinte heftig, weinte schon seit Tagen, und manchmal bildete sich Jon schon ein, sie schrumpfte.

Die alten Männer nannten dieses Wetter Geistersommer und sagten, es bedeute, dass die Jahreszeit nun endlich ihre Geister aufgab. Danach käme die Kälte, warnten sie, und ein langer Sommer brächte stets einen langen Winter. Dieser Sommer hatte zehn Jahre gedauert. Jon war noch ein kleines Kind gewesen, als er begonnen hatte.

Geist rannte eine Weile mit ihnen, dann verschwand er zwischen den Bäumen. Ohne den Schattenwolf fühlte sich Jon fast nackt. Er merkte, wie er voller Sorge die Schatten im Auge behielt. Ungebeten dachte er an die Geschichten, die die Alte Nan ihnen auf Winterfell oft erzählt hatte. Fast konnte er ihre Stimme wieder hören, das *klick-klick-klick* ihrer Nadeln dazu. *In der Finsternis kamen die Anderen herangeritten*, hatte sie gesagt, und dabei war ihre Stimme leiser und leiser geworden. *Kalt und tot waren sie, sie hassten Eisen und Feuer und Berührung durch die Sonne und jedes Lebewesen mit Blut in seinen Adern. Festungen und Städte und Königreiche der Menschen fielen, wenn sie auf ihren bleichen, toten Pferden gen Süden ritten und ganze Armeen Erschlagener anführten. Sie fütterten ihre toten Diener mit dem Fleisch der Menschenkinder …*

Als er die Mauer hinter dem Wipfel einer uralten, knorrigen Eiche erblickte, war Jon zutiefst erleichtert. Plötzlich hielt Mormont an und wandte sich auf seinem Sattel um. »Tarly«, bellte er, »komm her.«

Jon sah die Angst auf Sams Gesicht, als dieser auf seiner Stute herantrabte. Zweifellos glaubte er, er sei in Schwierigkeiten. »Du bist fett, aber du bist nicht dumm, Junge«, sagte der Alte Bär barsch. »Du hast dich da drüben gut gemacht. Du auch, Schnee.«

Sam nahm eine leuchtend dunkelrote Farbe an und stolperte über seine eigene Zunge, als er versuchte, eine höfliche Antwort hervorzustammeln. Jon musste lächeln.

Sie kamen zwischen den Bäumen hervor und Mormont trieb seinen harten, kleinen Klepper zum Trab an. Geist schoss aus dem Wald hervor, rannte ihnen nach und leckte sich die Lefzen, die Schnauze rot von seiner Beute. Hoch oben sahen die Männer auf der Mauer die Kolonne näher kommen. Jon hörte den tiefen, kehligen Klang des großen Wachhorns, das meilenweit zu hören war, ein einzelner, langer Ton, der zwischen den Bäumen bebte und vom Eis her hallte.

UUUUUUUUUoooooooooooooooooooooooooooooooooooooooooooo.

Langsam verklang der Ton zu Stille. Ein Ton bedeutete, dass Grenzwachen heimkehrten, und Jon dachte: *Wenigstens für einen Tag war ich ein Grenzer. Was immer auch kommen mag, das kann mir keiner nehmen.*

Bowen Marsch wartete am ersten Tor, als sie ihre Pferde durch den eisigen Tunnel führten. Der Lord Haushofmeister war aufgebracht und rotgesichtig. »Mylord«, rief er Mormont zu, während er die eisernen Schranken öffnete, »ein Vogel hat Nachricht gebracht. Ihr müsst sofort kommen.«

»Was gibt's, Mann?«, verlangte Mormont barsch zu wissen.

Seltsamerweise sah Marsch zu Jon herüber, bevor er antwortete. »Maester Aemon hat den Brief. Er wartet in Eurem Solar.«

»Also gut, Jon, kümmere dich um mein Pferd, und sag Ser Jarmy, er soll die Toten in einem Lagerraum verstauen, bis der Maester Zeit hat, sich ihrer anzunehmen.« Knurrend schritt Mormont von dannen.

Sie führten die Pferde zum Stall zurück, und Jon spürte auf unangenehme Weise, wie die Leute ihn anstarrten. Ser Allisar Thorn drillte seine Jungen auf dem Hof, doch hielt er inne, um Jon anzusehen, ein leises, schiefes Lächeln auf den Lippen. Der einarmige Donal Noye stand in der Tür der Waffenkammer. »Mögen die Götter mit dir sein, Schnee«, rief er herüber.

Irgendetwas stimmt hier nicht, dachte Jon. *Irgendetwas stimmt hier ganz und gar nicht.*

Die Toten wurden in einen der Lagerräume am Fuß der Mauer gebracht, eine dunkle, kalte Zelle, die aus dem Eis gemeißelt war und in der Fleisch und Getreide, manchmal auch Bier verwahrt wurde. Mormonts Pferd bekam Futter und Wasser und wurde gestriegelt, bevor Jon sich um sein eigenes kümmerte. Danach suchte er seine Freunde auf. Grenn und Kröte schoben Wache, nur Pyp fand er im Gemeinschaftssaal. »Was ist passiert?«, fragte er.

Pyp sprach mit leiser Stimme. »Der König ist tot.«

Jon war verblüfft. Robert Baratheon hatte alt und dick ausgesehen, als er Winterfell besuchte, schien dennoch rüstig genug, und von einer Krankheit war nie die Rede gewesen. »Woher weißt du das?«

»Einer der Wachmänner hat belauscht, wie Klydas Maester Aemon den Brief vorgelesen hat.« Pyp beugte sich nah vor. »Jon, es tut mir leid. Er war der Freund deines Vaters, nicht?«

»Sie standen sich nah wie Brüder. Früher«, Jon fragte sich, ob Joffrey seinen Vater als Hand des Königs behalten wollte. Das war eher unwahrscheinlich. Es mochte bedeuten, dass Lord Eddard nach Winterfell heimkehrte und seine Schwestern ebenso. Vielleicht würde man ihm sogar gestatten, sie zu besuchen, mit Lord Mormonts Erlaubnis. Es täte gut, Aryas Grinsen wieder zu sehen und mit seinem Vater zu sprechen. *Ich werde ihn nach meiner Mutter fragen*, nahm er sich vor. *Jetzt bin ich ein Mann, und es wird höchste Zeit, dass er es mir sagt. Selbst wenn sie eine Hure war, es ist mir egal, ich will es wissen.*

»Ich habe gehört, wie Hake sagte, die toten Männer gehörten zu deinem Onkel«, sagte Pyp.

»Ja«, erwiderte Jon. »Zwei von den sechsen, die er mitgenommen hat. Sie waren schon lange tot, nur … die Leichen sind in einem seltsamen Zustand.«

»Seltsam?« Pyp war die Neugier selbst. »Wieso seltsam?«

»Sam wird es dir erzählen.« Jon wollte nicht darüber sprechen. »Ich will sehen, ob der Alte Bär mich braucht.«

Allein ging er zum Turm des Lord Kommandanten, erfüllt von einem eigentümlichen Gefühl der Sorge. Die Brüder, die dort Wache hielten, musterten ihn ernsten Blickes, als er sich ihnen näherte. »Der Alte Bär ist in seinem Solar«, erklärte einer. »Er hat nach dir gefragt.«

Jon nickte. Er hätte gleich vom Stall herüberkommen sollen. Eilig erklomm er die Stufen des Turmes. *Er will Wein oder ein Feuer in seinem Kamin, mehr nicht*, redete er sich ein.

Als er das Solar betrat, schrie Mormonts Rabe ihn an. »*Korn!*«, kreischte der Vogel. »*Korn! Korn! Korn!*«

»Glaub ihm kein Wort, ich habe ihn eben gefüttert«, knurrte der Alte Bär. Er saß am Fenster, las einen Brief. »Bring mir einen Becher Wein, und schenk dir selbst auch einen ein.«

»Für mich, Mylord?«

Mormont hob die Augen vom Brief, um Jon anzublicken. Mitgefühl lag in seinen Augen, das war nicht zu übersehen. »Du hast mich gehört.«

Jon goss mit übertriebener Vorsicht ein, merkte, dass er es in die Länge zog. Wenn die Becher gefüllt wären, hätte er keine andere Wahl mehr, müsste sich dem stellen, was in dem Brief geschrieben stand. Allzu bald schon waren sie randvoll. »Setz dich, Junge«, befahl ihm Mormont. »Trink.«

Jon blieb stehen. »Es geht um meinen Vater, nicht?«

Der Alte Bär tippte mit dem Finger auf den Brief. »Um deinen Vater und den König«, grollte er. »Ich will dich nicht belügen, es sind traurige Nachrichten. Nie hätte ich gedacht, dass ich noch einen neuen König erlebe, nicht in meinem Alter, da Robert halb so alt wie ich und stark wie ein Bulle war.« Er nahm einen Schluck Wein. »Man sagt, der König sei gern zur Jagd gegangen. Die Dinge, die wir lieben, sind stets auch die, die uns zerstören. Vergiss das nicht. Mein Sohn hat seine junge Frau geliebt. Eitles Weib. Wenn es nicht nach ihr gegangen wäre, hätte er nie daran gedacht, diese Wilderer zu verkaufen.«

Jon konnte dem, was er sagte, kaum noch folgen. »Mylord, ich verstehe nicht. Was ist mit meinem Vater passiert?«

»Ich habe gesagt, du sollst dich setzen«, knurrte Mormont. »*Setzen*«, kreischte der Rabe. »Und trink was, verdammt noch mal. Das ist ein Befehl, Schnee.«

Jon setzte sich und nahm einen Schluck Wein.

»Lord Eddard sitzt im Kerker. Man beschuldigt ihn des Hochverrats. Es heißt, er habe mit Roberts Brüdern den Plan geschmiedet, Prinz Joffrey um den Thron zu bringen.«

»Nein«, sagte Jon sofort. »Das kann nicht sein. Mein Vater würde den König niemals verraten!«

»Wie dem auch sei«, sagte Mormont. »Es steht mir nicht an, das zu beurteilen. Und auch dir nicht.«

»Aber es ist eine Lüge«, beharrte Jon. Wie konnten sie glauben, sein Vater sei ein Verräter? Hatten sie denn alle den Verstand verloren? Lord Eddard Stark würde sich nie entehren ... oder?

Er hat einen Bastard gezeugt, flüsterte eine leise Stimme in seinem Inneren. *Was war daran ehrenhaft? Und deine Mutter, was ist mit ihr? Er will nicht einmal ihren Namen nennen.*

»Mylord, was soll mit ihm geschehen? Wird man ihn hinrichten?«

»Was das angeht, so kann ich es nicht sagen, Junge. Ich will einen Brief schreiben. In meiner Jugend kannte ich einige Ratsherren des Königs. Den alten Pycelle, Lord Stannis, Ser Barristan ... was immer dein Vater getan hat oder nicht getan hat, er ist ein großer Lord. Man muss ihm gestatten, das Schwarz anzulegen und sich uns anzuschließen. Die Götter wissen, dass wir Männer von Lord Eddards Fähigkeiten brauchen.«

Jon wusste, dass andere Männer, die des Hochverrats beschuldigt wurden, in der Vergangenheit ihre Ehre auf der Mauer wiederherstellen durften. Wieso nicht auch Lord Eddard? Sein Vater *hier.* Das war ein bedrückender Gedanke. Es wäre eine monströse Ungerechtigkeit, ihm Winterfell zu nehmen und ihn zu zwingen, das Schwarz anzulegen, und doch ... wenn es um sein Leben ging ...

Und würde Joffrey es zulassen? Er erinnerte sich von Winterfell her noch an den Prinzen, wie er Robb und Ser Rodrik auf dem Hof verhöhnt hatte. Jon selbst hatte er kaum je Aufmerksamkeit geschenkt. Bastarde waren nicht einmal seine Verachtung wert. »Mylord, wird der König auf Euch hören?«

Der Alte Bär zuckte mit den Schultern. »Ein Kindkönig ... ich denke, er wird auf seine Mutter hören. Eine Schande, dass der Zwerg nicht bei ihnen ist. Er ist der Onkel des Kleinen, und der hat unsere Not gesehen, als er hier war. Es war schlimm, dass deine Hohe Mutter ihn zum Gefangenen gemacht hat ...«

»Lady Stark ist nicht meine Mutter«, erinnerte ihn Jon scharf. Tyrion war ihm ein Freund gewesen. Falls Lord Eddard den Tod fand, würde man es ihr ebenso vorwerfen müssen wie der Königin. »Mylord, was ist mit meinen Schwestern? Arya und Sansa, sie waren bei meinem Vater, wisst Ihr …«

»Pycelle erwähnt sie nicht, aber zweifellos wird man sie gut behandeln. Ich will mich in meinem Brief nach ihnen erkundigen.« Mormont schüttelte den Kopf. »Das alles hätte zu keinem schlimmeren Zeitpunkt geschehen können. Wenn das Reich je einen starken König brauchte … dunkle Tage und kalte Nächte liegen vor uns, ich spüre es in meinen Knochen …« Er warf Jon einen langen, scharfen Blick zu. »Ich hoffe, du hast keine Dummheit im Sinn, Junge.«

Er ist mein Vater, lag es Jon auf der Zunge, aber er wusste, dass Mormont das nicht hören wollte. Seine Kehle war trocken. Er zwang sich dazu, noch einen Schluck Wein zu trinken.

»Deine Pflichten sind hier«, erinnerte ihn der Lord Kommandant. »Dein altes Leben ist zu Ende. Jetzt trägst du das Schwarz.« Sein Vogel brachte ein heiseres Echo hervor: »*Schwarz.*« Mormont beachtete ihn nicht. »Was auch immer dort in Königsmund vor sich gehen mag, ist nicht deine Sache.« Jon gab keine Antwort, und der alte Mann trank seinen Wein aus und sagte: »Du kannst jetzt gehen. Ich habe heute weiter keine Verwendung für dich. Morgen Früh kannst du mir helfen, diesen Brief zu schreiben.«

Jon erinnerte sich nicht, aufgestanden zu sein oder das Solar verlassen zu haben. Er kam zu sich, als er die Turmtreppe hinunterging, und dachte: *Es geht um meinen Vater und um meine Schwestern, wie kann es denn nicht meine Sache sein?*

Draußen sah einer der Wächter ihn an und sagte: »Sei stark, Junge. Die Götter sind grausam.«

Sie wissen es, dachte Jon. »Mein Vater ist kein Verräter«, sagte er heiser. Selbst die Worte blieben ihm im Halse stecken, schienen ihn ersticken zu wollen. Wind kam auf, und im Hof kam es ihm plötzlich kälter als vorhin vor. Der Geistersommer ging zu Ende.

Der Rest des Nachmittags verstrich wie in einem Traum. Jon hätte nicht sagen können, wohin er ging, was er tat, mit wem er sprach. Geist war bei ihm, so viel wusste er. Die stille Gesellschaft des Schattenwolfes tröstete ihn. *Die Mädchen haben nicht mal das,* so dachte er. *Ihre Wölfe hätten sie beschützen können, aber Lady ist tot und Nymeria vermisst, sie sind ganz allein.*

Bei Sonnenuntergang war Nordwind aufgekommen. Jon konnte hören, wie er über die Mauer und über die eisigen Wehranlagen pfiff, während er zum Abendessen hinüber zum Gemeinschaftssaal ging. Hobb hatte Wildeintopf gekocht, angedickt mit Gerste, Zwiebeln und Karotten. Er schöpfte eine Extrakelle auf Jons Teller, reichte ihm einen knusprigen Brotknust. Jon wusste, was das bedeutete. *Er weiß Bescheid.* Er blickte sich in der Halle um, sah Köpfe, die sich eilig abwendeten, die Augen höflich gesenkt. *Alle wissen Bescheid.*

Seine Freunde versammelten sich um ihn. »Wir haben den Septon gebeten, eine Kerze für deinen Vater anzuzünden«, erklärte Matthar. »Es ist gelogen, wir alle wissen, dass es gelogen ist, sogar Grenn weiß, dass es gelogen ist«, stimmte Pyp mit ein. Grenn nickte, und Sam griff nach Jons Hand. »Du bist jetzt mein Bruder, also ist er auch mein Vater«, sagte der dicke Junge. »Wenn du zu den Wehrholzbäumen möchtest, um zu beten, komme ich mit dir.«

Die Wehrholzbäume standen jenseits der Mauer, dennoch wusste er, dass Sams Angebot ernst gemeint war. *Sie sind meine Brüder,* dachte er. *Ebenso wie Robb und Bran und Rickon …*

Und dann hörte er das Lachen, scharf und grausam wie eine Peitsche, und die Stimme von Ser Allisar Thorn. »Nicht nur ein Bastard, sondern ein *Verräterbastard*«, erklärte er den Männern um sich herum.

Augenblicklich war Jon auf den Tisch gesprungen, den Dolch in der Hand. Pyp griff nach ihm, aber er riss sein Bein los, und dann rannte er über den Tisch und trat Ser Allisar die Schale aus der Hand. Eintopf flog durch die Luft, bespritzte die Brüder. Thorn wich zurück. Männer schrien, Jon Schnee hörte sie nicht. Er hieb mit dem Dolch auf Ser Allisars Gesicht ein, stach nach diesen kalten Augen aus Onyx, doch Sam warf sich zwischen die beiden, und bevor Jon um ihn herum war, hing Pyp wie ein Affe an seinem Rücken und Grenn packte seinen Arm, während Kröte ihm das Messer aus den Fingern wand.

Später, viel später, nachdem sie ihn in seine Schlafzelle gebracht hatten, kam Mormont, um ihn zu besuchen, mit dem Raben auf der Schulter. »Ich habe dir gesagt, du sollst keine Dummheiten machen, Junge«, sagte der Alte Bär. »*Junge*«, krächzte der Vogel. Mormont schüttelte den Kopf, angewidert. »Wenn ich denke, welch große Hoffnungen ich in dich gesetzt hatte.«

Sie nahmen ihm sein Messer und sein Schwert und sagten ihm, er dürfe die Zelle erst wieder verlassen, wenn die hohen Offiziere beschlossen hatten, was mit ihm geschehen solle. Und dann postierten sie eine Wache draußen vor der Tür, um sicherzustellen, dass er gehorchte. Seinen Freunden war es nicht gestattet, ihn zu besuchen, aber der Alte Bär war nachgiebig und erlaubte ihm Geist, damit er nicht ganz allein war.

»Mein Vater ist kein Verräter«, erklärte er dem Schattenwolf, als alle anderen fort waren. Schweigend sah Geist ihn an. Jon sank an der Wand in sich zusammen, mit den Händen um die Knie, und starrte in die Kerze auf dem Tisch neben seinem schmalen Bett. Die Flamme flackerte und tanzte, die Schatten bewegten sich um ihn, das Zimmer schien dunkler und kälter zu werden. *Ich werde heute Nacht nicht schlafen*, dachte Jon.

Dennoch musste er eingenickt sein. Beim Aufwachen waren seine Beine steif und verkrampft, und die Kerze war lange schon niedergebrannt. Geist stand auf den Hinterbeinen, kratzte an der Tür. Jon staunte, wie groß er geworden war. »Geist, was ist denn?«, fragte er leise. Der Schattenwolf wandte den Kopf um und sah zu ihm herüber und fletschte die Zähne in stillem Knurren. *Ist er verrückt geworden?*, fragte sich Jon. »Ich bin's, Geist«, murmelte er, versuchte, nicht ängstlich zu klingen. Dennoch zitterte er furchtbar. Wann war es so kalt geworden?

Geist wich von der Tür zurück. Tiefe Furchen waren zu sehen, wo er das Holz zerkratzt hatte. Jon betrachtete ihn mit wachsender Sorge. »Da draußen ist jemand, nicht?«, flüsterte er. Kriechend bewegte sich der Schattenwolf rückwärts, wobei sich ihm das weiße Fell im Nacken aufstellte. *Der Wachmann*, dachte er, *sie haben einen Wachmann vor meine Tür gestellt. Geist wittert ihn durch die Tür, das ist alles.*

Langsam kam Jon auf die Beine. Er zitterte unkontrollierbar, wünschte, er hätte noch sein Schwert. Drei schnelle Schritte brachten ihn zur Tür. Er packte den Griff und zog sie nach innen. Das Knarren der Angeln ließ ihn fast zusammenzucken.

Der Wachmann lag wie knochenlos auf der schmalen Treppe und blickte zu ihm auf. Blickte zu ihm *auf*, obwohl er auf dem Bauch lag. Sein Kopf war auf den Rücken gedreht.

Das kann nicht sein, sagte sich Jon. *Wir sind im Turm des Lord Kommandanten, der wird bei Tag und Nacht bewacht, es kann nicht passiert sein, es ist ein Traum. Ich habe einen Albtraum.*

186

Geist schob sich an ihm vorbei, zur Tür hinaus. Der Wolf wollte treppauf, hielt inne, sah sich nach Jon um. Da hörte er es: das leise Scharren von einem Stiefel auf Stein, das Knarren eines Türriegels, der gedreht wurde. Von den Gemächern des Lord Kommandanten her.

Ein Albtraum mochte es wohl sein, doch ein Traum war es ganz sicher nicht.

Das Schwert des Wachmanns steckte in der Scheide. Jon kniete nieder und zog es heraus. Das stählerne Heft in der Faust machte ihn kühner. Er schlich die Stufen hinauf, Geist folgte ihm schweigend. Schatten lauerten in jeder Wende der Treppe. Vorsichtig lief Jon voran, prüfte verdächtiges Dunkel mit der Spitze seines Schwerts.

Plötzlich hörte er Mormonts Raben kreischen. »Korn«, schrie der Vogel. »*Korn, Korn, Korn, Korn, Korn, Korn.*« Geist sprang voraus, und Jon stieg ihm hinterher. Die Tür zu Mormonts Solar stand weit offen. Der Schattenwolf stürzte hindurch. Jon blieb im Rahmen stehen, die Klinge in der Hand, ließ seinen Augen einen Moment, sich an die Dunkelheit zu gewöhnen. Schwere Vorhänge waren vor die Fenster gezogen, und die Finsternis war schwarz wie Tinte. »*Wer ist da?*«, rief er.

Dann sah er es: Ein Schatten im Schatten schlich zur inneren Tür, die in Mormonts Schlafkammer führte, eine menschliche Gestalt, ganz in Schwarz, mit Umhang und Kapuze ... doch unter der Kapuze leuchteten Augen mit eisig blauem Glanz ...

Geist sprang. Mann und Wolf gingen gemeinsam zu Boden, ohne Schreien oder Knurren, rollten, krachten an einen Stuhl, stießen einen Tisch voller Papiere um. Mormonts Rabe flatterte über ihnen, schrie: »*Korn, Korn, Korn, Korn.*« Jon fühlte sich so blind wie Maester Aemon. Mit der Wand im Rücken schob er sich ans Fenster und riss die Vorhänge auf. Mondlicht flutete das Solar. Er sah schwarze Hände, die sich in weißes Fell gruben, geschwollene, dunkle Hände, die sich dem Schattenwolf um die Kehle legten. Geist zappelte und schnappte um sich, warf die Beine in die Luft und konnte sich trotzdem nicht befreien.

Jon blieb keine Zeit für Angst. Er warf sich nach vorn, schrie, legte sein ganzes Gewicht in den Hieb mit dem Langschwert. Stahl fuhr durch Ärmel und Haut und Knochen, doch irgendwie war das Geräusch nicht richtig. Der Geruch, der ihn umfing, war so seltsam und kalt, dass er daran zu ersticken meinte. Er sah Arm und Hand am Boden liegen, schwarze Finger, die in einem Fleck von Mondlicht zuckten. Geist riss sich von der anderen Hand los und schlich davon, mit roter Zunge, die ihm aus dem Maul hing.

Der Kapuzenmann hob sein fahles Mondgesicht, und Jon hieb ohne Zögern darauf ein. Das Schwert teilte den Eindringling bis auf die Knochen, hieb ihm die halbe Nase ab und schlug eine klaffende Wunde von Wange zu Wange, unter diesen Augen, Augen, Augen wie brennende, blaue Sterne. Jon kannte das Gesicht. *Othor,* dachte er und wich zurück. *Bei allen Göttern, er ist tot. Ich habe ihn doch tot gesehen.*

Er fühlte, dass etwas an seinem Knöchel kratzte. Schwarze Finger krallten sich in seine Wade. Der Arm kroch an seinem Bein hinauf, riss an Wolle und Fleisch. Voller Abscheu schrie Jon auf, löste die Finger mit der Schwertspitze von seinem Bein und warf das Ding von sich. Sich windend lag es da, öffnete und schloss sich.

Die Leiche machte einen Satz nach vorn. Blut war nicht zu sehen. Einarmig, das Gesicht fast in zwei Hälften, schien sie nichts zu spüren. Jon hielt das Langschwert vor sich ausgestreckt. »Bleib weg von mir!«, befahl er mit schriller Stimme. »*Korn*«, kreischte der Rabe, »*Korn, Korn.*« Der abgehackte Arm schlängelte sich aus dem zerrissenen Ärmel, eine blasse Schlange mit fünffingrigem Kopf. Geist stürzte sich darauf und bekam das Ding zwischen die Zähne. Handknochen knirschten. Jon hackte auf den Hals der Leiche ein, spürte, wie der Stahl tief und hart einschnitt.

Der tote Othor stürzte gegen ihn, warf ihn von den Beinen.

Jon ging die Luft aus, als der umgestürzte Tisch ihn zwischen die Schulterblätter traf. Das Schwert, wo war das Schwert? Er hatte das verdammte *Schwert* verloren! Er öffnete den Mund, wollte schreien, da rammte ihm die Kreatur die schwarzen Finger in den Mund. Würgend versuchte er, sie wegzustoßen, doch der tote Mann war zu schwer. Seine Hand drückte sich immer tiefer in seine Kehle, eisig kalt, erstickte ihn. Das Gesicht der Leiche war ganz nah an seinem eigenen, füllte die ganze Welt aus. Frost bedeckte ihre Augen, glitzernd blau. Jon kratzte mit seinen Nägeln über kalte Haut und trat nach den Beinen dieses Wesens. Er versuchte zu beißen, versuchte zu schlagen, versuchte zu atmen …

Und plötzlich war das Gewicht der Leiche fort, ihre Finger von seinem Hals gerissen. Jon konnte sich nur noch seitwärts rollen, würgend und zitternd. Geist war wieder da. Der Schattenwolf grub seine Zähne in den Bauch der Kreatur und begann daran zu reißen und zu zerren. Er beobachtete ihn, nur halbwegs noch bei Bewusstsein, einen langen Augenblick, bis ihm schließlich einfiel, nach seinem Schwert zu suchen …

… und erblickte Lord Mormont, nackt und benommen vom Schlaf, wie er mit einer Öllampe in der Tür stand.

Zerbissen und fingerlos warf sich der Arm am Boden hin und her, schlängelte sich ihm entgegen.

Jon wollte schreien, doch seine Stimme versagte. Taumelnd kam er auf die Beine, trat den Arm fort und riss dem Alten Bären die Lampe aus den Händen. Die Flamme flackerte und wollte fast ersterben. »*Brenne!*«, krächzte der Rabe. »*Brenne, brenne, brenne!*«

Er fuhr herum und sah die Vorhänge, die er vom Fenster gerissen hatte. Mit beiden Händen warf er die Lampe in den Haufen aus Stoff. Metall knirschte, Glas zerschlug, Öl spritzte, und die Vorhänge gingen mit einem mächtigen Zischen in Flammen auf. Die Hitze in seinem Gesicht war süßer als alle Küsse, die Jon je bekommen hatte. »Geist!«, rief er.

Der Schattenwolf riss sich los und kam zu ihm, als die Kreatur sich eben erheben wollte, dunkle Schlangen quollen aus der großen Wunde in ihrem Bauch. Jon griff mit einer Hand ins Feuer, packte eine Faustvoll brennender Vorhänge, schlug damit peitschend nach dem toten Mann. *Lasst ihn brennen*, betete er, als das Tuch die Leiche sengte, *Ihr Götter, bitte, lasst ihn brennen.*

 BRAN

Die Karstarks kamen an einem kalten, windigen Morgen, brachten dreihundert Reiter und fast zweitausend Mann Fußvolk von ihrer Burg auf Karholt mit. Die stählernen Spitzen ihrer Spieße blitzten im fahlen Sonnenlicht, als die Armee sich näherte. Ein Mann ging ihnen voraus, schlug einen tiefen, langsamen Rhythmus auf einer Trommel, die größer als er selbst war, *bumm, bumm, bumm.*

Bran sah sie von einem Wachtturm oben auf der äußeren Mauer heranmarschieren, spähte durch Maester Luwins bronzenes Linsenrohr, während er auf Hodors Schultern saß. Lord Rickard persönlich führte sie an, seine Söhne Harrion und Eddard und Torrhen ritten neben ihm unter nachtschwarzen Bannern, verziert mit der weißen Sonne ihres Hauses. Die Alte Nan sagte, in ihren Adern flösse das Blut der Starks, seit Hunderten von Jahren schon, doch für Bran sahen sie nicht wie Starks aus. Sie waren große Männer und wild, die Gesichter mit dichten Bärten überzogen, das Haar fiel ihnen offen auf die Schultern. Ihre Umhänge waren aus Leder gefertigt, aus Fellen von Bär und Wolf und Robbe.

Sie waren die Letzten, wie er wusste. Die anderen Lords hatten sich schon mit ihren Armeen versammelt. Bran sehnte sich danach, mit ihnen auszureiten, die zum Bersten vollen Winterhäuser zu sehen, die drängende Menge auf dem Marktplatz jeden Morgen, die Straßen zerfurcht und aufgerissen von Rad und Hufen. Aber Robb hatte ihm verboten, die Burg zu verlassen. »Wir können keine Männer erübrigen, die dich bewachen«, hatte sein Bruder erklärt.

»Ich nehme Sommer mit«, stritt Bran dagegen an.

»Red mit mir nicht wie mit einem kleinen Jungen«, erwiderte Robb. »Du solltest es besser wissen. Vor zwei Tagen erst hat einer von Lord Boltons Männern einen von Lord Cerwyns im ›Rauchenden Scheit‹ erdolcht. Unsere Hohe Mutter würde mir das Fell über die Ohren ziehen, wenn ich dich in Gefahr geraten ließe.« Er sprach mit der Stimme von Robb, dem Lord, als er das sagte. Bran wusste, das hieß, er duldete keine Widerrede.

Es war wegen dieser Sache, die im Wolfswald passiert war, das wusste er ebenfalls. Die Erinnerung daran bescherte ihm noch immer böse Träume. Hilflos wie ein Säugling war er gewesen, nicht besser als Rickon in der Lage, sich zu wehren. Vielleicht noch weniger … Rickon hätte wenigstens nach ihnen getreten. Das beschämte ihn. Er war nur wenige Jahre jünger als Robb. Wenn sein Bruder fast ein erwachsener Mann war, dann war auch er es. Er hätte in der Lage sein sollen, sich zu verteidigen.

Vor einem Jahr, *davor*, hätte er dem Dorf trotzdem einen Besuch abgestattet, wäre dafür allein über die Mauern geklettert. In jenen Tagen konnte er Treppen hinunterlaufen, selbst auf sein Pony steigen und ein Holzschwert immerhin so gut schwingen, dass er Prinz Tommen in den Staub geworfen hatte. Jetzt konnte er nur noch zusehen, indem er durch Maester Luwins Linsenrohr spähte. Der Maester hatte ihn sämtliche Banner gelehrt: die gepanzerte Faust der Glauers, Silber auf Rot; Lady Mormonts schwarzen Bären; den grässlichen, gehäuteten Mann, der vor Roos Bolton vom Grauenstein ging; den Elchbullen für die Hornwalds; die Streitaxt für die Cerwyns; drei Wachbäume für die Tallharts und das schreckliche Siegel des Hauses Umber, den brüllenden Riesen in zerschmetterten Ketten.

Und bald schon lernte er auch die Gesichter kennen, als die Lords und ihre Söhne und Ritter zum Festmahl nach Winterfell kamen. Selbst in der Großen Halle war nicht Platz für alle auf einmal, sodass Robb die wichtigen Verbündeten abwechselnd einlud. Bran bekam stets den Ehrenplatz zur Rechten seines Bruders. Einige der Lords warfen ihm seltsam harte Blicke zu, wenn er dort saß, und schienen sich zu fragen, welches Recht ein grüner Junge hatte, dass man ihn über sie stellte, dazu noch einen Krüppel.

»Wie viele sind es jetzt?«, fragte Bran Maester Luwin, als Lord Karstark und seine Söhne durch die Tore in der äußeren Mauer ritten.

»Zwölftausend Mann oder zumindest fast so viele.«

»Wie viele Ritter?«

»Wenige genug«, sagte der Maester mit einem Anflug von Ungeduld. »Um ein Ritter zu sein, muss man seine Vigilien in einer Septe ablegen und mit den sieben Ölen gesalbt sein, um den Eid zu weihen. Im Norden huldigen nur wenige der großen Häuser den Sieben. Der Rest betet zu den alten Göttern und benennt keine Ritter … aber jene Lords und ihre Söhne und Vasallen sind nicht minder wild oder treu oder ehrenhaft. Der Wert eines Mannes ist nicht an dem ›Ser‹ vor seinem Namen abzulesen. Wie ich es dir schon hundertmal erklärt habe.«

»Trotzdem«, sagte Bran, »wie viele Ritter?«

Maester Luwin seufzte. »Dreihundert, vielleicht vier … unter dreitausend gepanzerten Lanzenreitern, die keine Ritter sind.«

»Lord Karstark ist der Letzte«, sagte Bran nachdenklich. »Robb wird ihn heute Abend empfangen.«

»Das wird er zweifelsohne.«

»Wie lange wird es dauern … bis sie ausziehen?«

»Er muss bald schon marschieren oder gar nicht mehr«, sagte Maester Luwin. »Das Winterdorf platzt aus allen

Nähten, und diese Armee wird noch das ganze Land kahl fressen, wenn sie noch viel länger hier lagert. Andere warten entlang des Königswegs, um sich ihm anzuschließen, kleine Ritter und Pfahlbaumänner und die Lords Manderly und Flint. Die Kämpfe haben in den Flusslanden schon begonnen, und dein Bruder hat noch manche Wegstunde zu bewältigen.«

»Ich weiß.« Bran fühlte sich so elend, wie er klang. Er gab dem Maester das bronzene Rohr zurück und bemerkte, wie licht Luwins Haar oben auf dem Kopf geworden war. Er konnte das Rosa der Haut durchscheinen sehen. Es war ein seltsames Gefühl, so auf ihn herabzusehen, nachdem er sein Leben lang zu ihm aufgeblickt hatte, doch wenn man auf Hodors Rücken saß, blickte man auf jedermann herab. »Ich möchte nicht mehr Ausschau halten. Hodor, bring mich in den Turm zurück.«

»Hodor«, gab Hodor zurück.

Maester Luwin schob das Rohr in seinen Ärmel. »Bran, dein Hoher Bruder wird jetzt keine Zeit für dich haben. Er muss Lord Karstark und seine Söhne willkommen heißen.«

»Ich werde Robb nicht behelligen. Ich möchte dem Götterhain einen Besuch abstatten.« Er legte seine Hand auf Hodors Schulter. »Hodor.«

Eine Reihe gemeißelter Griffe bildete eine Leiter im Granit der Innenmauer des Turmes. Hodor summte ohne Melodie, während er langsam hinunterstieg, wobei Bran im Korbsitz, den Maester Luwin für ihn entworfen hatte, mit dem Rücken hinten anstieß. Maester Luwin hatte die Idee bei den Körben abgeguckt, mit denen die Frauen Feuerholz auf dem Rücken trugen. Danach war es leicht gewesen, Beinlöcher hineinzuschneiden und ein paar Riemen anzubringen, um Brans Gewicht gleichmäßiger zu verteilen. Es war nicht so gut, wie Tänzerin zu reiten, doch es gab Orte, an die Tänzerin nicht gelangen konnte, und Bran beschämte es nicht so sehr, als würde Hodor ihn wie einen Säugling in seinen Armen tragen. Auch Hodor schien es zu gefallen, obwohl so etwas bei Hodor schwer zu sagen war. Schwierig war es nur, wenn sie durch eine Tür gingen. Manchmal *vergaß* Hodor, dass er Bran auf dem Rücken hatte, und dann konnte es schmerzhaft enden.

Fast vierzehn Tage lang hatte ein solches Kommen und Gehen geherrscht, dass Robb befahl, beide Falltore oben zu lassen und die Zugbrücke dazwischen unten, selbst in der Nacht. Eine lange Reihe gepanzerter Lanzenreiter überquerte den Burggraben zwischen den Mauern, als Bran aus dem Turm kam. Männer von Karstark folgten ihren Lords in die Burg. Sie trugen schwarze, eiserne Halbhelme und ebenfalls schwarze Wollumhänge, die mit der weißen Sonne gemustert waren. Hodor trottete neben ihnen her, lächelte vor sich hin, während seine Stiefel über das Holz der Zugbrücke polterten. Die Reiter warfen ihnen schräge Blicke zu, wenn sie vorüberritten, und einmal hörte Bran, wie jemand lachte. Er nahm es sich nicht zu Herzen. »Die Menschen werden dich anstarren«, hatte Maester Luwin ihn beim ersten Mal gewarnt, als sie den Strohkorb um Hodors Brustkorb banden. »Sie werden gaffen, und sie werden reden, und einige werden dich verspotten.« *Lass sie spotten*, dachte Bran. In seiner Schlafkammer würde ihn niemand verhöhnen, aber er wollte sein Leben nicht im Bett verbringen.

Als sie unter den Falltoren hindurchkamen, schob Bran zwei Finger in seinen Mund und pfiff. Sommer kam über den Hof gelaufen. Plötzlich mühten sich die Lanzenreiter ab, ihre Pferde im Zaum zu halten, die mit den Augen rollten und vor Entsetzen wieherten. Ein Hengst scheute, schrie, während der Reiter fluchte und verzweifelt Halt suchte. Der Geruch des Schattenwolfes versetzte die Pferde in panische Angst, wenn sie nicht daran gewöhnt waren, doch würden sie sich bald beruhigen, wenn Sommer wieder fort wäre. »Zum Götterhain«, erinnerte Bran Hodor.

Selbst auf Winterfell drängten sich die Menschen. Auf dem Hof hörte man Schwert und Axt, das Rumpeln von Wagen und das Gebell von Hunden. Die Tür zur Waffenkammer stand offen, und Bran sah Mikken an seinem Ofen, und der Hammer klang, während Schweiß von seiner nackten Brust tropfte. Nie zuvor in all den Jahren hatte Bran so viele Fremde gesehen, nicht einmal als König Robert seinem Vater einen Besuch abgestattet hatte.

Er riss sich zusammen, um nicht zurückzuschrecken, als Hodor sich unter einem niedrigen Türrahmen duckte. Sie gingen einen langen, dunklen Korridor entlang, und Sommer trottete leichtfüßig neben ihnen. Von Zeit zu Zeit sah der Wolf zu ihm auf, die Augen glühend wie flüssiges Gold. Bran hätte ihn gern berührt, aber er ritt allzu hoch, als dass er ihn mit der Hand hätte erreichen können.

Der Götterhain war eine Insel des Friedens in dem Meer des Chaos, zu dem Winterfell dieser Tage geworden war. Hodor hatte sich einen Weg durch den dichten Hain von Eichen, Eisen- und Wachbäumen gebahnt, hinüber zum stillen Teich neben dem Herzbaum. Er blieb unter den knorrigen Ästen des Wehrbaums stehen, noch immer summend. Bran langte nach oben über seinen Kopf und hob sich aus dem Sitz, zog die tote Last seiner Beine durch die Löcher im Weidenkorb. Einen Moment lang hing er da, baumelte, die dunkelroten Blätter strichen über sein Gesicht, bis Hodor ihn anhob und auf den glatten Stein neben dem Wasser setzte. »Ich möchte eine Weile allein sein«, sagte er. »Du kannst baden. Geh zu den Teichen.«

»Hodor.« Hodor verschwand zwischen den Bäumen. Hinter dem Götterhain, unter den Fenstern des Gästehauses, speiste eine heiße Quelle drei kleine Tümpel. Bei Tag und

Nacht stieg Dampf vom Wasser auf, und die Mauer, die darüber aufragte, war dick von Moos bewachsen. Hodor hasste kaltes Wasser und wehrte sich wie eine Wildkatze, wenn man ihm mit Seife drohte, doch stieg er selig in den heißesten Tümpel, saß stundenlang darin und gab ein lautes Rülpsen von sich als Antwort auf das Wasser, wann immer eine Blase aus den schlammig grünen Tiefen an die Oberfläche trat.

Sommer trank gierig von dem Wasser und ließ sich neben Bran nieder. Der Junge kraulte den Wolf unter dem Kinn, und für einen Augenblick fanden Mensch und Tier Frieden. Bran hatte den Götterhain schon immer gemocht, selbst *vorher*, doch merkte er, wie er sich in letzter Zeit mehr und mehr dort hingezogen fühlte. Auch der Herzbaum machte ihm nicht mehr solche Angst wie früher. Die tiefroten Augen, die in den fahlen Stamm geschnitzt waren, beobachteten ihn nach wie vor, inzwischen empfand er diesen Blick jedoch eher als tröstlich. Die Götter wachten über ihn, so sagte er sich. Die alten Götter, Götter der Starks und der Ersten Menschen und der Kinder des Waldes, die Götter seines *Vaters*. Er fühlte sich in ihrer Nähe sicher, und die tiefe Stille der Bäume half ihm beim Denken. Und seit seinem Sturz hatte Bran viel nachgedacht. Gegrübelt und geträumt und mit den Göttern gesprochen.

»Bitte macht, dass Robb nicht fortgeht«, betete er leise. Er fuhr mit der Hand durchs kalte Wasser, sandte kleine Wellen über den Teich. »Bitte lasst ihn bleiben. Oder, wenn er fortmuss, bringt ihn sicher wieder heim, zusammen mit Mutter und Vater und den Mädchen. Und gebt ... gebt, dass Rickon es versteht.«

Sein kleiner Bruder war wild wie ein Wintersturm, seit er erfahren hatte, dass Robb in den Krieg ziehen würde, weinte und tobte abwechselnd. Er hatte sich geweigert zu essen, hatte fast eine ganze Nacht lang geweint und geschrien, sogar die Alte Nan geschlagen, als sie versuchte, ihn in den Schlaf zu singen, und am nächsten Tag war er verschwunden gewesen. Robb hatte die halbe Burg auf die Suche nach ihm geschickt, und nachdem sie ihn schließlich unten in der Gruft gefunden hatten, schlug Rickon mit einem verrosteten Eisenschwert auf sie ein, das er einem toten König aus der Hand gewunden hatte, und Struppel kam wie ein grünäugiger Dämon geifernd aus der Finsternis gesprungen. Der Wolf war fast so wild wie Rickon. Er hatte Gage in den Arm gebissen und aus Mikkens Schenkel ein Stück Fleisch herausgerissen. Erst Robb und Grauwind hatten es geschafft, sie zu bändigen. Farley hatte den schwarzen Wolf jetzt im Zwinger angekettet, und Rickon weinte nur noch mehr, weil er jetzt ohne ihn war.

Maester Luwin riet Robb, auf Winterfell zu bleiben, und auch Bran hatte ihn angefleht, um seiner selbst willen ebenso wie Rickons wegen, sein Bruder allerdings hatte nur stur den Kopf geschüttelt und gesagt: »Ich will nicht fort. Ich *muss.*«

Es war nur halb gelogen. Irgendjemand musste gehen, um die Eng zu halten und den Tullys gegen die Lennisters beizustehen. Bran begriff das wohl, aber es *musste* nicht Robb sein. Sein Bruder hätte das Kommando Hal Mollen oder Theon Graufreud überlassen können oder einem seiner Lords und Bannerträger. Maester Luwin drängte ihn, ebendas zu tun, nur wollte Robb davon nichts hören. »Mein Hoher Vater hätte niemals Männer in den Tod geschickt, sich selbst hingegen wie ein Feigling hinter den Mauern von Winterfell verschanzt«, sagte er, ganz Robb, der Lord.

Robb erschien Bran halb wie ein Fremder, verwandelt, ein wahrer Lord, obwohl er seinen sechzehnten Namenstag noch nicht gefeiert hatte. Die Verbündeten seines Vaters spürten dies vermutlich ebenfalls. Mancher versuchte, ihn auf die Probe zu stellen, jeder auf seine Weise. Roos Bolton und Robett Glauer forderten beide für sich die Ehre des Kommandos in der Schlacht, der Erste brüsk, der Zweite mit einem Lächeln und einem Scherz. Die stämmige, grauhaarige Maegen Mormont, wie ein Mann mit Kettenhemd gewandet, erklärte Robb barsch, er sei so jung, er könne ihr Enkel sein, und es sei nicht an ihm, ihr Befehle zu erteilen ... doch wie der Zufall es wollte, hatte sie eine Enkelin, die sie gern mit ihm vermählen wollte. Lord Cerwyn mit der sanften Stimme hatte gar seine Tochter mitgebracht, ein plumpes, reizloses Mädchen von dreißig Jahren, die zur Linken ihres Vaters saß und den Blick nie von ihrem Teller nahm. Der joviale Lord Hornwald hatte keine Töchter, dafür brachte er Geschenke, am einen Tag ein Pferd, eine Hirschkeule am nächsten, am Tag darauf ein silbern eingefasstes Jagdhorn, und er bat um keine Gegenleistung ... nichts außer einer bestimmten Festung, die man seinem Großvater genommen hatte, und Jagdrechten nördlich eines bestimmten Kamms, dazu Erlaubnis, die Weißklinge einzudämmen, wenn es dem Lord gefiele.

Robb antwortete jedem von ihnen mit kühler Höflichkeit, ganz wie sein Vater es getan hätte, und irgendwie beugte er sie seinem Willen.

Und als Lord Umber, der von seinen Männern Großjon gerufen wurde und so groß wie Hodor und doppelt so breit war, drohte, seine Männer wieder mit nach Hause zu nehmen, sollte man ihn in der Marschordnung hinter den Hornwalds oder den Cerwyns platzieren, erklärte ihm Robb, das möge er gern tun. »Und wenn wir mit den Lennisters fertig sind«, versprach er, während er Grauwind hinter den Ohren kraulte, »werden wir wieder gen Norden reiten, Euch aus Eurer Festung holen und als Eidbrüchigen hängen.« Fluchend warf der Großjon einen Krug mit Bier ins Feuer und bellte, Robb sei so grün, dass er wohl Gras pissen müsse. Als Hallis Mollen ihn beruhigen wollte, schlug er ihn zu Boden, trat einen Tisch um und zog das mächtigste und hässlichste Großschwert, das Bran je gesehen hatte. Überall entlang der Bänke sprangen seine Söhne und Brüder und Verbündeten auf und griffen ebenfalls nach ihrem Stahl.

Robb sagte nur ein leises Wort, und einen Augenblick und ein Knurren später lag Lord Umber auf dem Rücken, während sich sein Schwert drei Schritte weit entfernt am Boden drehte und Blut von seiner Hand tropfte, wo Grauwind ihm zwei Finger abgebissen hatte. »Mein Hoher Vater lehrte mich, dass es den Tod bedeutet, wenn man gegen seinen Lehnsherrn blanken Stahl erhebt«, sagte Robb, »aber zweifelsohne wolltet Ihr mir nur das Fleisch schneiden.« Bran machte sich vor Angst fast in die Hosen, als der Großjon auf die Beine kam und an den roten Stümpfen seiner Finger sog … doch dann, zum Staunen aller, lachte der riesenhafte Mann. »Euer Fleisch«, donnerte er, »ist verdammt zäh.«

Und irgendwie wurde der Großjon danach Robbs rechte Hand, sein treuester Recke, der allen und jedem erzählte, dass der Knabenlord wohl doch ein Stark sei und sie verdammt noch mal lieber auf die Knie fallen sollten, wenn sie sich diese nicht abbeißen lassen wollten.

In jener Nacht jedoch kam sein Bruder blass und erschüttert in Brans Schlafgemach, nachdem die Feuer in der Großen Halle niedergebrannt waren. »Ich dachte, er würde mich erschlagen«, gestand Robb. »Hast du gesehen, wie er Hal zu Boden warf, als wäre er nicht größer als der kleine Rickon? Bei allen Göttern, ich hatte solche Angst. Und Großjon ist nicht einmal der Schlimmste von ihnen, nur der Lauteste. Lord Roos sagt nie ein Wort, stets sieht er mich nur an, und ich kann nur noch an diesen Raum denken, den sie in Grauenstein haben, wo die Boltons die Häute ihrer Feinde aufhängen.«

»Das ist bloß eine von Nans Geschichten«, tröstete ihn Bran. Ein Hauch von Zweifel kam in seine Stimme. »Oder?«

»Ich weiß es nicht.« Müde schüttelte er den Kopf. »Lord Cerwyn will seine Tochter mit uns in den Süden nehmen. Damit sie für ihn kocht, sagt er. Theon ist sicher, dass ich das Mädchen eines Abends in meiner Bettstatt finden werde. Ich wünschte ... ich wünschte, Vater wäre hier ...«

Das war etwas, worin sie einig waren, Bran und Rickon und Robb, der Lord. Sie alle wünschten, Vater wäre da. Doch Lord Eddard war tausend Wegstunden weit, gefangen in einem Kerker, auf der Flucht, lief um sein Leben oder war schon tot. Niemand schien es sicher zu wissen. Jeder Reisende erzählte eine andere Geschichte, jede schrecklicher als die vorherige. Die Köpfe von Vaters Gardisten moderten auf den Mauern des Roten Bergfrieds, auf Spieße gesteckt. König Robert war von Vaters Händen gestorben. Die Baratheons belagerten Königsmund. Lord Eddard war mit Renly, dem bösen Bruder des Königs, gen Süden geflohen. Arya und Sansa waren vom Bluthund ermordet worden. Mutter hatte Tyrion, den Gnom, getötet und seine Leiche an die Mauern von Schnellwasser gehängt. Lord Tywin Lennister marschierte gegen Hohenehr, mordend und brandschatzend, wohin er kam. Die weinseligen Geschichtenerzähler behaupteten sogar, Rhaegar Targaryen sei von den Toten heimgekehrt und sammle ein unübersehbar großes Heer von alten Helden auf Drachenstein, um den Thron seines Vaters zurückzuerobern.

Dann kam der Rabe mit einem Brief, der Vaters Siegel trug und von Sansas Hand geschrieben war, und die grausame Wahrheit schien nicht weniger unglaublich. Nie würde Bran den Ausdruck auf Robbs Gesicht vergessen, als dieser auf die Worte seiner Schwester starrte. »Sie sagt, Vater habe sich mit den Brüdern des Königs zum Verrat verschworen«, las er. »König Robert ist tot, und Mutter und ich sollen in den Roten Bergfried kommen, um Joffrey Treue zu schwören. Sie sagt, wir müssen uns loyal verhalten, und wenn sie Joffrey heiratet, will sie ihn bitten, Vaters Leben zu verschonen.« Seine Finger schlossen sich zu einer Faust, die Sansas Brief zerknüllte. »Und sie sagt kein Wort von Arya, nichts, kein Wort. Verflucht soll sie sein! Was ist nur mit diesem Mädchen los?«

Bran wurde innerlich ganz kalt. »Sie hat ihren Wolf verloren«, sagte er schwach, erinnerte sich an den Tag, als vier Gardisten seines Vaters mit Ladys Knochen aus dem Süden heimgekehrt waren. Sommer und Grauwind und Struppel hatten zu heulen begonnen, bevor sie noch über die Zugbrücke kamen, mit müden und einsamen Stimmen. Unter dem Schatten des Hauptturmes lag ein alter Friedhof, auf dem die alten Könige von Winter ihre treuen Diener bestattet hatten. Dort wurde auch Lady begraben, während ihre Brüder wie rastlose Schatten zwischen den Gräbern umherliefen. Sie war gen Süden gezogen, und nur ihre Knochen waren heimgekehrt.

Auch ihr Großvater, der alte Lord Rickard, war ausgezogen, mit seinem Sohn Brandon, der Vaters Bruder war, und zweihundert seiner besten Männer. Keiner war zurückgekehrt. Und Vater war gen Süden gezogen, mit Arya und Sansa und Jory und Hullen und dem dicken Tom und all den anderen, und später waren Mutter und Ser Rodrik fortgegangen, und auch *sie* waren nicht wieder gekommen. Und nun wollte sich auch Robb aufmachen. Nicht nach Königsmund und nicht, um seinen Eid abzulegen, sondern nach Schnellwasser, mit dem Schwert in der Hand. Und wenn sich ihr Hoher Vater tatsächlich in Gefangenschaft befand, würde dies für ihn mit Sicherheit den Tod bedeuten. Das bereitete Bran mehr Angst, als er zu sagen vermochte.

»Wenn Robb gehen muss, wacht gut über ihn«, flehte

Bran die alten Götter an, während sie ihn mit den roten Augen des Herzbaumes betrachteten, »und wacht gut über seine Männer, Hal und Quent und den ganzen Rest und Lord Umber und Lady Mormont und die anderen Lords. Und wohl auch über Theon. Seid so gut und wacht über sie, und schützt sie, Götter. Helft ihnen, die Lennisters zu bezwingen und Vater zu retten und sie alle nach Hause zu bringen.«

Ein schwacher Windhauch wehte durch die Bäume, und die roten Blätter rührten sich und flüsterten. Sommer bleckte die Zähne. »Hörst du sie, Junge?«, fragte eine Stimme.

Bran hob den Kopf. Osha stand auf der anderen Seite des Teiches unter einer alten Eiche, ihr Gesicht im Schatten der Blätter. Selbst in Eisen war die Wilde leise wie eine Katze. Sommer umrundete den Teich und schnüffelte an ihr. Die große Frau schreckte zurück.

»Sommer, zu mir«, rief Bran. Der Schattenwolf schnüffelte ein letztes Mal, fuhr herum und kam zurückgelaufen. Bran legte die Arme um ihn. »Was tust du hier?« Er hatte Osha nicht mehr gesehen, seit sie im Wolfswald gefangen genommen wurde, obwohl er wusste, dass man sie zur Küchenarbeit abgestellt hatte.

»Es sind auch meine Götter«, erklärte Osha. »Jenseits der Mauer sind es die einzigen Götter.« Ihr Haar war lang, braun und zottig. Damit sah sie weiblicher aus, damit und mit dem schlichten, braunen Kleid aus grobem Stoff, das man ihr gegeben hatte, als man ihr Kettenhemd und Leder abgenommen hatte. »Gage lässt mich von Zeit zu Zeit meine Gebete sagen, wenn mir danach ist, dafür gestatte ich ihm, unter meinem Rock zu tun und zu lassen, was er will, wenn ihm danach ist. Es macht mir nichts aus. Ich mag den Geruch von Mehl an seinen Händen, und er ist sanfter als Stiv.« Sie verneigte sich unbeholfen. »Ich werde dich verlassen. Ein paar Töpfe müssen gerührt werden.«

»Nein, bleib«, befahl ihr Bran. »Sag mir, was du gemeint hast, dass du die Götter hörst.«

Osha musterte ihn. »Du hast sie gefragt, und sie antworten. Sperr deine Ohren auf, lausch ihnen, und du wirst es vernehmen.«

Bran lauschte. »Das ist nur der Wind«, sagte er nach einem Augenblick unsicher. »Die Blätter rascheln.«

»Was glaubst du, wer den Wind schickt, wenn nicht die Götter?« Sie setzte sich ihm gegenüber an den Teich, klirrte leise, wenn sie sich bewegte. Mikken hatte ihr eiserne Fesseln an die Füße geschmiedet, mit einer schweren Kette verbunden. Sie konnte gehen, solange sie kleine Schritte machte, doch konnte sie unmöglich rennen oder klettern oder auf ein Pferd steigen. »Sie sehen dich, Junge. Sie hören dich reden. Dieses Rascheln, das ist ihre Antwort.«

»Was sagen sie?«

»Sie sind traurig. Dein Hoher Bruder wird keine Hilfe von ihnen bekommen, nicht dort, wohin er geht. Die alten Götter haben im Süden keine Macht. Die Wehrholzhaine wurden alle abgeholzt, vor Tausenden von Jahren schon. Wie können sie über deinen Bruder wachen, wo sie keine Augen haben?«

Das hatte Bran nicht bedacht. Angst durchfuhr ihn. Wenn nicht einmal die Götter seinem Bruder helfen konnten, welche Hoffnung blieb dann noch? Vielleicht hörte Osha sie nicht richtig. Er neigte den Kopf und versuchte, erneut zu lauschen. Jetzt glaubte er, die Trauer zu hören, doch nicht mehr als das.

Das Rascheln wurde lauter. Bran hörte gedämpfte Schritte und leises Summen. Hodor tappte zwischen den Bäumen hervor, nackt und lächelnd. »Hodor!«

»Er muss unsere Stimmen gehört haben«, sagte Bran. »Hodor, du hast deine Kleider vergessen.«

»Hodor«, stimmte Hodor zu. Er war vom Hals abwärts

triefend nass, dampfte in der kühlen Luft. Sein Leib war braun behaart, dick wie ein Pelz. Lang und schwer schwang seine Männlichkeit zwischen den Beinen.

Osha betrachtete ihn mit säuerlichem Lächeln. »Na, das ist mal ein großer Mann«, befand sie. »Wenn der nicht Riesenblut in seinen Adern hat, dann bin ich die Königin.«

»Maester Luwin sagt, es gäbe keine Riesen mehr. Er sagt, sie wären alle tot wie die Kinder des Waldes. Von denen sind nur alte Knochen in der Erde übrig, die die Menschen hin und wieder beim Pflügen ausgraben.«

»Lass Maester Luwin hinter die Mauer reiten«, entgegnete Osha. »Da wird er Riesen finden, oder sie finden ihn. Mein Bruder hat eine Riesenfrau getötet. Zehn Fuß war sie groß und dabei verkrüppelt. Man weiß, dass sie bis zu zwölf Fuß, sogar dreizehn werden. Widerliche Viecher sind sie, nur Haare und Zähne, und die Frauen haben Bärte wie ihre Männer, sodass man sie nicht auseinanderhalten kann. Die Frauen nehmen sich menschliche Männer zum Liebhaber, und von denen stammen dann die Mischlinge. Schlimmer ist es für die Frauen, die sie fangen. Die Männer sind so groß, dass sie eine Maid zerreißen, bevor sie ihr ein Kind machen.« Sie grinste ihn an. »Aber du weißt gar nicht, was ich meine, was, Junge?«

»Weiß ich doch«, beharrte Bran. Er kannte die Paarung. Er hatte Hunde auf dem Hof gesehen und einen Hengst, der eine Stute bestieg. Trotzdem, darüber zu reden war ihm unangenehm. Er sah Hodor an. »Geh und hol dir deine Sachen, Hodor«, sagte er. »Zieh dich an.«

»Hodor.« Er nahm den Weg, den er gekommen war, und duckte sich unter einem tiefhängenden Ast hindurch.

Er ist *wirklich* groß, dachte Bran, als er ihm hinterhersah. »Gibt es tatsächlich Riesen hinter der Mauer?«, fragte er Osha unsicher.

»Riesen und Schlimmeres als Riesen, kleiner Lord. Ich

habe versucht, es deinem Bruder zu sagen, als er seine Fragen stellte, er und euer Maester und dieser grinsende Jüngling Graufreud. Der kalte Wind kommt auf, und Menschen lassen ihre Feuer hinter sich und kehren nie zurück ... oder wenn sie es tun, so sind sie keine Menschen mehr, sondern nur noch Wesen mit blauen Augen und kalten, schwarzen Händen. Was meinst du, wieso ich mit Stiv und Hali und den anderen Dummköpfen nach Süden gezogen bin? Manke glaubt, er kann kämpfen, der tapfere, süße, sture Mann, als wären die Weißen Wanderer nicht mehr als Grenzer, aber was weiß er schon? Er kann sich König-hinter-der-Mauer nennen, so viel er will, aber er ist und bleibt nur eine unter vielen schwarzen Krähen, die vom Schattenturm herabgeflogen sind. Den Winter hat er nie erlebt. Ich bin da oben *geboren*, Kind, wie meine Mutter und ihre Mutter vor ihr und *deren* Mutter vor ihr. Ich bin vom Freien Volk. Wir erinnern uns.« Osha stand auf, und ihre Ketten rasselten. »Ich habe versucht, es deinem kleinen Lordbruder zu erklären. Erst gestern, als ich ihn auf dem Hof getroffen habe. ›M'lord Stark‹, habe ich gerufen, so respektvoll wie möglich, aber er hat durch mich hindurchgesehen, und schon stößt mich dieser verschwitzte Ochse Großjon Umber beiseite. Sei es, wie es sei. Ich trage meine Eisen und hüte meine Zunge. ›Ein Mann, der nicht hören will, kann nichts verstehen.‹«

»Erzähl es *mir*. Robb wird auf mich hören, das weiß ich genau.«

»Ob er es tut? Wir werden sehen. Sag es ihm, kleiner Lord. Sag ihm, er ist auf dem besten Wege, in die falsche Richtung zu marschieren. Nach Norden sollte er seine Schwerter richten. *Norden,* nicht Süden. Begreifst du?«

Bran nickte. »Ich werde es ihm sagen.«

Doch an jenem Abend, als sie in der Großen Halle feierten, war Robb nicht unter ihnen. Stattdessen nahm er sein Mahl im Solar ein, mit Lord Rickard und dem Großjon und den anderen verbündeten Lords, um die letzten Pläne für den bevorstehenden langen Marsch zu schmieden. Es blieb Bran überlassen, seinen Stuhl am Kopf des Tisches zu besetzen und den Gastgeber für Lord Karstarks Söhne und ehrenwerte Freunde zu spielen. Sie saßen bereits an ihren Plätzen, als Hodor Bran auf seinen Schultern in die Halle trug und neben dem Thronsitz kniete. Zwei Diener hoben ihn aus seinem Korb. Bran spürte die Blicke jedes einzelnen Fremden in der Halle. Stille war eingekehrt. »Mylords«, verkündete Hallis Mollen, »Brandon Stark von Winterfell.«

»Ich heiße Euch an unseren Feuern willkommen«, sagte Bran steif, »und entbiete Euch Speis und Trank zu Ehren Eurer Freundschaft.«

Harrion Karstark, der älteste von Lord Rickards Söhnen, verneigte sich und nach ihm seine Brüder, doch während sie sich wieder setzten, hörte er durchs Klirren der Weinbecher, wie sich die jüngeren der beiden mit leiser Stimme unterhielten. »… eher sterben, als so zu leben«, murmelte der eine, der Namensvetter seines Vaters Eddard, und sein Bruder Torrhen sagte, wahrscheinlich sei der Junge innerlich ebenso gebrochen wie äußerlich, zu feige, sich das Leben selbst zu nehmen.

Gebrochen, dachte Bran verbittert und griff zum Messer. Das war er nun? Bran, der Gebrochene? »Ich will nicht gebrochen sein«, flüsterte er Maester Luwin wütend zu, der zu seiner Rechten saß. »Ich will ein Ritter sein.«

»Es gibt manchen, der meinen Orden den der Ritter des Geistes nennt«, erwiderte Luwin. »Du bist ein trefflich kluger Junge, wenn du daran arbeitest, Bran. Hast du schon je daran gedacht, die Ordenskette eines Maesters anzulegen? Grenzen dessen, was sich lernen ließe, gibt es nicht.«

»Ich möchte die *Magie* erlernen«, erklärte Bran. »Die Krähe hat versprochen, dass ich fliegen würde.«

207

Maester Luwin seufzte. »Ich kann dich in der Historie unterrichten, in der Heilkunst, in der Pflanzenkunde. Ich kann dich die Sprache der Raben lehren, wie man eine Burg baut und wie ein Seemann sein Schiff nach den Sternen lenkt. Ich kann dich lehren, die Tage zu messen und die Jahreszeiten zu benennen, und in der Citadel von Altsass kann man dich noch in tausend anderen Dingen unterweisen. Aber, Bran, kein Mensch kann dir Magie beibringen.«

»Die Kinder konnten es«, sagte Bran. »Die Kinder des Waldes.« Das erinnerte ihn an das Versprechen, das er Osha im Götterhain gegeben hatte, also berichtete er Luwin, was sie erzählt hatte.

Der Maester lauschte höflich. »Die Wildlingsfrau könnte die Alte Nan noch im Geschichtenspinnen unterrichten, denke ich«, sagte er, als Bran fertig war. »Ich werde mit ihr sprechen, wenn du möchtest, aber es wäre das Beste, wenn du deinen Bruder nicht mit dieser Narretei belastest. Er hat mehr als genug zu bedenken und sollte sich nicht noch dazu um Riesen und tote Männer in den Wäldern sorgen müssen. Es sind die Lennisters, die deinen Vater gefangen halten, Bran, nicht die Kinder des Waldes.« Sanft legte er Bran eine Hand auf den Arm. »Denk darüber nach, was ich dir gesagt habe, Junge.«

Und zwei Tage später, als der Morgen rot am windgepeitschten Himmel begann, fand sich Bran auf dem Hof unter dem Tor wieder, auf Tänzerins Rücken festgeschnallt, und nahm von seinem Bruder Abschied.

»Du bist nun Herr auf Winterfell«, erklärte Robb. Er saß auf einem zottig grauen Hengst, sein Schild hing an der Flanke des Pferdes, Holz, von Eisen eingefasst, weiß und grau, und darauf das zähnefletschende Gesicht eines Schattenwolfes. Sein Bruder trug graue Ketten über gebleichtem Leder, Schwert und Dolch an seiner Hüfte, einen pelzbesetzten Umhang um die Schultern. »Du musst an meine

Stelle treten, wie ich an Vaters getreten bin, bis wir heim-kehren.«

»Ich weiß«, erwiderte Bran niedergeschlagen. Nie zuvor hatte er sich derart klein oder allein oder verschüchtert ge-fühlt. Er wusste nicht, wie man ein Lord war.

»Höre auf Maester Luwins Rat und kümmere dich um Rickon. Sag ihm, ich käme wieder, sobald die Kämpfe vor-über sind.«

Rickon hatte sich geweigert, herunterzukommen. Er hock-te oben in seiner Kammer, rotäugig und trotzig. »Nein!«, hatte er geschrien, als Bran ihn fragte, ob er sich von Robb denn nicht verabschieden wolle. »*KEIN Abschied!*«

»Ich habe es ihm gesagt«, antwortete Bran. »Er meint, niemand kommt je zurück.«

»Er kann nicht ewig ein Säugling bleiben. Er ist ein Stark und fast schon vier.« Robb seufzte. »Nun, Mutter wird bald zu Hause sein. Ich bringe Vater mit, versprochen.«

Er wendete sein Pferd und trabte davon. Grauwind folgte ihm, lief neben dem Streitross, schlank und schnell. Hallis Mollen ritt vor ihnen durch das Tor, trug das flatternde, weiße Banner des Hauses Stark über einer hohen Standarte von grauer Asche. Theon Graufreud und der Großjon flan-kierten Robb, und ihre Ritter formierten sich hinter ihnen zu einer doppelten Kolonne, und die stählernen Spitzen ih-rer Lanzen glitzerten in der Sonne.

Beunruhigt dachte er an Oshas Worte. *Er marschiert in die falsche Richtung*, dachte er. Einen Moment lang wäre er ihm gern nachgaloppiert, um ihn zu warnen, doch als Robb unter den Falltoren verschwand, war der Augenblick ver-gangen.

Von jenseits der Burgmauern war Geschrei zu hören. Die Fußsoldaten und Dorfbewohner jubelten Robb zu, wäh-rend er vorüberritt. Jubel für Lord Stark, für den Herrn von Winterfell auf seinem großen Hengst, mit seinem flatternden Umhang und Grauwind an seiner Seite. Ihm würden sie niemals so zujubeln, drängte es sich mit dumpfem Schmerz in sein Bewusstsein. Er mochte der Lord von Winterfell sein, solange sein Bruder und sein Vater fort waren, dennoch blieb er Bran, der Gebrochene. Er konnte nicht einmal allein von seinem Pferd steigen.

Als der ferne Jubel zu Stille verklungen war und sich der Hof schließlich geleert hatte, erschien ihm Winterfell verlassen und tot. Bran betrachtete die Gesichter derjenigen, die geblieben waren, Frauen und Kinder und alte Männer … und Hodor. Der riesenhafte Stalljunge sah ihn mit verlorenem und verängstigtem Blick an. »Hodor?«, sagte er traurig.

»Hodor«, stimmte Bran ihm zu, ohne zu wissen, was es bedeutete.

 DAENERYS

Nachdem er sich mit ihr vergnügt hatte, erhob sich Khal Drogo von der gemeinsamen Bettstatt und ragte über ihr auf. Dunkel wie Bronze schimmerte seine Haut im rötlichen Licht des Feuers, die leisen Spuren alter Narben waren deutlich auf seiner breiten Brust zu erkennen. Pechschwarzes Haar, offen und ungebunden, wallte über Schultern und Rücken hinab, weit über seine Hüften. Feucht glänzte seine Männlichkeit. Der Mund des *Khal* zuckte zweifelnd unter seinem langen Schnauzbart. »Der Hengst, der die Welt besteigt, braucht keine Eisenstühle.«

Dany stützte sich auf einen Ellenbogen und blickte zu ihm auf, wie er groß und prachtvoll dastand. Besonders sein Haar liebte sie. Es war nie geschnitten worden, er hatte nie eine Niederlage erlitten. »Der Prophezeiung nach wird der Hengst zu den Enden der Welt reiten«, sagte sie.

»Die Erde endet am schwarzen Salzmeer«, entgegnete Drogo barsch. Er befeuchtete ein Tuch in einem Becken mit warmem Wasser, um Schweiß und Öl von seiner Haut zu waschen. »Kein Pferd kann das giftige Wasser überqueren.«

»In den Freien Städten gibt es Tausende von Schiffen«, erklärte ihm Dany wie schon oft zuvor. »Hölzerne Pferde mit hundert Beinen, die auf windgefüllten Flügeln über die See fliegen.«

Khal Drogo wollte davon nichts hören. »Ich werde nicht mehr weiter über Holzpferde und Eisenstühle sprechen.«

Er ließ das Tuch fallen und begann, sich anzuziehen. »Heute werde ich ins Gras gehen und jagen, Eheweib«, verkündete er, während er sich eine bemalte Weste überzog und einen breiten Gürtel mit schweren Medaillons aus Silber, Gold und Bronze anlegte.

»Ja, meine Sonne, meine Sterne«, sagte Dany. Drogo würde seine Blutreiter nehmen und sich auf die Suche nach *Hrakkar*, dem großen, weißen Löwen der Steppe machen. Falls sie erfolgreich heimkehrten, wäre die Freude ihres Gatten unbändig, und vielleicht würde er sie dann anhören.

Wilde Tiere fürchtete er nicht und auch keinen Menschen, der je über diese Erde gewandelt war, doch das Meer war eine andere Sache. Für die Dothraki war Wasser, das Pferde nicht trinken konnten, faulig. Die wogenden, graugrünen Ebenen des Meeres erfüllten sie mit argwöhnischer Verachtung. Drogo war in einem halben Hundert Dinge kühner als die anderen Pferdeherren, wie sie herausgefunden hatte … nur nicht in dieser Hinsicht. Wenn sie ihn nur auf ein Schiff locken könnte …

Nachdem der *Khal* und seine Blutreiter mit ihren Bögen fortgeritten waren, rief Dany ihre Dienerinnen. Ihr Leib fühlte sich so fett und plump an, dass sie die Hilfe ihrer starken Arme und flinken Hände willkommen hieß, während ihr früher die Art und Weise, in der man sie umschwirrte und umschwärmte, oftmals unangenehm gewesen war. Man schrubbte sie sauber und kleidete sie in weite, fließende Seide. Als Doreah ihr Haar auskämmte, schickte sie Jhiqui, nach Ser Jorah Mormont zu suchen.

Der Ritter kam sogleich. Er trug Hosen aus Pferdehaar und eine bemalte Weste wie ein Reiter. Grobes, schwarzes Haar überzog seine breite Brust und die muskulösen Arme. »Meine Prinzessin, wie kann ich Euch zu Diensten sein?«

»Ihr müsst mit meinem Hohen Gatten sprechen«, sagte Dany. »Drogo sagt, der Hengst, der die Welt besteigt, wird über alle Länder unserer Erde herrschen und muss nicht übers giftige Wasser fahren. Er spricht davon, sein *Khalasar* gen Osten zu führen, sobald Rhaego geboren ist, um die Länder an der Jadesee zu plündern.«

Der Ritter wirkte nachdenklich. »Der *Khal* hat die Sieben Königslande nie gesehen«, sagte er. »Sie bedeuten ihm nichts. Wenn er überhaupt eine Vorstellung von ihnen hat, dann denkt er ohne Zweifel nur an Inseln, ein paar kleine Städte, die sich wie Lorath oder Lys an die Klippen klammern, umgeben von stürmischer See. Die Reichtümer des Ostens müssen ihm verheißungsvoller erscheinen.«

»Aber er muss nach *Westen* reiten«, wandte Dany verzweifelt ein. »Bitte, helft mir, es ihm zu vermitteln.« Auch sie hatte die Sieben Königslande nie gesehen, ebenso wenig wie Drogo, doch war ihr, als kannte sie diese aus all den Geschichten, die ihr Bruder erzählt hatte. Tausendmal hatte Viserys versprochen, dass er sie eines Tages dorthin bringen wollte, und nun war er tot, und sein Versprechen war mit ihm gestorben.

»Die Dothraki handeln nach ihrer eigenen Zeit, nach ihren eigenen Beweggründen«, antwortete der Ritter. »Habt Geduld, Prinzessin. Begeht nicht den Fehler Eures Bruders. Wir werden in die Heimat zurückkehren, das verspreche ich.«

Heimat? Das Wort stimmte sie traurig. Ser Jorah hatte seine Büreninsel, aber wo lag *ihre* Heimat? Ein paar Geschichten, Namen, die man feierlich wie Gedichte rezitierte, die verblassende Erinnerung an eine rote Tür ... sollte Vaes Dothrak für immer ihre Heimat sein? Wenn sie die alten Weiber der *Dosh Khaleen* sah, blickte sie dann in ihre eigene Zukunft?

Ser Jorah schien die Trauer in ihrem Gesicht gelesen zu haben. »Heute Nacht ist eine große Karawane eingetroffen, *Khaleesi*. Vierhundert Pferde von Pentos aus über Norvos und Qohor, unter dem Kommando von Handelskapitän Byan Votyris. Vielleicht hat Illyrio einen Brief geschickt. Möchtet Ihr dem Westlichen Markt einen Besuch abstatten?«

Dany rührte sich. »Ja«, sagte sie. »Das würde ich gern.« Die Märkte erwachten zu Leben, wenn eine Karawane kam. Man konnte nie wissen, welche Schätze die Händler diesmal brachten, und es würde ihr guttun, mal wieder zu hören, wie Menschen das Valyrisch sprachen, das sie aus den Freien Städten kannte. »Irri, lass eine Sänfte vorbereiten.«

»Ich werde Eurem *Khas* Bescheid geben«, sagte Ser Jorah, als er sich zurückzog.

Wäre Khal Drogo bei ihr gewesen, hätte Dany ihre Silberne geritten. Unter den Dothraki saßen werdende Mütter fast bis zum Augenblick der Geburt auf dem Rücken der Pferde, und in den Augen ihres Mannes wollte sie nicht schwach erscheinen. Doch da der *Khal* zur Jagd war, lehnte sie sich gern in weiche Kissen und ließ sich durch Vaes Dothrak tragen, die roten Seidenvorhänge zum Schutz gegen die Sonne zugezogen. Ser Jorah sattelte auf und ritt neben ihr, mit den vier jungen Männern ihres *Khas* und ihren Dienerinnen.

Der Tag war warm und wolkenlos, der Himmel von tiefem Blau. Wenn der Wind wehte, konnte sie die reichen Düfte von Gras und Erde riechen. Während ihre Sänfte zwischen den geraubten Monumenten hindurchkam, bewegte sie sich von Sonnenschein zum Schatten und zurück. Dany schaukelte voran, betrachtete die Gesichter von toten Helden und vergessenen Königen. Sie fragte sich, ob die Götter geschleifter Städte noch Gebete beantworten konnten.

Wenn ich nicht vom Blut des Drachen wäre, dachte sie wehmütig, *könnte das hier meine Heimat sein.* Sie war *Khaleesi,* hatte einen starken Mann, zudem ein schnelles Pferd, Frauen, die ihr dienten, Krieger, die sie schützten, einen Ehrenplatz unter den *Dosh Khaleen,* der im Alter auf sie wartete ... und in ihrem Schoß wuchs ein Sohn, der eines Tages die Welt reiten würde. Das sollte jeder Frau genügen ... doch nicht dem Drachen. Nachdem Viserys fort war, blieb nur Dany als Letzte, als Allerletzte. Sie war die Saat von Königen und Eroberern, und so auch das Kind in ihr. Das durfte sie niemals vergessen.

Der Westliche Markt war ein großer, viereckiger Platz aus festgetretener Erde, umgeben von Labyrinthen aus gebranntem Lehm, Ställen, weiß getünchten Trinkhallen. Hügel wuchsen aus dem Boden wie die Rücken großer, unterirdischer Tiere, gähnten mit schwarzen Mäulern, die in kühle und höhlenartige Lagerräume führten. Das Herz des Platzes war ein Irrgarten aus Buden und verschlungenen Gängen im Schatten gräserner Baldachine.

Hundert Händler und Kaufleute entluden ihre Waren und richteten sich an den Ständen ein, wenn sie eintrafen, und dennoch wirkte der große Markt still und einsam, verglichen mit den brodelnden Basaren, die Dany aus Pentos und den anderen Freien Städten kannte. Die Karawanen kamen von Ost und West nach Vaes Dothrak, nicht so sehr, um an die Dothraki zu verkaufen, sondern eher, um miteinander Handel zu treiben, so hatte Ser Jorah ihr erklärt. Die Reiter ließen sie unbehelligt, solange sie den Frieden der heiligen Stadt wahrten, weder die Mutter aller Berge noch die Wiege der Welt entweihten und den alten Weibern der *Dosh Khaleen* die traditionellen Gaben von Salz, Silber und Saatgut brachten. Die Dothraki verstanden diese Geschäfte mit dem Kaufen und Verkaufen nicht wirklich.

Dany gefiel auch das Fremde am Östlichen Markt, mit all den seltsamen Dingen, die es dort zu sehen, zu hören und zu riechen gab. Oft verbrachte sie den Morgen dort, aß Baumeier, Heuschreckenauflauf und grüne Nudeln, lausch-

te den hohen, klagenden Stimmen der Zaubersänger, be-
staunte Mantikore in silbernen Käfigen und mächtige,
graue Elefanten und die schwarz-weiß gestreiften Pferde
der Jogos Nhai. Auch erfreute sie sich an den Menschen:
dunkle, feierliche Asshai'i und große, blasse Qartheen, die
Männer von Yi Ti mit ihren leuchtenden Augen und Affen-
schwanzhüten. Kriegerinnen aus Bayasabhad, Shamyriana
und Kayakayanaya mit eisernen Ringen durch die Brustwarzen und Rubinen in den Wangen, selbst die mürrischen
und angsteinflößenden Schattenmänner, die ihre Arme und
Beine und Körper mit Tätowierungen schmückten und die
Gesichter hinter Masken versteckten. Der Östliche Markt
war für Dany ein Ort des Staunens und der Magie.

Doch der Westliche Markt duftete nach Heimat.

Als Irri und Jhiqui ihr aus der Sänfte halfen, schnüffelte sie und erkannte die scharfen Düfte von Knoblauch und
Pfeffer, was Dany an lang schon vergangene Tage in den
Gassen von Tyrosh und Myr erinnerte und ein zärtliches Lächeln wachrief. Dahinter roch sie die schweren, süßen Parfums von Lys. Sie sah Sklaven, die Ballen feiner myrischer
Spitze und weicher Wolle in einem Dutzend greller Farben
schleppten. Karawanenwächter wanderten mit kupfernen
Helmen und knielangen Gewändern aus gestepptem, gelbem Leinen durch die Gänge, leere Scheiden baumelten
von ihren gewebten Ledergurten. An einem Stand stellte
ein Waffenschmied stählerne Brustpanzer aus, mit Gold
und Silber in verzierten Mustern beschlagen, dazu Helme,
die zur Form kurioser Tiere gehämmert waren. Daneben
verkaufte eine hübsche, junge Frau Goldarbeiten aus Lennishort, Ringe und Broschen und Halsringe und exquisit
geschmiedete Medaillons für Gürtel. Ein mächtiger Eunuch
bewachte ihren Stand; stumm, haarlos und in schweißfle-
ckigen Samt gekleidet blickte er jedem mit finsterer Miene entgegen, der sich ihm näherte. Gegenüber feilschte ein

fetter Tuchhändler aus Yi Ti mit einem Pentoshi über den Preis eines grünen Färbemittels, wobei der Affenschwanz an seiner Mütze hin und her flog, wenn er den Kopf schüttelte.

»Als ich ein kleines Mädchen war, habe ich furchtbar gern auf dem Basar gespielt«, erzählte Dany Ser Jorah, derweil sie den schattigen Gang zwischen den Buden entlanggingen. »Es war dort so *lebendig,* das Rufen und Lachen all der Leute, so viele wunderbare Dinge, die es dort zu sehen gab ... obwohl wir nur selten genug Geld hatten, etwas zu erstehen ... nun, außer hin und wieder eine Wurst oder Honigfinger ... gibt es in den Sieben Königslanden Honigfinger, solche wie man sie drüben in Tyrosh backt?«

»Es sind Kuchen, oder? Das weiß ich nicht, Prinzessin.« Der Ritter verneigte sich. »Wenn Ihr mich eine Weile entschuldigen würdet, mache ich mich auf die Suche nach dem Handelskommandanten, um zu fragen, ob er Briefe für uns hat.«

»Also gut. Ich werde Euch helfen, ihn zu suchen.«

»Es besteht kein Grund, dass Ihr Euch die Mühe machen solltet.« Ungeduldig wandte sich Ser Jorah ab. »Freut Euch am Markt. Ich schließe mich Euch wieder an, wenn mein Auftrag ausgeführt ist.«

Seltsam, dachte Dany, während sie ihm nachblickte, als er durch die Menge schritt. Sie verstand nicht, wieso sie ihn nicht begleiten sollte. Vielleicht wollte Ser Jorah nach dem Besuch beim Handelskommandanten eine Frau treffen. Stets reisten Huren mit den Karawanen, wie sie wusste, und manche Männer waren merkwürdig scheu, was ihre Paarungen betraf. Sie zuckte mit den Achseln. »Kommt«, sagte sie zu den anderen.

Ihre Dienerinnen folgten Dany, indes sie ihren Spaziergang über den Markt wieder aufnahm. »Oh, sieh nur«, rief sie Doreah zu, »das sind die Würste, die ich meinte.« Sie deutete auf einen Stand, an dem eine verhutzelte, kleine Frau auf einem heißen Stein Fleisch und Zwiebeln grillte. »Man macht sie mit reichlich Knoblauch und scharfem Paprika.« Von ihrer Entdeckung hocherfreut bestand Dany darauf, dass sich die anderen ihr zu einer Wurst anschlossen. Ihre Dienerinnen schlangen die ihren kichernd und grinsend herunter, während die Männer ihres *Khas* misstrauisch am Fleisch rochen. »Sie schmecken anders, als ich sie in Erinnerung habe«, sagte Dany nach ihren ersten Bissen.

»In Pentos bereite ich sie aus Schweinefleisch«, sagte die alte Frau, »aber alle meine Schweine sind auf dem Dothrakischen Meer verendet. Diese sind aus Pferdefleisch, *Khaleesi*, nur würze ich sie wie gewohnt.«

»Oh.« Dany war enttäuscht, doch Quaro mochte seine Wurst so gern, dass er sich entschloss, noch eine zu nehmen, und Rakharo musste ihn übertreffen und laut rülpsend drei weitere verschlingen. Dany kicherte.

»Ihr habt nicht gelacht, seit Euer Bruder, der *Khal Rhaggat* von Drogo, gekrönt wurde«, sagte Irri. »Es tut gut, Euch so zu sehen, *Khaleesi*.«

Dany lächelte scheu. Es tat wirklich gut zu lachen. Halbwegs fühlte sie sich wieder wie ein Mädchen.

Den halben Morgen wanderten sie umher. Sie sah einen wunderschönen, gefiederten Umhang von den Sommerinseln und bekam ihn als Geschenk. Im Gegenzug ließ sie dem Händler ein Silbermedaillon von ihrem Gürtel. So war es unter den Dothraki üblich. Ein Vogelhändler lehrte einen grün-roten Papageien, ihren Namen zu sagen, und wieder lachte Dany, weigerte sich jedoch trotzdem, ihn zu kaufen. Was sollte sie mit einem grün-roten Papagei in einem *Khalasar*? Dennoch nahm sie ein Dutzend Fläschchen mit Duftölen, den Parfums ihrer Kindheit. Sie musste nur die Augen schließen und daran riechen, und sie konnte das große Haus mit der roten Tür wieder sehen. Als Doreah an einem

Zauberstand sehnsüchtig ein Fruchtbarkeitsamulett betrachtete, erwarb Dany auch dieses, schenkte es der Dienerin und dachte, sie müsse auch etwas für Irri und Jhiqui finden.

Sie bogen um eine Ecke und kamen zu einem Weinhändler, der Passanten fingerhutgroße Schälchen mit seiner Ware anbot. »Süßer Roter«, rief er in fließendem Dothrakisch, »ich habe süßen Roten aus Lys und Volantis und vom Arbor. Weißen aus Lys, Birnenbranntwein von den Tyroshi, Feuerwein, Pfefferwein, den hellen, grünen Nektar von Myr. Rauchbeerenkekse und andalischen Sauerbrand, ich habe alles, ich habe alles.« Er war ein kleiner Mann, schlank und gut aussehend, sein flachsblondes Haar gelockt und nach der Mode von Lys parfümiert. Als Dany vor seiner Bude stehen blieb, verneigte er sich tief. »Eine Probe für die *Khaleesi?* Ich habe süßen Roten aus Dorne, Mylady, er singt von Pflaumen und Kirschen und reifer, dunkler Eiche. Ein Fässchen, einen Kelch, einen Schluck? Einmal nur probieren, und Ihr werdet Euer Kind nach mir benennen.«

Dany lächelte. »Mein Sohn hat schon einen Namen, aber ich werde Euren Sommerwein versuchen«, sagte sie auf Valyrisch, dem Valyrisch, wie man es in den Freien Städten sprach. Die Worte fühlten sich seltsam auf der Zunge an nach so langer Zeit. »Nur ein wenig probieren, wenn Ihr so freundlich wärt.«

Der Händler schien sie für eine Dothraki gehalten zu haben, mit ihren Kleidern, dem geölten Haar und der sonnengebräunten Haut. Als sie sprach, glotzte er sie erstaunt an. »Mylady, seid Ihr eine … Tyroshi? Kann es sein?«

»Meine Sprache mag Tyroshi sein und meine Kleidung Dothrakisch, doch stamme ich aus Westeros in den Königreichen der Abendländer«, erklärte ihm Dany.

Doreah trat neben sie. »Ihr habt die Ehre, mit Daenerys aus dem Hause Targaryen zu sprechen, Daenerys Sturmtochter, *Khaleesi* des Reitenden Volkes und Prinzessin der Sieben Königslande.«

Der Weinhändler fiel auf die Knie. »Prinzessin«, sagte er und verneigte sich.

»Erhebt Euch«, befahl Dany. »Ich würde dennoch gern diesen Sommerwein probieren, von dem die Rede war.«

Der Mann sprang auf. »Den? Dornischer Fusel. Der ist einer Prinzessin nicht wert. Ich habe trockenen Roten vom Arbor, frisch und köstlich. Bitte lasst mich Euch ein Fässchen schenken.«

Bei seinen Besuchen in den Freien Städten hatte Khal Drogo guten Wein schätzen gelernt, und Dany wusste, dass ein solch edler Tropfen ihm gefallen würde. »Ihr ehrt mich, Ser«, murmelte sie anmutig.

»Die Ehre ist ganz meinerseits.« Der Händler rumorte hinten in seiner Bude herum und holte ein kleines Eichenfässchen hervor. Ins Holz gebrannt sah man eine Rebe. »Das Siegel von Rothweyn«, sagte er und zeigte darauf, »für den Arbor. Es gibt kein edleres Getränk.«

»Khal Drogo und ich werden es gemeinsam trinken. Aggo, sei so gut und bring es zu meiner Sänfte.« Der Weinhändler strahlte, während der Dothraki das Fässchen hochhob.

Sie merkte erst, dass Ser Jorah wieder da war, als sie den Ritter sagen hörte: »*Nein.*« Seine Stimme klang merkwürdig barsch. »Aggo, stell das Fass ab.«

Aggo sah Dany an. Zögernd nickte sie. »Ser Jorah, stimmt etwas nicht?«

»Ich habe Durst. Mach auf, Weinhändler.«

Der Kaufmann legte seine Stirn in Falten. »Der Wein ist für die *Khaleesi*, nicht für Euresgleichen, Ser.«

Ser Jorah trat näher an den Stand heran. »Wenn Ihr das Fass nicht öffnet, werde ich es mit Eurem Kopf aufschlagen.« Er trug hier in der heiligen Stadt keine Waffen bei sich, nur seine Hände – doch diese Hände genügten: groß, hart, gefährlich, seine Knöchel von borstigem Haar bewachsen. Der Weinhändler zögerte einen Moment, dann nahm er seinen Hammer und schlug den Korken aus dem Fass.

»Schenkt ein«, befahl Ser Jorah. Die vier jungen Krieger von Danys *Khas* bauten sich hinter ihm auf, stirnrunzelnd, beobachteten ihn mit dunklen, mandelförmigen Augen.

»Es wäre ein Verbrechen, einen derart vollmundigen Wein zu trinken, ohne dass man ihn vorher atmen ließe.« Der Weinhändler hatte seinen Hammer noch nicht fortgelegt.

Jhogo griff nach der Peitsche, die sich an seinem Gürtel rollte, aber Dany hielt ihn mit einer leichten Berührung am Arm zurück. »Tut, was Ser Jorah sagt«, sagte sie. Leute blieben stehen und sahen zu.

Der Mann warf ihr einen kurzen, verdrossenen Blick zu. »Wie die Prinzessin befiehlt.« Er musste den Hammer beiseitelegen, um das Fass hochzuheben. Zwei fingerhutgroße Becher schenkte er voll, so geschickt, dass er keinen Tropfen vergeudete.

Ser Jorah hob einen Becher an, roch am Wein und legte die Stirn in Falten.

»Süß ist er, nicht?«, sagte der Weinhändler lächelnd. »Könnt Ihr die Frucht riechen, Ser? Der Duft vom Arbor. Probiert ihn, Mylord, und sagt mir, ob er der feinste, vollmundigste Wein ist, der je Eure Zunge gekitzelt hat.«

Ser Jorah bot ihm den Becher an. »Ihr probiert zuerst.«

»Ich?« Der Mann lachte. »Ich bin diesen edlen Tropfen nicht wert, Mylord. Und ich wäre ein armer Weinhändler, wenn ich meine eigene Ware tränke.« Sein Lächeln war freundlich, doch sah sie den Schweiß auf seiner Stirn.

»*Trinkt*«, sagte Dany, kalt wie Eis. »Leert den Becher, oder ich werde ihnen sagen, sie sollen Euch auf den Boden drücken, während Ser Jorah das ganze Fass in Eure Kehle gießt.«

Der Weinhändler zuckte mit den Achseln, griff nach dem Becher ... nahm stattdessen das Fass und schleuderte es mit beiden Händen nach ihr. Ser Jorah warf sich vor sie, stieß sie aus dem Weg. Das Fässchen prallte an seiner Schulter ab, fiel zu Boden und barst. Dany taumelte und verlor das Gleichgewicht. »*Nein*«, schrie sie, streckte die Arme aus, um den Sturz zu bremsen ... und Doreah hielt sie am Arm und riss sie zurück, sodass sie auf den Beinen und nicht auf dem Bauch landete.

Der Händler sprang über seinen Stand, schoss zwischen Aggo und Rakharo hindurch. Quaro griff nach einem *Arakh*, doch der blonde Mann stieß ihn beiseite. Er stürmte in die Gasse hinunter. Dany hörte Jhogos Peitsche knallen, sah, wie das Leder zuckte und sich um das Bein des Weinhändlers rollte. Der Mann fiel, Gesicht voran, in den Dreck.

Ein Dutzend Karawanenwachen kamen angelaufen. Unter ihnen fand sich der Oberste selbst, Handelskommandant Byan Votyris, ein winzig kleiner Norvoshi mit Haut wie altes Leder und borstigem, blauem Schnauzbart, der sich bis an seine Ohren schwang. Er schien zu erfassen, was geschehen war, ohne dass ein Wort gesprochen wurde. »Bringt den Mann hier fort, damit er sich schon einmal auf den *Khal* freuen kann«, befahl er und deutete auf den Mann am Boden. Zwei Wachen rissen den Weinhändler auf die Beine. »Seine Waren sind die Euren, Prinzessin«, fuhr der Kommandant fort. »Ein kleiner Ausdruck des Bedauerns, dass einer der Meinen zu so etwas fähig ist.«

Doreah und Jhiqui halfen Dany wieder auf die Beine. Der vergiftete Wein rann aus dem geborstenen Fass in den Schmutz. »Woher wusstet Ihr?«, fragte sie Ser Jorah bebend. »*Woher?*«

»Ich wusste es nicht, *Khaleesi*, erst als der Mann sich zu

trinken weigerte, aber nachdem ich Magister Illyrios Brief gelesen hatte, befürchtete ich so etwas.« Sein Blick wanderte über den Markt. »Kommt. Lasst uns lieber nicht hier reden.«

Den Tränen nah wurde Dany zurückgetragen. In ihrem Mund hatte sich ein wohlbekannter Geschmack ausgebreitet: Jahrelang hatte sie in panischer Angst vor Viserys gelebt, stets auf der Hut, den Drachen nicht zu wecken. Dies hier war sogar noch schlimmer. Jetzt galt die Angst nicht nur ihr selbst, sondern ihrem Sohn. Er schien ihre Sorge zu spüren, denn er rührte sich rastlos in ihrem Bauch. Sanft strich Dany über die Wölbung, wünschte, sie könne ihn berühren, ihn umarmen, trösten. »Du bist das Blut des Drachen, mein Kleiner«, flüsterte sie, während ihre Sänfte schaukelte, die Vorhänge zugezogen. »Du bist das Blut des Drachen, und der Drachen fürchtet sich nicht.«

Unter dem hohlen Erdhügel, den sie in Vaes Dothrak bewohnte, entließ Dany sie alle … nur Ser Jorah nicht. »Sagt mir«, befahl sie, während sie auf ihre Kissen sank, »war es der Usurpator?«

»Ja.« Der Ritter zog ein gefaltetes Pergament hervor. »Ein Brief an Viserys von Magister Illyrio. Robert Baratheon bietet Land und Lordschaft für Euren Tod und den Eures Bruders.«

»Für den Tod meines Bruders?« Ihr Schluchzen war ein halbes Lachen. »Er weiß es noch nicht, was? Der Usurpator schuldet Drogo eine Lordschaft.« Diesmal war ihr Lachen ein halbes Schluchzen. Schützend legte sie die Arme um sich. »Und für meinen Tod, sagt Ihr? Nur meinen?«

»Für Euren und den des Kindes«, erwiderte Jorah grimmig.

»Nein. Er darf meinen Sohn nicht bekommen.« Sie wollte nicht weinen, beschloss sie. Sie wollte nicht vor Angst zittern. Jetzt hat der Usurpator den Drachen geweckt, sagte sie sich ... und ihr Blick fuhr zu den Dracheneiern, die in ihrem Nest von schwarzem Samt lagen. Der flackernde Lichterschein zeichnete die steinernen Schuppen nach, und schimmernde Stäubchen von Jade und Rot und Gold schwirrten in der Luft wie Höflinge um einen König.

War es der Wahnsinn, der von ihr Besitz ergriff, aus Angst geboren? Oder ein uraltes Wissen, das in ihrem Blut verewigt war? Dany konnte es nicht sagen. Sie hörte, wie ihre eigene Stimme sprach: »Ser Jorah, zündet die Kohlenpfanne an.«

»*Khaleesi?*« Der Ritter blickte sie verwundert an. »Es ist so heiß. Seid Ihr sicher?«

Nie zuvor war sie sicherer gewesen. »Ja. Mir ... mir ist kalt. Zündet die Kohlenpfanne an.«

Er verneigte sich. »Euer Wunsch ist mir Befehl.«

Als die Kohlen glühten, schickte Dany Ser Jorah fort. Sie musste bei dem, was sie tun wollte, allein sein. *Es ist Wahnsinn*, sagte sie sich, indes sie das schwarzrote Ei vom Samt nahm. *Es wird nur zerbrechen und brennen, und es ist so schön. Ser Jorah wird mich eine Närrin schimpfen, wenn ich es ruiniere, und dennoch, dennoch ...*

Mit beiden Händen trug sie das Ei zum Feuer und legte es zwischen die brennenden Kohlen. Die schwarzen Schuppen erglühten, tranken die Hitze. Flammen leckten mit kleinen, roten Zungen am Stein. Dany legte die beiden anderen Steine neben das Schwarze ins Feuer. Sie trat von der Kohlenpfanne zurück, und der Atem in ihrer Kehle bebte.

Sie sah zu, bis die Kohle zu Asche verfallen war. Funken stoben zum Rauchloch auf. Hitze umflimmerte die Dracheneier in Wellen. Und das war alles.

Euer Bruder Rhaegar war der letzte Drache, hatte Ser Jorah gesagt. Traurig betrachtete Dany die Eier. Was hatte sie erwartet? Vor tausend tausend Jahren hatten sie gelebt, doch jetzt waren sie nur noch hübsche Steine. Sie konnte keinen

Drachen machen. Ein Drache war Luft und Feuer. Lebendes Fleisch, nicht toter Stein.

Die Kohlenpfanne war bereits erkaltet, als Khal Drogo zurückkehrte. Cohollo führte ein Packpferd bei sich, auf dessen Rücken der Kadaver eines großen, weißen Löwen festgezurrt war. Darüber kamen die Sterne heraus. Der *Khal* lachte, als er sich von seinem Hengst schwang und ihr die Wunden an seinem Bein zeigte, die ihm der *Hrakkar* durch die Hosen hindurch beigebracht hatte. »Ich will dir aus seinem Fell einen Umhang machen, Mond meines Lebens«, versprach er.

Als Dany ihm erzählte, was auf dem Markt geschehen war, brach alles Lachen ab, und Khal Drogo wurde ganz still.

»Dieser Giftmischer war der Erste«, warnte Ser Jorah, »doch wird er nicht der Letzte sein. Menschen riskieren viel für eine Lordschaft.«

Drogo schwieg für eine Weile. Schließlich sagte er: »Dieser Gifthändler ist vor dem Mond meines Lebens fortgelaufen. Lieber hätte er ihr nachlaufen sollen. Und das wird er tun. Jhogo, Jorah, der Andale, Euch beiden sage ich: Wählt Euch jeder ein Pferd aus meiner Herde, und es soll Euch gehören. Von allen Pferden, bis auf meinen Roten und die Silberne, die mein Brautgeschenk an den Mond meines Lebens war. Damit will ich Euch belohnen für das, was Ihr getan habt.

Und auch Rhaego, Sohn des Drogo, dem Hengst, der die Welt besteigen wird, auch ihm verspreche ich ein Geschenk. Ihm soll dieser Eisenstuhl gehören, auf dem der Vater seiner Mutter saß. Ich schenke ihm die Sieben Königslande. Ich, Drogo, *Khal*, will solches tun.« Seine Stimme wurde laut, und er reckte die Faust in die Luft. »Ich werde mein *Khalasar* nach Westen führen, dorthin, wo die Welt endet, und auf hölzernen Pferden übers schwarze Salzwasser fahren, wie es noch kein *Khal* je getan hat. Ich werde diese Männer in ihren eisernen Anzügen töten und ihre steinernen Häuser einreißen. Ich werde ihre Frauen schänden, ihre Kinder als Sklaven nehmen und ihre zerschlagenen Götter zurück nach Vaes Dothrak bringen, damit sie sich vor der Mutter aller Berge verneigen. Das schwöre ich, Drogo, Sohn des Bharbo. Das schwöre ich vor der Mutter aller Berge, und die Sterne sollen meine Zeugen sein.«

Zwei Tage später zog sein *Khalasar* von Vaes Dothrak aus, machte sich südwestlich über die Steppe auf den Weg. Khal Drogo führte sie auf seinem großen, roten Hengst an, Daenerys neben sich auf ihrer Silbernen. Der Weinhändler hastete ihnen hinterher, nackt, zu Fuß, an Hals und Händen gefesselt. Seine Ketten waren am Sattel von Danys Silberner befestigt. Während sie ritt, lief er ihr nach, barfuß, stolpernd. Ihm würde nichts geschehen ... solange er nur Schritt hielt.

 CATELYN

Sie war zu weit entfernt, um die Banner deutlich zu erkennen, doch selbst durch den wogenden Nebel sah sie, dass sie weiß waren, mit einem dunklen Fleck in der Mitte, was nur der Schattenwolf der Starks sein konnte, grau auf eisigem Grund. Als sie es mit ihren eigenen Augen erblickte, hielt Catelyn ihr Pferd an und neigte zum Dank den Kopf. Die Götter waren gut. Sie kam nicht zu spät.

»Sie erwarten unser Kommen, Mylady«, sagte Ser Wylis Manderly, »wie es mein Hoher Vater versprochen hat.«

»Wir wollen sie nicht länger warten lassen, Ser.« Ser Brynden Tully gab seinem Pferd die Sporen und trabte eilig den Bannern entgegen. Catelyn ritt neben ihm.

Ser Wylis und sein Bruder, Ser Wendel, folgten ihnen, führten ihre ausgehobenen Truppen an, fast fünfzehnhundert Mann: um die zwanzig Ritter und ebenso viele Knappen, zweihundert berittene Lanzenträger, Schwertkämpfer, freie Reiter und der Rest Fußvolk, mit Speeren, Piken und Dreizacken bewaffnet. Lord Wyman war zurückgeblieben, um sich der Verteidigung Weißwasserhafens anzunehmen. Mit seinen fast sechzig Jahren war er zu korpulent, um auf einem Pferd zu sitzen. »Wenn ich geglaubt hätte, dass ich in meinem Leben noch einen Krieg erleben sollte, hätte ich einige Aale weniger gegessen«, hatte er Catelyn erklärt, als er sie vom Schiff abholte und mit beiden Händen über seinen Wanst strich. »Aber meine Jungen werden Euch sicher zu Eurem Sohn geleiten, nur keine Sorge.«

Seine zwei »Jungen« waren älter als Catelyn, und sie hätte sich gewünscht, dass die beiden nicht so direkt nach ihrem Vater kämen. Ser Wylis fehlten nur wenige Aale, bis auch er sein Pferd nicht mehr besteigen konnte. Sie hatte Mitleid mit dem armen Tier. Ser Wendel, der jüngere Sohn, wäre der dickste Mann gewesen, dem sie je begegnet war, hätte sie nur versäumt, seinen Vater und Bruder kennen zu lernen. Wylis war still und förmlich, Wendel laut und stürmisch, beide hatten prächtige Walrossbärte und Köpfe so kahl wie Kinderpopos. Keiner der zwei schien auch nur ein einziges Kleidungsstück zu besitzen, das nicht mit Essensflecken übersät war. Dennoch mochte sie die beiden gern. Sie hatten sie zu Robb gebracht, wie ihr Vater es geschworen hatte, und nichts anderes zählte.

Erfreut nahm sie zur Kenntnis, dass ihr Sohn Späher ausgesandt hatte, sogar gen Osten. Die Lennisters würden von Süden her kommen, wenn sie kamen, doch war es gut, dass Robb umsichtig vorging. *Mein Sohn führt eine Armee in die Schlacht*, dachte sie und konnte es nur halbwegs glauben. Sie machte sich verzweifelt Sorgen um ihn und auch um Winterfell, aber auch einen leisen Stolz konnte sie nicht verhehlen. Vor einem Jahr noch war er ein Kind gewesen. Was war er jetzt, fragte sie sich.

Vorreiter hatten die Banner der Manderlys erspäht – den weißen Wassergeist mit einem Dreizack in der Hand, der aus blaugrüner See auftauchte – und grüßten sie herzlich. Man führte sie an einen hoch liegenden Ort, der trocken genug für ein Lager war. Ser Wylis ließ dort halten und kümmerte sich darum, dass Feuer gemacht und die Pferde versorgt wurden, während sein Bruder Wendel mit Catelyn und ihrem Onkel weiterritt, um ihrem Lehnsherrn die Ehrerbietung ihres Vaters zu übermitteln.

Der Boden unter den Hufen ihrer Pferde war weich und nass. Langsam sank er unter ihnen weg, als sie an qualmenden Torffeuern, Reihen von Pferden und Wagen vorüberritten, die mit Dauerbrot und Salzfleisch schwer beladen waren. Auf einem steinigen Stück Land, das höher als die Umgebung lag, kamen sie am großen Zelt eines Lords mit Wänden aus schwerem Segeltuch vorbei. Catelyn erkannte das Banner, den Elchbullen der Hornwalds, braun auf dunklem, orangefarbenem Grund.

Gleich dahinter, im Nebel, entdeckte sie die Mauern und Türme von Maidengraben ... oder was davon geblieben war. Mächtige Blöcke von schwarzem Basalt, jeder davon so groß wie ein kleines Bauernhaus, lagen verstreut und umgestürzt herum wie Holzklötze von Kindern, halbwegs in der weichen, morastigen Erde versunken. Weiter war von dieser Mauer nichts geblieben, die einst so hoch wie die von Winterfell aufragte. Der hölzerne Turm war vor tausend Jahren schon vermodert, und nicht einmal mehr Holzstümpfe verrieten, wo er einst gestanden hatte. Von der großen Festung der Ersten Menschen war kaum etwas erhalten worden ... drei Türme, wo einst zwanzig gestanden hatten, falls man den Geschichtenerzählern Glauben schenken durfte.

Der Torhausturm wirkte stabil und konnte sich sogar einiger Meter Mauer zu beiden Seiten rühmen. Der Säuferturm drüben im Sumpf, wo sich einst die Süd- und Westmauer getroffen hatten, neigte sich wie ein Mann, der kurz davorstand, einen ganzen Bauch voll Wein in den Rinnstein zu spucken. Und der hohe, schlanke Kinderturm, in dem der Legende nach einst die Kinder des Waldes ihre namenlosen Götter angerufen hatten, damit diese den Hammer der Fluten senden sollten, hatte seine halbe Krone verloren. Er sah aus, als hätte irgendein Riesentier ein Stück aus den Zinnen oben am Turm herausgebissen. Alle drei Türme waren grün vom Moos. Ein Baum wuchs zwischen den Steinen an der Nordseite des Torhausturms, die knorrigen Äste mit klebrigen, weißen Decken aus Geisterfell behängt.

»Gnaden uns die Götter«, rief Ser Bryndon angesichts dessen, was vor ihnen lag. »*Das* ist Maidengraben? Es ist nicht mehr als eine …«

»… Todesfalle«, endete Catelyn. »Ich weiß, wie es aussieht, Onkel. Ich dachte beim ersten Mal dasselbe, aber Ned hat mir versichert, dass diese *Ruine* ernstzunehmender ist, als es den Anschein hat. Die drei verbliebenen Türme beherrschen den Damm von allen Seiten, und ein möglicher Feind muss zwischen ihnen hindurch. Die Sümpfe hier sind unpassierbar, voller Treibsand und Moorlöcher, und es wimmelt nur so von Schlangen. Um einen der Türme anzugreifen, müsste eine Armee bis an die Hüften durch schwarzen Schlamm waten, einen Graben voller Löwenechsen durchqueren und Mauern erklimmen, die vom Moos glitschig sind, während sie sich dabei dem Feuer durch Bogenschützen auf den anderen Türmen aussetzen.« Sie sah ihren Onkel mit breitem Grinsen an. »Und wenn es Nacht wird, treiben dort angeblich Gespenster ihr Unwesen, kalte, rachsüchtige Geister des Nordens, die es nach Südländerblut dürstet.«

Ser Brynden lachte in sich hinein. »Erinnert mich daran, nicht allzu lang dort zu verweilen. Als ich zuletzt in den Spiegel sah, war ich selbst noch ein Südländer.«

Auf allen drei Türmen hatte man Standarten gehisst. Das Sonnenbanner der Karstarks hing vom Säuferturm unter dem Schattenwolf. Am Kinderturm war es Großjons Riese in gesprengten Ketten, doch auf dem Torhausturm flatterte allein das Banner der Starks. Dort hatte sich Robb eingerichtet. Catelyn machte sich auf den Weg dorthin, Ser Brynden und Ser Wendel hinter sich, die Pferde trotteten langsam über den Weg aus langen Planken, den man durch die grünschwarzen Felder aus Morast gelegt hatte.

Sie fand ihren Sohn, umgeben von den Bundesgenossen seines Vaters, in einer zugigen Halle, in deren schwarzem Kamin ein Torffeuer qualmte. Er saß an einem massiven Steintisch, einen Stapel Karten und Papiere vor sich, und sprach mit Roos Bolton und dem Großjon. Erst bemerkte er sie nicht ... nur sein Wolf tat es. Das große, graue Tier lag am Feuer, doch als Catelyn eintrat, hob es den Kopf und blickte sie mit seinen goldenen Augen an. Die Lords verstummten einer nach dem anderen, und Robb sah auf, weil es plötzlich so still war, und entdeckte sie. »*Mutter?*«, sagte er, die Stimme rau vor Ergriffenheit.

Catelyn wäre gern zu ihm gelaufen, um ihn auf seine süße Stirn zu küssen, ihn in die Arme zu schließen und so fest an sich zu drücken, dass ihm nichts geschehen konnte ... aber hier vor seinen Lords wagte sie das nicht. Er spielte jetzt die Rolle eines Mannes, und die wollte sie ihm nicht nehmen. Daher hielt sie sich am anderen Ende der Basaltplatte, die man dort als Tisch benutzte. Der Schattenwolf kam auf die Beine und tappte zu ihr hin. Er wirkte größer, als ein Wolf sein sollte. »Du hast dir einen Bart stehen lassen«, sagte sie zu Robb, während Grauwind an ihrer Hand schnüffelte.

Er rieb an seinem stoppeligen Kinn herum, plötzlich verlegen. »Ja.« Das Haar an seinem Kinn war roter als das auf seinem Kopf.

»Er gefällt mir.« Catelyn streichelte dem Wolf den Kopf. »Damit siehst du aus wie mein Bruder Edmure.« Grauwind zwickte sie verspielt in die Finger und trottete zu seinem Platz am Feuer zurück.

Ser Helman Tallhart folgte dem Schattenwolf als Erster darin, Respekt zu zollen, kniete vor ihr nieder und drückte seine Stirn in ihre Hand. »Lady Catelyn«, sagte er, »Ihr seid schön wie eh und je, ein willkommener Anblick in schweren Zeiten.« Es folgten die Glauers, Galbart und Robett, dann Großjon Umber und der Rest, einer nach dem anderen. Theon Graufreud war der Letzte. »Ich hätte nicht gedacht, Euch hier zu sehen, Mylady«, sagte er, indem er niederkniete.

»Ich hatte auch nicht die Absicht, herzukommen«, sagte Catelyn, »bis ich in Weißwasserhafen an Land ging und Lord Wyman mir berichtete, dass Robb zu den Fahnen gerufen hat. Ihr kennt seinen Sohn, Ser Wendel.« Wendel Manderly trat vor und verneigte sich so tief, wie sein Umfang es erlaubte. »Und meinen Onkel, Ser Brynden Tully, der aus den Diensten meiner Schwester in die meinen getreten ist.«

»Schwarzfisch«, sagte Robb. »Danke, dass Ihr Euch uns anschließen wollt, Ser. Wir brauchen Männer mit Eurem Mut. Und Ihr, Ser Wendel, ich bin froh, Euch hierzuhaben. Ist auch Ser Rodrik bei Euch, Mutter? Er fehlt mir.«

»Ser Rodrik ist von Weißwasserhafen aus auf dem Weg nach Norden. Ich habe ihn zum Kastellan ernannt und ihm befohlen, Winterfell bis zu unserer Rückkehr zu halten. Maester Luwin ist ein weiser Mann, nur ist er in der Kriegskunst unerfahren.«

»Fürchtet Euch in dieser Frage nicht, Lady Stark«, erklärte der Großjon mit seinem tiefen Bass. »Winterfell ist sicher. Wir schieben unsere Schwerter bald schon in Tyrion Lennisters Spundloch, verzeiht mir meine Worte, und dann geht's weiter zum Roten Bergfried, um Ned zu befreien.«

»Mylady, eine Frage, wenn es erlaubt ist.« Roos Bolton, Lord über Grauenstein, hatte eine leise Stimme, doch wenn er sprach, schwiegen auch größere Männer, um zu hören, was er sagte. Seine Augen waren seltsam blass, fast ohne Farbe, und sein Blick beunruhigend. »Man hört, Ihr hieltet Lord Tywins Zwerg gefangen. Habt Ihr ihn uns mitgebracht? Ich schwöre, wir hätten gute Verwendung für eine solche Geisel.«

»Ich hatte Tyrion Lennister in meinem Gewahrsam, doch

jetzt nicht mehr«, sah sich Catelyn gezwungen zuzugeben. Ein Chor der Bestürzung folgte dieser Neuigkeit. »Ich war darüber nicht erfreuter als Ihr, Mylords. Die Götter hielten es für angebracht, ihn zu befreien, mit einiger Hilfe meiner Närrin von einer Schwester.« Sie hatte ihre Verachtung nicht so offen zur Schau stellen sollen, das wusste sie, doch ihr Abschied von Hohenehr war nicht angenehm gewesen. Sie hatte angeboten, Lord Robert für ein paar Jahre als Mündel mit nach Winterfell zu nehmen. Die Gesellschaft anderer Jungen würde ihm guttun, hatte sie vorzuschlagen gewagt. Der Zorn, der ihr entgegenschlug, hatte sie erschreckt. »Schwester oder nicht«, hatte sie erwidert, »wenn du versuchst, mir mein Kind zu stehlen, gehst du zur Mondpforte hinaus.« Danach gab es nichts mehr zu sagen.

Die Lords wollten sie dringend weiter befragen, aber Catelyn hob die Hand. »Wir werden ohne Zweifel später noch Zeit für all das haben, doch hat mich meine Reise ermüdet. Ich würde zunächst gern mit meinem Sohn allein sprechen. Ich weiß, Ihr werdet mir verzeihen, Mylords.« Sie ließ ihnen keine Wahl. Angeführt von ihrem stets gefälligen Lord Hornwald verneigten sich die Bundesgenossen und verließen die Halle. »Auch du, Theon«, fügte sie hinzu, als Graufreud blieb. Er lächelte und ging.

Bier und Käse standen auf dem Tisch. Catelyn füllte ein Horn, setzte sich, trank und betrachtete ihren Sohn. Er schien gewachsen zu sein, seit sie ihn zuletzt gesehen hatte, und die Haarbüschel ließen ihn älter wirken. »Edmure war sechzehn, als er sich den ersten Backenbart stehen ließ.«

»Ich werde noch früh genug sechzehn sein«, sagte Robb.

»Und jetzt bist du fünfzehn. Fünfzehn und führst eine Armee in die Schlacht. Kannst du vielleicht verstehen, warum ich mir Sorgen mache, Robb?«

Sein Blick wurde stur. »Es war sonst niemand da.«

»Niemand?«, sagte sie. »Sag, wer waren diese Männer, die ich hier eben noch gesehen habe? Roos Bolton, Rickard Karstark, Galbart und Robert Glauer, der Großjon, Helman Tallhart ... *jedem* von ihnen hättest du das Kommando übertragen können. Gnaden uns die Götter, du hättest sogar Theon schicken können, auch wenn meine Wahl nicht auf ihn gefallen wäre.«

»Sie sind keine Starks«, sagte er.

»Sie sind *Männer*, Robb, erfahren in der Schlacht. Es ist noch kein Jahr her, dass du mit Holzschwertern gefochten hast.«

Sie bemerkte die Wut in seinem Blick, doch die verflog so schnell, wie sie gekommen war, und plötzlich war er wieder ein Junge. »Ich weiß«, sagte er beschämt. »Willst du ... willst du mich zurück nach Winterfell schicken?«

Catelyn seufzte. »Ich sollte es tun. Du hättest nie losziehen dürfen. Aber ich wage es nicht, nicht mehr. Du bist zu weit vorangeschritten. Eines Tages werden dich diese Lords als Lehnsherrn sehen. Wenn ich dich nun fortschicke wie ein Kind, das ohne Abendessen ins Bett muss, werden sie sich daran erinnern und beim Wein darüber lachen. Der Tag wird kommen, an dem es nötig wird, dass sie dich respektieren, sogar ein wenig fürchten. Gelächter ist Gift für die Furcht. Das will ich dir nicht antun, sosehr ich mir wünschte, dass du in Sicherheit wärst.«

»Ich schulde dir Dank, Mutter«, sagte er, und hinter seiner Förmlichkeit war die Erleichterung deutlich herauszuhören.

Sie streckte über den Tisch hinweg die Hand aus und streichelte sein Haar. »Du bist mein Erstgeborener, Robb. Ich muss dich nur ansehen, um mich an den Tag zu erinnern, als du auf diese Welt kamst, rotgesichtig und schreiend.«

Er stand auf, deutlich verlegen ob ihrer Berührung, und ging zum Kamin hinüber. Grauwind rieb den Kopf an seinem Bein. »Du weißt ... von Vater?«

»Ja.« Die Berichte über Roberts plötzlichen Tod und Neds Sturz hatten Catelyn mehr Angst gemacht, als sie ausdrücken konnte, doch wollte sie ihren Sohn die Furcht nicht spüren lassen. »Lord Manderly hat es mir bei meiner Landung in Weißwasserhafen erzählt. Hast du irgendwelche Nachricht von deinen Schwestern?«

»Es kam ein Brief«, sagte Robb, während er seinen Schattenwolf unter dem Kinn kraulte. »Auch einer an dich, aber er kam mit meinem nach Winterfell.« Er trat an den Tisch, wühlte zwischen einigen Karten und Papieren herum und kehrte mit zerknülltem Pergament zurück. »Diesen hier hat sie mir geschrieben. Ich habe nicht daran gedacht, dir deinen mitzubringen.«

Etwas in Robbs Stimme beunruhigte sie. Sie strich das Papier glatt und las. Sorge wich Zweifel, dann Zorn und sogar Furcht. »Das ist Cerseis Brief, nicht der deiner Schwester«, sagte sie schließlich. »Die eigentliche Botschaft liegt in dem, was Sansa nicht sagt. All das, wie nett und freundlich die Lennisters sie behandeln ... Ich weiß, wie eine Drohung klingt, selbst wenn sie geflüstert wird. Sie haben Sansa als Geisel und wollen sie auch behalten.«

»Da steht kein Wort von Arya«, bemerkte Robb betreten.

»Nein.« Catelyn wollte nicht darüber nachdenken, was das bedeuten mochte, nicht jetzt, nicht hier.

»Ich hatte gehofft ... falls du den Gnom noch hättest, ein Tausch der Geiseln ...« Er nahm Sansas Brief und zerknüllte ihn in seiner Faust, und daran, wie er es tat, konnte sie sehen, dass es nicht das erste Mal war. »Gibt es Nachricht von der Ehr? Ich habe Tante Lysa geschrieben und um Hilfe gebeten. Hat sie Lord Arryns Verbündete zusammengerufen, weißt du davon? Kommen die Ritter aus dem Grünen Tal, um sich uns anzuschließen?«

»Nur einer«, sagte sie, »der Beste von ihnen, mein Onkel … aber Brynden Schwarzfisch war vorher ein Tully. Meine Schwester wird sich hinter ihrem Bluttor nicht rühren.«

Das traf Robb schwer. »Mutter, was sollen wir tun? Ich habe diese ganze Armee zusammengerufen, achtzehntausend Mann, aber ich bin nicht … ich bin nicht sicher …« Er sah sie an, mit glänzenden Augen, der stolze, junge Lord in einem Augenblick dahingeschmolzen, und schon war er wieder das Kind, der fünfzehnjährige Junge, der bei seiner Mutter um Antwort flehte.

Es würde nicht genügen.

»Warum fürchtest du dich so, Robb?«, fragte sie sanft.

»Ich …« Er wandte sich ab, um die erste Träne zu verbergen. »Falls wir marschieren … selbst wenn wir gewinnen … die Lennisters haben Sansa und Vater. Sie werden sie töten, nicht?«

»Sie wollen uns dazu verleiten, dass wir es denken.«

»Du meinst, sie lügen?«

»Ich weiß es nicht, Robb. Ich weiß nur, dass du keine andere Wahl hast. Wenn du nach Königsmund reitest und ihnen Treue schwörst, wird man dich niemals gehen lassen. Wenn du kehrtmachst und nach Winterfell heimreitest, werden deine Lords allen Respekt vor dir verlieren. Manche werden vielleicht sogar zu den Lennisters überlaufen. Dann kann die Königin, da sie so viel weniger zu fürchten hat, mit ihren Gefangenen tun und lassen, was sie will. Unsere größte Hoffnung, unsere einzig wahre Hoffnung besteht darin, den Feind auf dem Feld zu schlagen. Sollte es dir gelingen, Lord Tywin oder den Königsmörder gefangen zu nehmen, nun, dann wäre ein Handel sehr wohl möglich, aber das ist nicht der Kern der Sache. Solange du genügend Macht besitzt, dass sie dich fürchten müssen, dürften Ned und Sansa sicher sein. Cersei ist klug genug zu wissen, dass sie die beiden brauchen könnte, um Frieden zu schließen, falls sich die Schlacht gegen sie wenden sollte.«

»Was ist, wenn sich die Schlacht *nicht* gegen sie wendet?«, fragte Robb. »Was ist, wenn sie sich gegen *uns* wendet?«

Catelyn nahm seine Hand. »Robb, ich will die Wahrheit nicht schönen. Wenn du verlierst, gibt es für uns alle keine Hoffnung. Man sagt, es gäbe nichts als Stein im Herzen von Casterlystein. Denk an das Schicksal von Rhaegars Kindern.«

Sie sah die Angst in seinen jungen Augen, doch lag auch Kraft in seinem Blick. »Dann werde ich nicht verlieren«, schwor er.

»Sag mir, was du vom Kampf in den Flusslanden weißt«, sagte sie. Sie musste wissen, ob er wirklich bereit war.

»Vor kaum vierzehn Tagen haben sie in den Hügeln unterhalb vom Goldzahn eine Schlacht ausgetragen«, sagte Robb. »Onkel Edmure hatte Lord Vanke und Lord Peiper ausgesandt, den Pass zu halten, doch fiel der Königsmörder über sie her und trieb sie in die Flucht. Lord Vanke wurde erschlagen. Die letzte Nachricht, die uns erreichte, lautete, Lord Peiper fiele zurück, um sich deinem Bruder und seinen anderen Verbündeten in Schnellwasser anzuschließen, und Jaime Lennister sei ihm auf den Fersen. Doch ist das noch nicht das Schlimmste. Während sie um den Pass kämpften, brachte Lord Tywin eine zweite Armee der Lennisters von Süden heran. Man sagt, sie sei noch größer als Jaimes.

Vater muss es gewusst haben, denn er schickte ihnen einige Männer entgegen, unter dem Banner des Königs. Er gab das Kommando irgendeinem kleinen, südländischen Lord, Lord Erik oder Derik oder irgendetwas in der Art, aber Ser Raymun Darry ist mit ihm geritten, und in dem Brief stand, dort seien noch andere Ritter gewesen, ein Trupp von Vaters eigenen Gardisten. Nur war es eine Falle. Kaum hatte Lord Derik den Roten Arm überschritten, da fielen die Lennisters schon über ihn her, ungeachtet des Königsbanners, und Gregor Clegane nahm sie von hinten, als sie versuchten, den Fluss bei Mummersfurt zu überqueren. Dieser Lord Derik und einige andere könnten entkommen sein, niemand ist da sicher, aber Ser Raymun fand den Tod und auch die meisten unserer Männer von Winterfell. Lord Tywin hat den Königsweg geschlossen, so heißt es, und jetzt marschiert er brandschatzend nördlich gen Harrenhal.«

Bitter und immer bitterer, dachte Catelyn. Es war schlimmer, als sie es sich vorgestellt hatte. »Dort willst du dich ihm stellen?«

»Falls er so weit kommt, doch keiner glaubt, dass er es schafft«, sagte Robb. »Ich habe Holand Reet, Vaters altem Freund in Grauwasser Wacht, Nachricht gesandt. Falls die Lennisters über die Eng kommen, werden die Pfahlbaumänner sie auf Schritt und Tritt bluten lassen, aber Galbart Glauer sagt, Lord Tywin ist dafür zu klug, und Roos Bolton gibt ihm Recht. Er wird sich nah am Trident halten, glauben sie, und die Burgen der Flusslords eine nach der anderen einnehmen, bis Schnellwasser allein dasteht. Wir müssen gen Süden marschieren, um ihn zu empfangen.«

Bei der bloßen Vorstellung fror Catelyn bis auf die Knochen. Welche Chance hatte ein fünfzehnjähriger Junge gegen erfahrene Heerführer wie Jaime und Tywin Lennister? »Ist das klug? Hier stehst du sicher. Es heißt, die alten Könige des Nordens konnten Maidengraben halten und Armeen zurückwerfen, die zehnmal größer waren als die eigenen.«

»Ja, aber unsere Vorräte gehen zur Neige, und von diesem Land lässt sich nicht leicht leben. Wir haben auf Lord Manderly gewartet, nun da sich seine Söhne uns angeschlossen haben, müssen wir marschieren.«

Sie hörte die Lords aus der Stimme ihres Sohnes sprechen, das wurde ihr bewusst. Über die Jahre hatte sie manchen von ihnen auf Winterfell bewirtet und war mit Ned an ihren eigenen Kaminen und Tischen willkommen gewesen. Sie wusste, wie sie waren, kannte jeden Einzelnen. Sie fragte sich, ob es Robb ebenso ging.

Und doch lag Sinn in dem, was sie sagten. Dieses Kriegsheer, das ihr Sohn versammelt hatte, war keine stehende Armee, wie die Freien Städte sie sich hielten, und auch kein Gardistenheer, das in barer Münze bezahlt wurde. Die meisten waren kleine Leute: Bauern, Knechte, Fischer, Schäfer, die Söhne von Wirten und Händlern und Gerbern, aufgelockert durch einige wenige Söldner und freie Ritter, die aufs Plündern aus waren. Wenn ihre Lords sie riefen, kamen sie ... aber nicht für ewig. »Marschieren ist gut und schön«, sagte sie zu ihrem Sohn, »nur wohin und zu welchem Zweck? Was willst du tun?«

Robb zögerte. »Großjon glaubt, wir sollten Lord Tywin die Schlacht aufzwingen und ihn überraschen«, sagte er, »die Glauers und die Karstarks hingegen denken, es wäre klüger, seine Armee zu umgehen und sich mit Onkel Ser Edmure gegen den Königsmörder zu verbinden.« Er fuhr mit den Fingern durch seine zottige Mähne von kastanienbraunem Haar und sah unglücklich aus. »Nur bis wir Schnellwasser erreichen ... ich bin nicht sicher ...«

»Sei sicher«, erklärte Catelyn ihrem Sohn, »oder geh heim und nimm dein Holzschwert wieder auf. Du kannst es dir nicht leisten, vor Männern wie Roos Bolton und Rickard Karstark Unentschlossenheit zu zeigen. Täusch dich nicht, Robb – sie sind deine Gefolgsleute, nicht deine Freunde. Du hast dich zum Befehlshaber gemacht. *Befiehl.*«

Ihr Sohn sah sie an, verblüfft, als könnte er nicht glauben, was er hörte. »Wie du meinst, Mutter.«

»Ich frage dich noch einmal: Was gedenkst *du* zu tun?«

Robb zog eine Karte über den Tisch, ein ausgefranstes Stück alten Leders, das von Strichen verblasster Farbe überzogen war. Ein Ende wellte sich vom Einrollen. Er legte seinen Dolch als Gewicht darauf. »Beide Pläne bergen Vorteile, aber ... sieh her, versuchen wir, um Lord Tywins Heer herumzukommen, riskieren wir, zwischen ihn und den Königsmörder zu geraten, und wenn wir angreifen ... allen Berichten zufolge hat er mehr Männer als ich und weit mehr gepanzerte Pferde. Großjon sagt, das sei egal, wir müssten ihn nur mit den Hosen in den Kniekehlen erwischen, doch scheint mir, dass ein Mann, der so viele Schlachten geschlagen hat wie Tywin Lennister, wohl nicht so leicht zu überraschen ist.«

»Gut«, sagte sie. Sie hörte Neds Echo in seiner Stimme, als sie dort über die Karte gebeugt saß. »Und weiter?«

»Ich würde einen Trupp hierlassen, der Maidengraben hält, Bogenschützen meist, und mit dem Rest über den Damm marschieren«, sagte er, »aber wenn wir erst unterhalb der Eng sind, würde ich das Heer aufspalten. Das Fußvolk kann weiter über den Königsweg marschieren, während unsere Reiter den Grünen Arm bei den Zwillingen überqueren.« Er deutete darauf. »Wenn Lord Tywin Nachricht erhält, dass wir gen Süden marschieren, wird er nach Norden kommen, um sich unserem Hauptheer zu stellen, was unseren Reitern die Möglichkeit gibt, rasch am Westufer nach Schnellwasser zu gelangen.« Robb lehnte sich zurück, traute sich nicht recht zu lächeln, war jedoch zufrieden mit sich und hoffte auf ihr Lob.

Stirnrunzelnd betrachtete Catelyn die Karte. »Du würdest einen Fluss zwischen die beiden Teile deines Heeres bringen.«

»*Und* zwischen Jaime und Lord Tywin«, sagte er eifrig. Schließlich war das Lächeln doch noch gekommen. »Es gibt keine Möglichkeit, den Grünen Arm zu überqueren, nicht nördlich der roten Furt, wo Robert die Krone für sich erstritten hat. Erst wieder bei den Zwillingen, ganz hier oben, und über diese Brücke wacht Lord Frey. Er ist Gefolgsmann deines Vaters, oder nicht?«

Der Späte Lord Frey, dachte Catelyn. »Das ist er«, räumte sie ein, »aber mein Vater hat ihm nie vertraut. Und das solltest auch du nicht tun.«

»Werde ich nicht«, versprach Robb. »Was glaubst du?«

Trotz allem war sie beeindruckt. *Er sieht aus wie ein Tully,* dachte sie, *dennoch ist er seines Vaters Sohn, und Ned war ihm ein guter Lehrer.* »Welchen Teil willst du befehligen?«

»Die Pferde«, antwortete er ohne Zögern. Wieder wie sein Vater. Stets hätte Ned die gefährlichere Aufgabe selbst übernommen.

»Und der andere?«

»Der Großjon sagt ständig, wir sollten Lord Tywin zerschmettern. Ich dachte, ich sollte ihm die Ehre überlassen.«

Es war sein erster Fehler, aber wie sollte sie es ihm vermitteln, ohne sein eben flügge werdendes Selbstvertrauen zu verletzen? »Dein Vater hat mir einmal gesagt, der Großjon sei furchtlos wie niemand sonst, dem er je begegnet sei.«

Robb grinste. »Grauwind hat ihm zwei Finger abgebissen, und er hat darüber *gelacht.* So gibst du mir also Recht?«

»Dein Vater ist nicht ohne Furcht«, erklärte Catelyn. »Er ist mutig, doch das ist etwas anderes.«

Darüber kam ihr Sohn einen Moment ins Grübeln. »Das östliche Heer wird alles sein, was zwischen Lord Tywin und Winterfell steht«, sagte er nachdenklich. »Nun, das und die wenigen Bogenschützen, die ich hier im Graben zurücklasse. Also möchte ich niemanden, der furchtlos ist, wie?«

»Nein. Du brauchst jemanden mit kaltem Kalkül, würde ich sagen, nicht jemanden mit Mut.«

»Roos Bolton«, sagte Robb sofort. »Dieser Mann flößt mir Angst ein.«

»Dann lass uns beten, dass er auch Tywin Lennister Angst macht.«

Robb nickte und rollte die Karte zusammen. »Ich gebe die Befehle aus und stelle eine Eskorte zusammen, die dich nach Winterfell geleitet.«

Catelyn hatte darum gerungen, stark zu sein, um Neds willen und für diesen, ihren halsstarrigen gemeinsamen Sohn. Sie hatte Verzweiflung und Furcht abgelegt, als seien sie Kleider, die sie nicht tragen wollte … und nun sah sie, dass sie diese am Ende doch übergeworfen hatte.

»Ich gehe nicht nach Winterfell«, hörte sie sich sagen, überrascht von den plötzlich aufsteigenden Tränen, die ihren Blick verschwommen machten. »Es könnte sein, dass mein Vater hinter den Mauern von Schnellwasser im Sterben liegt. Mein Bruder ist von Feinden umzingelt. Ich muss zu ihnen.«

TYRION

Chella, Tochter des Cheyck von den Schwarzohren, war vorausgelaufen, um zu spähen, und sie war es, die Nachricht von der Armee am Kreuzweg brachte. »Nach ihren Feuern schätze ich sie auf zwanzigtausend Mann«, sagte sie. »Ihre Banner sind rot, mit einem goldenen Löwen.«

»Dein Vater?«, fragte Bronn.

»Oder mein Bruder Jaime«, sagte Tyrion. »Wir werden es noch früh genug erfahren.« Er betrachtete seine zerlumpte Räuberbande: fast dreihundert Felsenkrähen, Mondbrüder, Schwarzohren und Brandmänner, und das war nur die Saat der Armee, die er aufzustellen hoffte. Gunthor, Sohn des Gurn, war in diesem Augenblick dabei, die anderen Clans aufzuwiegeln. Er fragte sich, was sein Hoher Vater von ihnen halten sollte, in ihren Fellen und den gestohlenen Waffen. Wenn er die Wahrheit sagen sollte, wusste er selbst nicht, was er von ihnen hielt. War er ihr Anführer oder ihr Gefangener? Die meiste Zeit schien er beides zu sein. »Vielleicht wäre es das Beste, wenn ich allein hinunterreiten würde«, schlug er vor.

»Das Beste für Tyrion, Sohn des Tywin«, erwiderte Ulf, der für die Mondbrüder sprach.

Shagga warf ihm einen finsteren Blick zu, beängstigend. »Shagga, Sohn des Dolf, gefällt das nicht. Shagga geht mit dem Kindmann, und wenn der Kindmann lügt, schneidet Shagga ihm seine Männlichkeit ab …«

»… und verfüttert sie an die Ziegen, ja«, sagte Tyrion

müde. »Shagga, ich gebe dir mein Wort als Lennister, dass ich zurückkomme.«

»Warum sollten wir auf dein Wort vertrauen?« Chella war eine kleine, harte Frau, flach wie ein Junge und kein Dummkopf. »Flachlandlords haben die Clans schon früher belogen.«

»Du verletzt mich, Chella«, sagte Tyrion. »Ich dachte, wir wären Freunde geworden. Aber wie du willst. Du reitest mit mir und Shagga und Conn für die Felsenkrähen, Ulf für die Mondbrüder und Timett, Sohn des Timett, für die Brandmänner.« Die Stammesleute wechselten argwöhnische Blicke, als er sie mit Namen nannte. »Ihr anderen wartet hier, bis ich euch rufen lasse. *Versucht,* euch nicht gegenseitig zu erschlagen und zu verstümmeln, solange ich weg bin.«

Er stieß seinem Pferd die Hacken in die Flanken und trottete davon, ließ ihnen nur die Wahl, ihm nachzureiten oder zurückzubleiben. Beides war ihm recht, solange sie nicht einen Tag und eine Nacht lang redeten. Das war das Problem mit den Clans. Sie hingen der absurden Vorstellung an, dass jedermanns Stimme im Rat gehört werden solle, daher stritten sie endlos über alles. Selbst ihren Frauen gab man das Wort. Kein Wunder, dass es hundert Jahre her war, seit sie im Grünen Tal, abgesehen von gelegentlichen Überfällen, eine größere Bedrohung dargestellt hatten. Das wollte Tyrion ändern.

Bronn ritt mit ihm. Hinter ihnen – nach kurzem Murren – folgten die fünf Stammesleute auf ihren kleinwüchsigen Kleppern, knochigen Viechern, die wie Ponys aussahen und Felswände wie Ziegen erklommen.

Die Felsenkrähen ritten zusammen, und auch Chella und Ulf blieben nahebei, da die Mondbrüder und Schwarzohren eng miteinander verbunden waren. Timett, Sohn des Timett, hielt sich etwas abseits. Jeder Clan in den Bergen des

Mondes fürchtete die Brandmänner, die ihre Haut mit Feuer brandig machten, um ihren Mut zu beweisen und (wie die anderen sagten) bei ihren Festen kleine Kinder grillten. Und selbst die anderen Brandmänner fürchteten Timett, der sich sein linkes Auge selbst mit einem glühend heißen Messer ausgestochen hatte, als er zum Manne wurde. Tyrion vermutete, dass es für einen Jungen üblicher war, sich eine Brustwarze, einen Finger oder (wenn er wirklich mutig war – oder wirklich verrückt) ein Ohr abzuschneiden. Timetts Stammesleute der Brandmänner waren derart verblüfft gewesen, dass er ein Auge gewählt hatte, dass sie ihn prompt zur Roten Hand machten, was so eine Art Kriegsherr zu sein schien.

»Ich frage mich, was sich ihr König weggebrannt hat«, meinte Tyrion zu Bronn, als er die Geschichte hörte. Grinsend zupfte der Söldner an seinem Schritt … doch in Timetts Nähe hütete selbst Bronn respektvoll seine Zunge. Wenn ein Mann verrückt genug war, sich sein eigenes Auge auszustechen, war es höchst unwahrscheinlich, dass er mit seinen Feinden freundlicher verfuhr.

Ferne Wachen spähten von Türmen aus unvermörtelten Steinen herab, während der Trupp über die Hügel herabstieg, und einmal sah Tyrion, wie ein Rabe davonflog. Wo sich die Bergstraße zwischen zwei Felsvorsprüngen wand, kamen sie zum ersten Stützpunkt. Ein flacher Erdwall von vier Fuß Höhe versperrte die Straße und ein Dutzend mit Armbrust bemannte Männer die Anhöhe. Tyrion ließ seine Gefolgsleute außer Schussweite warten und ritt allein dem Wall entgegen. »Wer hat hier das Kommando?«, rief er hinauf.

Der Hauptmann erschien eiligst, und noch eiliger gab er ihnen eine Eskorte, als er den Sohn seines Lords erkannte. Sie trabten an schwarzen Feldern und niedergebrannten Festungen vorbei in die Flusslande und zum Grünen Arm des Trident hinab. Tyrion sah keine Leichen, dennoch war die Luft von Raben und Aaskrähen erfüllt. Hier hatte es Kämpfe gegeben, vor kurzem erst.

Eine halbe Stunde vom Kreuzweg entfernt hatte man eine Barrikade aus angespitzten Pfählen errichtet, mit Pikenieren und Bogenschützen bemannt. Dahinter erstreckte sich das Lager bis weit in die Ferne. Dünne Rauchfinger stiegen über Hunderten von Lagerfeuern auf, Männer in Rüstungen saßen unter Bäumen und wetzten ihre Klingen, und vertraute Banner flatterten von Stangen, die man in den schlammigen Boden gerammt hatte.

Ein Trupp Reiter kam ihnen entgegen, während sie sich den Pfählen näherten. Der Ritter, der sie anführte, trug eine silberne Rüstung mit eingearbeiteten Amethysten und einen gestreiften, rotsilbernen Umhang. Auf seinem Schild war ein Einhorn zu erkennen, und ein Spiralhorn von zwei Fuß Länge ragte an der Stirnseite seines Pferdehelmes auf. Tyrion brachte sein Pferd zum Stehen, um ihn zu begrüßen. »Ser Flement.«

Ser Flement Brax schob sein Visier nach oben. »Tyrion«, sagte er voller Erstaunen. »Mylord, wir alle fürchteten, Ihr wäret tot, oder …« Unsicher betrachtete er die Stammesleute. »Diese … Eure Begleiter …«

»Busenfreunde und treue Gefolgsmänner«, antwortete Tyrion. »Wo finde ich meinen Hohen Vater?«

»Er hat das Gasthaus am Kreuzweg zu seinem Quartier gemacht.«

Tyrion lachte. Das Gasthaus am Kreuzweg! Vielleicht waren die Götter am Ende doch gerecht. »Ich möchte sofort zu ihm.«

»Wie Ihr wünscht, Mylord.« Ser Flement riss sein Pferd herum und rief einige Kommandos. Drei Pfahlreihen wurden aus der Erde gezogen, um einen Durchgang zu ermöglichen. Tyrion führte seinen Trupp hindurch.

Lord Tywins Lager erstreckte sich über mehrere Wegstunden. Chellas Schätzung von etwa zwanzigtausend Mann konnte nicht so falsch gewesen sein. Das einfache Volk lagerte draußen im Freien, doch die Ritter hatten Zelte aufgebaut, und einige der hohen Lords hatten Pavillons errichtet, die groß wie Häuser waren. Tyrion fand den roten Ochsen der Presters, Lord Rallenhalls gestreiften Keiler, den brennenden Baum von Marbrand, den Dachs von Lydden. Ritter grüßten ihn, als er im gesetzten Galopp vorüberkam, und Soldaten starrten die Stammesleute mit offenem Erstaunen an.

Shagga erwiderte das Starren. Ganz sicher hatte er in seinem ganzen Leben noch nie so viele Menschen, Pferde und Waffen gesehen. Der Rest der Bergbanditen hütete seine Miene weit besser, obschon Tyrion nicht daran zweifelte, dass sie ebenso sehr staunten. Es wurde immer besser. Je beeindruckter sie von der Macht der Lennisters waren, desto leichter wären sie zu kommandieren.

Das Gasthaus und seine Ställe waren so, wie er sie in Erinnerung hatte, wenn auch kaum mehr als Geröll und schwarze Fundamente übrig waren, wo einst der Rest des Dorfes gestanden hatte. Auf dem Hof war ein Galgen errichtet worden, und an der Leiche, die dort hing, drängten sich die Raben. Als Tyrion näher kam, schwangen sie sich in die Luft, kreischten und flatterten mit ihren schwarzen Flügeln. Er stieg ab und sah zu dem auf, was von der Leiche übrig war. Die Vögel hatten ihre Lippen und Augen und das meiste ihrer Wangen gefressen, sodass ihre rot gefleckten Zähne ein abstoßendes Lächeln zeigten. »Ein Zimmer, eine Mahlzeit und eine Karaffe Wein, das war alles, was ich wollte«, rief er der Toten mit vorwurfsvollem Seufzer in Erinnerung.

Zögernd kamen Jungen aus den Ställen und wollten sich um ihre Pferde kümmern. Shagga weigerte sich, das seine aus der Hand zu geben. »Der Knabe will deine Mähre nicht stehlen«, versicherte ihm Tyrion. »Er will dem Tier nur etwas Hafer und Wasser geben und sein Fell striegeln.« Auch Shaggas Fell hätte mal ordentlich gestriegelt werden sollen, doch wäre es taktlos gewesen, solches anzudeuten. »Du hast mein Wort, dem Pferd wird nichts geschehen.«

Finsteren Blickes ließ Shagga die Zügel los. »Dieses ist das Pferd von Shagga, Sohn des Dolf«, brüllte er den Stalljungen an.

»Wenn er es dir nicht wiedergibt, schneid ihm seine Männlichkeit ab und verfüttere sie an die Ziegen«, schlug Tyrion ihm vor. »Vorausgesetzt, du findest welche.«

Zwei Mann der Leibgarde mit roten Umhängen und löwenbesetzten Helmen standen unter dem Tavernenschild zu beiden Seiten der Tür. Tyrion erkannte ihren Hauptmann. »Mein Vater?«

»Im Schankraum, M'lord.«

»Meine Männer werden Speis und Trank wollen«, erklärte Tyrion. »Sorgt dafür, dass sie es bekommen.« Er betrat das Gasthaus, und dort war sein Vater.

Tywin Lennister, Lord von Casterlystein und Hüter des Westens, war Mitte fünfzig, doch hart wie ein Mann von zwanzig. Selbst im Sitzen war er groß, mit langen Beinen, breiten Schultern und flachem Bauch. Seine dünnen Arme waren muskulös. Als sein einst volles, goldenes Haar seinerzeit zurückwich, hatte er seinem Barbier befohlen, ihm den Schädel zu scheren. Lord Tywin glaubte nicht an halbe Sachen. Er rasierte auch Oberlippe und Kinn, doch behielt er seinen Backenbart, zwei mächtige Dickichte von drahtigem, goldenem Haar, die den Großteil seiner Wangen vom Ohr zum Unterkiefer bedeckten. Seine Augen waren hellgrün mit goldenen Flecken. Ein Narr, närrischer als die meisten, hatte einst im Scherz gesagt, selbst Lord Tywins

Scheiße sei goldgefleckt. Es hieß, der Mann sei noch am Leben, tief unten im Bauch von Casterlystein.

Ser Kevan Lennister, der einzige lebende Bruder seines Vaters, teilte sich eben einen Krug Bier mit Lord Tywin, als Tyrion den Schankraum betrat. Sein Onkel war stämmig und bald kahl, mit kurzgeschorenem, gelbem Bart, welcher der Linie seines Unterkiefers folgte. Ser Kevan erblickte ihn zuerst. »Tyrion«, sagte er überrascht.

»Onkel«, antwortete Tyrion und verneigte sich. »Und mein Hoher Vater. Welch Freude, Euch hier anzutreffen!«

Lord Tywin rührte sich nicht, warf seinem Sohn nur einen langen, durchdringenden Blick zu. »Ich sehe, dass die Gerüchte über dein Ableben unzutreffend waren.«

»Es tut mir leid, Euch zu enttäuschen, Vater«, sagte Tyrion. »Kein Grund aufzuspringen und mich zu umarmen, ich möchte nicht, dass Ihr Euch überanstrengt.« Er durchmaß den Raum zu ihrem Tisch, war sich der Art und Weise, wie seine verkümmerten Beine ihn bei jedem Schritt watscheln ließen, aufs Schärfste bewusst. Immer wenn die Augen seines Vaters auf ihn gerichtet waren, wurde er sich auf unangenehme Weise all seiner Missbildungen und Unzulänglichkeiten bewusst. »Nett von Euch, für mich in den Krieg zu ziehen«, sagte er, als er einen Stuhl erklomm und sich zu einem Becher vom Bier seines Vaters verhalf.

»Meiner Ansicht nach hast du das alles angezettelt«, erwiderte Lord Tywin. »Dein Bruder Jaime hätte sich niemals feige von einer Frau gefangen nehmen lassen.«

»Das ist einer der Punkte, in denen ich mich von Jaime unterscheide. Und er ist auch größer als ich, wie Euch aufgefallen sein dürfte.«

Sein Vater überhörte den Seitenhieb. »Die Ehre unseres Hauses stand auf dem Spiel. Ich hatte keine Wahl. Niemand vergießt straflos Blut der Lennisters.«

»*Hört mich brüllen*«, erwiderte Tyrion grinsend. Die Worte

der Lennisters. »Wenn ich die Wahrheit sagen soll, ist von meinem Blut im Grunde nichts vergossen worden, auch wenn ich ein-, zweimal kurz davor stand. Morrec und Jyck sind tot.«

»Ich vermute, du willst neue Männer haben.«

»Macht Euch keine Mühe, Vater. Ich habe mir ein paar eigene Leute besorgt.« Er probierte einen Schluck vom Bier. Es war braun und hefig, so dickflüssig, dass man es fast kauen konnte. Sehr gut, wirklich und wahrhaftig. Eine Schande, dass sein Vater die Wirtin gehängt hatte. »Was macht Euer Krieg?«

Sein Onkel antwortete. »Einstweilen geht es gut. Ser Edmure hatte kleine Trupps an seinen Grenzen verteilt, die unsere Überfälle unterbinden sollten, und dein Hoher Vater und ich waren in der Lage, die meisten von ihnen allmählich aufzureiben, bevor sie sich vereinigen konnten.«

»Dein Bruder hat sich bisher mit Ruhm und Ehre überhäuft«, berichtete sein Vater. »Er hat die Lords Vanke und Peiper am Goldzahn zerschlagen und der versammelten Macht der Tullys unter den Mauern von Schnellwasser standgehalten. Die Lords vom Trident wurden in die Flucht geschlagen. Ser Edmure Tully wurde gefangen genommen, dazu viele seiner Ritter und Bundesgenossen. Lord Schwarzhain hat einige Überlebende zurück nach Schnellwasser geführt, wo Jaime sie belagert. Der Rest ist in die eigenen Festungen geflohen.«

»Dein Vater und ich haben sie uns abwechselnd vorgenommen«, sagte Ser Kevan. »Nachdem Lord Schwarzhain nicht mehr da war, fiel Rabenbaum sofort, und Lady Whent hat Harrenhal aufgegeben, da ihr die Leute fehlten, es zu verteidigen. Ser Gregor hat die Peipers und die Brackens niedergebrannt ...«

»Sodass Ihr keine Gegner mehr habt?«, sagte Tyrion.

»Nicht ganz«, sagte Ser Kevan. »Die Mallisters halten

noch immer Seegart, und Walder Frey lässt seine Truppen an den Zwillingen aufmarschieren.«

»Wie dem auch sei«, sagte Lord Tywin. »Frey zieht nur ins Feld, wenn ein Sieg in der Luft liegt, und im Augenblick wittert er seinen Untergang. Und Jason Mallister fehlt die Kraft, allein zu kämpfen. Hat Jaime erst Schnellwasser gestürmt, werden die beiden eilig auf die Knie fallen. Wenn die Starks und die Arryns nicht vortreten, um sich uns entgegenzustellen, ist dieser Krieg so gut wie gewonnen.«

»Ich würde mir nicht allzu viele Gedanken um die Arryns machen, wenn ich an Eurer Stelle wäre«, sagte Tyrion. »Die Starks sind eine andere Sache. Lord Eddard …«

»… ist unsere Geisel«, sagte sein Vater. »Er wird keine Armeen führen, solange er in einem Kerker unter dem Roten Bergfried verschimmelt.«

»Nein«, gab Ser Kevan ihm Recht, »aber sein Sohn hat zu den Fahnen gerufen und sitzt auf Maidengraben, umgeben von einem starken Heer.«

»Kein Schwert ist scharf, solange es nicht geschliffen ist«, erklärte Lord Tywin. »Der junge Stark ist noch ein Kind. Zweifellos findet er Gefallen am Klang der Kriegshörner und dem Anblick seiner flatternden Banner im Wind, aber am Ende ist es doch Schlachterwerk. Ich frage mich, ob er den Mumm dazu hat.«

Die Lage *war* interessant geworden während seiner Abwesenheit, dachte Tyrion. »Und was tut unser furchtloser Monarch, während dieses ›Schlachterwerk‹ vollbracht wird?«, fragte er. »Wie hat meine liebreizende Schwester es mit ihrer Überredungskraft geschafft, Robert die Zustimmung zu entlocken, dass sein liebster Freund Ned eingekerkert werden soll?«

»Robert Baratheon ist tot«, erklärte ihm sein Vater. »Dein Neffe regiert in Königsmund.«

Das erstaunte Tyrion nun doch. »Meine Schwester, meint

Ihr.« Er nahm noch einen Schluck vom Bier. Das Reich würde sich verändern, wenn Cersei an Stelle ihres Mannes regierte.

»Falls du dich mit dem Gedanken tragen solltest, dich nützlich zu machen, gebe ich dir ein Kommando«, sagte sein Vater. »Marq Peiper und Karyl Vanke sitzen uns im Nacken, plündern unsere Ländereien jenseits des Roten Armes.«

Tyrion schnalzte mit der Zunge. »Eine Frechheit, sich zu wehren. Für gewöhnlich würde ich gern solche Dreistigkeit strafen, Vater, die Wahrheit allerdings ist: Ich habe andernorts dringende Geschäfte zu erledigen.«

»Tatsächlich?« Lord Tywin wirkte nicht erstaunt. »Außerdem machen sich einige von Ned Starks Leuten zum Ärgernis, indem sie meine Nachschublinien überfallen. Beric Dondarrion, ein kleiner, junger Lord im Wahn des Heldenmuts. Er hat diesen fetten Witz von einem Priester bei sich, der gern sein Schwert in Brand setzt. Glaubst du, du wärest in der Lage, mit denen fertigzuwerden, wenn du dich auf den Weg machst? Ohne allzu viel Aufhebens?«

Tyrion wischte seinen Mund mit dem Handrücken und lächelte. »Vater, es wärmt mein Herz, wenn ich daran denke, dass du mir … so viele Soldaten anvertrauen willst. Zwanzig? Fünfzig? Bist du sicher, dass du so viele entbehren kannst? Nun, gleichgültig. Falls ich auf Thoros und Lord Beric stoßen sollte, werde ich ihnen beiden den Hosenboden versohlen.« Er kletterte von seinem Stuhl und watschelte zur Anrichte, wo ein runder, geäderter Käse von Obst umgeben lag. »Vorher allerdings gibt es da noch das eine oder andere Versprechen, das ich selbst einlösen muss«, sagte er, während er einen Keil herausschnitt. »Ich brauche dreitausend Helme und ebenso viele Kettenhemden, dazu Schwerter, Spieße, stählerne Speerspitzen, Keulen, Streitäxte, Panzerhandschuhe, Halsbergen, Beinschienen, Brustpanzer, Wagen, um das alles zu transportieren ...«

Die Tür in seinem Rücken brach mit lautem Krachen auf, so heftig, dass Tyrion fast den Käse fallen ließ. Fluchend sprang Ser Kevan auf, als der Hauptmann der Garde durch den Raum flog und gegen den Kamin prallte. Als er in die Asche sank, sein Löwenhelm schief auf dem Kopf, brach Shagga das Schwert des Mannes auf einem Knie, das dick wie ein Baumstamm war, entzwei, warf die Teile zu Boden und schlurfte in den Schankraum. Sein Gestank ging ihm voraus, reifer als der Käse und im geschlossenen Raum schlicht überwältigend. »Kleiner Rotrock«, knurrte er, »wenn du noch mal deine Klinge gegen Shagga, Sohn des Dolf, ziehst, schneid ich dir deine Männlichkeit ab und röste sie im Feuer.«

»Wie, keine Ziegen?«, fragte Tyrion und nahm ein Stück Käse.

Die anderen Stammesleute folgten Shagga in den Schankraum, unter ihnen Bronn. Der Söldner zuckte reuig mit den Schultern.

»Wer mögt ihr wohl sein?«, fragte Lord Tywin kalt wie Schnee.

»Die sind mir nach Hause gefolgt, Vater«, erklärte Tyrion. »Darf ich sie behalten? Sie fressen nicht viel.«

Niemand lächelte auch nur. »Mit welchem Recht dringt ihr Wilden in unsere Beratungen ein?«, verlangte Ser Kevan zu wissen.

»Wilde, Flachländer?« Conn mochte vielleicht hübsch aussehen, wenn man ihn wusch. »Wir sind freie Männer, und freie Männer nehmen an jedem Kriegsrat teil.«

»Wer von euch ist der Löwenlord?«, fragte Chella.

»Sie sind beide alte Männer«, verkündete Timett, Sohn des Timett, der sein zwanzigstes Jahr erst noch erleben musste.

Ser Kevans Hand ging zum Heft seines Schwertes, doch sein Bruder legte zwei Finger an sein Handgelenk und hielt ihn zurück. Lord Tywin gab sich gelassen. »Tyrion, hast du denn keine Kinderstube mehr? Sei so freundlich, und stell uns unsere … Ehrengäste vor.«

Tyrion leckte sich die Finger. »Mit Vergnügen«, sagte er. »Die blonde Jungfer ist Chella, Tochter des Cheyck von den Schwarzohren.«

»Ich bin keine Jungfer«, protestierte Chella. »Meine Söhne haben schon fünfzig Ohren erbeutet.«

»Mögen sie noch fünfzig weitere erbeuten.« Tyrion watschelte fort von ihr. »Das hier ist Conn, Sohn des Coratt. Shagga, Sohn des Dolf, ist der Mann, der wie Casterlystein mit Haaren aussieht. Sie sind Felsenkrähen. Hier ist Ulf, Sohn des Umar, von den Mondbrüdern, und hier Timett, Sohn des Timett, eine Rote Hand der Brandmänner. Und das ist Bronn, ein Söldner ohne nennenswerten Treueeid. In der kurzen Zeit, die ich ihn kenne, hat er die Seiten bereits zweimal gewechselt. Ihr beiden müsstet Euch glänzend verstehen, Vater.« Zu Bronn und den Stammesleuten sagte er: »Darf ich Euch meinen Hohen Vater vorstellen? Tywin, Sohn des Tytos, aus dem Hause Lennister, Lord über Casterlystein, Hüter des Westens, Schild von Lennishort und einst und künftig Hand des Königs.«

Lord Tywin erhob sich, würdevoll und korrekt. »Selbst im Westen wissen wir um die Tapferkeit der Kriegerclans in den Bergen des Mondes. Was bringt Euch von Euren Festungen zu uns herab, Mylords?«

»Pferde«, sagte Shagga.

»Das Versprechen von Seide und Stahl«, sagte Timett, Sohn des Timett.

Eben wollte Tyrion seinem Vater erzählen, dass er die Absicht hatte, das Grüne Tal von Arryn in eine qualmende Einöde zu verwandeln, nur kam er dazu nicht mehr. Erneut wurde die Tür aufgeworfen. Der Bote warf Tyrions Stammesleuten einen kurzen, schiefen Blick zu, als er vor Lord Tywin auf die Knie fiel. »Mylord«, sagte er. »Ser Addam hat mir aufgetragen, Euch mitzuteilen, dass das Heer der Starks den Damm herunterkommt.«

Lord Tywin Lennister lächelte nicht. Lord Tywin lächelte *nie*, doch hatte Tyrion gelernt, Lord Tywins Freude dennoch zu erkennen, und sie war auf seinem Gesicht abzulesen. »Also kommt der kleine Wolf aus seinem Bau, um mit den Löwen zu spielen«, sagte er mit leiser, zufriedener Stimme. »Glänzend. Geht zu Ser Addam und sagt ihm, er soll ihm weichen. Er soll sich mit den Nordländern erst einlassen, wenn wir da sind, aber ich möchte, dass er sie an den Flanken stört und weiter nach Süden lockt.«

»Es wird geschehen, wie Ihr sagt.« Der Reiter ging hinaus.

»Wir sind hier in guter Position«, erklärte Ser Kevan. »Nah an der Furt und von Gräben und Spießen umgeben. Wenn sie nach Süden wollen, sag ich, sollen sie an uns zerbrechen.«

»Der Junge könnte sich zurückfallen lassen oder den Mut verlieren, wenn er unsere Massen sieht«, erwiderte Lord Tywin. »Je eher die Starks besiegt sind, desto schneller bin ich frei, mich mit Stannis Baratheon zu beschäftigen. Sagt den Trommlern, sie sollen zum Sammeln trommeln, und schickt Jaime Nachricht, dass ich gegen Robb Stark marschiere.«

»Wie du meinst«, sagte Ser Kevan.

Tyrion betrachtete grimmig und fasziniert, wie sein Hoher Vater sich dann den halbwilden Stammesleuten zuwandte. »Es heißt, die Männer der Bergstämme seien furchtlose Krieger.«

»Das ist wahr gesprochen«, antwortete Conn von den Felsenkrähen.

»Und auch die Frauen«, fügte Chella hinzu.

»Reitet mit mir gegen meine Feinde, und Ihr sollt alles bekommen, was mein Sohn Euch versprochen hat, und mehr«, erklärte Lord Tywin.

»Wollt Ihr uns mit unserer eigenen Münze bezahlen?«, sagte Ulf, Sohn des Umar. »Was brauchen wir das Versprechen des Vaters, wenn wir das des Sohnes haben?«

»Ich habe nichts von *brauchen* gesagt«, erwiderte Lord Tywin. »Meine Worte waren Höflichkeit, mehr nicht. Ihr braucht Euch uns nicht anzuschließen. Die Männer aus dem Winterland sind aus Eisen und Eis gemacht, und selbst meine kühnsten Ritter fürchten, sich ihnen zu stellen.«

Oh, geschickt gemacht, dachte Tyrion und lächelte schief.

»Die Brandmänner fürchten nichts und niemanden. Timett, Sohn des Timett, reitet mit den Löwen.«

»Wohin die Brandmänner auch gehen, die Felsenkrähen waren vorher da«, erklärte Conn erhitzt. »Wir reiten mit.«

»Shagga, Sohn des Dolf, schneidet ihnen die Männlichkeit ab und verfüttert sie an die Krähen.«

»Wir reiten mit Euch, Löwenlord«, stimmte Chella, Tochter des Cheyck, ein, »aber nur, wenn Euer Halbmannsohn mit uns kommt. Er hat seine Atemluft mit einem Versprechen erkauft. Solange wir den Stahl, den er uns zusagte, nicht in Händen halten, gehört sein Leben uns.«

Lord Tywin wandte seine goldgefleckten Augen seinem Sohn zu.

»Da kommt Freude auf«, sagte Tyrion mit resigniertem Lächeln.

 SANSA

Die Wände des Thronsaales waren leer geräumt, die Jagd-
teppiche, die König Robert so geliebt hatte, abgenommen
und in einer Ecke auf einen unordentlichen Haufen geworfen.

Ser Mandon Moor nahm seinen Platz unter dem Thron
ein. Sansa blieb an der Tür stehen. Die Königin hatte ihr
»Freiheit in der Burg« gewährt als Belohnung dafür, dass
sie brav gewesen war, dennoch wurde sie überallhin eskor-
tiert. »Ehrenwache für meine zukünftige Tochter«, nannte
die Königin das, doch gaben sie Sansa nicht das Gefühl, geehrt zu werden.

»Freiheit in der Burg« bedeutete, dass sie sich innerhalb
des Roten Bergfrieds bewegen durfte, wie sie wollte, solange sie versprach, das Innere der Mauern nicht zu verlassen, ein Versprechen, das Sansa nur allzu bereitwillig
gegeben hatte. Die Tore wurden bei Tag und Nacht von Janos Slynts Goldröcken bewacht, und überall standen Leibgardisten der Lennisters herum. Außerdem, selbst wenn
sie die Burg verlassen konnte, wohin sollte sie gehen? Es
reichte, dass sie über den Hof spazieren konnte, in Myrcel-
las Garten Blumen pflücken und der Septe einen Besuch
abstatten, um dort für ihren Vater zu beten. Manchmal betete sie auch im Götterhain, da die Starks den alten Göttern
huldigten.

Der Hof versammelte sich zum ersten Mal, seit Joffrey regierte, weshalb Sansa sich auch unruhig umsah. Eine Reihe

von Leibgardisten der Lennisters standen unter den westlichen Fenstern, eine Reihe von Goldröcken der Stadtwache unter den östlichen. Vom gemeinen Volk und den Bürgerlichen sah sie niemanden, doch unter der Galerie irrte rastlos eine Traube von großen und kleinen Lords herum. Es waren nicht mehr als zwanzig, wo für gewöhnlich hundert auf König Robert gewartet hatten.

Sansa gesellte sich zu ihnen, murmelte Grußworte, während sie sich einen Weg nach vorn bahnte. Sie erkannte den schwarzhäutigen Jalabhar Xho, den düsteren Ser Aron Santagar, die Zwillinge von Rothweyn Horror und Slobber ... nur schien niemand *sie* zu erkennen. Oder wenn sie es doch taten, scheuten sie vor ihr zurück, als hätte sie die graue Pest. Der kränkliche Lord Gyles versteckte sein Gesicht, täuschte einen Hustenanfall vor, und der lustige, stets trunkene Ser Dontos wollte sie begrüßen, doch Ser Balon flüsterte ihm etwas ins Ohr, woraufhin auch er sich abwandte.

Und so viele andere fehlten. *Wo sind sie geblieben?*, fragte sich Sansa. Vergeblich suchte sie nach freundlichen Gesichtern. Niemand wollte ihrem Blick begegnen. Es war, als wäre sie zum Geist geworden, schon im Leben tot.

Großmaester Pycelle saß allein an seinem Ratstisch, schien zu schlafen, seine Hände über dem Bart gefaltet. Sie sah, wie Lord Varys in die Halle hastete, ohne dass seine Schritte zu hören gewesen wären. Einen Augenblick später trat Lord Baelish lächelnd durch die hohen Türen am hinteren Ende ein. Er plauderte freundlich mit Ser Balon und Ser Dontos, während er auf dem Weg nach vorn war. Schmetterlinge flatterten in Sansas Bauch. *Ich sollte keine Angst haben,* sagte sie sich. *Ich habe nichts zu fürchten, alles wird am Ende gut ausgehen, Joff liebt mich und die Königin auch, das hat sie gesagt.*

Die Stimme eines Herolds wurde laut. »Grüßet alle Seine

Majestät Joffrey aus den Häusern Baratheon und Lennister, den Ersten seines Namens, König der Andalen, der Rhoynar und der Ersten Menschen, Lord über die Sieben Königslande. Grüßet alle seine Hohe Mutter Cersei aus dem Hause Lennister, Königinregentin, Licht des Westens und Protektorin des Reiches.«

Ser Barristan Selmy, prachtvoll anzusehen in weißem Panzer, schritt ihnen voran. Ser Arys Eichenherz eskortierte die Königin, während Ser Boros Blount neben Joffrey ging, sodass sechs Männer der Königsgarde in der Halle waren, alle Weißen Schwerter bis auf Jaime Lennister. Ihr Prinz – nein, ihr *König* jetzt! – nahm je zwei Stufen zum Eisernen Thron, indes seine Mutter sich beim Rat niederließ. Joff trug edlen, schwarzen Samt, mit Rot geschlitzt, einen schimmernden Umhang aus Goldtuch mit hohem Kragen und auf seinem Kopf eine goldene Krone mit Rubinen und schwarzen Diamanten.

Als Joffrey sich umdrehte und den Saal überschaute, fiel sein Blick auf Sansa. Er lächelte, setzte sich und sprach: »Es ist die Pflicht des Königs, Untreue zu strafen und jene zu belohnen, die redlich sind. Großmaester Pycelle, ich heiße Euch, meine Erlasse vorzulesen.«

Pycelle erhob sich schwerfällig. Er trug eine prachtvolle Robe aus dickem, rotem Samt mit einem Kragen aus Hermelin und glänzenden, goldenen Spangen. Aus einem herabhängenden Ärmel mit vergoldeten Schneckenverzierungen zog er ein Pergament, entrollte es, begann, eine lange Liste von Namen zu verlesen, und befahl im Namen des Königs und des Rates jedem, vorzutreten und Joffrey die Treue zu schwören. Täten sie es nicht, betrachtete man sie als Verräter, und ihr Land und ihre Titel fielen an den Thron.

Bei den Namen, die er las, stockte Sansa der Atem. Lord Stannis Baratheon, seine Hohe Gattin, seine Tochter. Lord

Renly Baratheon. Beide Lords Rois und deren Söhne. Ser Loras Tyrell. Lord Mace Tyrell, seine Brüder, Onkel, Söhne. Der rote Priester Thoros von Myr. Lord Beric Dondarrion. Lady Lysa Arryn und ihr Sohn, der kleine Lord Robert. Lord Hoster Tully, sein Bruder Ser Brynden, sein Sohn Ser Edmure, Lord Jason Mallister. Lord Bryk Caron von den Marschen. Lord Tytos Schwarzhain. Lord Walter Frey und sein Erbe Ser Stevron. Lord Karyl Vanke. Lord Jonos Bracken. Lady Shella Whent. Doran Martell, Fürst von Dorne und alle seine Söhne. So viele, dachte sie, während Pycelle immer weiterlas, ein ganzer Schwarm von Raben wird nötig sein, diese Befehle auszusenden.

Und am Ende, fast zum Schluss, kamen die Namen, vor denen sich Sansa gefürchtet hatte. Lady Catelyn Stark. Robb Stark. Brandon Stark, Rickon Stark, Arya Stark. Sansa verschluckte ein Stöhnen. *Arya*. Sie wollten, dass Arya erschien und einen Eid ablegte ... dies konnte nur bedeuten, dass ihre Schwester mit der Galeere geflohen war und sich inzwischen auf Winterfell in Sicherheit befand ...

Großmaester Pycelle rollte die Liste auf, stopfte sie in seinen linken Ärmel und zog ein anderes Pergament aus dem rechten. Er räusperte sich und begann von neuem. »Es ist der Wunsch und Wille Seiner Majestät, dass Tywin Lennister, Lord über Casterlystein und Hüter des Westens, anstelle des Hochverräters Eddard Stark das Amt der Hand des Königs einnimmt, mit seiner Stimme spricht, seine Armeen gegen Feinde führt und seinem königlichen Willen entspricht. Solches hat der König erlassen. Der Kleine Rat stimmt damit überein.

Es ist der Wunsch und Wille Seiner Majestät, dass anstelle des Hochverräters Stannis Baratheon seine Hohe Mutter, die Königinregentin Cersei Lennister, die stets seine treueste Stütze war, einen Platz im Kleinen Rat erhält, damit sie ihm helfe, weise und gerecht zu regieren. Solches hat der König erlassen. Der Kleine Rat stimmt damit überein.«

Sansa hörte leises Murmeln von den Lords um sie herum, doch wurde es schnell wieder still. Pycelle fuhr fort.

»Weiterhin ist es der Wunsch und Wille Seiner Majestät, dass sein getreuer Diener Janos Slynt, Hauptmann der Stadtwache von Königsmund, mit sofortiger Wirkung in den Stand eines Lords erhoben wird, dass man ihm den alten Herrensitz von Harrenhal mit allen Ländereien und Einkommen überträgt und dass seine Söhne und Enkel diese Ehren bis ans Ende aller Zeiten innehaben sollen. Darüber hinaus lautet sein Befehl, dass Lord Slynt einen Sitz im Kleinen Rat erhält, um bei der Führung des Reiches zu helfen. Der Kleine Rat stimmt damit überein.«

Sansa nahm eine Bewegung aus den Augenwinkeln wahr. Janos Slynt trat ein. Diesmal war das Gemurmel lauter und wütender. Stolze Lords, deren Häuser Tausende von Jahren zurückreichten, machten dem halbwegs kahlen, froschgesichtigen Bürgerlichen nur widerwillig Platz, als er an ihnen vorbeimarschierte. Goldene Schuppen waren auf den schwarzen Samt seines Wamses genäht und klingelten bei jedem Schritt. Sein Umhang war aus schwarz-gold kariertem Satin. Zwei hässliche Burschen, die wohl seine Söhne sein mussten, liefen ihm voraus, kämpften – groß, wie sie waren – mit dem Gewicht eines schweren Metallschildes. Als Wappen hatte er einen blutigen Speer gewählt, golden auf nachtschwarzem Grund. Der bloße Anblick jagte Sansa eine Gänsehaut über die Arme.

Als Lord Slynt seinen Platz einnahm, fuhr Großmaester Pycelle fort: »Schließlich, in diesen Zeiten von Verrat und Aufruhr, nachdem unser geliebter Robert nun tot ist, neigt der Rat zur Ansicht, dass das Leben und die Sicherheit König Joffreys von allerhöchster Bedeutung ist ...« Er sah zur Königin hinüber.

Cersei stand auf. »Ser Barristan Selmy, tretet vor.«

Ser Barristan hatte am Fuß des Eisernen Thrones gestanden, still wie eine Statue, doch nun sank er auf ein Knie und neigte den Kopf. »Majestät, ich stehe zu Eurer Verfügung.«

»Erhebt Euch, Ser Barristan«, sagte Cersei Lennister. »Ihr dürft Euren Helm abnehmen.«

»Mylady?« Stehend nahm der alte Ritter seinen hohen, weißen Helm ab, obwohl er nicht verstand, wieso.

»Ihr habt dem Reich lang und treu gedient, guter Herr, und jeder Mann und jede Frau in den Sieben Königslanden schuldet Euch Dank. Doch fürchte ich, dass Eure Dienste nun ein Ende finden. Es ist der Wunsch des Königs und des Rates, dass Ihr Eure schwere Bürde ablegt.«

»Meine … Bürde? Ich … ich verstehe nicht …«

Der neu ernannte Lord Janos Slynt meldete sich zu Wort mit schwerer, schroffer Stimme. »Ihre Majestät versucht Euch mitzuteilen, dass Ihr als Lord Kommandant der Königsgarde entlassen seid.«

Der große, weißhaarige Ritter schien zu schrumpfen, als er dort stand, und er atmete kaum. »Majestät«, sagte er schließlich. »Die Königsgarde ist eine Bruderschaft. Unser Eid gilt lebenslang. Nur der Tod kann einen Lord Kommandanten von seinem heiligen Eid befreien.«

»Wessen Tod, Ser Barristan?« Die Stimme der Königin war weich wie Seide, dennoch erfüllten ihre Worte den ganzen Saal. »Eurer oder der Eures Königs?«

»Ihr habt meinen Vater sterben lassen«, sagte Joffrey anklagend vom Eisernen Thron her. »Ihr seid zu alt, um irgendjemanden zu schützen.«

Sansa sah, wie der Ritter zu seinem neuen König aufblickte. Nie zuvor hatte sie sein Alter so bewusst wahrgenommen. »Majestät«, sagte er. »Ich wurde in meinem dreiundzwanzigsten Jahr für die Weißen Schwerter auserwählt.

Es war alles, was ich mir je erträumt hatte, vom ersten Augenblick an, als ich ein Schwert ergriff. Ich habe allen Anspruch auf den Besitz meiner Vorfahren aufgegeben. Das Mädchen, mit dem ich vermählt werden sollte, heiratete stattdessen meinen Vetter, ich hatte keine Verwendung für Land oder Söhne, mein Leben sollte dem Reich gewidmet sein. Ser Gerold Hohenturm selbst hat meinen Eid gehört ... den König mit all meiner Kraft zu schützen ... mein Blut für das seine zu geben. Ich habe neben dem Weißen Bullen und Prinz Lewyn von Dorne gekämpft ... neben Ser Arthur Dayn, dem Schwert des Morgens. Bevor ich Eurem Vater gedient habe, half ich, König Aerys zu schützen, und vor ihm dessen Vater Jaehaerys ... drei Könige ...«

»Und alle sind sie tot«, erklärte Kleinfinger.

»Eure Zeit ist um«, verkündete Cersei Lennister. »Joffrey braucht Männer um sich, die jung und stark sind. Der Rat hat beschlossen, dass Ser Jaime Lennister Euren Platz als Lord Kommandant der Bruderschaft der Weißen Schwerter einnimmt.«

»Der Königsmörder«, entfuhr es Ser Barristan, die Stimme hart vor Verachtung. »Der falsche Ritter, der seine Klinge mit dem Blut des Königs entweiht hat, den zu schützen er geschworen hatte.«

»Hütet Eure Zunge, Ser«, warnte die Königin. »Ihr sprecht von unserem geliebten Bruder, des Königs eigen Blut.«

Lord Varys ergriff das Wort, milder als die anderen. »Es ist nicht so, als wären wir Eurer Dienste uneingedenk, guter Herr. Lord Tywin Lennister hat großzügig eingewilligt, Euch ein hübsches Stück Land nördlich von Lennishort zu geben, direkt am Meer, mit Gold und genügend Männern, Euch eine ordentliche Festung zu errichten, und Dienern, die Euren Wünschen entsprechen.«

Harsch blickte Ser Barristan auf. »Eine Halle, in der ich sterbe soll, und Männer, mich zu begraben. Ich danke Euch, edle Lords ... aber ich spucke auf Euer Mitleid.« Er griff nach oben und löste die Spangen, die seinen Umhang hielten. Der schwere, weiße Stoff glitt von seinen Schultern und sank zu einem Haufen auf dem Boden. Sein Helm landete klirrend daneben. »Ich bin ein Ritter«, erklärte er ihnen. Er öffnete die silbernen Befestigungen an seiner Brustplatte und ließ auch diese fallen. »Ich werde wie ein Ritter sterben.«

»Ein nackter Ritter, wie mir scheint«, spottete Kleinfinger.

Da lachten alle, Joffrey auf seinem Thron und die Lords, die daneben standen, Janos Slynt und Königin Cersei und Sandor Clegane und sogar die anderen Männer der Königsgarde, die fünf, die bis vor einem Augenblick noch seine Brüder gewesen waren. *Oh, muss das schmerzen*, dachte Sansa. Sie fühlte mit dem edlen, alten Mann, der nun beschämt und rotgesichtig dastand, zu wütend, um ein einziges Wort hervorzubringen. Schließlich zog er sein Schwert.

Sansa hörte jemanden aufstöhnen. Ser Boros und Ser Meryn traten vor, um sich ihm zu stellen, doch Ser Barristan ließ sie mit einem Blick erstarren, der vor Verachtung triefte. »Fürchtet Euch nicht, Sers, Euer König ist in Sicherheit ... nicht Euretwegen allerdings. Selbst jetzt noch könnte ich Euch fünf in Stücke schneiden, so wie ein Dolch durch Käse geht. Wenn Ihr unter dem Königsmörder dienen wollt, ist keiner von Euch noch wert, das Weiß zu tragen.« Er warf sein Schwert vor den Eisernen Thron. »Hier, Junge. Schmelz es ein, und leg es zu den anderen, wenn du willst. Es wird dir mehr nützen als die Schwerter in den Händen dieser fünf. Vielleicht bekommt Lord Stannis Gelegenheit, darauf zu sitzen, wenn er dir den Thron nimmt.«

Er wählte den langen Weg hinaus, und seine Schritte knallten laut am Boden und hallten von den nackten Steinmauern zurück. Lords und Ladys machten Platz, ihn durchzulassen. Erst als die Pagen die großen Türen aus Eiche und Bronze hinter ihm geschlossen hatten, hörte Sansa wieder anderes: leise Stimmen, unruhiges Scharren, das Rascheln von Papier am Ratstisch. »Er hat mich Junge genannt«, klagte Joffrey übellaunig und klang dabei jünger, als er nach Jahren war. »Er hat auch von meinem Onkel Stannis gesprochen.«

»Leeres Geschwätz«, sagte Varys, der Eunuch. »Ohne Bedeutung ...«

»Es könnte sein, dass er mit meinen Onkeln üble Pläne schmiedet. Ich will, dass man ihn ergreift und befragt.« Keiner rührte sich. »Ich sagte: *Ich will, dass man ihn ergreift!*«

Janos Slynt erhob sich vom Ratstisch. »Meine Goldröcke werden sich seiner annehmen, Majestät.«

»Gut«, sagte König Joffrey. Lord Janos marschierte aus dem Saal, und seine hässlichen Söhne mussten sich sputen, um Schritt halten zu können, da sie den großen, metallenen Schild mit dem Wappen des Hauses Slynt zu schleppen hatten.

»Majestät«, erinnerte Kleinfinger den König. »Wenn wir fortfahren könnten ... die Sieben sind nur noch sechs. Wir benötigen einen neuen Recken für Eure Königsgarde.«

Joffrey lächelte. »Sag es ihnen, Mutter.«

»Der König und der Rat sind zu dem Entschluss gekommen, dass niemand in den Sieben Königslanden geeigneter wäre, Seine Majestät zu hüten und zu schützen, als seine Leibwache Sandor Clegane.«

»Wie gefällt dir das, Hund?«, fragte König Joffrey.

Im narbigen Gesicht des Bluthunds war kaum eine Regung zu erkennen. Er nahm sich einen langen Augenblick, darüber nachzudenken. »Warum nicht? Ich müsste weder Ländereien noch eine Frau aufgeben, und wen würde es stören, wenn ich es täte?« Die verbrannte Seite seines Mundes zuckte. »Aber ich warne Euch, ich werde keinen Rittereid ablegen.«

»Die Bruderschaft der Königsgarde hat stets aus Rittern bestanden«, sagte Ser Boros bestimmt.

»Bis jetzt«, sagte der Bluthund in seinem tiefen Krächzton, und Ser Boros schwieg.

Der Herold des Königs trat vor, und Sansa wurde bewusst, dass der Moment nun fast bevorstand. Nervös strich sie den Stoff ihres Rockes glatt. Sie trug Trauerkleider als Zeichen des Respekts für den toten König, dennoch hatte sie besondere Sorgfalt darauf verwendet, sich hübsch zu machen. Ihr Kleid war von der elfenbeinfarbenen Seide, welche sie von der Königin geschenkt bekommen und die Arya ruiniert hatte, doch hatte sie diese schwarz färben lassen, und jetzt war der Fleck nicht mehr zu sehen. Stundenlang hatte sie vor ihrem Schmuck gesessen und sich schließlich für eine schlichte Silberkette entschieden.

Des Herolds Stimme wurde laut. »Falls jemand in diesem Saale Seiner Majestät noch anderes vorzutragen hat, soll er sich nun zu Worte melden oder von dannen ziehen und für immer schweigen.«

Sansa verlor den Mut. *Jetzt,* sagte sie sich, *ich muss es jetzt tun. Mögen mir die Götter den Mut verleihen.* Sie trat einen Schritt vor, dann noch einen. Lords und Ritter traten schweigend beiseite, um sie durchzulassen, und sie spürte die Last ihrer Blicke. Ich muss stark wie meine Hohe Mutter sein. »Majestät«, rief sie mit weicher, bebender Stimme.

Vom Eisernen Thron aus hatte Joffrey einen besseren Überblick als alle anderen im Saal. Er erkannte sie zuerst. »Tretet vor, Mylady«, rief er lächelnd.

Sein Lächeln machte ihr Mut, gab ihr das Gefühl, schön

und stark zu sein. *Er liebt mich wirklich, es stimmt.* Sansa hob den Kopf und ging auf ihn zu, nicht zu langsam und nicht zu schnell. Sie durfte sich nicht anmerken lassen, wie nervös sie war.

»Die Lady Sansa aus dem Hause Stark«, rief der Herold.

Unter dem Thron blieb sie stehen, an der Stelle, wo Ser Barristans weißer Umhang neben seinem Helm und dem Brustpanzer am Boden lag.

»Hast du dem König und dem Rat etwas vorzutragen, Sansa?«, fragte die Königin vom Ratstisch her.

»Das habe ich.« Sie kniete auf dem Umhang, um ihr Kleid nicht zu beschmutzen, und blickte zu ihrem Prinzen auf seinem grässlichen, schwarzen Thron auf. »Wenn es Eurer Majestät gefällt, so bitte ich um Gnade für meinen Vater, Lord Eddard Stark, der die Hand des Königs war.« Hundertmal hatte sie die Worte geübt.

Die Königin seufzte. »Sansa, du enttäuschst mich. Was habe ich dir vom Blut eines Verräters erzählt?«

»Euer Vater hat schwere und furchtbare Verbrechen verübt, Mylady«, intonierte Großmaester Pycelle.

»Ach, armes, trauriges Ding«, seufzte Varys. »Sie ist noch ein Kind, Mylords, sie weiß nicht, worum sie bittet.«

Sansa hatte nur Augen für Joffrey. *Er muss mich anhören, er muss,* dachte sie. Der König rutschte auf seinem Sitz herum. »Lasst sie sprechen«, befahl er. »Ich will hören, was sie zu sagen hat.«

»Danke, Majestät.« Sansa lächelte, scheu und leise, nur für ihn. Er hörte sie an. Sie wusste, dass er es tun würde.

»Verrat ist ein schädlich Unkraut«, erklärte Pycelle feierlich. »Es muss gejätet werden, mit Wurzel und Stamm und Saat, wenn nicht neuerlich Verräter überall am Wegesrand sprießen sollen.«

»Streitet Ihr die Verbrechen Eures Vaters ab?«, fragte Lord Baelish.

»Nein, Mylords.« Sansa war klug genug, dies nicht zu tun. »Ich weiß, dass er bestraft werden muss. Ich bitte nur um Gnade. Ich weiß, dass mein Vater bereuen wird, was er getan hat. Er war König Roberts Freund, und er hat ihn geliebt, Ihr alle wisst, wie sehr. Bis der König ihn darum gebeten hat, wollte er nie die Hand sein. Sie müssen ihn belogen haben. Lord Renly oder Lord Stannis oder … oder *irgendwer,* sie müssen gelogen haben, sonst …«

König Joffrey beugte sich vor, und seine Hände packten die Lehnen des Thrones. Zerbrochene Schwertspitzen ragten zwischen seinen Fingern auf. »Er hat gesagt, ich sei nicht der König. Warum hat er das gesagt?«

»Er hatte sich das Bein gebrochen«, antwortete Sansa eifrig. »Es hat so wehgetan, dass Maester Pycelle ihm Mohnblumensaft geben musste, und es heißt, vom Mohnblumensaft wäre der Kopf voller Wolken. Sonst hätte er es nie gesagt.«

Varys sagte: »Kindliches Vertrauen … so süße Unschuld … und doch sagt man, oft käme Weisheit aus dem Mund der Kinder.«

»Verrat bleibt Verrat«, gab Pycelle gleich zurück.

Unruhig wiegte sich Joffrey auf seinem Thron. »Mutter?«

Cersei Lennister betrachtete Sansa nachdenklich. »Wenn Lord Eddard seine Verbrechen gestehen würde«, sagte sie schließlich, »wüssten wir, dass er seine Torheit bereut.«

Joffrey sprang auf. *Bitte,* dachte Sansa, *bitte, bitte, sei der König, von dem ich weiß, dass du es bist, gut und mild und edel, bitte.* »Habt Ihr noch mehr zu sagen?«, fragte er sie.

»Nur … wenn Ihr mich liebt, tut mir diesen Gefallen, mein Prinz«, sagte Sansa.

König Joffrey musterte sie von oben bis unten. »Eure lieblichen Worte haben mich bewegt«, sagte er galant und nickte, als wollte er sagen, alles würde noch gut werden. »Ich will tun, worum Ihr mich bittet … zuerst jedoch muss Euer Vater gestehen. Er muss gestehen und sagen, dass ich der König bin, sonst wird es für ihn keine Gnade geben.«

»Das wird er«, sagte Sansa mit rasendem Herzen. »Oh, ich weiß, dass er es tun wird.«

 EDDARD

Das Stroh am Boden stank nach Urin. Es gab kein Fenster, kein Bett, nicht einmal einen Eimer. Er erinnerte sich an hellroten Stein, mit Flecken von Salpeter überzogen, eine graue Tür aus gesplittertem Holz, zwei Handbreit dick und mit Eisen beschlagen. Er hatte sie gesehen, kurz, einen Blick darauf geworfen, als man ihn hineinstieß. Seit die Tür verschlossen war, hatte er nichts mehr gesehen. Das Dunkel war vollkommen. Er hätte ebenso blind sein können.

Oder tot. Mit seinem König begraben. »Ach, Robert«, murmelte er, während seine Hand über eine kalte Steinwand tastete und bei jeder Bewegung der Schmerz in seinem Bein pulsierte. Er dachte an den Scherz, den der König in der Gruft von Winterfell gemacht hatte, als die Könige von Winter sie mit kalten, steinernen Augen anstarrten. *Der König speist,* hatte Robert gesagt, *und an der Hand bleibt die Scheiße kleben.* Wie hatte er gelacht! Doch hatte er es falsch verstanden. *Stirbt der König,* dachte Ned, *wird die Hand begraben.*

Der Kerker lag unter dem Roten Bergfried, tiefer, als er sich vorzustellen wagte. Alte Geschichten von Maegor dem Grausamen fielen ihm ein, der sämtliche Maurer, die ihm seine Burg erbaut hatten, ermordet hatte, damit sie deren Geheimnisse nicht preisgeben konnten.

Er verfluchte sie alle: Kleinfinger, Janos Slynt und seine Goldröcke, die Königin, den Königsmörder, Pycelle und Varys und Ser Barristan, sogar Lord Renly, Roberts eigen Blut, der geflohen war, als er am dringendsten gebraucht wurde. Doch am Ende gab er sich selbst die Schuld. »*Dummkopf*«, rief er in die Finsternis, »dreimal vermaledeiter, blinder Narr!«

Cersei Lennisters Gesicht schien vor ihm in der Dunkelheit zu schweben. Ihr Haar war voller Sonnenlicht, in ihrem Lächeln jedoch lagen Hohn und Spott. »Wenn man das Spiel um Throne spielt, gewinnt man, oder man stirbt«, flüsterte sie. Ned hatte gespielt und verloren, und seine Männer hatten seine Torheit mit dem Leben bezahlt.

Wenn er an seine Töchter dachte, hätte er gern geweint, doch wollten die Tränen nicht kommen. Selbst jetzt noch war er ein Stark von Winterfell; Trauer und Zorn erstarrten in ihm zu Eis.

Wenn er ganz stillhielt, schmerzte sein Bein nicht so sehr, also tat er sein Bestes, sich nicht zu bewegen. Wie lange, konnte er nicht sagen. Es gab keine Sonne, keinen Mond. Er konnte keine Wände sehen. Ned schloss die Augen und schlug sie wieder auf. Es machte keinen Unterschied. Er schlief und wachte auf und schlief dann wieder ein. Er wusste nicht, was schmerzlicher war, aufzuwachen oder einzuschlafen. Wenn er schlief, träumte er: düstere, verstörende Träume von Blut und gebrochenen Versprechen. Wenn er erwachte, gab es für ihn nichts zu tun als zu denken, und das war schlimmer als die Albträume. Der Gedanke an Cat brannte schmerzlich wie ein Nesselbeet. Er fragte sich, wo sie sein mochte, was sie tat. Er fragte sich, ob er sie jemals wiedersehen würde.

Stunden wurden zu Tagen, so zumindest schien es. Er fühlte dumpfen Schmerz in seinem zertrümmerten Bein, ein Zucken unter dem Gips. Wenn er seinen Oberschenkel berührte, fühlte sich die Haut an seinen Fingern heiß an. Hören konnte er nur seinen Atem. Nach einiger Zeit fing er an, laut zu reden, nur um eine Stimme zu hören. Er schmiedete Pläne, um nicht den Verstand zu verlieren, baute Schlösser der Hoffnung in der Finsternis. Roberts Brüder waren draußen unterwegs, sammelten Armeen auf Drachenstein und am Sturmkap. Alyn und Harwin würden mit dem Rest seiner Leibgarde nach Königsmund zurückkehren, wenn sie sich erst um Ser Gregor gekümmert hätten. Catelyn würde dafür sorgen, dass sich der Norden erhob, wenn sie erst Nachricht erhielt und die Lords von Fluss und Berg und Grünem Tal würden sich ihr anschließen.

Er merkte, dass er mehr und mehr an Robert dachte. Er sah den König, wie er in der Blüte seiner Jugend stand, groß und ansehnlich, mit seinem gehörnten Helm auf dem Kopf, den Streithammer in der Hand, auf seinem Pferd wie ein Gott mit Hörnern. Er hörte sein Gelächter in der Dunkelheit, sah seine Augen, blau und klar wie Bergseen. »Sieh uns an, Ned«, sagte Robert. »Bei allen Göttern, wie konnte es so weit kommen? Du hier und ich von einem Schwein ermordet. Wir haben gemeinsam einen Thron erstritten …«

Ich habe dich im Stich gelassen, Robert, dachte Ned. Er konnte die Worte nicht aussprechen. *Ich habe dich belogen, die Wahrheit vertuscht. Ich habe zugelassen, dass sie dich töten.*

Der König hörte ihn. »Du steifnackiger Narr«, murmelte er, »zu stolz, um zuzuhören. Kann man Stolz essen, Stark? Schützt Ehre deine Kinder?« Risse gingen durch sein Gesicht, Furchen, die die Haut sprengten, und er griff nach oben und riss die Maske fort. Es war nicht Robert, es war Kleinfinger, grinsend, höhnend. Als er den Mund aufmachte, um zu sprechen, wurden seine Lügen zu fahlen, grauen Motten und flogen davon.

Ned war im Halbschlaf, als Schritte durch den Gang hallten. Anfangs glaubte er, er träumte sie. Es war so lange her, dass er etwas anderes als seine eigene Stimme vernommen hatte. Inzwischen war er fiebrig, sein Bein nur dumpfe Qual, seine Lippen ausgetrocknet und gesprungen. Die schwere Holztür öffnete sich knarrend, das plötzliche Licht brannte schmerzlich in den Augen.

Ein Wärter hielt ihm einen Krug entgegen. Der Ton war kühl und feucht. Ned nahm ihn mit beiden Händen und trank gierig. Wasser lief von seinem Mund und tropfte durch seinen Bart. Er trank, bis er glaubte, gleich würde ihm übel werden. »Wie lange …?«, fragte er schwach, als er nicht mehr trinken konnte.

Der Wärter war eine Vogelscheuche von einem Mann, mit Rattengesicht und fransigem Bart, im Kettenhemd mit kurzem, ledernem Umhang. »Nicht sprechen«, sagte er und riss Ned den Krug aus der Hand.

»Bitte«, sagte Ned, »meine Töchter …« Krachend fiel die Tür ins Schloss. Er blinzelte, als das Licht verging, ließ das Kinn auf die Brust sinken und rollte sich auf dem Stroh zusammen. Es stank nicht mehr nach Urin und Kot. Es roch nach überhaupt nichts mehr.

Er merkte keinen Unterschied zwischen Wachen und Schlafen. In der Dunkelheit kam die Erinnerung über ihn, so lebendig wie ein Traum. Es war das Jahr des falschen Frühlings, und er war wieder achtzehn Jahre alt, von Hohenehr zum Turnier auf Harrenhal herabgestiegen. Er sah das dunkelgrüne Gras und roch die Pollen im Wind. Warme Tage und kühle Nächte und der süße Geschmack von Wein. Er dachte an Brandons Lachen und Roberts blinde Wut im Turnier, wie er lachte, als er zur Linken und zur Rechten Männer von den Pferden stieß. Er dachte an Jaime Lennister, den güldenen Jüngling in weißer Rüstung, wie er auf dem Gras vor dem Zelt des Königs kniete und seinen Eid ablegte, dass er König Aerys schützen und verteidigen wollte. Danach half Ser Oswell Whent Jaime auf die Beine, und der Weiße Bulle höchstselbst, Lord Kommandant Ser Gerold Hohenturm, legte ihm den schneeweißen Umhang der Königsgarde um die Schultern. Alle sechs Weißen Schwerter waren dort, um ihren neuen Bruder zu begrüßen.

Doch als das Turnier begann, gehörte der Tag Rhaegar Targaryen. Der Kronprinz trug die Rüstung, in der er sterben sollte: einen schimmernden, schwarzen Panzer mit dem dreiköpfigen Drachen in Rubinen auf seiner Brust. Eine Fahne von roter Seide flatterte in seinem Rücken, wenn er ritt, und es schien, als könne keine Lanze ihn auch nur berühren. Brandon fiel ihm zum Opfer und Bronze Yohn Rois und selbst der glorreiche Ser Arthur Dayn, das Schwert des Morgens.

Robert hatte mit Jon und dem alten Lord Hanter gescherzt, während der Prinz seine Ehrenrunde um den Platz drehte, nachdem er Ser Barristan im letzten Versuch, die Siegerkrone zu erringen, zu Fall gebracht hatte. Ned erinnerte sich an den Augenblick, da alles Lächeln erstarb, als Prinz Rhaegar Targaryen sein Pferd an seiner eigenen Frau, der dornischen Prinzessin Elia Martell, vorüberzwang, um den Lorbeer der Königin der Liebe und der Schönheit Lyanna auf den Schoß zu werfen. Noch heute sah er sie: eine Krone aus Winterrosen, blau wie der Frost.

Ned Stark streckte die Hand aus, um nach der Blumenkrone zu greifen, doch unter den blassblauen Blättern lagen Dornen verborgen. Er fühlte, wie sie an seiner Haut rissen, scharf und unerbittlich, sah das Blut langsam an seinen Fingern heruntertropfen und erwachte zitternd in der Dunkelheit.

Versprich es mir, Ned, hatte seine Schwester auf ihrem Bett aus Blut geflüstert. Sie hatte den Duft der Winterrosen so geliebt.

»Ihr Götter, rettet mich«, weinte Ned. »Ich verliere den Verstand.«

Die Götter ließen sich nicht zu einer Antwort herab.

Jedes Mal, wenn der Wärter ihm Wasser brachte, sagte

er sich, ein weiterer Tag sei nun verstrichen. Anfangs flehte er den Mann um ein paar Worte über seine Töchter und die Welt jenseits der Zelle an. Als Antwort kamen nur Gegrunz und Tritte. Später, als sich sein Magen zu verkrampfen begann, bettelte er stattdessen um Nahrung. Es änderte nichts. Er bekam nichts zu essen. Vielleicht wollten die Lennisters ihn verhungern lassen. »Nein«, sagte er zu sich. Wenn Cersei Lennister seinen Tod wollte, hätte sie ihn im Thronsaal zusammen mit seinen Männern niedermachen lassen. Sie wollte ihn lebend, verzweifelt zwar, aber lebend. Catelyn hatte ihren Bruder in der Gewalt, sie würde nicht wagen, ihn zu töten, sonst wäre auch das Leben des Gnoms in Gefahr.

Von draußen vor seiner Zelle war das Rasseln eiserner Ketten zu hören. Als die Tür sich knarrend öffnete, legte Ned eine Hand an die feuchte Wand und schob sich zum Licht. Das Flackern einer Fackel ließ ihn blinzeln. »Essen«, krächzte er.

»Wein«, antwortete eine Stimme. Es war nicht der rattengesichtige Mann. Dieser Wärter war dicker, kleiner, wenn er auch den gleichen, kurzen Umhang mit dem spießbesetzten Stahlhelm trug. »Trinkt, Lord Eddard.« Er drückte Ned einen Weinschlauch in die Hände.

Die Stimme war seltsam vertraut, doch brauchte Ned Stark einen Augenblick, sie einzuordnen. »*Varys?*«, fragte er benommen, als er sie erkannte. »Ich … ich träume nicht. Ihr seid hier.« Die runden Wangen des Eunuchen waren von dunklen Stoppeln überzogen. Ned befühlte das raue Haar mit seinen Fingern. Varys hatte sich in einen ergrauten Schließer verwandelt, der nach Schweiß und saurem Wein roch. »Wie habt Ihr … was für ein Zauberer seid Ihr?«

»Ein durstiger«, sagte Varys. »Trinkt, Mylord.«

Neds Hände betasteten den Schlauch. »Ist es dasselbe Gift, das man Robert gegeben hat?«

»Ihr tut mir Unrecht«, sagte Varys traurig. »Wahrlich, niemand liebt einen Eunuchen. Gebt mir den Schlauch.« Er trank, und etwas Rot lief aus dem Winkel seines feisten Mundes. »Nicht derselbe edle Tropfen, den Ihr mir am Abend des Turniers geboten habt, doch auch nicht giftiger als die meisten«, schloss er und wischte seine Lippen. »Hier.«

Ned versuchte zu schlucken. »Scheußlich.« Ihm war, als müsse er den Wein gleich wieder von sich geben.

»Alle Menschen müssen das Saure mit dem Süßen schlucken. Hohe Herren und Eunuchen gleichermaßen. Eure Stunde ist gekommen, Mylord.«

»Meine Töchter …«

»Das jüngere Mädchen ist Ser Meryn entkommen und geflohen«, erzählte Varys. »Ich habe sie noch nicht finden können. Die Lennisters ebenfalls nicht. Das ist gut. Unser neuer König liebt sie nicht eben. Euer älteres Mädchen ist noch mit Joffrey verlobt. Cersei hält sie in ihrer Nähe. Vor einigen Tagen war sie bei Hofe und hat gefleht, man möge Euch verschonen. Schade, dass Ihr nicht dabei wart, es hätte Euch gerührt.« Er beugte sich weit vor. »Ich nehme an, Ihr wisst, dass Ihr ein toter Mann seid, Lord Eddard?«

»Die Königin wird mich nicht töten«, sagte Ned. In seinem Kopf drehte es sich, der Wein war stark, und es war zu lange her, seit er gesessen hatte. »Cat … Cat hat Cerseis Bruder …«

»Den *falschen* Bruder«, seufzte Varys. »Und ohnehin hat sie ihn verloren. Sie hat den Gnom entwischen lassen. Ich denke, er müsste inzwischen tot sein, irgendwo in den Mondbergen.«

»Wenn das stimmt, schneidet mir die Kehle durch, und bringt es zu Ende.« Er war vom Wein benebelt, müde und verzweifelt.

»Euer Blut ist das Letzte, was ich mir wünsche.«

Ned sah ihn fragend an. »Als meine Garde gemetzelt wurde, standet Ihr hinter der Königin und habt zugesehen, kein Wort gesagt.«

»Und ich würde es wieder tun. Ich meine mich zu erinnern, dass ich unbewaffnet war, ungepanzert und von Soldaten der Lennisters umgeben.« Der Eunuch blickte ihn seltsam an, neigte den Kopf. »Als ich ein kleiner Junge war, bevor man mich beschnitt, bin ich mit einer Truppe von Komödianten durch die Freien Städte gezogen. Sie haben mich gelehrt, dass jeder Mensch eine Rolle spielen muss, im Leben wie im Mummenschanz. Genauso verhält es sich bei Hofe. Des Königs Henker muss entsetzen, der Meister der Münze bescheiden sein, der Lord Kommandant der Königsgarde kühn … und der Meister der Ohrenbläser muss verschlagen und unterwürfig und ohne Skrupel sein. Ein mutiger Informant wäre so nutzlos wie ein feiger Ritter.« Er nahm den Weinschlauch an sich und trank.

Ned musterte das Gesicht des Eunuchen und suchte unter den Narben und dem falschen Bart des Komödianten nach der Wahrheit. Er probierte noch etwas vom Wein. Diesmal ging er leichter herunter. »Könnt Ihr mich aus diesem Loch befreien?«

»Ich könnte … aber *will* ich? Nein. Man würde Fragen stellen, und die Antworten würden zu mir führen.«

Ned hatte nichts anderes erwartet. »Ihr sprecht offen.«

»Ein Eunuch hat keine Ehre, und eine Spinne kann sich den Luxus von Skrupeln nicht erlauben, Mylord.«

»Würdet Ihr dann wenigstens einwilligen, eine Nachricht für mich zu übermitteln?«

»Das hinge von der Nachricht ab. Gern will ich Euch Papier und Tinte bringen. Und wenn Ihr geschrieben habt, was Ihr zu schreiben gedenkt, werde ich den Brief nehmen und ihn lesen und ihn überbringen oder auch nicht, wie es meinen eigenen Zwecken am ehesten dient.«

»Euren eigenen Zwecken. Was sind diese Zwecke, Lord Varys?«

»Friede«, erwiderte Varys, ohne zu zögern. »Wenn es eine Seele in Königsmund gab, die verzweifelt versucht hat, Robert Baratheon am Leben zu erhalten, dann war ich das.« Er seufzte. »Fünfzehn Jahre lang habe ich ihn vor seinen Feinden beschützt, nur konnte ich ihn vor seinen Freunden nicht bewahren. Welch seltsamer Anfall von Torheit hat Euch dazu geführt, der Königin zu erzählen, dass Ihr die Wahrheit über Joffreys Geburt erfahren habt?«

»Die Torheit des Erbarmens«, gab Ned zu.

»Ah«, sagte Varys. »Sicherlich. Ihr seid ein ehrlicher und ehrenhafter Mann, Lord Eddard. Was ich zu oft vergesse. Ich bin so wenigen davon in meinem Leben begegnet. Wenn ich sehe, was Ehrlichkeit und Ehre Euch gebracht haben, verstehe ich, wieso.«

Ned Stark lehnte seinen Kopf an den feuchten Stein zurück und schloss die Augen. Schmerz pochte in seinem Bein. »Der Wein des Königs ... habt Ihr Lancel befragt?«

»Oh, in der Tat. Cersei hat ihm die Weinschläuche gegeben und gesagt, es sei Roberts liebster Tropfen.« Der Eunuch zuckte mit den Achseln. »Jäger führen ein gefahrvolles Leben. Hätte nicht der Keiler Robert niedergemacht, wäre es ein Sturz vom Pferd gewesen, der Biss einer Waldnatter, ein fehlgelenkter Pfeil ... der Wald ist das Schlachthaus der Götter. Nicht der Wein hat den König getötet. Es war Euer *Erbarmen*.«

Ned hatte es befürchtet. »Die Götter mögen mir vergeben.«

»Falls es Götter gibt«, sagte Varys, »werden sie es wohl tun. Denn die Königin hätte dem zum Trotz nicht mehr lange gewartet. Robert wurde widerspenstig, und sie musste sich seiner entledigen, um freie Hand zu haben, damit sie sich um seine Brüder kümmern konnte. Die beiden sind ein echtes Paar, Stannis und Renly. Der eiserne Fäustling und der seidene Handschuh.« Er wischte sich den Mund mit dem Handrücken. »Ihr seid dumm gewesen, Mylord. Ihr hättet auf Kleinfinger achten sollen, als er Euch drängte, Joffreys Nachfolge zu unterstützen.«

»Woher ... woher hätte ich das wissen sollen?«

Varys lächelte. »Ich weiß, das ist alles, was für Euch von Belang sein sollte. Darüber hinaus weiß ich, dass die Königin Euch morgen Früh einen Besuch abstatten will.«

Langsam hob Ned den Blick. »Wozu?«

»Cersei fürchtet Euch, Mylord ... doch hat sie andere Feinde, die sie noch stärker fürchtet. Ihr geliebter Jaime tritt im Augenblick gegen die Flusslords an. Lysa Arryn sitzt auf Hohenehr, von Stein und Stahl umringt, und zwischen ihr und der Königin ist keine Liebe mehr. In Dorne brüten die Martells noch immer über dem Mord an Prinzessin Elia und ihren Kindern. Und nun marschiert Euer Sohn die Eng hinab, mit einer Nordarmee im Rücken.«

»Robb ist ein kleiner Junge«, entfuhr es Ned erschrocken.

»Ein kleiner Junge mit einer Armee«, sagte Varys. »Und dennoch nur ein kleiner Junge, wie Ihr sagt. Die Brüder des Königs sind es, die Cersei schlaflose Nächte bereiten ... besonders Lord Stannis. Sein Anspruch ist der wahre, er ist für seine Begabung als Befehlshaber in der Schlacht berühmt, und er ist zutiefst gnadenlos. Auf der ganzen Welt gibt es kein Lebewesen, das nur halb so viel Angst und Schrecken verbreitet wie ein wahrlich gerechter Mann. Niemand weiß, was Stannis auf Drachenstein treibt, aber ich würde die Vermutung wagen, dass er mehr Recken als Muscheln gesammelt hat. Und das ist Cerseis Albtraum: Während Vater und Bruder ihre Kraft darauf verwenden, gegen Starks und Tullys anzutreten, landet Lord Stannis, macht sich zum König und schlägt ihrem Sohn den blonden Lockenkopf vom

Hals … und ihren eigenen dazu, obwohl ich wirklich glaube, dass sie sich mehr um ihren Jungen sorgt.«

»Stannis Baratheon ist Roberts wahrer Erbe«, sagte Ned. »Der Thron gehört rechtmäßig ihm. Seinen Aufstieg würde ich willkommen heißen.«

Varys schnalzte mit der Zunge. »Das wird Cersei nicht gern hören, das kann ich Euch versichern. Stannis mag den Thron erstreiten, doch nur Euer moderner Kopf wird dann noch darüber jubeln, wenn Ihr nicht Eure Zunge hütet. Sansa hat so süß gebettelt, dass es eine Schande wäre, wenn Ihr alles wegwerfen würdet. Man gibt Euch Euer Leben zurück, sofern Ihr es haben wollt. Cersei ist nicht dumm. Sie weiß, dass ein zahmer Wolf mehr Nutzen bringt als ein toter.«

»Ihr wollt, dass ich der Frau *diene,* die meinen König ermordet, meine Leute geschlachtet und meinen Sohn verkrüppelt hat?«

»Ich möchte, dass Ihr dem Reich dient«, sagte Varys. »Sagt der Königin, dass Ihr Euren bösartigen Verrat gesteht, Eurem Sohn befehlt, sein Schwert niederzulegen, und Joffrey zum wahren Erben erklärt. Bietet an, Stannis und Renly als treulose Thronräuber zu denunzieren. Unsere grünäugige Löwin weiß, dass Ihr ein Mann von Ehre seid. Wenn Ihr Cersei den Frieden gebt, den sie braucht, und die Zeit, mit Stannis fertigzuwerden, und schwört, ihr Geheimnis mit ins Grab zu nehmen, wird sie Euch, glaube ich, erlauben, das Schwarz zu tragen und den Rest Eurer Tage auf der Mauer zu verleben, mit Eurem Bruder und Eurem Sohn von niederer Geburt.«

Der Gedanke an Jon erfüllte Ned mit einem Gefühl von Scham, einer Trauer, für die es keine Worte gab. Wenn er den Jungen nur einmal wiedersehen könnte, bei ihm sitzen und mit ihm reden … Schmerz durchfuhr sein gebrochenes Bein unter dem dreckigen, grauen Gips. Er zuckte zusammen, und seine Finger öffneten und schlossen sich unwillkürlich. »Ist das Euer eigener Plan«, keuchte er Varys entgegen, »oder macht Ihr mit Kleinfinger gemeinsame Sache?«

Das schien den Eunuchen zu amüsieren. »Eher würde ich die Schwarze Ziege von Qohor ehelichen. Kleinfinger ist der zweitverlogenste Mensch in den Sieben Königslanden. Oh, ich trage ihm ausgewählte Gerüchte zu, gerade so viele, dass er *glaubt,* ich wäre auf seiner Seite ... ganz wie ich Cersei glauben lasse, ich wäre auf der ihren.«

»Und ganz, wie Ihr mich glauben macht, Ihr wäret auf der meinen. Sagt mir, Lord Varys, wem dient Ihr in Wahrheit?«

Varys lächelte leise. »Nun, dem Reich, mein guter Herr, wie konntet Ihr das je bezweifeln? Ich schwöre es bei meiner verlorenen Männlichkeit. Ich diene dem Reich, und das Reich braucht Frieden.« Er nahm den letzten Schluck Wein und warf den Schlauch beiseite. »Wie also lautet Eure Antwort, Lord Eddard? Gebt mir Euer Wort, dass Ihr der Königin sagt, was sie hören will, wenn sie Euch besucht.«

»Wenn ich es täte, wäre ich so hohl wie eine leere Rüstung. So viel ist mein Leben mir nicht wert.«

»Schade.« Der Eunuch stand auf. »Und das Leben Eurer Tochter, Mylord? Wie wertvoll ist das?«

Kalt fuhr es durch Neds Herz. »Meine Tochter ...«

»Ihr dachtet doch wohl nicht, ich hätte Eure süße Unschuld vergessen, Mylord. Die Königin hat es ganz sicher nicht.«

»*Nein*«, flehte Ned, und seine Stimme überschlug sich. »Varys, bei allen Göttern, tut mit mir, was Ihr wollt, aber lasst meine Tochter aus Euren Plänen. Sansa ist doch noch ein Kind.«

»Auch Rhaenys war ein Kind. Prinz Rhaegars Tochter. Ein hübsches, kleines Ding, jünger noch als Eure Mädchen. Sie hatte ein kleines, schwarzes Kätzchen, das sie Balerion nannte, wusstet Ihr das? Ich habe mich immer gefragt, was wohl aus ihm geworden ist. Rhaenys tat gern so, als sei er der wahre Balerion, der Schwarze Schrecken aus alten Zeiten, doch denke ich, die Lennisters haben sie den Unterschied zwischen einem Kätzchen und einem Drachen bald genug gelehrt, an jenem Tag, als sie ihre Tür einbrachen.« Varys stieß einen langen, müden Seufzer aus, den Seufzer eines Mannes, der alle Trauer dieser Welt in einem Sack auf seinen Schultern trägt. »Der Hohe Septon hat mir einmal gesagt: Wie wir sündigen, so leiden wir. Falls das stimmen sollte, Lord Eddard, sagt mir ... warum sind es immer die Unschuldigen, die am meisten leiden, wenn Ihr hohen Herren Euer Spiel um Throne spielt? Seid so gut und denkt darüber nach, während Ihr auf die Königin wartet. Und gestattet Euch auch einen Gedanken zu Folgendem: Der nächste Mensch, der Euch in dieser Zelle besucht, könnte Euch Brot und Käse und Mohnblumensaft für Eure Schmerzen bringen ... oder er bringt Euch Sansas Kopf.

Die Wahl, mein lieber Lord Hand, liegt *ganz allein* bei Euch.«

 CATELYN

Als das Heer den Damm entlangmarschierte, durch das schwarze Moor der Eng und in die Flusslande jenseits davon strömte, wuchsen Catelyns böse Vorahnungen. Sie verbarg ihre Befürchtungen hinter einer stillen, ernsten Miene, doch waren sie dennoch da, wuchsen mit jeder Stunde des Weges, den sie zurücklegten. Ihre Tage waren voller Sorge, die Nächte ruhelos, und bei jedem Raben, der über sie hinwegflog, biss sie die Zähne fest zusammen.

Sie fürchtete um ihren Hohen Vater und wunderte sich über diese unheilvolle Stille. Sie fürchtete um ihren Bruder Edmure und betete, dass die Götter auf ihn achteten, falls er dem Königsmörder in der Schlacht gegenüberstand. Sie fürchtete um Ned und ihre Mädchen und um die süßen Söhne, die sie auf Winterfell zurückgelassen hatte. Und trotzdem gab es nichts, was sie für irgendeinen von ihnen tun konnte, und so zwang sie sich dazu, den Gedanken an sie alle zu verdrängen. *Du musst dir deine Kraft für Robb aufsparen,* sagte sie sich selbst. *Er ist der Einzige, dem du helfen kannst. Sei grimmig und hart wie der Norden, Catelyn Tully. Jetzt musst du wirklich und wahrhaftig eine Stark sein, ganz wie dein Sohn ein Stark ist.*

Robb ritt dem Heer voraus, unter dem flatternden Banner von Winterfell. Jeden Tag bat er einen seiner Lords, ihn zu begleiten, damit sie während des Marsches konferieren konnten. Diese Ehre wurde den hohen Herren abwechselnd zuteil, er hatte keine Favoriten, lauschte, wie sein Vater stets gelauscht hatte, wägte ein Wort gegen das andere ab. *Er hat so viel von Ned gelernt,* dachte sie, während sie ihn beobachtete, *aber hat er schon genug gelernt?*

Schwarzfisch hatte hundert handverlesene Männer und hundert schnelle Pferde mitgenommen und war vorausgestürmt, um den Weg zu erkunden und zu sichern. Die Meldungen, die Ser Bryndens Reiter brachten, trugen nur wenig zu ihrer Beruhigung bei. Lord Tywins Heer war noch viele Tage südlich … doch Walder Frey, der Lord über den Kreuzweg, hatte eine Armee von fast viertausend Mann bei seinen Burgen am Grünen Arm versammelt.

»Wieder zu spät«, murmelte Catelyn, als sie davon hörte. Wieder war es wie am Trident, verdammt sei der Mann! Ihr Bruder Edmure hatte zu den Fahnen gerufen. Von Rechts wegen hätte sich Lord Frey dem Heer der Tullys in Schnellwasser anschließen sollen, doch hier hockte er nun.

»Viertausend Mann«, wiederholte Robb eher staunend denn verärgert. »Lord Frey kann nicht hoffen, allein gegen die Lennisters anzutreten. Sicher will er sich mit seinem Heer dem unseren anschließen.«

»Will er?«, fragte Catelyn. Sie war nach vorn geritten, um sich zu Robb und Robett Glauer zu gesellen, seinem Gefährten dieses Tages. Die vorderste Reihe breitete sich hinter ihnen aus, ein langsam wandernder Wald aus Lanzen und Speeren. »Ich weiß nicht. Erwarte nichts von Walder Frey, und er wird dich niemals überraschen.«

»Er ist Bundesgenosse deines Vaters.«

»Manche Männer nehmen ihren Eid ernster als andere, Robb. Und Lord Walder stand Casterlystein stets freundlicher gegenüber, als es meinem Vater lieb war. Einer seiner Söhne ist mit Tywin Lennisters Schwester verheiratet. Das an sich bedeutet nicht viel, das mag wohl sein. Lord Walder hat im Laufe der Jahre reichlich Kinder gezeugt, und die wollen verheiratet werden. Dennoch …«

»Glaubt Ihr, er will uns an die Lennisters verraten, Mylady?«, fragte Robett Glauer ernst.

Catelyn seufzte. »Wenn ich die Wahrheit sagen soll, so möchte ich bezweifeln, dass Lord Frey selbst weiß, was Lord Frey vorhat. Er ist vorsichtig wie ein alter Mann und ehrgeizig wie ein junger, und nie hat es ihm an List gemangelt.«

»Wir müssen die Zwillinge einnehmen, Mutter«, sagte Robb erhitzt. »Es gibt keine andere Möglichkeit, den Fluss zu überqueren. Das weißt du.«

»Ja. Genau wie Walder Frey, dessen kannst du sicher sein.«

An diesem Abend schlugen sie ihr Lager am südlichen Rand der Sümpfe auf, auf halbem Weg zwischen dem Königsweg und dem Fluss. Dort brachte Theon Graufreud weitere Nachricht von ihrem Onkel. »Ser Brynden lässt Euch sagen, er habe mit den Lennisters die Schwerter gekreuzt. Es gibt da ein Dutzend Späher, die in naher Zukunft an Lord Tywin keine Meldung mehr machen werden. Wenn überhaupt je wieder.« Er grinste. »Ser Addam Marbrand kommandiert ihre Vorhut, und der zieht sich nach Süden zurück, wobei er alles niederbrennt. Er weiß, wo wir sind, mehr oder weniger, aber Schwarzfisch schwört, sie werden nicht erfahren, wann wir uns teilen.«

»Es sei denn, Lord Frey würde es ihm verraten«, wandte Catelyn scharf ein. »Theon, wenn du zu meinem Onkel reitest, sag ihm, er soll seine besten Bogenschützen bei Tag und Nacht um die Zwillinge herum postieren, mit dem Befehl, jeden Raben zu schießen, der von den Zinnen fliegt. Ich will nicht, dass irgendein Vogel Nachricht von den Bewegungen meines Sohnes an Lord Tywin übermittelt.«

»Dafür hat Ser Brynden bereits gesorgt, Mylady«, erwiderte Theon mit schiefem Lächeln. »Noch ein paar schwarze Vögel mehr, und wir können aus ihnen einen Auflauf backen. Ich bewahre Euch die Federn für einen Hut auf.«

Sie hätte wissen müssen, dass Brynden Schwarzfisch ihr um einiges voraus war. »Was haben die Freys getan, als die Lennisters ihre Felder verbrannt und ihre Festungen geplündert haben?«

»Es gab einige Kämpfe zwischen Ser Addams und Lord Walders Männern«, antwortete Theon. »Keinen Tagesritt von hier haben wir zwei Späher der Lennisters gefunden, die nur noch Krähenfutter waren, weil die Freys sie aufgehängt hatten. Der Großteil von Lord Walders Heer steht allerdings nach wie vor bei den Zwillingen.«

Das trug ohne Zweifel Walder Freys Siegel, dachte Catelyn verbittert, zurückhalten, warten, zusehen, kein Risiko eingehen, sofern man nicht dazu gezwungen wird.

»Wenn er gegen die Lennisters gekämpft hat, will er seinem Eid vielleicht nachkommen«, sagte Robb.

Catelyn war weniger bestärkt. »Sein eigenes Land zu verteidigen, ist eine Sache, die Schlacht gegen einen Lord zu eröffnen eine andere.«

Robb wandte sich wieder Theon Graufreud zu. »Hat der Schwarzfisch einen anderen Weg über den Grünen Arm gefunden?«

Theon schüttelte den Kopf. »Der Fluss geht hoch und schnell. Ser Brynden sagt, er ließe sich nicht durchqueren, nicht so weit im Norden.«

»Ich *brauche* diese Überquerung!«, erklärte Robb schäumend. »Oh, unsere Pferde könnten wohl durch den Fluss schwimmen, denke ich, nur nicht mit Männern in Rüstungen auf dem Rücken. Wir müssten Flöße bauen, um unseren Stahl zu transportieren, dazu die Helme und Kettenhemden und Lanzen, aber dafür fehlen uns die Bäume. Und die Zeit. Lord Tywin marschiert gen Norden ...« Er ballte seine Hand zur Faust.

»Lord Frey wäre ein Narr, wenn er sich uns in den Weg stellte«, sagte Theon Graufreud mit seinem üblichen Selbstvertrauen. »Zahlenmäßig sind wir ihm fünfmal überlegen. Du könntest die Zwillinge einnehmen, wenn du wolltest, Robb.«

»Nicht so leicht«, warnte Catelyn, »und nicht mehr rechtzeitig. Während du deine Belagerung einrichtest, würde Tywin Lennister sein Heer heranführen und dich von hinten angreifen.«

Robb blickte von ihr zu Graufreud, suchte nach einer Antwort und fand dort keine. Einen Moment lang sah er jünger als seine fünfzehn Jahre aus, trotz des Kettenhemds und des Stoppelbartes auf seinen Wangen. »Was würde mein Hoher Vater tun?«, fragte er sie.

»Einen Weg hinüber suchen«, erklärte sie. »Egal wie.«

Am nächsten Morgen kam Ser Brynden Tully höchstpersönlich zu ihnen geritten. Er hatte den schweren Brustpanzer und seinen Helm abgelegt, die er als Ritter des Tores getragen hatte, und gegen das leichtere, lederbesetzte Kettenhemd eines Vorreiters getauscht, doch hielt der Fisch aus Obsidian noch immer seinen Umhang zusammen.

Die Miene ihres Onkels war ernst, während er sich von seinem Pferd schwang. »Es gab eine Schlacht unter den Mauern von Schnellwasser«, sagte er mit grimmigem Mund. »Wir wissen dies von einem Späher der Lennisters, den wir gefangen genommen haben. Der Königsmörder hat Edmures Heer aufgerieben und die Lords vom Trident in die Flucht geschlagen.«

Eine kalte Hand packte Catelyns Herz. »Und mein Bruder?«

»Verwundet und gefangen«, sagte Ser Brynden. »Lord Schwarzhain und die anderen Überlebenden sitzen in Schnellwasser, belagert von Jaimes Armee.«

Robb wirkte gereizt. »Wir müssen diesen vermaledeiten

Fluss überqueren, wenn wir auch nur die geringste Hoffnung hegen wollen, sie rechtzeitig zu befreien.«

»Das wird nicht so leicht möglich sein«, warnte ihr Onkel. »Lord Frey hat seine gesamte Streitmacht in den Burgen versammelt, und deren Tore sind verriegelt und verrammelt.«

»Verdammt sei dieser Mann«, fluchte Robb. »Wenn der alte Narr nicht nachgibt und mich passieren lässt, bleibt mir nur, seine Mauern zu erstürmen. Ich ziehe ihm seine Zwillinge über die Ohren, wenn es sein muss, dann werden wir sehen, wie ihm das gefällt!«

»So redet nur ein schmollendes Kind, Robb«, sagte Catelyn scharf. »Ein Kind sieht ein Hindernis, und sein erster Gedanke ist, ihm auszuweichen oder es umzustoßen. Ein Lord muss lernen, dass Worte manchmal erreichen, was Schwertern nicht gelingt.«

Robbs Hals rötete sich bei diesem Tadel. »Sag mir, was du meinst, Mutter«, sagte er lammfromm.

»Seit sechshundert Jahren halten die Freys den Kreuzweg, und seit sechshundert Jahren haben sie es nie versäumt, ihre Maut einzutreiben.«

»Welche Maut? Was *will* er?«

Sie lächelte. »Das müssen wir in Erfahrung bringen.«

»Und was ist, wenn ich mich entschließe, diese Maut nicht zu entrichten?«

»Dann ziehst du dich besser nach Maidengraben zurück, machst dich für die Schlacht gegen Lord Tywin bereit ... oder lässt dir Flügel wachsen. Andere Möglichkeiten sehe ich nicht.« Catelyn gab ihrem Pferd die Sporen, ritt davon und ließ ihren Sohn zurück, damit er über ihre Worte nachdachte. Es würde nichts nützen, wenn sie ihm das Gefühl gäbe, als Mutter seinen Platz einnehmen zu wollen. *Hast du ihn außer Tapferkeit auch Weisheit gelehrt, Ned?*, fragte sie sich. *Hast du ihn den Kniefall gelehrt?* Die Friedhöfe der Sieben Königslande waren voll tapferer Männer, die diese Lektion nie gelernt hatten.

Es war fast Mittag, als ihre ersten Reihen in Sichtweite der Zwillinge kamen, wo die Lords vom Kreuzweg ihren Sitz hatten.

Hier war der Grüne Arm tief und schnell, doch hatten die Freys ihn vor Jahrhunderten schon überbrückt und waren von der Münze reich geworden, die man ihnen zahlen musste, wenn man hinüberwollte. Ihre Brücke war ein massiver Bogen aus glattem, grauem Stein, breit genug, dass zwei Wagen einander passieren konnten. Der Wasserturm ragte mitten auf der Brücke auf, beherrschte sowohl Straße als auch Fluss mit seinen Schießscharten, Mordlöchern und Falltoren. Drei Generationen lang hatten die Freys an ihrer Brücke gebaut. Nachdem sie fertig waren, standen zu beiden Seiten stabile Holzfestungen, damit niemand ohne ihre Erlaubnis hinüberkonnte.

Das Holz hatte lange schon Stein weichen müssen. Die Zwillinge – zwei stämmige, hässliche, eindrucksvolle Burgen, in jeder Hinsicht gleich – bewachten die Furt schon seit Jahrhunderten. Hohe Mauern, tiefe Gräben und schwere Tore aus Eiche und Eisen schützten vor allem, was sich näherte, die Sockel der Brücke erhoben sich innerhalb gesicherter Festen, es gab ein Vorwerk und Falltore auf beiden Ufern, und der Wasserturm verteidigte die Brücke selbst.

Ein Blick genügte, und Catelyn wusste, dass die Burg nicht im Sturm zu nehmen war. Auf den Zinnen wimmelte es von Speeren und Schwertern und Skorpionen, an jeder Schießscharte stand ein Bogen- oder Armbrustschütze, die Zugbrücke war oben, die Falltore unten, die Tore verriegelt und verrammelt.

Der Großjon fing an zu fluchen und zu schimpfen, sobald er sah, was sie erwartete. Lord Rickard Karstark wütete still vor sich hin. »Das lässt sich nicht bezwingen, Mylords«, verkündete Roos Bolton.

»Ebenso wenig lässt es sich mit einer Belagerung einnehmen, wenn man keine Armee auf der anderen Flussseite stehen hat, welche die andere Burg belagert«, ergänzte Helman Tallhart düster. Jenseits der tiefen, grünen Fluten stand der westliche Zwilling wie ein Spiegelbild seines östlichen Bruders. »Selbst wenn wir die Zeit hätten. Die wir ganz sicherlich nicht haben.«

Während die Lords aus dem Norden die Burg betrachteten, öffnete sich ein Ausfalltor, eine Plankenbrücke glitt über den Graben, und ein Dutzend Ritter kam heraus, um sich ihnen zu stellen, angeführt von vier der zahlreichen Söhne Lord Walders. Auf ihrem Banner waren die Zwillingstürme abgebildet, dunkelblau auf hellem, silbergrauem Grund. Ser Stevron Frey, Lord Walders Erbe, sprach für die anderen. Die Freys sahen alle aus wie Wiesel. Ser Stevron, schon über sechzig, selbst schon mit Enkeln gesegnet, wirkte wie ein besonders altes und müdes Wiesel, doch war er sehr freundlich. »Mein Hoher Vater hat mich gesandt, Euch zu begrüßen und zu fragen, wer dieses mächtige Heer wohl führen mag.«

»Ich.« Robb trat sein Pferd, dass es einen Satz nach vorn machte. Er trug seine Rüstung, sein Schild mit dem Schattenwolf von Winterfell war am Sattel festgebunden, und Grauwind lief an seiner Seite.

Der alte Ritter betrachtete ihren Sohn mit einem Anflug von Belustigung in seinen wässrig grauen Augen, obwohl sein Wallach unruhig wieherte und vor dem Schattenwolf zurückwich. »Meinem Hohen Vater wäre es eine Ehre, wenn Ihr in der Burg Speis und Trank mit ihm einnehmen und den Anlass für Euer Hiersein erklären wolltet.«

Seine Worte schlugen zwischen den Bundesgenossen ein, als handelte es sich um große Steine, von einem Katapult geschossen. Keiner von ihnen stimmte zu. Sie fluchten, stritten, schrien einander nieder.

»Das dürft Ihr nicht tun, Mylord«, flehte Galbart Glauer Robb an. »Lord Walder ist nicht zu trauen.«

Roos Bolton nickte. »Geht allein hinein, und Ihr seid in seiner Hand. Er kann Euch an die Lennisters verkaufen, Euch in den Kerker werfen oder die Kehle aufschneiden, ganz wie es ihm beliebt.«

»Wenn er mit uns reden will, lasst ihn die Tore öffnen, und wir werden *alle* mit ihm Speis und Trank einnehmen«, erklärte Ser Wendel Manderly.

»Oder lasst ihn herauskommen und Robb hier bewirten, wo seine und unsere Männer sehen können, was geschieht«, schlug Ser Wylis, sein Bruder, vor.

Catelyn Stark teilte diese Zweifel, doch musste sie nur einen Blick auf Ser Stevron werfen, um zu erkennen, dass dieser von dem, was er hörte, nicht erfreut war. Noch ein paar Worte mehr, und die Chance wäre vertan. Sie musste handeln, und zwar schnell. »*Ich werde gehen*«, sagte sie laut.

»Ihr, Mylady?« Der Großjon legte seine Stirn in Falten.

»Mutter, bist du sicher?« Robb war es offenbar nicht.

»Nie mehr als jetzt«, log Catelyn zungenfertig. »Lord Walder ist meines Vaters Bundesgenosse. Ich kenne ihn, seit ich ein kleines Mädchen war. Nie würde er mir Leid antun.« *Es sei denn, er sähe seinen Vorteil darin,* fügte sie im Stillen hinzu, manche Wahrheit allerdings durfte nicht geäußert werden, und manche Lüge war vonnöten.

»Ich bin sicher, mein Hoher Vater wäre hocherfreut, mit Lady Catelyn sprechen zu dürfen«, sagte Ser Stevron. »Zum Beweis für unsere ehrenhaften Absichten wird mein Bruder Ser Perwyn hier verweilen, bis sie sicher wieder bei Euch ist.«

»Es wird uns eine Ehre sein, ihn zu bewirten«, sagte

Robb. Ser Perwyn, der jüngste der vier Freys in der Gesellschaft, stieg ab und reichte seinem Bruder die Zügel seines Pferdes. »Meine Mutter sollte bei Einbruch der Dunkelheit zurück sein, Ser Stevron«, fuhr Robb fort. »Ich habe nicht die Absicht, mich hier lange aufzuhalten.«

Ser Stevron nickte höflich. »Wie Ihr meint, Mylord.« Catelyn gab ihrem Pferd die Sporen und sah nicht zurück. Lord Walders Söhne und Gesandte reihten sich hinter ihr ein.

Ihr Vater hatte einst von Walder Frey gesagt, er sei der einzige Lord der Sieben Königslande, der eine ganze Armee in seinen Hosen hatte. Als der Lord von der Furt Catelyn in der großen Halle der Westburg empfing, umgeben von zwanzig lebenden Söhnen (minus Ser Perwyn, welcher der einundzwanzigste gewesen wäre), sechsunddreißig Enkeln, neunzehn Urenkeln und zahllosen Töchtern, Enkelinnen, Bastarden und Bastardenkeln, verstand sie, was er gemeint hatte.

Lord Walder war neunzig, ein ergrautes, rosafarbenes Wiesel mit kahlem, fleckigem Kopf, zu gichtkrank, um noch aus eigener Kraft stehen zu können. Seine neueste Frau, ein blasses, zerbrechliches Kind von sechzehn Jahren, lief neben seiner Sänfte, als er hereingetragen wurde. Sie war die achte Lady Frey.

»Es ist mir eine große Freude, Euch nach so vielen Jahren wiederzusehen, Mylord«, sagte Catelyn.

Misstrauisch blinzelte der alte Mann sie an. »Ist es das? Ich möchte es bezweifeln. Erspart mir Eure süßen Worte, Lady Catelyn, ich bin zu alt. Warum seid Ihr hier? Ist Euer Junge zu stolz, selbst vor mich hinzutreten? Was habe ich mit *Euch* zu schaffen?«

Catelyn war noch ein Mädchen gewesen, als sie zuletzt auf den Zwillingen zu Besuch gewesen war, und schon damals hatte sie Lord Walders Reizbarkeit, seine scharfe Zunge und seine schroffen Manieren kennengelernt. Das Alter hatte das alles nur schlimmer gemacht, so schien es ihr. Sie würde ihre Worte mit Bedacht wählen und sich alle Mühe geben müssen, von seinen nicht verletzt zu sein.

»Vater«, sagte Ser Stevron vorwurfsvoll, »Ihr vergesst Euch. Lady Stark ist auf Eure Einladung hin hergekommen.«

»Habe ich *dich* gefragt? Du bist nicht Lord Frey, nicht, bis ich tot bin. Sehe ich tot aus? Von dir nehme ich keine Anweisungen entgegen.«

»So spricht man nicht vor unserem edlen Gast, Vater«, sagte einer seiner jüngeren Söhne.

»Jetzt wollen meine Bastarde mich höfliches Benehmen lehren«, klagte Lord Walder. »Ich rede, wie ich will, verdammt! Ich hatte in meinem Leben drei Könige zu Gast und Königinnen ebenso, meinst du, ich bräuchte Lektionen von jemandem wie dir, Ryger? Deine Mutter hat noch Ziegen gemolken, als ich ihr zum ersten Mal meinen Samen eingepflanzt habe.« Er scheuchte den rotgesichtigen Jungen mit einem Fingerschnippen fort und deutete auf zwei der anderen. »Danwell, Whalen, helft mir auf meinen Stuhl.«

Sie hoben Lord Walder aus seiner Sänfte und trugen ihn zum Thron der Freys, einem hohen Stuhl aus schwarzer Eiche, in dessen Rückenlehne die Umrisse zweier Türme geschnitzt waren, die eine Brücke verband. Ängstlich schlich seine junge Frau heran und legte ihm eine Decke um die Beine. Nachdem er sich eingerichtet hatte, winkte der alte Mann Catelyn vor und drückte ihr einen trockenen Kuss auf die Hand. »Also«, verkündete er. »Da ich dem Benimm bei Hofe nun Genüge getan habe, Mylady, machen mir meine Söhne vielleicht die Ehre, den Mund zu halten. Weshalb seid Ihr hier?«

»Um Euch zu bitten, dass Ihr Eure Tore öffnet, Mylord«, erwiderte Catelyn höflich. »Mein Sohn und seine Lords und

Bundesbrüder wollen gern baldmöglichst den Fluss überqueren und sich auf den Weg machen.«

»Nach Schnellwasser?« Er kicherte. »Oh, kein Grund, es mir zu sagen, kein Grund. Noch bin ich nicht blind. Noch kann der alte Mann die Karte lesen.«

»Nach Schnellwasser«, bestätigte Catelyn. Sie sah keinen Grund, es abzustreiten. »Wo ich Euch zu finden erwartet hätte, Mylord. Noch seid Ihr Bundesgenosse meines Vaters, oder nicht?«

»He«, sagte Lord Walder, ein Geräusch wie eine Mischung aus Lachen und Grunzen. »Ich habe meine Recken zusammengerufen, das habe ich getan, hier sind sie, Ihr habt sie auf den Zinnen stehen sehen. Ich hatte die Absicht, zu marschieren, sobald alle versammelt wären. Nun, eigentlich wollte ich nur meine Söhne schicken. Ich selbst bin längst schon nicht mehr in der Lage zu marschieren, Lady Catelyn.« Er sah sich nach glaubhafter Bestätigung um und deutete auf einen hoch aufgeschossenen, krummen Mann von fünfzig Jahren. »Sag es ihr, Jared. Sag ihr, dass es meine Absicht war.«

»Oh, das war es, Mylady«, half ihm Ser Jared Frey, einer der Söhne seiner zweiten Frau. »Bei meiner Ehre.«

»Ist es meine Schuld, dass Euer Narr von einem Bruder seine Schlacht verloren hat, bevor wir dort eintreffen konnten?« Er lehnte sich in seine Kissen und sah sie finster an, als forderte er sie heraus, seine Version der Vorkommnisse anzuzweifeln. »Wie man hört, ist der Königsmörder durch ihn hindurchgegangen wie eine Axt durch reifen Käse. Weshalb sollten meine Jungen gen Süden eilen, um dort zu sterben? All jene, die in den Süden zogen, kommen nun wieder gen Norden gelaufen.«

Nur allzu gern hätte Catelyn den jammernden alten Mann auf einen Spieß gesteckt und ihn langsam über Feuer geröstet, doch bis zum Einbruch der Dunkelheit musste die Brücke offen sein. Ruhig sagte sie: »Um so dringender müssen wir nach Schnellwasser, und das bald. Wo können wir ungestört reden, Mylord?«

»Wir reden schon jetzt«, klagte Lord Frey. Der fleckige, rosafarbene Kopf fuhr herum. »Was gafft ihr alle so?«, schrie er seine Sippe an. »Verschwindet! Lady Stark möchte mit mir allein sprechen. Vielleicht plant sie einen Anschlag auf meine Unschuld, *he*. Geht, ihr alle, sucht euch eine sinnvolle Beschäftigung. Ja, du auch, Frau. Hinaus, hinaus, *hinaus*.« Während seine Söhne und Enkel und Töchter und Bastarde und Nichten und Neffen aus der Halle strömten, beugte er sich nah zu Catelyn heran und sagte: »Sie warten alle nur auf meinen Tod, Stevron schon seit vierzig Jahren, aber ich enttäusche ihn immer wieder. *He!* Wieso soll ich sterben, nur damit er Lord sein kann? Das frage ich Euch. Den Gefallen werde ich ihm nicht tun.«

»Ich bin voller Hoffnung, dass Ihr die hundert Jahre noch erreicht.«

»*Das* würde sie zum Kochen bringen, ganz sicher. Oh, da bin ich ganz sicher. Nun, was habt Ihr mir zu sagen?«

»Wir wollen den Fluss überqueren«, erklärte Catelyn.

»Ach, *wollt* Ihr? Ihr sprecht frei heraus. Warum sollte ich das zulassen?«

Einen Moment lang flammte ihr Zorn auf. »Wenn Ihr genug bei Kräften wäret, könntet Ihr auf Eure eigenen Zinnen klettern, Lord Frey, und Ihr würdet sehen, dass mein Sohn zwanzigtausend Mann vor Euren Mauern stehen hat.«

»Es werden zwanzigtausend frische Leichen sein, wenn Lord Tywin erst hier eintrifft«, gab der alte Mann zurück. »Versucht nicht, mir Angst zu machen, Mylady. Euer Gatte sitzt in irgendeiner Hochverräterzelle unter dem Roten Bergfried, Euer Vater ist krank, könnte bald sterben, und Jaime Lennister hat Euren Bruder in Ketten gelegt. Was habt Ihr, das ich fürchten müsste? Euren Sohn? Stellen wir

Sohn gegen Sohn, und dann habe ich noch achtzehn weitere, wenn Eure alle tot sind.«

»Ihr habt meinem Vater einen Eid geleistet«, rief Catelyn ihm in Erinnerung.

Er nickte mit dem Kopf von einer Seite zur anderen und lächelte. »O ja, ich habe ein paar Worte gesagt, aber auch der Krone habe ich den Eid geschworen, wie mir scheint. Joffrey ist nun König, und somit seid Ihr und Euer Junge und all die Narren dort draußen kaum noch mehr als Rebellen. Wenn ich auch nur die Vernunft besäße, welche die Götter einem Fisch gegeben haben, würde ich den Lennisters helfen, Euch alle zu kochen.«

»Warum tut Ihr es nicht?«, forderte sie ihn heraus.

Lord Walder schnaubte vor Verachtung. »Lord Tywin, der Stolze und Prächtige, Hüter des Westens, Hand des Königs, oh, welch großartiger Mann er ist, er und sein Gold hier und sein Gold da und Löwen hier und Löwen da. Ich wette mit Euch, wenn er zu viele Bohnen isst, lässt er wie ich den Darmwind fliegen, nur würde *er* das niemals zugeben, o nein! Was plustert *er* sich eigentlich so gewaltig auf? Nur zwei Söhne, und einer von denen ist ein verwachsenes, kleines Ungeheuer. *Ihm* stelle ich mich Sohn für Sohn und habe noch immer neunzehn und einen halben übrig, wenn seine alle tot sind!« Er gackerte. »Wenn Lord Tywin meine Hilfe will, so kann er mich verdammt noch mal darum *bitten*.«

Mehr musste Catelyn nicht hören. »Ich bitte um Eure Hilfe, Mylord«, sagte sie bescheiden. »Und mein Vater und mein Bruder und mein Hoher Gatte und meine Söhne bitten Euch durch meine Stimme.«

Lord Walder zeigte mit knochigem Finger auf ihr Gesicht. »Spart Euch die süßen Worte, Mylady. Süße Worte höre ich von meiner Frau. Habt Ihr sie gesehen? Sechzehn ist sie, eine kleine Blume, und ihr Honig gilt mir allein. Ich wette, nächstes Jahr um diese Zeit schenkt sie mir einen Sohn. Vielleicht mache ich ihn zum Erben. Ob das den Rest der Bande zum Kochen bringen würde?«

»Ich bin mir sicher, dass sie Euch viele Söhne schenken wird.«

Sein Kopf wippte auf und ab. »Euer Hoher Vater ist zur Hochzeit nicht gekommen. Eine Kränkung, so wie ich es sehe. Selbst wenn er im Sterben liegt. Zu meiner letzten Hochzeit ist er auch nicht mehr gekommen. Er nennt mich den Späten Lord Frey, wisst Ihr. Hält er mich für tot? Ich bin nicht tot, das kann ich Euch versprechen, ich werde ihn überleben, wie ich auch seinen Vater überlebt habe. Eure Familie hat stets auf mich geschissen, streitet es nicht ab, lügt nicht, Ihr wisst, dass es stimmt. Vor Jahren bin ich zu Eurem Vater gegangen und habe eine Bindung zwischen seinem Sohn und meiner Tochter vorgeschlagen. Wieso nicht? Ich hatte eine Tochter im Sinn, süßes Mädchen, nur wenige Jahre älter als Edmure, und wenn sich Euer Bruder für sie nicht hätte erwärmen können, so hätte ich noch andere für ihn gehabt, junge, alte, Jungfrauen, Witwen, was er wollte. Aber nein, Lord Hoster wollte davon nichts hören. Süße Worte hat er mir mitgegeben, Ausreden, aber *eigentlich* wollte ich eine Tochter loswerden.

Und Eure Schwester, die eine, die ist genauso schlimm. Es war, oh, vor einem Jahr, nicht mehr, Jon Arryn war noch die Hand des Königs, und ich war in der Stadt, um zu sehen, wie meine Söhne sich im Turnier schlagen. Stevron und Jared sind inzwischen zu alt dafür, aber Danwell und Hosteen sind geritten, Perwyn auch, und ein paar meiner Bastarde haben sich beim Buhurt versucht. Hätte ich gewusst, welche Schande sie mir machen, hätte ich mir selbst die Mühe gemacht, am Turnier teilzunehmen. Musste ich den ganzen Weg reiten, nur um mir anzusehen, wie Hosteen sich von diesem kleinen Hund von einem Tyrell vom

Pferd stoßen lässt? Das frage ich Euch. Der Junge ist halb so alt wie er, Ser Gänseblümchen nennt man ihn, irgend so was. Und Danwell wurde von einem kleinen Ritter aus dem Sattel gehoben! An manchen Tagen frage ich mich, ob die beiden wirklich meine Söhne sind. Meine dritte Frau war eine Rallenhall, und die Frauen bei den Rallenhalls sind Luder. Na ja, wie dem auch sei, sie starb, bevor Ihr geboren wart, was interessiert es Euch?

Ich sprach von Eurer Schwester. Ich schlug vor, dass Lord und Lady Arryn zwei meiner Enkelsöhne als Mündel bei Hofe zu sich nähmen und bot an, ihren eigenen Sohn hier in den Zwillingen aufzunehmen. Sind meine Enkel nicht wert genug, am Königshofe gesehen zu werden? Es sind nette Jungs, still und manierlich. Walder ist Merretts Sohn, nach mir benannt, und der andere … *he*, ich erinnere mich nicht … es könnte sein, dass er noch ein Walder ist, dauernd nennen sie sie Walder, damit ich sie begünstige, aber sein Vater … welcher war jetzt gleich sein Vater?« Er verknitterte sein Gesicht. »Nun, wer immer es auch gewesen sein mag, Lord Arryn wollte ihn nicht haben, und den anderen auch nicht, und das laste ich Eurer Schwester an. Sie wurde eisig, als hätte ich vorgeschlagen, ihren Jungen an eine Komödiantentruppe zu verkaufen oder einen Eunuchen aus ihm zu machen, und als Lord Arryn sagte, der Junge ginge nach Drachenstein, um bei Stannis Baratheon aufzuwachsen, stürmte sie ohne ein Wort des Bedauerns davon, und die Hand konnte sich nur noch bei mir entschuldigen. Was nützen mir Entschuldigungen? Das frage ich Euch.«

Catelyn runzelte die Stirn, besorgt. »Ich hatte es so verstanden, dass Lysas Junge bei Lord Tywin auf Casterlystein aufwachsen sollte.«

»Nein, es war Lord Stannis«, sagte Walder Frey gereizt. »Glaubt Ihr, ich könnte Lord Stannis nicht von Lord Tywin unterscheiden? Beide sind After, die sich zum Scheißen zu fein sind, aber wie dem auch sei, ich kenne den Unterschied. Oder glaubt Ihr, ich wäre so alt, dass ich mich nicht erinnern könnte? Ich bin neunzig und erinnere mich sehr gut. Ich erinnere mich auch daran, was ich mit einer Frau tun kann. Diese Frau, die ich da habe, wird mir spätestens im nächsten Jahr um diese Zeit einen Sohn schenken, das wette ich. Oder eine Tochter, wenn es nicht anders geht. Junge oder Mädchen, das Kind wird rot und faltig sein und schreien, und allerhöchstwahrscheinlich wird man es Walder oder Walda nennen wollen.«

Catelyn machte sich weniger Sorgen darum, welchen Namen Lady Frey für ihr Kind wählen mochte. »Jon Arryn wollte seinen Sohn in Lord Stannis' Obhut geben, da seid Ihr Euch ganz sicher?«

»Ja, ja, ja«, sagte der alte Mann. »Nur ist er gestorben. Was macht es also schon? Ihr sagt, Ihr wollt den Fluss überqueren?«

»Das wollen wir.«

»Nun, das könnt Ihr nicht!«, verkündete Lord Walder forsch. »Nicht, sofern ich es Euch nicht erlaube, und wieso sollte ich? Die Tullys und die Starks waren nie meine Freunde.« Er sank auf seinem Stuhl zurück und verschränkte die Arme, höhnisch grinsend, wartete auf Antwort.

Der Rest war Feilschen.

Eine pralle, rote Sonne hing tief vor den Hügeln im Westen, als sich die Tore der Burg öffneten. Knarrend kam die Zugbrücke herunter, die Falltore gingen hoch, und Lady Catelyn ritt zu ihrem Sohn und seinen Lords und Bundesbrüdern hinaus. Hinter ihr folgten Ser Jared Frey, Ser Hosteen Frey, Ser Danwell Frey und Lord Walders Bastardsohn Ronel Strom, die einen langen Trupp von Pikenieren führten, Reihe auf Reihe von schlurfenden Männern in stählernen Kettenhemden und silbergrauen Umhängen.

Robb galoppierte ihr entgegen, und Grauwind rannte neben seinem Hengst her. »Es ist vollbracht«, erklärte sie ihm. »Lord Walder lässt dich passieren. Und auch seine Streiter sind die deinen, abzüglich der vierhundert Mann, mit denen er die Zwillinge halten will. Ich schlage vor, du lässt vierhundert deiner eigenen Leute hier, Bogenschützen und Schwertkämpfer gemischt. Er kann kaum etwas gegen das Angebot einzuwenden haben, dass du seine Truppen vergrößern willst ... nur achte darauf, dass du das Kommando einem Mann gibst, dem du vertraust. Es könnte sein, dass Lord Walder etwas Unterstützung braucht, wenn er die Treue halten will.«

»Wie du meinst, Mutter«, antwortete Robb mit einem Blick auf die Reihen von Pikenieren. »Vielleicht ... Ser Helman Tallhart, was meinst du?«

»Eine gute Wahl.«

»Was ... was wollte er von uns?«

»Wenn du einige Recken entbehren kannst, bräuchte ich ein paar Männer, die zwei von Lord Freys Enkelsöhnen gen Norden nach Winterfell geleiten«, erklärte sie ihm. »Ich habe eingewilligt, sie als Mündel aufzunehmen. Es sind kleine Jungen, acht und sieben Jahre alt. Soweit ich weiß, heißen sie beide Walder. Dein Bruder Bran wird sich über Gesellschaft von Jungen in seinem Alter freuen, denke ich.«

»Ist das alles? Zwei Mündel? Das ist ein kleiner Preis für ...«

»Lord Freys Sohn Olyvar wird mit uns ziehen«, fuhr sie fort. »Er wird als dein persönlicher Schildknappe dienen. Sein Vater würde es gern sehen, wenn er zum Ritter geschlagen würde nach angemessener Zeit.«

»Ein Knappe.« Er zuckte mit den Achseln. »Gut, das ist gut, wenn er ...«

»Außerdem, falls deine Schwester Arya sicher zu uns

300

heimkehren sollte, so ist es vereinbart, dass sie Lord Walders jüngsten Sohn Elmar heiratet, sobald die beiden mündig werden.«

Robb sah etwas ratlos aus. »Das wird Arya kein bisschen gefallen.«

»Und du wirst eine seiner Töchter ehelichen, sobald das Schlachten ein Ende hat«, endete sie. »Seine Lordschaft hat großzügigerweise dahingehend eingewilligt, dass er dir erlaubt, das Mädchen auszuwählen, das dir am meisten zusagt. Er hat eine ganze Menge davon, die er für passend hält.«

Es war Robb hoch anzurechnen, dass er nicht mit der Wimper zuckte. »Ich verstehe.«

»Willigst du ein?«

»Kann ich ablehnen?«

»Nicht, wenn du den Fluss überqueren willst.«

»Ich willige ein«, sagte Robb feierlich. Nie war er ihr männlicher erschienen als in diesem Augenblick. Jungen mochten mit Schwertern spielen, doch war ein Lord vonnöten, um einen Ehepakt zu schließen, wohl wissend, was es bedeutete.

Bei Einbruch der Dunkelheit gingen sie hinüber, als ein gehörnter Mond im Wasser trieb. Die Doppelreihe wand sich wie eine stählerne Schlange durchs Tor des östlichen Zwillingsturms, glitt über den Burghof in die Festung und über die Brücke, um am Westufer aus der zweiten Burg hervorzutreten.

Catelyn ritt am Kopf der Schlange, mit ihrem Sohn und ihrem Onkel Ser Brynden und Ser Stevron Frey. In deren Rücken folgten neun Zehntel ihrer Reiter: Ritter, Lanzenträger, freie Reiter und berittene Bogenschützen. Es dauerte Stunden, bis sie drüben waren. Später erinnerte sich Catelyn an das Klappern zahlloser Hufe auf der Zugbrücke, an den Anblick Lord Walder Freys, der sie von seiner

Sänfte aus vorüberziehen sah, das Blitzen der Augen, die durch die Schlitze der Mordlöcher in der Decke auf sie herabblickten, als sie durch den Wasserturm ritten.

Der größere Teil der Nordarmee, Pikeniere und Bogenschützen und große Massen von Fußsoldaten blieben am Ostufer unter dem Kommando von Roos Bolton. Robb hatte ihm befohlen, den Marsch gen Süden fortzusetzen, um sich der riesigen Armee der Lennisters zu stellen, die unter Lord Tywin gen Norden zog.

Ob nun im Guten oder im Schlechten. Robbs Würfel waren gefallen.

JON

»Geht es dir gut, Schnee?«, fragte Lord Mormont finsteren Blickes.

»*Na ja*«, krächzte sein Rabe. »*Na ja.*«

»Ja, Mylord«, log Jon ... laut, als könne er es dadurch zur Wahrheit machen. »Und Euch?«

Mormont legte die Stirn in Falten. »Ein Toter hat versucht, mich zu ermorden. Wie gut kann es einem da gehen?« Er kratzte sich unterm Kinn. Sein zottig grauer Bart war vom Feuer versengt worden, und er hatte ihn abgeschnitten. Die blassen Stoppeln seines neuen Backenbartes ließen ihn alt wirken, verrufen und verdrießlich. »Du siehst nicht gut aus. Was macht deine Hand?«

»Heilt.« Jon spannte die bandagierten Finger, um es ihm zu zeigen. Er hatte sich übler verbrannt, als ihm bewusst war, beim Werfen der brennenden Vorhänge, und seine rechte Hand war bis zum Ellbogen mit Seide verbunden. Während des Feuers hatte er nichts gespürt, der Schmerz war erst viel später gekommen. Aus seiner aufgeplatzten, roten Haut sickerte Wundflüssigkeit, und grässliche Blutblasen wuchsen, groß wie Kakerlaken, zwischen den Fingern. »Der Maester sagt, ich werde Narben zurückbehalten, aber ansonsten müsste die Hand wieder so werden, wie sie war.«

»Eine vernarbte Hand ist nicht schlimm. Auf der Mauer trägst du ohnehin meist Handschuhe.«

»Wenn Ihr es sagt, Mylord.« Doch nicht der Gedanke

an Narben bereitete Jon Sorgen. Maester Aemon hatte ihm Mohnblumensaft gegeben, trotzdem waren die Schmerzen grauenvoll gewesen. Anfangs hatte es sich angefühlt, als stünde seine Hand noch in Flammen und brannte Tag und Nacht. Nur wenn er sie in ein Becken voller Schnee oder gekratztem Eis steckte, gab es Linderung. Jon dankte den Göttern, dass nur Geist ihn sah, wie er sich auf dem Bett wälzte und vor Schmerzen wimmerte. Und wenn er dann *doch* schlief, träumte er, und das war noch schlimmer. Im Traum hatte die Leiche, mit welcher er gerungen hatte, blaue Augen, schwarze Hände und das Gesicht seines Vaters, doch wagte er nicht, Lord Mormont *davon* zu erzählen.

»Dywen und Hake sind gestern Abend heimgekehrt«, sagte der Alte Bär. »Sie haben keine Spur von deinem Onkel gefunden, ebenso wenig wie die anderen.«

»Ich weiß.« Jon hatte sich in den Gemeinschaftssaal geschleppt, um mit seinen Freunden zu speisen, und die ergebnislose Suche der Grenzwachen war das Einzige gewesen, worüber sich die Männer unterhalten hatten.

»Du weißt es«, grummelte Mormont. »Wie kommt es, dass hier immer jeder alles weiß?« Er schien keine Antwort zu erwarten. »Offensichtlich waren nur zwei dieser … dieser Kreaturen hier, was immer sie gewesen sein mögen, ich will sie nicht als Menschen bezeichnen. Und den Göttern sei Dank dafür! Noch mehr davon und … nun, es wäre gar nicht auszudenken. Aber es werden noch mehr von ihnen kommen. Ich kann es in meinen alten Knochen spüren, und Maester Aemon gibt mir Recht. Kalter Wind kommt auf. Der Sommer geht zu Ende, und ein Winter steht bevor, wie ihn die Welt noch nicht gesehen hat.«

Der Winter naht. Nie zuvor hatten die Worte der Starks in Jons Ohren so bitter und unheilvoll geklungen wie jetzt. »Mylord«, fragte er zögerlich, »es heißt, gestern Abend sei ein Vogel eingetroffen …«

»Das stimmt. Was ist damit?«

»Ich hatte gehofft, er hätte Nachricht von meinem Vater gebracht.«

»*Vater*«, höhnte der alte Rabe und nickte mit dem Kopf, während er auf Mormonts Rücken von einer Schulter zur anderen lief. »*Vater*.«

Der Lord Kommandant langte nach oben, um dem Vogel den Schnabel zu schließen, doch der Rabe hüpfte ihm auf den Kopf, flatterte mit den Flügeln, flog durch die Kammer und landete über einem Fenster. »Kummer und Lärm«, murmelte Mormont. »Das ist alles, wozu sie gut sind, Raben. Was gebe ich mich mit diesem abscheulichen Vogel ab … wenn es Nachricht von Lord Eddard gäbe, glaubst du nicht, ich hätte dich rufen lassen? Bastard oder nicht, schließlich bist du sein Fleisch und Blut. Die Nachricht betraf Ser Barristan Selmy. Anscheinend hat man ihn aus der Königsgarde entlassen. Seinen Posten haben sie diesem schwarzen Hund Clegane gegeben, und nun wird Selmy wegen Hochverrats gesucht. Die Narren haben ein paar Wachleute geschickt, ihn zu ergreifen, aber er hat zwei von ihnen erschlagen und ist entkommen.« Mormont schnaubte, ließ keinen Zweifel an seiner Meinung zu Leuten, die Goldröcke gegen einen so berühmten Ritter wie Barristan den Kühnen aussandten. »Wir haben weiße Schatten in den Wäldern, rastlose Tote schleichen durch unsere Hallen, und ein kleines Kind sitzt auf dem Eisernen Thron«, sagte er angewidert.

Der Rabe lachte schrill. »*Kind, Kind, Kind, Kind.*«

Ser Barristan war die große Hoffnung des Alten Bären gewesen, wie sich Jon erinnerte. Wenn er gestürzt war, welche Hoffnung gab es noch, dass man Mormonts Brief Beachtung schenken würde? Jon ballte die Hand zur Faust. Schmerz fuhr durch seine verbrannten Finger. »Was ist mit meinen Schwestern?«

»In der Nachricht wurden weder Lord Eddard noch die Mädchen erwähnt.« Verärgert zuckte er mit den Schultern. »Vielleicht haben sie meinen Brief nie bekommen. Aemon hat zwei Abschriften geschickt mit seinen besten Vögeln, aber wer kann es schon sagen? Wahrscheinlicher ist, dass Pycelle sich nicht dazu herabgelassen hat zu antworten. Es wäre nicht das erste Mal, und es wird auch nicht das letzte Mal gewesen sein. Ich fürchte, in Königsmund sind wir weniger als nichts wert. Sie teilen uns mit, was sie uns wissen lassen wollen, und das ist wenig genug.«

Und Ihr sagt mir, was Ihr mich wissen lassen wollt, und das ist noch weniger, dachte Jon ärgerlich. Sein Bruder Robb hatte zu den Fahnen gerufen und war nach Süden in den Krieg geritten, doch hatte man ihm kein Wort davon gesagt ... nur Samwell Tarly, der Maester Aemon den Brief vorgelesen hatte, hatte Jon dessen Inhalt noch am selben Abend heimlich zugeraunt, wobei er die ganze Zeit über beteuerte, dass er das eigentlich nicht tun sollte. Zweifellos meinten sie, seines Bruders Krieg sei nicht seine Sache. Es besorgte ihn mehr, als er zu sagen vermochte. Robb marschierte und er nicht. Sooft sich Jon auch einredete, dass sein Platz jetzt hier sei, bei seinen neuen Brüdern auf der Mauer, fühlte er sich dennoch wie ein Feigling.

»*Korn*«, schrie der Rabe. »*Korn, Korn.*«

»Ach, sei still«, erwiderte der Alte Bär. »Schnee, was sagt Maester Aemon, wann du deine Hand wieder benutzen kannst?«

»Bald«, gab Jon zurück.

»Gut.« Auf den Tisch zwischen ihnen legte Lord Mormont ein großes Schwert in einer schwarzen silber eingefassten Scheide aus Metall. »Hier. Dann wirst du dafür bald bereit sein.«

Der Rabe flatterte herab und landete auf dem Tisch, stakste zu dem Schwert, den Kopf neugierig geneigt. Jon zögerte. Er hatte keine Ahnung, was das bedeuten sollte. »Mylord?«

»Die Flammen haben das Silber vom Knauf geschmolzen und Handschutz und Griff versengt. Na ja, trockenes Leder und altes Holz, was kann man da erwarten? Die Klinge, nun … man bräuchte ein Feuer, das hundertmal so heiß wäre, damit es der Klinge etwas anhaben könnte.« Mormont schob die Scheide über die groben Eichenplanken. »Den Rest habe ich erneuern lassen. Nimm es.«

»*Nimm es*«, tönte sein Rabe und putzte sich. »*Nimm es, nimm es.*«

Unbeholfen ergriff Jon das Schwert. Mit der Linken. Seine bandagierte Hand war noch zu wund. Vorsichtig zog er das Schwert aus seiner Scheide und hob es auf Augenhöhe.

Der Knauf war ein großes Stück aus hellem Stein, mit Blei beschwert, um die lange Klinge auszubalancieren. Ein knurrender Wolf war hineingeschnitzt, Granatsplitter bildeten die Augen. Der Griff war mit unberührtem Leder bezogen, weich und schwarz und noch unbefleckt von Schweiß oder Blut. Die Klinge selbst war einen guten halben Fuß länger als jene, mit denen Jon vertraut war, so zugespitzt, dass man ebenso stoßen wie schlagen konnte. Wenn Eis ein wahres, beidhändiges Großschwert war, dann war dieses ein Anderthalbhänder, was man manchmal als »Bastardschwert« bezeichnete. Trotzdem wirkte es leichter als alle Klingen, die er je geschwungen hatte. Jon wendete sie seitlich und konnte die Wellen im dunklen Stahl erkennen, wo das Metall wieder und wieder mit sich selbst gefaltet worden war. »Es ist valyrischer Stahl, Mylord«, sagte er verwundert. Oft genug hatte sein Vater ihn Eis halten lassen. Er wusste, wie es aussah, wie es sich anfühlte.

»Das stimmt«, erklärte der Alte Bär. »Es war das Schwert meines Vaters und dessen Vaters vor ihm. Die Mormonts tragen es seit fünf Jahrhunderten. Ich habe es zu meiner

Zeit geschwungen und an meinen Sohn weitergereicht, als ich das Schwarz anlegte.«

Er gibt mir das Schwert seines Sohnes. Jon konnte es kaum fassen. Die Klinge war wunderbar ausgewogen. Die Schneiden glitzerten leicht, als das Licht sie küsste. »Euer Sohn ...«

»Mein Sohn hat dem Hause Mormont Schande gemacht, aber zumindest hatte er Anstand genug, das Schwert zurückzulassen, als er geflohen ist. Meine Schwester hat es in meine Obhut zurückgegeben, aber der bloße Anblick hat mich stets an Jorahs Schande erinnert, also habe ich es beiseitegelegt und nicht mehr daran gedacht, bis wir es in der Asche meiner Schlafkammer fanden. Ursprünglich war der Knauf ein Bärenkopf aus Silber, wenn auch so abgewetzt, dass seine Züge kaum noch zu erkennen waren. Für dich fand ich einen weißen Wolf weit passender. Einer unserer Baumeister ist ein ganz guter Steinschnitzer.«

Als Jon in Brans Alter gewesen war, hatte er – wie alle Jungen – davon geträumt, große Taten zu vollbringen. Die Einzelheiten seiner Heldentaten wechselten mit jedem Traum, doch oft genug stellte er sich vor, er würde seinem Vater das Leben retten. Danach würde Lord Eddard erklären, dass sich Jon als wahrer Stark erwiesen habe, und Eis in seine Hände legen. Selbst damals schon hatte er gewusst, dass es kindisch war. Kein Bastard konnte je erhoffen, das Schwert seines Vaters zu schwingen. Der bloße Gedanke daran beschämte ihn. Was war das für ein Mann, der seinem eigenen Bruder das Geburtsrecht nahm? *Ich habe kein Recht darauf*, dachte er, *ebenso wenig wie auf Eis.* Er zuckte mit seinen verbrannten Fingern, spürte den Schmerz tief unter seiner Haut pulsieren. »Mylord, Ihr ehrt mich, aber ...«

»Erspare mir dein *Aber*, Junge«, unterbrach ihn Lord Mormont. »Wenn du und dieses Vieh, das du dein Eigen nennst, nicht wären, würde ich jetzt hier nicht mehr sitzen. Du hast tapfer gekämpft ... und was noch wichtiger ist: Du hast schnell und mit Verstand gehandelt. *Feuer!* Ja, verdammt. Wir hätten es wissen sollen. Wir hätten uns *erinnern* sollen. Schon früher hat es eine Lange Nacht gegeben. Oh, achttausend Jahre sind eine ganze Weile, sicher ... nur wenn sich die Nachtwache nicht erinnert, wer dann?«

»*Wer dann*«, stimmte der redselige Rabe mit ein. »*Wer dann.*«

Wahrlich, die Götter hatten Jons Gebet in jener Nacht erhört. Das Feuer hatte die Kleider des Mannes ergriffen und ihn verzehrt, als wäre sein Fleisch aus Kerzenwachs und seine Knochen altes, trockenes Holz. Jon musste nur die Augen schließen, wenn er sehen wollte, wie dieses Ding durch das Solar taumelte, gegen die Möbel stieß und nach den Flammen schlug. Es war das Gesicht, das ihm am meisten zusetzte. Umrahmt von einem Lichterkranz aus Feuer, das Haar flackernd wie Stroh, das tote Fleisch, es schmolz dahin, löste sich vom Schädel und legte den schimmernden Knochen darunter frei.

Welch dämonische Macht Othor angespornt haben mochte, sie war vom Feuer ausgetrieben worden. Das verdrehte Ding, das sie in der Asche gefunden hatten, war nicht mehr als gekochtes Fleisch und verkohlte Knochen gewesen. Doch in seinem Albtraum sah er sich dem Wesen wieder gegenüber ... und diesmal trug die brennende Leiche Lord Eddards Züge. Es war die Haut seines Vaters, die platzte und schwarz wurde, es waren die Augen seines Vaters, flüssig wie gallertartige Tränen. Jon verstand nicht, wieso es so sein sollte oder was es vielleicht zu bedeuten hatte, aber es ängstigte ihn mehr, als er ausdrücken konnte.

»Ein Schwert ist nur ein geringer Gegenwert für ein Leben«, schloss Mormont. »Nimm es, und ich will nichts mehr davon hören, hast du mich verstanden?«

»Ja, Mylord.« Der weiche Ledergriff fühlte sich unter Jons Fingern an, als formte sich das Schwert bereits nach seiner Hand. Er wusste, dass er sich geehrt fühlen sollte, und das tat er auch, und doch ...

Er ist nicht mein Vater. Der Gedanke sprang Jon ungebeten in den Sinn. *Lord Eddard Stark ist mein Vater. Ich werde ihn nicht vergessen, so viele Schwerter man mir auch schenken mag.* Dennoch konnte er Lord Mormont kaum erzählen, dass er vom Schwert eines anderen träumte ...

»Ich will auch keine Höflichkeiten«, sagte Mormont, »also spar mir deinen Dank. Ehre den Stahl mit Taten, nicht mit Worten.«

Jon nickte. »Hat es einen Namen, Mylord?«

»Früher einmal. Langklaue wurde es genannt.«

»*Klaue*«, schrie der Rabe. »*Klaue.*«

»Langklaue ist ein passender Name.« Jon versuchte einen Hieb. Er war unbeholfen und fühlte sich nicht wohl mit seiner linken Hand, und dennoch schien der Stahl durch die Luft zu gleiten, als folgte er seinem eigenen Willen. »Wölfe haben Klauen, ebenso wie Bären.«

Dieser Gedanke schien dem Alten Bären zu gefallen. »Das haben sie wohl. Ich denke, du wirst es um deine Schulter tragen wollen. Für die Hüfte ist es zu lang, zumindest bis du noch ein paar Daumenbreit zugelegt hast. Und du wirst auch an deinen beidhändigen Hieben arbeiten müssen. Ser Endru kann dir ein paar Schritte zeigen, wenn deine Verbrennungen geheilt sind.«

»Ser Endru?« Jon kannte den Namen nicht.

»Ser Endru Tarth, ein guter Mann. Er ist auf dem Weg vom Schattenturm hierher, um bei uns als Waffenmeister Dienst zu tun. Ser Allisar Thorn hat sich gestern Morgen auf den Weg nach Ostwacht gemacht.«

Jon ließ das Schwert sinken. »Warum?«, sagte er stumpfsinnig.

Mormont schnaubte. »Weil ich ihn *geschickt* habe, was glaubst denn du? Er hat die Hand bei sich, die dein Geist von Jafer Blumens Handgelenk gerissen hat. Ich habe ihm befohlen, ein Schiff nach Königsmund zu nehmen und sie diesem Kindkönig vorzulegen. Das sollte die Aufmerksamkeit des jungen Joffrey erregen, denke ich ... und Ser Allisar ist ein Ritter von hoher Geburt, gesalbt und hat alte Freunde bei Hofe; er ist insgesamt schwerer zu ignorieren als eine bessere Krähe.«

»*Krähe.*« Jon meinte, der Rabe klänge ein wenig empört.

»Darüber hinaus«, fuhr der Lord Kommandant fort, den Protest des Vogels überhörend, »bringt diese Reise eintausend Wegstunden zwischen dich und ihn, ohne dass es wie eine Rüge erscheinen muss.« Er zeigte mit einem Finger auf Jons Gesicht. »Und glaub nicht, dies bedeute, dass ich den Unsinn im Gemeinschaftssaal gutheiße. Tapferkeit gleicht eine ganze Menge Torheit aus, aber du bist kein Kind mehr, egal wie wenig Jahre du erst auf dem Buckel hast. Nun besitzt du ein Männerschwert, und ein ganzer Mann wird nötig sein, es auch zu schwingen. Ich erwarte von dir, dass du dich von jetzt an entsprechend verhältst.«

»Ja, Mylord.« Jon schob das Schwert in die silbern eingefasste Scheide zurück. Wenn es auch nicht die Klinge war, die er selbst gewählt hätte, war es dennoch ein nobles Geschenk, und ihn von Allisar Thorns Boshaftigkeit zu befreien, war noch weit nobler.

Der Alte Bär kratzte sich am Kinn. »Ich hatte vergessen, wie sehr ein neuer Bart juckt«, sagte er. »Nun, daran lässt sich nichts ändern. Ist deine Hand so weit wieder verheilt, dass du deinen Pflichten nachgehen kannst?«

»Ja, Mylord.«

»Gut. Die Nacht wird kalt werden, ich werde einen Glühwein wollen. Schaff mir eine Flasche Roten heran, nicht zu sauer, und spare nicht mit den Gewürzen. Und sag Hobb, wenn er mir wieder gekochtes Hammelfleisch schickt, werde ich ihn selbst kochen. Das letzte Lendenstück war grau. Das hätten selbst die Vögel nicht mehr angerührt.« Er strich dem Raben mit dem Daumen über den Kopf, und der Vogel gab ein zufriedenes Gurren von sich. »Fort mit dir. Ich habe noch zu tun.«

Die Wachen lächelten ihn aus ihren Nischen an, als er die Treppe des Turmes hinunterging und dabei das Schwert in der linken Hand hielt. »Schöner Stahl«, sagte ein Mann. »Den hast du dir verdient, Schnee«, erklärte ihm ein anderer. Jon zwang sich dazu, ihr Lächeln zu erwidern, doch war er nicht mit dem Herzen bei der Sache. Er wusste, dass er sich freuen sollte, nur war ihm nicht danach. Seine Hand schmerzte, und er hatte den Geschmack von Wut im Mund, obwohl er nicht sagen konnte, auf wen er wütend war oder warum.

Ein halbes Dutzend seiner Freunde lungerte draußen herum, als er aus dem Königsturm trat, wo Lord Mormont inzwischen residierte. Sie hatten eine Zielscheibe an die Türen der Kornkammer gehängt, womit sie sich den Anschein gaben, an ihrem Können als Bogenschützen feilen zu wollen, doch Jon erkannte Tunichtgute, wenn er welche sah. Kaum war er im Freien, da rief Pyp auch schon: »Na, komm, lass mal sehen.«

»Was denn?«, fragte Jon.

Kröte schlich heran. »Deine rosigen Arschbacken, was denn sonst?«

»Das Schwert«, erklärte Grenn. »Wir wollen das Schwert sehen.«

Jon warf einen vorwurfsvollen Blick in die Runde. »Ihr wusstet es.«

Pyp grinste. »Wir sind nicht alle so dumm wie Grenn.«

»Bist du wohl«, beharrte Grenn. »Du bist noch dümmer.«

Halder zuckte entschuldigend mit den Achseln. »Ich habe Pattrick geholfen, den Stein für den Knauf zu schnitzen«, sagte der Baumeister, »und dein Freund Sam hat die Granatsplitter in Mulwarft erstanden.«

»Aber wir wussten es schon vorher«, sagte Grenn. »Rudger hat Donal Noye in der Schmiede geholfen. Er war dabei, als der Alte Bär ihm die verbrannte Klinge brachte.«

»Das *Schwert*!«, rief Matt. Die anderen fielen in den Chor mit ein. »Das *Schwert*, das *Schwert*, das *Schwert*.«

Jon zog Langklaue aus der Scheide und zeigte es ihnen, drehte es hier herum und da herum, damit sie es bewundern konnten. Die Bastardklinge glitzerte im fahlen Sonnenlicht, dunkel und tödlich. »Valyrischer Stahl«, erklärte er feierlich und gab sich Mühe, so zufrieden und stolz zu klingen, wie er sich hätte fühlen sollen.

»Ich habe mal von einem Mann gehört, der sich ein Rasiermesser aus valyrischem Stahl hat machen lassen«, erklärte Kröte. »Er hat sich den Kopf abgeschnitten, als er sich rasieren wollte.«

Pyp grinste. »Die Nachtwache ist Tausende von Jahren alt«, sagte er, »aber ich wette, Lord Schnee ist der erste Bruder, den man dafür ehrt, dass er den Turm des Lord Kommandanten niederbrennt.«

Die anderen lachten, und selbst Jon musste lächeln. Das Feuer, das er hatte legen müssen, hatte diesen eindrucksvollen, steinernen Turm nicht niedergebrannt, doch hatte es das Innere der beiden obersten Stockwerke, in denen sich die Gemächer des Alten Bären befanden, völlig zerstört. Niemanden schien das sonderlich zu stören, da die Flammen außerdem auch Othors mörderische Leiche vernichtet hatten.

Die andere Kreatur, das einarmige Ding, das einmal ein Grenzer namens Jafer Blumen gewesen war, war ebenfalls vernichtet, von einem Dutzend Schwertern fast in Stücke gehauen … doch erst, nachdem es Ser Jarmy Rykker und vier weitere Männer getötet hatte. Ser Jarmy hatte der Kreatur am Ende den Kopf abgehackt und war dennoch gestorben, als die kopflose Leiche seinen eigenen Dolch aus der Scheide gezogen und ihm in die Magengrube gestoßen hatte. Kraft und Mut nützten nichts gegen Widersacher, die nicht fallen wollten, weil sie längst tot waren. Selbst Waffen und Rüstung boten nur geringen Schutz.

Dieser grimmige Gedanke lastete auf Jon. »Ich muss zu Hobb, um mit ihm das Abendessen des Alten Bären zu besprechen«, verkündete er brüsk, während er Langklaue wieder in die Scheide schob. Seine Freunde meinten es gut, doch verstanden sie ihn nicht. Es war nicht ihre Schuld, wahrlich nicht. Sie hatten Othor nicht gegenübertreten müssen, sie hatten das fahle Leuchten in diesen toten, blauen Augen nicht gesehen, hatten die Kälte dieser toten, schwarzen Finger nicht gefühlt. Und ebenso wussten sie nichts von den Kämpfen in den Flusslanden. Wie konnten sie glauben, ihn zu verstehen? Abrupt wandte er sich von ihnen ab und marschierte niedergeschlagen davon. Pyp rief ihm etwas nach, doch Jon schenkte dem keine Beachtung.

Sie hatten ihn nach dem Brand wieder in seine alte Zelle im baufälligen Hardinsturm gebracht, und dorthin kehrte er zurück. Geist schlief zusammengerollt neben der Tür, doch hob er den Kopf, als er Jons Stiefel hörte. Die roten Augen des Schattenwolfes waren dunkler als Granat und weiser als Menschen. Jon kniete nieder, kraulte sein Ohr und zeigte ihm den Knauf seines Schwertes. »Sieh her. Das bist du.«

Geist schnüffelte an seinem geschnitzten Ebenbild aus Stein und versuchte, daran zu lecken. Jon lächelte. »Du bist es, dem die Ehre gebührt«, erklärte er dem Wolf … und plötzlich erinnerte er sich deutlich, wie er ihn gefunden hatte, an jenem Tag im späten Sommerschnee. Sie waren mit den anderen Welpen losgeritten, doch hatte Jon ein Geräusch gehört und war zurückgekehrt, und da lag er, das weiße Fell im Schnee fast nicht zu sehen. *Er war ganz allein,* dachte er, *von den anderen im Wurf getrennt. Er war anders, also haben sie ihn vertrieben.*

»Jon?« Er blickte auf. Samwell Tarly wippte unruhig auf seinen Fersen. Seine Wangen waren rot, und er war in einen schweren Pelzmantel gewickelt, dass er aussah, als machte er sich für den Winterschlaf bereit.

»Sam.« Jon stand auf. »Was ist? Willst du das Schwert sehen?« Wenn die anderen es wussten, dann sicher auch Sam.

Der dicke Junge schüttelte den Kopf. »Ich war einmal der Erbe von meines Vaters Schwert«, sagte er traurig. »Herzbann. Lord Randyll hat es mich ein paarmal halten lassen, aber es hat mir immer nur Angst gemacht. Es war valyrischer Stahl, wunderschön, aber so scharf, dass ich fürchtete, ich könne eine meiner Schwestern damit verletzen. Dickon wird es inzwischen haben.« Er wischte seine verschwitzte Hand am Umhang ab. »Ich ... ähm ... Maester Aemon möchte dich sehen.«

Es war nicht die Zeit, um seine Verbände zu wechseln. Misstrauisch blickte Jon ihn an. »Warum?«, wollte er wissen. Sam schien bedrückt zu sein. Das war Antwort genug. »Du hast es ihm erzählt, nicht?«, sagte Jon böse. »Du hast ihm erzählt, dass du es mir erzählt hast.«

»Ich ... er ... Jon, ich wollte es nicht ... er hat gefragt ... ich meine ... ich glaube, er wusste es, er sieht Dinge, die niemand sonst sieht ...«

»Er ist *blind*«, erinnerte Jon ihn wütend, voller Abscheu. »Ich finde den Weg allein.« Er ließ Sam dort stehen, mit offenem Mund und bebend.

Maester Aemon fand er oben im Krähenhorst beim Füttern der Raben. Klydas war bei ihm und trug einen Eimer mit geschnetzeltem Fleisch, während sie von Käfig zu Käfig gingen. »Sam sagt, Ihr wolltet mich sprechen?«

Der Maester nickte. »Das will ich allerdings. Klydas, gib Jon den Eimer. Vielleicht wird er so freundlich sein und mir zur Hand gehen.« Der bucklige Bruder mit den rosafarbenen Augen reichte Jon den Eimer und hastete die Leiter hinab. »Wirf das Fleisch in die Käfige«, wies Aemon ihn an. »Die Vögel machen den Rest.«

Jon hob den Eimer mit der rechten Hand und griff mit der linken zwischen die blutigen Brocken. Die Raben fingen lauthals an zu schreien und flogen an die Gitter, schlugen mit nachtschwarzen Flügeln ans Metall. Das Fleisch war in Stücke gehackt, die nicht größer als Fingergelenke waren. Er nahm eine Faustvoll und warf die rohen, roten Leckerbissen in den Käfig, und das Kreischen und Zanken steigerte sich noch. Federn flogen, als zwei der größeren Vögel um ein ausgesuchtes Stück stritten. Eilig nahm Jon eine zweite Handvoll und warf sie der ersten hinterher. »Lord Mormonts Rabe mag Obst und Getreide.«

»Er ist ein außergewöhnlicher Vogel«, sagte der Maester. »Die meisten Raben fressen auch Korn, aber sie bevorzugen Fleisch. Es macht sie stark, und ich fürchte, sie finden Geschmack am Blut. Darin sind sie wie die Menschen ... und wie die Menschen sind nicht alle Raben gleich.«

Dazu konnte Jon nichts weiter sagen. Er verteilte das Fleisch und fragte sich, wieso man ihn gerufen hatte. Zweifelsohne würde der alte Mann es ihm erzählen, sobald er den Zeitpunkt für angemessen hielt. Maester Aemon war kein Mensch, der sich hetzen ließ.

»Möwen und Tauben lassen sich ebenfalls darauf abrichten, Botschaften zu überbringen«, fuhr der Maester fort, »obwohl der Rabe ein kräftigerer Flieger ist, größer, kühner, erheblich schlauer, besser in der Lage, sich der Falken zu erwehren ... doch sind Raben schwarz, und sie fressen die Toten, und daher verabscheut sie manch Gottesmann. Baelor der Gesegnete hat versucht, alle Raben durch Möwen zu ersetzen, wusstest du das?« Der Maester wandte seine weißen Augen Jon zu und lächelte. »Die Nachtwache bevorzugt Raben.«

Jons Finger waren in dem Eimer, das Blut ging bis zum Handgelenk. »Dywen sagt, die Wildlinge nennen uns ›Krähen‹«, sagte er unsicher.

»Die Krähe ist der arme Vetter des Raben. Beide sind sie schwarze Bettler, verhasst und unverstanden.«

Jon wünschte, er hätte gewusst, worüber sie redeten und wozu. Was interessierten ihn Raben und Möwen? Wenn ihm der alte Mann etwas zu sagen hatte, wieso konnte er es nicht unverblümt ausdrücken?

»Jon, hast du dich je gefragt, wieso die Männer der Nachtwache keine Frauen haben und keine Kinder zeugen dürfen?«, fragte Maester Aemon.

Jon zuckte mit den Achseln. »Nein.« Er verteilte weiter das Fleisch. Die Finger seiner linken Hand waren glitschig vom Blut, und seine rechte schmerzte vom Gewicht des Eimers.

»Damit sie nicht lieben«, antwortete der alte Mann, »denn Liebe ist der Fluch der Ehre, der Tod der Pflichten.«

Das klang in Jons Ohren nicht rechtens, doch sagte er nichts. Der Maester war hundert Jahre alt und ein hoher Offizier der Nachtwache. Es stand ihm nicht zu, dem Mann zu widersprechen.

Der alte Mann schien seine Zweifel zu ahnen. »Sag mir, Jon, wenn der Tag je kommen sollte, dass dein Hoher Vater zwischen der Ehre auf der einen Seite und denen, die er liebt, auf der anderen wählen müsste, was würde er tun?«

Jon zögerte. Er wollte sagen, dass Lord Eddard sich niemals Schande machen würde, nicht einmal für die Liebe, doch irgendwo in seinem Inneren flüsterte eine leise, kluge

Stimme: *Er hat einen Bastard gezeugt, wo lag darin Ehre? Und deine Mutter, was ist mit seiner Pflicht ihr gegenüber, er will nicht einmal ihren Namen nennen.* »Er würde tun, was richtig ist«, sagte er … laut heraus, um sein Zögern wettzumachen. »Um jeden Preis.«

»Dann ist Lord Eddard einer von zehntausend. Die meisten von uns sind nicht so stark. Was ist Ehre gegen die Liebe einer Frau? Was ist Pflicht gegen das Gefühl, einen neugeborenen Sohn in seinen Armen zu halten … oder die Erinnerung an das Lächeln eines Bruders? Wind und Worte. Wind und Worte. Wir sind nur Menschen, und die Götter haben uns für die Liebe gemacht. Das ist unser großer Ruhm und unsere große Tragödie.

Die Männer, welche einst die Nachtwache bildeten, wussten, dass nur ihr Mut das Reich vor der Finsternis des Nordens schützte. Sie wussten, dass sie ihre Treuepflicht nicht teilen durften, weil es ihre Entschlossenheit schwächte. Daher schworen sie, weder Frauen noch Kinder haben zu wollen.

Doch hatten sie Brüder und Schwestern. Mütter, die sie zur Welt brachten, Väter, die ihnen Namen gaben. Sie kamen aus einhundert zerstrittenen Königreichen, und sie wussten, dass sich die Zeiten ändern mochten, die Menschen hingegen nie. Also schworen sie außerdem, dass die Nachtwache nicht an den Schlachten jenes Reiches teilnehmen sollte, das sie schützten.

Sie hielten sich an ihren Schwur. Als Aegon Harren den Schwarzen erschlug und sein Königreich forderte, war Harrens Bruder Lord Kommandant auf der Mauer, mit zehntausend Recken unter sich. Er zog nicht in die Schlacht. In jenen Tagen, als die Sieben Königslande noch *sieben* Königslande waren, verging die Spanne eines Menschenlebens nicht, ohne dass drei oder vier von ihnen miteinander im Streit lagen. Die Wache beteiligte sich nie daran. Als die

Andalen die Meerenge überquerten und die Königreiche der Ersten Menschen auslöschten, hielten die Söhne der gestürzten Könige an ihren Schwüren fest und blieben auf ihren Posten. So wurde es stets gehalten, seit unzähligen Jahren. Es ist der Preis der Ehre.

Ein Feigling kann so mutig wie jeder andere sein, wenn es nichts zu fürchten gibt. Und wir alle tun unsere Pflicht, wenn es uns nichts kostet. Wie leicht scheint es einem dann, den Weg der Ehre zu beschreiten. Doch früher oder später kommt im Leben eines jeden Mannes der Tag, an dem es nicht leicht ist, der Tag, an dem er sich entscheiden muss.«

Einige der Raben fraßen noch, und lange, sehnige Bissen hingen aus ihren Schnäbeln. Alle anderen schienen ihn zu beobachten. Jon fühlte die Last all jener winzigen, schwarzen Augen. »Und heute ist mein Tag gekommen ... das wollt Ihr mir damit sagen?«

Maester Aemon wandte seinen Kopf und sah ihn mit seinen toten, weißen Augen an. Es war, als blickte er bis in sein Herz hinein. Jon fühlte sich nackt und bloß. Er nahm den Eimer in beide Hände und warf den Rest der Bissen durch das Gitter. Fleisch und Blut flog überallhin, zerstreute die Raben. Sie flogen auf, kreischten wild. Die schnelleren Vögel schnappten sich Brocken noch im Flug und schlangen sie gierig herunter. Jon ließ den leeren Eimer laut zu Boden fallen.

Der alte Mann legte ihm die welke, fleckige Hand auf die Schulter. »Es tut weh, Junge«, sagte er leise. »Oh, ja. Zu wählen ... schon immer hat es wehgetan. Und so wird es immer sein. Ich weiß es.«

»Ich weiß es *nicht*«, sagte Jon bitter. »Niemand weiß es. Selbst wenn ich sein Bastard bin, ist er doch mein *Vater* ...«

Maester Aemon seufzte. »Hast du mir denn nicht zugehört, Jon? Meinst du, du wärst der Erste?« Er schüttelte den alten Kopf, eine Geste, die zu müde war, als dass Worte sie beschreiben konnten. »Dreimal hielten es die Götter für angebracht, meinen Eid zu prüfen. Einmal, als ich ein kleiner Junge war, einmal in der vollen Blüte meiner Manneskraft, einmal, als ich schon alt war. Inzwischen hatte mich meine Kraft verlassen, mein Augenlicht war trübe, doch diese letzte Wahl war so grausam wie die erste. Meine Raben brachten Neuigkeiten aus dem Süden, Worte, dunkler noch als ihre Flügel, vom Untergang meines Hauses, vom Tod meiner Sippe, von Schande und Elend. Was hätte ich tun können, alt, blind, gebrechlich? Ich war hilflos wie ein Säugling, und dennoch tat es weh, vergessen dazusitzen, während sie meines Bruders armen Enkelsohn niedermachten und seinen Sohn und selbst dessen kleine Kinder ...«

Jon erschrak, als er den Glanz von Tränen in den Augen des alten Mannes bemerkte. »Wer seid Ihr?«, fragte er leise, fast ängstlich.

Ein zahnloses Lächeln bebte auf uralten Lippen. »Nur ein Maester der Citadel, in Diensten der Schwarzen Festung und der Nachtwache. In meinem Orden legen wir die Namen unserer Häuser ab, wenn wir den Eid sprechen und die Ordenskette nehmen.« Der alte Mann berührte seine Kette, die lose um den dünnen, fleischlosen Hals hing. »Mein Vater war Maekar, der Erste seines Namens, und mein Bruder Aegon regierte nach ihm an meiner Stelle. Mein Großvater nannte mich nach Prinz Aemon, dem Drachenritter, der sein Onkel war, oder sein Vater, je nachdem, welcher Legende man glauben will. Aemon hat er mich genannt ...«

»Aemon ... *Targaryen?*« Jon konnte es kaum glauben.

»Früher einmal«, sagte der alte Mann. »Früher einmal. Du siehst also, Jon, ich *weiß* es ... und da ich es weiß, werde ich dir nicht sagen: *Bleib* oder *geh*. Diese Entscheidung musst du für dich treffen und bis ans Ende deiner Tage damit leben. Genau wie ich.« Seine Stimme wurde zu einem Flüstern. »Genau wie ich ...«

 **DAENERYS**

Als die Schlacht vorüber war, trieb Dany ihre Silberne durch die Felder der Toten. Ihre Dienerinnen und die Männer ihres *Khas* folgten ihr, lächelten und scherzten miteinander. Dothrakische Hufe hatten die Erde aufgerissen und Roggen und Linsen in Grund und Boden getrampelt, während *Arakhs* und Bögen eine schreckliche, neue Frucht gesät und sie mit Blut bewässert hatten. Sterbende Pferde hoben den Kopf und schrien sie an, während sie vorüberritt. Verwundete Männer stöhnten und beteten. *Jagga rhan* liefen zwischen ihnen umher, die Gnadenmänner mit ihren schweren Äxten, welche die Köpfe der Toten und der Sterbenden gleichermaßen ernteten. Ihnen folgte ein Schwarm kleiner Mädchen, die Pfeile aus den Leichen zogen und ihre Körbe damit füllten. Schließlich kamen die Hunde schnüffelnd heran, mager und hungrig, das wilde Rudel, das nie weit hinter dem *Khalasar* blieb.

Die Schafe waren lange schon tot. Es schien Tausende davon zu geben, schwarz von Fliegen, und Pfeile ragten aus den Kadavern auf. Khal Ogos Reiter hatten das getan, wie Dany wusste. Kein Mann aus Drogos *Khalasar* wäre so dumm, seine Pfeile zu vergeuden, wenn noch Schafhirten zu töten waren.

Die Stadt stand in Flammen, schwarze Rauchwolken türmten sich bedrohlich auf und stiegen in den grellblauen Himmel. Unter zerbrochenen Mauern aus getrocknetem Lehm galoppierten Reiter hin und her, schwangen ihre langen Peitschen, indes sie die Überlebenden aus dem qualmenden Schutt trieben. Die Frauen und Kinder aus Ogos *Khalasar* gingen mit verdrossenem Stolz, selbst noch in der Niederlage und in Fesseln. Sie waren nun Sklaven, doch schienen sie das nicht zu fürchten. Mit den Bewohnern war es anders. Mit ihnen hatte Dany Mitleid. Sie hatte nicht vergessen, wie sich das Entsetzen anfühlte. Mütter stolperten mit leeren, toten Gesichtern vorüber, zerrten schluchzende Kinder mit sich. Es waren nur wenige Männer darunter, Krüppel und Feiglinge und Großväter.

Ser Jorah sagte, die Menschen in diesem Land nannten sich die Lhazareen, die Dothraki bezeichneten sie als *Haesh rakhi*, die Lämmermenschen. Früher hätte Dany sie für Dothraki gehalten, denn sie hatten dieselbe bronzefarbene Haut und auch die mandelförmigen Augen. Inzwischen sahen sie in ihren Augen fremd aus, untersetzt und flachgesichtig, das Haar unnatürlich kurz geschoren. Sie waren Schafhirten und aßen Gemüse, und Khal Drogo sagte, ihr Platz sei südlich der Flussbiegung. Das Gras des Dothrakischen Meeres sei für Schafe nicht gedacht.

Dany beobachtete, wie ein Junge floh und zum Fluss rannte. Ein Reiter schnitt ihm den Weg ab und trieb ihn zurück, und die anderen kreisten ihn ein, schlugen ihm die Peitschen ins Gesicht, jagten ihn hierhin und dorthin. Einer galoppierte ihm hinterher, peitschte seinen Hintern aus, bis die Schenkel rot vom Blut waren. Ein anderer schlang ihm die Peitsche um den Knöchel, sodass er stürzte. Schließlich, als der Junge nur noch kriechen konnte, wurde ihnen das Spiel langweilig, und er bekam einen Pfeil in den Rücken.

Ser Jorah empfing sie draußen vor dem zerstörten Tor. Er trug einen dunkelgrünen Wappenrock über seinem Kettenhemd. Panzerhandschuhe, Beinschienen und Helm waren aus dunkelgrauem Stahl. Die Dothraki hatten ihn als Feigling verspottet, während er seine Rüstung anlegte, doch der Ritter hatte ihnen zur Antwort nur Beleidigungen ins Gesicht gespuckt, die Wogen gingen hoch, Langschwert hatte sich mit *Arakh* gekreuzt, und den Reiter, dessen Spott am lautesten gewesen war, hatten sie verblutend hinter sich zurückgelassen.

Ser Jorah schob das Visier seines flachen Helms hoch, als er heranritt. »Euer Hoher Gatte erwartet Euch in der Stadt.«

»Drogo ist nichts zugestoßen?«

»Ein paar Schnitte«, antwortete Ser Jorah, »nichts von Bedeutung. Heute hat er zwei *Khals* erschlagen. Erst Khal Ogo und dann den Sohn Fogo, der *Khal* wurde, nachdem Ogo gefallen war. Seine Blutreiter haben die Glocken aus ihrem Haar geschnitten, und jetzt klingt jeder von Khal Drogos Schritten lauter als zuvor.«

Ogo und sein Sohn hatten beim Namensfest, auf dem Viserys gekrönt worden war, bei ihrem Hohen Gatten auf der Bank gesessen, doch das war in Vaes Dothrak unter der Mutter aller Berge, wo alle Reiter Brüder waren und jeder Streit vergessen. Draußen im Gras war alles anders. Ogos *Khalasar* hatte die Stadt angegriffen, als Khal Drogo ihn fand. Sie fragte sich, was die Lämmermenschen gedacht hatten, als sie den Staub der Hufe von ihren eingestürzten Mauern aus sahen. Vielleicht hatten einige wenige, die Jüngeren und Dümmeren, die noch daran glaubten, dass die Götter die Gebete der Verzweifelten erhörten, es für ihre Rettung gehalten.

Auf der anderen Straßenseite schluchzte ein Mädchen in Danys Alter mit hoher, dünner Stimme. Ein Reiter stieß sie auf einen Leichenstapel, bäuchlings, und drängte sich in sie. Andere Reiter stiegen ab und nutzten die Gelegenheit. Das war die Art von Rettung, welche die Dothraki den Lämmermenschen brachten.

Ich bin das Blut des Drachen, rief sich Daenerys Targaryen in Erinnerung und wandte sich ab. Sie presste die Lippen aufeinander, verschloss ihr Herz und ritt davon.

»Die meisten von Ogos Reitern sind geflohen«, sagte Ser Jorah. »Dennoch könnten es um die zehntausend Gefangene werden.«

Sklaven, dachte Dany. Khal Drogo würde sie flussabwärts in eine der Städte an der Sklavenbucht treiben. Sie wollte weinen, doch sagte sie sich, sie müsse stark sein. *Das ist der Krieg, so sieht er aus, das ist der Preis für den Eisernen Thron.*

»Ich habe dem *Khal* gesagt, er solle sich auf den Weg nach Meereen machen«, sagte Ser Jorah. »Dort wird er einen besseren Preis erzielen als bei einer Sklavenkarawane. Illyrio schreibt, dass sie im letzten Jahr die Pest hatten, deshalb zahlen die Bordelle den doppelten Preis für gesunde, junge Mädchen und den dreifachen für Jungen unter zehn. Wenn genügend Kinder die Reise überleben, bekommen wir für das Gold alle Schiffe, die wir brauchen, und auch die Männer, sie zu steuern.«

Hinter ihnen stieß das Mädchen, das vergewaltigt wurde, einen herzzerreißenden Schrei aus, ein langes, schluchzendes Heulen, das nicht verstummen wollte. Danys Hand krallte sich fest um die Zügel, und sie drehte den Kopf der Silbernen. »Sie sollen damit aufhören«, trug sie Ser Jorah auf.

»*Khaleesi?*« Dem Ritter fehlten die Worte.

»Ihr habt gehört, was ich gesagt habe«, rief sie. »Gebietet ihnen Einhalt.« Sie sprach mit dem scharfen Akzent der Dothraki zu ihrem *Khas*. »Jhogo, Quaro, Ihr werdet Ser Jorah helfen. Ich will keine Vergewaltigungen.«

Die Krieger wechselten verblüffte Blicke.

Ser Jorah kam auf seinem Pferd näher heran. »Prinzessin«, sagte er, »Ihr habt ein weiches Herz, aber Ihr versteht nicht. So ist es von jeher Brauch. Diese Männer haben ihr Blut für den *Khal* vergossen. Jetzt wollen sie ihre Belohnung.«

Auf der anderen Straßenseite weinte das Mädchen noch immer, und ihr hoher Singsang klang in Danys Ohren fremd. Der erste Mann war inzwischen mit ihr fertig, und ein zweiter war an seine Stelle getreten.

»Sie ist ein Lämmermädchen«, sagte Quaro auf dothrakisch. »Sie ist nichts, *Khaleesi*. Die Reiter ehren sie. Die Lämmermenschen lieben sogar Schafe, das ist bekannt.«

»Das ist bekannt«, wiederholte ihre Dienerin Irri.

»Das ist bekannt«, stimmte Jhogo mit ein, auf dem hohen, grauen Hengst, den Drogo ihm geschenkt hatte. »Falls ihr Geheul Euch in den Ohren schmerzt, *Khaleesi*, wird Jhogo Euch ihre Zunge bringen.« Er zückte sein *Arakh*.

»Ich will nicht, dass ihr etwas geschieht«, sagte Dany. »Tut, was ich Euch befehle, oder Khal Drogo wird davon erfahren.«

»Sehr wohl, *Khaleesi*«, erwiderte Jhogo und trieb sein Pferd an. Quaro und die anderen folgten ihm, und die Glöckchen in ihren Haaren klingelten.

»Geht mit ihnen«, sagte sie zu Ser Jorah.

»Ganz wie Ihr befehlt.« Der Ritter warf ihr einen seltsamen Blick zu. »Ihr seid wahrlich Eures Bruders Schwester.«

»Viserys?« Sie verstand nicht.

»Nein«, antwortete er. »Rhaegar.« Er galoppierte davon.

Dany hörte Jhogo rufen. Die Vergewaltiger lachten ihn aus. Ein Mann schrie zurück. Jhogos *Arakh* blitzte, und der Kopf des Mannes rollte von seinen Schultern. Lachen wurde zu Flüchen, als die Reiter nach ihren Waffen griffen, doch schon waren Quaro und Aggo und Rakharo da. Sie sahen, dass Aggo zur anderen Straßenseite deutete, wo sie auf ihrer Silbernen saß. Die Reiter sahen sie mit kalten, schwarzen Augen an. Einer spuckte aus. Die anderen zerstreuten sich knurrend und gingen zu ihren Pferden.

Währenddessen rammte der Mann auf dem Lämmermädchen ungehemmt weiter in sie hinein, derart von seinem Vergnügen eingenommen, dass er gar nicht mitzubekommen schien, was um ihn herum geschah. Ser Jorah stieg ab und riss ihn mit einer Hand herunter. Der Dothraki ging im Lehm zu Boden, sprang mit einem Messer in der Hand auf und starb mit Aggos Pfeil in der Kehle. Mormont zog das Mädchen vom Leichenhaufen und wickelte sie in seinen blutbespritzten Umhang. Er führte sie über die Straße zu Dany. »Was soll mit ihr geschehen?«

Das Mädchen zitterte, die Augen groß und leer. Ihr Haar war von Blut verkrustet. »Doreah, kümmere dich um ihre Verletzungen. Du siehst nicht wie ein Reiter aus, vielleicht fürchtet sie sich nicht vor dir. Der Rest mit mir.« Sie zwang die Silberne durch das geborstene Holztor.

In der Stadt stand es noch schlimmer. Viele Häuser brannten, und die *Jagga Rhan* hatten ihr grausiges Werk bereits verrichtet. Die schmalen, gewundenen Gassen lagen voll kopfloser Leichen. Sie kamen an anderen Frauen vorüber, die vergewaltigt wurden. Jedes Mal hielt Dany an, sandte ihr *Khas* aus, um dem ein Ende zu bereiten, und beanspruchte das Opfer als Sklavin. Eine von ihnen, eine fettleibige, flachnasige Frau von vierzig Jahren, segnete Dany stockend in der Gemeinen Zunge, doch von den anderen erntete sie nur leere, schwarze Blicke. Sie waren misstrauisch, wie sie traurig merkte, fürchteten, man habe sie gerettet, um ihnen ein noch schlimmeres Schicksal angedeihen zu lassen.

»Ihr könnt sie nicht alle mitnehmen, Kind«, sagte Ser Jorah, als sie zum vierten Male hielten, während die Krieger ihres *Khas* die neuen Sklavinnen hinter ihr hertrieben.

»Ich bin *Khaleesi*, Erbin der Sieben Königslande, das Blut

des Drachen«, erinnerte Dany ihn. »Es ist nicht an Euch, mir zu sagen, was ich nicht tun kann.« Auf der anderen Seite der Stadt brach ein Gebäude unter einer mächtigen Wolke von Feuer und Rauch in sich zusammen, und sie hörte Schreie und das Weinen verängstigter Kinder aus der Ferne.

Sie fanden Khal Drogo sitzend vor einem eckigen, fensterlosen Tempel mit dicken Lehmwänden und einer wulstigen Kuppel, die wie eine mächtige, braune Zwiebel aussah. Neben ihm häuften sich Schädel höher, als er selbst war. Einer der kurzen Pfeile der Lämmermenschen steckte im Fleisch seines Oberarmes, und Blut klebte an der linken Seite seiner nackten Brust wie ein Spritzer Farbe. Seine drei Blutreiter waren bei ihm.

Jhiqui half Dany beim Absteigen. Sie war unbeholfener geworden, da ihr Bauch immer umfangreicher und schwerer wurde. Sie kniete vor dem *Khal*. »Meine Sonne, meine Sterne, er ist verwundet.« Der Schnitt des *Arakh* war breit, aber nicht tief. Seine linke Brustwarze fehlte, und ein Stück blutiges Fleisch hing wie ein feuchtes Tuch von seiner Brust.

»Ist nur Kratzer, Mond meines Lebens, vom *Arakh* der Blutreiter Khal Ogos«, sagte Khal Drogo in der Gemeinen Zunge. »Ich habe ihn dafür getötet, und Ogo auch.« Er drehte den Kopf, und die Glöckchen in seinem Zopf klingelten leise. »Ist Ogo, den du hörst, und Fogo, sein *Khalakka*, der *Khal* war, als ich ihn erschlug.«

»Kein Mensch kann vor der Sonne meines Lebens bestehen«, sagte Dany, »dem Vater des Hengstes, der die Welt besteigt.«

Ein berittener Krieger kam heran und sprang aus dem Sattel. Er sprach mit Haggo, ein Sturzbach von wütendem Dothrakisch, zu schnell, als dass Dany es verstehen konnte. Der mächtige Blutreiter sah sie mit schwerem Blick an, bevor er sich seinem *Khal* zuwandte. »Dieser hier ist Mago, der im *Khas* von Ko Jhaqo reitet. Er sagt, die *Khaleesi* hat ihm seine Beute genommen, eine Tochter der Lämmer, die zu besteigen ihm zustand.«

Khal Drogos Gesicht war still und hart, doch sein Blick ging voller Neugier zu Dany. »Sag mir, was Wahres daran ist, Mond meines Lebens«, befahl er auf Dothrakisch.

Dany erzählte ihm, was sie getan hatte, in seiner eigenen Sprache, damit der *Khal* sie besser verstand, mit einfachen und direkten Worten.

Als sie fertig war, sah Drogo sie fragend an. »So geht es im Krieg zu. Diese Frauen sind jetzt unsere Sklavinnen, und wir können mit ihnen tun, was uns gefällt.«

»Mir gefällt es, sie in Sicherheit zu wissen«, erwiderte Dany und fragte sich, ob sie zu viel wagte. »Wenn Eure Krieger diese Frauen besteigen wollen, lasst sie sanft vorgehen und sie zur Frau nehmen. Gebt ihnen einen Platz im *Khalasar* und lasst Euch von ihnen Söhne schenken.«

Qotho war der grausamste unter den Blutreitern. Er war es, der lachte. »Paart sich das Pferd mit dem Schaf?«

Irgendetwas in seinem Tonfall erinnerte sie an Viserys. Zornig wandte Dany sich ihm zu. »Der Drache frisst Pferd und Schafe gleichermaßen.«

Khal Drogo lächelte. »Seht nur, wie wild sie sein kann!«, sagte er. »Das ist mein Sohn in ihr, der Hengst, der die Welt besteigt; er erfüllt sie mit seinem Feuer. Reite langsam, Qotho ... wenn die Mutter dich nicht versengt, wo du sitzt, wird der Sohn dich in den Schlamm treten. Und du, Mago, hüte deine Zunge, und such dir ein anderes Lamm, das du besteigen kannst. Dieses hier gehört meiner *Khaleesi*.« Er wollte eine Hand zu Daenerys ausstrecken, doch als er seinen Arm hob, verzog Drogo vor plötzlichem Schmerz das Gesicht und drehte seinen Kopf.

Fast konnte Dany seine Qualen spüren. Die Wunden waren schlimmer, als Ser Jorah sie hatte glauben machen wollen. »Wo sind die Heiler?«, verlangte sie zu wissen. Im *Khalasar* gab es zwei Arten davon: unfruchtbare Frauen und Eunuchensklaven. Die Kräuterfrauen gingen mit Arzneien und Zaubersprüchen um, die Eunuchen mit Messer, Nadel und Feuer. »Warum kümmern sie sich nicht um den *Khal?*«

»Der *Khal* hat die haarlosen Männer fortgeschickt, *Khaleesi*«, versicherte ihr der alte Cohollo. Dany sah, dass der Blutreiter selbst eine Wunde davongetragen hatte, einen tiefen Schnitt in seiner linken Schulter.

»Viele Reiter sind verletzt«, sagte Khal Drogo halsstarrig. »Lasst sie zuerst behandelt werden. Dieser Pfeil ist nicht mehr als ein Fliegenbiss, dieser kleine Schnitt nur eine neue Narbe, mit der ich mich vor meinem Sohn brüsten kann.«

Dany konnte die Muskeln an seiner Brust sehen, wo die Haut weggeschnitten war. Blut tropfte von dem Pfeil, der in seinem Arm steckte. »Ein Khal Drogo sollte nicht warten«, verkündete sie. »Jhogo, geh und suche die Eunuchen, und bring sie augenblicklich her.«

»Silberdame«, sagte eine Frauenstimme hinter ihr, »ich kann dem Großen Reiter mit seinen Schmerzen helfen.«

Dany wandte sich um. Es kam von einer der Sklavinnen, die sie für sich beansprucht hatte, der schweren, flachnasigen Frau, die sie gesegnet hatte.

»Der *Khal* braucht keine Hilfe von Frauen, die mit Schafen schlafen«, bellte Qotho. »Aggo, schneid ihr die Zunge raus.«

Aggo packte sie beim Haar und drückte ihr ein Messer an die Kehle.

Dany hob die Hand. »Nein, sie gehört mir. Lasst sie sprechen.«

Aggo sah von ihr zu Qotho. Er ließ das Messer sinken.

»Ich wollte nichts Böses, wilde Reiter.« Die Frau sprach

gut Dothrakisch. Die Kleider, die sie trug, waren einst von leichtesten und feinsten Stoffen gewesen, reich verziert, doch nun waren sie lehmverkrustet und blutig und zerrissen. Sie hielt das zerfetzte Tuch ihres Oberteils an ihre schweren Brüste. »Ich habe etwas Erfahrung in der Heilkunst.«

»Wer bist du?«, fragte Dany.

»Ich heiße Mirri Maz Duur. Ich bin das Götterweib dieses Tempels.«

»*Maegi*«, knurrte Haggo und griff nach seinem *Arakh*. Seine Miene hatte sich verfinstert. Dany kannte dieses Wort aus einer schrecklichen Geschichte, die Jhiqui ihr eines Abends am Feuer erzählt hatte. Eine *Maegi* war eine Frau, die mit Dämonen schlief und die schwärzeste aller Magien praktizierte, ein übles Weib, böse und seelenlos, die im Dunkel der Nacht zu Männern kam und ihnen Leben und Kraft aus den Leibern sog.

»Ich bin Heilerin«, sagte Mirri Maz Duur.

»Eine Schafsheilerin«, höhnte Qotho. »Blut von meinem Blut, ich sage, tötet diese *Maegi* und wartet auf die haarlosen Männer.«

Dany überhörte den Ausbruch des Blutreiters. Diese alte, freundliche, dickleibige Frau sah in ihren Augen nicht wie eine *Maegi* aus. »Wo hast du die Heilkunst erlernt, Mirri Maz Duur?«

»Meine Mutter war Götterweib vor mir, und sie hat mich alle Lieder und Sprüche gelehrt, die dem Großen Hirten gefallen, und wie man den heiligen Rauch und Salben aus Blättern und Wurzeln und Beeren macht. Als ich jünger und noch hübscher war, bin ich mit der Karawane nach Asshai gereist, um von den dortigen Magiern zu lernen. Schiffe aus vielen Ländern kommen nach Asshai, also blieb ich lange, um die Heilkünste ferner Völker zu erlernen. Eine Mondsängerin von den Jogos Nhai hat mir ihre Geburtslieder vermacht, eine Frau aus Eurem reitenden Volk hat mich den Zauber von Gras und Korn und Pferd gelehrt, und ein Maester aus den Ländern der Abenddämmerung hat eine Leiche für mich geöffnet und mir alle Geheimnisse gezeigt, die unter der Haut liegen.«

Ser Jorah Mormont meldete sich zu Wort. »Ein Maester?«

»Marwyn nannte er sich selbst«, antwortete die Frau in der Gemeinen Zunge. »Vom Meer. Von jenseits des Meeres. Die Sieben Länder, sagte er. Länder der Abenddämmerung. Wo Männer aus Eisen sind und Drachen herrschen. Er hat mich diese Sprache gelehrt.«

»Ein Maester in Asshai«, überlegte Ser Jorah. »Sagt mir, Götterweib, was trug dieser Marwyn um seinen Hals?«

»Eine Kette, die so eng war, dass sie ihn fast erwürgte, Eisenherr, mit Gliedern aus mancherlei Metall.«

Der Ritter warf Dany einen Blick zu. »Nur jemand, der in der Citadel von Altsass ausgebildet wurde, trägt eine solche Kette«, sagte er, »und solche Männer verstehen tatsächlich viel vom Heilen.«

»Warum solltest du meinem *Khal* helfen wollen?«

»Alle Menschen sind eine Herde, das zumindest lehrt man uns«, erwiderte Mirri Maz Duur. »Der Große Hirte hat mich auf die Erde gesandt, um seine Lämmer zu heilen, wo immer ich sie finde.«

Qotho versetzte ihr eine brennende Ohrfeige. »Wir sind keine Schafe, *Maegi*.«

»Hör auf damit«, sagte Dany zornig. »Sie gehört mir. Ich will nicht, dass man ihr etwas antut.«

Khal Drogo murrte. »Der Pfeil muss entfernt werden, Qotho.«

»Ja, Großer Reiter«, antwortete Mirri Maz Duur und berührte ihr schmerzendes Gesicht. »Und Eure Brust muss gewaschen und genäht werden, damit die Wunde nicht eitert.«

»Dann tu es«, befahl Khal Drogo.

»Großer Reiter«, sagte die Frau, »meine Instrumente und Arzneien befinden sich im Gotteshaus, wo die Heilkräfte am stärksten sind.«

»Ich werde Euch tragen, Blut von meinem Blut«, bot Haggo ihm an.

Khal Drogo winkte ab. »Man muss mir nicht helfen«, sagte er mit stolzer, harter Stimme. Er stand auf, ohne Beistand, ragte über allen auf. Frisches Blut lief über seine Brust, dort wo Ogos *Arakh* ihm die Brustwarze abgeschnitten hatte. Eilig trat Dany an seine Seite. »Ich bin kein Mann«, flüsterte sie, »also kannst du dich auf mich stützen.« Drogo legte ihr die mächtige Hand auf die Schulter. Sie nahm ihm etwas von seinem Gewicht, während sie dem großen Lehmtempel entgegengingen. Die drei Blutreiter folgten. Dany befahl Ser Jorah und den Kriegern ihres *Khas*, den Eingang zu bewachen.

Sie kamen durch eine Reihe von Vorkammern in den hohen Mittelraum unter der Zwiebel. Schwaches Licht fiel von oben durch verborgene Fenster. Ein paar Fackeln brannten qualmend in Halterungen an den Wänden. Schaffelle lagen über den erdigen Boden verteilt. »Dort«, sagte Mirri Maz Duur und deutete auf den Altar, einen massiven, blau geäderten Stein, in den Bilder von Schafhirten und ihren Herden gemeißelt waren. Khal Drogo legte sich darauf. Die alte Frau warf eine Hand voll getrockneter Blätter auf einen flachen Rost, was den Raum mit duftendem Rauch erfüllte. »Am besten wartet Ihr draußen«, sagte sie den anderen.

»Wir sind das Blut von seinem Blut«, erwiderte Cohollo. »Wir warten hier.«

Qotho trat nah an Mirri Maz Duur heran. »Wisse, Frau des Lämmergottes, wenn dem *Khal* etwas geschieht, geschieht dir dasselbe.« Er zog sein Messer und zeigte ihr die Klinge.

»Sie wird ihm nichts tun.« Dany spürte, dass sie dieser alten Frau mit der flachen Nase und dem offenen Gesicht vertrauen konnte. Schließlich hatte sie die Frau aus den mehr als groben Händen ihrer Vergewaltiger gerettet.

»Wenn Ihr bleiben müsst, dann helft«, erklärte Mirri den Blutreitern. »Der Große Reiter ist zu stark für mich. Haltet ihn fest, wenn ich den Pfeil aus seinem Fleisch ziehe.« Sie ließ die Fetzen ihres Kleides bis auf die Hüften fallen, als sie eine geschnitzte Truhe öffnete, und war mit Flaschen und Kästen beschäftigt, mit Messern und Nadeln. Damit fertig, brach sie die mit Widerhaken versehene Pfeilspitze ab und zog den Schaft heraus, wobei sie einen Singsang in der Sprache der Lhazareen von sich gab. Sie erhitzte Wein auf dem Rost, bis er kochte, und goss ihn über die Wunden. Khal Drogo verfluchte sie, doch zuckte er nicht. Sie verband die Pfeilwunde mit einem Pflaster aus feuchten Blättern und wandte sich dem Schnitt an seiner Brust zu, verschmierte eine hellgrüne Paste darauf, bevor sie den Hautlappen wieder an Ort und Stelle brachte. Der *Khal* knirschte mit den Zähnen und schluckte einen Schrei herunter. Das Götterweib nahm eine Silbernadel und eine Spule mit Seidenfaden und begann, das Fleisch zu nähen. Anschließend bestrich sie die Haut mit roter Salbe, bedeckte sie ebenfalls mit Blättern und verband die Brust mit einem Fetzen Lammfell. »Ihr müsst die Gebete sagen, die ich Euch nenne, und das Lammfell zehn Tage und zehn Nächte dort behalten«, sagte sie. »Ihr werdet Fieber bekommen und Juckreiz und eine große Narbe, wenn die Heilung vollendet ist.«

Khal Drogo setzte sich auf, und seine Glöckchen klingelten. »Ich singe von meinen Narben, Schafsfrau.« Er spannte seinen Arm und sah sie finster an.

»Trinkt weder Wein noch Mohnblumensaft«, warnte sie ihn. »Ihr werdet Schmerzen haben, aber Ihr müsst Euren

Körper stark genug erhalten, dass er sich gegen die bösen Geister wehren kann.«

»Ich bin *Khal*«, sagte Drogo. »Ich spucke auf den Schmerz und trinke, was mir gefällt. Cohollo, bring meine Weste.« Der alte Mann eilte davon.

»Vorhin«, sagte Dany zu der hässlichen Frau der Lhazareen, »habe ich gehört, wie du von Geburtsliedern gesprochen hast …«

»Ich kenne alle Geheimnisse des Blutbettes, Mylady, und ich habe noch nie ein Kind verloren«, erwiderte Mirri Maz Duur.

»Meine Zeit ist bald gekommen«, sagte Dany. »Vielleicht wärst du so freundlich und würdest mir helfen, wenn er herausdrängt.«

Khal Drogo lachte. »Mond meines Lebens, man bittet eine Sklavin nicht, man befiehlt es ihr. Sie wird tun, was du sagst.« Er sprang vom Altar. »Komm, mein Blut. Die Hengste rufen, dieser Ort ist Asche. Es wird Zeit zu reiten.«

Haggo folgte dem *Khal* zum Tempel hinaus, doch Qotho blieb noch so lange, dass er Mirri Maz Duur einen bohrenden Blick schenken konnte. »Vergiss nicht, *Maegi*, wie es dem *Khal* ergeht, ergeht es auch dir.«

»Ganz wie Ihr sagt, Reiter«, antwortete die Frau, während sie ihre Gefäße und Flaschen einsammelte. »Der Große Hirte wacht über seine Herde.«

 TYRION

Auf einem Hügel entlang des Königswegs hatte man unter einer Ulme einen langen Tisch aus grob gehauener Kiefer aufgestellt und mit einem goldenen Tuch bedeckt. Dort, neben seinem Zelt, nahm Lord Tywin das Abendbrot mit seinen obersten Rittern und Bundesgenossen ein, während seine rotgoldene Standarte über ihnen an einem hoch aufragenden Langspieß flatterte.

Tyrion kam spät, wundgeritten und übellaunig, und war sich allzu lebhaft dessen bewusst, wie er aussehen musste, als er den Hang hinauf zu seinem Vater watschelte. Der Tagesmarsch war lang und anstrengend gewesen. An diesem Abend, dachte der Zwerg, wollte er sich gern betrinken. Es dämmerte, und die Luft war von summenden Glühwürmchen erfüllt.

Die Köche servierten das Fleisch: fünf Spanferkel, die Haut knusprig gebraten, in jedem Maul eine andere Frucht. Vom bloßen Geruch lief ihm das Wasser im Mund zusammen. »Ich bitte um Verzeihung«, begann er, als er neben seinem Onkel auf der Bank Platz nahm.

»Vielleicht sollte ich dir auftragen, unsere Toten zu begraben, Tyrion«, sagte Lord Tywin. »Wenn du zur Schlacht so spät kommst wie zu Tisch, wird alles vorüber sein, ehe du eintriffst.«

»Oh, sicher könntet Ihr mir den einen oder anderen Bauern aufheben, Vater«, erwiderte Tyrion. »Nicht zu viele, ich möchte nicht gierig erscheinen.« Er schenkte sich Wein in

seinen Becher und sah, wie ein Diener das Schwein auf-
schnitt. Die knusprige Haut knackte unter seinem Messer,
und heißer Saft lief aus dem Fleisch. Es war das Schönste,
was Tyrion seit Jahren gesehen hatte.

»Ser Addams Vorreiter sagen, das Heer der Starks sei von
den Zwillingen gen Süden gezogen«, berichtete sein Vater,
als sein Brett voller Schweinefleisch lag. »Lord Freys Truppen haben sich ihm angeschlossen. Wahrscheinlich stehen
sie kaum mehr als einen Tagesmarsch nördlich von uns.«

»Bitte, Vater«, sagte Tyrion. »Ich möchte gleich essen.«

»Beraubt dich der Gedanke, diesem jungen Stark gegen-
überzutreten, deiner Manneskraft, Tyrion? Dein Bruder
Jaime wäre begierig darauf, ihm zu Leibe zu rücken.«

»Lieber möchte ich diesem Schwein zu Leibe rücken.
Robb Stark ist nicht halb so zart und hat nie so gut gerochen.«

Lord Leffert, der sauertöpfische Vogel, der für Proviant
und Nachschub Verantwortung trug, beugte sich vor. »Ich
hoffe, Eure Wilden teilen Euren Widerwillen nicht, sonst
hätten wir unseren guten Stahl an sie vergeudet.«

»Meine Wilden werden für Euren Stahl ausgezeichne-
te Verwendung finden, Mylord«, erwiderte Tyrion. Nachdem er Leffert erklärt hatte, dass er Waffen und Rüstungen
bräuchte, um die dreihundert Mann auszurüsten, die Ulf
aus dem Vorgebirge geholt hatte, mochte man glauben, er
hätte den Mann gebeten, ihnen seine jungfräuliche Tochter
zur freien Verfügung zu stellen.

Lord Leffert runzelte die Stirn. »Ich habe diesen großen
Haarigen heute gesehen, der darauf bestand, er bräuchte
zwei Streitäxte, die schweren, schwarzen Stahldinger mit
der doppelten Halbmondschneide.«

»Shagga tötet gern mit beiden Händen«, erklärte Tyrion,
als ein Brett mit dampfendem Schweinefleisch vor ihm abgestellt wurde.

»Er hatte diese Holzaxt noch immer um seinen Rücken geschnallt.«

»Shagga ist der Meinung, dass drei Äxte besser sind als zwei.« Tyrion griff mit Daumen und Zeigefinger in den Salzteller und streute davon ordentlich über sein Fleisch.

Ser Kevan beugte sich vor. »Uns ging der Gedanke durch den Kopf, Euch und Eure Wildlinge in vorderste Reihe zu stellen, wenn es zur Schlacht kommt.«

Ser Kevan ging nur selten ein »Gedanke« durch den Kopf, den Lord Tywin nicht vor ihm gehabt hatte. Tyrion spießte ein Stück Fleisch mit der Spitze seines Dolches auf und führte es an seinen Mund. Dann ließ er es sinken. »Die vorderste Reihe?«, wiederholte er ungläubig. Entweder hatte sein Hoher Vater neuen Respekt für Tyrions Fähigkeiten entwickelt oder aber beschlossen, sich dieses peinlichen Nachkommens endgültig zu entledigen. Tyrion hatte das dumpfe Gefühl zu wissen, was von beidem der Wahrheit näher kam.

»Sie scheinen mir wild genug dafür«, fuhr Ser Kevan fort.

»Wild?« Tyrion merkte, dass er seinem Onkel wie ein Vogel alles nachplapperte. Sein Vater beobachtete ihn, schätzte ihn ein, wägte jedes seiner Worte ab. »Lasst mich Euch sagen, wie wild sie sind. Gestern Abend hat ein Mondbruder einen Mann der Felsenkrähen wegen einer Wurst erdolcht. Als wir heute also unser Lager aufschlugen, haben drei Felsenkrähen den Mann ergriffen und ihm die Kehle durchgeschnitten. Vielleicht hatten sie gehofft, die Wurst wieder zu bekommen, das kann ich nicht sagen. Bronn hat es gerade noch geschafft, Shagga davon abzuhalten, dass er dem toten Mann den Schwanz abschneidet, trotzdem fordert Ulf sein Blutgeld, was Conn und Shagga ihm nicht zahlen wollen.«

»Wenn es Soldaten an Disziplin mangelt, liegt der Fehler bei ihrem Kommandeur«, sagte sein Vater.

Sein Bruder Jaime hatte Männer stets dazu bringen können, dass sie ihm eifrig folgten und für ihn starben, wenn es nötig war. Tyrion fehlte diese Gabe. Er kaufte Treue mit Gold und erzwang Gehorsam mit seinem Namen. »Ein größerer Mann wäre in der Lage, ihnen Angst zu machen. Das wolltet Ihr mir mitteilen, Mylord?«

Lord Tywin Lennister wandte sich seinem Bruder zu. »Falls die Männer meines Sohnes seinen Befehlen nicht folgen wollen, ist die vorderste Reihe vielleicht nicht der rechte Ort. Zweifelsohne wäre es weiter hinten bequemer für ihn, wo er die Gepäckwagen bewachen kann.«

»Tut mir keinen Gefallen, Vater«, entgegnete er böse. »Wenn Ihr mir kein anderes Kommando anzubieten habt, gehe ich Eurem Heer voraus.«

Lord Tywin betrachtete seinen Zwergensohn. »Ich habe nichts von einem Kommando gesagt. Du wirst unter Ser Gregor dienen.«

Tyrion nahm einen Bissen Schweinefleisch, kaute einen Augenblick darauf herum und spuckte ihn wütend aus. »Ich merke, dass ich gar nicht hungrig bin«, sagte er, während er unbeholfen von der Bank kletterte. »Seid so gut, mich zu entschuldigen, Mylords.«

Lord Tywin entließ ihn mit einem angedeuteten Nicken. Tyrion wandte sich um und ging. Er spürte ihre Blicke im Rücken, während er den Hügel hinunterwatschelte. Mächtiges Gelächter brach hinter ihm aus, doch blickte er sich nicht um. Er hoffte, sie würden allesamt an ihren Spanferkeln ersticken.

Es war Abend geworden, und alle Banner waren schwarz. Das Lager der Lennisters erstreckte sich meilenweit zwischen Fluss und Königsweg. Unter den Männern und Pferden und Bäumen fiel es ihm leicht zu verschwinden, was Tyrion auch tat. Er kam an einem Dutzend großer Zelte und hundert Lagerfeuern vorüber. Glühwürmchen taumelten zwischen den Zelten wie wandernde Sterne. Er roch den Duft von Knoblauchsoße, dick und würzig, so verführerisch, dass ihm der leere Magen knurrte. Weit in der Ferne hörte er Stimmen, die ein unflätiges Lied sangen. Eine kichernde Frau lief an ihm vorüber, nackt unter dem dunklen Umhang, ihr trunkener Verfolger stolperte über Baumwurzeln. Weiter hinten standen sich zwei Speerwerfer gegenüber, mit nackter Brust und schweißüberströmt, zwischen sich ein leise plätschernder Bach, und sie übten ihr Werfen-und-Parieren im vergehenden Licht.

Niemand sah ihn an. Niemand sprach mit ihm. Niemand schenkte ihm Beachtung. Er war von Männern umgeben, die auf das Haus Lennister vereidigt waren, ein riesenhaftes Heer von zwanzigtausend Mann, und doch war er allein.

Als er hörte, wie das tiefe Knurren von Shaggas Gelächter durch das Dunkel dröhnte, folgte er diesem zu den Felsenkrähen in ihrer kleinen Ecke der Nacht. Conn, Sohn des Coratt, winkte mit einem Humpen Bier. »Tyrion Halbmann! Komm, setz dich zu uns ans Feuer, iss dein Fleisch mit den Felsenkrähen. Wir haben einen Ochsen.«

»Das kann ich sehen, Conn, Sohn des Coratt.« Der mächtige, rote Kadaver steckte auf einem Spieß von der Größe eines kleinen Baumes und hing über einem prasselnden Feuer. Zweifellos ein *kleiner* Baum. Blut und Fett tropften in die Flammen, während zwei Felsenkrähen den Spieß drehten. »Ich danke euch. Schickt nach mir, wenn der Ochse gebraten ist.« Wie es aussah, mochte es sogar noch vor der Schlacht so weit sein. Er ging weiter.

Jeder Clan hatte sein eigenes Lagerfeuer. Schwarzohren aßen nicht mit Felsenkrähen, Felsenkrähen aßen nicht mit Mondbrüdern, und niemand aß mit den Brandmännern. Das bescheidene Zelt, das er sich mit einigen Mühen aus Lord Lefferts Vorräten beschafft hatte, war genau zwischen den vier Feuern errichtet worden. Tyrion traf Bronn dabei an, wie er einen Weinschlauch mit den neuen Dienern teilte. Lord Tywin hatte ihm einen Pferdepfleger und einen Leibdiener geschickt, der sich um seine Bedürfnisse kümmern sollte, und er hatte sogar darauf bestanden, dass er sich einen Knappen wählte. Sie saßen um die Glut eines kleinen Feuers herum. Ein Mädchen hockte bei ihnen, schlank, dunkelhaarig, nicht älter als achtzehn, wie es schien. Tyrion betrachtete einen Augenblick lang ihr Gesicht, bevor er Fischgräten in der Asche sah. »Was habt ihr gegessen?«

»Forelle, M'lord«, sagte sein Bursche. »Bronn hat sie gefangen.«

Forelle, dachte er. *Spanferkel. Verdammt soll mein Vater sein!* Traurig starrte er mit knurrendem Magen auf die Gräten.

Sein Knappe mit dem unseligen Namen Podrick Payn schluckte herunter, was immer er gerade sagen wollte. Der Knabe war ein entfernter Vetter von Ser Ilyn Payn, dem Henker des Königs … und fast ebenso schweigsam, wenn auch nicht mangels einer Zunge. Einmal hatte Tyrion ihn diese ausstrecken lassen, nur um sicherzugehen. »Zweifelsohne eine Zunge«, hatte er gesagt. »Eines Tages musst du lernen, sie zu benutzen.«

Im Moment fehlte ihm die Geduld, ein Wort aus diesem Knaben herauszulocken, der ihm, wie er vermutete, nur aus bösem Scherz anvertraut worden war. Tyrion wandte seine Aufmerksamkeit wieder dem Mädchen zu. »Ist sie das?«, fragte er Bronn.

Anmutig erhob sie sich und sah aus luftiger Höhe von fünf Fuß oder mehr auf ihn herab. »Sie ist es, M'lord, und sie kann für sich selbst sprechen, wenn es Euch beliebt.«

Er neigte seinen Kopf zur Seite. »Ich bin Tyrion aus dem Hause Lennister. Man ruft mich den ›Gnom‹.«

»Meine Mutter hat mich Shae genannt. *Mann* ruft mich … oft.«

Bronn lachte, und Tyrion musste lächeln. »Ins Zelt mit

dir, Shae, wenn du so freundlich wärst.« Er hob die Klappe an und hielt sie für sie offen. Drinnen kniete er nieder, um eine Kerze anzustecken.

Das Leben eines Soldaten war nicht ohne gewisse Vergütungen. Wenn es irgendwo ein Lager gibt, findet sich ganz sicher auch Lagervolk. Am Ende des langen Tagesmarsches hatte Tyrion Bronn ausgesandt, ihm eine passende Hure zu beschaffen. »Ich hätte gern eine, die einigermaßen jung ist, mit dem hübschesten Gesicht, das du auftreiben kannst«, hatte er gesagt. »Wenn sie sich irgendwann in diesem Jahr gewaschen hat, wäre ich froh. Wenn nicht, wasch sie. Denk daran, ihr zu sagen, wer ich bin, und warne sie davor, *wie* ich bin.« Jyck hatte sich nicht immer die Mühe gemacht, daran zu denken. Es gab so einen Blick, den diese Mädchen manchmal bekamen, wenn sie den kleinen Lord, dem sie Freude bereiten sollten, zum ersten Mal sahen … einen Blick, den Tyrion Lennister, so es sich denn verhindern ließ, nie wieder sehen wollte.

Er hob die Kerze an und musterte sie. Bronn hatte seine Arbeit gut gemacht. Sie war rehäugig und schlank, mit kleinen, festen Brüsten und einem Lächeln, das abwechselnd scheu, frech und böse war. Das gefiel ihm. »Soll ich mein Kleid ausziehen, M'lord?«, fragte sie.

»Bald schon. Bist du Jungfrau, Shae?«

»Wenn es Euch gefällt, M'lord«, sagte sie geziert.

»Was mir gefallen würde, wäre die Wahrheit, Mädchen.«

»Aye, aber die kostet Euch das Doppelte.«

Tyrion kam zu dem Schluss, dass er glänzend mit ihr auskommen würde. »Ich bin ein Lennister. Gold besitze ich reichlich, und du wirst merken, dass ich großzügig bin … aber ich will mehr von dir als das, was du zwischen deinen Beinen hast, obwohl ich auch das will. Du teilst mit mir mein Zelt, schenkst mir Wein nach, lachst über meine Scherze, reibst mir nach einem langen Tagesritt den Schmerz aus den Beinen … und ob ich dich einen Tag oder ein Jahr behalte, solange wir zusammen sind, wirst du keine anderen Männer in dein Bett lassen.«

»Abgemacht.« Sie griff zum Saum ihres dünnen, grob gewebten Kleides, zog es sich mit einer einzigen, fließenden Bewegung über ihren Kopf und warf es beiseite. Darunter war nichts anderes als Shae. »Wenn M'lord nicht bald diese Kerze abstellt, wird er sich daran die Finger verbrennen.«

Tyrion setzte die Kerze ab, nahm ihre Hand in seine und zog sie sanft an sich. Sie beugte sich herab, um ihn zu küssen. Ihr Mund schmeckte nach Honig und Nelken, und flink und geschickt knöpften ihre Hände seine Kleider auf.

Als er in sie eindrang, hieß sie ihn mit zärtlich geflüsterten Worten und leisem, bebendem Stöhnen willkommen. Tyrion vermutete, dass ihr Vergnügen gespielt war, doch machte sie es so gut, dass es ihn nicht störte. So groß war sein Bedürfnis nach Wahrheit nun auch wieder nicht.

Er hatte sie gebraucht, das wurde Tyrion nachher klar, indes sie still in seinen Armen lag. Sie oder eine andere wie sie. Es war fast schon ein Jahr her, dass er bei einer Frau gelegen hatte, noch bevor sie sich in Gesellschaft seines Bruders und König Roberts auf die Reise nach Winterfell gemacht hatten. Er mochte sehr wohl morgen oder am Tag darauf sterben, und wenn er es tat, wollte er auf seinem Weg ins Grab lieber an Shae denken als an seinen Hohen Vater, Lysa Arryn oder Lady Catelyn Stark.

Er fühlte, wie sich ihre weichen Brüste an seinen Arm drückten. Es war ein gutes Gefühl. Ein Lied kam ihm in den Sinn. Still und leise fing er an zu pfeifen.

»Was ist das, M'lord?«, murmelte Shae neben ihm.

»Nichts«, gab er zurück. »Ein Lied, das ich als Junge gelernt habe, mehr nicht. Schlaf nur weiter, süßes Kind.«

Als sie die Augen geschlossen hatte und tief und gleichmäßig atmete, zog sich Tyrion von ihr zurück, ganz sanft, um sie nicht im Schlaf zu stören. Nackt schlich er hinaus, stolperte über seinen Knappen und trat hinter sein Zelt, um Wasser abzuschlagen.

Bronn saß mit gekreuzten Beinen unter einem Kastanienbaum nahe der Stelle, wo sie die Pferde angebunden hatten. Er schärfte die Schneide seines Schwerts und war hellwach. Der Söldner schien nicht wie andere Menschen zu schlafen. »Wo hast du sie gefunden?«, fragte Tyrion, während er pisste.

»Ich habe sie von einem Ritter. Der Mann wollte sie nur widerwillig abgeben, aber als Euer Name fiel, hat er es sich noch einmal überlegt ... und als ich ihm meinen Dolch an die Kehle hielt.«

»Großartig«, sagte Tyrion trocken, derweil er die letzten Tropfen abschüttelte. »Ich meine mich zu erinnern, dass ich gesagt habe: *such mir eine Hure,* nicht *mach mir einen Feind.*«

»Die Hübschen sind alle belegt«, verteidigte sich Bronn. »Ich bringe sie gern wieder zurück, wenn Ihr eine zahnlose Vettel bevorzugt.«

Tyrion hinkte näher zu ihm heran. »Mein Hoher Vater würde so etwas als Frechheit bezeichnen und dich wegen Unverschämtheit in die Minen schicken.«

»Gut für mich, dass Ihr nicht Euer Vater seid«, erwiderte Bronn. »Ich habe eine mit Furunkeln an der Nase gesehen. Soll ich die für Euch holen?«

»Damit es dir das Herz bricht?«, gab Tyrion zurück. »Ich werde Shae behalten. Hast du dir vielleicht den *Namen* des Ritters gemerkt, dem du sie genommen hast? Den möchte ich in der Schlacht lieber nicht neben mir haben.«

Bronn erhob sich, katzengleich und katzenschnell, drehte sein Schwert in der Hand. »Ihr werdet *mich* in der Schlacht neben Euch haben, Zwerg.«

Tyrion nickte. Er spürte die warme Nachtluft auf seiner Haut. »Sorg dafür, dass ich diese Schlacht überlebe, und du kannst dir die Belohnung wählen.«

Bronn warf das Langschwert von der Rechten in die Linke und versuchte einen Hieb. »Wer würde schon einen wie Euch erschlagen wollen?«

»Mein Hoher Vater zum Beispiel. Er hat mich in die vorderste Reihe bestellt.«

»Das würde ich ebenso machen. Ein kleiner Mann mit einem großen Schild. Die Bogenschützen werden einen Anfall bekommen.«

»Seltsamerweise finde ich dich unterhaltend«, sagte Tyrion. »Ich muss verrückt sein.«

Bronn steckte das Schwert in die Scheide. »Ohne jeden Zweifel.«

Als Tyrion wieder in sein Zelt kam, rollte Shae auf ihren Ellenbogen und murmelte schläfrig: »Ich bin aufgewacht, und M'lord war fort.«

»M' lord ist wieder da.« Er legte sich ganz nah zu ihr.

Ihre Hand glitt zwischen seine verkümmerten Beine und fühlte, dass er hart war. »Ja, das ist er«, flüsterte sie und streichelte ihn.

Er fragte sie nach dem Mann, dem Bronn sie fortgenommen hatte, und sie nannte den kleinen Gefolgsmann eines unbedeutenden Lords. »Seinesgleichen habt Ihr nicht zu fürchten, M'lord«, sagte das Mädchen und rieb dabei eifrig seinen Schwanz. »Er ist ein kleiner Mann.«

»Und was bitte bin ich?«, fragte Tyrion. »Ein Riese?«

»O ja«, schnurrte sie, »mein Riese von Lennister.« Dann stieg sie auf ihn, und für eine Weile war er fast bereit, ihr zu glauben. Tyrion schlief lächelnd ein ...

... und erwachte vom Gellen der Trompeten. Shae rüttelte ihn an der Schulter. »M'lord«, flüsterte sie. »Wacht auf, M'lord. Ich fürchte mich.«

Benommen setzte er sich auf und warf die Decke zurück. Der Ruf von Hörnern ging durch die Nacht, wild und drängend, ein Rufen, das verkündete: *schnell, schnell, schnell.* Er hörte Schreie, das Klappern von Speeren, das Wiehern von Pferden, wenn auch noch nichts, das in seinen Ohren nach Kampf klang. »Die Trompeten meines Vaters«, sagte er. »Sammeln zur Schlacht. Ich dachte, der Stark wäre noch einen Tagesmarsch entfernt.«

Shae schüttelte den Kopf, verwirrt. Ihre Augen waren groß und weiß.

Ächzend kam Tyrion auf die Beine und bahnte sich einen Weg nach draußen und rief nach seinem Knappen. Fetzen von fahlem Nebel wehten durch die Nacht, lange, weiße Finger, die vom Fluss her kamen. Männer und Pferde stolperten in der vormorgendlichen Kälte herum. Sättel wurden festgezurrt, Wagen beladen, Feuer gelöscht. Wieder gellten die Trompeten: *schnell, schnell, schnell.* Ritter sprangen auf schnaubende Pferde, während Soldaten im Laufen ihre Schwertgurte anlegten. Als er Pod fand, schnarchte der Junge friedlich. Tyrion versetzte ihm einen harten Tritt in die Rippen. »Meine Rüstung«, verlangte er, »und beeil er sich damit.« Bronn trat aus dem Nebel hervor, bereits gepanzert und zu Pferd, trug seinen verbeulten Halbhelm. »Weißt du, was passiert ist?«

»Der junge Stark ist uns einen Marsch voraus«, sagte Bronn. »Er ist bei Nacht den Königsweg herabgeschlichen, und jetzt ist sein Heer kaum eine Meile nördlich von hier und nimmt Aufstellung zur Schlacht.«

Schnell, riefen die Trompeten, *schnell, schnell, schnell.*

»Sorg dafür, dass die Stammesleute sich bereitmachen.« Tyrion duckte sich ins Zelt zurück. »Wo sind meine Kleider?«, bellte er Shae an. »Da. Nein, das Lederne, verdammt! Ja. Bring mir meine Stiefel.«

Als er fertig angezogen war, hatte sein Knappe die Rüs-

tung ausgebreitet, soweit er eine bei sich hatte. Tyrion besaß eine hübsche Rüstung aus schwerem Stahl, die seinem
verkrüppelten Leib vorzüglich passte. Leider lag sie warm
und trocken auf Casterlystein. Er musste sich mit Resten
begnügen, die er von Lord Lefferts Wagen gesammelt hatte: Hemd und Kappe aus Ketten, die Halsberge eines toten Ritters, bewegliche Beinschienen und Handschuhe und
spitze, stählerne Stiefel. Einiges davon war verziert, anderes schlicht. Kein Teil war wie das andere oder passte, wie
es sollte. Sein Brustpanzer war für einen größeren Mann
gedacht. Für seinen übergroßen Kopf fanden sie einen riesigen, eimerförmigen Großhelm, auf dem ein dreieckiger
Spieß steckte, lang wie ein Fuß.

Shae half Pod mit den Schnallen und Haken. »Falls ich
sterbe, weine um mich«, erklärte Tyrion der Hure.

»Wie wollt Ihr das erfahren? Ihr werdet tot sein.«

»Ich werde es schon erfahren.«

»Das will ich glauben.« Sie ließ den Großhelm auf seinen
Kopf herab, und Pod befestigte ihn an der Halsberge. Tyrion schnallte seinen Gürtel um, schwer vom Gewicht des
Kurzschwerts und des Dolches. Inzwischen hatte der Bursche sein Pferd gebracht, einen prächtigen, braunen Renner,
so schwer gepanzert wie er selbst. Der Gnom brauchte Hilfe, um aufzusteigen. Er fühlte sich so schwer wie tausend
Steine. Pod reichte ihm den Schild, eine massive Platte aus
Eisenholz mit Stahl eingefasst. Zuletzt gaben sie ihm seine
Streitaxt. Shae trat zurück und betrachtete ihn von oben bis
unten. »M'lord sehen Furcht erregend aus.«

»M'lord sieht aus wie ein Zwerg in zu großer Rüstung«,
antwortete Tyrion säuerlich, »aber ich danke dir für deine
Freundlichkeit. Podrick, sollte sich die Schlacht gegen uns
wenden, bring die Dame unversehrt nach Hause.« Er salu-
tierte ihr mit seiner Axt, riss sein Pferd herum und trabte
davon. In seinem Magen war ein harter Knoten, so fest,

dass er schmerzte. Hinter ihm beeilten sich seine Diener, das Zelt abzubauen. Hellrote Finger breiteten sich im Osten aus, als die ersten Sonnenstrahlen am Horizont erschienen. Der Himmel im Westen war von dunklem Rot, mit Sternen übersät. Tyrion fragte sich, ob es wohl der letzte Sonnenaufgang war, den er je zu sehen bekam ... und ob diese Frage ein Zeichen von Feigheit war. Dachte sein Bruder Jaime vor einer Schlacht an den Tod?

Ein Kriegshorn klang aus weiter Ferne, ein tiefer, trauriger Ton, der die Seele frieren ließ. Die Stammesleute kletterten auf ihre zottigen Bergpferde, stießen Flüche und rüde Scherze aus. Mehrere wirkten betrunken. Die aufgehende Sonne verbrannte den schwebenden Nebel, während Tyrion sie voranführte. Das wenige Gras, das die Pferde übrig gelassen hatten, war schwer vom Tau, als hätte irgendein Gott im Vorübergehen einen Sack voll Diamanten ausgeleert. Die Bergmenschen reihten sich hinter ihm ein, jeder Clan hinter seinem eigenen Anführer.

Im Licht des Morgengrauens entfaltete sich Lord Tywin Lennisters Armee wie eine eiserne Rose mit glitzernden Dornen.

Sein Onkel führte die Mitte an. Ser Kevan hatte seine Standarten über dem Königsweg gehisst. Die Bogenschützen nahmen in drei langen Reihen Aufstellung, östlich und westlich der Straße, standen ungerührt da und spannten ihre Bögen. Zwischen ihnen formten Pikeniere Quadrate. Dahinter warteten Reihe um Reihe von Soldaten mit Speer und Schwert und Axt. Dreihundert schwere Pferde umgaben Ser Kevan und seine Lords Leffert, Lydden und Serrett mit ihren Gefolgsleuten.

Der rechte Flügel bestand nur aus Kavallerie, gut viertausend Mann, schwer von der Last ihrer Rüstungen. Mehr als drei Viertel der Ritter waren dort, zusammengedrängt wie eine große, stählerne Faust. Ser Addam Marbrand hatte das Kommando. Tyrion sah, wie sein Banner sich entrollte, als sein Standartenträger es ausschüttelte. Ein brennender Baum, orangefarben, und Rauch. Hinter ihm flatterten Ser Flements rotes Einhorn, der gescheckte Keiler von Rallenhall, der Kampfhahn von Swyft und mehr.

Sein Hoher Vater bezog Stellung auf dem Hügel, auf dem er übernachtet hatte. Um ihn versammelte sich die Reserve, ein mächtiges Heer, halb zu Pferd und halb zu Fuß, fünftausend Mann stark. Lord Tywin zog es fast immer vor, die Reserve zu befehligen. Meist suchte er sich einen erhöhten Punkt, beobachtete die Schlacht und ließ seine Truppen wissen, wann und wo sie am dringendsten gebraucht wurden.

Noch aus der Ferne glänzte sein Vater. Tywin Lennisters Rüstung beschämte selbst den goldenen Panzer seines Sohnes Jaime. Sein großer Umhang war aus zahllosen Schichten Goldtuch genäht, so schwer, dass er sich, auch beim Angriff, kaum bewegte, so groß, dass er das Hinterteil seines Hengstes größtenteils verdeckte, wenn der Lord im Sattel saß. Keine gewöhnliche Schnalle hielt ein solches Gewicht, daher wurde der Umhang von einem Paar miniaturisierter Löwinnen gehalten, die auf seinen Schultern hockten, als wollten sie gleich springen. Ihr Gefährte, ein Löwe mit prachtvoller Mähne, ruhte auf Lord Tywins Großhelm, eine Pranke in die Luft erhoben, während er brüllte. Alle drei waren aus Gold geschmiedet, die Augen mit Rubinen besetzt. Seine Rüstung bestand aus schwerem Stahl, in dunklem Rot lackiert, Beinschienen und Handschuhe mit goldenen Schnecken verziert. Seine Medaillons waren goldene Sonnen, sämtliche Befestigungen vergoldet, und der rote Stahl war derart poliert, dass er im Licht der aufgehenden Sonne wie Feuer erstrahlte.

Nun konnte Tyrion das Dröhnen der feindlichen Trommeln hören. Er dachte daran, wie er Robb Stark zuletzt gesehen hatte, auf dem Thron seines Vaters in der Großen Halle von Winterfell, ein Schwert blank und glänzend in Händen. Er dachte daran, wie sich die Schattenwölfe aus der Dunkelheit über ihn hergemacht hatten, und plötzlich konnte er sie wieder sehen, knurrend und schnappend, die Zähne vor seinem Gesicht gefletscht. Ob der Junge seine Wölfe mit in die Schlacht brachte? Der Gedanke bereitete ihm Unbehagen.

Die Nordmänner wären nach ihrem langen, schlaflosen Marsch erschöpft. Tyrion überlegte, was sich der Junge dabei gedacht hatte. Glaubte er, er könne sie im Schlaf überraschen? Die Chancen dafür standen schlecht. Was man auch immer von Tywin Lennister sagen mochte: Er ließ sich nicht zum Narren machen.

Links sammelte sich die vorderste Linie. Er sah die Standarte zuerst, drei schwarze Hunde auf gelbem Grund. Darunter saß Ser Gregor auf dem größten Pferd, das Tyrion je gesehen hatte. Bronn warf einen Blick auf ihn und grinste. »Folge stets einem großen Mann in die Schlacht.«

Tyrion warf ihm einen bösen Blick zu. »Und wieso das?«

»Sie geben so wunderbare Ziele ab. Der da, er zieht die Blicke aller Bogenschützen auf sich.«

Lachend betrachtete Tyrion den Berg mit neuen Augen. »Ich muss gestehen, dass ich es so noch nie gesehen habe.«

Clegane verbreitete keinen Prunk um sich. Seine Rüstung war aus Stahl, matt und grau, vernarbt und ohne Siegel oder Verzierungen. Er zeigte Männern ihre Positionen mit der Klinge, einem beidhändigen Großschwert, das Ser Gregor mit einer Hand schwenkte wie ein Geringerer als er einen Dolch. »Jeden, der wegläuft, mache ich persönlich nieder«, brüllte er, als er Tyrion gewahr wurde. »Gnom! Nehmt die Linke. Haltet den Fluss. Wenn Ihr könnt.«

Die Linke der Linken. Um ihre Flanken aufzurollen, bräuchten die Starks Pferde, die auf Wasser wandeln konnten. Tyrion führte seine Männer zum Ufer. »Seht«, rief er und zeigte die Richtung mit seiner Axt. »Der Fluss.« Eine Decke von fahlem Nebel lag noch immer auf dem Wasser, dem trüben, grünen Strom, der unter ihnen floss. Die Untiefen waren verschlammt und erstickten im Schilf. »Der Fluss ist unser. Was immer auch geschieht, haltet euch nah am Wasser. Verliert es nie aus den Augen. Lasst keinen Feind zwischen uns und unseren Fluss. Wenn sie unser Wasser besudeln, hackt ihnen die Schwänze ab und verfüttert sie an die Fische.«

Shagga hielt in beiden Händen eine Axt. Er schlug sie aneinander und ließ sie klingen. »Halbmann!«, rief er. Andere Felsenkrähen nahmen den Schlachtruf auf, und auch die Schwarzohren und Mondbrüder. Die Brandmänner schrien nicht, doch rasselten sie mit ihren Schwertern und Speeren. »Halbmann! Halbmann! Halbmann!«

Tyrion wendete sein Ross im Kreis, um das Feld zu überblicken. Hier, nah am Fluss, war der Boden hügelig und uneben, weich und morastig, stieg zum Königsweg in einem sanften Hang an, dahinter nach Osten hin steinig und aufgebrochen. Ein paar Bäume standen an den Hängen, allerdings war das Land größtenteils gerodet und urbar gemacht. Das Herz schlug wild in seiner Brust, im Rhythmus der Trommeln, und unter all den Schichten aus Leder und Stahl war seine Stirn kalt vom Schweiß. Er beobachtete Ser Gregor, den Berg, wie er vor seinen Reihen auf und ab ritt, schreiend und gestikulierend. Auch diese Flanke war nur Kavallerie, doch auf der rechten stand eine gepanzerte Faust aus Rittern und schweren Lanzenreitern, die vorderste Reihe bestand aus dem Abschaum des Westens: berittene Bogenschützen in Lederwesten, eine schwärmende Masse aus undisziplinierten, freien Reitern und Söldnern, Knechten auf Ackergäulen, mit Sensen und den rostigen Schwertern ihrer Väter bewaffnet, halb ausgebildete Jungen aus den Elendsvierteln von Lennishort ... und Tyrion mit seinen Bergbewohnern.

»Krähenfutter«, murmelte Bronn neben ihm und verlieh dem Ausdruck, was Tyrion ungesagt gelassen hatte. Er konnte nur nicken. War sein Hoher Vater von allen guten Geistern verlassen? Keine Pikeniere, zu wenige Bogenschützen, kaum eine Hand voll Ritter und all diese schlecht oder gar nicht Bewaffneten unter dem Kommando eines gedankenlosen Grobians, der sie mit seinem Zorn lenkte ... wie konnte sein Vater erwarten, dass diese Karikatur einer Armee seine Linke hielt?

Er hatte keine Zeit, darüber nachzudenken. Die Trommeln waren so nah, dass ihm die Schläge schon unter die Haut gingen und seine Hände zittern ließen. Bronn zog sein Langschwert, und plötzlich stand der Feind vor ihnen, ergoss sich über die Hügelkuppen, drang gemessenen Schrittes hinter einer Wand von Schilden und Spießen vor.

Verdammt sollen die Götter sein, sieh sich einer all die Menschen an, dachte Tyrion, obwohl er wusste, dass sein Vater mehr Männer auf dem Feld hatte. Ihre Hauptleute ritten auf gepanzerten Kriegspferden voran, Standartenträger mit Bannern an ihrer Seite. Er sah den Elchbullen der Hornwalds, die Sonne der Karstarks, Lord Cerwyns Streitaxt und die gepanzerte Faust der Glauers ... *und* die Zwillingstürme von Frey, blau auf grau. So viel zur Überzeugung seines Vaters, dass Lord Frey sich nicht rühren würde. Überall sah man das Weiß des Hauses Stark, die grauen Schattenwölfe schienen zu rennen und zu springen, wenn die Banner an ihren hohen Stecken flatterten. *Wo ist der Junge?*, fragte sich Tyrion.

Ein Kriegshorn ging. *Haroooooooooooooooooooooooo*, heulte es, der Ton so lang und tief und kalt wie der Wind aus dem

Norden. Die Trompeten der Lennisters antworteten, *da-DA da-DA da-DAAAAAAA*, metallisch und herausfordernd, und doch erschienen sie Tyrion irgendwie kleiner, ängstlicher. Er fühlte ein Flattern in seiner Magengrube, ein eklig flüssiges Gefühl. Er hoffte, er musste nicht sterben, während er sich erbrach.

Als der Klang der Hörner erstarb, war die Luft von Zischen erfüllt. Ein mächtiger Schwarm von Pfeilen stieg zu seiner Rechten auf, wo die Bogenschützen die Straße flankierten. Die Nordmänner begannen ihren Sturmlauf, schrien dabei, doch prasselten die Pfeile der Lennisters wie Hagel auf sie hernieder, Hunderte von Pfeilen, Tausende, und Geschrei wurde zu Geheul, als Männer taumelten und fielen. Schon sirrte ein zweiter Schwarm durch die Luft, und die Schützen legten einen dritten Pfeil auf ihre Sehnen.

Wieder gellten die Trompeten; *da-DAAA da-DAAA da-DA da DA da-DAAAAAAA*. Ser Gregor schwenkte sein riesiges Schwert und bellte ein Kommando, und eintausend andere Stimmen erwiderten das Brüllen. Tyrion gab seinem Pferd die Sporen, fügte der Kakophonie eine weitere Stimme hinzu, und die vorderste Reihe drängte voran. »Der Fluss!«, rief er seinen Stammesleuten im Reiten zu. »Denkt daran, haltet euch am Fluss!« Noch immer ritt er voraus, und sie verfielen in einen leichten Galopp, bis Chella einen Schrei ausstieß, der einem Mark und Blut gefrieren ließ, und an ihm vorübergaloppierte. Shagga heulte und folgte ihr. Die Stammesleute stürmten ihnen nach; Tyrion blieb in ihrem Staub zurück.

Ein Halbmond von feindlichen Speerkämpfern hatte sich voraus geformt, ein doppelter Igel mit stählernen Stacheln, der hinter hohen Eichenschilden wartete, auf denen die Sonne der Karstarks abgebildet war. Gregor Clegane erreichte sie als Erster, führte einen Keil von gepanzerten Veteranen. Die Hälfte der Pferde scheute in letzter Sekunde, brach den Angriff vor der Reihe aus Speeren ab. Die anderen starben, als sich ihnen Stahlspitzen in den Brustkorb bohrten. Tyrion sah ein Dutzend Männer zu Boden gehen. Der Hengst des Berges scheute, schlug mit seinen eisenbeschlagenen Hufen aus, als eine Speerspitze mit Widerhaken über seinen Hals harkte. Rasend sprang das Tier zwischen die Reihen. Speere flogen ihm von allen Seiten entgegen, doch die Mauer aus Schilden brach unter dem Gewicht zusammen. Die Nordmänner stolperten fort vom Todeskampf des Tieres. Als das Pferd fiel, blutschnaubend und mit seinem letzten, roten Atem um sich beißend, erhob sich der Berg unversehrt und schlug mit seinem beidhändigen Großschwert um sich.

Shagga brach durch die Bresche, bevor die Schilde ihre Reihen schließen konnten, und führte weitere Felsenkrähen mit sich. Tyrion rief: »Brandmänner! Mondbrüder! Mir nach!«, nur waren die meisten schon voraus. Er sah, wie Timett, Sohn des Timett, absprang, als sein Pferd im vollen Galopp unter ihm verreckte, sah einen Mondbruder auf einem Speer der Karstarks stecken, wurde gewahr, wie Conns Pferd einem Mann mit einem Tritt die Rippen brach. Ein Schwarm aus Pfeilen senkte sich auf sie herab. Woher sie kamen, ließ sich nicht sagen, doch fielen sie auf Starks und Lennisters gleichermaßen, klapperten von Rüstungen oder fanden Fleisch. Tyrion hob seinen Schild und versteckte sich darunter.

Der Igel löste sich auf, die Nordmänner wichen unter dem Sturm des berittenen Angriffs zurück. Tyrion beobachtete, wie Shagga einen Speermann in die Brust traf, als ihm der Narr entgegenrannte, sah seine Axt durch Ketten und Leder und Muskeln und Lungen dringen. Der Mann war stehend tot, die Axt in seine Brust gegraben, doch Shagga ritt voran, spaltete ein Schild mit seiner linken Streitaxt, während die Leiche wie knochenlos an seiner rechten hüpfte und taumelte. Schließlich rutschte der tote Mann ab. Shagga schlug die beiden Äxte aneinander und brüllte.

Mittlerweile traf der Feind bei Tyrion ein, und die Schlacht fand direkt um sein Pferd herum statt. Ein Soldat stach auf seine Brust ein, und Tyrion schwang seine Axt, trat den Speer beiseite. Der Mann tänzelte rückwärts, um es noch einmal zu versuchen, da gab Tyrion seinem Pferd die Sporen und ritt ihn einfach nieder. Bronn war von drei Feinden umgeben, doch hieb er die Spitze des ersten Speeres ab, der ihm entgegenkam, und zog beim Rückhieb seine Klinge einem zweiten Mann übers Gesicht.

Ein fliegender Speer kam Tyrion von links entgegen und bohrte sich mit hölzernem Krachen in seinen Schild. Er fuhr herum und ritt dem Werfer nach, worauf der Mann nun selbst den Schild über den Kopf erhob. Tyrion umkreiste ihn, ließ Axthiebe auf das Holz niederregnen. Eichenspäne flogen, bis der Nordmann ins Wanken kam, ausglitt und mit dem Schild über sich auf den Rücken fiel. Er war für Tyrions Axt nun nicht mehr zu erreichen, und es lohnte nicht den Aufwand, dafür abzusteigen, also ließ er ihn dort und ritt einem anderen nach, machte diesen mit einem weit geschwungenen Hieb nieder, der ihm mit einem Ruck durch den ganzen Arm ging. Das verschaffte ihm einen Moment Atempause. Er hielt an und suchte den Fluss. Dort war er, zu seiner Rechten. Irgendwie hatte er sich im Halbkreis gedreht.

Ein Brandmann ritt an ihm vorbei, auf seinem Pferd in sich zusammengesunken. Ein Speer war ihm in den Bauch gedrungen und ragte aus dem Rücken heraus. Ihm war nicht mehr zu helfen, doch als Tyrion sah, dass einer der Nordmänner heranlief und nach seinen Zügeln langte, griff er an.

Sein Opfer trat ihm mit dem Schwert in der Hand entgegen. Der Mann war groß und mager, trug ein langes Kettenhemd und stählerne Panzerhandschuhe, hatte jedoch seinen Helm verloren, und Blut lief ihm von einem Schnitt an der Stirn in die Augen. Tyrion drosch ihm einen Hieb ins Gesicht, aber den schlug der große Mann zur Seite. »Zwerg«, schrie er. »Stirb.« Er drehte sich um sich selbst, als Tyrion um ihn herumritt und auf seinen Kopf und seine Schultern einhackte. Stahl traf auf Stahl, und bald schon merkte Tyrion, dass der große Mann schneller und stärker war als er. Wo bei allen sieben Höllen steckte Bronn? »Stirb«, knurrte der Mann, während er wütend auf ihn einhieb. Kaum brachte Tyrion seinen Schild rechtzeitig hoch, und das Holz schien innerlich unter der Wucht des Hiebes zu explodieren. Die Bruchstücke fielen von seinem Arm. »Stirb!«, bellte der Schwertkämpfer, kam nah heran und traf Tyrion so hart an der Schläfe, dass es in seinem Kopf klingelte. Die Klinge gab ein grässliches Schaben von sich, als er sie wieder über den Stahl zog. Der große Mann grinste … bis Tyrions Streitross zubiss, schnell wie eine Schlange, und seine Wange bis auf den Knochen bloßlegte. Dann schrie er. Tyrion grub ihm die Axt in seinen Kopf. »Du stirbst«, erklärte er ihm, und das tat er dann auch.

Als er die Klinge wieder herausriss, hörte er einen Schrei. »*Eddard!*«, rief eine Stimme. »*Für Eddard und Winterfell!*« Der Ritter donnerte ihm entgegen, schwang die Dornenkugel eines Morgensterns um seinen Kopf. Ihre Rösser stießen zusammen, bevor Tyrion auch nur den Mund aufmachen und Bronn rufen konnte. Sein rechter Ellenbogen explodierte vor Schmerz, als die Stacheln das dünne Metall am Gelenk durchbohrten. Seine Axt war fort, so schnell ging das. Er griff nach seinem Schwert, nur wieder kreiste der Morgenstern, flog seinem Gesicht entgegen. Ein ekelhaftes Knirschen, und er fiel. Er konnte sich erinnern, wie er am Boden aufschlug, doch als er aufblickte, war über ihm nur Himmel. Er wälzte sich zur Seite und versuchte, auf die

Beine zu kommen, dabei durchfuhr ihn der Schmerz, und die ganze Welt pulsierte. Der Ritter, der ihn niedergestreckt hatte, kam über ihm zum Stehen. »Tyrion, der Gnom«, brüllte er herab. »Ihr seid mein. Gebt Ihr Euch geschlagen, Lennister?«

Ja, dachte Tyrion, die Worte indes steckten in seiner Kehle fest. Er gab ein Krächzen von sich und kam wieder auf die Beine, tastete nach einer Waffe. Sein Schwert, sein Dolch, irgendwas …

»Gebt Ihr Euch geschlagen?« Der Ritter ragte auf seinem gepanzerten Streitross über ihm auf. Mann und Pferd wirkten gleichermaßen gigantisch. Die Dornenkugel schwang in einem trägen Kreis. Tyrions Hände waren taub, sein Blick verschwommen, seine Scheide leer. »Ergebt Euch oder sterbt«, erklärte der Ritter, und sein Morgenstern kreiste schneller.

Tyrion sprang auf, bohrte seinen Kopf dem Pferd in den Bauch. Das Tier stieß einen grauenvollen Schrei aus und scheute zurück. Es versuchte, dem Schmerz auszuweichen, während ein Schauer aus Blut und Gedärm über Tyrions Gesicht spritzte und das Pferd stürzte wie eine Lawine. Dann spürte er nur noch, wie sein Visier voll Lehm war und irgendetwas seinen Fuß zerquetschte. Er machte sich los, die Kehle so verschnürt, dass er kaum sprechen konnte. »… ergebt Euch …«, krächzte er schwach.

»Ja«, stöhnte eine Stimme, heiser vor Schmerz.

Tyrion kratzte den Dreck von seinem Helm, damit er wieder sehen konnte. Das Pferd war von ihm gefallen, auf seinen Reiter. Das Bein des Ritters war eingeklemmt, der Arm, mit dem er seinen Sturz hatte abfangen wollen, in groteskem Winkel abgespreizt. »Ergebt Euch«, wiederholte er. Er tastete mit seiner gesunden Hand am Gürtel herum, zog ein Schwert und warf es Tyrion zu Füßen. »Ich ergebe mich, Mylord.«

Benommen fiel der Zwerg auf die Knie und hob die Klinge an. Schmerz hämmerte in seinem Ellenbogen, wenn er den Arm bewegte. Die Schlacht schien weitergewandert zu sein. Auf diesem Teil des Schlachtfeldes war niemand mehr, nur noch unzählige Leichen. Schon kreisten Raben und landeten, um sich an ihnen zu weiden. Er sah, dass Ser Kevan seine Mitte herangeführt hatte, um die vorderen Reihen zu stützen. Seine unübersehbare Menge von Pikenieren hatte die Nordmänner an die Hügel gedrängt. Sie kämpften an den Hängen, Spieße schlugen gegen die nächste Mauer aus Schilden, diese nun oval und mit eisernen Bolzen beschlagen. Während er zusah, war die Luft wieder von Pfeilen erfüllt, und die Männer hinter der Eichenmauer sanken unter dem mörderischen Feuer zusammen. »Ich glaube, Ihr verliert, Ser«, erklärte er dem Ritter unter dem Pferd. Der Mann gab keine Antwort.

Hufschlag hinter ihnen ließ ihn herumfahren, auch wenn er vor quälendem Schmerz in seinem Ellenbogen kaum das Schwert anheben konnte. Bronn hielt neben ihm.

»Du warst nicht eben eine große Hilfe«, sagte Tyrion.

»Es hat den Anschein, als wäret Ihr gut allein zurechtgekommen«, antwortete Bronn. »Nur habt Ihr den Spieß auf Eurem Helm verloren.«

Tyrion griff an seinen Großhelm. Der Spieß war sauber abgebrochen. »Ich habe ihn nicht verloren. Ich weiß genau, wo er ist. Hast du mein Pferd gesehen?«

Nachdem sie es gefunden hatten, gellten wieder die Trompeten, und Lord Tywins Reserve kam am Fluss entlang. Tyrion sah, wie sein Vater vorüberflog, das rotgoldene Banner der Lennisters flatternd über seinem Kopf, als er übers Schlachtfeld donnerte. Fünfhundert Ritter umgaben ihn, und Sonnenlicht blitzte an den Spitzen ihrer Lanzen. Die verbliebenen Reihen der Starks zerbrachen unter dem Druck ihres Angriffs wie Glas.

Mit seinem Ellbogen, der unter der Rüstung geschwollen war und schmerzte, unternahm Tyrion keinen Versuch, sich dem Gemetzel anzuschließen. Er machte sich mit Bronn daran, seine Leute zu suchen. Viele fand er unter den Toten. Ulf, Sohn des Umar, lag in einem Tümpel von gerinnendem Blut, sein Arm am Ellenbogen abgetrennt, ein Dutzend seiner Mondbrüder um ihn am Boden. Shagga saß in sich zusammengesunken an einem Baum, von Pfeilen übersät, Conns Kopf in seinem Schoß. Tyrion dachte, sie wären beide tot, doch als er abstieg, schlug Shagga die Augen auf und sagte: »Sie haben Conn, Sohn des Coratt, getötet.« Der hübsche Conn hatte nur einen roten Fleck an seiner Brust, wo der Speer ihn getroffen hatte. Als Bronn Shagga auf die Beine zog, schien der große Mann die Pfeile zum ersten Mal zu bemerken. Einen nach dem anderen zog er heraus, verfluchte die Löcher, die sie in seinen Schichten von Ketten und Leder hinterließen, und heulte wie ein kleines Kind über die wenigen, die sich ihm ins Fleisch gebohrt hatten. Chella, Tochter des Cheyk, ritt heran, während sie die Pfeile aus Shagga zogen, und zeigte ihnen vier Ohren, die sie erobert hatte. Timett fanden sie damit beschäftigt, mit seinen Brandmännern die Leichen der Erschlagenen zu fleddern. Von den dreihundert Stammesleuten, die mit Tyrion Lennister in die Schlacht geritten waren, hatte vielleicht die Hälfte überlebt.

Er ließ die Lebenden zurück, damit sie sich der Toten annahmen, schickte Bronn los, sich um seinen gefangenen Ritter zu kümmern, und machte sich allein auf die Suche nach seinem Vater. Lord Tywin saß am Fluss, trank Wein aus einem edelsteinbesetzten Becher, während ein Knappe die Befestigungen seines Brustpanzers löste. »Ein schöner Sieg«, sagte Ser Kevan, als er Tyrion sah. »Deine wilden Männer haben gut gekämpft.«

Die Augen seines Vaters waren auf ihn gerichtet, hellgrün,

mit Gold gefleckt, so kühl, dass Tyrion fast fror. »Hat es Euch überrascht, Vater?«, fragte er. »Hat es Eure Pläne durchkreuzt? Wir sollten uns schlachten lassen, nicht wahr?«

Lord Tywin leerte seinen Becher mit ausdrucksloser Miene. »Ich habe die disziplinlosesten Männer auf die Linke gestellt, ja. Ich hatte erwartet, dass sie brechen würde. Robb Stark ist ein grüner Junge, eher tapfer als klug. Ich hatte gehofft, wenn er sieht, wie unsere Linke in sich zusammenbricht, würde er sich auf die Lücke stürzen, um uns in die Flucht zu schlagen. Wäre er erst vollauf beschäftigt, würden Ser Kevans Pikeniere wenden und ihm in die Flanke fahren, ihn in den Fluss treiben, während ich die Reserve bringe.«

»Und Ihr hieltet es für das Beste, mich mitten in dieses Blutbad zu stellen und mich über Eure Pläne im Dunkeln zu lassen.«

»Eine gespielte Flucht ist wenig überzeugend«, sagte sein Vater, »und ich neige nicht dazu, meine Pläne einem Mann anzuvertrauen, der sich mit Söldnern und Wilden umgibt.«

»Schade, dass meine Wilden Euch den Tanz verdorben haben.« Tyrion zog seinen stählernen Handschuh aus und ließ ihn zu Boden fallen, zuckte bei dem Schmerz zusammen, der in seinen Arm stach.

»Der junge Stark hat sich als vorsichtiger entpuppt, als ich es von jemandem in seinem Alter erwartet hätte«, räumte Lord Tywin ein, »doch Sieg ist Sieg. Du scheinst mir verwundet zu sein.«

Tyrions rechter Arm war blutdurchtränkt. »Nett von Euch, das zu bemerken, Vater«, presste er zwischen zusammengebissenen Zähnen hindurch. »Dürfte ich Euch um die Mühe bitten, nach Euren Maestern zu rufen? Es sei denn, Ihr fändet Gefallen daran, einen *einarmigen* Zwerg zum Sohn zu haben ...«

Der dringende Schrei »*Lord Tywin!*« ließ seinen Vater den Kopf herumreißen, bevor der ihm antworten konnte. Tywin Lennister stand auf, als Ser Addam Marbrand von seinem Ross sprang. Das Pferd war schweißgebadet und blutete aus dem Maul. Ser Addam sank auf ein Knie, ein schlaksiger Mann mit dunklem, kupferfarbenem Haar, das ihm bis auf die Schultern fiel, in polierten, braunen Stahl gekleidet, der brennende Baum seines Hauses in Schwarz auf seinen Brustpanzer radiert.

»Mein Lehnsherr, wir haben einige ihrer Befehlshaber gefangen genommen. Lord Cerwyn, Ser Wylis Manderly, Harrion Karstark, vier Freys. Lord Hornwald ist tot, und ich fürchte, Roos Bolton ist uns entkommen.«

»Und der Junge?«, fragte Lord Tywin.

Ser Addam zögerte. »Der junge Stark war nicht bei ihnen, Mylord. Sie sagen, er hätte den Fluss bei den Zwillingen mit einem Großteil seiner Reiter überquert, um so schnell wie möglich nach Schnellwasser zu gelangen.«

Ein grüner Junge, erinnerte sich Tyrion, *eher tapfer als klug*. Ihm wäre zum Lachen zu Mute gewesen, hätte ihn der Schmerz nicht so gepeinigt.

 CATELYN

Die Wälder waren voll Geflüster.

Mondlicht zwinkerte in den wogenden Fluten des Baches unter ihr, während dieser sich seinen steinigen Weg durchs Tal bahnte. Unter den Bäumen wieherten leise die Streitrösser und scharrten über den feuchten, blätterübersäten Boden, während Männer im Flüsterton nervöse Scherze rissen. Hin und wieder hörten sie das Klirren von Speeren, das feine, metallene Rasseln von Kettenhemden, doch selbst diese Geräusche klangen gedämpft.

»Es sollte jetzt nicht mehr lange dauern, Mylady«, sagte Hallis Mollen. Er hatte um die Ehre gebeten, sie in der bevorstehenden Schlacht schützen zu dürfen. Es war sein Recht als Hauptmann der Garde von Winterfell, und Robb hatte es ihm nicht verweigert. Sie hatte dreißig Mann um sich, die entschlossen waren, dafür zu sorgen, dass sie unversehrt blieb und sicher heim nach Winterfell geleitet wurde, falls sich die Schlacht gegen sie wenden sollte. Robb hatte fünfzig gewollt. Catelyn hatte darauf beharrt, dass zehn genügten, dass er jedes Schwert in der Schlacht brauchte. Sie einigten sich auf dreißig und waren beide damit nicht glücklich.

»Es wird kommen, wie es kommt«, erklärte ihm Catelyn. Wenn es kam, das wusste sie, würde es den Tod bedeuten. Hallis' Tod vielleicht oder ihren oder Robbs. Niemand war sicher. Kein Leben war gewiss. Catelyn gab sich damit zufrieden zu warten, dem Flüstern im Wald und der leisen

Musik des Baches zu lauschen, die Wärme und den Wind in ihrem Haar zu spüren.

Schließlich war ihr das Warten auch nicht fremd. Stets hatten sie die Männer warten lassen. »Wart auf mich, mein kleines Kätzchen«, hatte ihr Vater ihr erklärt, wenn er zum Hof, zum Fest oder in die Schlacht ritt. Und das tat sie dann, stand geduldig auf den Zinnen von Schnellwasser, während die Fluten von Trommelstein und Rotem Arm vorüberflossen. Nicht immer kam er, wenn er sagte, dass er käme, und oft genug vergingen Tage, die Catelyn auf ihrer Wacht verbrachte und durch Schießscharten spähte, bis sie Lord Hoster auf seinem braunen Wallach entdeckte, wie er am Ufer des Flusses entlang zum Anleger trabte. »Hast du auf mich gewartet?«, fragte er dann, während er sich zu ihr herabbeugte, um sie zu umarmen. »Hast du gewartet, mein kleines Kätzchen?«

Auch Brandon Stark hatte sie gebeten, auf ihn zu warten. »Es wird nicht lange dauern, Mylady«, hatte er geschworen. »Bei meiner Rückkehr werden wir heiraten.« Doch als der Tag dann endlich kam, war es sein Bruder Eddard, der in der Septe an ihrer Seite stand.

Ned war kaum zwei Wochen bei seiner neuen Braut gewesen, als auch er mit Versprechungen auf den Lippen in den Krieg gezogen war. Zumindest hatte er ihr nicht nur Worte dagelassen. Er hatte ihr einen Sohn geschenkt. Neun Monde vergingen, und Robb kam in Schnellwasser zur Welt, während sein Vater noch im Süden kämpfte. Sie hatte ihn in Blut und Schmerz geboren, ohne zu wissen, ob sie Ned je wieder sehen würde. Ihr Sohn. Er war so klein gewesen ...

Und nun wartete sie auf Robb ... auf Robb, und auf Jaime Lennister, den güldenen Ritter, von dem man sagte, er habe nie gelernt zu warten. »Der Königsmörder ist rastlos und leicht zu erzürnen«, hatte ihr Onkel Brynden Robb erklärt.

Und er hatte das Leben aller und die Hoffnungen auf einen Sieg, auf die Wahrheit dessen, was er sagte, gebaut.

Falls Robb sich fürchtete, so ließ er es sich nicht anmerken. Catelyn beobachtete ihren Sohn, wie er zwischen den Männern umherging, einem auf die Schulter klopfte, mit einem anderen scherzte, einem dritten half, ein ängstliches Pferd zu beruhigen. Seine Rüstung klirrte leise, wenn er sich bewegte. Nur sein Kopf war unbedeckt. Catelyn sah, wie eine Brise sein kastanienbraunes Haar durchwehte, ihrem eigenen so ähnlich, und fragte sich, wann ihr Sohn so groß geworden war. Fünfzehn und fast so groß wie sie.

Lasst ihn noch größer werden, bat sie die Götter. *Lasst ihn seine sechzehn erleben, und zwanzig und fünfzig. Lasst ihn so groß wie sein Vater werden und seinen eigenen Sohn in Armen halten. Bitte. Bitte. Bitte.* Während sie ihn betrachtete, den großen, jungen Mann mit dem neuen Bart und dem Schattenwolf an seinen Fersen, konnte sie nur den Säugling sehen, den man ihr vor so vielen Jahren in Schnellwasser an die Brust gelegt hatte.

Die Nacht war warm, doch der Gedanke an Schnellwasser genügte, um es ihr kalt über den Rücken laufen zu lassen. *Wo sind sie?*, fragte sie sich. Konnte ihr Onkel sich getäuscht haben? So vieles ruhte auf dem Wahrheitsgehalt dessen, was er ihnen erklärt hatte. Robb hatte dem Schwarzfisch dreihundert ausgesuchte Männer gegeben und sie vorausgeschickt, um seinen Marsch zu schützen. »Jaime weiß nichts davon«, sagte Ser Brynden, als er zurückkam. »Darauf verwette ich mein Leben. Kein Vogel hat ihn erreicht, dafür haben meine Schützen schon gesorgt. Wir haben einige seiner Kundschafter gesehen, aber diejenigen, die uns erspäht haben, können davon nicht mehr berichten. Er hätte mehr von ihnen schicken sollen. Er weiß es nicht.«

»Wie groß ist seine Streitmacht?«, fragte ihr Sohn.

»Zwölftausend Fußsoldaten, in drei Lagern um die Burg

verteilt, mit den Flüssen dazwischen«, sagte ihr Onkel mit dem runzeligen Lächeln, an das sie sich so gut erinnerte. »Es gibt keine andere Möglichkeit, Schnellwasser zu belagern, und dennoch wird es ihr Verderben sein. Zwei- oder dreitausend Reiter.«

»Der Königsmörder ist uns drei zu eins überlegen«, gab Galbart Glauer zu bedenken.

»Stimmt wohl«, sagte Ser Brynden, »doch gibt es etwas, an dem es Ser Jaime mangelt.«

»Ja?«, fragte Robb.

»Geduld.«

Ihre Armee war größer als bei ihrem Abmarsch von den Zwillingen. Lord Jason Mallister hatte seine Mannen von Seegart hergeführt und sich ihnen am Oberlauf des Blauen Armes auf ihrem Weg nach Süden angeschlossen, und noch andere waren hervorgetreten, kleine Ritter und kleine Lords und herrenlose Soldaten, die gen Norden geflohen waren, als die Armee ihres Bruders Edmure unter den Mauern von Schnellwasser aufgerieben worden war. Sie hatten ihre Pferde so hart angetrieben, wie sie es wagten, um hier zu sein, bevor Jaime Lennister Nachricht von ihrem Anmarsch erhielte, und nun war die Stunde gekommen.

Catelyn sah, wie ihr Sohn aufstieg. Olyvar Frey hielt ihm das Pferd, Lord Walders Sohn, zwei Jahre älter als Robb, und doch zehn Jahre jünger, was die Angst betraf. Er band Robbs Schild fest und reichte ihm seinen Helm. Als er ihn über dieses Gesicht schob, das sie so sehr liebte, saß ein großer, junger Ritter auf seinem grauen Hengst, wo eben noch ihr Sohn gewesen war. Es wurde dunkel zwischen den Bäumen, wo der Mond nicht leuchtete. Robb drehte den Kopf, um sie anzusehen, aber sie konnte in seinem Visier nur Schwarzes erkennen. »Ich muss die Reihen abreiten, Mutter«, erklärte er ihr. »Vater sagt, vor einer Schlacht sollte man sich bei den Männern noch mal blicken lassen.«

»Dann geh«, sagte sie. »Lass dich bei ihnen blicken.«

»Es wird ihnen Mut machen«, sagte Robb.

Und wer wird mir Mut machen?, fragte sie sich, doch schwieg sie still und zwang sich für ihn zum Lächeln. Robb wendete den großen, grauen Hengst und lenkte ihn langsam fort von ihr, wobei Grauwind sich in seinem Schatten hielt. Hinter ihm formierte sich seine Garde für die Schlacht. Als er Catelyn gedrängt hatte, ihre Beschützer zu akzeptieren, hatte sie darauf bestanden, dass auch er eine Garde bräuchte, und die hohen Lords hatten ihr Recht gegeben. Viele von deren Söhnen hatten lautstark die Ehre eingefordert, mit dem Jungen Wolf reiten zu dürfen, wie sie ihn inzwischen nannten. Torrhen Karstark und sein Bruder Eddard waren unter den dreißig, und Patrek Mallister, Kleinjon Umber, Daryn Hornwald, Theon Graufreud, nicht weniger als fünf aus Walder Freys vielköpfiger Brut, neben älteren Männern wie Ser Wendel Manderly und Robin Flint. Unter seinen Begleitern war sogar eine Frau: Darya Mormont, Lady Maegens älteste Tochter und Erbin der Bäreninsel, ein hoch aufgeschossenes Weib, dem man in einem Alter schon den Morgenstern gegeben hatte, als die meisten Mädchen noch Puppen geschenkt bekamen. Manche der anderen Lords murrten darüber, doch wollte Catelyn von ihren Klagen nichts hören. »Es geht hier nicht um die Ehre Eurer Häuser«, hatte sie ihnen erklärt. »Es geht darum, dafür zu sorgen, dass mein Sohn am Leben bleibt.«

Und was das angeht, überlegte sie, *sind dreißig wohl genug? Wären sechstausend denn genug?*

Leise rief ein Vogel in der Ferne, ein hoher, scharfer Triller, der sich wie eine eisige Hand in Catelyns Nacken anfühlte. Ein anderer Vogel antwortete, ein dritter, ein vierter. Sie kannte ihren Ruf sehr gut aus ihren Jahren auf Winterfell. Schneewürger. Manchmal sah man sie im tiefsten Winter, wenn im Götterhain alles weiß und still war. Sie waren Vögel des Nordens.

Sie kommen, dachte Catelyn.

»Sie kommen, Mylady«, flüsterte Hal Mollen. Der Mann sprach Offensichtliches stets aus. »Mögen die Götter bei uns sein.«

Sie nickte, während es im Wald um sie ganz leise wurde. In der Stille konnte sie sie hören, in weiter Ferne, doch kamen sie näher. Das Getrappel vieler Pferde, das Rasseln von Schwertern und Speeren und Rüstungen, das Murmeln menschlicher Stimmen, mit einem Lachen hier und einem Fluchen dort.

Ewigkeiten schienen zu verstreichen. Die Geräusche wurden lauter. Sie hörte mehr Gelächter, ein lautes Kommando, Platschen, als sie den kleinen Bach hin und her überquerten. Ein Pferd schnaubte. Ein Mann fluchte. Und dann endlich sah sie ihn ... nur für einen Augenblick, eingerahmt zwischen den Ästen der Bäume, als sie ins Tal hinabsah, doch erkannte sie ihn gleich. Selbst auf diese Entfernung war Ser Jaime Lennister unverkennbar. Das Mondlicht ließ seine Rüstung und das goldene Haar silbern leuchten und färbte seinen dunkelroten Umhang schwarz ein. Er trug keinen Helm.

Er war da und schon wieder fort, die silbrige Rüstung hinter den Bäumen verborgen. Andere folgten ihm, lange Kolonnen von Rittern und Söldnern und freien Rittern, drei Viertel aller Reiter der Lennisters.

»Er ist nicht jemand, der im Zelt sitzt, während seine Zimmerleute Belagerungstürme bauen«, hatte Ser Brynden vorhergesagt. »Dreimal schon ist er mit seinen Rittern ausgeritten, um Banditen zu jagen oder eine widerspenstige Festung zu stürmen.«

Nickend hatte Robb die Karte studiert, die sein Onkel ihm gezeichnet hatte. Ned hatte ihren Sohn gelehrt, Karten zu lesen. »Überfallt ihn *hier*«, sagte er und zeigte mit dem Finger auf die Stelle. »Ein paar hundert Mann, nicht mehr. Unter dem Banner der Tullys. Wenn er Euch verfolgt, warten wir hier«, seine Finger glitten einen Daumenbreit nach links, »hier.«

Hier war ein Schweigen in der Nacht, Mondlicht und Finsternis, ein dicker Teppich aus Blättern unter den Füßen, dicht bewaldete Hügel, die sanft zum Flussbett abfielen, und das Unterholz dünnte aus, je weiter man nach unten kam.

Hier war ihr Sohn auf seinem Hengst, der sich ein letztes Mal zu ihr umsah und das Schwert zum Gruße hob.

Hier war das Gellen von Maegen Mormonts Kriegshorn, ein langer, tiefer Ton, der von Osten her durchs Tal rollte, um ihnen zu sagen, dass der letzte von Jaimes Reitern in der Falle saß.

Und Grauwind warf den Kopf in den Nacken und heulte.

Dieses Geräusch ging Catelyn durch und durch, und sie merkte, dass sie zitterte. Es war ein schreckliches Geräusch, ein Furcht erregendes Geräusch, doch lag auch Musik darin. Eine Sekunde lang empfand sie so etwas wie Mitleid für die Lennisters unter sich. *So also klingt der Tod*, dachte sie.

HAAroooooooooooooooooooooooooo kam die Antwort vom Hügel gegenüber, als der Großjon ins Horn stieß. Im Osten und Westen bliesen die Trompeten der Mallisters und Freys zur Rache. Im Norden, wo das Tal eng wurde und sich wie ein eingeknickter Ellenbogen wand, stimmten Lord Karstarks Kriegshörner mit tiefen, traurigen Tönen in den düsteren Chor ein. Männer schrien, und Pferde scheuten im Wasser unter ihr.

Der flüsternde Wald stieß seinen Atem mit einem Mal aus, als die Bogenschützen, die Robb in den Ästen der Bäume versteckt hatte, ihre Pfeile fliegen ließen und die Nacht vom Geschrei der Männer und Pferde zum Leben erwachte. Überall um sie herum hoben Reiter ihre Lanzen, und Erde und Blätter, unter denen die grausamen, blitzenden Spitzen verborgen gelegen hatten, gaben den Glanz von geschärftem Stahl preis. »*Winterfell!*«, hörte sie Robb rufen, als die Pfeile erneut seufzten. Im Trab entfernte er sich von ihr, führte seine Männer den Hügel hinab.

Catelyn saß auf ihrem Pferd, ungerührt, mit Hal Mollen und ihrer Garde um sich, und sie wartete, wie sie schon früher gewartet hatte, auf Brandon, Ned und ihren Vater. Sie stand hoch auf dem Hügel, und die Bäume verbargen das meiste von dem, was unter ihr geschah. Ein Herzschlag, zwei, vier, und plötzlich war es, als sei sie mit ihren Beschützern allein im Wald. Der Rest war im Grün dahingeschmolzen.

Doch als sie übers Tal zur anderen Seite blickte, sah sie, dass Großjons Reiter aus dem Dunkel unter den Bäumen kamen. Sie bildeten eine lange Reihe, eine endlose Reihe, und als sie aus dem Wald hervorbrachen, gab es einen Augenblick, den denkbar kürzesten Bruchteil eines Herzschlags, in dem Catelyn nur das Mondlicht an den Spitzen ihrer Lanzen sah, als kämen tausend Leuchtkäfer den Hang herab, zu silbernen Flammen geflochten.

Dann blinzelte sie, und es waren nur Männer, die hinuntereilten, um zu töten oder zu sterben.

Später konnte sie nicht behaupten, die Schlacht gesehen zu haben. Doch konnte sie den Kampf hören, und im ganzen Tal hallte das Echo nach. Das Knacken einer brechenden Lanze, das Klirren von Schwertern, die Rufe »Lennister« und »Winterfell« und »Tully! Schnellwasser und Tully!«. Sie merkte, dass es nichts zu sehen gab, schloss die Augen und lauschte nur. Um sie herum tobte die Schlacht. Sie hörte Hufschlag, eiserne Stiefel klatschten durch flaches Wasser, Schwerter krachten auf eichene Schilde, und Stahl traf klirrend Stahl, Pfeile zischten, Trommeln donnerten, tausend verschreckte Pferde wieherten. Männer brüllten Flüche und flehten um Gnade und bekamen sie gewährt (oder nicht) und lebten (oder starben). Die Hänge schienen mit den Geräuschen Schabernack zu treiben. Einmal hörte sie Robbs Stimme so klar, als stünde er gleich neben ihr und riefe: »Zu mir! Zu mir!« Und sie hörte seinen Schattenwolf, bellend und knurrend, hörte seine langen Zähne klappen, wie er zerfleischte, hörte Schreie vor Angst und Schmerz von Mensch und Pferd. War da nur ein Wolf? Man konnte schwerlich sicher sein.

Stück für Stück ließ der Lärm nach und erstarb, bis schließlich nur der Wolf noch da war. Als rot der Morgen im Osten erwachte, fing Grauwind wieder an zu heulen.

Robb kam auf einem anderen Pferd zu ihr zurück, ritt einen gescheckten Wallach an Stelle des grauen Hengstes, der ihn ins Tal getragen hatte. Der Wolfskopf an seinem Schild war in zwei Teile gespalten, und rohes Holz war zu sehen, wo tiefe Furchen hineingehackt waren, doch Robb selbst schien unverletzt. Indem er näher kam, sah Catelyn, dass sein Kettenhandschuh und der Ärmel seines Wappenrocks schwarz von Blut waren. »Du bist verletzt«, sagte sie. »Das ist ... Torrhens Blut vielleicht, oder ...« Er schüttelte den Kopf. »Ich weiß es nicht.«

Eine Meute von Männern folgte ihm den Hang hinauf, dreckig und verbeult und grinsend, mit Theon und dem Großjon an ihrer Spitze. Zwischen sich schleppten sie Ser Jaime Lennister. Sie stießen ihn vor Catelyns Pferd zu Boden. »Der Königsmörder«, verkündete Hal unnötigerweise.

Lennister hob den Kopf. »Lady Stark«, sagte er auf Knien liegend. Blut lief aus einem Schnitt am Kopf über seine Wange, doch das fahle Licht der Morgendämmerung hatte den goldenen Glanz in seinem Haar wieder erweckt. »Ich würde Euch mein Schwert anbieten, nur scheine ich es verlegt zu haben.«

»Nicht Euer Schwert will ich, Ser«, erklärte sie ihm. »Gebt mir meinen Vater und meinen Bruder Edmure. Gebt mir meine Töchter. Gebt mir meinen Hohen Gatten.«

»Auch sie habe ich nicht bei mir, wie ich fürchte.«

»Schade«, erwiderte Catelyn kalt.

»Töte ihn, Robb«, drängte Theon Graufreud. »Schlag ihm den Kopf ab.«

»Nein«, antwortete ihr Sohn, wobei er sich den blutigen Handschuh vom Arm schälte. »Lebend nützt er uns mehr als tot. Und mein Hoher Vater hat den Mord an Gefangenen nach einer Schlacht nie gutgeheißen.«

»Ein weiser Mann«, sagte Jaime Lennister, »und ehrenhaft.«

»Führt ihn weg und legt ihn in Ketten«, sagte Catelyn.

»Tut, was meine Hohe Mutter sagt«, befahl Robb, »und sorgt dafür, dass er von starken Wachen umgeben ist. Lord Karstark wird seinen Kopf auf einem Spieß sehen wollen.«

»Das wird er allerdings«, gab der Großjon ihm Recht. Bandagiert und in Ketten wurde Lennister fortgebracht.

»Warum sollte sich Lord Karstark seinen Tod wünschen?«, fragte Catelyn.

Robbs Blick wich in die Wälder, mit dem gleichen brütenden Blick, den Ned oft hatte. »Er … er hat sie erschlagen …«

»Lord Karstarks Söhne«, erklärte Galbart Glauer.

»Beide«, sagte Robb. »Torrhen und Eddard. Und Daryn Hornwald dazu.«

»Niemand kann dem Lennister seine Tapferkeit vorwerfen«, sagte Glauer. »Als er sah, dass er verloren war, hat er seine Gefolgsleute um sich versammelt und sich einen Weg das Tal hinaufgebahnt, in der Hoffnung, Lord Robb zu finden und niederzumachen. Und fast hätte er es auch geschafft.«

»Sein Schwert hat er in Eddard Karstarks Hals *verlegt*, nachdem er Torrhen die Hand abgehackt und Daryn Hornwald den Schädel gespalten hatte«, sagte Robb. »Die ganze Zeit über hat er nach mir gerufen. Wenn sie nicht versucht hätten, ihn aufzuhalten ...«

»... wäre ich es, die an Stelle von Lord Karstark trauern würde«, sagte Catelyn. »Deine Männer haben getan, was sie geschworen hatten, Robb. Sie starben, als sie ihren Lehnsherrn schützten. Trauere um sie. Ehre sie für ihren Heldenmut. Doch nicht jetzt. Jetzt hast du keine Zeit zum Trauern. Du magst einer Schlange den Kopf abgeschlagen haben, doch drei Viertel ihres Leibes schlingen sich nach wie vor um die Burg meines Vaters. Wir haben eine Schlacht gewonnen, nicht den Krieg.«

»Aber was für eine Schlacht!«, ereiferte sich Theon Graufreud eifrig. »Mylady, seit dem Feld des Feuers hat das Reich keine solche Schlacht gesehen. Ich schwöre, die Lennisters haben zehn Mann für jeden der unsrigen verloren. Wir haben fast hundert Ritter gefangen genommen und ein Dutzend Lords. Lord Westerling, Lord Bannstein, Ser Garth Grünfeld, Lord Estren, Ser Tytos Brax, Mallor, der Dornische ... *und* neben Jaime noch drei Lennisters, Lord Tywins Neffen, zwei Söhne seiner Schwester und einen von seinem toten Bruder ...«

»Und Lord Tywin?«, unterbrach ihn Catelyn. »Habt ihr zufällig auch Lord Tywin gefangen genommen, Theon?«

»Nein«, antwortete Graufreud und hielt inne.

»Bis ihr das tut, ist dieser Krieg noch lange nicht gewonnen.«

Robb hob den Kopf und strich sich das Haar aus den Augen. »Meine Mutter hat Recht. Es bleibt noch immer Schnellwasser.«

 DAENERYS

Die Fliegen umkreisten Khal Drogo langsam mit leisem Summen, das kaum zu hören war, und es erfüllte Dany mit Trauer.

Die Sonne stand hoch und brannte gnadenlos herab. Die Luft vor den steinigen Ausläufern flacher Hügel flimmerte in der Hitze. Ein dünner Finger von Schweiß tropfte langsam zwischen Danys geschwollenen Brüsten herab. Nur der stetige Hufschlag war zu hören, das rhythmische Klingeln der Glöckchen in Drogos Haar und die fernen Stimmen hinter ihnen.

Dany betrachtete die Fliegen.

Sie waren so groß wie Bienen, dick, rötlich, schimmernd. Die Dothraki nannten sie *Blutfliegen*. Sie lebten in Sümpfen und stehenden Gewässern, saugten Menschen wie Pferden Blut ab und legten ihre Eier in die Toten und Sterbenden. Drogo hasste sie. Immer wenn sie in seine Nähe kamen, schoss seine Hand wie eine zuckende Schlange hervor und schloss sich um sie. Nie hatte sie gesehen, dass er eine verfehlt hätte. Dann hielt er die Fliege in seiner Riesenfaust und lauschte ihrem verzweifelten Brummen. Darauf drückte er zu, und wenn er die Faust wieder öffnete, war die Fliege nur noch ein roter Fleck in seiner Hand.

Jetzt lief eine über den Leib seines Hengstes, und das Pferd schlug böse mit dem Schwanz nach ihr, um sie zu verscheuchen. Die anderen umsurrten Drogo, enger und immer enger. Der *Khal* reagierte nicht. Seine Augen waren auf ferne, braune Hügel gerichtet, die Zügel lagen locker in seiner Hand. Unter seiner bemalten Weste bedeckte ein Pflaster von Feigenblättern und getrocknetem, blauem Lehm die Wunde an seiner Brust. Die Kräuterfrau hatte es ihm aufgelegt. Mirri Maz Duurs Breiumschlag hatte gejuckt und gebrannt, und vor sechs Tagen hatte er ihn abgerissen und sie als *Maegi* verflucht. Das Lehmpflaster war angenehmer, und die Kräuterfrau bereitete ihm auch noch Mohnblumenwein. Seit drei Tagen trank er viel davon. Und wenn es nicht Mohnblumenwein war, dann gegorene Stutenmilch oder Pfefferbier.

Drogo rührte sein Essen kaum an und stöhnte in der Nacht und warf sich hin und her. Dany sah seine Erschöpfung. Rhaego in ihrem Bauch war rastlos, trat um sich wie ein Hengst, doch nicht einmal das weckte Drogos Interesse wie vorher. Jeden Morgen fand sie neue Furchen des Schmerzes auf seinem Gesicht, wenn er aus unruhigem Schlaf erwachte. Und nun dieses Schweigen. Er machte ihr Angst. Seit sie im Morgengrauen ausgeritten waren, hatte er kein Wort gesprochen. Sagte sie etwas, knurrte er als Antwort nur, und seit dem Mittag nicht einmal mehr das.

Eine der Blutfliegen landete auf der nackten Schulter des *Khal*. Eine andere kreiste, landete an seinem Hals und lief zu seinem Mund. Khal Drogo schwankte in seinem Sattel, die Glöckchen klingelten, während sein Hengst mit stetem Schritt vorantrabte.

Dany drückte ihrer Silbernen die Hacken in die Flanken und ritt näher heran. »Mylord«, sagte sie sanft. »Drogo. Meine Sonne, meine Sterne.«

Er schien sie nicht zu hören. Die Blutfliege kroch unter seinen hängenden Schnauzbart und ließ sich auf seiner Wange nieder, in der Falte neben seiner Nase. Dany stöhnte: »*Drogo.*« Unbeholfen streckte sie eine Hand aus und berührte seinen Arm.

Khal Drogo drehte sich auf seinem Sattel, kippte langsam und sackte schwer von seinem Pferd. Einen Herzschlag lang zerstreuten sich die Fliegen, und dann ließen sie sich wieder auf ihm nieder, wo er lag.

»Nein«, rief Dany und hielt an. Ungeachtet ihres Bauches kletterte sie von ihrer Silbernen und lief zu ihm.

Das Gras unter ihm war braun und trocken. Drogo schrie vor Schmerz. Dany kniete neben ihm. Der Atem rasselte scharf in seiner Kehle, und er sah sie an, ohne sie zu erkennen. »Mein Pferd«, keuchte er. Dany strich die Fliegen von seiner Brust, zerdrückte eine, wie er es getan hätte. Seine Haut glühte unter ihren Fingern.

Die Blutreiter des *Khal* waren unterwegs zu ihnen. Sie hörte Haggo etwas rufen, als sie herangaloppierten. Cohollo sprang vom Pferd. »Blut von meinem Blut«, sagte er, indem er auf die Knie sank. Die beiden anderen blieben im Sattel.

»Nein«, stöhnte Khal Drogo und wehrte sich in Danys Armen. »Muss reiten. Reiten. Nein.«

»Er ist vom Pferd gefallen«, sagte Haggo stieren Blickes. Sein Gesicht war ungerührt, doch seine Stimme bleiern.

»Das darfst du nicht sagen«, wies Dany ihn zurecht. »Für heute sind wir weit genug geritten. Hier schlagen wir unser Lager auf.«

»Hier?« Haggo sah sich um. Das Land war braun und verdorrt, ungastlich. »Hier ist kein Ort zum Lagern.«

»Es steht einer Frau nicht zu, uns Halt zu gebieten«, sagte Qotho, »auch nicht einer *Khaleesi.*«

»Hier schlagen wir unser Lager auf«, wiederholte Dany. »Haggo, sag ihnen, Khal Drogo hätte den Halt befohlen. Falls jemand fragt, wieso, sag ihnen, dass meine Zeit gekommen ist und ich nicht weiterreiten konnte. Cohollo, hol die Sklaven her, sie müssen das Zelt des *Khal* so schnell wie möglich aufbauen. Qotho ...«

»Ihr gebt mir keine Befehle, *Khaleesi*«, beharrte Qotho.

»Suche Mirri Maz Duur«, erklärte sie ihm. Sicher ging das Götterweib unter den anderen Lämmermenschen in der langen Reihe der Sklaven. »Bring sie zu mir, mit ihrer Truhe.«

Qotho funkelte sie an, die Augen hart wie Feuerstein. »Die *Maegi*.« Er spuckte aus. »Das werde ich nicht tun.«

»Das wirst du doch«, sagte Dany, »oder wenn Drogo erwacht, wird er davon erfahren, warum du dich mir verweigert hast.«

Wutentbrannt riss Qotho seinen Hengst herum und galoppierte zornig davon ... doch wusste Dany, dass er mit Mirri Maz Duur zurückkommen würde, so wenig es ihm auch gefallen mochte. Die Sklaven errichteten Khal Drogos Zelt unter einem schwarzen Felsvorsprung, dessen Schatten etwas Schutz vor der Hitze der Nachmittagssonne bot. Dennoch war es erstickend heiß unter dem Seidentuch, als Irri und Doreah Dany dabei halfen, Drogo hineinzuleiten. Dicke Teppiche waren auf der Erde ausgebreitet, und in den Ecken lagen Kissen. Eroeh, das furchtsame Mädchen, das Dany draußen vor den Lehmmauern der Lämmermenschen gerettet hatte, stellte einen Kohlenrost auf. Gemeinsam streckten sie Drogo auf einer geflochtenen Matte aus. »Nein«, murmelte er in der Gemeinen Zunge. »Nein, nein.« Das war alles, was er sagte, alles, was er zu sagen in der Lage schien.

Doreah löste seinen Gürtel mit den Medaillons, während Jhiqui zu seinen Füßen kniete, um die Senkel seiner Reitsandalen zu lösen. Irri wollte die Zeltklappen offen lassen, damit der Wind hereinwehen konnte, doch Dany verbot es ihr. Sie wollte nicht, dass irgendjemand Drogo so sah, schwach und im Fieberwahn. Als ihr *Khas* kam, postierte sie die Männer draußen vor dem Eingang. »Lasst ohne meine Erlaubnis niemanden herein«, erklärte sie Jhogo. »Niemanden.«

Furchtsam starrte Eroeh Drogo an, wie er dort vor ihr lag. »Er stirbt«, flüsterte sie.

Dany schlug sie. »Der *Khal* darf nicht sterben. Er ist der Vater des Hengstes, der die Welt besteigt. Nie wurde sein Haar geschnitten. Noch immer trägt er die Glöckchen, die sein Vater ihm gegeben hat.«

»*Khaleesi*«, sagte Jhiqui, »er ist von seinem Pferd gefallen.«

Zitternd, die Augen plötzlich voller Tränen, wandte sich Dany von ihnen ab. *Er ist von seinem Pferd gefallen!* So war es, sie hatte es gesehen, und die Blutreiter und ohne Zweifel ihre Dienerinnen und auch die Männer ihres *Khas*. Und wie viele noch? Sie konnten es nicht geheim halten, und Dany wusste, was das bedeutete. Ein *Khal*, der nicht reiten konnte, konnte nicht regieren, und Drogo war von seinem Pferd gefallen.

»Wir müssen ihn baden«, sagte sie stur. Sie durfte ihre Verzweiflung nicht zulassen. »Irri, lass sofort die Wanne bringen. Doreah, Eroeh, sucht Wasser, kühles Wasser, ihm ist heiß.« Er war ein Feuer in Menschenhaut.

Die Sklavinnen stellten die schwere Kupferwanne in der Ecke des Zeltes auf. Als Doreah den ersten Krug mit Wasser brachte, tränkte Dany ein Stück Seide, um es Drogo auf die Stirn zu legen, auf die brennende Haut. Seine Augen blickten sie an, erkannten nichts. Er öffnete den Mund, brachte jedoch statt Worten nur ein Stöhnen zu Stande. »Wo ist Mirri Maz Duur?«, wollte sie wissen. Aus Angst verlor sie langsam die Geduld.

»Qotho wird sie finden«, sagte Irri.

Ihre Dienerinnen füllten die Wanne mit lauwarmem Wasser, das nach Schwefel stank, süßten es mit Bitteröl und einigen Hand voll Minzeblättern. Während das Bad bereitet wurde, kniete Dany unbeholfen neben ihrem Hohen Gatten, ihr Bauch prall von dem Kind darin. Mit zittrigen Fingern löste sie seinen Zopf, wie sie es in der Nacht getan hatte, in der er sie zum ersten Mal genommen hatte, unter den Sternen. Seine Glöckchen legte sie ordentlich beiseite, eines nach dem anderen. Er würde sie wieder haben wollen, wenn er gesund war, sagte sie sich.

Ein Windhauch wehte in das Zelt, als Aggo seinen Kopf durch die Seide schob. »*Khaleesi*«, sagte er, »der Andale ist gekommen und bittet, eintreten zu dürfen.«

»Der Andale«, so nannten die Dothraki Ser Jorah. »Ja«, sagte sie und erhob sich umständlich, »schickt ihn herein.« Sie vertraute dem Ritter. Wenn irgendwer wusste, was zu tun war, dann er.

Ser Jorah duckte sich durch die Türklappe und wartete einen Moment, bis sich seine Augen an das trübe Licht gewöhnt hatten. In der sengenden Hitze des Südens trug er weite Hosen aus farbenprächtiger Rohseide und Reitsandalen mit offener Spitze, die bis zum Knie geschnürt wurden. Sein Schwert hing von einem gedrehten Gurt aus Pferdehaar. Unter der weißgebleichten Weste sah man seine nackte Brust, die Haut von der Sonne gerötet. »Es geht von Mund zu Mund, im ganzen *Khalasar*«, sagte er. »Es heißt, Khal Drogo sei vom Pferd gefallen.«

»Helft ihm«, flehte Dany. »Im Namen der Liebe, die Ihr, wie Ihr sagt, für mich empfindet, helft ihm sogleich.«

Der Ritter kniete neben ihr. Lang und eindringlich betrachtete er Khal Drogo, und dann ging sein Blick zu Dany. »Schickt Eure Dienerinnen fort.«

Wortlos, die Kehle vor Angst wie zugeschnürt, machte Dany eine Geste. Irri scheuchte die anderen Mädchen aus dem Zelt.

Als sie allein waren, zückte Ser Jorah seinen Dolch. Flink, mit einem Geschick, das sie an einem derart großen Mann überraschte, begann er, die schwarzen Blätter und den getrockneten, blauen Lehm von Drogos Brust zu kratzen. Das

Pflaster war so hart wie die Mauern der Lämmermenschen geworden, und wie die Mauern brach es leicht. Ser Jorah brach den trockenen Lehm mit seinem Messer, löste die Brocken von der Haut, schälte die Blätter eines nach dem anderen ab. Ein süßer, fauliger Geruch stieg von der Wunde auf, so streng, dass sie fast würgen musste. Die Blätter waren von Blut und Eiter verkrustet, Drogos Brust schwarz und glänzend vor Fäulnis.

»Nein«, flüsterte Dany, als Tränen über ihre Wangen liefen. »Nein, bitte, hört mich an, ihr Götter, nein.«

Khal Drogo schlug um sich, rang mit einem unsichtbaren Feind. Schwarzes Blut lief langsam und dickflüssig aus seiner offenen Wunde.

»Euer *Khal* ist so gut wie tot, Prinzessin.«

»Nein, er kann nicht sterben, es *darf* nicht sein, es war doch nur ein Schnitt.« Dany nahm seine große, schwielige Hand in ihre beiden kleinen Hände, hielt sie ganz fest. »Ich werde ihn nicht sterben lassen …«

Ser Jorah stieß ein bitteres Lachen aus. »*Khaleesi* oder Königin, dieser Befehl liegt jenseits Eurer Macht, mein Kind. Weint morgen um ihn oder in einem Jahr. Wir haben keine Zeit zum Trauern. Wir müssen fort bevor er stirbt.«

Dany war verwirrt. »Fort? Wohin sollten wir gehen?«

»Asshai, würde ich sagen. Es liegt weit im Süden, am Ende der bekannten Welt, doch sagt man, es sei ein großer Hafen. Wir suchen uns ein Schiff, das uns zurück nach Pentos bringt. Die Reise wird hart werden, täuscht Euch nicht. Vertraut Ihr Eurem *Khas?* Würden die Männer mit uns kommen?«

»Khal Drogo hat ihnen befohlen, mich zu schützen«, erwiderte Dany unsicher, »nur wenn er stirbt …« Sie umfasste die Rundung ihres Bauches. »Ich verstehe nicht. Warum sollten wir fliehen? Ich bin *Khaleesi.* Ich trage Drogos Erben in mir. Er wird nach Drogo *Khal* sein …«

Ser Jorah legte die Stirn in Falten. »Prinzessin, hört mich an. Die Dothraki werden keinem Säugling folgen. Drogos Stärke haben sie sich unterworfen, und nur ihr. Wenn er fort ist, werden Jhaqu und Pono und die anderen *Kos* um seinen Platz kämpfen, und dieses *Khalasar* wird sich selbst zerstören. Der Sieger wird keine Rivalen dulden. Man wird Euch den Jungen von der Brust reißen im selben Augenblick, in dem er geboren wird. Sie werden ihn den Hunden geben ...«

Dany schlang die Arme um sich. »Aber wieso?«, weinte sie klagend. »Warum sollten sie ein kleines Kind töten?«

»Er ist Drogos Sohn, und die alten Weiber sagen, er sei der Hengst, der die Welt besteigt. So wurde es prophezeit. Lieber töten sie das Kind, als dass sie seinen Zorn riskieren, wenn er zum Manne gereift ist.«

Das Kind in ihrem Bauch trat um sich, als hätte es ihn verstanden. Dany erinnerte sich an die Geschichte, die Viserys ihr erzählt hatte, darüber, was die Hunde des Usurpators mit Rhaegars Kindern gemacht hatten. Sein Sohn war auch erst ein kleines Kind gewesen, doch hatte man ihn der Mutter entrissen und mit dem Kopf an die Wand geschlagen. So waren die Menschen. »Sie dürfen meinem Sohn nichts antun!«, weinte sie. »Ich werde meinem *Khas* befehlen, ihn zu beschützen, und Drogos Blutreiter werden ...«

Ser Jorah hielt sie bei den Schultern. »Ein Blutreiter stirbt mit seinem *Khal*. Ihr wisst es, Kind. Man wird Euch nach Vaes Dothrak bringen, zu den alten Weibern, das ist die letzte Pflicht, die sie ihm im Leben schulden ... wenn sie erfüllt ist, folgen sie Drogo in die Länder der Nacht.«

Dany wollte nicht zurück nach Vaes Dothrak und den Rest ihres Lebens unter diesen grässlichen, alten Frauen leben, dennoch sprach der Ritter die Wahrheit. Drogo war mehr als ihre Sonne, ihre Sterne, er war der Schild, der sie schützte. »Ich werde nicht von seiner Seite weichen«, sagte sie trotzig, traurig. Wieder nahm sie seine Hand. »Ich will nicht.«

Unruhe am Zelteingang ließ Dany herumfahren. Mirri Maz Duur trat ein, verneigte sich tief. Vom tagelangen Marsch hinter dem *Khalasar* hinkte sie und wirkte ausgezehrt, hatte Blasen an den blutenden Füßen und Ringe unter den Augen. Ihr folgten Qotho und Haggo, die die Truhe des Götterweibes zwischen sich trugen. Als die Blutreiter Drogos die Wunde sahen, glitt die Truhe aus Haggos Händen und fiel krachend zu Boden, und Qotho stieß einen Fluch aus, der so wütend war, dass er die Luft versengte.

Mirri Maz Duur betrachtete Drogo mit stiller, toter Miene. »Die Wunde eitert.«

»Das ist dein Werk, *Maegi*«, sagte Qotho. Haggo schlug Mirri die Faust hart an die Wange, sodass sie zu Boden fiel. Dann trat er nach ihr, als sie dort lag.

»*Aufhören!*«, schrie Dany.

Qotho riss Haggo zurück und sagte: »Tritte sind zu gnädig für eine *Maegi*. Bring sie hinaus. Wir binden sie am Boden fest, sodass jeder, der vorbeikommt, sie besteigen kann. Und wenn sie mit ihr fertig sind, können die Hunde sie bespringen. Die Fliegen vom Fluss werden Eier in ihren Schoß legen und Eiter von den Resten ihrer Brüste trinken ...« Er grub eisenharte Finger in das weiche Fleisch unter dem Arm des Götterweibes und riss sie auf die Beine.

»Nein«, sagte Dany. »Ich will nicht, dass ihr etwas geschieht.«

Qothos Lippen spannten sich zu höhnischem Grinsen um seine schiefen, braunen Zähne. »Nein? Ihr sagt mir *nein*? Ihr solltet lieber darum beten, dass wir Euch nicht neben Eurer *Maegi* anbinden. Ihr tragt die gleiche Schuld wie die andere.«

Ser Jorah trat zwischen sie, zog sein Langschwert ein

Stück aus der Scheide. »Hüte deine Zunge, Blutreiter. Noch ist die Prinzessin deine *Khaleesi*.«

»Nur solange das Blut von meinem Blut noch lebt«, erklärte Qotho dem Ritter. »Wenn er stirbt, ist sie nichts.«

In Dany zog sich alles zusammen. »Bevor ich *Khaleesi* wurde, war ich das Blut des Drachen. Ser Jorah, ruft mein *Khas*.«

»Nein«, sagte Qotho. »Wir gehen. Vorerst ... *Khaleesi*.« Haggo folgte ihm mit finsterer Miene aus dem Zelt.

»Der ist Euch nicht wohlgesonnen, Prinzessin«, sagte Mormont. »Die Dothraki sagen, ein Mann und seine Blutreiter teilten ihr Leben, und Qotho sieht das seine enden. Ein toter Mann ist jenseits aller Furcht.«

»Niemand ist gestorben«, sagte Dany. »Ser Jorah, es mag sein, dass ich Eure Klinge brauche. Geht lieber und legt Eure Rüstung an.« Sie fürchtete sich mehr, als sie zuzugeben wagte, nicht einmal vor sich selbst.

Der Ritter verneigte sich. »Wie Ihr meint.« Er ging hinaus.

Dany wandte sich Mirri Maz Duur zu. Die Augen der Frau waren argwöhnisch. »Also habt Ihr mich erneut gerettet.«

»Und jetzt musst du ihn retten«, sagte Dany. »Bitte ...«

»Man bittet einen Sklaven nicht«, gab Mirri scharf zurück, »man befiehlt ihm.« Sie trat zu Drogo, der dort auf der Matte brannte, und sah sich lange seine Wunde an. »Bitten oder befehlen, es macht keinen Unterschied. Er ist jenseits aller Fähigkeiten eines Heilers.« Die Augen des *Khal* waren geschlossen. Sie öffnete eines davon mit ihren Fingern. »Er hat den Schmerz mit Mohnblumensaft erstickt.«

»Ja«, gab Dany zu.

»Ich habe ihm einen Breiumschlag aus Feuerschoten und Stich-mich-nicht gemacht und mit Lammfell verbunden.«

»Es brannte, sagte er. Er hat ihn abgerissen. Die Kräuterfrauen haben ihm einen neuen gemacht, feucht und lindernd.«

»Es hat gebrannt, ja. Es liegt großer, heilender Zauber im Feuer, das wissen selbst Eure haarlosen Männer.«

»Mach ihm einen neuen Umschlag«, bettelte Dany. »Diesmal sorge ich dafür, dass er ihn trägt.«

»Die Zeit dafür ist um, Mylady«, sagte Mirri. »Jetzt kann ich ihm nur noch die dunkle Straße leichter machen, die vor ihm liegt, damit er ohne Schmerzen in die Länder der Nacht reiten kann. Am Morgen wird er fort sein.«

Ihre Worte stachen wie ein Messer in Danys Brust. Was hatte sie nur getan, dass die Götter so grausam zu ihr waren? Endlich hatte sie einen sicheren Ort gefunden, hatte endlich Liebe und Hoffnung gekostet. Endlich kam sie nach Hause. Und jetzt sollte sie alles verlieren ... »Nein«, flehte sie. »Rette ihn, und du bist frei, ich schwöre es. Du musst eine Möglichkeit kennen ... irgendeinen Zauber, irgendetwas ...«

Mirri Maz Duur kauerte auf ihren Fersen und betrachtete Daenerys mit Augen so schwarz wie die Nacht. »Es gibt einen Zauber.« Ihre Stimme war leise, kaum mehr als ein Flüstern. »Aber er ist schwer, Mylady, und dunkel. Mancher würde sagen, der Tod sei sauberer. Ich habe ihn in Asshai gelernt und für die Lektion teuer bezahlt. Mein Lehrer war ein Blutmagier aus den Schattenländern.«

Dany wurde am ganzen Körper kalt. »Dann bist du wirklich eine *Maegi* ...«

»Bin ich eine?« Mirri Maz Duur lächelte. »Nur eine *Maegi* kann Euren Reiter noch retten, silberne Dame.«

»Gibt es keine andere Möglichkeit?«

»Keine andere.«

Erschauernd stöhnte Khal Drogo auf.

»Tu es«, platzte Dany heraus. Sie durfte die Furcht nicht zulassen, sie war das Blut des Drachen. »Rette ihn.«

»Es hat seinen Preis«, warnte das Götterweib.

»Du sollst Gold und Pferde haben, so viel du willst.«

»Es ist keine Frage von Gold oder Pferden. Es ist Blutzauber. Nur mit dem Tod kann man für das Leben zahlen.«

»Tod?« Dany legte schützend ihre Arme um sich, wiegte sich auf ihren Fersen vor und zurück. »Mein Tod?« Sie sagte sich, sie wollte für ihn sterben, wenn sie musste. Sie war das Blut des Drachen, sie würde sich nicht fürchten. Ihr Bruder Rhaegar war für die Frau, die er liebte, ebenfalls gestorben.

»Nein«, versicherte ihr Mirri Maz Duur. »Nicht Euer Tod, *Khaleesi*.«

Dany bebte vor Erleichterung. »Tu es.«

Die *Maegi* nickte feierlich. »Wenn Ihr es sagt, dann soll es sein. Ruft Eure Diener.«

Khal Drogo wand sich schwach, als Rakharo und Quaro ihn ins Bad ließen. »Nein«, murmelte er, »nein. Muss reiten.« Als er erst im Wasser war, schien alle Kraft ihn zu verlassen.

»Bringt sein Pferd«, befahl Mirri Maz Duur, und so geschah es. Jhogo führte den großen Hengst ins Zelt. Als das Tier den Tod witterte, wieherte es und scheute und rollte mit den Augen. Drei Männer waren nötig, ihn zu bändigen.

»Was willst du tun?«, fragte Dany sie.

»Wir brauchen das Blut«, antwortete Mirri. »So geht es.«

Jhogo wich zurück, eine Hand an seinem *Arakh*. Er war ein Junge von sechzehn Jahren, spindeldürr, furchtlos, der gern lachte und den leisen Schatten seines ersten Bartes auf der Oberlippe trug. Er fiel vor ihr auf die Knie. »*Khaleesi*«, flehte er, »das dürft Ihr nicht zulassen. Lasst mich diese *Maegi* töten.«

»Töte sie, und du tötest deinen *Khal*«, erwiderte Dany.

»Es ist ein Blutzauber«, sagte er. »Das ist verboten.«

»Ich bin *Khaleesi*, und ich sage, es ist nicht verboten. In Vaes Dothrak hat Khal Drogo einen Hengst erschlagen, und ich habe sein Herz gegessen, um unserem Sohn Kraft und Mut zu geben. Das hier ist das Gleiche. Das *Gleiche.*«

Der Hengst trat aus und wich zurück, als Rakharo, Quaro und Aggo ihn nah an die Wanne führten, in welcher der *Khal* trieb, als wäre er schon tot; Eiter und Blut sickerten aus der Wunde und färbten das Badewasser. Mirri Maz Duur sprach Worte in einer Zunge, die Dany nicht kannte, und ein Messer erschien in ihrer Hand. Dany hatte nicht mitbekommen, woher. Alt sah es aus, aus roter Bronze gehämmert, blattförmig, und die Klinge war mit alten Schriftzeichen überzogen. Die *Maegi* zog es dem Hengst über die Kehle unter dem edlen Kopf, und das Pferd schrie und bebte, als das Blut im roten Sturzbach hervorschoss. Es wäre umgefallen, hätten die Männer ihres *Khas* es nicht aufrecht gehalten. »Kraft des Pferdes, fahre in den Reiter«, sang Mirri, als Pferdeblut in Drogos Bad lief. »Kraft des Tieres, fahre in den Menschen.«

Jhogo stand das Entsetzen ins Gesicht geschrieben, während er mit dem Gewicht des Hengstes rang, fürchtete sich, das tote Fleisch nur zu berühren, fürchtete jedoch auch, loszulassen. *Nur ein Pferd*, dachte Dany. Wenn sie Drogos Leben mit dem Tod eines Pferdes erkaufen konnte, wollte sie es tausendmal bezahlen.

Als sie den Hengst fallen ließen, war das Bad dunkelrot und von Drogo nur noch das Gesicht zu sehen. Mirri Maz Duur hatte für den Kadaver keine Verwendung. »Verbrennt ihn«, sagte Dany. So tat man es gewöhnlich, das wusste sie. Wenn ein Mann starb, tötete man sein Pferd und legte es unter ihm auf den Scheiterhaufen, damit es ihn in die Länder der Nacht trug. Die anderen Männer ihres *Khas* zerrten den Kadaver aus dem Zelt. Alles war voller Blut. Selbst die seidenen Wände waren rot gefleckt, und die Teppiche schwarz und feucht.

Kohlenpfannen wurden angezündet. Mirri Maz Duur warf rotes Pulver in die Kohlen. Es verlieh dem Rauch einen würzigen Geruch, einen angenehmen Duft, aber Eroeh floh schluchzend, und Dany war von Angst erfüllt. Nur war sie bereits zu weit gegangen, als dass sie noch zurückkonnte. Sie schickte ihre Dienerinnen fort. »Geht mit ihnen, Silberdame«, erklärte Mirri Maz Duur.

»Ich bleibe«, sagte Dany. »Der Mann hat mich unter den Sternen genommen und dem Kind in meinem Leib Leben geschenkt. Ich werde ihn nicht allein lassen.«

»Ihr müsst. Wenn ich zu singen beginne, darf niemand das Zelt betreten. Mein Lied wird alte und neue Mächte wecken. Die Toten werden heute Abend hier tanzen. Kein Lebender darf sie erschauen.«

Dany verneigte sich hilflos. »Niemand wird das Zelt betreten.« Sie beugte sich über die Wanne, über Drogo in seinem Blutbad und küsste ihn zart auf die Stirn. »*Bring ihn mir zurück*«, flüsterte sie Mirri Maz Duur zu, bevor sie entfloh.

Draußen stand die Sonne tief am Horizont, der Himmel von schmerzlichem Rot. Das *Khalasar* hatte sein Lager aufgeschlagen. So weit das Auge reichte, verteilten sich Zelte und Schlafmatten. Heißer Wind wehte. Jhogo und Aggo gruben ein Loch, um den toten Hengst zu verbrennen. Eine Menge hatte sich versammelt und starrte Dany mit harten Blicken an, die Gesichter unbewegt wie Masken aus gehämmertem Kupfer. Sie sah Ser Jorah Mormont in Kettenhemd und Leder, mit Schweiß auf seiner breiten, kahlen Stirn. Er schob sich durch die Dothraki an Danys Seite. Als er die roten Fußabdrücke bemerkte, die ihre Stiefel am Boden hinterließen, schien alle Farbe aus seinem Gesicht zu weichen. »Was habt Ihr getan, kleine Närrin?«, fragte er heiser.

»Ich musste ihn retten.«

»Wir hätten fliehen können«, sagte er. »Ich hätte Euch sicher nach Asshai gebracht, Prinzessin. Es gab keinen Grund …«

»Bin ich wirklich Eure Prinzessin?«, fragte sie ihn.

»Ihr wisst, dass Ihr es seid. Mögen uns die Götter beistehen.«

»Dann helft mir jetzt.«

Ser Jorah verzog das Gesicht. »Das würde ich, wenn ich nur wüsste, wie.«

Mirri Maz Duurs Stimme wurde zu einem hohen, wehklagenden Geheul, das Dany einen Schauer über den Rücken schickte. Das Zelt erstrahlte vom Licht der Kohlenpfannen. Durch blutbespritzte Seidenwände erkannte sie Schatten, die sich bewegten.

Mirri Maz Duur tanzte, und das nicht allein.

Dany sah nackte Angst auf den Gesichtern der Dothraki.

»*Das darf nicht sein*«, brüllte Qotho.

Sie hatte nicht gesehen, dass der Blutreiter gekommen war. Haggo und Cohollo waren bei ihm. Sie hatten die haarlosen Männer mitgebracht, Eunuchen, die mit Messer und Nadel und Feuer heilten.

»Es *wird* sein«, erwiderte Dany.

»*Maegi*«, knurrte Haggo. Und der alte Cohollo – Cohollo, der sein Leben bei Drogos Geburt an ihn gebunden hatte, Cohollo, der immer gut zu ihr gewesen war – Cohollo spuckte ihr ins Gesicht.

»Du wirst sterben, *Maegi*«, versprach Qotho, »aber die andere muss vorher sterben.« Er zog sein *Arakh* und stürmte dem Zelt entgegen.

»Nein«, rief sie, »*das dürft Ihr nicht*.« Sie hielt ihn an der Schulter fest, doch Qotho stieß sie zur Seite. Dany fiel auf die Knie und umschlang ihren Bauch, um das Kind darin zu schützen. »Haltet ihn auf«, befahl sie ihrem *Khas*, »tötet ihn.«

Rakharo und Quaro standen neben dem Zelteingang. Quaro trat einen Schritt vor, langte nach dem Griff seiner Peitsche, doch anmutig wie ein Tänzer fuhr Qotho herum, und sein krummes *Arakh* hob sich. Er traf Quaro tief unter dem Arm, der helle, scharfe Stahl ging durch Leder und Haut, durch Muskeln und Rippenknochen. Blut sprudelte, als der junge Reiter keuchend rückwärtstaumelte.

Qotho riss die Klinge heraus. »*Pferdeherr*«, rief Ser Jorah Mormont. »Versucht es mit mir.« Sein Langschwert glitt aus der Scheide.

Qotho fuhr herum und fluchte. Das *Arakh* bewegte sich so schnell, dass es Quaros Blut wie feinen Regen im heißen Wind versprühte. Das Langschwert schlug einen Fuß weit vor Ser Jorahs Gesicht dagegen und hielt es bebend einen Augenblick lang dort, während Qotho vor Zorn aufheulte. Der Ritter trug sein Kettenhemd, die Handschuhe und Beinschienen aus Stahl und einen schweren Ringkragen um den Hals, doch hatte er nicht daran gedacht, seinen Helm aufzusetzen.

Qotho tanzte rückwärts, das *Arakh* wirbelte blitzend um seinen Kopf herum, zuckte wie ein Blitz, während der Ritter angriff. Ser Jorah parierte, so gut es ging, doch die Hiebe kamen so schnell, dass es Dany schien, als hätte Qotho vier *Arakhs* und ebenso viele Arme. Sie hörte das Knirschen von Klinge auf Ketten, sah Funken fliegen, als das lange, gebogene Schwert von einem der Handschuhe glitt. Plötzlich war es Mormont, der rückwärtstaumelte, und Qotho ging zum Angriff über. Rot färbte sich die linke Wange des Ritters ein, und ein Hieb an die Hüfte schlug seine Ketten auf und ließ ihn humpeln. Qotho schrie ihm Flüche entgegen, schimpfte ihn einen Feigling, einen Eunuchen im Eisenanzug. »Jetzt stirbst du!«, kündigte er an, und sein *Arakh* glitzerte im roten Zwielicht. In Danys Bauch trat ihr Sohn wild um sich. Die gekrümmte Klinge glitt an der geraden ab und ging tief in die Hüfte des Ritters, wo das Kettenhemd klaffte.

Mormont stöhnte, stolperte. Dany spürte einen scharfen Schmerz in ihrem Bauch, etwas Feuchtes an ihren Schenkeln. Qotho schrie siegesgewiss, doch sein *Arakh* hatte Knochen getroffen, und einen halben Herzschlag lang steckte es fest.

Das genügte. Ser Jorah schlug sein Langschwert mit aller Kraft, die ihm geblieben war, durch Fleisch und Muskeln und Knochen, und Qothos Unterarm hing lose, baumelte an einem dünnen Band aus Haut und Sehne. Der nächste Hieb des Ritters traf das Ohr des Dothraki so schwer, dass es fast schien, als explodierte Qothos Gesicht.

Die Dothraki schrien durcheinander, Mirri Maz Duur heulte drinnen im Zelt, als wäre sie kein Mensch, Quaro bat um Wasser, indes er starb. Dany schrie um Hilfe, doch niemand hörte sie. Rakharo rang mit Haggo, *Arakh* tanzte mit *Arakh*, bis Jhogos Peitsche knallte, laut wie Donner, und sich das Leder um Haggos Kehle rollte. Ein Ruck, und der Blutreiter taumelte rückwärts, verlor Halt und Schwert. Rakharo sprang vor, heulte auf, stieß sein *Arakh* mit beiden Händen von oben durch Haggos Kopf. Die Spitze traf ihn zwischen die Augen, rot und zitternd. Jemand warf einen Stein, und als Dany hinsah, war ihre Schulter aufgeplatzt und blutig. »Nein«, weinte sie, »nein, bitte, hört auf, er ist zu hoch, der Preis ist zu hoch.« Noch mehr Steine flogen. Sie versuchte, zum Zelt zu kriechen, doch Cohollo fing sie ein. Die Hände in ihrem Haar, riss er ihren Kopf zurück, und sie spürte seine kalte Klinge an ihrem Hals. »Mein Kind«, schrie sie, und vielleicht hörten es die Götter, denn noch im selben Augenblick war Cohollo tot. Aggos Pfeil traf ihn unter dem Arm, durchbohrte Lunge und Herz.

Als Dany schließlich die Kraft fand, ihren Kopf zu heben, sah sie, dass die Menge sich zerstreute, dass sich die Dothraki schweigend in ihre Zelte und auf ihre Matten zurückzogen. Manche sattelten Pferde und ritten davon. Die Sonne war untergegangen. Feuer brannten überall im *Khalasar*, mächtige, orangefarbene Flammen, die wütend knackten und Funken zum Himmel spuckten. Sie versuchte aufzustehen, da durchfuhr sie quälender Schmerz. Sie konnte nur noch keuchen. Mirri Maz Duurs Stimme klang wie ein Klagelied. Drinnen im Zelt kreisten die Schatten.

Ein Arm ging unter ihre Taille, und dann hob Ser Jorah sie vom Boden auf. Sein Gesicht war klebrig vom Blut, und Dany sah, dass sein halbes Ohr fehlte. Sie krümmte sich in seinen Armen, als der Schmerz wieder Besitz von ihr ergriff, und sie hörte, wie der Ritter nach ihren Dienerinnen rief, dass sie ihm helfen sollten. *Haben sie alle solche Angst?* Sie wusste die Antwort. Wieder durchfuhr sie dieser Schmerz, und Dany erstickte einen Schrei. Es fühlte sich an, als hielte ihr Sohn ein Messer in jeder Hand, als hackte er auf sie ein, um sich den Weg nach draußen aufzuschneiden. »Doreah, verflucht sollst du sein«, brüllte Ser Jorah. »Komm her. Hol die Gebärweiber.«

»Sie werden nicht kommen. Sie sagen, sie ist verflucht.«

»Sie werden kommen, sonst will ich ihre Köpfe.«

Doreah weinte. »Sie sind fort, Mylord.«

»Die *Maegi*«, sagte jemand anderes. War es Aggo? »Bringt sie zur *Maegi*.«

Nein, wollte Dany sagen, *nein, das nicht, das dürft ihr nicht,* doch als sie den Mund aufmachte, entfuhr ihr ein langes Schmerzgeheul, und Schweiß brach ihr aus. *Was war mit ihnen los, konnten sie denn nicht sehen?* Drinnen im Zelt tanzten die Schatten, umkreisten die Kohlenpfanne und das Blutbad, dunkel vor der rohen Seide, und manche schienen nicht einmal menschlich zu sein. Sie erkannte den Schatten eines großen Wolfes und einen anderen, der aussah wie ein Mann, der sich in Flammen wand.

»Die Lämmerfrau kennt die Geheimnisse des Kindbetts«, sagte Irri. »Das hat sie gesagt, ich habe sie gehört.«

»Ja«, stimmte Doreah mit ein, »das habe ich auch gehört.«

Nein, schrie sie, oder vielleicht dachte sie es nur, denn kein Flüstern löste sich von ihren Lippen. Sie wurde getragen. Ihre Augen gingen auf und starrten in den trüben, toten Himmel, schwarz und leer und sternenlos. *Bitte nicht.* Mirri Maz Duurs Stimme wurde immer lauter, bis sie die ganze Welt ausfüllte. *Die Schatten!,* schrie sie. *Die Tänzer!*

Ser Jorah trug sie in das Zelt.

ARYA

Der Duft von warmem Brot, der aus den Läden an der Mehlgasse herüberzog, war süßer als alles Parfum, das Arya je gerochen hatte. Sie holte tief Luft und trat näher an die Taube heran. Es war eine dicke, braun gescheckt, und sie pickte an einem Knust herum, der zwischen zwei Steine im Kopfsteinpflaster gefallen war, doch als Aryas Schatten sie berührte, erhob sie sich in die Lüfte.

Ihr Stockschwert pfiff heran und traf sie zwei Fuß über dem Boden, und das Tier stürzte in einer Wolke aus braunen Federn ab. Kaum einen Augenblick später hatte sie sich darüber hergemacht, packte einen Flügel, während die Taube zappelte und flatterte. Das Tier hackte auf ihre Hand ein. Arya nahm es beim Genick und drehte daran, bis sie fühlte, dass der Knochen brach.

Verglichen mit dem Katzenfangen waren Tauben einfach.

Ein spazierender Septon betrachtete sie misstrauisch. »Das hier ist die beste Stelle, wenn man Tauben fangen will«, erklärte ihm Arya, während sie ihr Stockschwert aufhob. »Sie kommen wegen der Brotkrumen.« Er eilte von dannen.

Sie band die Taube an ihren Gürtel und machte sich auf den Weg. Ein Mann schob auf einem zweirädrigen Karren eine Ladung Kuchen vor sich her. Die Düfte sangen von Blaubeeren und Zitronen und Aprikosen. Ihr Magen gab ein hohles Rumpeln von sich. »Könnte ich einen davon haben?«, hörte sie sich selbst sagen. »Zitrone oder ... oder irgendeinen.«

Der Mann mit dem Karren musterte sie von oben bis unten. Offenbar gefiel ihm nicht, was er sah. »Drei Kupferstücke.«

Arya schlug sich mit ihrem Holzschwert seitlich an den Stiefel. »Ich tausche den Kuchen gegen eine fette Taube«, schlug sie vor.

»Sollen die Anderen deine Taube holen«, sagte der Karrenmann.

Die Kuchen waren noch ofenwarm. Bei dem Duft, den sie verbreiteten, lief ihr das Wasser im Mund zusammen, aber sie hatte keine drei Kupferstücke ... nicht einmal eines. Sie musterte den Karrenmann kurz, dachte daran, was Syrio sie über das *Sehen* gelehrt hatte. Er war untersetzt, mit einem kleinen, runden Bauch, und wenn er sich bewegte, schien er sein linkes Bein ein wenig zu bevorzugen. Eben dachte sie, wenn sie sich einen Kuchen schnappen und laufen würde, wäre er nie in der Lage, sie zu fangen, als er sagte: »Lass lieber deine schmutzigen Finger davon. Die Goldröcke wissen, wie man mit diebischen, kleinen Kanalratten wie dir umgeht, ja, das wissen sie ganz bestimmt.«

Argwöhnisch sah sich Arya um. Zwei Mann der Stadtwache standen am Eingang einer Gasse. Ihre Umhänge reichten bis fast auf den Boden, die dicke Wolle mit sattem Gold gefärbt. Ketten und Stiefel und Handschuhe waren schwarz. Einer trug ein Langschwert an seiner Hüfte, der andere einen Eisenknüppel. Mit einem letzten, sehnsüchtigen Blick auf die Kuchen wich Arya ein Stück weit vom Karren zurück und hastete davon. Die Goldröcke hatten ihr keine weitere Beachtung geschenkt, doch allein wegen ihrer Anwesenheit zog sich Arya der Magen zusammen. Sie hatte sich so weit wie möglich von der Burg ferngehalten, aber selbst noch aus der Ferne konnte sie die Köpfe sehen, die oben auf den hohen, roten Mauern moderten. Schwärme von Krähen stritten lautstark um jeden einzelnen wie die Fliegen. In Flohloch hieß es, die Goldröcke hätten sich mit den Lennisters zusammengetan, ihren Kommandanten zum Lord gemacht, mit Landbesitz am Trident und einem Sitz im Königsrat.

Sie hatte noch anderes gehört, Erschreckendes, das in ihren Ohren keinen Sinn ergab. Manche behaupteten, ihr Vater habe König Robert ermordet und sei im Gegenzug von Lord Renly erschlagen worden. Andere beharrten darauf, dass *Renly* den König in trunkenem Bruderzwist umgebracht habe. Warum sonst sollte er in der Nacht wie ein gemeiner Dieb geflohen sein? Einer Geschichte zufolge war der König auf der Jagd von einem Keiler getötet worden, nach einer anderen war er gestorben, als er einen Keiler *aß* und sich dabei derart vollgestopft habe, dass er bei Tisch platzte. Nein, der König sei bei Tisch gestorben, sagten wieder andere, aber nur weil Varys, die Spinne, ihn vergiftet habe. Nein, es sei die Königin, die ihn vergiftet habe. Nein, er sei an den Pocken gestorben. Nein, er sei an einer Gräte erstickt.

In einem waren sich alle Geschichten einig: König Robert war tot. Die Glocken in den sieben Türmen der Großen Septe von Baelor hatten einen Tag und eine Nacht geläutet, und der Donner ihrer Trauer war wie eine bronzene Woge über die Stadt gerollt. So läuteten sie die Glocken nur beim Tod eines Königs, hatte ein Gerbersohn Arya erklärt.

Sie wollte nur nach Hause, Königsmund zu verlassen war hingegen nicht so einfach, wie sie gehofft hatte. Das Wort vom Krieg war in aller Munde, und die Goldröcke hockten dicht an dicht auf den Stadtmauern, wie die Fliegen auf … na, auf ihr zum Beispiel. Sie hatte in Flohloch geschlafen, auf Dächern und in Ställen, überall, wo sie Platz fand, sich hinzulegen, und sie hatte nicht lang gebraucht, um festzustellen, dass dieses Viertel seinen Namen zu Recht trug.

Jeden Tag seit ihrer Flucht aus dem Roten Bergfried hatte Arya allen sieben Stadttoren einen Besuch abgestattet. Das Drachentor, das Löwentor und das Alte Tor waren verriegelt und verrammelt. Das Schlammtor und das Tor der Götter standen offen, doch nur für jene, die in die Stadt wollten. Die Wachen ließen niemanden hinaus. Wer Erlaubnis hatte, die Stadt zu verlassen, ging durchs Königstor oder durchs Eisentor, wo Soldaten der Lennisters mit roten Umhängen und löwenbesetzten Helmen die Wachtposten stellten. Als sie vom Dach einer Taverne beim Königstor herunterspähte, sah Arya, dass sie Wagen und Kutschen durchsuchten, Reiter zwangen, ihre Satteltaschen zu öffnen, und jeden befragten, der versuchte, zu Fuß hinauszukommen.

Manchmal dachte sie daran, durch den Fluss zu schwimmen, doch der Schwarzwasser war breit und tief, und alle waren sich darin einig, dass seine Strömung böse und trügerisch war. Geld, um einen Fährmann oder eine Schiffspassage zu bezahlen, hatte sie nicht.

Ihr Hoher Vater hatte sie gelehrt, niemals zu stehlen, allerdings fiel es ihr immer schwerer, sich daran zu erinnern, wieso. Wenn sie nicht bald einen Weg hinausfände, würde sie womöglich von den Goldröcken entdeckt. Sie hatte nicht viel hungern müssen, seit sie wusste, wie man Vögel mit dem Stockschwert erlegt, nur fürchtete sie, von so viel Taubenfleisch würde ihr noch übel werden. Zwei davon hatte sie roh gegessen, bevor sie nach Flohloch gekommen war.

Im Loch gab es Topfküchen entlang der Gassen, in denen Wannen voller Eintopf jahrelang schon köchelten, und man konnte einen halben Vogel gegen einen Kanten Brot vom gestrigen Tag und eine »Schale Braunes« tauschen, zudem schoben sie die andere Hälfte des Tiers sogar noch ins Feuer und grillten sie, solange man die Federn selbst rupfte. Arya hätte alles für einen Becher Milch und einen Zitronenkuchen gegeben, auch wenn das Braune gar nicht so übel war. Gewöhnlich war Gerste darin, dazu Karottenstücke und Zwiebeln und Rüben, und manchmal sogar ein Apfel, und obenauf schwamm ein Fettfilm. Meist versuchte sie, nicht über das Fleisch nachzudenken. Einmal hatte sie ein Stück Fisch bekommen.

Ein Problem war nur, dass bei den Topfküchen immer viel Betrieb herrschte, und selbst noch während sie ihr Essen verschlang, bemerkte Arya, wie man sie beobachtete. Manche starrten ihre Stiefel an oder ihren Umhang, und sie wusste, was sie dachten. Bei anderen spürte sie fast, wie deren Blicke unter ihr Leder krochen. Sie wusste *nicht,* was sie dachten, und das machte ihr nur noch mehr Angst. Ein paarmal folgte man ihr in die Gassen hinaus und jagte sie, doch bisher hatte noch niemand sie erwischen können.

Das silberne Armband, das sie hatte verkaufen wollen, war ihr an ihrem ersten Abend außerhalb der Burg gestohlen worden, nebst ihrem Bündel mit sauberen Kleidern, entwendet, als sie in einem ausgebrannten Haus abseits der Schweinegasse schlief. Man hatte ihr nur den Umhang gelassen, in den sie sich eingerollt hatte, das Leder an ihrem Rücken, ihr hölzernes Übungsschwert ... und Nadel. Sie hatte auf Nadel gelegen, sonst wäre es ebenso weg gewesen. Es war mehr wert als alles andere zusammen. Seither hatte sich Arya angewöhnt, die Klinge mit ihrem Umhang an der Hüfte zu verbergen. Das Holzschwert trug sie in der linken Hand, wo jedermann es sehen konnte, um Räuber abzuschrecken, dennoch gab es Männer in den Topfküchen, die sich vermutlich nicht einmal von einer Streitaxt abschrecken ließen. Das genügte, um ihr den Geschmack an Tauben und schalem Brot zu verleiden. Oft genug ging sie lieber hungrig ins Bett, als deren Blicke zu riskieren.

Wenn sie erst draußen vor der Stadt wäre, würde sie Beeren sammeln oder Obstgärten suchen, aus denen sie Äpfel und Kirschen stehlen konnte. Arya erinnerte sich, vom Königsweg aus, auf dem Weg gen Süden, einige gesehen zu haben. Und sie konnte im Wald Wurzeln ausgraben, sogar Kaninchen jagen. In der Stadt konnte man nur Ratten und Katzen und dürre Hunde jagen. Die Topfküchen gaben einem eine Faustvoll Kupferstücke für einen ganzen Wurf Welpen, das hatte sie gehört, aber der Gedanke daran behagte ihr nicht.

Unterhalb der Mehlgasse breitete sich ein Labyrinth von verschlungenen Gassen und Querstraßen aus. Arya kämpfte sich durch die Menge und versuchte, Abstand zwischen sich und die Goldröcke zu bringen. Sie hatte gelernt, sich auf der Straßenmitte zu halten. Manchmal musste sie Wagen oder Pferden ausweichen, aber wenigstens konnte man sie kommen sehen. Wenn man zu nah bei den Häusern blieb, hielten die Leute einen fest. In manchen Gassen blieb einem nichts anderes übrig, als an den Mauern entlangzustreichen. Die Häuser beugten sich derart weit vor, dass sie einander fast berührten.

Eine juchzende Bande kleiner Kinder kam vorbeigelaufen, jagte einen rollenden Reif. Grollend starrte Arya sie an, erinnerte sich an die Zeiten, in denen sie mit Bran und Jon und ihrem kleinen Bruder Rickon Reifen nachgejagt war. Sie fragte sich, wie groß Rickon geworden und ob Bran wohl traurig war. Sie hätte alles gegeben, wenn Jon hier gewesen wäre und sie »kleine Schwester« gerufen und ihr das Haar zerzaust hätte. Nicht, dass es hätte zerzaust werden müssen. Sie hatte ihr Spiegelbild in Pfützen gesehen, und zerzauster konnte man kaum sein.

Sie hatte versucht, mit den Kindern zu sprechen, die sie auf der Straße traf, in der Hoffnung, dass sie Freunde finden würde, bei denen sie schlafen konnte, doch musste sie wohl etwas Falsches gesagt haben. Die Kleinen sahen sie nur mit schnellen, argwöhnischen Blicken an und liefen davon, wenn sie zu nahe kam. Ihre großen Brüder und Schwestern stellten Fragen, die Arya nicht beantworten konnte, beschimpften sie und wollten sie bestehlen. Gestern erst hatte ein mageres Mädchen, das barfuß lief und doppelt so alt wie sie war, sie niedergeschlagen, um ihr die Stiefel von den Füßen zu zerren, doch Arya hatte ihr mit dem Holzschwert eins aufs Ohr gegeben.

Eine Möwe kreiste über ihr, als sie sich einen Weg bergab nach Flohloch bahnte. Nachdenklich blickte Arya auf, doch war das Tier für ihren Stock zu weit entfernt. Die Möwe erinnerte sie ans Meer. Vielleicht war *das* der Ausweg. Die Alte Nan hatte oft Geschichten von Jungen erzählt, die sich auf Handelsgaleeren versteckten und in die Welt der Abenteuer hinaussegelten. Vielleicht konnte Arya es ihnen nachtun. Sie beschloss, dem Hafen einen Besuch abzustatten. Dieser lag ohnehin auf dem Weg zum Schlammtor, und dort war sie heute noch nicht gewesen.

An den Kaianlagen war es seltsam ruhig, als Arya dort ankam. Sie entdeckte ein weiteres Paar Goldröcke, die Seite an Seite über den Fischmarkt liefen, sie jedoch keines Blickes würdigten. Die Hälfte der Stände war leer, und ihr schienen weniger Schiffe dort zu liegen, als sie in Erinnerung hatte. Draußen auf dem Schwarzwasser fuhren drei königliche Kriegsgaleeren in Formation, goldbemalte Rümpfe teilten das Wasser, während die Ruder sich hoben und senkten. Arya beobachtete sie eine Weile, dann machte sie sich auf den Weg am Wasser entlang.

Auf dem dritten Pier entdeckte sie Wachleute in grauen Wollumhängen, mit weißem Satin besetzt, und ihr blieb fast das Herz in der Brust stehen. Beim Anblick der Farben von Winterfell schossen ihr die Tränen in die Augen. Hinter ihnen schaukelte eine schlanke Handelsgaleere an ihrem

Liegeplatz. Arya konnte den Namen am Rumpf nicht lesen. Die Worte waren seltsam, Myrisch, Bravoosi, vielleicht sogar Hochvalyrisch. Sie hielt einen vorbeigehenden Schauermann am Ärmel fest. »Bitte«, sagte sie, »was ist das für ein Schiff?«

»Das ist die *Windhexe* aus Myr«, sagte der Mann.

»Sie ist *noch immer hier*«, platzte es aus Arya heraus. Der Schauermann warf ihr einen schiefen Blick zu, zuckte mit den Achseln und ging weiter. Arya rannte zum Pier. Die *Windhexe* war das Schiff, das ihr Vater angeheuert hatte, damit es sie nach Hause brachte ... und es wartete noch immer! Sie hatte gedacht, es wäre schon vor Ewigkeiten ausgelaufen.

Zwei der Wachleute würfelten, während der Dritte seine Runde machte, mit einer Hand am Knauf seines Schwertes. Da die Männer nicht sehen sollten, dass sie wie ein kleines Kind geweint hatte, blieb sie stehen und rieb sich die Augen. Ihre Augen ihre Augen ihre Augen, wieso nur ...

Sieh mit deinen Augen, hörte sie Syrio flüstern.

Arya sah hin. Sie kannte alle Männer ihres Vaters. Die drei mit den grauen Umhängen waren Fremde. »Du«, rief der Mann, der seine Runden drehte. »Was willst du hier, Junge?« Die anderen beiden blickten von ihren Würfeln auf.

Arya konnte sich gerade noch beherrschen, wegzulaufen, denn sie wusste, täte sie das, wären sie ihr augenblicklich auf den Fersen. Sie zwang sich, näher heranzugehen. Sie suchten ein Mädchen, aber der hier hielt sie für einen Jungen. Dann wäre sie eben ein Junge. »Wollt Ihr eine Taube kaufen?« Sie zeigte ihm den toten Vogel.

»Verschwinde hier«, sagte der Wachmann.

Arya tat, wie ihr geheißen. Sie musste ihre Angst nicht spielen. Hinter ihr machten sich die Männer wieder an ihre Würfel.

Sie hätte nicht sagen können, wie sie zurück nach Flohloch gekommen war, und sie atmete schwer, als sie die gewundenen, ungepflasterten schmalen Straßen zwischen den Hügeln erreichte. Das Loch hatte einen Gestank an sich, einen Gestank nach Schweinestall und Pferdestall und Gerberhütte, vermischt mit dem säuerlichen Geruch von Weinstuben und billigen Hurenhäusern. Benommen suchte sich Arya einen Weg durchs Labyrinth. Erst als ein Hauch von blubberndem Braunem sie umwehte, der aus einer Topfküchentür kam, fiel ihr auf, dass ihre Taube weg war. Sie musste ihr wohl beim Laufen aus dem Gürtel gerutscht sein, oder jemand hatte sie gestohlen, ohne dass sie es gemerkt hatte. Einen Moment lang hätte sie wieder weinen können. Also würde sie den ganzen Weg zur Mehlgasse noch einmal gehen müssen, um so eine dicke zu finden.

Weit drüben, auf der anderen Seite der Stadt, fingen die Glocken an zu läuten.

Arya blickte auf, lauschte, überlegte, was das Läuten diesmal bedeuten mochte.

»Was ist das jetzt?«, rief ein dicker Mann aus der Topfküche.

»Die Glocken läuten schon wieder, die Götter stehn uns bei«, jammerte eine alte Frau.

Eine rothaarige Hure in einem Fetzen aus bemalter Seide stieß im ersten Stockwerk einen Fensterladen auf. »Ist der Kindkönig jetzt gestorben?«, rief sie herab, beugte sich über die Straße hinaus. »Ach, so ist das mit den Jungen, die bleiben nie lang.« Indem sie lachte, schlang ein nackter Mann von hinten seine Arme um sie, biss ihr in den Nacken und knetete ihre schweren Brüste.

»Dämliche Schlampe«, rief der dicke Mann hinauf. »Der König ist nicht tot, die Glocken läuten, damit wir uns versammeln. Ein Turm läutet. Wenn der König stirbt, läuten sie alle Glocken in der Stadt.«

»Hier, hör auf zu beißen, sonst läute ich *deine* Glocken«, sagte die Frau im Fenster zu dem Mann hinter sich und stieß ihn mit dem Ellenbogen. »Und wer ist dann gestorben, wenn nicht der König?«

»Das gilt uns allen«, rief der dicke Mann.

Zwei Jungen in Aryas Alter hasteten vorüber, platschten durch eine Pfütze. Die alte Frau verfluchte sie, doch rannten sie weiter. Auch andere Leute setzten sich in Bewegung und liefen den Hügel hinauf, um zu sehen, was es mit dem Lärm auf sich hatte. Arya schloss sich dem langsameren Jungen an. »Wohin willst du?«, rief sie, als sie direkt hinter ihm war. »Was ist los?«

Er sah sich um, ohne langsamer zu werden. »Die Goldröcke bringen ihn zur Septe.«

»Wen?«, schrie sie im Laufen.

»Die *Hand!* Sie wollen ihm den Kopf abschlagen, sagt Buu.«

Ein Wagen hatte eine tiefe Furche in der Straße hinterlassen. Der Junge sprang darüber, Arya übersah sie. Sie stolperte und fiel, mit dem Gesicht voran, schlug sich das Knie an einem Stein auf und dann die Finger, als ihre Hände über den festgetretenen Boden schrammten. Nadel verfing sich zwischen ihren Beinen. Schluchzend kam sie wieder auf die Beine. Der Daumen ihrer linken Hand war voller Blut. Als sie daran leckte, sah sie, dass der halbe Daumennagel fort war, im Sturz herausgerissen. Ihre Hände schmerzten, und auch ihr Knie war blutig.

»Macht Platz!«, rief jemand aus der Querstraße. »*Macht Platz für die Lords von Rothweyn!*« Arya konnte gerade eben noch zur Seite springen, bevor vier Gardisten auf riesigen Pferden im Galopp vorüberstürmten. Sie trugen karierte Umhänge, blau und rot. Hinter ihnen ritten zwei junge Lords Seite an Seite auf kastanienbraunen Stuten, die einander glichen wie ein Ei dem anderen. Hundertmal schon hatte Arya sie bei Hofe gesehen. Die Rothweyn-Zwillinge, Ser Horas und Ser Hobber, unscheinbare Jungen mit hellrotem Haar und eckigen Gesichtern voller Sommersprossen. Sansa und Jeyne Pool hatten sie stets Ser Horror und Ser Schlabber genannt und jedes Mal gekichert, wenn sie ihnen begegneten. Jetzt sahen sie keineswegs komisch aus.

Alles drängte in dieselbe Richtung, alle in Eile, sich anzusehen, was es mit dem Läuten auf sich hatte. Inzwischen schienen die Glocken lauter geworden zu sein, schallend, rufend. Arya schloss sich dem Strom der Menschen an. Ihr Daumen schmerzte dort, wo der Nagel gebrochen war, so sehr, dass sie fast weinen musste. Sie biss sich auf die Lippen, während sie humpelte und den aufgeregten Stimmen um sich lauschte.

»... die Hand des Königs, Lord Stark. Sie bringen ihn hinauf zur Septe von Baelor.«

»Ich dachte, er wäre tot.«

»Bald schon, bald schon. Hier habe ich einen Silberhirschen, auf dem steht, dass sie ihm den Schädel abschlagen.«

»Wird auch Zeit, der Hochverräter.« Der Mann spuckte aus.

Arya versuchte, sich Gehör zu verschaffen. »*Er hat niemals ...*«, setzte sie an, doch war sie nur ein Kind, und sie fuhren ihr glatt über den Mund.

»*Narr!* Die werden ihn nicht köpfen. Seit wann werden Verräter auf den Stufen der Großen Septe hingerichtet?«

»Na, die wollen ihn sicher nicht zum Ritter salben. Ich habe gehört, Stark hätte den alten König Robert ermordet. Hat ihm im Wald die Kehle aufgeschlitzt, und als sie ihn fanden, stand er da, als könne er kein Wässerchen trüben, und sagte, irgendein alter Keiler hätte Seine Majestät auf dem Gewissen.«

»Ach, das ist nicht wahr, sein eigener Bruder hat ihn umgebracht, dieser Renly, der mit seinem goldenen Geweih.«

»Halt du dein verlogenes Maul, Weib. Du weißt nicht, was du redest, Seine Lordschaft ist ein wahrlich feiner Mann.«

Als sie zur Straße der Schwestern kamen, standen sie Schulter an Schulter. Arya ließ sich vom Menschenstrom mitreißen, bis auf den Visenyashügel. Der weiße, marmorne Platz war eine feste Menschenmenge, und die Leute schrien einander vor Aufregung an und versuchten, näher an die Große Septe von Baelor zu gelangen. Hier tönten die Glocken noch lauter.

Arya wand sich durch die Menge, duckte sich zwischen den Beinen von Pferden hindurch und hielt ihr Holzschwert ganz fest. Aus der Mitte der Menge konnte sie nur Arme und Beine und Bäuche sehen, und die sieben schlanken Türme der Septe ragten über allem auf. Sie fand einen Holzwagen und wollte hinaufklettern, damit sie etwas sehen konnte, andere hatten jedoch schon dieselbe Idee gehabt. Der Fuhrmann verfluchte sie alle und trieb sie mit knallender Peitsche fort.

Panik überkam Arya. Als sie sich durch die Menge nach vorn drängte, wurde sie gegen den Stein eines Säulensockels gedrückt. Sie blickte zu Baelor, dem Seligen, dem Septonkönig auf. Arya schob ihr Holzschwert durch den Gürtel und fing an zu klettern. Ihr gebrochener Daumennagel verschmierte Blut auf dem bemalten Marmor, doch schaffte sie es nach oben und klemmte sich zwischen die Füße des Königs.

Da entdeckte sie ihren Vater.

Lord Eddard stand auf der Kanzel des Hohen Septons vor den Toren der Septe, von zwei Goldröcken gestützt. Er trug ein prächtiges Wams aus grauem Samt, auf dem vorn mit Perlen ein weißer Wolf gestickt war, dazu einen grauen

Wollumhang, mit weißem Fell besetzt, und trotzdem war er dünner, als Arya ihn je gesehen hatte, sein langes Gesicht von Schmerz gezeichnet. Er wurde eher aufrecht gehalten, als dass er stand. Der Gips an seinem gebrochenen Bein war grau und verfault.

Der Hohe Septon selbst stand hinter ihm, ein untersetzter Mann, grau vom Alter und dick und fett, trug ein langes weißes Gewand und eine mächtige Krone aus Goldgespinst und Kristall, die seinen Kopf mit Regenbögen umgaben, wenn er sich bewegte.

Um die Tore der Septe, vor der erhabenen Marmorkanzel, drängten sich Ritter und hohe Lords. Joffrey fiel unter ihnen auf, sein Gewand ganz rot, Seide und Satin, mit stolzierenden Hirschen und brüllenden Löwen gemustert, eine goldene Krone auf dem Kopf. Seine Königinmutter stand in schwarzen Trauerkleidern, von Rot durchwirkt, gleich neben ihm mit einem Schleier aus schwarzen Diamanten im Haar. Arya erkannte den Bluthund, der einen schneeweißen Umhang über seiner dunkelgrauen Rüstung trug und den vier Männer der Königsgarde umgaben. Sie sah, dass Varys, der Eunuch, in weichen Pantoffeln und gemusterter Robe aus Damast zwischen den Lords herumlief, und sie meinte, der kleine Mann mit dem silbernen Umhang und seinem spitzen Bart mochte wohl der Mann sein, der sich einst um seine Mutter duelliert hatte.

Und dort in ihrer Mitte war Sansa, in himmelblaue Seide gewandet, das lange, kastanienbraune Haar gewaschen und gelockt, und silberne Armreifen trug sie an den Handgelenken. Arya zog eine finstere Miene, fragte sich, was ihre Schwester dort trieb, warum sie derart glücklich schien.

Unter dem Kommando eines beleibten Mannes in verzierter Rüstung, ganz schwarzer Lack und goldenes Filigranwerk, hielt eine lange Reihe goldbekleideter Lanzenträger die Menge zurück.

Als das Glockenläuten ausklang, breitete sich langsam Stille auf dem Platz aus, und ihr Vater hob den Kopf und begann zu sprechen, mit so dünner und schwacher Stimme, dass sie ihn kaum verstehen konnte. Leute hinter ihr fingen an zu rufen:»Was?« und»Lauter!« Der Mann in der schwarzgoldenen Rüstung trat hinter ihren Vater und trieb ihn scharf an. Lasst ihn in Ruhe!, wollte Arya schreien, doch wusste sie, dass niemand auf sie hören würde. Sie nagte an ihrer Lippe.

Nun sprach ihr Vater mit lauterer Stimme und begann von neuem.»Ich bin Eddard Stark, Lord von Winterfell und Hand des Königs«, sagte er dröhnend, und seine Stimme drang über den Platz,»und ich trete vor Euch, um meinen schändlichen Verrat im Angesicht der Götter und Menschen einzugestehen.«

»Nein«, jammerte Arya. Unter ihr fing die Menge an zu schreien und zu toben. Flüche und Obszönitäten erfüllten die Luft. Sansa verbarg ihr Gesicht mit den Händen.

Ihr Vater sprach mit immer fester werdender Stimme, gab sich Mühe, dass man ihn hören konnte.»Ich habe den Treueeid vor meinem König gebrochen und das Vertrauen meines Freundes Robert missbraucht«, rief er.»Ich habe geschworen, seine Kinder zu schützen und zu verteidigen, doch bevor sein Blut noch kalt war, hatte ich den Plan geschmiedet, seinen Sohn abzusetzen und zu ermorden und den Thron selbst zu besteigen. Lasst den Hohen Septon und Baelor, den Geliebten, und die Sieben Zeugen der Wahrheit dessen werden, was ich hier sagen will: Joffrey Baratheon ist der einzig wahre Erbe des Eisernen Thrones und durch die Gnade aller Götter Lord der Sieben Königslande und Protektor des Reiches.«

Ein Stein flog aus der Menge. Arya schrie auf, als sie sah, dass ihr Vater davon getroffen wurde. Die Goldröcke hielten ihn aufrecht. Blut lief aus einer tiefen Wunde an der

Stirn über sein Gesicht. Weitere Steine folgten. Einer traf den Gardisten, der rechts von ihrem Vater stand. Ein weiterer prallte vom Brustpanzer des Ritters in der schwarzgoldenen Rüstung ab. Zwei aus der Königsgarde traten vor Joffrey und die Königin, schützten sie mit ihren Schilden.

Ihre Hand glitt unter ihren Umhang und fand Nadel. Mit fester Hand hielt sie den Griff, drückte ihn so fest, wie sie noch nie im Leben etwas gedrückt hatte. *Bitte, Ihr Götter, wacht über ihn,* betete sie. *Lasst nicht zu, dass sie meinem Vater etwas antun.*

Der Hohe Septon kniete vor Joffrey und seiner Mutter. »Wie wir sündigen, so leiden wir«, sang er mit tiefer Stimme, viel lauter als die ihres Vaters. »Dieser Mann hat seine Untaten im Angesicht der Götter und der Menschen gestanden, hier an diesem heiligen Ort.« Regenbögen umtanzten seinen Kopf, als er flehentlich die Hände hob. »Die Götter sind gerecht, doch hat uns Baelor der Selige auch gelehrt, dass sie ebenso gnädig sind. Was soll mit diesem Verräter geschehen, Majestät?«

Tausend Stimmen brüllten, aber Arya hörte sie nicht. Prinz Joffrey ... nein, König Joffrey ... trat hinter den Schilden seiner Königsgarde hervor. »Meine Mutter bittet mich, Lord Stark das Schwarz anlegen zu lassen, und Lady Sansa hat mich um Gnade für ihren Vater angefleht.« Offen sah er Sansa an und lächelte, und einen Augenblick lang dachte Arya, die Götter hätten ihr Gebet erhört, bis Joffrey sich wieder der Menge zuwandte und sagte: »Doch haben sie alle das weiche Herz der Frauen. Solange ich euer König bin, soll Verrat nie ungestraft bleiben. Ser Ilyn, bringt mir seinen Kopf!«

Die Menge tobte, und Arya spürte, wie die Statue des Baelor wankte, als man dagegendrängte. Der Hohe Septon griff nach des Königs Umhang, Varys kam armwedelnd herübergelaufen, und selbst die Königin sagte etwas zu ihm, Joffrey hingegen schüttelte den Kopf. Lords und Ritter traten beiseite, als er kam, groß und fleischlos, ein Skelett im Kettenpanzer, des Königs Henker. Schwach, wie aus weiter Ferne, hörte Arya ihre Schwester schreien. Sansa war auf die Knie gefallen und schluchzte hysterisch. Ser Ilyn Payn erklomm die Stufen der Kanzel.

Arya wand sich zwischen Baelors Füßen und warf sich in die Menge, zückte Nadel. Sie landete auf einem Mann in Schlachterschürze, stieß ihn zu Boden. Augenblicklich rammte jemand sie von hinten, und beinah ging sie selbst zu Boden. Leiber schlossen sich um sie, schiebend und stolpernd, trampelten auf dem armen Schlachter herum. Arya hieb mit Nadel auf sie ein.

Hoch oben auf der Kanzel machte Ser Ilyn Payn eine Geste, und der Ritter in Schwarz-Gold gab ein Kommando. Die Goldröcke stießen Lord Eddard auf den Marmor.

»Hier, du!«, schrie eine zornige Stimme Arya an, doch stürmte sie voran, stieß Leute beiseite, drängte sich zwischen sie, rammte jeden, der ihr im Weg stand. Eine Hand fummelte an ihrem Bein herum, und sie hackte darauf ein, trat nach Schienbeinen. Eine Frau stolperte, und Arya lief über ihren Rücken, hieb in beide Richtungen, doch nützte es nichts, *es nützte nichts,* es waren zu viele Menschen, und kaum hatte sie eine Lücke gefunden, da schloss sie sich schon wieder. Jemand schlug sie beiseite. Noch immer hörte sie Sansa schreien.

Ser Ilyn zog ein beidhändiges Großschwert aus der Scheide auf seinem Rücken. Als er die Klinge über seinen Kopf hob, schien Sonnenlicht auf dem dunklen Metall zu spielen und zu tanzen, glitzerte an einer Schneide, die schärfer als jedes Rasiermesser war. *Eis,* dachte sie, *er hat Eis!* Tränen liefen über ihr Gesicht, machten sie blind.

Und dann schoss eine Hand aus der Menge hervor und schloss sich wie eine Wolfsfalle um ihren Arm, so fest, dass ihr Nadel aus der Hand fiel. Arya wurde in die Luft gehoben. Sie wäre gefallen, wenn er sie nicht gehalten hätte, so leicht, als wäre sie eine Puppe. Ein Gesicht kam nah an ihres, langes, schwarzes Haar, verfilzter Bart und schlechte Zähne. »*Sieh nicht hin!*«, knurrte eine raue Stimme sie an.

»Ich ... ich ... ich ...«, schluchzte Arya.

Der alte Mann schüttelte sie so heftig, dass ihre Zähne klapperten. »Halt den Mund, mach die Augen zu, Junge.« Dumpf, wie aus weiter Ferne, hörte sie ein ... ein *Geräusch* ... ein leises Seufzen, als hätten eine Million Menschen gleichzeitig ausgeatmet. Die Finger des alten Mannes gruben sich in ihren Arm, hart wie Eisen. »Sieh mich an. Ja, so ist es recht, *mich*.« Sein Atem roch nach saurem Wein. »Erinnerst du dich, Junge?«

Es war der Gestank. Arya sah das verfilzte, schmierige Haar, den geflickten, staubigen, schwarzen Umhang, der um seine verdrehten Schultern lag, die harten Augen, die sie anblinzelten. Und sie erinnerte sich an den schwarzen Bruder, der bei ihrem Vater zu Besuch gewesen war.

»Erkennst mich jetzt, oder? Du bist ein kluger Junge.« Er spuckte aus. »Hier sind sie fertig. Du kommst mit mir, und du wirst schön den Mund halten.« Als sie etwas antworten wollte, schüttelte er sie wieder, fester noch. »*Still*, habe ich gesagt!«

Langsam leerte sich der Platz. Die Menge um sie zerstreute sich, als die Leute wieder zu ihrem Leben zurückkehrten. Doch Arya war das Leben genommen. Benebelt lief sie neben ... *Yoren, ja, sein Name ist Yoren.* Sie erinnerte sich nicht daran, dass er Nadel gefunden hatte, erst als er ihr das Schwert zurückgab. »Hoffe, du kannst es benutzen, Junge.«

»Ich bin kein ...«, wollte sie sagen.

Er stieß sie in einen Hauseingang, packte sie mit schmutzigen Fingern beim Haar, drehte es und riss ihren Kopf zurück. »... kein kluger Junge, das wolltest du wohl sagen?«

Er hielt ein Messer in der anderen Hand.

Als die Klinge vor ihrem Gesicht aufblitzte, warf sich Arya zurück, trat wild um sich, warf den Kopf hin und her, doch hatte er sie bei den Haaren, sie fühlte, wie ihre Kopfhaut riss, und auf ihren Lippen war der salzige Geschmack von Tränen.

 BRAN

Die Ältesten waren erwachsene Männer, siebzehn und achtzehn Jahre seit dem Tag ihrer Namensgebung. Einer war über zwanzig. Die meisten waren jünger, sechzehn oder weniger.

Bran beobachtete sie vom Balkon an Maester Luwins Turm aus, hörte, wie sie ächzten und fluchten und sich mühten, wenn sie ihre Stecken und Holzschwerter schwangen. Vom Hof her hörte man das *klack* von Holz auf Holz, allzu oft unterbrochen von einem *wap* und dann dem Schmerzensschrei, wenn ein Hieb Leder oder Haut getroffen hatte. Ser Rodrik schritt zwischen den Jungen umher, das Gesicht gerötet unter seinem weißen Backenbart, und sprach mit allen gleichzeitig. Nie zuvor hatte Bran den alten Ritter derart wild gesehen. »Nein«, sagte er ständig. »Nein. Nein. Nein.«

»Sie kämpfen nicht sehr gut«, sagte Bran unsicher. Er kraulte Sommer beiläufig hinter den Ohren, während der Schattenwolf an einem Stück Fleisch kaute. Knochen knirschten zwischen seinen Zähnen.

»So viel ist sicher«, gab Maester Luwin ihm mit tiefem Seufzer Recht. Der Maester lugte durch sein großes, myrisches Linsenrohr, maß die Schatten und notierte die Position des Kometen, der tief am Morgenhimmel hing. »Doch wenn man ihnen Zeit lässt … Ser Rodrik hat Recht. Wir brauchen Männer, die auf den Mauern Wache gehen. Dein Hoher Vater hat die Besten seiner Garde mit nach Königsmund genommen, und der Rest ist mit deinem Bruder gegangen, dazu alle in Frage kommenden Burschen im weiten Umkreis. Viele davon werden nicht heimkehren, und wir müssen Männer finden, die an ihre Stelle treten.«

Abschätzig sah Bran zu den schwitzenden Jungen im Hof hinab. »Wenn ich noch meine Beine hätte, könnte ich sie alle schlagen.« Er erinnerte sich sehr gut daran, wie er zuletzt ein Schwert in Händen gehalten hatte, als der König nach Winterfell gekommen war. Es war nur ein Holzschwert gewesen, doch hatte er Prinz Tommen so an die hundert Male niedergestreckt. »Ser Rodrik sollte mich lehren, wie man eine Streitaxt benutzt. Hätte ich eine Streitaxt mit dickem, langem Schaft, könnte Hodor meine Beine sein. Gemeinsam wären wir ein Ritter.«

»Ich glaube, das ist unwahrscheinlich«, sagte Maester Luwin. »Bran, wenn ein Mann kämpft, müssen seine Arme und Beine und Gedanken eins sein.«

Unten auf dem Hof schrie Ser Rodrik: »Du kämpfst wie eine Gans. Er pickt nach dir, und du pickst fester. *Pariere!* Block seinen Hieb ab. Gänsekampf wird nicht genügen. Wenn das echte Schwerter wären, würde dich das erste Picken den Arm kosten!« Einer der anderen Jungen lachte, und der alte Ritter knöpfte sich ihn vor. »Du lachst. Du. Das ist eine Frechheit. *Du* kämpfst wie ein Igel ...«

»Es gab einmal einen Ritter, der nicht sehen konnte«, sagte Bran stur, während Ser Rodrik unten weitermachte. »Die Alte Nan hat mir von ihm erzählt. Er hatte einen langen Stock mit Klinge an beiden Enden, und den konnte er mit seinen Händen drehen und zwei Männer gleichzeitig köpfen.«

»Symeon Sternenauge«, sagte Luwin, während er Zahlen in einem Buch notierte. »Als er sein Augenlicht verlor, hat er Sternensaphire in die leeren Höhlen gesetzt, das zumindest behaupten die Sänger. Bran, es ist nur eine Geschichte, wie die Legenden um Florian, den Narren. Eine Sage aus dem Heldenzeitalter.« Der Maester schnalzte mit der Zunge. »Du musst diese Träume beiseiteschieben, sie brechen dir nur das Herz.«

Bei der Erwähnung von Träumen fiel es ihm wieder ein. »Heute Nacht habe ich wieder von der Krähe geträumt. Die mit den drei Augen. Sie kam in meine Schlafkammer geflogen und hat mir gesagt, ich solle ihr folgen, was ich auch getan habe. Wir waren unten in der Gruft. Vater war da, und wir haben geredet. Er war traurig.«

»Und wieso das?« Luwin lugte durch sein Rohr.

»Es hatte etwas mit Jon zu tun, glaube ich.« Der Traum war zutiefst verstörend gewesen, mehr noch als alle anderen Krähenträume. »Hodor will nicht hinunter in die Gruft.«

Der Maester hatte nur halb zugehört. Bran entging das nicht. Luwin nahm das Auge von dem Rohr und zwinkerte. »Hodor will nicht ...«

»Hinunter in die Gruft. Als ich aufgewacht bin, habe ich ihm gesagt, er soll mich hinunterbringen, um nachzusehen, ob Vater wirklich da ist. Anfangs wusste er nicht, wovon ich rede, aber ich habe ihn zur Treppe gelotst, indem ich ihm gesagt habe, er soll hier gehen und da gehen, aber dann wollte er nicht hinunter. Er stand nur an der obersten Stufe und sagte ›Hodor‹, als hätte er Angst vor der Dunkelheit, aber ich hatte eine Fackel. Es hat mich so wütend gemacht, dass ich ihm fast eins an den Kopf gegeben hätte, wie die Alte Nan es immer tut.« Er sah, dass der Maester die Stirn in Falten legte, und fügte eilig hinzu: »Hab ich aber nicht.«

»Gut. Hodor ist ein Mensch, kein Maultier, das man schlägt.«

»Im Traum bin ich mit der Krähe hinuntergeflogen, aber wenn ich wach bin, kann ich das nicht«, erklärte Bran.

»Warum solltest du hinunter in die Gruft gehen wollen?«

»Ich habe es schon gesagt. Um nach Vater zu sehen.« Der Maester zupfte an der Kette um seinen Hals, wie er es oft tat, wenn ihm nicht wohl war. »Bran, süßes Kind, eines Tages wird Lord Eddard in Stein gemeißelt dort unten sitzen, neben seinem Vater und seines Vaters Vater und allen Starks bis zu den alten Königen des Nordens ... doch das wird erst in vielen Jahren sein, sofern die Götter uns wohlgesonnen sind. Dein Vater ist Gefangener der Königin in Königsmund. Du wirst ihn in der Gruft nicht finden.«

»Heute Nacht war er dort. Ich habe mit ihm gesprochen.«

»Halsstarriger Junge«, seufzte der Maester und legte sein Buch beiseite. »Würdest du gern hinuntergehen und nachsehen?«

»Ich kann nicht. Hodor will nicht, und für Tänzerin sind die Stufen zu eng und gewunden.«

»Ich glaube, dieses Problem könnte ich lösen.«

An Stelle von Hodor wurde die Wildlingsfrau Osha gerufen. Sie war groß und stark und bereit, überall hinzugehen, wohin man sie schickte. »Ich habe mein Leben jenseits der Mauer verbracht, ein Loch im Boden macht mir keine Angst, M'lords«, sagte sie.

»Sommer, komm«, rief Bran, während sie ihn mit sehnigen Armen anhob. Der Schattenwolf ließ seinen Knochen liegen und folgte ihnen, als Osha Bran über den Hof und die Wendeltreppe zur kalten Gruft unter der Erde trug. Maester Luwin ging mit einer Fackel voraus. Bran störte es noch nicht einmal, dass sie ihn in ihren Armen trug und nicht auf dem Rücken. Ser Rodrik hatte befohlen, Osha die Ketten abzunehmen, da sie treu und gut gedient hatte, seit sie auf Winterfell war. Noch immer trug sie die schweren Eisenringe um die Fußgelenke – ein Zeichen dafür, dass man ihr noch nicht gänzlich traute –, doch behinderten sie ihre sicheren Schritte die Treppe hinunter nicht.

Bran konnte sich nicht erinnern, wann er zuletzt in der Gruft gewesen war. Es war *vorher* gewesen, ganz sicher. Als er klein gewesen war, hatte er oft mit Robb und Jon und seinen Schwestern dort gespielt.

Er wünschte sich, sie wären jetzt hier. Vielleicht wäre ihm dann die Gruft nicht so düster und unheimlich vorgekommen. Sommer pirschte in die hallende Finsternis hinaus, blieb stehen, hob den Kopf und schnüffelte in der kühlen, toten Luft. Er fletschte die Zähne und wich zurück, die Augen goldglühend im Licht der Fackel, die der Maester hielt. Selbst Osha, hart wie altes Eisen, schien sich nicht besonders wohl zu fühlen. »Grimmige Leute, so wie sie aussehen«, sagte sie, als sie die lange Reihe granitener Starks auf ihren Steinthronen betrachtete.

»Sie waren die Könige des Winters«, flüsterte Bran. Irgendwie schien es ihm nicht recht, an diesem Ort zu laut zu sprechen.

Osha lächelte. »Der Winter kennt keinen König. Wenn du ihn gesehen hättest, wüsstest du es, Sommerjunge.«

»Tausende von Jahren waren sie die Könige des Nordens«, erklärte Maester Luwin und hob die Fackel so hoch, dass das Licht die steinernen Gesichter erhellte. Manche waren haarig und bärtig, struppige Männer, wild wie die Wölfe, die zu ihren Füßen kauerten. Andere waren glatt rasiert, die Mienen ausgezehrt und scharfkantig wie die eisernen Langschwerter auf ihren Knien. »Harte Männer für eine harte Zeit. Kommt.« Eilig schritt er durch die Gruft, vorüber an der Prozession steinerner Säulen und endloser Reihen von gemeißelten Figuren. Eine Flammenzunge flatterte von seiner erhobenen Fackel.

Die Gruft war eine Höhle, länger als Winterfell selbst, und Jon hatte ihm einmal erklärt, es gäbe darunter noch andere Ebenen, Grüfte, die noch tiefer und dunkler waren, wo die noch älteren Könige begraben lagen. Sie durften das Licht auf keinen Fall verlieren. Sommer weigerte sich, die Stufen zu verlassen, obwohl Osha der Fackel folgte, mit Bran in ihren Armen.

»Erinnerst du dich an die Geschichten, Bran?«, sagte der Maester im Gehen. »Erzähl Osha, wer sie waren und was sie taten.«

Bran sah zu den vorüberziehenden Gesichtern auf, und all die Sagen fielen ihm wieder ein. Der Maester hatte ihm die Geschichten erzählt, und die Alte Nan hatte sie zum Leben erweckt. »Der da ist Jon Stark. Als die Seeräuber im Osten landeten, hat er sie vertrieben und die Burg von Weißwasserhafen gebaut. Sein Sohn war Rickard Stark, nicht der Vater meines Vaters, sondern ein anderer Rickard, er hat dem Marschenkönig die Eng genommen und seine Tochter geheiratet. Theon Stark ist der Dünne mit dem langen Haar und dem schmalen Bart. Man nannte ihn den »Hungrigen Wolf«, weil er ständig Krieg führte. Das ist ein Brandon, der Große mit dem verträumten Gesicht, er war Brandon, der Schiffbauer, weil er das Meer liebte. Sein Grab ist leer. Er hat versucht, nach Westen über das Meer des Sonnenuntergangs zu segeln und ward nie mehr gesehen. Sein Sohn war Brandon, der Verbrenner, weil er aus Trauer die Fackel an alle Schiffe seines Vaters hielt. Der dort ist Rodrik Stark, der die Bäreninsel in einem Ringkampf gewann und sie den Mormonts gab. Und das ist Torrhen Stark, der Kniende König. Er war der letzte König im Norden und der erste Lord von Winterfell, nachdem er sich Aegon, dem Eroberer, gebeugt hatte. Oh, da, das ist Cregan Stark. Er hat einmal mit Prinz Aemon gefochten, und der Drachenritter sagte, er hätte nie einem besseren Schwertkämpfer gegenübergestanden.« Fast waren sie nun am Ende, und Bran spürte, wie Trauer ihn umfing. »Und das ist mein Großvater, Lord Rickard, der vom Irren König Aerys enthauptet wurde. Seine Tochter Lyanna und sein Sohn Brandon liegen in den Gräbern neben ihm. Nicht ich, ein anderer Brandon, der Bruder meines Vaters. Eigentlich sollten sie keine Statuen haben, die gibt es nur für die Lords und die Könige, aber mein Vater hat sie so sehr geliebt, dass er ihnen welche machen ließ.«

»Das Mädchen war sehr hübsch«, sagte Osha.

»Robert war mit ihr verlobt, um sie zu heiraten, aber Prinz Rhaegar hat sie verschleppt und vergewaltigt«, erklärte Bran. »Robert hat einen Krieg geführt, um sie zurückzuholen. Er hat Rhaegar am Trident mit seinem Hammer erschlagen, aber Lyanna ist gestorben, und er hat sie nie wieder bekommen.«

»Eine traurige Geschichte«, sagte Osha, »aber diese leeren Löcher sind noch trauriger.«

»Lord Eddards Grab, wenn seine Zeit gekommen ist«, sagte Maester Luwin. »Hier hast du deinen Vater im Traum gesehen, Bran?«

Die Erinnerung daran ließ ihn erschauern. Beklommen sah er sich in der Gruft um, und die Härchen in seinem Nacken stellten sich auf. Hatte er etwas gehört? War hier jemand?

Maester Luwin trat vor den offenen Sarg, mit der Fackel in der Hand. »Wie du siehst, ist er nicht hier. Und so wird es auch so manches Jahr noch bleiben. Träume sind nur Träume, Kind.« Er hielt seinen Arm ins Schwarze dort im Grab wie in den Rachen eines großen Tieres. »Siehst du? Es ist ganz leer ...«

Knurrend sprang die Finsternis ihn an.

Bran sah Augen wie grünes Feuer, Fell, so schwarz wie das Loch um sie herum. Maester Luwin schrie auf und warf die Hände in die Luft. Die Fackel fiel ihm aus der Hand, prallte vom steinernen Gesicht des Brandon Stark ab und fiel der Statue vor die Füße, dass die Flammen an ihren Beinen leckten. Im trunken verwehenden Fackelschein sahen sie, wie Luwin mit dem Schattenwolf rang, mit der einen Hand auf seine Schnauze einschlug, während die Kiefer sich um die andere schlossen.

»*Sommer!*«, schrie Bran.

Und Sommer kam, schoss aus dem Dunkel hinter ihnen hervor, ein springender Schatten. Er fiel über Struppel her und stieß ihn zurück, und die beiden Schattenwölfe rollten in einem Gewirr aus grauem und schwarzem Fell herum und herum, schnappten und bissen nacheinander, während Maester Luwin auf die Knie kam. Sein Arm war blutig aufgerissen. Osha lehnte Bran an Lord Rickards steinernen Wolf, dann eilte sie, dem Maester beizustehen. Im Licht der tropfenden Fackel kämpften zwanzig Fuß hohe Schattenwölfe an Mauern und Decken.

»Struppi«, rief eine leise Stimme. Als Bran aufblickte, stand sein kleiner Bruder in der Öffnung von Vaters Grab. Mit einem letzten Schnappen nach Sommers Gesicht ließ Struppel von ihm ab und sprang an Rickons Seite. »Lasst meinen Vater in Frieden«, warnte Rickon Luwin, »lasst ihn in Frieden.«

»Rickon«, sagte Bran sanft. »Vater ist nicht hier.«

»Ist er doch. Ich habe ihn gesehen.« Tränen glänzten auf Rickons Gesicht. »Ich habe ihn letzte Nacht gesehen.«

»Im Traum ...?«

Rickon nickte. »Lasst ihn. Lasst ihn in Ruhe. Jetzt kommt er heim, wie er es versprochen hat. Er kommt nach Hause.«

Nie zuvor hatte Bran Maester Luwin derart verunsichert gesehen. Blut tropfte von seinem Arm, wo Struppel die Wolle seines Ärmels und das Fleisch darunter zerfetzt hatte. »Osha, die Fackel«, sagte er, biss vor Schmerz die Zähne zusammen, und sie hob sie auf, bevor sie erlosch. Rußflecken schwärzten beide Beine vom Ebenbild seines Onkels. »Dieses ... dieses *Biest*«, fuhr Luwin fort, »sollte im Zwinger angekettet sein.«

Rickon tätschelte Struppels Schnauze, die feucht vom Blut war. »Ich hab ihn rausgelassen. Er mag keine Ketten.«

»Rickon«, sagte Bran, »würdest du gern mit mir kommen?«

»Nein. Es gefällt mir hier.«

»Hier ist es so dunkel. Und kalt.«

»Ich fürchte mich nicht. Ich muss auf Vater warten.«

»Du kannst bei mir warten«, sagte Bran. »Wir warten gemeinsam, du und ich und unsere Wölfe.« Beide Schattenwölfe leckten nun ihre Wunden, und man würde auf sie achten müssen.

»Bran«, sagte der Maester mit fester Stimme, »ich weiß, dass du es gut meinst, aber Struppel ist zu wild, als dass er frei herumlaufen könnte. Ich bin schon der Dritte, den er angefallen hat. Lass ihn in der Burg frei laufen, und es ist nur eine Frage der Zeit, bis er jemanden tötet. Die Wahrheit ist hart, aber der Wolf muss angekettet werden, oder ...« Er zögerte.

... oder getötet, dachte Bran, doch was er sagte, war: »Er ist nicht für die Kette gemacht. Wir werden in Eurem Turm warten, wir alle.«

»Das ist ganz unmöglich«, sagte Maester Luwin.

Osha grinste. »Der Junge ist hier der kleine Lord, wenn ich mich recht erinnere.« Sie gab Luwin seine Fackel zurück und nahm Bran wieder in ihre Arme. »Dann also zum Turm des Maesters.«

»Kommst du mit, Rickon?«

Sein Bruder nickte. »Wenn Struppi auch mitdarf«, sagte er, indem er Osha und Bran nachlief, und Maester Luwin blieb nur, ihnen zu folgen und ein wachsames Auge auf die Wölfe zu haben.

In Maester Luwins Turm herrschte ein solches Durcheinander, dass es Bran wie ein Wunder vorkam, wie er überhaupt je etwas fand. Schwankende Bücherstapel standen auf Tischen und Stühlen, verstöpselte Flaschen reihten sich auf den Regalen aneinander, Kerzenstummel und ganze Teiche von getrocknetem Wachs überzogen die Möbel, das bronzene, myrische Linsenrohr stand auf einem Dreifuß an der Terrassentür, Sternenkarten hingen an den Wänden, Schattenkarten lagen zwischen den Binsen verstreut, Papiere, Federn und Tintenfässer überall, und das alles war vom Kot der Raben im Gebälk befleckt. Deren schrilles Geschrei kam von oben herab, während Osha die Wunden des Maesters wusch, reinigte und verband, unter Luwins präziser Anleitung. »Das ist verrückt«, sagte der kleine, graue Mann, als sie die Wolfsbisse mit einer brennenden Salbe abtupfte. »Zugegebenermaßen ist es merkwürdig, dass ihr Jungen beide denselben Traum hattet, doch wenn man genauer darüber nachdenkt, ist es nur natürlich. Euer Hoher Vater fehlt euch, und ihr wisst, dass er gefangen ist. Angst kann einen Menschen fiebrig machen und ihm seltsame Gedanken einflößen. Rickon ist zu jung, das zu verstehen.«

»Ich bin schon vier«, sagte Rickon. Er spähte durch das Linsenrohr zu den Wasserspeiern am Ersten Fried hinüber. Die Schattenwölfe hatten sich an gegenüberliegenden Seiten des runden Raumes niedergelassen, leckten ihre Wunden und kauten an Knochen herum.

»... zu jung, und ... *ooh,* bei allen sieben Höllen, das brennt, nein, hör nicht auf, mehr. Zu jung, wie ich sage, aber du, Bran, du bist alt genug, um zu wissen, dass Träume nur Träume sind.«

»Manche sind es, manche nicht.« Osha goss hellrote Feuermilch in einen langen Schnitt. Luwin stöhnte. »Die Kinder des Waldes könnten Euch das eine oder andere über Träume erzählen.«

Tränen liefen dem Maester übers Gesicht, doch schüttelte er verbissen den Kopf. »Die Kinder ... leben nur in Träumen. Heute. Tot und begraben. Genug, es reicht. Jetzt den Verband. Polstern und dann umwickeln, und zieh es fest, ich werde bluten.«

»Die Alte Nan sagt, die Kinder des Waldes kannten die Lieder der Bäume, sodass sie wie Vögel fliegen und wie Fische schwimmen und mit den Tieren sprechen konnten«, erzählte Bran. »Sie sagt, sie haben Musik gemacht, die so schön war, dass man wie ein kleines Kind weinen musste, wenn man sie nur hörte.«

»Und das alles haben sie mit Zauberkraft getan«, sagte Maester Luwin. »Ich wünschte, sie wären jetzt hier. Ein Zauber würde meinen Arm mit weniger Schmerz heilen, und sie könnten mit Struppel sprechen und ihm sagen, dass er nicht beißen soll.« Er warf dem großen, schwarzen Wolf aus dem Augenwinkel einen bösen Blick zu. »Lass es dir eine Lehre sein, Bran. Wer auf Zauberkraft vertraut, duelliert sich mit gläsernem Schwert. Wie die Kinder. Hier, ich will dir etwas zeigen.« Abrupt stand er auf, durchquerte den Raum und kehrte mit einem grünen Gefäß in seiner heilen Hand zurück. »Sieh dir die hier an«, sagte er, als er den Korken herauszog und eine Hand voll schimmernder, schwarzer Pfeilspitzen hervorschüttelte.

Bran sammelte eine davon auf. »Sie ist aus Glas.« Neugierig kam Rickon näher, um einen Blick auf den Tisch zu werfen.

»Drachenglas«, nannte Osha es, als sie sich neben Luwin setzte, das Verbandszeug noch in der Hand.

»Obsidian«, beharrte Maester Luwin und streckte seinen verwundeten Arm aus. »In den Feuern der Götter geschmiedet, tief unter der Erde. Die Kinder des Waldes haben damit gejagt, vor Tausenden von Jahren. Die Kinder haben kein Metall bearbeitet. An Stelle von Kettenhemden trugen sie lange Gewänder aus verwobenen Blättern und banden Borke um ihre Beine, sodass sie mit dem Wald verschmolzen. An Stelle von Schwertern trugen sie Klingen aus Obsidian.«

»Und sie tun es noch.« Osha legte weiche Polster auf die Bisswunden am Unterarm des Maesters und band sie mit langen Leinenstreifen fest.

Bran betrachtete die Pfeilspitze eingehend. Das schwarze Glas war glatt und glänzend. Er fand es schön. »Darf ich eine behalten?«

»Wenn du möchtest«, sagte der Maester.

»Ich möchte auch eine«, sagte Rickon. »Ich möchte vier. Ich bin vier.«

Luwin ließ ihn zählen. »Vorsichtig, sie sind noch scharf. Schneid dich nicht.«

»Erzählt mir von den Kindern«, sagte Bran. Es war wichtig.

»Was willst du wissen?«

»Alles.«

Maester Luwin zupfte an seiner Kette, wo sie am Hals scheuerte. »Sie waren ein Volk aus Urzeiten, das allererste, vor Königen und Königreichen«, sagte er. »In jenen Tagen gab es weder Burgen noch Festungen, keine Städte, nicht mal so etwas wie Marktflecken fanden sich zwischen hier und dem Dornischen Meer. Es gab überhaupt keine Menschen. Nur die Kinder des Waldes wohnten in den Ländern, die wir heute die Sieben Königslande nennen.

Sie waren ein dunkles Volk, hübsch anzusehen, klein von Statur, selbst ausgewachsen nicht größer als Kinder. Sie lebten in den Tiefen der Wälder, in Höhlen und Pfahlbauten und geheimen Baumdörfern. Schlank, wie sie waren, bewegten sie sich schnell und voller Anmut. Männlein und Weiblein jagten gemeinsam mit Wehrholzbögen und fliegenden Schlingen. Ihre Götter waren die Götter von Wald, Fluss und Stein, die alten Götter, deren Namen geheim sind. Ihre weisen Männer nannten sich Grünseher und schnitzten seltsame Gesichter in die Wehrholzbäume, damit diese auf die Wälder Acht gaben. Wie lange die Kinder hier gelebt haben oder woher sie gekommen waren, weiß niemand.

Vor zwölftausend Jahren etwa erschienen die Ersten Menschen von Osten her, überquerten den Gebrochenen Arm von Dorne, bevor er gebrochen war. Sie kamen mit bronzenen Schwertern und großen Lederschilden und ritten auf Pferden. Kein Pferd war je zuvor diesseits der Meerenge gewesen. Zweifellos fürchteten sich die Kinder vor den Pferden ebenso sehr wie die Ersten Menschen vor den Gesichtern an den Bäumen. Als die Ersten Menschen Festungen und Höfe anlegten, fällten sie die Gesichter und übergaben sie dem Feuer. Voller Entsetzen zogen die Kinder in den Krieg. In den alten Liedern heißt es, die Grünseher hätten dunkle Zauberkräfte eingesetzt, damit sich das Meer erhob und das Land mit sich riss, was den Arm zerschlug, doch war es zu spät, diese Tür zu schließen. Die Kriege gingen weiter, bis sich die Erde vom Blut der Ersten Menschen und der Kinder gleichermaßen rot färbte, mehr jedoch von den Kindern als von den Menschen, denn diese waren größer und stärker, und Holz und Stein und Obsidian können der Bronze nur schwer standhalten. Schließlich obsiegte die Weisheit beider Rassen, und die Häuptlinge und Helden der Ersten Menschen trafen sich mit den Grünsehern und Holztänzern inmitten der Wehrholzhaine einer kleinen Insel in dem großen See, den man Götterauge nennt.

Dort schmiedeten sie den Pakt. Die Ersten Menschen bekamen die Küstenländer, die Hochebenen und das Weideland, die Berge und Sümpfe, doch die tiefen Wälder sollten auf ewig den Kindern gehören, und im ganzen Reich sollte kein Wehrholzbaum je wieder einer Axt zum Opfer fallen. Damit die Götter Zeugen der Unterzeichnung werden konnten, bekam jeder Baum der Insel ein Gesicht, und danach gründete man den heiligen Orden der grünen Männer, die über die Insel der Gesichter wachen sollten.

Mit dem Pakt begannen viertausend Jahre Freundschaft zwischen den Menschen und den Kindern. Nach einiger Zeit legten die Ersten Menschen sogar die Götter ab, die sie mitgebracht hatten, und begannen, die geheimen Götter des Waldes anzubeten. Mit der Unterzeichnung des Paktes endete das Zeitalter der Dämmerung, und das Zeitalter der Helden begann.«

Brans Faust ballte sich um die schimmernd schwarze Pfeilspitze. »Aber jetzt gibt es keine Kinder des Waldes mehr, sagt Ihr.«

»Hier nicht«, sagte Osha, als sie das Ende des letzten Verbandes mit den Zähnen abbiss. »Nördlich der Mauer sieht es anders aus. Dorthin sind die Kinder gegangen, und die Riesen und die anderen alten Rassen.«

Maester Luwin seufzte. »Weib, eigentlich solltest du tot oder in Ketten sein. Die Starks haben dich besser behandelt, als du es verdient hättest. Es ist undankbar, dass du ihnen ihre Freundlichkeit heimzahlst, indem du ihren Jungen solche Narreteien einbläst.«

»Sagt mir, wo sie geblieben sind«, verlangte Bran. »Ich möchte es wissen.«

»Ich auch«, plapperte Rickon nach.

»Nun, also gut«, murmelte Luwin. »Solange die Königreiche der Ersten Menschen bestanden, hielt der Pakt während des gesamten Heldenzeitalters und durch die Lange Nacht und über die Geburt der Sieben Königslande hinaus, schließlich kam aber eine Zeit, viele Jahrhunderte später, als andere Völker die Meerenge überquerten.

Die Andalen waren die Ersten, eine Rasse von hochgewachsenen, blonden Kriegern, die mit Stahl und Feuer und dem siebenzackigen Stern der neuen Götter – auf ihre Brust gemalt – herüberkamen. Die Kriege dauerten Hunderte von Jahren, doch am Ende fielen ihnen alle sechs südlichen Königreiche zu. Nur hier, wo der König des Nordens jede Armee zurückwarf, die versuchte, die Eng zu überqueren, dauerte die Herrschaft der Ersten Menschen an. Die Andalen brannten die Wehrholzhaine nieder, hackten die Gesichter heraus, mordeten die Kinder, wo immer sie ihnen begegneten, und verkündeten überall den Triumph der Sieben über die alten Götter. Also flohen die Kinder in den Norden ...«

Sommer fing an zu heulen.

Maester Luwin hielt verdutzt inne. Als Struppel aufsprang und ins Heulen seines Bruders einfiel, war Brans Herz von Furcht ergriffen. »*Sie kommt*«, flüsterte er mit sicherer Verzweiflung. Seit der letzten Nacht schon hatte er es gewusst, wie ihm nun klarwurde, seit ihn die Krähe hinunter in die Gruft geführt hatte, um Abschied zu nehmen. Er hatte es gewusst, nur hatte er es nicht geglaubt. Er hatte gewollt, dass Maester Luwin Recht behielt. Die Krähe, dachte er, *die dreiäugige Krähe ...*

Das Geheul erstarb so plötzlich, wie es begonnen hatte. Sommer tappte über den Boden der Turmkammer zu Struppel hinüber und begann, an dem blutig verfilzten Fell hinten am Hals seines Bruders herumzulecken. Vom Fenster her war ein Flattern von Flügeln zu hören.

Ein Rabe landete auf der grauen Steinmauer, machte seinen Schnabel auf und gab ein harsches, heiseres, kummervolles Krächzen von sich.

Rickon begann zu weinen. Eine Pfeilspitze nach der anderen glitt ihm aus der Hand und fiel zu Boden. Bran zog ihn an sich und nahm ihn in den Arm.

Maester Luwin starrte den schwarzen Vogel an, als wäre er ein Skorpion mit Flügeln. Er stand auf, langsam wie ein

Schlafwandler, und trat ans Fenster. Als er pfiff, hüpfte der Rabe auf seinen bandagierten Unterarm. Getrocknetes Blut war an seinen Flügeln zu sehen. »Ein Falke«, murmelte Luwin, »vielleicht eine Eule. Armes Tier. Ein Wunder, dass es durchgekommen ist.« Er löste den Brief vom Bein des Vogels.

Bran spürte, wie er zitterte, als der Maester das Papier entrollte. »Was steht da?«, sagte er und hielt seinen Bruder noch umso fester.

»Du weißt, was es ist, Junge«, sagte Osha nicht unfreundlich. Sie legte ihm die Hand auf den Kopf.

Benommen blickte Maester Luwin sie an, ein kleiner, grauer Mann mit Blut am Ärmel seiner grauen Wollrobe und Tränen in den hellen, grauen Augen. »Mylords«, sagte er zu den Söhnen mit heiserer und leiser Stimme, »wir ... wir werden einen Steinmetz finden müssen, der sein Angesicht gut kannte ...«

 SANSA

In der Turmkammer im Herzen von Maegors Feste gab sich Sansa der Dunkelheit hin.

Sie zog die Vorhänge um ihr Bett zu, schlief, erwachte weinend und schlief erneut. Wenn sie nicht schlafen konnte, lag sie bebend vor Trauer unter ihrer Decke. Dienerinnen kamen und gingen, brachten Mahlzeiten, doch der bloße Anblick des Essens war mehr, als sie ertragen konnte. Die Teller stapelten sich auf dem Tisch unter ihrem Fenster, unangetastet und schimmelnd, bis die Dienerinnen sie hinaustrugen.

Manchmal war ihr Schlaf bleiern und traumlos, und sie wachte müder auf als zu dem Zeitpunkt, da sie die Augen geschlossen hatte. Dennoch war dies ihre beste Zeit, denn wenn sie träumte, träumte sie von Vater. Wach oder im Schlaf, sie sah ihn, sah, wie die Goldröcke ihn zu Boden stießen, sah, wie Ser Ilyn vortrat, Eis aus der Scheide auf seinem Rücken zog, sah den Augenblick ... den Augenblick, als sie sich hatte abwenden wollen, sie hatte es *gewollt*, die Beine hatten unter ihr nachgegeben, und sie war auf die Knie gefallen, trotzdem hatte sie sich irgendwie nicht abwenden können, und alle Leute schrien und kreischten, und ihr Prinz hatte sie angelächelt, er hatte *gelächelt*, und sie hatte sich sicher gefühlt, nur einen Herzschlag lang, bis er jene Worte sagte und die Beine ihres Vaters ... das war es, woran sie sich erinnerte, seine Beine, wie sie *gezuckt* hatten, als Ser Ilyn ... als das Schwert ...

Vielleicht werde auch ich sterben, sagte sie sich, und der Gedanke erschien ihr gar nicht so schrecklich. Wenn sie sich aus dem Fenster stürzte, konnte sie ihrer Pein ein Ende bereiten, und in kommenden Jahren würden Sänger Lieder über ihr Leid dichten. Ihr Leib läge unten auf den Steinen, zerschmettert und unschuldig, zur Schande aller, die sie verraten hatten. Sansa ging so weit, dass sie ihre Schlafkammer durchmaß und die Läden aufwarf ... dann verließ sie der Mut, und schluchzend lief sie zurück zu ihrem Bett.

Die Dienstmädchen versuchten, mit ihr zu sprechen, wenn sie ihr das Essen brachten, doch antwortete sie ihnen nie. Einmal kam Großmaester Pycelle mit einem Kasten voller Fläschchen und Phiolen und fragte, ob sie krank sei. Er fühlte ihre Stirn, ließ sie sich ausziehen und tastete sie überall ab, während ihre Dienerin sie festhielt. Als er ging, gab er ihr ein Mittel aus Honigwasser und Kräutern und sagte ihr, sie solle jeden Abend einen Schluck davon einnehmen. Sie trank alles auf einmal aus und legte sich daraufhin schlafen.

Sie träumte von Schritten auf der Turmtreppe, ein unheilvolles Scharren von Leder auf Stein, als ein Mann langsam zu ihrer Schlafkammer heraufkam, Stufe für Stufe. Sie konnte sich nur hinter der Tür verstecken und zitternd lauschen, wie er näher und immer näher kam. Es war Ser Ilyn Payn, das wusste sie, mit Eis in Händen, und er wollte sie holen, um ihr ebenfalls den Kopf abzuschlagen. Sie konnte nirgendwohin fliehen, konnte sich nirgendwo verstecken, hatte nichts, womit sie die Tür verriegeln konnte. Schließlich hielten die Schritte an, und sie wusste, dass er draußen stand, schweigend mit seinen toten Augen und dem langen, pockennarbigen Gesicht. Da merkte sie, dass sie nackt war. Sie hockte am Boden, versuchte, sich mit ihren Händen zu bedecken, als sich die Tür knarrend öffnete und die Spitze des Großschwertes hereinragte ...

Murmelnd erwachte sie: »Bitte, bitte, ich will gut sein, ich will gut sein, bitte nicht«, doch war niemand da, der sie hätte hören können.

Als sie dann tatsächlich zu ihr kamen, hatte Sansa ihre Schritte nicht gehört. Es war Joffrey, der ihre Tür aufmachte, nicht Ser Ilyn, sondern der Junge, der einst ihr Prinz gewesen war. Sie lag im Bett, hatte sich eingerollt, die Vorhänge zugezogen, und sie hätte nicht sagen können, ob Mittag oder Mitternacht war. Zunächst hörte sie die Tür knallen. Dann wurden ihre Bettvorhänge zurückgerissen, und sie hob eine Hand gegen das plötzlich grelle Licht und sah, dass sie sich über sie beugten.

»Ihr werdet mich heute Nachmittag bei Hofe begleiten«, sagte Joffrey. »Sorgt dafür, dass Ihr badet und Euch kleidet, wie es meiner Verlobten gebührt.« Sandor Clegane stand an seiner Seite in schlichtem, braunem Wams und grünem Umhang, sein verbranntes Gesicht wirkte im Morgenlicht Grauen erregend. Hinter ihnen sah sie zwei Ritter der Königsgarde in langen weißen Satinumhängen.

Sansa zog ihre Decke bis ans Kinn, um sich zu bedecken. »Nein«, wimmerte sie, »bitte … lasst mich.«

»Wenn Ihr nicht aufstehen und Euch ankleiden wollt, wird mein Bluthund es für Euch tun«, erwiderte Joffrey.

»Ich flehe Euch an, mein Prinz …«

»Ich bin jetzt König. Hund, hol sie aus dem Bett.«

Sandor Clegane hielt sie an den Hüften und hob sie vom Federbett, während sie sich kraftlos wehrte. Ihre Decke fiel zu Boden. Darunter trug sie nur ein dünnes Schlafkleid, das ihren nackten Leib verhüllte. »Tu, was man dir sagt, Kind«, sagte Clegane. »Zieh dich an.« Er schob sie ihrem Schrank entgegen, fast zärtlich.

Sansa wich vor ihnen zurück. »Ich habe getan, was die Königin von mir verlangt hat, ich habe die Briefe geschrieben, ich habe geschrieben, was sie mir gesagt hat. Ihr habt versprochen, Ihr wolltet gnädig sein. Bitte, lasst mich nach Hause gehen. Ich werde niemanden verraten. Ich will gut sein, ich schwöre es, ich habe kein Verräterblut in mir, *bestimmt nicht*. Ich will doch nur nach Hause.« Als sie sich ihrer Kinderstube erinnerte, ließ sie den Kopf sinken. »Wie es Euch beliebt«, endete sie erschöpft.

»Es beliebt mir *keineswegs*«, sagte Joffrey. »Mutter meint, ich soll Euch trotzdem heiraten, also bleibt Ihr hier, und Ihr werdet gehorchen.«

»Ich *will* Euch *nicht* heiraten«, heulte Sansa. »Ihr habt meinem Vater den *Kopf* abgeschlagen!«

»Er war ein Verräter. Ich habe nie versprochen, ihn zu schonen, nur dass ich gnädig sein würde, und das war ich. Wenn er nicht Euer Vater gewesen wäre, hätte ich ihn vierteilen oder häuten lassen, aber ich habe ihm einen sauberen Tod geschenkt.«

Sansa starrte ihn an und erkannte ihn zum ersten Mal. Er trug ein wattiertes, rotes Wams mit einem Löwenmuster und kleinem Umhang aus Goldtuch mit hohem Kragen, der sein Gesicht einrahmte. Sie fragte sich, wie sie ihn jemals hatte für hübsch halten können. Seine Lippen waren so weich und rot wie die Würmer, die man nach dem Regen fand, und seine Augen waren eitel und grausam. »Ich hasse Euch«, flüsterte sie.

König Joffreys Miene verhärtete sich. »Meine Mutter sagt, es zieme sich für einen König nicht, seine Frau zu schlagen. Ser Meryn.«

Der Ritter war bei ihr, bevor sie noch denken konnte, riss ihre Hand zurück, als sie versuchte, ihr Gesicht zu schützen, und schlug ihr mit der Faust im Handschuh rückhändig übers Ohr. Sansa erinnerte sich nicht, gestürzt zu sein, doch lag sie auf einem Knie zwischen den Binsen. Ihr ganzer Kopf summte. Ser Meryn beugte sich über sie, mit Blut an den Fingern seiner weißen Seidenhandschuhe.

»Wollt Ihr Euch nun fügen, oder muss ich Euch noch einmal züchtigen?«

Sansas Ohr fühlte sich taub an. Sie berührte es, und ihre Fingerspitzen wurden feucht und rot. »Ich ... wie ... wie Ihr befehlt, Mylord.«

»*Majestät*«, korrigierte Joffrey sie. »Ich werde Euch bei Hofe erwarten.« Er wandte sich um und ging.

Ser Meryn und Ser Arys folgten ihm hinaus, doch Sandor Clegane blieb noch so lange, dass er sie rüde auf die Beine reißen konnte. »Erspar dir den Schmerz, Mädchen, und gib ihm, was er will.«

»Was ... was will er? Bitte, sagt es mir.«

»Er will, dass du lächelst und gut riechst und seine Liebste bist«, krächzte der Bluthund. »Er will, dass du all die hübschen, kleinen Worte rezitierst, die deine Septa dich gelehrt hat. Er will, dass du ihn liebst ... und fürchtest.«

Nachdem er gegangen war, sank Sansa wieder auf die Binsen und stierte an die Wand, bis zwei ihrer Dienerinnen ängstlich in die Kammer schlichen. »Ich werde heißes Wasser für mein Bad brauchen, bitte«, erklärte sie ihnen, »und Duftwasser und etwas Puder, um diesen Bluterguss zu verbergen.« Ihre rechte Gesichtsseite war geschwollen und begann zu schmerzen.

Das heiße Wasser ließ sie an Winterfell denken, und daraus schöpfte sie Kraft. Seit jenem Tag, an dem ihr Vater gestorben war, hatte sie sich nicht gewaschen, und sie war erstaunt, wie schmutzig das Wasser wurde. Die Mädchen rieben das Blut von ihrem Gesicht, schrubbten den Schmutz von ihrem Rücken, wuschen ihr Haar und bürsteten es aus, bis wieder dicke, braune Locken wippten. Sansa sprach nicht mit ihnen, außer dass sie Anweisungen gab. Sie waren Dienerinnen der Lennisters, nicht ihre eigenen, und sie traute ihnen nicht. Als es Zeit wurde, sich anzuziehen, wählte sie das grüne Seidenkleid, das sie beim Turnier getragen hatte. Sie erinnerte sich, wie galant sich Joff ihr gegenüber an jenem Abend beim Fest benommen hatte. Vielleicht erinnerte es auch ihn daran, und er würde sie sanfter behandeln.

Sie trank ein Glas Buttermilch und knabberte an süßem Brot herum, während sie wartete, um ihren Magen zu beruhigen. Es war Mittag, als Ser Meryn wieder kam. Er hatte seine weiße Rüstung angelegt. Ein geschupptes Hemd aus Emaille, mit Gold ziseliert, ein hoher Helm mit einer goldenen Sonne darauf, Beinschienen und Ringkragen und Panzerhandschuhe und Stiefel auf glänzendem Metall, dazu einen schweren Wollumhang, der von einem goldenen Löwen gehalten wurde. Sein Visier war vom Helm entfernt worden, sodass sein strenges Gesicht besser zu sehen war, dicke Tränensäcke unter den Augen, ein breiter, mürrischer Mund, rostfarbenes Haar voll grauer Flecken. »Mylady«, sagte er und verneigte sich, als hätte er sie nicht drei Stunden zuvor blutig geschlagen. »Seine Majestät hat mich angewiesen, Euch in den Thronsaal zu begleiten.«

»Hat er Euch ebenfalls angewiesen, mich zu schlagen, falls ich mich weigere?«

»Weigert Ihr Euch denn, Mylady?« Der Blick, den er ihr zuwarf, war ohne jeden Ausdruck. Den Bluterguss, den sie ihm verdankte, schien er nicht zu bemerken.

Er hasste sie nicht, wie Sansa merkte, doch liebte er sie auch nicht. Er empfand rein gar nichts für sie. Sie war für ihn nur ein *Ding.* »Nein«, sagte sie und erhob sich. Sie wollte toben, ihm Schmerz zufügen, wie er ihr Schmerz zugefügt hatte, ihn warnen, wenn sie erst Königin wäre, würde sie ihn in die Verbannung schicken, falls er jemals wieder wagen sollte, sie zu schlagen, doch fiel ihr ein, was der Bluthund ihr erklärt hatte, also sagte sie nur: »Ich will alles tun, was Seine Majestät befiehlt.«

»Genau wie ich«, gab er zurück.

»Ja, aber Ihr seid kein wahrer Ritter, Ser Meryn.«

Sandor Clegane hätte sie ausgelacht, das wusste Sansa. Andere Männer hätten sie verflucht, sie gewarnt zu schweigen, sie vielleicht sogar um Verzeihung gebeten. Ser Meryn Trant tat nichts dergleichen. Ser Meryn Trant war es schlicht gleichgültig.

Auf dem Balkon war niemand außer Sansa. Mit geneigtem Kopf stand sie da, rang ihre Tränen nieder, während unten Joffrey auf seinem Eisernen Thron saß und sprach, was er für Recht hielt. Neun von zehn Fällen schienen ihn zu langweilen. Die Behandlung dieser überließ er seinem Rat und wand sich rastlos, während Lord Baelish, Großmaester Pycelle oder Königin Cersei die Sache entschieden. Wenn er sich jedoch entschloss, über jemanden zu richten, konnte ihn nicht einmal seine Mutter in seinem Urteil umstimmen.

Ein Dieb wurde ihm vorgeführt, und er ließ ihm von Ser Ilyn eine Hand abschlagen, gleich dort bei Gericht. Zwei Ritter kamen mit einem Streit um ein Stück Land zu ihm, und er entschied, sie sollten sich am Morgen darüber duellieren. »Bis zum *Tod*«, fügte er hinzu. Eine Frau fiel auf die Knie und bat um den Kopf eines Mannes, der als Verräter hingerichtet worden war. Sie habe ihn geliebt, sagte sie, und sie wolle dafür sorgen, dass er anständig beerdigt würde. »Wenn du einen Verräter geliebt hast, musst du selbst eine Verräterin sein«, sagte Joffrey. Zwei Goldröcke schleppten sie fort in den Kerker.

Der froschgesichtige Lord Slynt saß am Ende des Ratstisches und trug ein schwarzes Wams aus Samt mit einem schimmernden Umhang aus Goldtuch, und er nickte jedes Mal zustimmend, wenn der König ein Urteil fällte. Harten Blickes starrte Sansa in sein hässliches Gesicht, erinnerte sich daran, wie er ihren Vater zu Boden gestoßen hatte, damit Ser Ilyn ihn enthaupten konnte, wünschte sich, sie könne ihn verletzen, wünschte sich, irgendein Held würde ihn zu Boden stoßen und ihm den Kopf abschlagen. Doch eine Stimme in ihrem Inneren flüsterte: *Es gibt keine Helden*, und sie dachte daran, was Lord Petyr zu ihr gesagt hatte, hier in ebendiesem Saal. »Das Leben ist kein Lied, süßes Kind«, hatte er ihr erklärt. »Das wirst du zu deinem Bedauern eines Tages feststellen müssen.« *Im Leben siegen die Ungeheuer*, sagte sie sich, und dann hörte sie die Stimme des Bluthunds, ein kaltes Krächzen wie Metall auf Stein. »Erspar dir den Schmerz, Mädchen, und gib ihm, was er haben will.«

Der letzte Fall war der eines rundlichen Tavernensängers, dem vorgeworfen wurde, ein Lied gesungen zu haben, das sich über den verstorbenen König Robert lustig machte. Joff gab den Befehl, seine Holzharfe zu holen, und befahl ihm, das Lied vor dem Gericht zu singen. Der Sänger weinte und schwor, er wolle dieses Lied nie wieder singen, der König hingegen bestand darauf. Es war ein lustiges Lied darüber, wie Robert mit einem Schwein rang. Das Schwein war der Keiler, der ihn getötet hatte, wie Sansa wusste, doch in manchen Versen klang es fast, als sänge er über die Königin. Als das Lied zu Ende war, verkündete Joffrey, er wolle gnädig sein. Der Sänger dürfe entweder seine Finger oder seine Zunge behalten. Ihm bliebe ein Tag, sich zu entscheiden. Janos Slynt nickte.

Das war der letzte Fall an diesem Nachmittag, wie Sansa erleichtert feststellte, ihr Martyrium dagegen war noch nicht beendet. Als die Stimme des Herolds das Gericht entließ, floh sie vom Balkon und fand Joffrey wartend am Fuße der gewundenen Treppe vor. Der Bluthund war bei ihm, und auch Ser Meryn. Der junge König musterte sie kritischen Blickes von oben bis unten. »Ihr seht viel besser aus als vorher.«

»Danke, Majestät«, sagte Sansa. Leere Worte, doch ließen sie ihn nicken und lächeln.

»Spaziert mit mir«, befahl Joffrey und bot ihr seinen Arm an. Ihr blieb nur, ihn zu nehmen. Früher einmal hätte die bloße Berührung seiner Hand sie in helle Aufregung versetzt, jetzt bekam sie eine Gänsehaut. »Bald naht mein Namenstag«, sagte Joffrey, als sie den Thronsaal durch den Hinterausgang verließen. »Es wird ein großes Fest geben und Geschenke. Was wollt Ihr mir schenken?«

»Ich ... ich habe noch nicht darüber nachgedacht, Mylord.«

»*Majestät*«, fuhr er sie scharf an. »Ihr seid wirklich ein dummes Mädchen, was? Meine Mutter sagt das auch.«

»Sagt sie das?« Nach allem, was geschehen war, hätten ihre Worte nicht mehr die Kraft besitzen sollen, sie zu verletzen, doch irgendwie war es nicht so. Die Königin hatte sie stets so nett behandelt.

»O ja. Sie macht sich Gedanken um unsere Kinder, ob sie dumm werden wie Ihr, aber ich habe ihr gesagt, sie soll sich nicht sorgen.« Der König deutete auf die Tür, und Ser Meryn öffnete sie.

»Danke, Majestät«, murmelte sie. *Der Bluthund hat Recht,* dachte sie, *ich bin nur ein kleiner Vogel und plappere die Worte nach, die man mich gelehrt hat.* Die Sonne war hinter der Westmauer versunken, und die Steine des Roten Bergfrieds glühten dunkel wie Blut.

»Ich mache Euch ein Kind, sobald Ihr empfangen könnt«, sagte Joffrey, als er sie über den Übungshof geleitete. »Wenn es dumm ist, schlage ich Euch den Kopf ab und suche mir eine klügere Frau. Was glaubt Ihr, wann Ihr in der Lage wäret, Kinder zu bekommen?«

Sansa konnte ihn nicht ansehen, so sehr beschämte er sie. »Septa Mordane sagt ... die meisten hochgeborenen Mädchen erblühen mit zwölf oder dreizehn.«

Joffrey nickte. »Hier entlang.« Er brachte sie zum großen Tor, zum Fuß der Treppe, die zu den Zinnen hinaufführte.

Bebend riss sich Sansa von ihm los. Plötzlich wusste sie, wohin sie gingen. »Nein«, sagte sie, und ihre Stimme war ein ängstliches Stöhnen. »Bitte zwingt mich nicht, ich flehe Euch an ...«

Joffrey presste die Lippen aufeinander. »Ich will Euch zeigen, was mit Verrätern geschieht.«

Wild schüttelte Sansa den Kopf. »Ich will nicht, *ich will nicht*.«

»Ich könnte Euch von Ser Meryn hinaufbringen lassen«, sagte er. »Das würde Euch nicht gefallen. Ihr solltet besser tun, was ich verlange.« Joffrey griff nach ihr, und Sansa machte sich von ihm los, stieß rückwärts gegen den Bluthund.

»Tu es, Mädchen«, forderte Sandor Clegane sie auf und schob sie dem König entgegen. Sein Mund zuckte auf der verbrannten Seite seines Gesichts, und fast konnte Sansa schon hören, was er sagen würde. *Er bringt dich in jedem Fall hinauf, also gib ihm lieber, was er haben will.*

Sie zwang sich dazu, König Joffreys Hand zu nehmen. Der Aufstieg war wie aus einem Albtraum. Jeder Schritt war ihr ein Kampf, als zöge sie ihre Füße aus knöcheltiefem Schlamm, und es waren mehr Stufen, als sie geglaubt hätte, eintausend Stufen, und das Grauen wartete oben auf den Zinnen.

Unter den hohen Wehranlagen des großen Tores breitete sich die ganze Welt vor ihnen aus. Sansa konnte die Große Septe von Baelor auf dem Visenyashügel sehen, wo ihr Vater gestorben war. Am anderen Ende der Straße der Schwestern standen die vom Feuer geschwärzten Ruinen der Drachenhöhle. Im Westen verschwand die pralle Sonne halb hinter dem Tor der Götter. Hinter ihr lag das salzige

Meer und im Süden der Fischmarkt und der Hafen und der wilde Strom des Schwarzwassers. Und im Norden …

Sie wandte sich dorthin und sah nur die Stadt, Straßen und Gassen und Hügel und Täler und noch mehr Straßen und noch mehr Gassen und den Stein ferner Mauern. Doch wusste sie, dass sich jenseits davon offenes Land befand, Höfe und Felder und Wälder, und dahinter, nördlich und nördlich und wieder nördlich, stand Winterfell.

»Wohin siehst du?«, sagte Joffrey. »Das hier wollte ich dir zeigen, da vorn.«

Eine dicke, steinerne Brüstung schützte den Außenrand der Wehranlage, reichte bis an Sansas Kinn, mit Zinnen, die alle fünf Fuß weit für die Bogenschützen hineingemeißelt waren. Die Köpfe befanden sich zwischen den Zinnen, oben auf der Mauer, auf Eisenstangen aufgespießt, sodass sie auf die Stadt hinausblicken konnten. Sansa hatte sie in dem Moment bemerkt, als sie auf den Gang hinausgetreten war, doch der Fluss und die geschäftigen Straßen waren so viel schöner. *Er kann mich zwingen, einen Blick auf die Köpfe zu werfen*, sagte sie sich, *aber er kann mich nicht zwingen, sie zu sehen.*

»Das hier ist dein Vater«, sagte er. »Der hier. Hund, dreh ihn um, damit sie ihn betrachten kann.«

Sandor Clegane nahm den Kopf bei den Haaren und drehte ihn um. Man hatte den abgeschlagenen Schädel in Teer getaucht, damit er sich länger hielt. Ruhig warf Sansa einen Blick darauf, doch sah sie ihn nicht. Er sah nicht wirklich wie Lord Eddard aus, dachte sie. Er sah nicht einmal *echt* aus. »Wie lange muss ich ihn mir anschauen?«

Joffrey schien enttäuscht. »Willst du die anderen sehen?« Es war eine ganze Reihe davon.

»Wenn es Euch beliebt, Majestät.«

Joffrey geleitete sie den Gang hinunter, an einem Dutzend weiterer Köpfe und zwei leeren Spießen vorüber. »Die hier spare ich mir für meinen Onkel Stannis und meinen Onkel Renly«, erklärte er. Die anderen Köpfe waren schon viel länger tot und aufgespießt als der ihres Vaters. Trotz des Teers waren die meisten schon lange nicht mehr zu erkennen. Der König deutete auf einen und sagte:»Das da ist deine Septa«, aber Sansa hätte nicht sagen können, ob es eine Frau war oder nicht. Der Unterkiefer war aus dem Gesicht gefault, und Vögel hatten ein Ohr und den Großteil ihrer Wange ausgepickt.

Sansa hatte sich schon gefragt, was mit Septa Mordane geschehen war, obwohl sie vermutete, dass sie es insgeheim lange schon gewusst hatte.»Warum habt Ihr sie getötet?«, fragte sie.»Sie war eine götterfürchtige ...«

»Sie war eine Verräterin.«Joffrey schien zu schmollen. Irgendwie verärgerte sie ihn.»Du hast noch nicht gesagt, was du mir zu meinem Namenstag schenken willst. Vielleicht sollte ich stattdessen dir etwas schenken, was meinst du?«

»Wenn es Euch beliebt, Majestät«, sagte Sansa.

Als er lächelte, wusste sie, dass er sie verspottete.»Dein Bruder ist auch ein Verräter, weißt du.« Er drehte Septa Mordanes Kopf wieder zurück.»Ich erinnere mich an deinen Bruder noch von Winterfell. Mein Hund hat ihn den Lord vom hölzernen Schwert genannt. War es nicht so, Hund?«

»Habe ich?«, erwiderte der Bluthund.»Ich erinnere mich nicht.«

Joffrey zuckte verdrießlich mit den Schultern.»Dein Bruder hat meinen Onkel Jaime besiegt. Meine Mutter sagt, es sei Verrat und Hinterlist gewesen. Sie hat geweint, als sie es hörte. Alle Frauen sind schwach, selbst sie, obwohl sie vorgibt, es nicht zu sein. Sie sagt, wir müssen in Königsmund bleiben für den Fall, dass mein anderer Onkel angreift, aber mir ist das egal. Nach meinem Namenstagsfest werde ich ein Heer zusammenstellen und deinen Bruder höchstpersönlich töten. Das will ich Euch schenken, Lady Sansa. Den Kopf Eures Bruders.«

Es kam wie eine Art von Wahnsinn über sie, und sie hörte sich sagen: »Vielleicht schenkt mir mein Bruder ja Euren Kopf.«

Finster blickte Joffrey sie an. »Nie sollst du mich so verspotten. Ein wahres Eheweib verspottet seinen Herrn nicht. Ser Meryn, züchtigt sie.«

Diesmal nahm der Ritter sie unter dem Kinn und hielt ihren Kopf still. Zweimal schlug er zu, von links nach rechts und fester noch von rechts nach links. Ihre Lippe platzte auf, und Blut lief über ihr Kinn, vermischte sich mit dem Salz ihrer Tränen.

»Ihr solltet nicht dauernd heulen«, erklärte Joffrey. »Ihr seid hübscher, wenn Ihr lacht und lächelt.«

Sansa zwang sich zum Lächeln, fürchtete, Ser Meryn würde sie wieder schlagen, wenn sie es nicht täte, doch nützte es nichts, der König schüttelte den Kopf. »Wischt Euch das Blut ab, Ihr seid ganz schmutzig.«

Die äußere Balustrade reichte bis an ihr Kinn, doch an der Innenseite des Ganges war nichts, nur ein langer Weg von siebzig, achtzig Fuß bis in den Hof hinunter. Nur ein kleiner Stoß war nötig, sagte sie sich. Er stand genau da, *genau* richtig, grinste sie höhnisch mit seinen feisten Wurmlippen an. *Du könntest es tun,* sagte sie sich. *Du könntest es. Tu es gleich jetzt.* Es wäre sogar ganz egal, wenn sie mit ihm zusammen hinunterstürzte. Es war ihr vollkommen egal.

»Hier, Mädchen.« Sandor Clegane kniete vor ihr, *zwischen* ihr und Joffrey. Mit einem Zartgefühl, das bei einem derart großen Mann nur überraschen konnte, tupfte er das Blut von ihrer aufgeplatzten Lippe.

Der Augenblick war vorüber. Sansa senkte den Blick. »Danke«, sagte sie, als er fertig war. Sie war ein braves Mädchen und wusste sich stets zu benehmen.

 DAENERYS

Flügel überschatteten ihre Fieberträume.

»Du willst doch nicht den Drachen wecken, oder?«

Sie lief einen langen Gang unter hohen Steinbögen entlang. Sie konnte sich nicht umsehen, durfte sich nicht umsehen. Vor ihr befand sich eine Tür, aus der Ferne winzig, aber selbst von weitem sah sie, dass sie rot gestrichen war. Sie ging schneller, und ihre nackten Füße ließen blutige Abdrücke auf dem Stein zurück.

»Du willst doch nicht den Drachen wecken, oder?«

Sie sah das Licht der Sonne auf dem Dothrakischen Meer, dieser lebenden Ebene voller Gerüche von Erde und Tod. Wind verwehte die Gräser, und sie wogten wie Wasser. Drogo hielt sie in starken Armen, und seine Hand streichelte ihr Geschlecht und öffnete sie und weckte diese süße Feuchte, die ihm allein gehörte, und die Sterne lächelten auf sie herab, Sterne am Himmel voller Tageslicht. »Heimat«, flüsterte sie, als er in sie eindrang und ihr seinen Samen gab, doch plötzlich waren die Sterne verschwunden, große Schwingen zogen über den blauen Himmel, und die Welt stand in Flammen.

»... willst doch nicht den Drachen wecken, oder?«

Ser Jorahs Miene war ausgezehrt und voller Trauer. »Rhaegar war der letzte Drache«, erklärte er ihr. Er wärmte durchscheinende Hände über einer glühenden Kohlenpfanne, in der steinerne Eier, rot wie Kohlen, glühten. Im einen Augenblick war er noch da, im nächsten verblasste er schon, seine Haut farblos, weniger ein Körper noch als der Wind. »Der letzte Drache«, flüsterte er und war schon nicht mehr da. Sie spürte die Finsternis in ihrem Rücken, und die rote Tür schien weiter fort als je zuvor.

»... *willst doch nicht den Drachen wecken, oder?*«

Viserys stand schreiend vor ihr. »Der Drache bittet nicht, Hure. Man gibt dem Drachen keine Befehle. Ich bin der Drache, und ich werde gekrönt.« Das geschmolzene Gold tropfte wie Wachs an seinem Gesicht herab, brannte tiefe Furchen in seine Haut. »*Ich bin der Drache, und ich werde gekrönt!*«, kreischte er, und seine Finger schnappten wie Schlangen, bissen nach ihren Brustwarzen, kniffen, drehten, während seine Augen platzten und wie Gelee über schwarze, versengte Wangen liefen.

»... *willst doch nicht den Drachen wecken* ...«

Die rote Tür lag so weit vor ihr, und sie konnte spüren, wie der eisige Atem hinter ihr sie einholte. Wenn er sie fing, würde sie eines Todes sterben, der mehr war als der Tod, und auf ewig in der Finsternis heulen. Sie fing an zu rennen.

»... *willst doch nicht den Drachen wecken* ...«

Sie konnte die Hitze in sich spüren, ein schreckliches Brennen in ihrem Schoß. Ihr Sohn war groß und stolz, besaß Drogos Kupferhaut und ihr weißgoldenes Haar, die veilchenblauen Augen waren wie Mandeln geformt. Und er lächelte sie an und hob die Hand der ihren entgegen, doch als er den Mund öffnete, schoss Feuer hervor. Sie sah, wie ihm das Herz durch seine Brust brannte, und einen Augenblick später war er verschwunden, versengt wie eine Motte im Kerzenlicht, zu Asche verbrannt. Sie weinte um ihr Kind, um das Versprechen eines süßen Mundes an ihrer Brust, doch ihre Tränen wurden zu Dampf, wenn sie ihre Haut berührten.

»... *willst den Drachen wecken* ...«

Geister säumten den Korridor, bekleidet mit verblassten Gewändern von Königen. In ihren Händen hielten sie Schwerter von fahlem Feuer. Sie hatten silbernes Haar und goldenes Haar und platinweißes Haar, und ihre Augen waren Opal und Amethyst, Turmalin und Jade. »Schneller«, riefen sie, »schneller, schneller.« Sie rannte, und ihre Füße schmolzen den Stein, wo immer sie ihn betrat. »Schneller!«, riefen die Geister wie aus einem Mund, und sie schrie und warf sich nach vorn. Ein mächtiges Messer aus Schmerz schnitt an ihrem Rücken herab, und sie fühlte, wie ihre Haut aufriss, roch den Gestank von brennendem Blut und sah den Schatten von Flügeln. Und Daenerys Targaryen flog.

»... *den Drachen wecken* ...«

Vor ihr ragte die Tür auf, die rote Tür, so nah, so nah, dass der Korridor um sie herum verschwamm und die Kälte in ihrem Rücken sich zurückzog. Und dann war der Stein fort, und sie flog über das Dothrakische Meer, hoch und immer höher, unter sich das grüne Wogen, und alles, was lebte und atmete, floh erschrocken vor dem Schatten ihrer Flügel. Sie konnte die Heimat riechen, sie konnte sie sehen, dort, gleich hinter dieser Tür, grüne Felder und große, steinerne Häuser und Arme, die sie wärmten, dort. Sie warf die Tür auf.

»... *Drachen* ...«

Und sah ihren Bruder Rhaegar auf einem Hengst sitzen, der so schwarz wie seine Rüstung war. Feuer glomm rot durch den schmalen Augenschlitz in seinem Helm. »Der letzte Drache«, flüsterte Ser Jorahs Stimme schwach. »Der letzte, der letzte.« Dany hob sein poliertes, schwarzes Visier nach oben. Das Gesicht dahinter war ihr eigenes.

Danach folgte lange Zeit nur noch der Schmerz, das Feuer in ihr und das Flüstern der Sterne.

Mit dem Geschmack von Asche im Mund erwachte sie.

»Nein«, stöhnte sie, »bitte nicht.«

»*Khaleesi?*« Jhiqui stand über sie gebeugt wie ein verschrecktes Reh.

Das Zelt war von Schatten durchtränkt, still und eng. Flocken von Asche trieben vom Kohlenrost auf, und Dany folgte ihnen mit den Augen durch das Rauchloch in der Decke. *Geflogen*, dachte sie. *Ich hatte Flügel. Ich bin geflogen.* Doch es war nur ein Traum. »Hilf mir«, flüsterte sie und rang darum, sich aufzurichten. »Bring mir …« Ihre Stimme war rau wie eine Wunde, und ihr fiel nicht ein, was sie wollte. Warum hatte sie solche Schmerzen? Es war, als wäre ihr Körper in Stücke gerissen und aus den Fetzen wieder zusammengesetzt worden. »Ich möchte …«

»*Ja, Khaleesi.*« Augenblicklich war Jhiqui fort, stürmte aus dem Zelt und rief etwas. Dany brauchte … etwas … jemanden … was? Es war wichtig, das wusste sie. Es war das Einzige auf der Welt, das zählte. Sie drehte sich auf die Seite und brachte einen Ellenbogen unter sich, trat die Decke fort, die sich um ihre Beine gewickelt hatte. Es fiel ihr so schwer, sich zu bewegen. Die Welt um sie verschwamm. *Ich muss unbedingt …*

Sie fanden sie auf dem Teppich, als sie zu ihren Dracheneiern kroch. Ser Jorah Mormont nahm sie in die Arme und trug sie auf ihre seidenen Laken zurück, während sie sich kraftlos dagegen wehrte. Über seine Schulter hinweg sah sie ihre drei Dienerinnen und Jhogo mit seinem kleinen Büschel von einem Bart und das breite Gesicht von Mirri Maz Duur. »Ich muss«, versuchte sie, ihm zu sagen, »ich muss unbedingt …«

»… schlafen, Prinzessin«, sagte Ser Jorah.

»Nein«, widersprach Dany. »Bitte. Bitte.«

»Ja.« Er deckte sie mit Seide zu, obwohl sie glühte. »Schlaft und werdet groß und stark, *Khaleesi.* Kommt zu uns zurück.« Und dann war Mirri Maz Duur da, die *Maegi,* und sie hielt ihr einen Becher an die Lippen. Sie schmeckte saure Milch und etwas anderes, etwas Dickes, Bitteres. Warme Flüssigkeit lief an ihrem Kinn herab. Irgendwie schluckte sie. Das Zelt wurde unscharf, und wieder umfing sie der Schlaf. Diesmal träumte sie nicht. Heiter und friedlich trieb sie auf einem schwarzen Meer, das keine Küste kannte.

Nach einer Weile – einer Nacht, einem Tag, sie konnte es nicht sagen – wachte sie abermals auf. Das Zelt war dunkel, die Seidenwände flatterten wie Flügel, wenn draußen Wind aufkam. Diesmal versuchte Dany aufzustehen. »Irri«, rief sie, »Jhiqui. Doreah.« Sogleich waren sie da. »Meine Kehle ist trocken«, rief sie, »so trocken«, und sie brachten ihr Wasser. Es war warm und schal, trotzdem trank Dany es gierig und schickte Jhiqui, mehr davon zu holen. Irri tränkte ein weiches Tuch und tupfte ihre Stirn. »Ich war krank«, stellte Dany fest. Das dothrakische Mädchen nickte. »Wie lange?« Das Tuch war lindernd, doch wirkte Irri so traurig, dass es sie ängstigte. »Lange«, flüsterte sie. Als Jhiqui mit mehr Wasser kam, trat Mirri Maz Duur zu ihr, die Lider schwer vom Schlaf. »Trinkt«, sagte sie und hob Danys Kopf wieder zum Becher, nur diesmal war es Wein. Süßer, süßer Wein. Dany schluckte, lehnte sich zurück und lauschte dem sanften Klang ihres eigenen Atems. Sie spürte die Schwere in ihren Gliedern, als der Schlaf herankroch, um sie erneut zu umfangen. »Bringt mir …«, flüsterte sie benommen. »Bringt … ich möchte es halten …«

»Ja?«, fragte die *Maegi*. »Was wünscht Ihr, *Khaleesi?*«

»Bringt mir … Ei … Drachenei … bitte …« Ihre Lider wurden zu Blei, und sie war zu erschöpft, sie offen zu halten.

Als sie zum dritten Mal erwachte, fiel ein Strahl goldenen Sonnenlichts durchs kleine Rauchloch im Zelt, und ihre Arme waren um ein Drachenei geschlungen. Es war das helle, die Schuppen wie Buttercreme gefärbt, von goldenen und bronzenen Adern durchzogen, und Dany konnte seine Hitze spüren. Unter dem Seidenlaken war die nackte Haut von einem feinen Schweißfilm überzogen. Drachentau, dachte sie. Ihre Finger fuhren sanft über die Oberfläche der Schale, folgten den goldenen Adern, und sie spürte, wie sich tief im Stein etwas wie zur Antwort wand und streckte. Sie fürchtete sich nicht. Alle Furcht war vergangen, verbrannt.

Dany berührte ihre Stirn. Unter dem Schweißfilm war ihre Haut ganz kalt, das Fieber abgeklungen. Sie setzte sich auf. Einen Moment lang war sie benommen, spürte einen tiefen Schmerz zwischen ihren Schenkeln. Und dennoch fühlte sie sich stark. Ihre Mädchen kamen gelaufen, sobald sie ihre Stimme hörten. »Wasser«, erklärte sie ihnen, »eine Flasche Wasser, so kalt wie möglich. Und Früchte, glaube ich. Datteln.«

»Ganz nach Eurem Wunsch, *Khaleesi*.«

»Holt mir Ser Jorah«, sagte sie und stand auf. Jhiqui brachte einen Mantel aus roher Seide und legte ihn um ihre Schultern. »Und ein warmes Bad, und Mirri Maz Duur, und …« Da fiel ihr alles mit einem Mal wieder ein, und sie taumelte. »Khal Drogo«, brachte sie hervor und blickte voller Furcht in ihre Gesichter. »Ist er …?«

»Der *Khal* lebt«, antwortete Irri leise … doch sah Dany die Finsternis in ihren Augen, als sie die Worte sagte, und kaum hatte sie diese ausgesprochen, eilte sie schon davon, um Wasser zu holen.

Sie wandte sich Doreah zu. »Sag es mir.«

»Ich … ich hole Euch Ser Jorah«, erwiderte das Mädchen aus Lys, verneigte sich und lief aus dem Zelt.

Auch Jhiqui wäre fortgerannt, nur hielt Dany sie beim Handgelenk, dass sie ihr nicht entkommen konnte. »Was ist los? Ich muss es wissen. Drogo … und mein Kind.« Warum hatte sie noch gar nicht an ihr Kind gedacht? »Mein Sohn … Rhaego … wo ist er? Bring ihn mir.«

Ihre Dienerin blickte zu Boden. »Der Junge … er hat nicht

überlebt, *Khaleesi*.« Ihre Stimme war ein ängstliches Flüstern.

Dany ließ ihr Handgelenk los. Mein Sohn ist tot, dachte sie. Jhiqui verließ das Zelt. Irgendwie hatte sie es gewusst. Sie hatte es schon gewusst, als sie das erste Mal aufwachte und Jhiqui weinen sah. Nein, sie hatte es gewusst, bevor sie erwacht war. Der Traum fiel ihr wieder ein, plötzlich und lebhaft, und sie erinnerte sich an den großen Mann mit Kupferhaut und langem, silbergoldenem Zopf, der dort in Flammen stand.

Sie hätte weinen sollen, das wusste sie, doch waren ihre Augen trocken wie Asche. Im Traum hatte sie geweint, und die Tränen waren auf den Wangen zu Dampf geworden. *Alle Trauer in mir ist ausgebrannt,* sagte sie sich. Zwar war sie traurig, ja, und doch … sie spürte, wie Rhaego von ihr wich, als hätte es ihn nie gegeben.

Einen Moment später traten Ser Jorah und Mirri Maz Duur ein und fanden Dany über die Dracheneier gebeugt, zwei davon noch in ihrem Kasten. Sie schienen sich ebenso heiß anzufühlen wie das eine, mit dem sie geschlafen hatte, was höchst seltsam war. »Ser Jorah, kommt her«, sagte sie. Sie nahm seine Hand und legte sie auf das schwarze Ei mit der roten Maserung. »Was fühlt Ihr?«

»Schale, hart wie Stein.« Der Ritter war vorsichtig.

»Hitze?«

»Nein. Kalter Stein.« Er zog die Hand zurück. »Prinzessin, geht es Euch gut? Solltet Ihr auf den Beinen sein, schwach, wie Ihr seid?«

»Schwach? Ich bin stark, Jorah.« Ihm zuliebe zog sie sich auf ein paar Kissen zurück. »Sagt mir, wie mein Kind gestorben ist.«

»Es hat gar nicht gelebt, meine Prinzessin. Die Frauen sagen …« Er zögerte, und Dany sah, dass die Haut lose an ihm hing und er hinkte, wenn er sich bewegte.

444

»Sagt es mir. Sagt mir, was die Frauen gesagt haben.«

Er wandte sich ab. Seine Augen waren voller Qual. »Sie sagen, das Kind war ...«

Sie wartete, doch Ser Jorah brachte es nicht heraus. Seine Miene verfinsterte sich vor Scham. Er sah selbst halbwegs aus wie eine Leiche.

»Missgestaltet«, beendete Mirri Maz Duur für ihn den Satz. Der Ritter war ein kräftiger Mann, in diesem Augenblick jedoch erkannte Dany, dass die *Maegi* stärker war und grausamer und unendlich viel gefährlicher. »Verdreht. Ich habe ihn selbst herausgeholt. Er war geschuppt wie eine Echse, blind, mit einem Stummelschwanz und kleinen, ledernen Flügeln wie von einer Fledermaus. Als ich ihn berührte, fiel das Fleisch von seinen Knochen, und innerlich war er voller Grabeswürmer und dem Gestank von Verwesung. Er war seit Jahren schon tot.«

Finsternis, dachte Dany. Schreckliche Finsternis tat sich hinter ihr auf, um sie zu verschlingen. Wenn sie zurückblickte, wäre sie verloren. »Mein Sohn hat gelebt und war kräftig, als Ser Jorah mich ins Zelt getragen hat«, sagte sie. »Ich konnte fühlen, wie er getreten hat, dass er geboren werden wollte.«

»Mag es sein, wie es will«, antwortete Mirri Maz Duur, »doch die Kreatur, die aus Eurem Schoß kam, war so, wie ich sagte. Der Tod war in diesem Zelt, *Khaleesi*.«

»Nur Schatten«, sagte Ser Jorah heiser, und Dany konnte den Zweifel in seiner Stimme hören. »Ich habe es gesehen, *Maegi*. Ich habe Euch gesehen, allein, und Ihr habt mit den Schatten getanzt.«

»Das Grab wirft lange Schatten, Eisenherr«, sagte Mirri. »Lang und finster, und am Ende kann kein Licht sie aufhalten.«

Ser Jorah hatte ihren Sohn getötet, Dany wusste es. Was er getan hatte, war aus Liebe und Treue geschehen, dennoch hatte er sie an einen Ort gebracht, an dem kein Lebender sich aufhalten sollte, und dann ihr Kind an die Finsternis verfüttert. Er wusste es selbst, das graue Gesicht, die ausgehöhlten Augen, das Hinken. »Auch Euch haben die Schatten berührt, Ser Jorah«, sagte sie. Der Ritter gab keine Antwort. Dany wandte sich dem Götterweib zu. »Du hast mich gewarnt, dass nur der Tod für das Leben bezahlen könnte. Ich dachte, du meintest das Pferd.«

»Nein«, sagte Mirri Maz Duur. »Damit habt Ihr Euch selbst belogen. Ihr kanntet den Preis.«

War es so? War es so gewesen? *Wenn ich mich umsehe, bin ich verloren.* »Ich habe den Preis gezahlt«, sagte Dany. »Das Pferd, mein Kind, Quaro und Qotho, Haggo und Cohollo. Ich habe den Preis gezahlt und gezahlt und gezahlt.« Sie erhob sich von ihren Kissen. »Wo ist Khal Drogo? Zeig ihn mir, Götterweib, *Maegi*, Blutzauberin, was immer du bist. Zeig mir Khal Drogo. Zeig mir, was ich mir mit dem Leben meines Sohnes erkauft habe.«

»Wie Ihr befehlt, *Khaleesi*«, sagte die alte Frau. »Kommt, ich werde Euch zu ihm bringen.«

Dany war schwächer, als sie gedacht hatte. Ser Jorah legte einen Arm um sie und stützte sie. »Dafür ist später noch Zeit genug, meine Prinzessin«, sagte er leise.

»Ich möchte ihn jetzt sehen, Ser Jorah.«

Nach dem trüben Licht im Zelt war die Welt draußen blendend hell. Die Sonne brannte wie geschmolzenes Gold, und das Land war leer und versengt. Ihre Dienerinnen warteten mit Obst und Wein und Wasser, und Jhogo kam heran, um Ser Jorah dabei zu helfen, sie zu stützen. Aggo und Rakharo traten zurück. Das grelle Licht der Sonne auf dem Sand machte es ihr schwer, mehr zu erkennen, bis Dany eine Hand hob, um ihre Augen zu beschatten. Sie sah die Asche eines Feuers, ein paar Pferde, die herumirrten auf der Suche nach einem Büschel Gras, einige verstreute Zelte und Schlafstellen. Ein paar Kinder hatten sich versammelt, um sie zu betrachten, und hinter ihnen sah sie Frauen, die ihrer Arbeit nachgingen, und faltige, alte Männer, die mit müden Augen in den leeren, blauen Himmel starrten und matt nach Blutfliegen schlugen. Sie zählten nicht mehr als hundert Leute, nicht mehr. Wo die anderen vierzigtausend ihr Lager gehabt hatten, lebten jetzt nur noch Wind und Staub.

»Drogos *Khalasar* ist fort«, sagte sie.

»Ein *Khal,* der nicht reiten kann, ist kein *Khal*«, erwiderte Jhogo.

»Die Dothraki folgen nur den Starken«, sagte Ser Jorah. »Es tut mir leid, meine Prinzessin. Sie waren nicht zu halten. Ko Pono ging zuerst, nannte sich Khal Pono, und viele folgten ihm. Es dauerte nicht lange, bis Jhaqo es ihm nachmachte. Der Rest schlich sich Nacht für Nacht davon, in großen Gruppen und in kleinen. Es gibt ein Dutzend neue *Khalasars* auf dem Dothrakischen Meer, wo einst nur Drogos war.«

»Die Alten sind geblieben«, sagte Aggo. »Die Ängstlichen, die Schwachen und die Kranken. Und wir, die wir es geschworen haben. Wir bleiben.«

»Sie haben Khal Drogos Herden mitgenommen«, sagte Rakharo. »Wir waren zu wenige, als dass wir sie daran hätten hindern können. Es ist das Recht des Starken, von den Schwachen zu nehmen. Sie haben auch viele Sklaven mitgenommen, vom *Khal* und auch von Euren, nur wenige haben sie zurückgelassen.«

»Eroeh?«, fragte Dany, als sie an das verängstigte Kind dachte, das sie draußen vor der Stadt der Lämmermenschen gerettet hatte.

»Mago hat sie sich geholt, der jetzt Khal Jhaqos Blutreiter ist«, berichtete Jhogo. »Er hat sie von allen Seiten bestiegen und dann seinem *Khal* geschenkt, und Jhaqo hat sie an seine anderen Blutreiter weitergereicht. Sie waren zu sechst. Als sie mit ihr fertig waren, haben sie ihr die Kehle durchgeschnitten.«

»Es war ihr Schicksal, *Khaleesi*«, sagte Aggo.

Wenn ich mich umsehe, bin ich verloren. »Es war ein grausames Schicksal«, sagte Dany, »und doch nicht so grausam, wie Magos werden wird. Das verspreche ich Euch, bei den alten Göttern und den neuen, beim Lämmergott und Pferdegott und allen Göttern, die es gibt. Ich schwöre es bei der Mutter aller Berge und beim Schoß der Welt. Wenn ich mit ihnen fertig bin, werden Mago und Ko Jhaqo um die Gnade winseln, die sie Eroeh haben angedeihen lassen.«

Die Dothraki tauschten unsichere Blicke. »*Khaleesi*«, erklärte die Dienerin Irri, als spräche sie mit einem Kind, »Jhaqo ist jetzt *Khal*, mit zwanzigtausend Mann in seinem Rücken.«

Sie hob den Kopf. »Und ich bin Daenerys Sturmtochter, Daenerys aus dem Hause Targaryen, vom Blute Aegons, des Eroberers, und Maegors, des Grausamen, und des alten Valyria vor ihnen. Ich bin die Tochter des Drachen, und ich schwöre Euch: Diese Männer werden sterben. Jetzt bringt mich zu Khal Drogo.«

Er lag auf der nackten, roten Erde und starrte zur Sonne hoch.

Ein Dutzend Blutfliegen hatten sich auf ihm niedergelassen, er schien sie nicht zu spüren. Dany verscheuchte sie und kniete neben ihm. Seine Augen standen weit offen, doch sahen sie nichts, und sie wusste, dass er blind war. Als sie seinen Namen flüsterte, hörte er sie nicht. Die Wunde an seiner Brust war so gut verheilt, wie sie jemals verheilen würde, die Narbe grau und rot und abscheulich.

»Warum ist er allein hier draußen in der Sonne?«, fragte sie die anderen.

»Die Wärme scheint ihm zu gefallen, Prinzessin«, sagte

Ser Jorah. »Sein Blick folgt der Sonne, doch sieht er sie nicht. Er kann einigermaßen gehen. Er geht, wohin man ihn lenkt, aber nicht weiter. Er isst, wenn man ihm etwas in den Mund schiebt, trinkt, wenn man ihm Wasser auf die Lippen träufelt.«

Dany küsste ihre Sonne, ihre Sterne sanft auf die Stirn, stand auf und sah Mirri Maz Duur an. »Dein Zauber ist teuer, *Maegi*.«

»Er lebt«, sagte Mirri Maz Duur. »Ihr habt ums Leben gebeten. Ihr habt für Leben bezahlt.«

»Das ist kein Leben für jemanden, der wie Drogo war. Sein Leben war Lachen, ein Braten über dem Feuer und ein Pferd zwischen den Beinen. Sein Leben war ein *Arakh* in der Hand und seine läutenden Glöckchen im Haar, wenn er einem Feind entgegenritt. Sein Leben waren seine Blutreiter und ich und der Sohn, den ich ihm schenken wollte.«

Mirri Maz Duur gab keine Antwort.

»Wann wird er wieder sein, wie er war?«, forderte Dany zu wissen.

»Wenn die Sonne im Westen aufgeht und im Osten versinkt«, sagte Mirri Maz Duur. »Wenn das Meer austrocknet und die Berge wie Blätter im Wind verwehen. Wenn Euer Schoß wieder Früchte trägt und Ihr ein lebendes Kind bekommt. Dann wird er wiederkehren, vorher nicht.«

Dany deutete auf Ser Jorah und die anderen. »Geht. Ich möchte mit dieser *Maegi* allein sprechen.« Mormont und die Dothraki zogen sich zurück. »Du hast es gewusst«, sagte Dany, als sie fort waren. Ihre Schmerzen waren groß, innerlich und äußerlich, doch ihr Zorn verlieh ihr Kraft. »Du wusstest, was ich mir erkaufen würde, du kanntest den Preis, und du hast mich bezahlen lassen.«

»Es war nicht recht von ihnen, meinen Tempel niederzubrennen«, sagte die schwere, flachnasige Frau gelassen. »Es hat den Großen Hirten verärgert.«

»Das war keines Gottes Werk«, sagte Dany kalt. *Wenn ich mich umsehe, bin ich verloren.* »Du hast mich betrogen. Du hast das Kind in mir getötet.«

»Der Hengst, der die Welt besteigt, wird keine Städte niederbrennen. Sein *Khalasar* wird kein Land mehr in den Staub treten.«

»Ich habe für dich gesprochen«, sagte sie gequält. »Ich habe dich gerettet.«

»*Mich gerettet?*« Die Lhazareen spuckte aus. »Drei Reiter haben mich genommen, nicht, wie ein Mann eine Frau nimmt, sondern von hinten, wie ein Hund eine Hündin besteigt. Der vierte war in mir, als Ihr geritten kamt. Wie habt Ihr mich da gerettet? Ich habe gesehen, wie mein Gotteshaus brennt, in dem ich mehr gute Menschen geheilt habe, als sich zählen lassen. Auch mein Haus haben sie niedergebrannt, und auf der Straße habe ich ganze Berge von Schädeln gesehen. Ich habe den Kopf des Bäckers gesehen, der mein Brot gebacken hat. Ich habe den Kopf eines Jungen gesehen, den ich vom Totaugenfieber geheilt hatte, vor drei Monaten erst. Ich habe gehört, wie Kinder weinten, als die Reiter sie mit ihren Peitschen forttrieben. Sagt mir noch einmal, was Ihr mir gerettet habt.«

»Dein Leben.«

Mirri Maz Duur lachte hässlich. »Werft einen Blick auf Euren *Khal* und seht, was dem Leben als Wert bleibt, wenn alles andere verloren ist.«

Dany rief die Männer ihres *Khas* und hieß sie, Mirri Maz Duur zu nehmen und an Händen und Füßen zu fesseln, doch die *Maegi* lächelte sie an, während man sie wegtrug, als teilten sie ein gemeinsames Geheimnis. Mit einem Wort hätte Dany sie köpfen lassen können ... nur, was hätte sie dann? Einen Kopf? Wenn das Leben wertlos war, was war dann der Tod?

Sie führten Khal Drogo in ihr Zelt, und Dany befahl ihnen, eine Wanne mit Wasser zu füllen, und diesmal war kein Blut im Wasser. Sie badete ihn selbst, wusch den Schmutz und Staub von Armen und Brust, reinigte sein Gesicht mit einem weichen Tuch, seifte sein langes, schwarzes Haar und kämmte die Knoten heraus, bis es wieder so glänzte, wie sie es in Erinnerung hatte. Es war schon weit nach Einbruch der Dunkelheit, als sie fertig wurde, und Dany war erschöpft. Sie trank und aß etwas, konnte nur an einer Feige knabbern und einen Mund voll Wasser bei sich behalten. Schlaf wäre eine Erlösung gewesen, aber sie hatte genug geschlafen ... zu lange eigentlich. Diese Nacht schuldete sie Drogo, für alle Nächte, die gewesen waren und vielleicht noch kommen mochten.

Die Erinnerung an ihren ersten Ritt begleitete sie, derweil sie ihn in die Dunkelheit hinausführte, da die Dothraki glaubten, dass alle wichtigen Dinge im Leben eines Mannes unter freiem Himmel geschehen mussten. Sie sagte sich, es gäbe Mächte, die stärker als aller Hass waren, und Zaubersprüche, die älter und wahrer als alle waren, welche die *Maegi* in Asshai gelernt hatte. Die Nacht war schwarz und mondlos, doch über ihnen leuchteten Millionen heller Sterne. Sie nahm es als Omen.

Dort hieß sie keine gräserne Decke willkommen, bloß harte, staubige Erde, nackt und mit Steinen übersät. Kein Baum rührte sich im Wind, und es gab keinen Bach, der ihre Ängste mit der sanften Musik des Wassers linderte. Dany sagte sich, die Sterne würden genügen. »Erinnere dich, Drogo«, flüsterte sie. »Erinnere dich an unseren ersten gemeinsamen Ritt am Tage unserer Hochzeit. Erinnere dich an die Nacht, in der wir Rhaego gezeugt haben, mit dem *Khalasar* um uns herum, und wie du mich angesehen hast. Erinnere dich, wie kühl und klar das Wasser im Schoß der Welt war. Erinnere dich, meine Sonne, meine Sterne. Erinnere dich, und komm zu mir zurück.«

Sie war von der Geburt zu wund und aufgerissen, als dass sie ihn in sich hätte aufnehmen können, wie sie es gewollt hätte, doch Doreah hatte sie andere Möglichkeiten gelehrt. Dany benutzte ihre Hände, ihren Mund, ihre Brüste. Sie kratzte ihn mit ihren Nägeln und übersäte ihn mit Küssen und flüsterte und betete und erzählte ihm Geschichten, und am Ende überschüttete sie ihn mit ihren Tränen. Drogo fühlte nichts, sagte nichts und richtete sich auch nicht auf.

Und als der öde Morgen über dem leeren Horizont dämmerte, wusste Dany, dass sie ihn wirklich und wahrhaftig verloren hatte. »Wenn die Sonne im Westen aufgeht und im Osten versinkt«, sagte sie traurig. »Wenn das Meer austrocknet und die Berge wie Blätter im Wind verwehen. Wenn mein Schoß wieder Früchte trägt und ich ein lebendes Kind bekomme. Dann kommst du wieder, meine Sonne, meine Sterne, vorher nicht.«

Niemals, schrie die Finsternis, *niemals, niemals, niemals.*

Im Zelt suchte Dany ein Kissen, weiche Seide, mit Federn ausgestopft. Sie hielt es an die Brust, als sie hinaus zu Drogo ging, zu ihrer Sonne, ihren Sternen. *Wenn ich mich umsehe, bin ich verloren.* Selbst das Gehen schmerzte, und sie wollte nur noch schlafen, schlafen, ohne zu träumen.

Sie kniete nieder, küsste Drogo auf die Lippen und drückte das Kissen auf sein Gesicht.

 **TYRION**

»Sie haben meinen Sohn«, sagte Tywin Lennister.

»Es ist wahr, Mylord.« Die Stimme des Boten klang dumpf vor Erschöpfung. An der Brust seines zerfetzten Umhangs war der gestreifte Keiler von Rallenhall halb von getrocknetem Blut verdeckt.

Einen deiner Söhne, dachte Tyrion. Er nahm einen Schluck Wein, sagte kein Wort, erinnerte sich an Jaime. Als er seinen Arm hob, schoss Schmerz durch seinen Ellenbogen und brachte ihm die kurze Kostprobe zu Bewusstsein, die er vom Krieg bekommen hatte. Er liebte seinen Bruder, doch hätte er nicht für alles Gold von Casterlystein mit ihm im Wisperwald sein wollen.

Die versammelten Hauptleute und Vasallen seines Vaters waren still geworden, als der Bote seine Geschichte erzählte. Nur das Knistern und Zischen des Holzscheits im Kamin am Ende des langen, zugigen Schankraumes war zu hören.

Nach den Beschwerlichkeiten der langen, gnadenlosen Reise gen Süden war Tyrion von der Aussicht einer Nacht im Wirtshaus hocherfreut … obwohl er sich wünschte, es wäre nicht wieder dieses Wirtshaus gewesen mit all den unangenehmen Erinnerungen. Sein Vater hatte ein grausames Marschtempo vorgelegt, und das hatte seinen Tribut gefordert. Männer, die in der Schlacht verwundet worden waren, hielten mit, so gut sie konnten, oder blieben zurück, um für sich selbst zu sorgen. Jeden Morgen ließen sie wieder einige am Straßenrand zurück, Männer, die eingeschlafen und nicht mehr aufgewacht waren. Jeden Nachmittag brachen manche auf dem Weg zusammen. Und jeden Abend desertierten welche, stahlen sich in der Dämmerung davon. Tyrion hatte sich halbwegs versucht gefühlt, mit ihnen zu ziehen.

Er war oben gewesen, hatte sich der Bequemlichkeit eines Federbetts und Shaes Wärme an seiner Seite erfreut, als sein Knappe ihn geweckt hatte, um ihm mitzuteilen, dass ein Reiter mit schlechter Nachricht aus Schnellwasser eingetroffen sei. So war also alles umsonst gewesen. Der Sturm gen Süden, der endlose, harte Marsch, die Leichen am Wegesrand ... alles umsonst. Robb Stark war schon seit Tagen in Schnellwasser.

»Wie konnte das passieren?«, stöhnte Ser Harys Swyft.

»*Wie?* Noch nach dem Wisperwald hattet Ihr Schnellwasser mit Eisen eingefasst, umringt von einer großen Streitmacht ... welcher Wahnsinn hat Jaime getrieben, seine Männer in drei separate Lager aufzuteilen? Er muss doch gewusst haben, wie verletzlich er dadurch würde?«

Besser als du, kinnlose Memme, dachte Tyrion. Jaime mochte Schnellwasser verloren haben, doch ärgerte es ihn zu vernehmen, wie sein Bruder von Leuten vom Schlage eines Swyft verleumdet wurde, einem schamlosen Speichellecker, dessen größte Leistung darin bestand, seine gleichermaßen kinnlose Tochter mit Ser Kevan verheiratet und sich auf diese Weise mit den Lennisters verbunden zu haben.

»Ich hätte es ebenso gemacht«, erwiderte sein Onkel um einiges ruhiger, als Tyrion es gesagt hätte. »Ihr habt Schnellwasser noch nicht gesehen, Ser Harys, sonst wüsstet Ihr, dass Jaime in dieser Hinsicht kaum die Wahl hatte. Die Burg liegt am Ende der Landspitze, an welcher der Trommelstein in den Roten Arm des Trident fließt. Die Flüsse bilden zwei Seiten eines Dreiecks, und wenn Gefahr droht, öffnen die Tullys stromaufwärts ihre Schleusentore und schaffen dadurch an der dritten Seite einen breiten Sumpf, was Schnellwasser zu einer Insel macht. Nur die Mauern ragen aus dem Wasser, und von ihren Türmen aus haben die Verteidiger in alle Richtungen einen weiten Blick über die anderen Ufer. Um sämtliche Zufahrtswege zu blockieren, muss man ein Lager nördlich des Trommelstein, eines südlich vom Roten Arm und ein drittes zwischen den Flüssen, westlich des Sumpfes, errichten. Andere Möglichkeiten gibt es nicht.«

»Ser Kevan spricht die Wahrheit, Mylords«, sagte der Bote. »Wir hatten Palisaden aus spitzen Pfählen um die Lager herum errichtet, doch das genügte nicht, nicht ohne Vorwarnung und mit den Flüssen zwischen uns. Zuerst sind sie über das nördliche Lager hergefallen. Niemand hatte einen Angriff erwartet. Marq Peiper hat unsere Nachschubtruppen überfallen, aber er hatte nicht mehr als fünfzig Mann. Ser Jaime war am Abend vorher ausgezogen, um sich seiner anzunehmen ... nun, zumindest dachten wir, sie wären es. Man sagte uns, die Armee der Starks befände sich östlich vom Grünen Arm und marschiere gen Süden ...«

»Und Eure Kundschafter?« Ser Gregor Cleganes Miene hätte aus Stein gemeißelt sein können. Das Feuer im Kamin beleuchtete seine Haut mit dunklem Orange und warf tiefe Schatten in seine Augenhöhlen. »Sie haben nichts gesehen? Sie haben Euch nicht gewarnt?«

Der blutbeschmierte Bote schüttelte den Kopf. »Unsere Kundschafter verschwanden einer nach dem anderen. Marq Peipers Werk, so dachten wir. Diejenigen, die zurückkamen, hatten nichts gesehen.«

»Ein Mann, der nichts sieht, hat keine Verwendung für seine Augen«, erklärte der Berg. »Schneidet sie heraus, und gebt sie dem nächsten Vorreiter. Sagt ihm, Ihr hofft, vier

Augen sehen mehr als zwei … und wenn nicht, hat der nächste Mann dann sechs.«

Lord Tywin Lennister wandte sich um und betrachtete Ser Gregor. Tyrion sah Gold glänzen, als das Licht auf die Pupillen seines Vaters fiel, doch hätte er nicht sagen können, ob es ein zustimmender oder angewiderter Blick war. Lord Tywin blieb im Rat oft still, zog es vor zuzuhören, bevor er etwas sagte, eine Angewohnheit, die Tyrion selbst sich gern zu eigen machte. Dieses Schweigen hingegen war auch für ihn untypisch, und sein Wein stand unangetastet da.

»Ihr sagt, sie kamen bei Nacht«, sagte Ser Kevan.

Der Mann nickte müde. »Schwarzfisch führte die vorderste Reihe an, machte unsere Wachen nieder und riss für den Hauptangriff die Palisaden ein. Als unsere Männer merkten, was vor sich ging, strömten schon Reiter über die Gräben und galoppierten mit Schwertern und Fackeln in Händen durchs Lager. Ich hatte am Westufer geschlafen, zwischen den Flüssen. Als wir die Kämpfe hörten und sahen, dass die Zelte in Flammen standen, führte uns Lord Brax zu den Flößen, und wir versuchten, hinüberzustaken, doch die Strömung drückte uns flussabwärts, und die Tullys fingen an, uns von Katapulten auf ihren Mauern mit Steinen zu beschießen. Ich habe gesehen, wie ein Floß zu Brennholz zertrümmert wurde und drei andere kenterten. Männer fielen in den Fluss und ertranken … und auf diejenigen, die es nach drüben schafften, warteten am Ufer die Starks.«

Ser Flement Brax trug einen silber-roten Wappenrock und zeigte die Miene eines Mannes, der nicht verstand, was er eben gehört hatte. »Mein Hoher Vater …«

»Es tut mir leid, Mylord«, sagte der Bote. »Lord Brax trug seine Rüstung, als das Floß kenterte. Er war sehr tapfer.«

Er war ein Narr, dachte Tyrion, schwenkte seinen Becher und starrte in die Tiefen des Weines. Bei Nacht einen Fluss auf einem groben Floß zu überqueren, in voller Rüstung, während drüben der Feind wartete – wenn das Tapferkeit war, wollte er sich doch immer für die Feigheit entscheiden. Er fragte sich, ob sich Lord Brax besonders tapfer gefühlt hatte, als das Gewicht des Stahls ihn in die schwarzen Fluten zog.

»Das Lager zwischen den Flüssen wurde ebenso überrannt«, sagte der Bote. »Während wir versuchten, hinüberzukommen, drangen immer mehr Starks von Westen heran, zwei Kolonnen gepanzerter Reiter. Ich habe Lord Umbers Riesen im Kettenhemd und den Adler von Mallister gesehen, aber es war der Junge, der sie angeführt hat, mit einem mächtigen Wolf an seiner Seite. Ich war nicht dabei, aber es hieß, das Vieh habe vier Mann getötet und ein Dutzend Pferde gerissen. Unsere Speerkämpfer formierten einen Schildwall und hielten ihrem ersten Angriff stand, indes die Tullys jedoch bemerkten, dass wir beschäftigt waren, öffneten sie die Tore von Schnellwasser, und Tytos Schwarzhain führte einen Ausfall über die Zugbrücke und machte sich von hinten über sie her.«

»Bei allen Göttern«, fluchte Lord Leffert.

»Großjon Umber steckte die Belagerungstürme, die wir gerade bauten, in Brand, und Lord Schwarzhain fand Ser Edmure Tully zwischen den anderen Gefangenen in Ketten und machte sich mit allen auf und davon. Unser südliches Lager stand unter dem Kommando von Ser Forley Prester. Er zog sich geordnet zurück, nachdem er sehen musste, dass die anderen Lager verloren waren, mit zweitausend Lanzen und ebenso vielen Bogenschützen, doch der Söldner aus Tyrosh, der seine freien Reiter führte, gab sein Banner ab und lief zum Feind über.«

»Verflucht sei der Mann!« Sein Onkel Kevan klang eher zornig als überrascht. »Ich hatte Jaime davor gewarnt, dem Mann zu trauen. Ein Mann, der für Gold kämpft, ist nur seiner Börse treu.«

Lord Tywin faltete die Hände unter seinem Kinn. Nur seine Augen bewegten sich, während er lauschte. Sein borstiger, goldener Backenbart umrahmte ein Gesicht, welches so ungerührt war, dass es auch eine Maske hätte sein können, doch konnte Tyrion winzige Schweißperlen auf dem rasierten Schädel seines Vaters erkennen.

»Wie konnte das *geschehen?*«, jammerte Ser Harys Swyft erneut. »Ser Jaime gefangen, die Belagerung durchbrochen … das ist eine *Katastrophe!*«

Ser Addam Marbrand sagte: »Sicher sind wir dankbar, dass Ihr uns das Offensichtliche so nahe bringt, Ser Harys. Die Frage ist: Was sollen wir jetzt tun?«

»Was *können* wir tun? Jaimes Armee ist gefallen oder gefangen oder in die Flucht geschlagen, und die Starks und Tullys sitzen in breiter Front auf unserem Nachschubweg. Wir sind von Westen her abgeschnitten! Sie können gegen Casterlystein marschieren, wenn sie wollen, und was sollte sie daran hindern? Mylords, wir sind geschlagen. Wir müssen um Frieden ersuchen.«

»Frieden?« Tyrion nahm einen Schluck Wein und schleuderte den leeren Becher zu Boden, wo er zerschellte. »Da habt Ihr Euren Frieden, Ser Harys. Mein lieber Neffe hat ihn gebrochen, als er beschloss, den Roten Bergfried mit Lord Eddards Schädel zu verzieren. Es dürfte Euch leichter fallen, Wein aus diesem Becher dort zu trinken, als Robb Stark zu überreden, jetzt Frieden zu schließen. Er siegt … oder ist es Euch noch nicht aufgefallen?«

»Zwei Schlachten machen noch keinen Krieg«, beharrte Ser Addam. »Wir sind noch lange nicht verloren. Gern würde ich die Gelegenheit nutzen, meinen eigenen Stahl gegen diesen jungen Stark zu führen.«

»Vielleicht würden sie in einen Waffenstillstand einwilligen und uns gestatten, unsere Gefangenen gegen die ihren auszutauschen«, warf Lord Leffert in die Runde.

»Wenn sie nicht drei gegen einen tauschen, ziehen wir dabei immer noch den Kürzeren«, stieß Tyrion giftig aus. »Und was hätten wir für meinen Bruder anzubieten? Lord Eddards verwesten Kopf?«

»Wie ich höre, hat Königin Cersei die Töchter der Hand«, sagte Lord Leffert hoffnungsvoll. »Wenn wir dem Knaben seine Schwestern wiedergeben ...«

Ser Addam schnaubte voll Verachtung. »Er müsste schon ein echter Esel sein, Jaime Lennisters Leben gegen das zweier Mädchen einzutauschen.«

»Dann müssen wir Ser Jaime auslösen, koste es, was es wolle«, sagte Lord Leffert.

Tyrion rollte mit den Augen. »Wenn es die Starks nach Gold gelüstet, können sie Jaimes Rüstung einschmelzen.«

»Wenn wir um einen Waffenstillstand bitten, werden sie uns für schwach halten«, meinte Ser Addam. »Wir sollten ihnen sofort entgegenreiten.«

»Sicher könnten sich unsere Freunde bei Hofe dazu bewegen lassen, sich uns mit frischen Truppen anzuschließen«, sagte Ser Harys. »Und vielleicht könnte jemand nach Casterlystein reiten und ein neues Heer aufstellen.«

Lord Tywin Lennister erhob sich. »*Sie haben meinen Sohn*«, sagte er noch einmal mit einer Stimme, die durch das Geplapper wie ein Schwert durch Talg schnitt. »Geht. Ihr alle.«

Da er stets eine gehorsame Seele war, stand auch Tyrion auf, um mit den anderen zu gehen, doch warf ihm sein Vater einen Blick zu. »Du nicht, Tyrion. Bleib. Und du auch, Kevan. Ihr anderen, hinaus.«

Tyrion ließ sich wieder auf der Bank nieder, sprachlos vor Verblüffung. Ser Kevan ging durch den Raum hinüber zu den Weinflaschen. »Onkel«, rief Tyrion, »wenn Ihr so freundlich wäret ...«

»Hier.« Sein Vater bot ihm seinen Becher an, der Wein war unberührt.

Nun fehlten Tyrion *wahrlich* die Worte. Er trank.

Lord Tywin setzte sich. »Du hast Recht, was die Starks angeht. Lebend hätten wir Lord Eddard gebrauchen können, um einen Frieden mit Winterfell und Schnellwasser zu schmieden, einen Frieden, der uns die Zeit gegeben hätte, die wir brauchen, um mit Roberts Brüdern fertigzuwerden. Tot ...« Seine Hand ballte sich zur Faust. »Wahnsinn. Reiner Wahnsinn.«

»Joff ist noch ein Kind«, erklärte Tyrion. »In seinem Alter habe ich selbst einige Dummheiten begangen.«

Sein Vater bedachte ihn mit einem scharfen Blick. »Wahrscheinlich sollten wir dankbar sein, dass er noch keine Hure geheiratet hat.«

Tyrion nippte an seinem Wein, überlegte, wie Lord Tywin aussehen mochte, wenn er ihm seinen Becher ins Gesicht warf.

»Noch weißt du nicht, wie übel unsere Lage wirklich ist«, fuhr sein Vater fort. »Es scheint, als hätten wir einen neuen König.«

Ser Kevan sah wie erschlagen aus. »Einen neuen ... wen? Was haben sie mit Joffrey gemacht?«

Ein leises, angewidertes Zucken umspielte Lord Tywins schmale Lippen. »Nichts ... bislang. Noch sitzt mein Enkelsohn auf dem Eisernen Thron, doch hat der Eunuch Gerüchte aus dem Süden gehört. Renly Baratheon hat vor zwei Wochen in Rosengarten Margaery Tyrell geehelicht, und jetzt hat er seinen Anspruch auf die Krone angemeldet. Der Vater und die Brüder der Braut sind vor ihm niedergekniet und haben ihm Waffentreue geschworen.«

»Das sind ernste Neuigkeiten.« Ser Kevan sah ihn fragend an, die Falten auf seiner Stirn waren tiefer als Schluchten.

»Meine Tochter befiehlt uns, sofort nach Königsmund zu reiten, um den Roten Bergfried gegen König Renly und den Ritter der Blumen zu verteidigen.« Sein Mund verspannte sich. »*Befiehlt* uns, wohlgemerkt. Im Namen des Königs und des Rates.«

»Wie hat König Joffrey die Nachricht aufgenommen?«, fragte Tyrion mit einigem schwarzem Vergnügen.

»Cersei hielt es noch nicht für angebracht, es ihm mitzuteilen«, sagte Lord Tywin. »Sie fürchtet, er könnte darauf bestehen, selbst gegen Renly zu marschieren.«

»Mit welcher Armee?«, fragte Tyrion. »Ihr habt doch nicht vor, ihm *diese* hier zu geben?«

»Er spricht davon, die Stadtwache anzuführen«, sagte Lord Tywin.

»Wenn er die Wache nimmt, lässt er die Stadt ungeschützt zurück«, sagte Ser Kevan. »Und solange Lord Stannis auf Drachenstein wartet ...«

»Ja.« Lord Tywin blickte zu seinem Sohn herab. »Ich dachte, du wärest derjenige, der fürs Narrenkleid geschaffen ist, Tyrion, aber allem Anschein nach habe ich mich getäuscht.«

»Nun, Vater«, sagte Tyrion, »das klingt fast nach einem Lob.« Gespannt beugte er sich vor. »Was ist mit Stannis? Er ist der Ältere, nicht Renly. Wie steht er zu den Ansprüchen seines Bruders?«

Sein Vater sah ihn fragend an. »Von Anfang an hatte ich das Gefühl, dass Stannis eine größere Gefahr als alle anderen zusammen ist. Doch unternimmt er nichts. Oh, Varys hört Gerüchte. Stannis baut Schiffe, Stannis heuert Söldner an, Stannis holt einen Schattenbinder aus Asshai. Was hat das zu bedeuten? Ist davon etwas wahr?« Gereizt zuckte er mit den Schultern. »Kevan, hol uns die Karte.«

Ser Kevan tat, was man ihm aufgetragen hatte. Lord Tywin entrollte das Leder, strich es glatt. »Jaime hat uns in eine üble Lage gebracht. Roos Bolton und die Reste seiner Armee stehen nördlich von uns. Unsere Feinde halten die Zwillinge und Maidengraben. Robb Stark steht im

Westen, sodass wir uns nicht nach Lennishort und auf den Stein zurückziehen können, es sei denn, wir wollten darum kämpfen. Jaime ist gefangen, und allem Anschein nach existiert seine Armee nicht mehr. Thoros von Myr und Beric Dondarrion plagen nach wie vor unseren Nachschub. Im Osten haben wir die Arryns, Stannis Baratheon sitzt auf Drachenstein, und im Süden rufen Rosengarten und Sturmkap zu den Fahnen.«

Tyrion lächelte schief. »Nur Mut, Vater. Wenigstens ist Rhaegar Targaryen noch tot.«

»Ich hatte gehofft, du hättest uns mehr als Scherze zu bieten, Tyrion«, sagte Lord Tywin Lennister.

Stirnrunzelnd beugte sich Ser Kevan über die Karte. »Robb Stark wird Edmure Tully und die Lords vom Trident inzwischen bei sich haben. Ihre gemeinsame Streitmacht könnte die unsere übertreffen. Und da Roos Bolton in unserem Rücken steht ... Tywin, wenn wir hierbleiben, fürchte ich, stehen wir bald zwischen den Armeen.«

»Ich habe nicht die Absicht, hierzubleiben. Wir müssen mit dem jungen Lord Stark fertig sein, bevor Lord Renly Baratheon von Rosengarten hierhermarschieren kann. Bolton macht mir keine Sorge. Er ist ein bedachter Mann, und am Grünen Arm haben wir ihn noch bedachter werden lassen. Er wird uns nur zögerlich verfolgen. Also ... morgen früh machen wir uns auf den Weg nach Harrenhal. Kevan, ich möchte, dass Ser Addams Vorreiter unsere Truppenbewegungen begleiten. Gib ihm so viele Männer, wie er braucht, und schick sie in Vierergruppen aus. Ich will nicht hören, dass welche davon verschwinden.«

»Wie Ihr meint, Mylord, aber ... wieso Harrenhal? Es ist ein grimmiger, unseliger Bau. Manche sagen, er sei verflucht.«

»Lasst sie reden«, sagte Lord Tywin. »Lasst Ser Gregor von der Leine, und schickt ihn uns mit seinen Räubern voraus. Schickt auch Vargo Hoat und seine freien Reiter und Ser Amory Lorch. Jeder von ihnen soll dreihundert Pferde bekommen. Sagt ihm, ich will sehen, wie die Flusslande vom Götterauge bis zum Roten Arm des Trident brennen.«

»Sie werden brennen, Mylord«, sagte Ser Kevan, indem er aufstand. »Ich werde den Befehl erteilen.« Er verneigte sich und ging zur Tür.

Als sie allein waren, sah Lord Tywin Tyrion an. »Deine Wilden könnten vielleicht Freude an einigen Plünderungen haben. Sag ihnen, sie können mit Vargo Hoat reiten und nach Herzenslust plündern … Güter, Waren, Frauen, sie können sich nehmen, was sie wollen, und den Rest verbrennen.«

»Shagga und Timett zu erklären, wie man plündert, wäre dasselbe, als wollte man einem Hahn erklären, wie man kräht«, bemerkte Tyrion, »aber es wäre mir lieber, wenn ich sie bei mir behalten könnte.« Ungeschlacht und ungestüm waren sie vielleicht, doch die Wilden waren *sein*, und er vertraute ihnen mehr als allen Männern seines Vaters. Er war nicht bereit, sie ihm zu überlassen.

»Dann solltest du besser lernen, sie zu lenken. Ich werde nicht zulassen, dass die Stadt geplündert wird.«

»Die Stadt?« Tyrion war verdutzt. »Welche Stadt sollte das sein?«

»Königsmund. Ich schicke dich zum Hofe.«

Das war das Letzte, was Tyrion Lennister erwartet hätte. Er griff nach seinem Wein und überlegte einen Augenblick, während er trank. »Und was soll ich dort tun?«

»Regieren«, sagte sein Vater knapp.

Tyrion heulte vor Lachen. »Mein süßes Schwesterchen dürfte dazu das eine oder andere zu sagen haben!«

»Lass sie sagen, was sie will. Jemand muss ihren Sohn unter die Fittiche nehmen, bevor er uns alle ruiniert. Ich mache es diesen Laffen im Rat zum Vorwurf – unserem Freund Petyr, dem ehrwürdigen Großmaester und diesem schwanzlosen Wunder Lord Varys. Was sind sie Joffrey für Ratgeber, wenn sie ihn von einer Dummheit in die nächste taumeln lassen? Wessen Idee war es, diesen Janos Slynt zum Lord zu machen? Der Vater dieses Mannes war *Schlachter,* und sie schenken ihm Harrenhal. *Harrenhal,* das war der Sitz der Könige! Nicht, dass er je einen Fuß hineinsetzen wird, solange ich etwas zu sagen habe. Man hat mir zugetragen, er habe sich einen blutigen Speer zum Siegel gewählt. Ich hätte ein blutiges Hackbeil gewählt.« Sein Vater sprach nicht mit lauter Stimme, doch konnte Tyrion den Zorn im Gold seiner Augen funkeln sehen. »Und Selmy zu entlassen, welchen Sinn sollte das haben? Ja, der Mann war alt, aber der Name Barristan der Kühne hat im Reich heute noch Bedeutung. Er hat allen, denen er gedient hat, Ehre gemacht. Kann irgendjemand solches auch vom Bluthund sagen? Man füttert seinem Hund die Knochen unter dem Tisch, man nimmt ihn nicht mit auf den Thron.« Er richtete den Zeigefinger auf Tyrions Gesicht. »Wenn Cersei den Jungen nicht an die Kandare nehmen kann, musst du es tun. Und falls diese Ratsmänner falsches Spiel mit uns treiben ...«

Tyrion wusste Bescheid. »Spieße«, seufzte er. »Köpfe. Mauern.«

»Ich sehe, du hast das eine oder andere von mir gelernt.«

»Mehr als du glaubst, Vater«, antwortete Tyrion leise. Er trank seinen Wein und stellte den Becher nachdenklich beiseite. Etwas in ihm war zufriedener, als er sich eingestehen wollte. Ein anderer Teil von ihm erinnerte sich an die Schlacht flussaufwärts und überlegte, ob man ihn abermals schickte, die Linke zu verteidigen. »Wieso ich?«, fragte er und neigte den Kopf zu einer Seite. »Wieso nicht mein Onkel? Wieso nicht Ser Addam oder Ser Flement oder Lord Serrett? Wieso nicht ein ... *größerer* Mann?«

Abrupt stand Lord Tywin auf. »Du bist mein Sohn.«

Da wusste er es. *Du hast ihn schon verloren gegeben,* dachte er. *Du verdammter Scheißkerl, du meinst, Jaime ist so gut wie tot, also hast du jetzt nur noch mich.* Tyrion hätte ihn schlagen wollen, ihm ins Gesicht spucken, seinen Dolch zücken, ihm das Herz herausschneiden und nachsehen, ob es aus altem, hartem Gold war, wie es im Volke hieß. Doch saß er da, still und ruhig.

Die Scherben des zerbrochenen Bechers knirschten unter den Fersen seines Vaters, als Lord Tywin den Raum durchmaß. »Ein Letztes noch«, sagte er an der Tür. »Diese Hure wirst du nicht mit an den Hof nehmen.«

Lange noch saß Tyrion im Schankraum, nachdem sein Vater fort war. Schließlich stieg er die Stufen zu seiner behaglichen Dachstube unter dem Glockenturm hinauf. Die Decke war niedrig, doch stellte das für einen Zwerg kaum einen Nachteil dar. Vom Fenster aus konnte er den Galgen sehen, den sein Vater im Hof hatte errichten lassen. Die Leiche der Wirtin drehte sich jedes Mal langsam am Strick, wenn der Nachtwind wehte. Ihr Fleisch war so dünn und brüchig wie die Hoffnungen der Lennisters.

Shae murmelte schläfrig und drängte sich ihm entgegen, als er sich auf den Rand des Federbettes setzte. Er schob seine Hand unter die Decke und legte sie auf eine weiche Brust, und sie schlug die Augen auf. »M'lord«, sagte sie mit verschlafenem Lächeln.

Als er fühlte, wie ihre Knospe hart wurde, küsste Tyrion sie. »Ich habe die Absicht, dich mit nach Königsmund zu nehmen, mein süßes Kind«, flüsterte er.

JON

Die Stute wieherte, als Jon Schnee den Sattelgurt anzog.
»Ruhig«, sagte er mit milder Stimme, besänftigte sie mit
einem Klopfen. Wind flüsterte durch den Stall, ein kalter,
toter Atem in seinem Gesicht, doch dem schenkte Jon keine Beachtung. Er schnürte seine Rolle an den Sattel, die
narbigen Finger steif und unbeholfen. »Geist«, rief er leise,
»zu mir.« Und der Wolf war da, die Augen wie glühende
Kohle.

»Jon, bitte. Das darfst du nicht tun.«

Er stieg auf, die Zügel in der Hand, und riss das Pferd
herum, um sich der Nacht zu stellen. Samwell Tarly stand
in der Stalltür, und der Vollmond lugte über seine Schulter. Er warf den Schatten eines Riesen, gigantisch groß und
schwarz. »Geh mir aus dem Weg, Sam.«

»Jon, das darfst du nicht«, sagte Sam. »Ich lasse es nicht
zu.«

»Ich möchte dir eigentlich nicht wehtun«, erklärte Jon.
»Geh zur Seite, Sam, sonst reite ich dich nieder.«

»Das tust du nicht. Du musst mir zuhören. Bitte …«

Jon rammte seine Sporen ins Pferdefleisch, und die Stute schoss auf die Tür zu. Einen Augenblick lang blieb Sam
stehen, sein Gesicht so rund und blass wie der Mond in
seinem Rücken, sein Mund ein wachsendes O der Überraschung. Im letzten Moment, als das Pferd fast bei ihm war,
sprang er zur Seite, wie Jon es erwartet hatte, stolperte und
fiel. Die Stute sprang über ihn hinweg in die Nacht hinaus.

Jon setzte die Kapuze an seinem schweren Umhang auf und ließ dem Pferd die Zügel schießen. Die Schwarze Festung lag still und leise da, als er hinausritt, Geist an seiner Seite. Männer standen auf der Mauer und hielten Wacht, das wusste er, doch waren ihre Augen gen Norden gewandt, nicht gen Süden. Niemand würde ihn sehen, niemand, bis auf Samwell Tarly, der im Staub der alten Ställe wieder auf die Beine kam. Er hoffte, dass Sam sich bei dem Sturz nichts getan hatte. Er war so schwer und unbeholfen, dass es ihm ähnlich sähe, sich dabei ein Handgelenk zu brechen oder den Knöchel zu verstauchen. »Ich habe ihn gewarnt«, sagte Jon laut vor sich hin. »Außerdem hatte es gar nichts mit ihm zu tun.« Er spannte seine verbrannte Hand im Reiten, öffnete und schloss die vernarbten Finger. Noch immer schmerzten sie, doch fühlte es sich gut an, keinen Verband mehr zu tragen.

Mondlicht färbte die Hügel silbern, als er dem gewundenen Band des Königswegs folgte. Er musste die Mauer so weit wie möglich hinter sich lassen, bevor sie merkten, dass er fort war. Am Morgen wollte er die Straße verlassen und querfeldein über Acker, Busch und Fluss reiten, um Verfolger abzuschütteln, im Augenblick hingegen war Geschwindigkeit wichtiger denn List. Es war ja nicht so, als könnten sie nicht erraten, welches Ziel er hatte.

Der Alte Bär war es gewohnt, beim ersten Tageslicht aufzustehen, sodass Jon bis zur Dämmerung so viel des Wegs wie möglich zwischen sich und die Mauer bringen musste … *falls* Sam Tarly ihn nicht verriet. Der dicke Junge war pflichteifrig und leicht zu ängstigen, aber er liebte Jon auch wie einen Bruder. Falls man ihn fragte, würde Sam ihnen zweifellos die Wahrheit sagen, doch konnte sich Jon nicht vorstellen, dass er den Wachen am Königsturm die Stirn bot, damit sie Mormont aus dem Schlaf holten.

Wenn Jon nicht kam, um das Frühstück des Alten Bären

aus der Küche zu holen, würden sie in seiner Zelle nachsehen und Langklaue auf dem Bett vorfinden. Es war ihm schwergefallen, es dort zurückzulassen, indes mangelte es ihm nicht derart an Ehrgefühl, dass er es mitgenommen hätte. Nicht einmal Jorah Mormont hatte das getan, als er in Schande geflohen war. Ohne jeden Zweifel würde Lord Mormont jemanden finden, der dieser Klinge eher wert war. Jon fühlte sich schlecht, wenn er an den alten Mann dachte. Er wusste, dass seine Fahnenflucht Salz in den offenen Wunden des Bären wären. Es schien ihm ein kläglicher Lohn für das Vertrauen, nur konnte er es nicht ändern. Was er auch tat, stets fühlte sich Jon, als verriete er jemanden.

Selbst jetzt wusste er nicht, ob er das Ehrenhafte tat. Die Südländer hatten es leichter. Sie konnten mit ihrem Septon sprechen, der ihnen den Götterwillen erklärte und half, zu erkunden, was falsch war und was richtig. Die Starks huldigten den alten Göttern, den Namenlosen, und wenn die Herzbäume auch lauschten, so sprachen sie doch nicht.

Als die letzten Lichter der Schwarzen Festung hinter ihm vergingen, bremste Jon seine Stute. Er hatte eine lange Reise vor sich und nur dieses eine Pferd. Es gab Festungen und Bauerndörfer entlang der Straße in den Süden, wo er die Stute gegen ein frisches Pferd eintauschen konnte, wenn er eines brauchte, allerdings nicht, wenn sie zu Schanden geritten war.

Bald schon würde er sich neue Kleider besorgen müssen, höchstwahrscheinlich würde er sie stehlen müssen. Er war vom Scheitel bis zur Sohle schwarz gekleidet: hohe, lederne Reitstiefel, grobgewebte Hosen und Rock, ärmelloses Lederwams und ein schwerer Wollumhang. Langschwert und Dolch waren in schwarzes Hirschleder gehüllt und Ringkragen und Haube in seiner Satteltasche aus schwarzen Ketten. Jedes dieser Teile konnte seinen Tod bedeuten, wenn er gefangen wurde. Einen schwarz gekleideten Fremden betrachtete man in jedem Dorf und jeder Festung nördlich der Eng mit kaltem Argwohn, und bald schon würden die Männer nach ihm suchen. Waren Maester Aemons Raben erst einmal ausgeflogen, wusste Jon, dass er nirgendwo mehr sicher wäre. Nicht einmal auf Winterfell. Bran mochte ihn einlassen wollen, doch Maester Luwin war dafür zu klug. Er würde die Tore verriegeln und Jon fortschicken, wie es sein sollte. Besser wäre es, wenn er gar nicht erst dorthin ginge.

Er sah die Burg deutlich vor seinem inneren Auge, als hätte er sie erst gestern hinter sich gelassen, die hohen, granitenen Mauern, die Große Halle mit ihrem Geruch nach Rauch und Hund und Braten, das Solar seines Vaters, die Turmkammer, in der er geschlafen hatte. Etwas in ihm wollte nichts so sehr, wie Bran noch einmal lachen hören, einen von Gages Schinkenaufläufen verspeisen oder der Alten Nan bei ihren Geschichten von den Kindern des Waldes und dem Narren Florian lauschen.

Deshalb jedoch hatte er die Mauer nicht hinter sich gelassen. Er war fortgeritten, weil er schließlich seines Vaters Sohn und Robbs Bruder war. Ein geschenktes Schwert, selbst ein so wertvolles wie Langklaue machte ihn nicht zu einem Mormont. Ebenso wenig war er Aemon Targaryen. Dreimal hatte der alte Mann die Wahl gehabt, und dreimal hatte er die Ehre gewählt, aber er war ein anderer Mensch. Auch jetzt noch konnte Jon sich nicht entscheiden, ob der Maester geblieben war, weil er schwach und feige oder stark und treu war. Wohl verstand er, was der alte Mann gemeint hatte, die Qual der Wahl. Das alles verstand er nur allzu gut.

Tyrion Lennister hatte behauptet, dass die meisten Menschen eine schwere Wahrheit eher leugnen würden, als sich ihr zu stellen. Jon wollte nichts mehr leugnen. Er war, wer er war, Jon Schnee, Bastard und Eidbrecher, mutterlos, ohne Freunde, ja, und verdammt. Denn für den Rest seines Lebens – wie lange es auch dauern mochte – wäre er dazu verdammt, ein Ausgestoßener zu sein, der schweigende Mann im Schatten, der nicht wagt, seinen wahren Namen zu nennen. Wohin er in den Sieben Königslanden auch gehen mochte, würde er mit der Lüge leben müssen, damit nicht jedermann seine Hand gegen ihn erhob. Doch war es ihm egal, solange er seinen Platz an der Seite seines Bruders einnehmen und helfen konnte, seinen Vater zu rächen.

Er erinnerte sich an den Moment, als er Robb zuletzt gesehen hatte, wie er auf dem Hof stand, mit Schnee in seinem kastanienbraunen Haar. Jon würde im Geheimen zu ihm gehen müssen, verkleidet. Er versuchte, sich Robbs Miene vorzustellen, wenn er sich ihm offenbarte. Sein Bruder würde den Kopf schütteln und lächeln, und er würde sagen … er würde sagen …

Er konnte das Lächeln nicht sehen. Sosehr er sich bemühte, er konnte es nicht sehen. Er merkte, wie er an den Deserteur dachte, den sein Vater an jenem Tag enthauptet hatte, als sie die Schattenwölfe fanden. »Du hast den Eid gesprochen«, hatte Lord Eddard zu ihm gesagt. »Du hast einen Schwur geleistet, vor deinen Brüdern, vor den alten und den neuen Göttern.« Desmond und der dicke Tom hatten den Mann zum Baumstumpf gezerrt. Brans Augen waren groß wie Untertassen geworden, und Jon hatte ihn ermahnt, die Zügel seines Ponys festzuhalten. Er erinnerte sich an den Blick auf Vaters Gesicht, als Theon Graufreud Eis herantrug, den Blutregen im Schnee, wie Theon nach dem Kopf getreten hatte, als der vor seinen Füßen liegen blieb.

Er fragte sich, was Lord Eddard getan hätte, wenn der Fahnenflüchtige statt dieses zerlumpten Fremden sein Bruder Ben gewesen wäre. Hätte es einen Unterschied gemacht? Das musste er doch, sicher, *sicher* ... und Robb würde ihn willkommen heißen, ganz gewiss. Das *musste* er, sonst ...

Es wäre nicht auszudenken. Schmerz pulsierte tief in seinen Fingern, als er die Zügel hielt. Jon drückte seine Fersen in das Pferd und ließ es galoppieren, stürmte den Königsweg hinab, als wollte er seinen Zweifeln entkommen. Jon fürchtete sich nicht vor dem Tod, doch auf diese Weise wollte er nicht sterben, gefesselt und verschnürt und enthauptet wie ein gemeiner Soldat. Wenn er sterben musste, dann mit einem Schwert in der Hand im Kampf gegen die Mörder seines Vaters. Er war kein echter Stark, war nie einer gewesen ... trotzdem konnte er wie einer sterben. Sie sollten sagen, dass Eddard Stark vier Söhne hatte, nicht drei.

Geist hielt fast eine halbe Meile mit ihnen Schritt, die rote Zunge hing ihm aus dem Maul. Der Wolf wurde langsamer, beobachtete sie, die Augen glühend rot im Mondlicht. Er blieb zurück, doch wusste Jon, dass er ihm folgen würde, in seiner eigenen Geschwindigkeit.

Vor ihm flackerten verstreute Lichter durch die Bäume, zu beiden Seiten der Straße: Mulwarft. Ein Hund bellte, als er hindurchritt, und er hörte den heiseren Schrei eines Esels aus dem Stall, ansonsten blieb das Dorf ganz still. Hier und dort leuchteten Kaminfeuer hinter verriegelten Fenstern, drangen durch hölzerne Schlitze, doch nur wenige.

Mulwarft war größer, als es den Anschein hatte, denn drei Viertel davon lagen unter der Erde, in tiefen, warmen Kellern, die durch ein Labyrinth von Tunneln miteinander verbunden waren. Selbst das Hurenhaus befand sich dort unten, an der Oberfläche nichts weiter als eine Holzhütte, kaum größer als ein Abort, mit einer roten Laterne über der Tür. Auf der Mauer hatte er gehört, wie Männer die Huren »vergrabene Schätze« nannten. Er fragte sich, ob von seinen Brüdern heute Abend welche dort unten waren und gruben. Auch das war Eidbruch, allerdings schien sich daran niemand zu stören.

Erst als er weit hinter dem Dorf war, wurde Jon wieder langsamer. Inzwischen war er, wie auch sein Pferd, schweißnass. Zitternd stieg er ab, und seine verbrannte Hand schmerzte. Unter den Bäumen schmolz der Schnee, erstrahlte hell im Mondlicht, Wasser tropfte und bildete kleine, flache Teiche. Jon hockte sich hin und machte seine Hände hohl, fing die Tropfen auf. Der geschmolzene Schnee war eisig kalt. Er trank und warf sich von dem Wasser ins Gesicht, bis seine Wangen brannten. In seinen Fingern pochte der Schmerz schlimmer als seit Tagen, und auch in seinem Kopf hämmerte es. *Ich tue das Richtige*, sagte er sich, *warum also fühle ich mich so elend?*

Die Stute war verschwitzt, daher nahm Jon die Zügel und führte sie ein Stück. Die Straße war kaum breit genug, dass zwei Reiter einander passieren konnten, die Oberfläche von kleinen Bächen durchzogen und von Steinen übersät. Die wilde Jagd war wirklich dumm gewesen, eine Einladung zum Genickbruch. Jon fragte sich, was in ihn gefahren war. Hatte er es mit dem Sterben so eilig?

Der verschreckte Schrei eines Tieres von drüben, zwischen den Bäumen, ließ ihn aufblicken. Seine Stute wieherte nervös. Hatte sein Wolf Beute gefunden? Er hielt seine Hände an den Mund. »Geist!«, rief er. »Geist, zu mir.« Als Antwort folgte nur das Rauschen von Flügeln hinter ihm, als sich eine Eule in die Lüfte schwang.

Stirnrunzelnd setzte Jon seinen Weg fort. Er führte die Stute eine halbe Stunde, bis sie trocken war. Geist tauchte nicht wieder auf. Jon wollte gern aufsteigen und weiterreiten, doch sorgte er sich um seinen Wolf. »Geist«, rief er noch einmal. »Wo bist du? Zu mir! Geist!« In diesen Wäldern konnte einem Schattenwolf nichts zustoßen, nicht mal einem halb ausgewachsenen Schattenwolf, es sei denn …

472

nein, Geist war zu schlau, einen Bären anzugreifen, und falls irgendwo ein Wolfsrudel in der Nähe wäre, hätte Jon das Heulen sicher längst gehört.

Er sollte essen, beschloss er. Das würde seinen Magen beruhigen und Geist Gelegenheit geben, aufzuholen. Noch drohte keine Gefahr. Noch schlief die Schwarze Festung. In seiner Satteltasche fand er Brot, ein Stück Käse und einen kleinen, vertrockneten Apfel. Er hatte auch Pökelfleisch mitgebracht und ein Stück Schinkenspeck aus der Küche, doch wollte er das für den nächsten Morgen aufbewahren. Wenn es aufgegessen wäre, würde er jagen müssen, und dann käme er viel langsamer voran.

Jon saß unter den Bäumen und aß sein Brot mit Käse, während seine Stute neben dem Königsweg graste. Den Apfel hob er sich bis zuletzt auf. Er war etwas weich geworden, aber ansonsten noch sauer und saftig. Jon war beim Gehäuse angekommen, als er etwas hörte: Pferde, und zwar von Norden her. Eilig sprang er auf und ging zu seiner Stute. Konnte er ihnen entkommen? Nein, sie waren zu nah, sicher würden sie ihn hören, und wenn sie von der Schwarzen Festung kamen …

Er führte die Stute von der Straße, hinter einen dichten Hain graugrüner Wachbäume. »Still jetzt«, sagte er mit leiser Stimme und hockte sich nieder, um durch die Äste zu spähen. Wenn die Götter ihm wohlgesonnen waren, würden die Reiter weiterziehen. Wahrscheinlich waren es nur Leute aus Mulwarft, Bauern auf dem Weg zu ihren Feldern, obwohl … was machten sie hier mitten in der Nacht …

Er lauschte, wie der Hufschlag stetig lauter wurde, da sie rasch den Königsweg hinuntertrabten. Es schien, als wären es mindestens fünf oder sechs. Ihre Stimmen wehten durch die Bäume heran.

»… sicher, dass er hier entlanggekommen ist?«

»Wir können nicht sicher sein.«

»Schließlich könnte er auch östlich geritten sein. Oder er hat die Straße verlassen, um durch den Wald zu reiten. Das würde ich tun.«

»Im Dunkeln? Dumm. Wenn du nicht vom Pferd fällst und dir das Genick brichst, verirrst du dich, und wenn die Sonne aufgeht, wärst du wieder an der Mauer.«

»Wär ich nicht.« Grenn klang eingeschnappt. »Ich würde nach Süden reiten. Süden sieht man an den Sternen.«

»Was ist, wenn Wolken am Himmel sind?«, fragte Pyp.

»Dann würde ich nicht reiten.«

Eine andere Stimme unterbrach ihn. »Weißt du, wo *ich* wäre? Ich wäre in Mulwarft und würde nach vergrabenen Schätzen suchen.« Krötes schrilles Lachen gellte durch den Wald. Jons Stute schnaubte.

»Seid still«, sagte Halder. »Ich glaube, ich hab was gehört.«

»Wo? Ich hab nichts gehört.« Die Pferde hielten an.

»*Du* kannst dich doch nicht mal selbst furzen hören.«

»Kann ich wohl«, hielt Grenn dagegen.

»*Still!*«

Sie alle schwiegen, lauschten. Jon merkte, dass er die Luft anhielt. Sam, dachte er. Er war nicht zum Alten Bären gegangen, aber auch nicht ins Bett, er hatte die anderen Jungen geweckt. Verdammt sollten sie sein! Wenn der Morgen graute und sie noch nicht in ihren Betten waren, würde man auch sie als Fahnenflüchtige suchen. Was glaubten sie denn, was sie da taten?

Die Stille schien kein Ende nehmen zu wollen. Von dort, wo Jon kauerte, konnte er die Beine ihrer Pferde durch die Zweige sehen. Schließlich meldete sich Pyp zu Wort. »Was hast du gehört?«

»Ich weiß nicht«, räumte Halder ein. »Ein Geräusch, ich dachte, es wäre vielleicht ein Pferd gewesen, aber …«

»Da ist nichts.«

Aus den Augenwinkeln sah Jon einen hellen Schatten, der sich durch die Bäume schob. Blätter raschelten, und Geist sprang aus dem Dunkel hervor, so plötzlich, dass Jons Stute erschrak und wieherte. »*Da!*«, rief Halder.

»Ich hab es auch gehört!«

»Verräter«, sagte Jon zu seinem Schattenwolf und schwang sich in den Sattel. Er riss den Kopf der Stute herum, um sie durch die Bäume zu lenken, doch waren sie bei ihm, bevor er auch nur zehn Schritte machen konnte.

»*Jon!*«, rief Pyp ihm nach.

»Bleib stehen«, sagte Grenn. »Du kannst uns nicht allen entkommen.«

Jon fuhr herum, um sich ihnen zu stellen, zog das Schwert. »Geht weg. Ich will Euch nichts tun, aber ich tu es, wenn ich muss.«

»Einer gegen sieben?« Halder gab ein Signal. Die Jungen verteilten sich, kreisten ihn ein.

»Was wollt ihr von mir?«, rief Jon.

»Wir wollen dich wieder dahin bringen, wo du hingehörst«, sagte Pyp.

»Ich gehöre zu meinem Bruder.«

»*Wir* sind jetzt deine Brüder«, sagte Grenn.

»Sie hacken dir den Kopf ab, wenn sie dich erwischen«, warf Kröte mit nervösem Lachen ein. »Das ist so dumm, das ist was, das Auerochs tun würde.«

»Würde ich nicht«, sagte Grenn. »Ich bin kein Eidbrecher. Ich habe die Worte gesprochen, und ich habe sie auch so gemeint.«

»Das habe ich auch«, erklärte Jon. »Versteht ihr denn nicht? Die haben meinen *Vater* ermordet. Es ist Krieg, mein Bruder Robb kämpft in den Flusslanden ...«

»Das wissen wir«, sagte Pyp ernst. »Sam hat uns alles erzählt.«

»Das mit deinem Vater tut uns leid«, sagte Grenn, »aber

es ändert nichts. Hast du den Eid erst abgelegt, kannst du nicht weg, egal, wohin.«

»Ich *muss*«, rief Jon inbrünstig.

»Du hast die Worte gesagt«, erinnerte ihn Pyp. »*Meine Wacht beginnt, du hast es gesagt. Sie soll nicht enden vor meinem Tod.*«

»*Ich will auf meinem Posten leben und sterben*«, fügte Grenn nickend hinzu.

»Du musst mir die Worte nicht sagen, ich kenne sie so gut wie du.« Er wurde böse. Wieso konnten sie ihn nicht in Ruhe lassen? Sie machten es ihm nur schwerer.

»*Ich bin das Schwert in der Dunkelheit*«, stimmte Halder an.

»*Der Wächter auf den Mauern*«, krähte Kröte.

Jon fluchte ihnen allen ins Gesicht. Sie beachteten ihn nicht. Pyp brachte sein Pferd näher heran, zitierte: »*Ich bin das Feuer, das gegen die Kälte brennt, das Licht, das den Morgen bringt, das Horn, das die Schläfer weckt, der Schild, der die Reiche der Menschen schützt.*«

»Bleib zurück«, warnte Jon ihn und schwang drohend sein Schwert. »Ich meine es ernst, Pyp.« Sie trugen nicht einmal ihre Rüstungen, er konnte sie in Stücke hacken, wenn er musste.

Matthar war hinter ihn getreten. Er stimmte in den Chor mit ein. »*Ich widme mein Leben und meine Ehre der Nachtwache.*«

Jon trat seine Stute, drehte sie herum. Die Jungen waren jetzt überall um ihn, kamen von allen Seiten näher.

»*In dieser Nacht* ...« Halder trabte von links heran.

»*... und in allen Nächten, die da noch kommen werden*«, endete Pyp. Er griff nach Jons Zügeln. »Ich sag dir, welche Wahl du hast. Töte mich oder komm mit mir zurück.«

Jon hob sein Schwert ... und ließ es hilflos sinken. »Verdammt sollst du sein«, sagte er. »Ihr alle.«

»Müssen wir dir die Hände fesseln oder gibst du uns

dein Wort, dass du friedlich mit uns zurückreitest?«, fragte Halder.

»Ich werde nicht fliehen, falls du das meinst.« Geist kam unter den Bäumen hervor, und Jon warf ihm einen bösen Blick zu. »Du warst keine große Hilfe«, sagte er. Wissend sahen ihn die tiefen, roten Augen an.

»Wir sollten uns lieber beeilen«, sagte Pyp. »Wenn wir nicht vor der Dämmerung zurück sind, wird der Alte Bär uns allen die Köpfe abschlagen.«

Vom Ritt zurück blieb Jon Schnee nur wenig in Erinnerung. Er schien ihm kürzer als der Ritt gen Süden, vielleicht weil er mit seinen Gedanken woanders war. Pyp gab das Tempo vor, galoppierte, ging Schritt, trabte und fiel dann wieder in Galopp. Mulwarft tauchte auf und verschwand wieder, die rote Laterne über dem Bordell war lange schon erloschen. Sie kamen gut voran. Es war noch eine gute Stunde vor der Dämmerung, als Jon die Türme von der Schwarzen Festung voraus erblickte, düster vor der mächtigen, fahlen Wand der Mauer. Diesmal erschien es ihm nicht wie ein Zuhause.

Sie konnten ihn zurückbringen, sagte Jon bei sich, aber sie konnten ihn nicht zum Bleiben zwingen. Der Krieg würde nicht am Morgen enden, auch nicht am Tag darauf, und seine Freunde konnten nicht Tag und Nacht auf ihn aufpassen. Er würde warten, sie glauben machen, dass er sich damit abgefunden hätte, hierzubleiben … und dann, wenn sie nachlässig wurden, wäre er wieder unterwegs. Beim nächsten Mal wollte er den Königsweg meiden. Er wollte der Mauer nach Osten folgen, vielleicht bis ganz zum Meer, eine längere Route, aber sicherer. Oder sogar gen Westen und dann südlich über den hohen Pass. Das war der Weg der Wildlinge, hart und gefährlich, aber zumindest würde ihm niemand folgen. In die Nähe des Königswegs wollte er sich nicht verirren.

Samwell Tarly erwartete sie in den alten Ställen, saß am Boden gegen einen Bund Heu gelehnt, zu aufgeregt, um schlafen zu können. Er stand auf und bürstete sich ab. »Ich ... ich bin froh, dass sie dich gefunden haben, Jon.«

»Ich nicht«, sagte Jon, als er abstieg.

Pyp sprang von seinem Pferd und warf einen angewiderten Blick in den heller werdenden Himmel. »Hilf uns, die Pferde fertig zu machen, Sam«, sagte der kleine Junge. »Wir haben einen langen Tag vor uns und dank unserem Lord Schnee keinen Schlaf gehabt.«

Der Tag brach an, und Jon ging in die Küche, wie er es an jedem Morgen tat. Drei-Finger-Hobb sagte nichts, als er ihm das Frühstück des Alten Bären aushändigte. Heute waren es drei braune Eier, hart gekocht, mit Röstbrot und Schinken und eine Schale mit runzligen Pflaumen. Jon trug das Essen zum Königsturm hinüber. Er fand Mormont am Fenstersitz beim Schreiben. Der Rabe lief auf seinen Schultern hin und her, murmelte: »*Korn, Korn, Korn*«, und kreischte, als Jon eintrat. »Stell das Essen auf den Tisch«, sagte der Alte Bär und blickte auf. »Ich möchte etwas Bier.«

Jon öffnete einen Fensterladen, nahm die Flasche Bier vom äußeren Sims und schenkte ein Horn voll. Hobb hatte ihm eine Zitrone gegeben, die noch kalt von der Mauer war. Jon zerdrückte sie in seiner Faust. Der Saft tropfte durch seine Finger. Mormont trank jeden Tag Zitrone in seinem Bier und behauptete, das sei der Grund dafür, wieso er noch seine eigenen Zähne hatte.

»Ohne Zweifel hast du deinen Vater geliebt«, sagte der Lord Kommandant, als Jon ihm sein Horn brachte. »Uns vernichtet stets das, was wir lieben, Junge. Weißt du noch, wann ich das zu dir gesagt habe?«

»Das weiß ich noch«, sagte Jon trübsinnig. Er wollte nicht über den Tod seines Vaters sprechen, nicht einmal mit Mormont.

»Achte darauf, dass du es nie vergisst. Die harten Wahrheiten sind diejenigen, an die man sich halten sollte. Bring mir meinen Teller. Ist es wieder Schinken? Soll wohl so sein. Du siehst müde aus. War dein Ritt im Mondschein so anstrengend?«

Jons Kehle war trocken. »Ihr wisst es?«

»*Wisst es*«, wiederholte der Rabe von Mormonts Schulter. »*Wisst es.*«

Der Alte Bär schnaubte. »Glaubst du, man hätte mich zum Lord Kommandanten der Nachtwache gemacht, weil ich dumm wie Stroh bin, Schnee? Aemon hat mir gesagt, dass du gehen würdest. Ich habe ihm gesagt, du würdest zurückkommen. Ich kenne meine Männer … und meine *Jungen* auch. Die Ehre hat dich auf den Königsweg geschickt … und die Ehre hat dich zurückgebracht.«

»Meine Freunde haben mich zurückgebracht«, sagte Jon.

»Habe ich von deiner Ehre gesprochen?« Mormont betrachtete seinen Teller.

»Sie haben meinen Vater ermordet. Erwartet Ihr von mir, dass ich untätig herumsitze?«

»Wenn ich die Wahrheit sagen soll, haben wir erwartet, dass du genau das tust, was du getan hast.« Mormont probierte eine Pflaume, spuckte den Kern aus. »Ich hatte eine Wache abgestellt, die auf dich achten sollte. Man hat gesehen, wie du ausgeritten bist. Wenn deine Brüder dich nicht geholt hätten, hättest du den langen Weg genommen, aber nicht mit deinen Freunden. Es sei denn, du hättest ein Pferd mit Flügeln wie ein Rabe. Hast du?«

»Nein.« Jon fühlte sich wie ein Idiot.

»Schade, wir hätten Verwendung für ein solches Pferd.«

Jon richtete sich auf. Er sagte sich, er wollte aufrecht sterben. So viel zumindest konnte er tun. »Ich kenne die Strafe für Fahnenflucht, Mylord. Ich habe keine Angst zu sterben.«

»*Sterben!*«, schrie der Rabe.

»Und auch nicht zu leben, wie ich hoffe«, sagte Mormont, schnitt seinen Schinken mit einem Dolch und fütterte den Raben mit einem Bissen. »Du bist nicht fahnenflüchtig geworden ... bisher. Da stehst du vor mir. Wenn wir jeden Jungen köpfen würden, der des Nachts nach Mulwarft reitet, würden nur noch Geister die Mauer bewachen. Aber vielleicht hast du die Absicht, morgen noch einmal zu fliehen oder in zwei Wochen. Ist das so? Ist das deine Hoffnung, Junge?«

Jon schwieg.

»Das habe ich mir gedacht.« Mormont pellte die Schale von einem gekochten Ei. »Dein Vater ist tot, Junge. Glaubst du, du könntest ihn zurückholen?«

»Nein«, antwortete er bedrückt.

»Gut«, sagte Mormont. »Wir beide haben gesehen, wie die Toten wiederkehren, du und ich, und das ist nichts, was ich gern noch einmal erleben möchte.« Er aß sein Ei mit zwei Bissen und holte ein Stück Schale zwischen seinen Zähnen hervor. »Dein Bruder steht mit der ganzen Streitmacht des Nordens auf dem Schlachtfeld. Jeder einzelne seiner verbündeten Lords befehligt mehr Recken, als du in der Nachtwache findest. Warum, glaubst du, bräuchte er deine Hilfe? Bist du ein so gewaltiger Krieger oder trägst du einen Grumkin in der Hosentasche, der dein Schwert verzaubert?«

Jon wusste ihm nichts zu antworten. Der Rabe pickte auf ein Ei ein, brach die Schale auf. Er schob den Schnabel durch das Loch und zog Bissen von Weißem und Eigelb hervor.

Der Alte Bär seufzte. »Du bist nicht der Einzige, den dieser Krieg berührt. Ob es mir gefällt oder nicht: Meine Schwester marschiert in der Armee deines Bruders, sie und ihre Töchter, in Männerrüstungen. Maegen ist ein grauer, alter Snark, halsstarrig, ungeduldig und eigensinnig. Wenn ich die Wahrheit sagen soll, kann ich es kaum ertragen, dieses scheußliche Weib um mich zu haben, doch heißt das nicht, dass meine Liebe zu ihr geringer wäre als die Liebe, die du für deine Halbschwestern empfindest.« Stirnrunzelnd nahm Mormont sein letztes Ei und drückte es in seiner Faust, bis die Schale knirschte. »Oder vielleicht doch. Sei es, wie es sei, trotzdem würde ich trauern, wenn sie sterben sollte, und dennoch siehst du mich nicht fortlaufen. Ich habe den Eid abgelegt, genau wie du. Ich gehöre hierher ... wohin gehörst du, Junge?«

Ich gehöre nirgendwohin, wollte Jon sagen, *ich bin ein Bastard, ich habe keine Rechte, keinen Namen, keine Mutter und jetzt nicht mal mehr einen Vater.* Die Worte wollten nicht heraus. »Ich weiß es nicht.«

»Aber ich«, sagte Lord Kommandant Mormont. »Kalter Wind kommt auf, Schnee. Jenseits der Mauer werden die Schatten lang. Cotter Peik berichtet von großen Elchherden, die südlich und östlich zum Meer ziehen, ebenso die Mammuts. Er sagt, einer seiner Männer habe keine drei Wegstunden von Ostwacht riesenhafte, missgestaltete Fußabdrücke gefunden. Grenzer vom Schattenturm haben ganze Dörfer gefunden, die verlassen waren, und Ser Denys sagt, bei Nacht sehen sie Feuer in den Bergen, mächtige Flammen, die von abends bis morgens auflodern. Qhorin Halbhand hat in den Tiefen des Schlundes einen Gefangenen gemacht, und der Mann schwört, dass Manke Rayder seine Leute in einer geheimen Festung sammelt, die er gefunden hat, zu welchem Zweck, wissen nur die Götter. Glaubst du, dein Onkel Benjen war der einzige Grenzer, den wir im letzten Jahr verloren haben?«

»*Ben Jen*«, krächzte der Rabe, nickte mit dem Kopf, und Stückchen vom Ei fielen aus seinem Schnabel. »*Ben Jen. Ben Jen.*«

»Nein«, sagte Jon. Sie hatten auch andere verloren. Zu viele.

»Glaubst du, der Krieg deines Bruders sei wichtiger als unserer?«, bellte der alte Mann.

Jon kaute an seiner Lippe. Der Rabe flatterte ihn mit seinen Flügeln an. »*Krieg, Krieg, Krieg, Krieg*«, krähte er.

»Ist er nicht«, erklärte ihm Mormont. »Mögen uns die Götter retten, Junge, du bist nicht blind, und du bist nicht dumm. Wenn tote Menschen einen bei Nacht verfolgen, glaubst du, dass es da noch wichtig ist, wer auf dem Eisernen Thron sitzt?«

»Nein.« Aus diesem Blickwinkel hatte Jon die Sache noch nicht betrachtet.

»Dein Hoher Vater hat dich zu uns geschickt, Jon. Wer kann schon sagen, warum?«

»*Warum, warum, warum?*«, schrie der Rabe.

»Ich weiß nur, dass das Blut der Ersten Menschen in den Adern der Starks fließt. Die Ersten Menschen haben die Mauer errichtet, und es heißt, sie erinnerten sich an Dinge, die ansonsten vergessen wären. Und dieses Vieh, das du da hast … es hat uns zu diesen Kreaturen geführt, hat dich vor dem toten Mann auf der Treppe gewarnt. Ser Jarmy würde es ganz sicher Zufall nennen, aber Ser Jarmy ist tot, und ich hingegen nicht.« Lord Mormont spießte mit der Spitze seines Dolches ein Stück Schinken auf. »Ich glaube, dass du dafür geboren wurdest, hier zu sein, und ich möchte, dass du mit deinem Wolf dabei bist, wenn wir vor die Mauer gehen.«

Seine Worte schickten Jon einen Schauer der Aufregung über den Rücken. »Vor die Mauer?«

»Du hast mich gehört. Ich habe die Absicht, Benjen Stark zu suchen, tot oder lebendig.« Er kaute und schluckte. »Ich werde nicht feige hier herumsitzen und auf Schnee und Eiswind warten. Wir müssen herausfinden, was vor sich geht.

Diesmal wird die Nachtwache als Streitmacht ausreiten, gegen den König-jenseits-der-Mauer, die Anderen und alles, was sonst noch dort draußen sein mag. Ich habe die Absicht, das Kommando selbst zu übernehmen.« Er deutete mit dem Dolch auf Jons Brust. »Üblicherweise ist der Kämmerer des Lord Kommandanten gleichzeitig sein Knappe … nur möchte ich nicht jeden Morgen aufwachen und mich fragen, ob du wieder weggelaufen bist. Also will ich von dir eine Antwort, Lord Schnee, und ich will sie jetzt. Bist du ein Bruder der Nachtwache … oder nur ein Bastardbengel, der Krieg spielen will?«

Jon richtete sich auf und holte lang und tief Luft. *Vergib mir, Vater. Robb, Arya, Bran … vergebt mir, ich kann Euch nicht helfen. Er spricht die Wahrheit. Ich gehöre hierher.* »Ich gehöre … Euch, Mylord. Ich bin Euer Mann. Ich schwöre es. Ich laufe nie wieder fort.«

Der Alte Bär schnaubte. »Gut. Dann geh und leg dein Schwert an.«

CATELYN

Tausend Jahre schien es Catelyn Stark her zu sein, dass sie ihren kleinen Sohn aus Schnellwasser mitgenommen und den Trommelstein in einem kleinen Boot überquert hatte, um die Reise gen Norden nach Winterfell anzutreten. Und auch jetzt war es der Trommelstein, über den sie heimkehrte, wobei der Junge Rüstung und Kettenhemd trug und keine Windeln mehr.

Robb saß im Bug mit Grauwind, seine Hände ruhten auf dem Kopf des Schattenwolfes, während die Ruderer an ihren Riemen rissen. Theon Graufreud war bei ihm. Ihr Onkel Brynden wollte im zweiten Boot nachkommen, mit dem Großjon und Lord Karstark.

Catelyn suchte sich einen Platz am Heck. Sie schossen den Trommelstein hinab, ließen sich von der starken Strömung am hoch aufragenden Räderturm vorübertreiben. Das Platschen und Rumpeln des großen Wasserrades, das sich darin drehte, war ein Geräusch aus ihrer Kindheit, das ein trauriges Lächeln auf Catelyns Miene brachte. Von den Sandsteinmauern der Burg aus riefen Soldaten und Diener ihren Namen herab, und auch Robbs und »Winterfell!«. Von jeder Brustwehr wehte das Banner des Hauses Tully: eine springende Forelle, silber, vor einem gewellten, blauroten Grund. Es war ein bewegender Anblick, doch wollte ihr das Herz nicht leichter werden. Sie fragte sich, ob ihr das Herz eigentlich jemals wieder leichter werden würde. *Oh, Ned …*

Unter dem Räderturm beschrieben sie eine weite Wende und stießen durch das schäumende Wasser. Die Männer legten sich ins Zeug. Der weite Bogen des Wassertores war zu sehen, und sie hörte das Knarren schwerer Ketten, als das große, eiserne Falltor hochgezogen wurde. Langsam hob es sich, indem sie näher kamen, und Catelyn sah, dass die untere Hälfte rot vom Rost war. Brauner Schlamm tropfte auf sie herab, während sie darunter hindurchfuhren, die stachelbesetzten Spieße nur eine Handbreit über ihnen. Catelyn sah zu den Gitterstäben auf und fragte sich, wie tief der Rost ging und wie gut das Falltor einer Ramme würde standhalten können und ob es erneuert werden musste. Gedanken wie dieser gingen ihr in letzter Zeit öfter durch den Kopf.

Sie kamen unter dem Bogen und unter den Mauern hindurch, fuhren vom Sonnenlicht in Schatten und wieder ins Sonnenlicht. Überall um sie herum lagen große und kleine Boote vertäut, an Eisenringen im Stein gesichert. Die Garde ihres Vaters wartete mit ihrem Bruder an der Wassertreppe. Ser Edmure Tully war ein stämmiger, junger Mann mit einem zottigen Schopf kastanienbraunen Haares und einem feuerroten Bart. Sein Brustpanzer war zerkratzt und von der Schlacht zerbeult, sein blau-roter Umhang mit Blut und Rauch befleckt. Neben ihm stand Lord Tytos Schwarzhain, ein harter Hecht von einem Mann, mit kurz geschorenem, meliertem Backenbart und einer Hakennase. Seine hellgelbe Rüstung war mit Gagat in feinen Mustern von Reben und Blättern verziert, und ein Umhang aus Rabenfedern lag um seine schmalen Schultern. Lord Tytos hatte den Ausfall geführt, mit dem ihr Bruder aus der Zange der Lennisters befreit worden war.

»Holt sie herein«, befahl Ser Edmure. Drei Männer stiegen die Treppe hinab, knietief ins Wasser, und zogen das Boot mit langen Haken heran. Als Grauwind heraussprang, ließ einer von ihnen seine Stange fallen und wich zurück, stolperte und setzte sich abrupt in den Fluss. Die anderen lachten, und der Mann machte ein dummes Gesicht. Theon Graufreud sprang über den Rand des Bootes, hob Catelyn an der Hüfte heraus und stellte sie auf eine trockene Stufe über sich, während das Wasser um seine Stiefel schwappte.

Edmure kam die Treppe herab, um sie zu umarmen. »Süße Schwester«, murmelte er heiser. Er hatte dunkelblaue Augen und einen Mund, der zum Lächeln wie geschaffen war, doch lächelte er nicht. Er wirkte hager und müde, gebeutelt von der Schlacht, ausgezehrt von Sorge. Sein Hals war bandagiert, wo er verwundet worden war. Catelyn umarmte ihn innig.

»Deine Trauer ist die meine, Cat«, sagte er, als sie sich voneinander lösten. »Als wir von Eddard gehört haben … die Lennisters werden dafür bezahlen, ich schwöre es, du wirst deine Rache bekommen.«

»Wird es mir Ned wiederbringen?«, fragte sie scharf. Die Wunde war noch zu frisch für mildere Worte. Sie konnte jetzt nicht an Ned denken. Sie wollte nicht. Es durfte nicht sein. Sie musste stark bleiben. »All das kann warten. Ich muss mit Vater sprechen.«

»Er erwartet dich in seinem Solar«, sagte Edmure.

»Lord Hoster ist ans Bett gefesselt, Mylady«, erklärte der Haushofmeister ihres Vaters. Wann war der gute Mann so alt und grau geworden? »Er hat mich angewiesen, Euch sogleich zu ihm zu geleiten.«

»Ich bringe sie.« Edmure führte sie die Wassertreppe hinauf und über den unteren Burghof, auf dem Petyr Baelish und Brandon Stark einst um ihretwillen die Schwerter gekreuzt hatten. Die massiven Sandsteinmauern des Turmes ragten über ihnen auf. Als sie zwischen zwei Gardisten mit fischförmigem Helmschmuck durch eine Tür traten, fragte sie: »Wie schlimm steht es?« und fürchtete die Antwort schon, noch während sie die Frage stellte.

Edmures Miene war ernst. »Er wird nicht mehr lange unter uns weilen, sagen die Maester. Der Schmerz ist ... bleibend und quälend.«

Blinder Zorn erfüllte sie, ein Zorn auf alle Welt, auf ihren Bruder Edmure und ihre Schwester Lysa, auf die Lennisters, auf die Maester, auf Ned und ihren Vater und die ungeheuerlichen Götter, die ihr beide nehmen wollten. »Du hättest es mir sagen sollen«, sagte sie. »Du hättest mir Nachricht geben sollen, sobald du es wusstest.«

»Er hat es mir verboten. Seine Feinde sollten nicht wissen, dass er im Sterben liegt. Da das Reich sich in so schwieriger Lage befand, fürchtete er, wenn die Lennisters vermuten sollten, wie gebrechlich er war ...«

»... würden sie uns angreifen?«, endete Catelyn harsch. *Es war dein Werk, deines,* flüsterte eine Stimme in ihr. *Wenn du dich nicht bemüßigt gefühlt hättest, den Zwerg gefangen zu nehmen ...*

Schweigend erklommen sie die Wendeltreppe.

Der Turm war dreieckig, wie Schnellwasser selbst auch, und ein Balkon ragte wie der Kiel eines großen, steinernen Schiffes gen Osten. Von diesem Punkt aus konnte der Burgherr über seine Mauern und Zinnen und darüber hinaus dorthin blicken, wo die Fluten einander begegneten. Man hatte das Bett ihres Vaters auf den Balkon hinausgestellt. »Er sitzt gern in der Sonne und betrachtet die Flüsse«, erklärte Edmure. »Vater, seht doch, wen ich Euch bringe. Cat ist gekommen, Euch zu besuchen ...«

Hoster Tully war stets ein großer Mann gewesen, in seiner Jugend hochgewachsen und breitschultrig, dann stämmiger, je älter er wurde. Jetzt wirkte er geschrumpft, hatte kaum noch Muskeln und Fleisch auf den Knochen. Selbst sein Gesicht war eingefallen. Als Catelyn ihn zuletzt gesehen hatte, waren Haar und Bart braun gewesen, von Grau durchzogen. Nun waren sie weiß wie Schnee.

Beim Klang von Edmures Stimme schlug er die Augen auf. »Kleines Kätzchen«, murmelte er mit einer Stimme, die dünn war und von Schmerz gebrochen. »Mein kleines Kätzchen.« Ein zitterndes Lächeln huschte über sein Gesicht, als seine Hände nach den ihren griffen. »Ich habe auf dich gewartet …«

»Ich lasse euch allein«, sagte ihr Bruder und küsste ihren Hohen Vater sanft auf die Stirn, bevor er sich zurückzog.

Catelyn kniete nieder und hielt die Hand ihres Vaters. Es war eine große Hand, doch fleischlos, die Knochen lose unter der Haut, alle Kraft daraus entschwunden. »Ihr hättet es mir sagen sollen«, sagte sie. »Ein Reiter, ein Rabe …«

»Reiter werden gefangen und verhört«, antwortete er. »Raben werden abgeschossen …« Ein Schmerzkrampf nahm von ihm Besitz, und seine Finger krallten sich fest in ihre. »Die Krebse sind in meinem Bauch … zwicken, dauernd zwicken sie. Bei Tag und Nacht. Sie haben große Scheren, diese Krebse. Maester Vyman macht mir Traumwein, Mohnblumensaft … ich schlafe viel … aber ich wollte wach sein, wenn du kommst. Ich fürchtete … als die Lennisters deinen Bruder gefasst hatten, die Lager überall um uns … ich fürchtete, ich müsste gehen, bevor ich dich noch einmal sehen konnte … ich fürchte …«

»Ich bin hier, Vater«, sagte sie. »Mit Robb, meinem Sohn. Auch er wird Euch sehen wollen.«

»Dein Junge«, flüsterte er. »Er hatte meine Augen, ich weiß noch …«

»Hatte er und hat er noch. Und wir haben dir Jaime Lennister gebracht, in Ketten. Schnellwasser ist wieder frei, Vater.«

Lord Hoster lächelte. »Ich habe es beobachtet. Gestern

Abend, als es begann, ich habe ihnen gesagt … musste es sehen. Sie haben mich zum Torhaus getragen … hab von den Zinnen aus zugeschaut. Ach, es war wunderschön … die Fackeln wie eine Welle, ich konnte die Schreie über den Fluss hören … süße Schreie … als dieser Belagerungsturm in Flammen aufging … hätte sterben können, froh, wenn ich nur deine Kinder vorher noch hätte sehen können. War es dein Junge, der es vollbracht hat? War es dein Robb?«

»Ja«, sagte Catelyn voller Stolz. »Es war Robb … und Brynden. Euer Bruder ist auch hier, Mylord.«

»Er.« Die Stimme ihres Vaters war ein schwaches Flüstern. »Schwarzfisch … ist zurück? Aus dem Grünen Tal?«

»Ja.«

»Und Lysa?« Kühler Wind wehte durch sein dünnes, weißes Haar. »Steht mir bei, ihr Götter, deine Schwester … ist sie auch gekommen?«

Er klang so voller Hoffnung und Sehnsucht, dass es ihr schwerfiel, ihm die Wahrheit zu sagen. »Nein, es tut mir leid …«

»Oh.« Seine Miene brach in sich zusammen, und etwas von dem Licht in seinen Augen verging. »Ich hatte gehofft … ich hätte sie gern gesehen, bevor …«

»Sie ist bei ihrem Sohn auf Hohenehr.«

Müde nickte Lord Hoster. »Lord Robert jetzt, der arme Arryn ist tot … ich erinnere mich … warum ist sie nicht mit dir gekommen?«

»Sie hat Angst, Mylord. Auf der Ehr fühlt sie sich sicher.« Sie küsste seine faltige Stirn. »Robb wird schon warten. Wollt Ihr ihn sehen? Und Brynden?«

»Dein Sohn«, flüsterte er. »Ja. Cats Kind … er hatte meine Augen, ich erinnere mich. Als er geboren wurde. Bring ihn … ja.«

»Und Euer Bruder?«

Ihr Vater blickte auf die Flüsse hinaus. »Schwarzfisch«,

sagte er. »Hat er inzwischen geheiratet? Sich ein ... Mädchen zur Frau genommen?«

Selbst noch auf dem Totenbett, dachte Catelyn traurig. »Er hat nicht geheiratet. Das wisst Ihr, Vater. Und er wird es auch nie tun.«

»Ich habe es ihm gesagt ... ihm *befohlen.* Heirate! Ich war sein Lord. Er weiß es. Mein Recht, seine Partie zu wählen. Eine gute Partie. Eine Rothweyn. Altes Haus. Süßes Mädchen, hübsch ... Sommersprossen ... Bethany, ja. Armes Kind. Wartet noch heute. Ja. Immer noch ...«

»Bethany Rothweyn hat vor Jahren schon Lord Esch geheiratet«, rief Catelyn ihm in Erinnerung. »Sie hat drei Kinder von ihm.«

»Trotzdem«, murmelte Lord Hoster. »Trotzdem. Hat auf das Mädchen gespuckt. Die Rothweyns. Hat auf mich gespuckt. Sein Lord, sein Bruder ... dieser Schwarzfisch. Ich hatte andere Angebote. Lord Brackens Mädchen. Walder Frey ... eines von dreien, sagte er ... Hat er geheiratet? Irgendeine? Irgendeine?«

»Keine«, sagte Catelyn, »aber er ist manche Wegstunde geritten, um Euch zu sehen, hat sich den Weg zurück nach Schnellwasser erstritten. Ich wäre jetzt nicht hier, wenn Ser Brynden uns nicht geholfen hätte.«

»Er war schon immer ein Krieger«, stellte ihr Vater mit rauer Stimme fest. »Das konnte er gut. Ritter des Tores, ja.« Er lehnte sich zurück und schloss die Augen, unaussprechlich müde. »Schick ihn herein. Später. Ich will jetzt schlafen. Zu krank zum Streiten. Schick ihn später herauf, den Schwarzfisch ...«

Catelyn küsste ihn sanft, strich sein Haar glatt und ließ ihn dort im Schatten seines Turmes zurück, unter dem seine Flüsse rauschten. Er schlief schon, bevor sie sein Solar verlassen hatte.

Als sie wieder in den unteren Burghof kam, stand Ser

Brynden Tully mit feuchten Stiefeln auf der Wassertreppe und unterhielt sich mit dem Hauptmann der Garde von Schnellwasser. Augenblicklich kam er zu ihr. »Ist er ...?«

»Dem Tode nah«, sagte sie. »Wie wir es befürchtet hatten.«

Das zerfurchte Gesicht ihres Onkels offenbarte deutlich seinen Schmerz. Er fuhr mit seinen Fingern durch das dicke, graue Haar. »Will er mich sehen?«

Sie nickte. »Er sagt, er ist zu krank, um sich zu streiten.«

Brynden Schwarzfisch lachte leise. »Und ich bin zu lange schon Soldat, als dass ich es ihm glauben würde. Hoster wird mich wegen dieses Rothweyn-Mädchens noch tadeln, wenn wir bei seiner Beerdigung den Scheiterhaufen anstecken, verdammt sollen seine Knochen sein.«

Catelyn lächelte, wusste, dass es stimmte. »Ich sehe Robb nicht.«

»Ich glaube, er ist mit Graufreud in die Halle gegangen.«

Theon Graufreud saß auf einer Bank in Schnellwassers Großer Halle, erfreute sich eines Horns Bier und unterhielt die Truppen ihres Vaters mit einem Bericht über das Schlachten im Wisperwald. »Einige versuchten zu fliehen, aber wir hatten das Tal an beiden Enden geschlossen, und mit Schwert und Lanze kamen wir aus dem Dunkel. Die Lennisters müssen gedacht haben, dass die Anderen höchstpersönlich über sie herfielen, als sich dieser Wolf, der Robb gehört, über sie hermachte. Ich habe gesehen, wie er einem Mann den Arm aus der Schulter gerissen hat, und ihre Pferde haben verrücktgespielt, als sie ihn witterten. Ich konnte nicht zählen, wie viele Männer abgeworfen wurden ...«

»Theon«, unterbrach sie ihn, »wo finde ich meinen Sohn?«

»Lord Robb wollte dem Götterhain einen Besuch abstatten, Mylady.«

Es war das, was auch Ned getan hätte. *Er ist ebenso seines Vaters Sohn wie der meine, das darf ich nicht vergessen. Oh, ihr Götter. Ned ...*

Sie fand Robb unter dem grünen Baldachin aus Blättern, umgeben von hohen Rotholzbäumen und großen, alten Ulmen, vor dem Herzbaum kniend, einem schlanken Wehrholzbaum mit einem Gesicht, das eher traurig als grimmig war. Sein Langschwert stand vor ihm, die Spitze in den Boden gerammt, seine Hände in Handschuhen um den Griff gelegt. Um ihn knieten andere: Großjon Umber, Rickard Karstark, Maegen Mormont, Galbart Glauer und weitere. Selbst Tytos Schwarzhain weilte unter ihnen, den großen Rabenumhang hinter sich ausgebreitet. *Sie huldigen den alten Göttern,* das wurde ihr klar. Sie fragte sich, welchen Göttern sie dieser Tage huldigte, und fand darauf keine Antwort.

Es wäre nicht gut, sie bei ihren Gebeten zu stören. Die Götter sollten bekommen, was ihnen zustand ... selbst grausame Götter, die ihr Ned und ihren Hohen Vater nahmen. Also wartete Catelyn. Der Wind vom Fluss her strich durch die hohen Äste, und sie konnte den Räderturm zu ihrer Rechten sehen, an dessen Seite Efeu rankte. Als sie dort stand, fiel ihr alles wieder ein. Ihr Vater hatte sie zwischen diesen Bäumen das Reiten gelehrt, und beim Sturz von dieser Ulme hatte sich Edmure den Arm gebrochen, und dort drüben, unter jener Laube, hatten Lysa und sie mit Petyr Küssen gespielt.

Seit Jahren hatte sie daran nicht mehr gedacht. Wie jung sie alle gewesen waren – sie nicht älter als Sansa, Lysa jünger als Arya und Petyr noch jünger, doch begierig. Die Mädchen hatten ihn untereinander getauscht, abwechselnd ernst und kichernd. So lebhaft fiel es ihr wieder ein, dass sie fast seine verschwitzten Hände an ihren Schultern fühlen und den Duft von Minze in seinem Atem schmecken konnte. Stets wuchs Minze im Götterhain, und Petyr kaute sie gern. Was war er nur für ein frecher, kleiner Junge gewesen, immer in Schwierigkeiten. »Er hat versucht, seine Zunge in meinen Mund zu stecken«, hatte Catelyn ihrer Schwester nachher gestanden, als sie allein waren. »Das hat er bei mir auch versucht«, hatte Lysa geflüstert, scheu und atemlos. »Es hat mir gefallen.«

Langsam kam Robb auf die Beine und steckte sein Schwert weg, und Catelyn erwischte sich bei dem Gedanken, ob ihr Sohn je ein Mädchen im Götterhain geküsst hatte. Sicher hatte er das. Sie hatte gesehen, wie Jeyne Pool ihm mit feuchten Augen Blicke zuwarf, und manche Dienstmagd, selbst solche, die schon achtzehn waren … er war in die Schlacht geritten und hatte Männer mit dem Schwert getötet, sicher war er schon geküsst worden. Sie hatte Tränen in den Augen. Wütend wischte sie sie fort.

»Mutter«, sagte Robb, als er sie dort stehen sah. »Wir müssen eine Ratsversammlung abhalten. Es gibt einige Entscheidungen zu treffen.«

»Dein Großvater würde dich gern sehen«, sagte sie. »Robb, er ist sehr krank.«

»Ser Edmure hat es mir gesagt. Es tut mir leid, Mutter … für Lord Hoster und für dich. Doch vorher müssen wir uns besprechen. Es gab Nachricht aus dem Süden. Renly Baratheon hat Anspruch auf die Krone seines Bruders angemeldet.«

»Renly?«, sagte sie erschrocken. »Ich hatte gedacht, ganz sicher wäre es Lord Stannis …«

»Das dachten wir alle, Mylady«, sagte Galbart Glauer.

Der Kriegsrat versammelte sich in der Großen Halle an vier langen Tischen, die man zu einem gebrochenen Viereck aufgestellt hatte. Lord Hoster war zu schwach, um daran teilzunehmen, er schlief auf seinem Balkon, träumte von der Sonne auf den Flüssen seiner Jugend. Edmure saß auf seinem Thronsitz der Tullys, Brynden Schwarzfisch an seiner Seite und die Bundesgenossen seines Vaters rechts und links davon entlang der Seitentische. Die Nachricht vom Sieg bei Schnellwasser hatte sich unter den flüchtigen Lords der Flusslande verbreitet und sie wieder angelockt. Karyl Vanke trat ein, jetzt Lord, sein Vater tot unter dem Goldzahn. Ser Marq Peiper war bei ihm, und sie brachten einen Darry mit, Ser Raymuns Sohn, ein Knabe, der nicht älter als Bran war. Lord Jonos Bracken traf von den Ruinen von Steinheck ein, finster und polternd, und setzte sich so weit abseits von Tytos Schwarzhain, wie die Tische es erlaubten.

Die Lords aus dem Norden saßen gegenüber, und Catelyn und Robb sahen ihrem Bruder ins Gesicht. Sie waren weniger. Großjon saß linker Hand von Robb, und dann Theon Graufreud. Galbart Glauer und Lady Mormont saßen rechts von Catelyn. Lord Rickard Karstark, ausgezehrt und hohläugig in seiner Trauer, saß wie ein Mann in einem Albtraum da, der lange Bart ungekämmt und ungewaschen. Zwei Söhne hatte er im Wisperwald verloren, und es gab keine Nachricht von dem dritten, seinem ältesten, der die Speerkämpfer der Karstarks am Grünen Arm des Trident gegen Tywin Lennister geführt hatte.

Der Streit wütete bis in die späte Nacht. Jeder Lord hatte das Recht zu sprechen, und so sprachen sie ... und brüllten und fluchten und stritten und johlten und scherzten und feilschten und schlugen Humpen auf den Tisch und drohten und verließen den Saal und kehrten mürrisch oder lächelnd wieder zurück. Catelyn saß da und hörte sich alles an.

Roos Bolton hatte die arg gebeutelten Reste ihres anderen Heeres am Eingang zum Damm neu formiert. Ser

Helman Tallhart und Walder Frey hielten nach wie vor die Zwillinge. Lord Tywins Armee hatte den Trident überquert und war auf dem Weg nach Harrenhal. Und es gab zwei Könige im Reich. Zwei Könige und keine Eintracht.

Viele der verbündeten Lords wollten sogleich gegen Harrenhal marschieren, um sich Lord Tywin zu stellen und der Macht der Lennisters ein für alle Mal ein Ende zu bereiten. Der junge, hitzköpfige Marq Peiper drängte darauf, stattdessen westlich gegen Casterlystein zu ziehen. Andere wiederum mahnten zur Geduld. Schnellwasser saß quer auf den Nachschubwegen der Lennisters, wie Jason Mallister hervorhob. Sie sollten abwarten, Lord Tywin Nachschub und frischen Proviant verweigern, während sie ihre Befestigungen stärkten und ihren müden Truppen Ruhe gönnten. Lord Schwarzhain wollte davon nichts hören. Sie sollten das Werk vollenden, das sie im Wisperwald begonnen hatten. Nach Harrenhal marschieren und auch Roos Boltons Armee mitnehmen. Worauf Schwarzhain drängte, dem stellte sich Bracken entgegen wie stets. Lord Jonos Bracken erhob sich und drängte, sie sollten König Renly die Treue schwören und gen Süden ziehen, um sich seiner Streitmacht anzuschließen.

»Renly ist nicht der König«, sagte Robb. Es war das erste Mal, dass ihr Sohn sich geäußert hatte. Wie sein Vater verstand auch er sich darauf, zuzuhören.

»Ihr könnt nicht ernstlich zu Joffrey halten, Mylord«, sagte Galbart Glauer. »Er hat Euren Vater auf dem Gewissen.«

»Das macht ihn zu einem schlechten Menschen«, erwiderte Robb. »Ich weiß nur nicht, was Renly zum König macht. Joffrey ist nach wie vor Roberts ältester Sohn, also gehört der Thron nach allen Gesetzen des Reiches rechtmäßig ihm. Sollte er sterben, und ich beabsichtige, dafür zu sorgen, dass er das tut, hat er einen jüngeren Bruder. Tommen ist nach Joffrey als Nächster an der Reihe.«

»Tommen ist nicht weniger ein Lennister«, fuhr Ser Marq Peiper ihn an.

»Wie Ihr meint«, sagte Robb voll Sorge. »Aber auch wenn keiner von beiden König ist, wie sollte Lord Renly es sein? Er ist Roberts *jüngerer* Bruder. Bran kann nicht vor mir Lord von Winterfell werden, und Renly kann nicht vor Lord Stannis den Thron besteigen.«

Lady Mormont gab ihm Recht. »Lord Stannis hat den rechtmäßigeren Anspruch.«

»Renly ist gekrönt worden«, sagte Marq Peiper. »Rosengarten und Sturmkap stützen seinen Anspruch, und die Dornischen sind keine trägen Menschen. Wenn Winterfell und Schnellwasser ihre Streitmacht der seinen anschließen, hat er fünf der sieben großen Häuser hinter sich. *Sechs*, falls die Arryns sich rühren sollten! Sechs gegen Casterlystein! Mylords, innerhalb des nächsten Jahres sehen wir deren Köpfe allesamt auf Spießen, die Königin und den Kindkönig, Lord Tywin, den Gnom, den Königsmörder, Ser Kevan, alle! Vorausgesetzt, wir gewinnen, falls wir uns König Renly anschließen. Was hat Lord Stannis dem entgegenzusetzen, dass wir das alles vernachlässigen?«

»Das Recht«, sagte Robb stur. Catelyn fand, dass er auf unheimliche Weise seinem Vater ähnelte, als er das sagte.

»Ihr meint also, wir sollten uns für Stannis entscheiden?«, fragte Edmure.

»Ich weiß es nicht«, sagte Robb. »Ich habe um die Gewissheit gebetet, zu wissen, was zu tun ist, aber die Götter haben mir nicht geantwortet. Die Lennisters haben meinen Vater als Verräter hingerichtet, und das war eine Lüge, aber wenn Joffrey der rechtmäßige König ist und wir gegen ihn kämpfen, machen *wir* uns dennoch zu Verrätern.«

»Mein Hoher Vater würde zur Vorsicht mahnen«, sagte

der alte Ser Stevron mit dem wieselgleichen Lächeln eines Frey. »Wartet, lasst die beiden Könige ihr Spiel um Throne spielen. Wenn sie mit dem Kämpfen schließlich fertig sind, können wir vor dem Sieger auf die Knie fallen oder uns ihm entgegenstellen, ganz wie wir wollen. Da Renly sich rüstet, wäre Lord Tywin ein Waffenstillstand sicherlich willkommen ... und die sichere Heimkehr seines Sohnes. Edle Lords, erlaubt mir, zu ihm nach Harrenhal zu reiten und ordentliche Bedingungen und Lösegeld zu vereinbaren ...«

Ein Aufschrei des Entsetzens erstickte seine Stimme. »*Memme!*«, donnerte Großjon. »Wenn wir um einen Waffenstillstand nachsuchen, wird es aussehen, als wären wir schwach«, erklärte Lady Mormont. »Vergesst das Lösegeld, wir dürfen den Königsmörder nicht freigeben«, rief Rickard Karstark.

»Warum nicht Frieden schließen?«, fragte Catelyn.

Die hohen Herren sahen sie an, doch waren es Robbs Blicke, die sie spürte, nur die seinen. »Mylady, sie haben meinen Hohen Vater ermordet, Euren Gatten«, erwiderte er grimmig. Er zog sein Langschwert aus der Scheide und legte es vor sich auf den Tisch, der helle Stahl auf grobem Holz. »Das ist der einzige Friede, den die Lennisters von mir jemals bekommen sollen.«

Der Großjon bellte seine Zustimmung heraus, und andere Männer stimmten mit ein, brüllten und zogen ihre Schwerter und schlugen mit den Fäusten auf den Tisch. Catelyn wartete, bis sie sich allesamt beruhigt hatten. »Mylords«, sagte sie dann, »Lord Eddard war Euer Lehnsherr, aber ich habe mit ihm das Bett geteilt und seine Kinder geboren. Glaubt Ihr, ich liebte ihn weniger als Ihr?« Fast brach ihre Stimme vor Trauer, und so holte Catelyn tief Luft und stützte sich. »Robb, wenn dieses Schwert ihn zurückbringen könnte, würde ich es dich erst wieder wegstecken lassen, wenn Ned an meiner Seite stünde ... doch ist er nicht mehr unter uns, und auch einhundert Wisperwälder können daran nichts ändern. Ned ist tot, ebenso Daryn Hornwald und Lord Karstarks tapfere Söhne und viele gute Männer neben ihnen, und keiner von ihnen wird je wieder unter uns weilen. Müssen wir noch weitere Tote beklagen?«

»Ihr seid eine Frau, Mylady«, grollte der Großjon mit seiner tiefen Stimme. »Frauen verstehen von diesen Dingen nichts.«

»Ihr seid das sanfte Geschlecht«, sagte Lord Karstark mit frischen Sorgenfalten im Gesicht. »Ein Mann braucht die Rache.«

»Gebt mir Cersei Lennister, Lord Karstark, und Ihr werdet sehen, wie *sanft* eine Frau sein kann«, erwiderte Catelyn. »Vielleicht verstehe ich nichts von Taktik und Strategien ... aber ich verstehe etwas von Sinnlosigkeit. Wir sind in den Krieg gezogen, als die Armeen der Lennisters die Flusslande verwüsteten und Ned gefangen war, fälschlich des Hochverrates angeklagt. Wir haben gekämpft, um uns zu verteidigen und die Freiheit meines Lords zu erstreiten.

Nun, das eine ist getan, und das andere liegt jenseits unserer Möglichkeiten. Bis ans Ende meiner Tage werde ich um Ned trauern, doch muss ich an die Lebenden denken. Ich will meine Töchter wiederhaben, und noch hält die Königin sie fest. Wenn ich unsere vier Lennisters gegen deren zwei Starks tauschen müsste, würde ich mich auf den Handel einlassen und den Göttern danken. Ich möchte, dass du in Sicherheit bist, Robb, und vom Thron deines Vaters auf Winterfell regierst. Ich möchte, dass du dein Leben lebst, ein Mädchen küsst und eine Frau heiratest und einen Sohn zeugst. Ich möchte dem Ganzen ein Ende machen. Ich möchte heimkehren, Mylords, und um meinen Gatten weinen.«

Es war sehr still im Saal, nachdem Catelyn gesprochen hatte.

»Friede«, sagte ihr Onkel Brynden. »Friede ist süß, Mylady ... aber zu welchen Bedingungen. Es ist nicht gut, sein Schwert zu einer Pflugschar umzuschmieden, wenn man es am nächsten Tag wieder neu schmieden muss.«

»Wofür sind Torrhen und mein Eddard gestorben, wenn ich mit nichts als ihren Knochen nach Karholt heimkehre?«, fragte Rickard Karstark.

»Aye«, sagte Lord Bracken. »Gregor Clegane hat meine Felder verwüstet, meine Untertanen geschlachtet und Steinheck als qualmende Ruine zurückgelassen. Soll ich nun vor jenen auf die Knie fallen, die ihn geschickt haben? Wofür haben wir gekämpft, wenn wir alles wieder so einrichten sollen, wie es war?«

Lord Schwarzhain gab ihm Recht, zu Catelyns Überraschung und Entsetzen. »Und wenn wir nun mit König Joffrey Frieden schließen, sind wir nicht Verräter gegen König Renly. Und falls der Hirsch gegen den Löwen bestehen sollte, was würde dann aus uns?«

»Wie immer Ihr Euch auch entscheiden mögt, nie werde ich einen Lennister als meinen König anerkennen«, erklärte Marq Peiper.

»Ich auch nicht!«, rief der kleine Darry. »Niemals!«

Wieder hob das Schreien an. Verzweifelt saß Catelyn da. Sie war so nah dran gewesen, dachte sie. Fast hätten sie ihr zugehört, *fast* ... jetzt war der Augenblick verflogen. Es würde keinen Frieden geben, keine Chance auf Versöhnung, keine Sicherheit. Sie sah ihren Sohn an, beobachtete ihn, während er den Lords beim Debattieren lauschte, stirnrunzelnd, sorgenvoll, doch mit seinem Krieg vermählt. Er hatte geschworen, eine Tochter von Walder Frey zu ehelichen, dabei sah sie seine wahre Braut deutlich vor ihm liegen: das Schwert, das dort auf dem Tisch lag.

Catelyn dachte an ihre Mädchen, fragte sich, ob sie sie jemals wiedersehen würde, als der Großjon aufsprang.

»*MYLORDS!*«, rief er, und seine Stimme hallte vom Gebälk. »Hört, was ich diesen beiden Königen zu sagen habe!« Er spuckte aus. »Renly Baratheon bedeutet mir nichts, ebenso Stannis. Warum sollten sie über mich und die meinen herrschen, von irgendeinem blumenumrankten Thron in Rosengarten oder Dorne aus? Was wissen die von der Mauer oder dem Wolfswald oder den Hügelgräbern der Ersten Menschen? Selbst deren Götter sind die falschen. Und sollen die Anderen auch gleich die Lennisters holen, von denen habe ich genug.« Er langte über seine Schulter und zog sein mächtiges beidhändiges Großschwert. »Warum sollten wir uns nicht wieder selbst regieren? Wir haben die Drachen geheiratet, und alle Drachen sind tot!« Er zeigte mit der Klinge auf Robb. »Dort sitzt der einzige König, vor dem ich auf die Knie fallen würde, M'lords«, donnerte er. »Der König des Nordens!«

Und er kniete nieder und legte sein Schwert ihrem Sohn zu Füßen.

»Unter *diesen* Bedingungen würde ich Frieden schließen«, sagte Lord Karstark. »Sie können ihre rote Burg behalten und auch ihren Eisenstuhl.« Langsam zog er sein Schwert aus dessen Scheide. »Der König des Nordens!«, sagte er und kniete neben dem Großjon.

Maegen Mormont erhob sich. »Der König des Winters!«, erklärte sie und legte ihre dornenbesetzte Keule neben die Schwerter. Und auch die Flusslords erhoben sich, Schwarzhain und Bracken und Mallister, Häuser, die nie von Winterfell aus regiert worden waren, doch sah Catelyn, wie sie aufstanden und ihre Klingen zogen, auf die Knie fielen und die alten Worte riefen, die man seit dreihundert Jahren im Reich nicht mehr gehört hatte, seit Aegon der Drache gekommen war, um die Sieben Königslande zu einen … nun waren sie wieder zu hören, hallten vom Gebälk in der Halle ihres Vaters wider:

»Der König des Nordens!«

»Der König des Nordens!«

»DER KÖNIG DES NORDENS!«

# DAENERYS

Das Land war rot und tot und ausgetrocknet, und gutes Holz war schwer zu finden. Ihre Leute kehrten mit knorrigem Pappelholz zurück, roten Büschen, Bündeln von braunem Gras. Sie nahmen die beiden geradesten Bäume, hackten Zweige und Äste ab, schälten die Rinde und spalteten das Holz, legten die Scheite zu einem Viereck. In dessen Mitte füllten sie Stroh, Gestrüpp, Borke und Bündel von trockenem Gras. Rakharo wählte einen Hengst aus der kleinen Herde, die ihnen geblieben war. Khal Drogos Rotem war er nicht ebenbürtig, doch waren das nur wenige. In der Mitte des Vierecks gab Aggo ihm einen welken Apfel zu fressen und streckte ihn dann mit einem einzigen Axthieb zwischen die Augen nieder.

An Händen und Füßen gefesselt stand Mirri Maz Duur im Staub und sah mit Sorge in den schwarzen Augen zu. »Es genügt nicht, ein Pferd zu töten«, erklärte sie Dany. »Für sich allein ist das Blut nichts. Ihr kennt die Worte für den Zauber nicht, und Euch fehlt das Wissen, sie zu finden. Glaubt Ihr, Blutzauber wäre ein Kinderspiel? Ihr nennt mich *Maegi*, als wäre es ein Fluch, dabei bedeutet es nur weise. Ihr seid ein Kind mit der Unwissenheit eines Kindes. Was immer Ihr tun wollt, es wird Euch nicht gelingen. Befreit mich von diesen Fesseln, und ich helfe Euch.«

»Ich kann das Geschrei der *Maegi* nicht mehr hören«, sagte Dany zu Jhogo. Er ging mit seiner Peitsche zu ihr, und danach schwieg das Götterweib.

Über dem Kadaver des Pferdes bauten sie eine Platt-form aus gehauenen Scheiten. Stämme von kleineren Bäu-men und Äste der größeren, und die dicksten, geradesten Zweige, die sie finden konnten. Sie legten das Holz von Ost nach West, von Sonnenaufgang nach Sonnenuntergang. Auf der Plattform stapelten sie Khal Drogos Schätze: sein großes Zelt, seine bemalten Westen, seine Sättel und das Geschirr, die Peitsche, die sein Vater ihm geschenkt hat-te, als er zum Manne wurde, den *Arakh*, mit dem er Khal Ogo und dessen Sohn getötet hatte, einen mächtigen Bo-gen aus Drachenknochen. Aggo hätte die Waffen dazuge-legt, die Drogos Blutreiter Dany als Brautgeschenk gege-ben hatten, doch sie verbot es. »Die gehören mir«, erklärte sie ihm, »und ich will sie behalten.« Eine weitere Schicht Büsche wurde auf die Schätze des *Khal* gelegt und Bündel von getrocknetem Gras darauf verteilt.

Ser Jorah Mormont nahm sie beiseite, als die Sonne dem Zenit zustrebte. »Prinzessin ...«, begann er.

»Warum nennt Ihr mich so?«, fuhr Dany ihn an. »Mein Bruder Viserys war Euer König, oder nicht?«

»Das war er, Mylady.«

»Viserys ist tot. Ich bin seine Erbin, das letzte Blut des Hauses Targaryen. Was auch immer sein war, ist jetzt mein.«

»Meine ... Königin«, sagte Ser Jorah und sank auf ein Knie. »Mein Schwert, das ihm gehörte, ist nun das Eure, Daenerys. Und auch mein Herz, das Eurem Bruder nie ge-hört hat. Ich bin nur ein Ritter, und ich habe Euch nur die Verbannung zu bieten, aber ich bitte Euch, hört mich an. Lasst Khal Drogo gehen. Ihr werdet nicht allein sein. Ich verspreche Euch, niemand wird Euch nach Vaes Dothrak bringen, wenn Ihr es nicht wollt. Ihr müsst Euch den *Dosh Khaleen* nicht anschließen. Kommt mit mir gen Osten. Yi Ti, Qarth, das Jademeer, Asshai. Wir werden Wunder sehen, wie wir sie noch nie erschaut haben, und den Wein trinken, den die Götter uns bescheren. Bitte, *Khaleesi*. Ich weiß, was Ihr vorhabt. Tut es nicht. Tut es nicht.«

»Ich muss«, erklärte Dany ihm. Sie berührte sein Gesicht, zärtlich, traurig. »Ihr versteht es nicht.«

»Ich verstehe, dass Ihr ihn geliebt habt«, sagte Ser Jorah mit einer Stimme, die vor Verzweiflung belegt war. »Ich habe meine Hohe Gattin einst geliebt, doch bin ich nicht mit ihr gestorben. Ihr seid meine Königin, mein Schwert gehört Euch, nur bittet mich nicht, dabeizustehen, wenn Ihr auf Drogos Scheiterhaufen steigt. Ich will nicht zusehen, wie Ihr brennt.«

»Das ist es, was Ihr fürchtet?« Dany küsste ihn sanft auf die breite Stirn. »Ich bin doch kein Kind, lieber Herr.«

»Ihr wollt nicht mit ihm sterben? Ihr schwört es, meine Königin?«

»Ich schwöre es«, sagte sie in der Gemeinen Zunge der Sieben Königslande, die rechtmäßig die ihren waren.

Die dritte Ebene der Plattform war aus Zweigen gewoben, die nicht dicker als Finger waren, und wurde mit trockenen Blättern und kleinen Zweigen bedeckt. Sie legten sie von Norden nach Süden, vom Eis zum Feuer, und stapelten darauf weiche Kissen und seidene Tücher. Schon sank die Sonne im Westen, als sie damit fertig waren. Dany versammelte die Dothraki um sich. Kaum noch hundert waren ihr geblieben. *Mit wie vielen hatte Aegon angefangen?*, fragte sie sich. Es machte keinen Unterschied.

»Ihr werdet mein *Khalasar* sein«, erklärte sie ihnen. »Ich sehe die Gesichter von Sklaven. Ich lasse euch frei. Nehmt eure Kragen ab. Geht, wenn ihr wollt, niemand wird euch daran hindern. Wenn ihr bleibt, dann als Brüder und Schwestern, als Männer und Frauen.« Die schwarzen Augen musterten sie, müde, ausdruckslos. »Ich sehe die Kinder, Frauen, die faltigen Gesichter der Alten. Gestern noch war ich ein Kind. Heute bin ich eine Frau. Morgen werde ich alt sein. Euch allen sage ich: Gebt mir eure Hände und eure Herzen, und immer wird hier Platz für euch sein.« Sie wandte sich den drei jungen Kriegern ihres *Khas* zu. »Jhogo, dir gebe ich die Peitsche mit dem Silbergriff, die ich als Brautgeschenk bekommen habe, und ernenne dich zum *Ko* und bitte dich um deinen Eid, dass du als Blut von meinem Blut leben und sterben und an meiner Seite reiten willst, um allen Schaden von mir zu wenden.«

Jhogo nahm die Peitsche aus ihrer Hand, doch seine Miene zeigte Verwirrung. »*Khaleesi*«, sagte er zögernd, »so ist es nicht Brauch. Es würde Schande über mich bringen, Blutreiter einer Frau zu sein.«

»Aggo«, rief Dany, ohne Jhogos Worten Beachtung zu schenken. *Wenn ich mich umsehe, bin ich verloren.* »Dir gebe ich den Bogen aus Drachenknochen, den ich als Brautgeschenk bekommen habe.« Er war doppelt geschwungen, schwarzglänzend und vorzüglich, größer noch als sie. »Ich ernenne dich zum *Ko* und bitte dich um deinen Eid, dass du als Blut von meinem Blut leben und sterben und an meiner Seite reiten willst, um allen Schaden von mir zu wenden.«

Aggo nahm den Bogen mit gesenktem Blick entgegen. »Ich kann diese Worte nicht sagen. Nur ein Mann kann ein *Khalasar* führen oder einen *Ko* ernennen.«

»Rakharo«, sagte Dany und wandte sich von der Zurückweisung ab, »du sollst das große *Arakh* bekommen, das ich als Brautgeschenk erhielt, mit Heft und Klinge in Gold gefasst. Und auch dich ernenne ich zu meinem *Ko* und bitte dich darum, als Blut von meinem Blut zu leben und zu sterben und an meiner Seite zu reiten, um allen Schaden von mir zu wenden.«

»Ihr seid *Khaleesi*«, sagte Rakharo, als er das *Arakh* nahm. »Ich will an Eurer Seite nach Vaes Dothrak unter der Mutter aller Berge reiten und allen Schaden von Euch wenden, bis

Ihr Euren Platz unter den Weibern der *Dosh Khaleen* eingenommen habt. Mehr kann ich nicht versprechen.«

Sie nickte so ruhig, als hätte sie seine Antwort nicht gehört, und wandte sich dem letzten ihrer Krieger zu. »Ser Jorah Mormont«, sagte sie, »erster und größter meiner Ritter, ich habe kein Brautgeschenk, das ich Euch geben könnte, doch schwöre ich Euch: Eines Tages sollt Ihr von mir ein Langschwert bekommen, wie keiner auf der Welt es je gesehen hat, drachengeschmiedet und aus valyrischem Stahl gefertigt. Und auch Euch bitte ich um Euren Eid.«

»Den will ich Euch leisten, meine Königin«, sagte Ser Jorah und kniete nieder, um ihr sein Schwert zu Füßen zu legen.

»Ich schwöre, dass ich Euch dienen will, dass ich Euch folgen will, dass ich gar für Euch sterben will, sollte es das Schicksal fordern.«

»Was immer auch geschehen mag?«

»Was immer auch geschehen mag.«

»Ich werde Euch bei Eurem Eid nehmen. Ich bete darum, dass Ihr nie bereuen sollt, ihn mir geleistet zu haben.« Dany zog ihn auf die Beine. Sie stellte sich auf die Zehenspitzen, um an seine Lippen heranzureichen, küsste den Ritter sanft und sagte: »Ihr seid der Erste meiner Königinnengarde.«

Sie spürte die Blicke des *Khalasar*, während sie auf ihr Zelt zuging. Die Dothraki murmelten und warfen ihr merkwürdige Seitenblicke aus den Augenwinkeln ihrer dunklen Mandelaugen zu. Sie hielten sie für irre, das fühlte Dany. Vielleicht war sie es sogar. Bald genug schon würde sie es wissen. *Wenn ich mich umsehe, bin ich verloren.*

Das Bad war kochend heiß, als Irri ihr in die Wanne half, doch Dany zuckte weder, noch schrie sie auf. Sie mochte die Hitze. Sie gab ihr das Gefühl, rein zu sein. Jhiqui hatte die Öle ins Wasser gegeben, die sie auf dem Markt von Vaes Dothrak gefunden hatte. Feucht und duftend stieg der

Dampf auf. Doreah wusch ihr Haar und kämmte es aus, löste die Knoten und Hexen. Irri schrubbte ihr den Rücken. Dany schloss die Augen und ließ sich vom Duft und der Wärme umfangen. Sie spürte, wie die Hitze die Wunde zwischen ihren Schenkeln tränkte. Ein Schauer durchfuhr sie, als diese in sie drang, und Schmerz und Starre schienen sich aufzulösen. Sie schwamm.

Als sie sauber war, halfen ihr die Dienerinnen aus dem Wasser. Irri und Jhiqui wedelten sie trocken, während Doreah ihr Haar bürstete, bis es wie ein Sturzbach von flüssigem Silber über ihren Rücken fiel. Sie parfümierten sie mit Würzblumen und Zimt, ein Hauch an beide Handgelenke, hinter die Ohren, an die Spitzen ihrer milchschweren Brüste. Der letzte Tupfer galt ihrem Geschlecht. Irris Finger fühlte sich so leicht und kühl wie der Kuss eines Geliebten an, als er sanft zwischen ihre Lippen glitt.

Danach schickte Dany alle fort, damit sie Khal Drogo auf seinen letzten Ritt in die Länder der Nacht vorbereiten konnte. Sie wusch seinen Leib und bürstete und ölte sein Haar, fuhr zum letzten Mal mit ihren Fingern hindurch, spürte, wie schwer es war, erinnerte sich an das erste Mal, als sie es berührt hatte, in der Nacht ihres Hochzeitsritts. Sein Haar war nie geschnitten worden. Wie viele Männer starben, ohne dass ihr Haar jemals geschnitten worden war? Sie vergrub ihr Gesicht darin und atmete den dunklen Duft der Öle ein. Er roch nach Gras und warmer Erde, wie Rauch und Samen und Pferde. Er roch nach Drogo. *Vergib mir, Sonne meines Lebens,* dachte sie. *Vergib mir für alles, was ich getan habe und was ich tun muss. Ich habe den Preis bezahlt, mein Stern, doch er war zu hoch, zu hoch …*

Dany flocht sein Haar, schob die silbernen Ringe auf seinen Bart und hängte die Ringe einen nach dem anderen hinein. So viele Glöckchen, Gold und Silber und Bronze. Glöckchen, damit seine Feinde ihn kommen hörten und vor Angst zitterten. Sie zog ihm Hosen aus Pferdehaar und hohe Stiefel an, schnallte ihm einen schweren Gürtel voll goldener und silberner Medaillons um die Hüften. Um seine vernarbte Brust legte sie eine bemalte Weste, alt und verblasst, die Drogo stets die liebste gewesen war. Für sich selbst wählte sie weite Hosen aus roher Seide, Sandalen, die das halbe Bein hinauf geschnürt wurden, und eine Weste wie Drogos.

Die Sonne ging unter, als sie die anderen rief, damit sie seine Leiche zum Scheiterhaufen trugen. Die Dothraki sahen schweigend zu, wie Jhogo und Aggo ihn aus dem Zelt trugen. Dany ging hinter ihnen. Sie legten ihn auf seine Kissen und Tücher, sein Kopf der Mutter aller Berge weit drüben im Nordosten zugewandt.

»Öl«, befahl sie, und sie brachten die Krüge und gossen sie über dem Scheiterhaufen aus, tränkten die Tücher und Büsche und die Bündel von trockenem Gras, bis das Öl unter den Scheiten heraustropfte und die Luft von dessen Geruch erfüllt war. »Bringt mir die Eier«, befahl Dany ihren Dienerinnen. Ein Unterton in ihrer Stimme ließ sie laufen.

Ser Jorah nahm sie beim Arm. »Meine Königin, Drogo wird in den Ländern der Nacht keine Verwendung für Dracheneier haben. Verkauft sie lieber an die Asshai. Verkauft nur eines, und wir können ein Schiff erstehen, das uns in die Freien Städte bringt. Verkauft drei, und Ihr werdet Euer Leben lang eine wohlhabende Frau sein.«

»Ich habe sie nicht geschenkt bekommen, damit ich sie verkaufe«, erklärte ihm Dany.

Sie selbst erklomm den Scheiterhaufen und drapierte die Eier um ihre Sonne, ihre Sterne. Das Schwarze neben seinem Herzen, unter seinem Arm. Das Grüne neben seinem Kopf, sie schlang den Zopf darum. Das Cremefarben-Goldene unten zwischen seine Beine. Als sie ihn zum letzten

Mal küsste, schmeckte Dany das süße Öl an seinen Lippen.

Sie stieg vom Scheiterhaufen und bemerkte, dass Mirri Maz Duur sie beobachtete. »Ihr seid wahnsinnig«, sagte das Götterweib mit rauer Stimme.

»Ist es denn so weit vom Wahnsinn bis zur Weisheit?«, fragte Dany. »Ser Jorah, nehmt diese *Maegi* und bindet sie an den Scheiterhaufen.«

»An den ... meine Königin, nein, hört mich an ...«

»Tut, was ich sage.« Er zögerte noch, bis ihr Zorn aufflammte. »Ihr habt geschworen, mir zu folgen, was immer auch kommen möge. Rakharo, hilf ihm.«

Das Götterweib schrie nicht, als man sie zu Khal Drogos Haufen schleppte und inmitten seiner Schätze fesselte. Dany goss der Frau das Öl eigenhändig über den Kopf. »Ich danke dir, Mirri Maz Duur«, sagte sie, »für die Lektionen, die du mir erteilt hast.«

»Ihr werdet mich nicht schreien hören«, antwortete Mirri, während das Öl aus ihrem Haar tropfte und ihre Kleider tränkte.

»Doch«, sagte Dany, »aber es sind nicht deine Schreie, die ich will, nur dein Leben. Ich weiß noch, was du mir gesagt hast. Nur mit dem Tod kann man für das Leben bezahlen.« Mirri Maz Duur öffnete den Mund, doch kam nichts heraus. Indem sie zurücktrat, sah Dany, dass die Verachtung aus den schwarzen Augen der *Maegi* gewichen war. An deren Stelle trat nun etwas, das Angst sein mochte. Dann blieb nichts mehr zu tun, als die Sonne zu betrachten und nach dem ersten Stern zu suchen.

Wenn ein Pferdeherr stirbt, wird sein Pferd mit ihm getötet, damit er stolz in die Länder der Nacht reiten kann. Beide werden unter offenem Himmel verbrannt, und der *Khal* steigt mit seinem feurigen Ross auf, um seinen Platz unter den Sternen einzunehmen. Je wilder der Mann zu Lebzeiten gebrannt hat, desto heller wird sein Stern im Dunkeln leuchten.

Jhogo entdeckte ihn zuerst. »Dort«, sagte er mit leiser Stimme. Dany blickte auf und sah ihn am östlichen Horizont. Der erste Stern war ein Komet, flammend rot. Blutrot. Feuerrot. Der Drachenschweif. Sie hätte sich kein deutlicheres Zeichen wünschen können.

Dany nahm Aggo die Fackel aus der Hand und warf sie zwischen die Scheite. Augenblicklich fing das Öl Feuer, die Büsche und das trockene Gras nur einen Herzschlag später. Winzige Flammen schossen wie flinke, rote Mäuse am Holz hinauf, glitten über das Öl und sprangen von Borke zu Zweig zu Blatt. Glühende Hitze schlug ihr ins Gesicht, weich und plötzlich wie der Atem eines Geliebten, Sekunden später nur wurde es jedoch zu heiß, sie zu ertragen. Dany trat zurück. Das Holz knackte und knisterte lauter und immer lauter. Mirri Maz Duur fing mit schriller, klagender Stimme an zu singen. Die Flammen wirbelten und wanden sich, scheuchten sich gegenseitig die Plattform hinauf. Die Dämmerung erglühte, als die Luft selbst in der Hitze flüssig zu werden schien. Dany hörte die Scheite zischen und bersten. Die Flammen umfingen Mirri Maz Duur. Ihr Lied wurde lauter, schriller … dann stöhnte sie, wieder und wieder, und ihr Lied wurde zu bebendem Wehklagen, dünn und hoch und voller Pein.

Und dann erreichten die Flammen ihren Drogo, und schon waren sie überall um ihn. Seine Kleider fingen Feuer, und für einen Augenblick war der *Khal* in Fetzen von fließender, gelbroter Seide und Ranken von sich kräuselndem Rauch gehüllt, grau und ölig. Danys Lippen öffneten sich, und sie merkte, dass sie die Luft anhielt. Etwas in ihr wollte zu ihm, wie Ser Jorah schon befürchtet hatte, wollte in die Flammen eilen, um ihn um Vergebung zu bitten und ihn ein letztes Mal nur in sich aufnehmen, während das

Feuer ihnen das Fleisch von den Knochen schmolz, bis sie eins waren auf ewig.

Sie konnte den Geruch von brennendem Fleisch riechen, nicht anders als Pferdefleisch, das über einer Feuerstelle brät. Der Scheiterhaufen brüllte in der dunkelnden Dämmerung wie ein großes Tier, erstickte alles, was leiser war, auch Mirri Maz Duurs Schreie, und sandte lange Flammenzungen auf, die am Bauch der Nacht leckten. Als der Qualm dichter wurde, wichen die Dothraki hustend zurück. Mächtige, hellrote Flammen entrollten ihre Banner in jenem Höllenwind, die Scheite zischten und knackten, glühende Aschefunken stiegen im Rauch auf und trieben wie unzählige, eben erst geborene Leuchtkäfer in die Dunkelheit. Die Hitze schlug mit großen, roten Schwingen nach der Luft, trieb die Dothraki, ja selbst Mormont zurück, doch Dany hielt dem stand. Sie war das Blut des Drachen und trug das Feuer in sich.

Schon vor langer Zeit hatte sie die Wahrheit geahnt, so dachte Dany, als sie dem Brand einen Schritt näher trat: Die Kohlenpfanne war nicht heiß genug gewesen. Die Flammen wanden sich vor ihr wie die Frauen, die auf ihrem Hochzeitsfest getanzt hatten, drehten sich und sangen und warfen ihre gelben und orangenen und dunkelroten Schleier, fürchterlich anzusehen und dennoch wunderschön, so wunderschön, lebende Hitze. Dany breitete die Arme für sie aus, die Haut glühend und gerötet. *Auch das ist eine Hochzeit,* dachte sie. Mirri Maz Duur war still. Das Götterweib hatte sie für ein Kind gehalten, doch Kinder wachsen, und Kinder lernen.

Noch ein Schritt, und Dany konnte die Hitze im Sand an den Sohlen ihrer Füße fühlen, durch die Sandalen hindurch. Schweiß lief an ihren Schenkeln herab und zwischen ihren Brüsten und in Strömen über ihre Wangen, wo einst Tränen rannen. Hinter ihr rief Ser Jorah, doch war er nicht mehr von Bedeutung, nur noch das Feuer vor ihr galt. Die Flammen waren so schön, das Lieblichste, was sie je gesehen hatte, jede einzelne ein Zauberer, in Gelb und Orange und Rot gewandet, wirbelnde, lange, rauchige Umhänge. Sie sah dunkelrote Feuerlöwen und große, gelbe Schlangen und Einhörner aus hellblauen Flammen. Sie sah Fische und Füchse und Ungeheuer, Wölfe und helle Vögel und blühende Bäume, jeder noch schöner als der vorherige. Sie sah ein Pferd, einen großen, grauen Hengst, mit Rauch gezeichnet, seine wehende Mähne ein Strahlenkranz von blauen Flammen. *Ja, mein Liebster, meine Sonne, meine Sterne, ja, jetzt steig auf und reite.*

Ihre Weste fing zu schwelen an, sodass Dany sie von ihren Schultern gleiten und zu Boden fallen ließ. Das bemalte Leder brach urplötzlich in Flammen aus, als sie dem Feuer näher kam, ihre Brüste nackt den Flammen ausgeliefert: Ströme von Milch traten aus ihren roten, geschwollenen Brüsten. Jetzt, dachte sie, jetzt, und einen Augenblick lang sah sie Khal Drogo vor sich, hoch auf seinem qualmenden Hengst, eine flammende Peitschenschnur in der Hand. Er lächelte, und die Peitsche schlug nach dem Scheiterhaufen, zischte.

Sie hörte ein Bersten, das Geräusch von brechendem Stein. Die Plattform aus Holz und Büschen und Gras neigte sich und brach in sich zusammen. Stücke von brennendem Holz glitten zu ihr hinab, und Dany stand in einem Regen aus Asche und Funken. Und noch etwas stürzte herab, sprang und rollte, landete vor ihren Füßen, ein Stück von rundem Stein, hell und goldgeädert, geborsten und qualmend. Das Tosen erfüllte die Welt, doch hörte Dany durch die Feuersbrunst, dass Frauen kreischten und Kinder vor Erstaunen schrien.

Nur mit dem Tod kann man für das Leben bezahlen.

Und dann hörte man ein zweites Bersten, laut und scharf

wie Donner, und der Qualm rührte sich und wirbelte um sie, und der Scheiterhaufen bewegte sich, die Scheite explodierten, als das Feuer ihre geheimen Herzen berührte. Sie hörte das Schreien verängstigter Pferde und die Stimmen der Dothraki, die von Angst und Entsetzen kündeten, und Ser Jorah rief ihren Namen und fluchte. *Nein,* wollte sie ihm zurufen, *nein, mein guter Ritter, fürchtet nicht um mich. Das Feuer ist mein. Ich bin Daenerys Sturmtochter, Tochter der Drachen, Braut der Drachen, Mutter von Drachen, versteht Ihr denn nicht? SEHT Ihr denn nicht?* Mit einem Stoß von Rauch und Flammen, der dreißig Meter in den Himmel reichte, fiel der Scheiterhaufen zusammen und stürzte um sie. Furchtlos trat Dany in den Feuersturm und rief nach ihren Kindern.

Das dritte Bersten war laut und scharf, als sollte die Welt zerbrechen.

Nachdem das Feuer endlich erstorben war und der Boden kühl genug, um darauf zu gehen, fand Ser Jorah sie inmitten der Asche, umgeben von schwarzen Scheiten, Resten glühender Ulme und verbrannter Knochen von Mann und Frau und Hengst. Sie war nackt, rußbedeckt, ihre Kleider zu Asche verfallen, ihr hübsches Haar gänzlich versengt ... doch war sie unverletzt.

Der cremefarben-goldene Drache nuckelte an ihrer linken Brust, der grün-bronzefarbene an ihrer rechten. Mit ihren Armen hielt sie die beiden. Das schwarz-rote Tier lag auf ihren Schultern, der lange, gekrümmte Hals unter ihrem Kinn eingerollt. Als es Jorah sah, hob es den Kopf und sah ihn mit Augen an, die rot wie Kohlen glühten.

Wortlos fiel der Ritter auf die Knie. Die Männer ihres *Khas* traten hinter ihr heran. Jhogo war der Erste, der sein *Arakh* ihr zu Füßen legte. »Blut von meinem Blut«, murmelte er und drückte sein Gesicht an die qualmende Erde. »Blut von meinem Blut«, hörte sie auch Aggo sagen. »Blut von meinem Blut«, rief Rakharo.

Und nach ihnen kamen ihre Dienerinnen und dann die anderen, alle Dothraki, Männer und Frauen und Kinder, und Dany musste nur in ihre Augen blicken, um sicher sein zu können, dass sie ihr gehörten, heute und morgen und für alle Zeit, so wie sie Drogo nie gehört hatten.

Als Daenerys Sturmtochter aufstand, *zischte* ihr Schwarzer, und fahler Rauch drang ihm aus Maul und Nüstern. Die anderen beiden lösten sich von ihrer Brust und stimmten in den Ruf ein, entfalteten durchscheinende Flügel und wühlten die Luft auf, und zum ersten Mal seit hundert Jahren erbebte die Nacht von der Musik der Drachen.

WESTEROS UND DIE SIEBEN KÖNIGSLANDE

SIEBEN KÖNIGSLANDE: Überwiegender Teil des Kontinents Westeros. Sie umfassen den Norden (Haus Stark), die Eiseninseln (Haus Graufreud), das Grüne Tal von Arryn (Haus Arryn), die Westlande (Haus Lennister) die Weite (Haus Tyrell), die Sturmlande (Haus Baratheon) und Dorne (Haus Martell).

DIE EISENINSELN: Inselgruppe im Westen, bewohnt von einem Volk rauer Seefahrer

DIE SOMMERINSELN: liegen südlich von Westeros und sind von einem milden Klima geprägt. Ihre Bewohner haben eine schwarze Haut und sind bekannt für ihre Umhänge aus bunten Federn und die süßen Weine, die sie exportieren.

STÄMME UND VÖLKER IN WESTEROS

DIE KINDER DES WALDES: Ureinwohner des Kontinents Westeros

DIE ERSTEN MENSCHEN: kamen übers Meer und den Gebrochenen Arm von Dorne nach Westeros und besiedelten vor 12.000 Jahren das Land. Sie verfügten über Bronze und verdrängten zunächst die Kinder des Waldes, bis sie schließlich Frieden mit ihnen schlossen. Danach übernahmen sie den Glauben an die Alten Götter und wurden später von den Andalen vertrieben. Ihre Religion und Gebräuche haben sich im Norden zum Teil erhalten.

ANDALEN: Die Andalen besiedelten vom östlichen Kontinent Essos kommend Westeros vor 8.000 Jahren und eroberten die sechs südlichen Königreiche im Namen der Sieben (Götter). Sie holzten die Wehrholzhaine ab und vertrieben die Kinder des Waldes und die Ersten Menschen in den Norden.

DIE DORNISCHEN: Einwohner von Dorne, einem heißen Landstrich im Süden von Westeros (s. HAUS MARTELL)

WILDLINGE: Verschiedene Völker, die im Norden zumeist hinter der Mauer leben und die Alten Götter verehren.

DIE WICHTIGSTEN HÄUSER DER SIEBEN KÖNIGSLANDE

HAUS ARRYN

Die Arryns sind Nachkommen der Könige von Berg und Grünem Tal, eine der ältesten und reinsten Linien des Andalischen Adels. Ihr Siegel zeigt Mond und Falke, weiß auf himmelblauem Feld. Die Worte der Arryns lauten *Hoch Wie Die Ehre.*

{JON ARRYN}, Lord über Hohenehr, Hüter des Grünen Tales, Wächter des Ostens, Hand des Königs, kürzlich verstorben

- seine erste Frau {LADY JEYNE aus dem Hause Rois}, starb im Wochenbett, ihre Tochter tot geboren
- seine zweite Frau {LADY ROWENA aus dem Hause Arryn}, seine Cousine, starb an einer Wintergrippe, kinderlos
- seine dritte Frau und Witwe LADY LYSA aus dem Hause Tully
- ihr Sohn:
  - ROBERT ARRYN, ein kränklicher Junge von sechs Jahren, nun Lord über Hohenehr und Hüter des Grünen Tales
- ihr Gefolge und der Haushalt:
  - MAESTER COLEMON, Berater, Heilkundiger und Hauslehrer
  - SER VARDIS EGEN, Hauptmann der Garde
  - SER BRYNDEN TULLY, genannt »der Schwarzfisch«, Ritter des Tores und Onkel von Lady Lysa

- LORD NESTOR ROIS, Haushofmeister des Grünen Tales
- SER ALBAR ROIS, sein Sohn
- MYA STEIN, ein Bastardmädchen in seinen Diensten
- LORD EON JÄGER, Freier von Lady Lysa
- SER LYN CORBRAY, Freier von Lady Lysa
  - MYCHEL ROTFEST, sein Knappe
- LADY ANYA WAYNWALD, eine Witwe
  - SER MORTON WAYNWALD, ihr Sohn, Freier von Lady Lysa
  - SER DONNEL WAYNWALD, ihr Sohn
- MORD, ein brutaler Kerkermeister

Die wichtigsten Häuser, die durch Eid an Hohenehr gebunden sind, heißen Rois, Baelish, Egen, Waynwald, Jäger, Rotfest, Corbray, Belmor, Melcolm und Hersy.

HAUS BARATHEON

Das jüngste der Großen Häuser, entstanden in den »Eroberungskriegen«. Sein Gründer, Orys Baratheon, soll Gerüchten nach der Halbbruder von Aegon, dem Drachen, sein. Orys kam zu militärischen Ehren und wurde einer von Aegons grausamsten Befehlshabern. Als er Argilac, den Arroganten, den letzten Sturmkönig, besiegte und erschlug, belohnte König Aegon ihn mit Argilacs Burg, Land und Tochter. Orys nahm das Mädchen zur Braut, übernahm Banner, Titel und auch den Sinnspruch des Geschlechts. Das Siegel der Baratheons zeigt einen gekrönten Hirschen, schwarz auf goldenem Feld. Ihre Worte sind *Unser Ist Der Zorn*.

KÖNIG ROBERT BARATHEON, der Erste Seines Namens
– seine Frau, KÖNIGIN CERSEI aus dem Hause Lennister
– ihre Kinder:
  – PRINZ JOFFREY, Erbe des Eisernen Thrones, zwölf Jahre
  – PRINZESSIN MYRCELLA, ein Mädchen von acht Jahren
  – PRINZ TOMMEN, ein Junge von sieben Jahren
– seine Brüder:
  – STANNIS BARATHEON, Lord von Drachenstein
  – seine Frau, LADY SELYSE aus dem Hause Florent
  – seine Tochter, SHARIN, ein Mädchen von neun Jahren
  – RENLY BARATHEON, Lord von Sturmkap
– sein Kleiner Rat:
  – GROSSMAESTER PYCELLE

- LORD PETYR BAELISH, genannt »Kleinfinger«, Meister der Münze
- LORD STANNIS BARATHEON, Meister der Schiffe
- SER BARRISTAN SELMY, Kommandant der Königsgarde
- LORD RENLY BARATHEON, Meister des Rechts
- VARYS, ein Eunuch, genannt »die Spinne«, Meister der Flüsterer und Ohrenbläser
- sein Hof und Gefolge:
  - SER ILYN PAYN, der Richter des Königs, ein Henker
  - SANDOR CLEGANE, genannt »der Bluthund«, Leibwache des Prinzen Joffrey
  - JANOS SLYNT, ein Bürgerlicher, Hauptmann der Stadtwache von Königsmund
  - JALABHAR XHO, ein verbannter Prinz von den Sommerinseln
  - MONDBUB, Hofnarr und Spaßvogel
  - LANCEL und TYREK LENNISTER, Schildknappen des Königs, Vettern der Königin
  - SER ARON SANTAGAR, Waffenmeister
- seine Königsgarde:
  - SER BARRISTAN SELMY, Lord Kommandant
  - SER JAIME LENNISTER, genannt »der Königsmörder«
  - SER BOROS BLOUNT
  - SER MERYN TRANT
  - SER ARYS EICHENHERZ
  - SER PRESTON GRÜNFELD
  - SER MANDON MOOR

Die wichtigsten Häuser, die durch Eid an Sturmkap gebunden sind, heißen Selmy, Wyld, Trant, Fünfrosen, Errol, Estermont, Tarth, Swann, Dondarrion, Caron.

Die wichtigsten Häuser, die durch Eid an Drachenstein gebunden sind, heißen Celtigar, Velaryon, Seewert, Bar Emmon und Sonnglas.

HAUS GRAUFREUD

Die Graufreuds von Peik stammen vom Grauen König aus dem Heldenzeitalter ab. Der Legende nach beherrschte der Graue König nicht nur die westlichen Inseln, sondern das Meer selbst und nahm sich eine Meerjungfrau zum Weib.

Über Tausende von Jahren waren Banditen von den Eiseninseln – »Eisenmänner« genannt von jenen, die von ihnen geplündert wurden – der Schrecken der Meere, und sie segelten bis zum Hafen von Ibben und den Sommerinseln. Sie waren stolz auf ihren Ingrimm in der Schlacht und ihre heilige Freiheit. Jede Insel hatte ihren eigenen »Salzkönig« und »Steinkönig«. Unter diesen wurde der Hohe König der Inseln gewählt, bis König Urron den Thron erblich machte, indem er die anderen Könige ermordete, als sie sich zu einer Wahl versammelten. Urrons eigene Linie wurde tausend Jahre später ausgerottet, als die Andalen die Inseln überrannten. Die Graufreuds gingen, wie auch andere Inselherren, Ehen mit den Eroberern ein.

Die Eisenkönige dehnten ihre Herrschaft weit über die Inseln hinaus aus, teilten mit Feuer und Schwert Königreiche vom Festland ab. König Qhored Haare konnte wahrheitsgemäß prahlen, sein Befehl gelte »überall, wo Menschen Salzwasser riechen oder den Donner der Wellen hören« konnten. In späteren Jahrhunderten verloren Qhoreds Nachkommen Arbor, Altsass, die Bäreninsel und einen Großteil der Westküste. Dennoch, als die Eroberungskriege kamen, herrschte König Harren, der Schwarze, über alle Länder zwischen den Bergen, von der Eng bis zum Schwarzwasserstrom. Als Harren und seine Söhne beim Sturz von Harrenhal untergingen, sprach Aegon Targaryen die Flusslande dem Hause Tully zu und gestattete den überlebenden Lords der Eiseninseln, ihre alte Sitte wieder zum Leben zu erwecken und den auszuwählen, der unter ihnen den Vorrang haben sollte. Sie wählten Lord Vickon Graufreud von Peik.

Das Siegel der Graufreuds ist ein goldener Krake auf einem schwarzen Feld. Ihre Worte lauten *Wir Säen Nicht.*

BALON GRAUFREUD, Lord über die Eiseninseln, König von Salz und Stein, Sohn des Seewinds, Lord Schnitter von Peik
- seine Frau LADY ALANNYS aus dem Hause Harlau
- ihre Kinder:
  - {RODRIK}, ihr ältester Sohn, gefallen bei Seegart während Graufreuds Rebellion
  - {MARON}, ihr zweiter Sohn, gefallen auf den Mauern von Peik während Graufreuds Rebellion
  - ASHA, ihre Tochter, Kapitänin der *Schwarzer Wind*
  - THEON, ihr einziger überlebender Sohn, Erbe von Peik, Mündel von Lord Eddard Stark
- seine Brüder:
  - EURON, genannt »Krähenauge«, Kapitän der *Stille*, ein Verstoßener, Pirat und Räuber
  - VICTARION, Oberster Kommandeur der Eisernen Flotte
  - AERON, genannt »Feuchthaar«, ein Priester des Ertrunkenen Gottes

Zu den kleineren Häusern, die durch Eid an Peik gebunden sind, gehören Harlau, Steinheim, Merlyn, Sunderly, Bothley, Tauny, Wynch, Guthbruder.

Blond, groß und stattlich sind die Lennisters, vom Geschlecht der Andalischen Abenteurer, die ein mächtiges Königreich auf den Hügeln und in den Tälern des Westens errichtet haben. In der weiblichen Linie prahlt man mit der Abstammung von Lenn, dem Listigen, dem legendären Schwindler aus dem Heldenzeitalter. Das Gold von Casterlystein und Goldzahn haben sie zur reichsten Familie der Großen Häuser gemacht. Ihr Siegel ist ein goldener Löwe auf rotem Feld. Die Worte der Lennisters sind *Hört Mich Brüllen!*

TYWIN LENNISTER, Lord von Casterlystein, Wächter des Westens, Schild von Lennishort
- seine Frau {LADY JOANNA}, eine Cousine, starb im Wochenbett
- ihre Kinder:
  - SER JAIME, genannt der »Königsmörder«, Erbe von Casterlystein, der Zwilling von Cersei
  - KÖNIGIN CERSEI, Gattin König Roberts I. Baratheon, Zwilling von Jaime
  - TYRION, genannt der »Gnom«, ein Zwerg
- seine Geschwister:
  - SER KEVAN, sein ältester Bruder
    - seine Frau DORNA aus dem Hause Swyft
      - ihr ältester Sohn LANCEL, Knappe des Königs
      - ihre Zwillingssöhne WILLEM und MARTYN

- ihre kleine Tochter JANEI
- GENNA, seine Schwester, vermählt mit Ser Emmon Frey
  - ihr Sohn SER CLEOS FREY
  - ihr Sohn TION FREY, ein Schildknappe
- {SER TYGETT}, sein zweiter Bruder, starb an den Pocken
  - seine Witwe DARLESSA, aus dem Hause Marbrand
  - ihr Sohn TYREK, Knappe beim König
- {GERION}, sein jüngster Bruder, auf See verschollen
- seine uneheliche Tochter JONY, ein Mädchen von zehn Jahren
- ihr Cousin SER STEFFERT LENNISTER, Bruder der verstorbenen Lady Joanna
- seine Töchter CERENNA und MYRIELLE
- sein Sohn SER DAVEN LENNISTER
- sein Berater MAESTER CREYLEN
- seine wichtigsten Ritter und Vasallen:
  - LORD LEO LEFFERT
  - SER ADDAM MARBRAND
  - SER GREGOR CLEGANE, der Reitende Berg
  - SER HARYS SWYFT, Schwiegervater von Ser Kevan
  - LORD ANDROS BRAX
  - SER FORLEY PRESTER
  - SER AMORY LORCH
  - VARGO HOAT, aus der Freien Stadt von Qohor, ein Söldner

Die wichtigsten Häuser, die durch Eid an Casterlystein gebunden sind, heißen Payn, Swyft, Marbrand, Lydden, Bannstein, Leffert, Rallenhall, Serrett, Ginster, Clegane, Prester und Westerling.

HAUS MARTELL

Nymeria, die Kriegerkönigin der Rhoyne, brachte ihre zehntausend Schiffe in Dorne an Land, dem südlichsten der Sieben Königslande, und nahm Lord Mors Martell zum Manne. Mit ihrer Hilfe bezwang er seine Rivalen und herrschte über ganz Dorne. Der rhoynische Einfluss ist nach wie vor stark. So nennen sich dornische Herrscher eher »Fürst« als »König«. Nach dornischem Gesetz gehen Länder und Titel an das älteste Kind, nicht an den ältesten Sohn. Von allen Sieben Königslanden wurde Dorne allein niemals von Aegon, dem Drachen, erobert. Erst zweihundert Jahre später wurde es dauerhaft dem Reich angeschlossen, durch Heirat und Vertrag, nicht durch das Schwert. Dem friedliebenden König Daeron II. gelang, was den Kriegern misslungen war, indem er die dornische Prinzessin Myriah ehelichte und seine Schwester Daenerys dem Fürsten Maron Martell von Dorne gab. Das Banner der Martell zeigt eine rote Sonne, die von einem Speer durchbohrt ist. Ihre Worte lauten *Ungebeugt, Ungezähmt, Ungebrochen.*

DORAN NYMEROS MARTELL, Lord von Sonnspeer, Fürst von Dorne
- seine Frau MELLARIO aus der Freien Stadt Norvos
  - ihre Kinder:
  - Prinzessin ARIANNE, ihre älteste Tochter, Erbin von Sonnspeer
  - Prinz QUENTYN, ihr ältester Sohn

- Prinz TRYSTANE, ihr jüngerer Sohn
- seine Geschwister:
  - seine Schwester {PRINZESSIN ELIA}, vermählt mit Prinz Rhaegar Targaryen, getötet während der Plünderung von Königsmund
    - ihre Kinder:
      - {PRINZESSIN RHAENYS}, ein junges Mädchen, getötet während der Plünderung von Königsmund
      - {PRINZ AEGON}, ein Säugling, getötet während der Plünderung von Königsmund
- sein Bruder PRINZ OBERYN, die Rote Viper
- sein Haushalt:
  - AREO HOTAH, ein Söldner aus Norvos, Hauptmann der Garde
  - MAESTER CALEOTTE, Berater, Heilkundiger und Hauslehrer
- seine Ritter und Vasallen:
  - EDRIC DAYN, Lord von Sternfall

Zu den wichtigsten Häusern, die durch Eid an Sonnspeer gebunden sind, gehören Jordayn, Santagar, Allyrion, Toland, Isenwald, Wyl, Voler und Dayn.

Die Starks führen ihre Herkunft auf Brandon, den Erbauer, und die alten Winterkönige zurück. Über Tausende von Jahren herrschten sie von Winterfell aus als Könige des Nordens, bis Torrhen Stark, der Kniende König, es vorzog, Aegon, dem Drachen, die Treue zu schwören, um nicht gegen ihn in die Schlacht ziehen zu müssen. Ihr Emblem ist ein grauer Schattenwolf auf eisweißem Feld. Die Worte der Starks lauten *Der Winter Naht*.

EDDARD STARK, Lord von Winterfell, Wächter des Nordens
- seine Frau LADY CATELYN, aus dem Hause Tully
- ihre Kinder:
  - ROBB, der Erbe von Winterfell, vierzehn Jahre alt
  - SANSA, die älteste Tochter, elf Jahre
  - ARYA, die jüngere Tochter, ein Mädchen von neun Jahren
  - BRANDON, genannt Bran, sieben Jahre
  - RICKON, ein Junge von drei Jahren
  - sein unehelicher Sohn JON SCHNEE, ein Junge von vierzehn Jahren
  - sein Mündel, THEON GRAUFREUD, Erbe der Eiseninseln
- seine Geschwister:
  - {BRANDON}, sein älterer Bruder, ermordet auf Befehl von Aerys II. Targaryen

- {Lyanna}, seine jüngere Schwester, gestorben in den Bergen von Dorne
- Benjen, sein jüngerer Bruder, ein Mann der Nachtwache
- sein Haushalt:
  - Maester Luwin, Berater, Heilkundiger und Hauslehrer
  - Vayon Pool, Haushofmeister von Winterfell
    - Jeyne, seine Tochter, Sansas engste Freundin
  - Jory Cassel, Hauptmann der Garde
  - Ser Rodrik Cassel, Waffenmeister, Jorys Onkel
    - Beth, seine kleine Tochter
  - Septa Mordane, Erzieherin der Töchter Lord Eddards
  - Septon Chayle, Hüter der Burgsepte und der Bibliothek
  - Hullen, Stallmeister
    - sein Sohn Harwin, ein Gardist
  - Joseth, ein Stallknecht und Zureiter
  - Farlen, Hundeführer
  - Die Alte Nan, Geschichtenerzählerin, einst Amme
    - Hodor, ihr Urenkel, ein einfältiger Stallbursche
  - Gage, der Koch
  - Mikken, der Waffenschmied
- seine wichtigsten Lords und Vasallen:
  - Ser Helman Tallhart
  - Rickard Karstark, Lord von Karholt
  - Roos Bolton, Lord von Grauenstein
  - Jon Umber, genannt »Großjon«,
  - Galbart und Robett Glauer
  - Wyman Manderly, Lord von Weißwasserhafen
  - Maegen Mormont, die Lady von Bäreninsel

Die wichtigsten Häuser, die durch Eid an Winterfell gebunden sind, heißen Karstark, Umber, Flint, Mormont, Hornwald, Cerwyn, Reet, Manderly, Glauer, Tallhart, Bolton.

HAUS TULLY

Die Tullys haben nie als Könige regiert, doch gehören ihnen seit tausend Jahren reiche Ländereien und die große Burg von Schnellwasser. Während der »Eroberungskriege« gehörten die Flusslande Harren, dem Schwarzen, König der Inseln. Harrens Großvater, König Harwyn Harthand, hatte den Trident von Arrec, dem Sturmkönig, übernommen, dessen Vorfahren dreihundert Jahre zuvor bis zur Eng vorgedrungen waren und den letzten der alten Flusskönige erschlagen hatten. Als eitler und blutiger Tyrann war Harren, der Schwarze, bei jenen, die er regierte, nur wenig beliebt, und mancher Flusslord verließ ihn, um sich Aegons Heer anzuschließen. Unter diesen war auch Edmyn Tully von Schnellwasser. Als Harren und sein Geschlecht im Brand von Harrenhal ausgelöscht wurden, belohnte Aegon das Haus Tully, indem er Lord Edmyn die Länder am Trident zur Herrschaft übertrug und von den anderen Flusslords verlangte, ihm Treue zu schwören. Das Siegel der Tullys ist eine springende Forelle, silbern, auf einem Feld von gewelltem Blau und Rot. Die Worte der Tullys lauten *Familie, Pflicht, Ehre*.

HOSTER TULLY, Lord von Schnellwasser
  - seine Frau {LADY MINISA aus dem Hause Whent}, starb im Wochenbett
  - deren Kinder:
    - CATELYN, die älteste Tochter, vermählt mit Lord Eddard Stark

- LYSA, die jüngere Tochter, vermählt mit Lord Jon Arryn
- SER EDMURE, Erbe von Schnellwasser
- sein Bruder SER BRYNDEN, genannt »der Schwarzfisch«
- sein Haushalt:
  - MAESTER VYMAN, Heilkundiger und Hauslehrer
  - SER DESMOND GRELL, Waffenmeister
  - SER ROBIN RYGER, Hauptmann der Garde
- UTHERYDES WAYN, Haushofmeister von Schnellwasser
- seine Ritter und Vasallen:
  - JASON MALLISTER, Lord von Seegart
    - PATREK MALLISTER, sein Sohn und Erbe
  - WALDER FREY, Lord über den Kreuzweg
    - dessen zahlreiche Söhne, Enkel und Bastarde
- JONOS BRACKEN, Lord von Steinheck
- TYTOS SCHWARZHAIN, Lord von Rabenbaum
- SER RAYMUN DARRY
- SER KARYL VANKE
- SER MARQ PEIPER
- SHELLA WHENT, Lady von Harrenhal
- SER WILLIS WOD, ein Ritter in ihren Diensten

Zu den kleineren Häusern, die durch Eid an Schnellwasser gebunden sind, zählen Darry, Frey, Mallister, Bracken, Schwarzhain, Whent, Ryger, Peiper, Vanke.

HAUS TYRELL

Die Tyrells kamen als Haushofmeister der Könige der Weite zu Einfluss, zu deren Ländern die fruchtbaren Ebenen des Südwestens von den Dornischen Marschen und dem Schwarzwasser zu den Ufern der Westlichen See gehörten. Auf weiblicher Linie erhebt man Anspruch auf die Abstammung von Garth Grünhand, dem Gärtnerkönig der Ersten Menschen, der eine Krone aus Ranken und Blumen trug und das Land erblühen ließ. Als König Mern, der letzte der alten Linie, auf dem Feld des Feuers umkam, übergab sein Haushofmeister Harlen Tyrell Rosengarten an Aegon Targaryen und gelobte ihm Treue. Aegon ließ ihm Burg und Herrschaft über die Weite. Das Siegel der Tyrells ist eine goldene Rose auf grasgrünem Feld. Ihre Worte lauten *Kräftig Wachsen*.

MAES TYRELL, Lord von Rosengarten, Wächter des Südens, Hüter der Marschlande, Hochmarschall über die Weite
  – seine Frau LADY ALERIE aus dem Hause Hohenturm von Altsass
  – ihre Kinder:
    – WILLAS, ihr ältester Sohn, Erbe von Rosengarten
    – SER GARLAN, genannt der »Kavalier«, ihr zweiter Sohn
    – SER LORAS, der Ritter der Blumen, ihr jüngster Sohn
    – MARGAERY, ihre Tochter, eine Jungfer von vierzehn Jahren

- seine verwitwete Mutter LADY OLENNA aus dem Hause Rothweyn, genannt die »Dornenkönigin«
- seine Schwestern:
  - MINA, vermählt mit Lord Paxter Rothweyn
  - JANNA, vermählt mit Ser Jon Fossowey
- seine Onkel:
  - GARTH, genannt der »Grobe«, Lord Seneschal von Rosengarten
- seine unehelichen Söhne GARSE und GARRETT BLUMEN
- SER MORYN, Lord Kommandant der Stadtwache von Altsass
- MAESTER GORMON, ein Gelehrter von der Citadel
- sein Haushalt:
  - MAESTER LOMYS, Berater, Heilkundiger und Hauslehrer
  - IGON VYRWELL, Hauptmann der Garde
  - SER VORTIMER KRANICH, Waffenmeister
- seine Ritter und Vasallen:
  - PAXTER ROTHWEYN, Lord über den Arbor
  - seine Frau LADY MINA, aus dem Hause Tyrell
  - deren Kinder:
    - SER HORAS, verspottet als »Horror«, Zwilling von Hobber
    - SER HOBBER, Zwilling von Horas
- RANDYLL TARLY, Lord von Hornberg
  - SAMWELL, sein ältester Sohn, bei der Nachtwache
  - DICKON, sein jüngerer Sohn, Erbe von Hornberg
- ARWYN EICHENHERZ, Lady von Alteich
- MATHIS ESCH, Lord von Goldhain
- LEYTON HOHENTURM, Stimme von Altsass, Lord über den Hort
- SER JON FOSSOWEY

Bedeutende Häuser, die durch Eid an Rosengarten gebunden sind, heißen Vyrwel, Florent, Eichenherz, Hohenturm, Kranich, Tarly, Rothweyn, Esch, Fossowey und Mullendor.

DIE ALTE DYNASTIE:

HAUS TARGARYEN

Die Targaryen sind das Blut der Drachen, Nachkommen der Herren aus dem alten Freistaat von Valyria, deren Erbe sich in der atemberaubenden (manche sagen unmenschlichen) Schönheit des Geschlechts widerspiegelt, mit veilchenblauen, indigofarbenen oder violetten Augen und silbergoldenem oder platinweißem Haar.

Die Vorfahren von Aegon, dem Drachen, entkamen dem Untergang Valyrias und dem darauf folgenden Chaos und Gemetzel, indem sie sich auf Drachenstein niederließen, einer Felseninsel in der Meerenge. Von dort aus stachen Aegon und seine Schwestern Visenya und Rhaenys in See, um die Sieben Königslande zu erobern. Um das königliche Blut zu erhalten und für seine Reinheit zu sorgen, folgte das Haus Targaryen oftmals der valyrischen Sitte, Bruder und Schwester zu vermählen. Aegon selbst nahm seine beiden Schwestern zur Frau und zeugte mit beiden jeweils einen Sohn. Das Banner der Targaryen ist ein dreiköpfiger Drache, Rot auf Schwarz, wobei die drei Köpfe Aegon und seine Schwestern darstellen. Die Worte der Targaryen lauten *Feuer Und Blut*.

Die Thronfolge der Targaryen
datiert nach Jahren, ausgehend von Aegons Landung

1–37 Aegon I.	Aegon, der Eroberer, Aegon, der Drache
37–42 Aenys I.	Sohn von Aegon und Rhaenys
42–48 Maegor I.	Maegor, der Grausame, Sohn von Aegon und Visenya
48–103 Jaehaerys I.	der alte König, der Schlichter, Aenys' Sohn
103–129 Viserys I.	Enkel des Jaehaerys
129–131 Aegon II.	ältester Sohn des Viserys [Der Aufstieg Aegons II. wurde ihm von seiner Schwester streitig gemacht. Beide kamen in dem Krieg um, den sie gegeneinander führten und den die Sänger den Drachentanz nennen.]
131–157 Aegon III.	der Drachentod, Rhaenyras Sohn [Der letzte Drache der Targaryen starb während der Regentschaft Aegons III.]
157–161 Daeron I.	der Junge Drache, der Kindkönig, ältester Sohn Aegons III. [Daeron eroberte Dorne, war jedoch nicht in der Lage, es zu halten, und starb jung.]
161–171 Baelor I.	der Geliebte, der Gesegnete, Septon und König, zweiter Sohn Aegons III.
171–172 Viserys II.	jüngerer Bruder Aegons III.
172–184 Aegon IV.	der Unwerte, Viserys' ältester Sohn [Sein jüngerer Bruder, Prinz Aemon

	der Drachenritter, war Vertrauter und, wie manche sagen, auch Liebhaber der Königin Naerys.]
184–209 Daeron II.	Königin Naerys' Sohn, von Aegon oder Aemon [Daeron holte Dorne ins Reich, indem er die dornische Prinzessin Myriah heiratete.]
209–221 Aerys I.	zweiter Sohn Daerons II., hinterließ keine Nachkommen
221–233 Maekar I.	vierter Sohn Daerons II.
233–259 Aegon V.	der Unwahrscheinliche, Maekars vierter Sohn
259–262 Jaehaerys II.	zweiter Sohn Aegons des Unwahrscheinlichen
262–283 Aerys II.	der Irre König, einziger Sohn des Jaehaerys

Die Ahnenreihe der Drachenkönige endete, als Aerys II. entthront und getötet und sein Erbe, Kronprinz Rhaegar Targaryen, von Robert Baratheon am Trident erschlagen wurde.

DIE LETZTEN DER TARGARYEN

{KÖNIG AERYS TARGARYEN}, der Zweite seines Namens, von Jaime Lennister während der Plünderung von Königsmund erschlagen
- seine Schwester und Frau KÖNIGIN RHAELLA aus dem Hause Targaryen, verstorben im Wochenbett auf Drachenstein
- ihre Kinder:
- {PRINZ RHAEGAR}, Erbe des Eisernen Thrones, von Robert Baratheon am Trident erschlagen
- seine Frau {PRINZESSIN ELIA} aus dem Hause Martell, getötet während der Plünderung von Königsmund
- ihre Kinder:
- {PRINZESSIN RHAENYS}, ein junges Mädchen, getötet während der Plünderung von Königsmund
- {PRINZ AEGON}, ein Säugling, getötet während der Plünderung von Königsmund
- PRINZ VISERYS, nennt sich selbst Viserys, der Dritte seines Namens, Lord der Sieben Königslande, genannt der »Bettelkönig«
- PRINZESSIN DAENERYS, genannt Daenerys Sturmtochter, eine Maid von dreizehn Jahren.

AN DER MAUER

Die Mauer ist ein hohes, dickes, meilenlanges Bollwerk aus Eis und Stein, das die Nordgrenze der Sieben Königslande schützt. Jenseits der Mauer liegt der Verfluchte Wald, bewohnt von wilden Völkern, Schattenwölfen und schlimmeren, sagenumwobenen Wesen. Sie wird bewacht und in Stand gehalten von den Männern der Nachtwache. Einst hatte die Wache neunzehn große Bollwerke entlang der Mauer errichtet, doch nur drei davon sind noch besetzt: Ostwacht an der See, an der grauen, windgepeitschten Küste, der Schattenturm direkt an den Bergen, wo die Mauer endet, und dazwischen die Schwarze Festung mit dem Dorf Mulwarft am Ende des Königswegs.

Geschworene Brüder der Nachtwache
- JEOR MORMONT, Lord Kommandant der Nachtwache
- BENJEN STARK, jüngerer Bruder von Lord Eddard Stark
- JON SCHNEE, Bastard von Eddard Stark
- MAESTER AEMON, hundertjähriger, blinder Heilkundiger und Berater
- SER ALLISAR THORN, Waffenmeister der Nachtwache
- SAMWELL TARLY, ein Rekrut, ältester Sohn von Lord Randyll Tarly

Jenseits der Meerenge erstreckt sich der große, weitgehend unbekannte östliche Kontinent, von dem man annimmt, dass er bis zu den Grenzen der Welt reicht und auf dem sich die Freien Städte, die ausgedehnten Steppenlandschaften der Dothraki und das sagenumwobene Valyrien befinden, welches für seine hochentwickelte Schmiedekunst und seinen Stahl bekannt ist. Im Osten liegt die Sklavenbucht mit den Sklavenstädten, die vom Menschenhandel leben.

DIE FREIEN STÄDTE sind unabhängige Städte im Westen des östlichen Kontinents, die mit Westeros Handel treiben. Ihre Namen lauten: Braavos, Lorath, Lys, Myr, Norvos, Pentos, Qohor, Tyrosh, Volantis.

DIE DOTHRAKI: Ein wildes, kupferhäutiges Reitervolk der Steppe jenseits der Meerenge. Sie leben in großen, nomadisierenden Stämmen, die *Khalasar* genannt werden und mehrere Tausend Menschen umfassen können und von einem Häuptling, dem *Khal*, angeführt werden. Diese Stämme bilden einen lockeren Verbund, der von den *Dosh Khaleen*, weisen Frauen, den Witwen hoher Khals, geleitet wird. Die *Dosh Khaleen* leben in Vaes Dothrak, der heiligen Stadt aller Dothraki.

- KHAL DROGO: Anführer des größten *Khalasar* in der dothrakischen Steppe, der noch in keinem Kampf besiegt wurde
- HAGGO, COHOLLO, QOTHO: seine Blutreiter und Blutsbrüder, die ihn im Fall seines Todes rächen und dann mit ihm bestatten werden.
- DANAERYS TARGARYEN, seine Frau, genannt Sturmtochter, verkauft als halbes Kind von ihrem Bruder Viserys, der damit hoffte, mit *Khal* Drogo ein Bündnis zur Rückeroberung der Sieben Königslande zu besiegeln.
  - VISERYS TARGARYEN, ihr Bruder, letzter lebender männlicher Nachkomme der Targaryen, genannt der »Bettelkönig«
  - IRRI, JHIQUI UND DOREAH, ihre Mägde, Irri und Jhiqui sind Dothraki, Doreah ein blondes, blauäugiges Mädchen aus Lys
- ILLYRIO MOPATIS, ein Magister aus der Freien Stadt Pentos, ein sehr dicker, wohlhabender Kaufmann mit vielfältigen Beziehungen
- SER JORAH MORMONT, Ritter der Sieben Königslande und Sohn von Lord Jeor Mormont, ein Verbannter, der ins Exil floh, um sich seiner gerechten Strafe zu entziehen, nachdem er Wilddiebe an einen Sklavenhändler verkauft hat, anstatt sie der Nachtwache zu übergeben.

Danksagung

Man sagt, der Teufel läge im Detail.

In einem Buch von diesem Umfang finden sich eine *Menge* Teufel, von denen jeder einzelne zubeißt, wenn man nicht aufpasst. Glücklicherweise kenne ich einige Engel.

Mein Dank und meine Anerkennung gelten daher all jenen freundlichen Menschen, die mir ihre Ohren und Fachkenntnisse (und in manchen Fällen ihre Bücher) geliehen haben, damit ich all die kleinen Details richtig machen konnte – Sage Walker, Martin Wright, Melinda Snodgrass, Carl Keim, Bruce Baugh, Tim O'Brien, Roger Zelazny, Jane Lindskold, Laura J. Mixon und natürlich Parris.

Und ein besonderer Dank geht an Jennifer Hershey für unbeschreibliche Mühen…